한시 수사법漢詩 修辭法

한시 수사법

漢詩 修辭法

주생아 周生亞 지음

이치수 李致洙 옮김

역락

들어가는 말

옛사람이 수사(修辭)를 논한 것은 역사가 오래되었다. 고대 문헌에서 '수(修)'와 '사(辭)' 두 자를 가장 일찍 연결하여 말한 것은 ≪주역(周易)≫이다. ≪주역·건괘(乾卦)·문언전(文言傳)≫에 다음과 같은 글이 있다. "공자(孔子)가 말하였다. '군자(君子)는 덕행(德行)을 증진시키고 공업(功業)을 닦는다. 충실하고 신의가 있는 것이 덕행을 증진시키는 방법이고, 말을 닦고 그 성실함을 세우는 것(修辭立其誠)이 공업을 쌓는 방법이다.'"[1] 그런데 여기서 말하는 '수사(修辭)'는 우리들이 오늘날 말하는 수사와는 그 내용이 완전히 일치하지는 않는다. 공영달(孔穎達)은 다음과 같이 말한 적이 있다. "'충실하고 신의가 있는 것이 덕행을 증진시키는 방법이다'라는 것은 덕행을 증진시키는 일을 다시 풀이한 것인데, 다른 사람에게 충실하게 대하고 신의로써 사물을 대하면 다른 사람들이 그를 친애하고 존중하여 그 덕행이 날로 증진하게 되니, 이것이 '덕행을 증진시키는 방법'이라는 것이다. '修辭立其誠, 所以居業(수사입기성, 소이거업)'(말(辭)을 닦고 그 성실함(誠)을 세우는 것이 공업을 쌓는 방법이다)라고 하였는데, '사(辭)'는 문교(文教)를 말하고 '성(誠)'은 성실함을 말한다. 밖으로 문교를 닦고 안으로 그 성실함을 세우면 안과 밖이 서로 이루어져 쌓을 수 있는 공업(功業)이 있게 되니, 그래서 '공업을 쌓는 방법이다'라고 말한 것이다."[2] 공영달의 주소(注疏)에서 보면, ≪주역≫에서 말한 '수사(修辭)'

---

1   "子曰: '君子進德修業. 忠信, 所以進德也; 修辭立其誠, 所以居業也.'"

는 '문교를 닦는 것(修理文教)'을 가리킨다. '문교'는 고대에서는 예악법도(禮樂法度), 문장교화(文章教化)를 가리키는데, 이것은 군자에 대한 정치상의 하나의 요구이며, '공업을 쌓는' 중요 조건이다. 그런데 수사(修辭)는 언어활동의 하나로서, 상고(上古) 시대에 많은 문헌에서 끊임없이 제기되었다. 이를테면 ≪논어(論語)·헌문(憲問)≫편에 다음과 같은 글이 있다. "공자께서 말씀하셨다. '(정鄭나라에서는) 외교문서를 만들 때에 비침(裨諶)이 초고를 작성하고, 세숙(世叔)이 토론하고, 행인(行人)인 자우(子羽)가 수식(修飾)을 하고, 동리(東里)의 자산(子産)이 윤색(潤色)하였다'(子曰: '爲命, 裨諶草創之, 世叔討論之, 行人子羽修飾之, 東里子産潤色之.)"라고 하였다. 위의 글 원문 중의 '위명(爲命)'은 외교문서를 만드는 것을 가리킨다. 공자의 이 말은 정나라의 외교문서가 만들어지는 과정을 이야기한 것이며, 또한 정나라의 외교문서에 대해 칭찬한 것이기도 하다. 자우가 수식을 하고 자산이 윤색을 하였는데, 이것은 모두 문자 가공(加工)을 이야기한 것이며, 이것이 바로 수사(修辭)이기도 하다. 그래서 우리들은 수사는 언어활동의 하나로서, 사람들이 모든 수단을 이용하여 언어에 대해 수식을 하거나 혹은 조정을 하는 것을 가리킨다고 말할 수 있다. 이렇게 말하면, 언어의 각종 수사 수단, 혹은 수사 방법을 연구하고, 이런 수단이나 방법을 운용하는 규율을 찾으며, 나아가 언어 수사와 문체 특색과의 관계를 분명히 하고, 이것을 빌려 언어의 표현 효과를 높이는 것 또한 수사학의 연구 대상이자 임무이다. 시가(詩歌) 언어는 문학 언어의 하나이다. 이른바 시가 수사법(修辭法)이라는 것은 바로 시의 언어적 표현 효과를 강화하기 위해 사용하는 각종 수사 방법, 혹은 수사 수단을 총체적으로 일컫는 말이다.

---

2 "忠信所以進德'者, 復解進德之事, 推忠於人, 以信待物, 人則親而尊之, 其德日進, 是進德也. '修辭立其誠, 所以居業'者, 辭謂文教, 誠謂誠實也. 外則修理文教, 內則立其誠實, 內外相成, 則有功業可居, 故云居業也."[≪십삼경주소(十三經注疏)≫(1980년, 중화서국中華書局 영인본影印本), 상책(上冊), 15~16쪽].

시가 수사법은 시의 언어적 표현 효과와 표현 기교를 높이는 것을 연구하는 것을 주요 목표로 삼는데, 그러면 그것은 반드시 시어(詩語)를 가장 기본적인 연구 소재로 삼아야 한다. 그러나 시가 수사법이 연구해야 하는 것은 결코 어음(語音), 어휘(語彙), 어법(語法) 그 자체의 내재 규율은 아니며, 어떻게 시어의 표현 효과를 높이고, 어떻게 어음, 어휘, 어법이 제공하는 기본적인 소재를 종합적으로 운용하여 시가 내용을 표현할 것인가 하는 것을 연구해야 한다. 이로부터 알 수 있는데, 시가 수사법 연구를 강화하면 고대시가의 언어적 특색을 알고, 고대시가의 문체적 특징을 파악하며, 고시(古詩) 감상 능력을 높이게 된다. 좀 더 구체적으로 말해, 우리들이 왜 고대시가의 수사법에 관한 지식을 학습하고 연구해야 하는가?라는 것에 대하여, 개인적으로는 아래의 세 가지 이유가 있다고 생각한다.

첫째, 우리들이 고대시가 수사법 관련 지식을 학습하고 연구하는 것은 우선 고시(古詩)를 더욱 잘 이해하기 위해서이다.

이른바 '이해'라는 것은, 물론 우선은 언어의 이해이다. 만약 이런 단계가 없으면 다른 요구들, 이를테면 분석, 감상 등등은 모두 공허한 말일 따름이다. 그러나 우리들은 또 때로는 말의 뜻 그 자체는 결코 어떠한 장애도 없지만, 단지 수사법을 제대로 이해하지 못하고 읽을 때에는 문제가 생길 수도 있다는 점도 살피지 않을 수 없다. 이를테면 아래의 예가 지극히 보통의 경우이다.

① 蜀相階前柏, 촉(蜀)나라 재상 모신 곳 섬돌 앞 측백나무,

　龍蛇捧閟(bì)宮. 용과 뱀 같은 가지들이 문 닫힌 사당을 호위하고 있네.

　(이상은李商隱 <무후武侯 제갈량諸葛亮 사당의 오래된 측백나무(武侯廟古柏)>)

<무후 제갈량 사당의 오래된 측백나무>는 이상은이 당(唐) 선종(宣宗) 5년(851년) 사천(四川)의 성도(成都)로 파견되어 가서 제갈량묘(諸葛亮廟)를 본 뒤에

지은 옛날을 추모하는 시이다. 위에서 인용한 두 구절은 이 시의 첫머리 두 구절이다. 이 두 구절은 '비궁(閟宮)'이란 말이 조금 이해하기 어려운 것 외에는 나머지 말들은 모두 이해하기 쉽다. '비궁'은 깊게 닫혀 있는 사당이다. '봉(捧)'은 호위한다는 뜻이다. '용사봉비궁(龍蛇捧閟宮)'에서 '용사(龍蛇)'는 결코 '봉(捧)'이란 이 동작을 행하는 당사자가 아니다. 이것이 어려운 점이다. '용사'라는 이 두 자의 시구 중의 뜻을 이해하려면, 먼저 두 가지를 잘 알아야 한다. 하나는 '용사'가 시구에서 부사어로 쓰였다는 것을 알아야 하며, 두 번째는 '용사'가 '백(柏. 측백나무)'의 비유(比喩)라는 것을 알아야 한다. 이 두 가지를 이해해야 이 두 시구를 잘 이해할 수 있다. 즉, 촉(蜀)의 승상 제갈량 사당의 계단 앞에 있는 두 그루 오래된 측백나무가 구불구불 휘어져 있는데, 마치 용(龍)이나 뱀처럼 깊숙이 닫혀 있는 무후사(武侯祠)를 호위하고 있다.

같은 시 중에 또 두 구절이 있는데, 만약 어법과 수사법을 이해하지 못하면 역시 쉽게 이해할 수 없다. 예를 들면,

　② 大樹思馮異, 큰 나무는 풍이(馮異)를 생각나게 하고,
　　　甘棠憶召公. 팥배나무 같은 모습은 소공(召公)을 기억나게 하네.

　　　(이상은李商隱 <무후武侯 제갈량諸葛亮 사당의 오래된 측백나무(武侯廟古柏)>)

이 두 구절의 시에서 '대수(大樹)'와 '감당(甘棠)' 또한 동작 행위를 하는 당사자들이 아니며, 이 둘은 독립적으로 나타나 단독으로 구절을 조직하는 것으로 보아야 한다. '사풍이(思馮異)'와 '억소공(憶召公)'으로 각기 하나의 시구를 이루고 있으며, 그렇지 않고 '대수사(大樹思)'와 '감당억(甘棠憶)'이라고 하는 것은 이해하기가 쉽지 않은 말이다. 이밖에, 수사적으로 말한다면, 여기에서 우리들은 또 두 가지 수사 방식의 수사적 작용을 이해해야 하는데, 하나는 인용(引用)이고, 두 번째는 차유(借喩)이다. '큰 나무는 풍이(馮異)를 생

각나게 하고, 팥배나무 같은 모습은 소공(召公)을 기억나게 하네(大樹思馮異, 甘棠憶召公)'라고 하는 이 두 구절은 이상은이 실제로는 모두 전고(典故)를 인용한 것이다. 그런데 전고를 인용하는 동시에 또 차유(借喩) 수사 방식을 운용하였으니, 이것이 바로 기교를 부린 곳이다. 풍이(馮異)는 동한(東漢) 사람으로 자(字)는 공손(公孫)이다. ≪후한서(後漢書)·풍이전(馮異傳)≫에 의하면 다음과 같이 기록되어 있다. "풍이는 사람됨이 겸손하고 스스로 자기 공로를 자랑하지 않았는데, 길을 가다가 여러 장수들을 만나면 즉시 자기 수레를 끌어 길을 피해주었다. 나가고 멈춤에 모두 분명하게 내세우는 뜻이 있었는데, 군중(軍中)에서는 그가 법도에 맞게 한다고 일컬었다. 매번 숙영(宿營)을 하는 곳에서 여러 장수들이 함께 앉아서 공로를 평할 때면 풍이는 늘 혼자 나무 아래에 떨어져 있어, 군중에서는 그를 '대수장군(大樹將軍)'이라 불렀다."[3] 또 소공(召公) 또한 역사상의 인물로서, 주문왕(周文王)의 아들이며 무왕(武王)의 신하를 지냈다. 전하는 말에 의하면, 그는 남쪽 나라에 가서 문왕(文王)의 정치를 널리 시행할 적에는 늘 팥배나무 아래에서 소송을 심의하고 안건을 판결하였는데, 공정함을 지키고 아첨에 영합하지 않았기에 후대의 사람들이 그의 덕을 회상하며 <감당(甘棠)> 시를 지었다고 한다. 이러한 점으로 알 수 있는데, 풍이와 소공은 모두 역사상의 공신(功臣)이었기 때문에 이상은은 여기에서 풍이와 소공으로 제갈량을 비유해서 가리켰다. 동시에, 또 이 두 시구의 교묘함은 역사에 보이는 '대수(大樹)'와 '감당(甘棠)'이란 말로 동시에 또 무후묘(武侯廟) 앞의 두 그루 오래된 측백나무를 비유한 데에 있는데, 전고 운용의 적절함은 실로 사람들을 감탄하게 만든다. 이상은은 실제로는 단지 후인들이 무후묘 앞의 두 그루 오래된 측백나무를 보게 되면 자연스럽게

---

3 "異爲人謙退不伐, 行與諸將相逢, 輒引車避道. 進止皆有表識, 軍中號爲整齊. 每所止舍, 諸將並坐論功, 異常獨屛樹下, 軍中號曰'大樹將軍'."

제갈량의 천추에 남을 공훈과 업적, 그리고 그의 겸허한 미덕을 생각할 것이라는 점을 말하고 있다. 이상의 예에서 알 수 있듯이, 정확하게 시의 뜻을 이해하기 위해서는, 말의 뜻을 모르는 것은 물론 안 되지만, 시어(詩語)의 어법과 수사법 또한 이해하지 못하면 안 된다.

둘째, 고시(古詩)를 감상하려면 또한 반드시 고대시가의 수사법에 관한 지식을 파악해야 한다.

옛 시의 감상은 옛 시에 대한 이해를 기초로 하는데, 이해를 제대로 하지 못하면 감상은 말할 수도 없는데, 왜냐하면 감상은 더욱 높은 단계의 이해이기 때문이다. 옛 시에 대한 음미와 감상은 수사법에 관한 지식이 없으면 역시 제대로 되지 않는다. 예를 들면,

> ① 楊柳渡頭行客稀, 버들 늘어진 나루터에 길 떠나는 이 드문데,
> 罟師蕩槳向臨圻. 뱃사공은 노를 저어 임기(臨圻)로 가네.
> 唯有相思似春色, 오직 그대 생각하는 이 내 마음만은 봄빛과 같아,
> 江南江北送君歸. 강남 강북 어디든 돌아가는 그대 전송하네.
>
> (왕유王維 <심자복沈子福이 강동江東으로 가는 것을 전송하며(送沈子福之江東)>)

이것은 송별시이다. 왕유의 송별시를 이야기하면, 사람들은 아주 자연스럽게 누구나 다 아는 <위성渭城의 노래(渭城曲)>(제목을 <안서도호부安西都護府로 출장 가는 원씨元氏네 둘째를 보내며(送元二使安西)>라고도 한다)를 떠올릴 것이다. 이 시의 시작은 우선 송별의 장소를 분명하게 밝혔다. 버들 늘어진 나루터에 길 떠나는 이 드문데, 이러한 환경은 자연스럽게 사람들에게 쓸쓸하고 썰렁한 느낌을 준다. 이어서 '뱃사공은 노를 저어 임기(臨圻)로 가네'라고 하였는데, 이것은 어부가 노를 저어 천천히 임기로 가는 정경을 작자가 묘사한 것이다. '임기(臨圻)'는 당연히 '임기(臨沂)'의 잘못일 것이며, 어떤 책에서 '임

기(臨沂)'를 '물 가까운 굽은 언덕'이라고 풀이하는 것은 아마도 정확하지 않은 듯하다. 임기(臨沂)의 옛 성은 지금의 강소성(江蘇省) 강녕현(江寧縣) 동북(東北)에 있는데, 이것이 바로 이 시의 시 제목에서 말한 '강동(江東)' 지역이다. 이 시의 제3구 '오직 그대 생각하는 이 내 마음만은 봄빛과 같아(唯有相思似春色)'는 대단히 뛰어난 표현이다. 수사법적으로 말하면 이것은 바로 비유구(比喩句)로서, 형상이 있는 것으로 형상이 없는 것을 형용하면서, 친구 간에 작별을 아쉬워하며 그리워하는 마음을 '춘색(春色)'에 비유하였는데, 심혈을 기울여 독창성이 뛰어나다. 그대를 천리 전송하더라도 결국은 한번 이별을 하게 되니, 아무리 친밀한 친구라도 끝까지 짝을 지어 갈 수는 없을 것이다. 바로 이 때, 시인은 대강(大江, 양자강) 남북(南北)의 끝없이 펼쳐진 봄빛이 심자복(沈子福)의 가장 좋은 동반자가 아니겠는가?라는 것을 발견하게 된다. 저 넘쳐흐르는 봄빛은 심자복의 여행 동반자이며, 또한 시인 왕유의 그리워하는 마음이기도 하다. 고대의 시가 중, 비유 수사 방식을 운용하여 이별의 정과 뜻을 묘사하는 것은 매우 흔하다. 또 예를 들면,

> ② 青山橫北郭, 푸른 산은 북쪽 성곽을 가로지르고,
> 白水繞東城. 흰 강물은 동쪽 성을 둘러싼다.
> 此地一爲別, 이곳에서 한번 이별하면,
> 孤蓬萬里征. 외로운 쑥은 만리 길을 가리라.
> 浮雲游子意, 떠가는 구름은 나그네의 마음,
> 落日故人情. 지는 해는 옛 친구의 정.
> 揮手自茲去, 손을 흔들며 이곳에서 떠나가니,
> 蕭蕭班馬鳴. 쓸쓸한 말 울음소리.
>
> (이백李白 <벗을 보내며(送友人)>)

<벗을 보내며>는 5언 율시(五言律詩)이다. 짧은 여덟 시구 속에 놀랍게도 비유구가 3개나 있다. 그 중에, '떠가는 구름은 나그네의 마음, 지는 해는 옛 친구의 정(浮雲游子意, 落日故人情)' 두 구절은 묘사가 가장 뛰어나다. 하늘에서 정처 없이 떠도는 구름은 바로 여행자의 고적한 마음과 같으며, 천천히 떨어지는 해는 또 바로 친구의 석별(惜別)의 정과도 같다. 사람들에게 널리 이야기되는 이러한 시구들은 모두 여러 차례 갈고 다듬은 것으로, 모두 수사법 공부와 떨어질 수 없다.

셋째, 우리들이 고대시가의 수사법을 학습, 연구하는 것은 또한 고대시가의 문체(文體) 특색을 더욱 잘 파악하기 위해서이기도 하다.

옛날과 지금에는 각종 문체가 있으며, 그 특색은 각기 다르다. 특색의 형성에는 여러 요소가 있지만 개인적 생각으로는 언어 요소가 가장 중요하다. 이를테면 과장법(誇張法) 같은 것은 시가에서는 늘 사용되지만 운문(韻文)이 아닌 글에서는 그다지 사용되지 않는다. 고대시가에서는 눈꽃송이를 과장하여 묘사하기 위해 '연산(燕山)의 눈꽃송이 크기가 돗자리만한데, 한 조각 한 조각 날려서 헌원대(軒轅臺)에 떨어지네(燕山雪花大如席, 片片吹落軒轅臺)'(이백李白 <북풍의 노래(北風行)>)라고 말할 수 있고, 흰 머리가 긴 것을 지극하게 말하기 위해 '흰 머리 삼천 장(丈)이나 되니, 시름 때문에 이렇게 길어졌구나(白髮三千丈, 緣愁似個長)'(이백 <추포秋浦의 노래(秋浦歌)> 제15수)라고 말할 수 있으며, 성(城)이 견고하고 높은 것을 과장하기 위해 '큰 성은 견고하여 무쇠도 이에 미치지 못하고, 작은 성은 만 여 장 높이 있네(大城鐵不如, 小城萬丈餘)'(두보杜甫 <동관潼關의 관리(潼關吏)>)라고 말할 수 있고, 제갈량 사당 앞의 늙은 측백나무가 굵고 큰 것을 형용하기 위해 '서리 빛 흰 껍질은 비에 젖어 둘레가 사십 아름되고, 검푸른 줄기는 하늘에 닿을 듯 이천 자[尺] 솟았네(霜皮溜雨四十圍, 黛色參天二千尺)'(두보 <오래된 측백나무 노래(古柏行)>)라고 말할 수 있다. 이러한 것들은 시에서 모두 허락되는데, 왜냐하면 과장이 허풍 치는 것과 같지 않기 때문이다. 과장은 객관적 사실을 인정하는 기초 위에서 행해지는 '예술적 처리'이다. 이러한 예술상의 재창조는 목적이 독자로 하여금 주관적인 감수(感受)를 더욱 크게 하여 정감상의 공명(共鳴)을 이끌어내도록 하는 데에 있다.

또 '흥(興)'은 혹은 '기흥(起興)'이라 일컬어지는데, 이 수사 방식은 다른 문체에서는 아주 적게 사용되지만, 시가, 특히 ≪시경(詩經)≫에서는 아주 보편적으로 사용된다. 이러한 여러 상황들은 모두 고대시가의 수사법이 가지고 있는 독특한 점을 설명해준다. 우리들이 고대시가의 수사법에 대한 연구를 강화하면 고대시가의 특색을 더욱 잘 파악할 수 있다. 우리들이 고대시가의 특색을 파악하면, 거꾸로 원시(原詩)에 대한 이해와 감상에 도움이 된다.

고대시가의 수사법, 이것은 하나의 총체적인 제목이다. 수사법 문제는 언어 문제이며, 구체적으로 말하면 언어 운용의 문제에 속한다. 전통적으로 수사법 현상을 '소극적 수사(修辭)'와 '적극적 수사'라는 큰 두 부류로 나누는데, 비록 그다지 타당하지 않지만 모두 언어 운용의 문제에 속한다. 그래서 우리들은 고대시가의 수사법을 이야기하면서 단어 사용과 시구 만들기의 문제를 이야기하지 않을 수 없고, 장법(章法) 문제를 이야기하지 않을 수 없으며, 당연히 수사 방식 문제를 더군다나 이야기하지 않을 수 없다. 고대시가의 단어 사용과 시구 만들기의 문제, 즉 시가의 어법(語法) 부분은 작자가 달리 전문적 연구를 할 준비를 하고 있다. 이 책에서 이야기하고자 하는 주요 내용은 아래의 세 가지, 즉 수사 방식, 장법, 그리고 고대시가 수사법의 발전이다.

차례

I. 수사 방식 修辭方式

1. 수사 방식이란?

'수사 방식'은 '사격(辭格)' 또는 '수사격(修辭格)'이라고도 부르는데, 수사학(修辭學)에서 연구해야하는 대상, 내용 중의 하나이다. 우리들은 늘 어음(語音), 어휘, 어법이 언어의 삼대 요소라고 말하지만, 우리들은 분명히 말할 수 있는데, 수사(修辭)는 언어의 또 다른 하나의 '요소'는 아니다. 수사 방식의 연구는 어음(語音), 어휘, 어법을 떠나서 거론할 수 없다고 말하지만, 그것이 연구하는 것은 결코 어음, 어휘, 어법 그 자체의 내재된 규율을 연구하는 것이 아니라, 어음, 어휘, 어법이 제공하는 재료를 어떻게 운용하여 내용을 더욱 잘 표현할 것인가 하는 문제를 연구하는 것이다. 따라서 수사 방식이란 언어를 더욱 효과적으로 사용하고, 언어의 표현효과를 증대시키기 위하여 언어에 대해 고심하여 가공을 한 뒤에 형성되는 갖가지 수사 방법이라고 말할 수 있다. 또한 수사 방식은 언어 표현 성질에 속하는 구체적인 언어 형식이며, 언어의 여러 요소들을 종합적으로 운용하는 수사 수단이라고 말할 수도 있다.

수사 방식의 성질을 명확하게 하면, '수사 방식'과 '비(非) 수사 방식'의 한계를 분명히 하는 데에 편리하다. 예를 들어 어떤 책에는 '전품(轉品)', '절축(節縮)', '도장(倒裝)', '생략(省略)'을 모두 '적극적 수사' 안에 포함시키는데, 이것은 '수사 방식'과 '비 수사 방식'의 한계를 뒤섞어 놓은 것이다. '전품'은 통상적으로 말하는 품사의 활용 문제인데, 이것은 순전히 어법 문제에 속하므로, 표현과는 그다지 관련성이 크지 않다고 해야 한다. '절축' 또한 어법, 어음(語音)과 관계가 있다. 예를 들어 '저(諸)'는 '지어(之於)', '지호(之乎)'와 같고, '합(盍)'은 '하불(何不)'과 같으며, '파(回)'는 '불가(不可)'와 같고, '나(邪)'는 '무내(無奈)'와 같은 이런 종류들이 바로 이러한 것에 속한다. 그리고 '도장'과 '생략'은 모두 어법과 관련성이 지극히 크며, 완전히 수사의 문제는 아니다. 현재의 상황에 비추어 말해보면, 우리들은 아직 모든 수사 방식을 모두 철저하게 연구하였다고 말할 수는 없으며, 몇몇 문제들은 아직도 진일보 깊은 탐구를 기다리고 있다. 고대시가의 언어를 재료로 하는 수사법 연구는 더군다나 하나의 새로운 과제로서, 우리들이 힘든 노력을 기울일 것을 필요로 하며, 그래야 비로소 많은 규율이 있는 것들을 모색해 낼 수 있다.

2. 수사 방식의 분류

수사 방식에 대해 이야기하고자 할 때 우선 맞부딪치는 문제는 바로 수사 방식의 분류 문제이다. 분류의 실질은 바로 분류 표준의 문제이다. 어떤 표준으로 수사 방식을 분류하는가 하는 것은 관련된 문제가 매우 많은 아주 복잡한 문제이다. 가장 일찍이, 진망도(陳望道) 선생이 ≪수사학발범(修辭學發凡)≫에서 대체로 구조에 의거하고 간혹 작용에 의거하여, 수사 방식을 재료, 의경(意境), 사어(詞語), 장구(章句) 등의 네 가지 큰 부류로 나누었는데 모두 38종류였다. 이 뒤, 수사를 이야기하는 일부 책들은 분류를 이야기할 때 대체로 이러한 범위를 넘지 않았다. 1963년에 장궁(張弓) 선생이 ≪현대한어수사학(現代漢語修辭學)≫을 출간했다. 이 수사학 저서는 수사 방식의 분류 문제 있어서 또 다른 새로운 견해를 제시했다. 장 선생은 '언어 요소와 표현 수법의 관련성'에 의거하여, 수사 방식을 묘사 방식, 배치 방식, 그리고 표현 방식의 세 가지로 나누었는데, 모두 24종류였다. 장 선생의 분류법은 진 선생의 분류법보다 확실히 새로운 의미가 있지만, 연구해 볼 만한 곳 또한 역시 있다.

이 책에서 재료를 취한 것은 주로 고대시가이므로(부분적인 예例는 송사宋詞에서 뽑았음), 우리들이 수사 방식의 분류를 이야기할 때 고대시가의 특색을 고려하지 않을 수 없다. 모든 문체 중에서 시의 언어적 특색은 가장 분명하다고 말할 수 있다. 그러므로 우리들이 고대시가의 수사 방식 분류 문제를 해결하고자 하면 반드시 시의 언어적 특색을 잘 파악해야 한다. 우리들의 기본적인 생각은, 시의 언어적 특색은 분류가 가능하며, 따라서 이와 상응하는 수사 방식 또한 분류를 할 수 있다는 것이다. 비록 두 가지 이상의 분류에 걸쳐있는 현상도 있을 수 있지만 총체적으로 말하면 그래도 구분할 수 있다. 시의 언어적 특색에 근거하여 수사 방식을 분류하는 것은, 사실은 기능 특색에 의거하여 분류를 하는 것이다. 이렇게 하면 적어도 한 가지 좋은 점은 있는데, 그것은 바로 수사법 연구와 문체 연구를 충분히 결합시킬 수 있다는 것이다.

그러면 시어(詩語)는 어떠한 특징들을 가지고 있는가? 가장 중요한 점은 일곱 가지가 있는데, 그것은 시어의 형상성(形像性), 생동성(生動性), 정제성(整齊性), 변화성(變化性), 서정성(抒情性), 함축성(含蓄性), 그리고 음악성(音樂性)이다. 이 일곱 가지 특징에 근거하여 이 책에서 제기하는 몇 가지 수사 방식을 아래와 같이 분류해 본다.

(1) 시어의 형상성 및 이와 상응하는 수사 방식: 비유(比喩), 기흥(起興), 비의(比擬).

(2) 시어의 생동성 및 이와 상응하는 수사 방식: 과장(誇張), 이취(移就).

(3) 시어의 정제성 및 이와 상응하는 수사 방식: 대우(對偶), 배비(排比).

(4) 시어의 변화성 및 이와 상응하는 수사 방식: 차대(借代), 변환(變換), 연환(連環), 설문(設問), 반문(反問).

(5) 시어의 서정성 및 이와 상응하는 수사 방식: 반복(反復), 대비(對比).

(6) 시어의 함축성 및 이와 상응하는 수사 방식: 곡달(曲達), 쌍관(雙關), 반어(反語), 영친(映襯), 인용(引用).

(7) 시어의 음악성 및 이와 상응하는 수사 방식: 모의(摹擬), 음률(音律).

3. 중국 고대시가에서 자주 보이는 수사 방식

수사 방식은 너무 지나치게 세밀하게 나누어서는 안 된다. 지나치게 세밀하면 파악하기 쉽지 않을 뿐만 아니라 반드시 혼란에 빠지게 되는 경향이 있다. 고대시가에서 자주 보이는 수사 방식은 모두 21가지 종류이니, 비유(比喩), 기흥(起興), 비의(比擬), 과장(誇張), 이취(移就), 대우(對偶), 배비(排比), 차대(借代), 변환(變換), 연환(連環), 설문(設問), 반문(反問), 반복(反復), 대비(對比), 곡달(曲達), 쌍관(雙關), 반어(反語), 영친(映襯), 인용(引用), 모의(摹擬), 그리고 음률(音律)이다.

아래에서 나누어서 서술하기로 한다.

제1장 비유(比喩)

<1> 비유란?

시에서 '비유'는 가장 보편적인 수사 방식의 하나라고 말할 수 있다. '비유' 란 무엇인가? '비유'는 바로 통상적으로 말하는 '예를 들어 말하는 것'이다. 시는 예를 들어 말하느냐 말하지 않느냐에 따라 그 효과가 대단히 다르다. 예를 들어 말하면, 언어가 곧 형상적이고 생동감이 넘치게 되어, 독자는 마치 그 사물을 보는 것 같고 그 사람을 보는 것 같게 된다. 예를 들면,

① 瞻望弗及, 바라봐도 보이지 않아,

泣涕如雨. 울며 눈물 흘리기를 비 오듯이 하네.

(≪시경詩經·패풍邶風·제비와 제비(燕燕)≫)

② 著葉滿枝翠羽蓋, 가지 가득 잎이 달려 푸른 깃털 덮개이고,

開花無數黃金錢. 무수히 꽃이 피어 황금 동전이네.

(두보杜甫 <가을비에 탄식하며(秋雨歎)> 제1수)

예시 ①의 <패풍邶風·제비와 제비(燕燕)>가 묘사하는 것은 위(衛)나라 여자 가 남쪽 나라로 시집가는 정경이다. 고대에는 여자가 멀리 타향으로 시집가 면 그것은 매우 슬프고 마음이 아픈 일로 여겼다. '바라봐도 보이지 않아,

울며 눈물 흘리기를 비 오듯이 하네(瞻望弗及, 泣涕如雨)'라고 하니, 이것은 위나라 여자를 떠나보내는 사람이 멀리 떠나가는 그녀의 모습을 보이지 않을 때까지 계속 바라보는데, 이때의 심정은 매우 슬퍼서 눈물이 비 오듯 쏟아져 내린다는 것을 말하는 것이다. '울며 눈물 흘리기를 비 오듯이 하네(泣涕如雨)'에는 과장도 있고 비유도 있지만, 무엇보다 먼저인 것은 비유이다. ≪시경≫ 중에서 '울며 눈물 흘리다(泣涕)'를 설명하는 것으로 쓰이는 예가 또 하나 있으니, <위풍衛風·외지에서 온 남자(氓)> 중의 '복관(復關)의 그대 보이지 않아, 울며 눈물 줄줄 흘렸었네(不見復關, 泣涕漣漣)'라고 하였다. '연련(漣漣)'은 눈물이 끊임없이 흘러내리는 모습을 형용하는데, 이것은 묘사이지 비유가 아니기 때문에 표현 효과가 '흐느껴 울어 눈물이 비 오듯 하네(泣涕如雨)'"만큼 그렇게 생동적이지 않다.

예시 ②의 두보의 <가을비에 탄식하며(秋雨歎)> 3수는 대략 천보(天寶) 13년(754년) 가을에 지어졌다. 이 시의 제1수는 영물시(詠物詩)인데, 사물을 빌려 감정을 읊고 마음을 토로하였다. 이 시의 첫머리에서 '빗속에 모든 풀들 가을에 문드러져 죽는데, 섬돌 아래 결명은 빛깔이 곱도다(雨中百草秋爛死, 階下決明顔色鮮)'라고 말하여, 우선 '백초(百草)'와 '결명(決明)'의 대비를 두드러지게 하였다. 결명은 약재(藥材)의 하나인데, 7월에 노란 꽃이 피며 눈을 밝게 하는 치료 효과가 있어 '결명(決明)'이라고 부른다. '가지 가득 잎이 달려 푸른 깃털 덮개이고, 무수히 꽃이 피어 황금 동전이네(著葉滿枝翠雨蓋, 開花無數黃金錢)'"에서, 시인은 '푸른 깃털 덮개(翠雨蓋)'란 표현으로 결명의 잎을 비유하였으며, '황금 동전(黃金錢)'이란 표현으로 결명의 꽃을 비유하였는데, 비유가 생동감 있고 역동적이다. 이러한 비유는 외면적인 유사성(빛깔과 형상의 비슷함)을 강조할 뿐만 아니라 더욱 중요한 것은, 갑(甲)과 을(乙), 두 사물에 내재된 관련성을 강조하는 것이다. '푸른 깃 포장', '황금 동전'은 모두 매우 귀중한 것인데, 이제 이러한 것들로 결명을 비유하는 데에 사용하여, 시인이 이것에 대해 특별히 깊은 관심을 가지고 있음을 알 수 있다. 이러한 예문들을 통해 우리는 '비유'의 수사적 작용을 어렵지 않게 발견할 수 있다.

또 고대시가 중에는 달을 묘사 대상으로 삼는 작품이 많이 있다. ≪시경≫ 과 ≪초사(楚辭)≫에서는 완전히 백묘(白描)의 수법으로 달을 묘사하고 있다. 예를 들어 "저 해와 달을 바라보면 그지없는 나의 시름(瞻彼日月, 悠悠我思)' (≪시경(詩經)·패풍(邶風)·숫꿩(雄雉)≫)이라고 하고, '해와 달은 어디에 속하는 가? 늘어선 별들은 어디에 무리지어 있는가?(日月安屬, 列星安陣)"(≪초사(楚辭)· 하늘에 묻다(天問)≫)라고 하였다. 하지만 더욱 많은 작품에서 묘사한 달은 다 양한 모습이 있으며 그 가운데서 우리들은 수사적 작용을 어렵지 않게 발견 할 수 있다. 예를 들면 어떤 것은

ㄱ. 빛의 각도에서 달을 묘사하고,

俯視淸水波, 구부려 맑은 물결 보고,
仰看明月光. 우러러 밝은 달빛 바라보네.

(조비曹丕 <잡시(雜詩)>)

庚庚曙風急, 세찬 새벽바람 급하고,
團團明月陰. 둥그런 보름달 어두워진다.

(강엄江淹 <옛 시를 본뜨다(效古)>)

ㄴ. 시간의 각도에서 달을 묘사하며,

秋時自零落, 가을엔 저절로 떨어지지만,

春月復芬芬. 봄날 달빛엔 다시 향기 가득하네.

(송자후宋子侯 <동교요(董嬌饒)>)

秋月照層嶺, 가을 달 겹겹의 산봉우리 비추고,

寒風掃高木. 차가운 바람은 높은 나무를 쓸어버리네.

(오균吳均 <유운柳惲에게 답을 하다(答柳惲)>)

ㄷ. 장소의 각도에서 달을 묘사하고,

暮從碧山下, 저물어 푸른 산 내려오니,

山月隨人歸. 산의 달도 나를 따라 돌아오네.

(이백李白 <종남산終南山을 내려와 곡사산인斛斯山人 집에 자면서 술을 마시다(下終南山過斛斯山人宿置酒)>)

江行幾千里, 강 따라 여정 몇 천리,

海月十五圓. 바다에 뜬 달도 열다섯 번 둥글었네.

(이백李白 <파동巴東에서 배를 타고 구당협瞿唐峽을 지나다가 무산巫山의 최고봉에 오르고 저녁에 돌아와 벽에 쓰다(自巴東舟行經瞿唐峽, 登巫山最高峰晚還題壁)>)

ㄹ. 형상의 각도에서 달을 묘사하며,

風林纖月落, 바람 부는 숲에 가느다란 달 지고,

衣露淨琴張. 옷이 이슬에 젖는데 조용히 거문고 타네.

(두보杜甫 <밤에 좌씨左氏의 장원에서 연회를 열다(夜宴左氏莊)>)

曉隨殘月行, 새벽엔 희미한 달 따라 길 떠나고,
夕與新月宿. 저녁엔 초승달과 함께 묵었네.

(백거이白居易 <객지에서의 달(客中月)>)

ㅁ. 감각의 각도에서 달을 묘사하고,

夜深經戰場, 밤 깊어 전쟁터 지나는데,
寒月照白骨. 차가운 달이 백골을 비춘다.

(두보杜甫 <북쪽으로 가다(北征)>)

潤州城高霜月明, 윤주(潤州)의 성은 높은데 서리 내린 달은 맑고,
吟霜思月欲發聲. 서리 읊조리고 달 생각하니 소리가 나올 듯하네.

(백거이白居易 <어린 아이 설양도薛陽陶가 필률觱栗을 부는 노래(小童薛陽陶吹觱栗歌)>)

ㅂ. 동태(動態)의 각도에서 달을 묘사한다.

彎弓若轉月, 활시위를 당기자 둥근 달을 펼친 것 같은데,
白雁落雲端. 흰 기러기가 구름 끝에 떨어지네.

(이백李白 <유주幽州의 오랑캐 말을 탄 나그네의 노래(幽州胡馬客歌)>)

落月滿屋梁, 지는 달빛 대들보에 가득한데,
猶疑照顔色. 그대 얼굴 비추는 듯하네.

(두보杜甫 <꿈에 이백을 보다(夢李白)> 제1수)

이러한 여러 가지는 다 열거할 수 없다. 상술한 시구의 달에 대한 묘사는

사람에게 주는 인상이 선명하지만, 그러나 아직 생동적이라고는 말할 수 없다. 아래의 두 예를 보자.

③ 可憐九月初三夜, 사랑스러운 9월 초사흘 밤,

　露似眞珠月似弓. 이슬은 진주 같고 달은 활 같네.

(백거이白居易 <해 저문 강가에서 읊조리다(暮江吟)>)

④ 松排山面韆重翠, 소나무가 산자락에 늘어선 것은 천 겹의 비취 같고,

　月點波心一顆珠. 달이 물결 속에 점찍은 것은 한 알의 구슬 같다.

(백거이白居易 <봄날 호수 위에서 적다(春題湖上)>)

　예시 ③과 ④의 '달은 활 같네(月似弓)', '한 알의 구슬(一顆珠)'은 모두 대시인 백거이의 손끝에서 나온 것으로, 하나는 하늘의 달을 비유하고 하나는 물속의 달을 비유하는데 정말이지 생동감이 넘친다. 음력 매월 7일이나 8일에는 달이 반달 형태를 보이며 활 모양 같은데, 이것은 상현달이다. 음력 매월 2일이나 3일에는 신월(新月)이 막 나타나는데 이것이 '초승달(비朏)'이다. 백거이가 '9월 초사흘밤' '달이 활 모양 같다'라고 한 것은 대체적으로 말한 것이므로 굳이 엄하게 따질 필요는 없다. '이슬은 진주 같고 초승달은 활 같네(露似眞珠月似弓)'라고 하였는데, 달빛이 비추는 아래에서, 영롱한 이슬이 마치 진주처럼 반짝 반짝이며, 하늘의 초승달 또한 마치 활시위를 당기는 것처럼 비스듬하게 하늘에 걸려 있으니 그 모습이 정말 매우 아름답다. '달이 물결 속에 점찍은 것은 한 알의 구슬 같다(月點波心一顆珠)'고 한 것은 구상이 더욱 신선하다. '소나무가 산자락에 늘어선 것은 천 겹의 비취 같고(松排山面韆重翠)'라고 한 것은 푸른 소나무와 잣나무가 산을 덮어 중첩된 모습이 마치 비취옥(翡翠玉)이 우뚝 솟아 있는 것 같다는 것이며, '달은 물결 속에 점찍어

한 알의 구슬이네(月點波心一顆珠)'에서 '점(點)'은 동사로 쓰였는데, 여기서는 '도장 찍듯 비춘다'라는 뜻으로, 하늘의 밝은 달이 서호(西湖)에 비춰지는 모습이 마치 번쩍이는 한 알의 야명주(夜明珠)와 같다고 말한다. 예시 ③과 ④도 또한 달을 묘사하고 있지만, 그러나 비유의 수사법을 사용함으로 해서 그 수사적인 효과는 분명히 다르다.

비유라 하면, 비유 당하는 사물(본체本體)과 비유에 쓰이는 사물(유체喩體)이 있어야 한다. 비유에 쓰이는 본체와 유체는 성질상 반드시 종류가 다른 두 가지 사물이어야 하며, 그렇지 않으면 비유를 구성할 수 없다. 이 점에 관해서는 바로 유협(劉勰)이 말한 바와 같으니, "시인은 비흥(比興) 수법을 운용할 때, 접촉하는 사물을 세밀하게 관찰해야 한다. 사물은 비록 표면상 호(胡)나라와 월(越)나라처럼 멀어도, 비유를 통해 합쳐지면 간(肝)과 쓸개(膽)처럼 가깝게 된다."[1](≪문심조룡(文心雕龍)·비흥(比興)≫)고 하였다. 이 말은 시인이 비흥의 수법으로 시가를 지으려면, 사물을 접촉할 때 자세하게 관찰하고 생각해야 한다는 것이다. 비교되는 사물과 비교하는 사물은 비록 표면상으로 볼 때, 북쪽의 호나라와 남쪽의 월나라처럼 서로 멀리 떨어져 있는 것처럼 보여도, 두 사물이 합쳐지면 결국 비슷한 곳이 있게 되니 마치 간과 쓸개처럼 가까워진다. 유협의 이 말 자체가 비유를 하여 이치를 설명하였는데 매우 정밀하다. 그래서 우리들은 비교되는 사물과 비교하는 사물의 비슷한 점을 명확하게 이해하는 것이 비유를 정확하게 이해하는 관건이라고 말할 수 있다. 그러면 그 비슷한 점을 어떻게 잡아내야 하는가? 아래의 세 가지 문제에 특히 주의해야 한다.

첫째, 동일한 유체(喩體)가 다른 본체를 비유할 수 있음에 주의해야 한다.

---

1   "詩人比興, 觸物圓覽. 物雖胡越, 合則肝膽."

비유에 쓰이는 유체는 종종 다양한 속성을 가지고 있다. 따라서 시에서 이런 상황이 나타나니, 동일한 사물이 서로 다른 각도에서 각기 다른 사물들을 비유할 수 있다는 것이다. 예를 들면,

① 低頭弄蓮子, 머리 숙여 연밥 만지작거리니,

　蓮子靑如水. 연밥이 물처럼 푸르네.

（무명씨無名氏 <서주西洲의 노래(西洲曲)>）

② 雲淡碧天如水. 구름은 엷고 푸른 하늘은 물 같네.

（무명씨無名氏 <어가御街의 노래(御街行)>）

③ 掃地焚香閉閣眠, 바닥 쓸고 향 피우며 문 닫고 자는데,

　簟紋如水帳如煙. 대자리 무늬는 물 같고 휘장은 연기 같네.

（소식蘇軾 <남당(南堂)>）

④ 柔情似水, 부드러운 정은 물과 같고,

　佳期如夢. 아름다운 기약은 꿈과 같네.

（진관秦觀 <작교선(鵲橋仙)>）

⑤ 鐵騎無聲望似水. 철갑 기병들은 소리 없는데 바라보면 물 흘러가는 듯 하였네.

（육유陸游 <야유궁(夜遊宮)·꿈을 적어 사백혼師伯渾에게 보내다(記夢寄師伯渾)>）

⑥ 遙夜沉沉如水, 긴긴 밤은 물처럼 그윽하고,

風緊驛亭深閉. 바람 거센 역참은 굳게 닫혔네.

(진관秦觀 <여몽령(如夢令)>)

예시 ①~⑥에서 각 구절의 '수(水)'는 모두 비유하는 사물인데, 여기에서의 물은 각기 다른 각도에서 비유를 하니, 이 '물'은 비유되는 사물과 저마다 서로 다른 유사성을 가지고 있다.

예시 ①과 ②에서 '연밥이 물 빛깔처럼 푸르네(蓮子靑如水)', '푸른 하늘은 물 빛깔 같네(碧天如水)'라고 한 것은 물의 색깔을 가지고 비유한 것이다.

예시 ③의 '대자리 무늬는 물 같고(簟紋如水)'라고 한 것은 물의 모양을 가지고 비유한 것이다.

예시 ④에서 '부드러운 정은 물과 같고(柔情似水)'라고 했는데, 이것은 물의 흐르는 성질에 각도를 맞춰 비유한 것이다.

예시 ⑤에서 '철갑 기병들은 소리 없는데 바라보면 물 흘러가는 듯하였네 (鐵騎無聲望似水)'라고 한 것은 어순을 바꾼 구절로서, '철갑 기병들이 소리 없이 물 흘러가듯 치달리는 것을 바라보았네(望鐵騎無聲似水)'라는 뜻이니, 이 것은 물의 유동성과 연속성의 각도에서 비유한 것이다.

예시 ⑥의 '긴긴 밤은 물처럼 그윽하고(遙夜沉沉如水)'라고 한 것은, 물이 깊고 연속적인 성격의 각도에서 비유한 것이다.

예시 ①~⑥과 같은 이러한 상황은 고대시가에서는 허다하다. 아래에서 몇 가지 예를 더 들며, 분석은 더 이상 하지 않기로 한다.

똑같은 '사(絲)'도 '여섯 고삐(六轡)'를 비유할 수 있기도 하고, 또 '황하(黃 河)'를 비유할 수도 있다.

⑦ 我馬維駰, 내 말은 검푸른 준마,

六轡如絲. 여섯 고삐가 실처럼 가지런하네.

(≪시경詩經·소아小雅·화려한 꽃(皇皇者華)≫)

⑧ 西岳崢嶸何壯哉, 서악(西岳)은 가파르며 어찌 그리 웅장한가?

黃河如絲天上來. 황하(黃河)는 실처럼 하늘에서 내려오네.

(이백李白 <서악西岳 화산華山의 운대봉雲臺峰을 노래하며 원단구元丹丘를 전송하
다(西岳雲臺歌送丹丘子)>)

똑같은 '마(麻)'도 서로 뒤엉킨 '백골'을 비유할 수도 있고 또는 '빗발'을
비유할 수도 있다.

⑨ 天津流水波赤血, 천진교(天津橋) 흐르는 물에 붉은 피 물결 일고,

白骨相撑如亂麻. 백골은 어지러운 삼대처럼 서로 받쳐주고 있네.

(이백李白 <부풍扶風의 호걸 노래(扶風豪士歌)>)

⑩ 床頭屋漏無干乾處, 침상머리마다 집에 비가 새어 마른 곳 없고,

雨脚如麻未斷絶. 빗발은 삼대같이 그치지 않네.

(두보杜甫 <초가집이 가을바람에 무너진 노래(茅屋爲秋風所破歌)>)

마찬가지로 '운(雲)'은 '파도(海浪)'를 비유할 수도 있고, 또 '봄날 생각(春
思)'을 비유할 수도 있다.

⑪ 海浪如雲去却回, 파도는 구름 같이 갔다가 다시 돌아오고,

北風吹起數聲雷. 북풍이 부니 천둥소리 우르릉 일어나네.

(증공曾鞏 <서쪽 누각(西樓)>)

⑫ 參軍春思亂如雲, 참군(參軍)은 봄날 생각 구름처럼 어지럽고,

  白髮題詩愁送春. 백발 시인은 시를 지어 봄 보내는 것을 시름겨워 하네.

(구양수歐陽修 <봄날 허주許州의 서호西湖에서 사법참군司法參軍 사백초謝伯初에게 보내는 노래(春日西湖寄謝法曹歌)>)

둘째, 유체(喩體)와 본체 간의 다양한 속성 관계에 주의해야 한다.

비유하는 사물과 비유되는 사물, 즉 유체와 본체 간에 형성된 비유 관계는 어떤 때는 결코 한 가지 속성에 얽매이지 않으면서 서로를 연결시킨다. 이것은 바로 유체와 본체 간의 비슷한 점이 때로는 하나에만 그치지 않는다는 말이다. 이러한 경우, 우리는 비슷한 것을 모두 찾아내야만 비로소 비유하는 전부 함의를 이해할 수 있다. 예를 들면,

① 指如削蔥根, 손가락은 파뿌리를 깎아놓은 듯하고,

  口如含朱丹. 입은 붉은 구슬을 머금은 것 같네.

(무명씨無名氏 <초중경焦仲卿의 아내(焦仲卿妻)>)

② 從容好趙舞, 느릿느릿 조(趙)나라 춤을 좋아하고,

  延袖像飛翮. 소매를 펼치면 나는 새 날개 같네.

(좌사左思 <아리따운 딸들(嬌女詩)>)

③ 秋浦多白猿, 추포(秋浦)에 흰 원숭이 많은데,

  超騰若飛雪. 뛰어오르는 모습이 날리는 눈 같네.

(이백李白 <추포秋浦의 노래(秋浦歌)> 제5수)

④ 杜陵野客人更嗤, 두릉(杜陵)의 촌사람 사람들이 비웃으니,

被(pī)褐短窄鬢如絲.² 걸친 베옷은 짧고 좁으며 귀밑머리는 실과 같네.

(두보杜甫 <취하여 부르는 노래(醉時歌)>)

⑤ 西嶽崚嶒竦處尊, 서악(西嶽) 화산(華山)은 험준한데 우뚝 솟은 곳이 최
고봉이며,

諸峰羅立如兒孫. 여러 봉우리들 늘어서 있는데 자손과 같네.

(두보杜甫 <화산華山을 바라보며(望嶽)>)

⑥ 紅蓮相倚渾如醉, 붉은 연꽃 서로 의지하며 마치 술 취한 것 같고,

白鳥無言定自愁. 흰 새는 말 없으니 분명히 혼자서 시름에 잠긴 것이리라.

(신기질辛棄疾 <자고천(鷓鴣天)·아호鵝湖에서 돌아온 뒤, 병에서 일어나 짓다(鵝湖
歸, 病起作)>)

예시 ①에서 '손가락(指)'과 '파뿌리(削蔥根)'의 유사점은 형체가 가늘고 색
이 하얗고 성질이 부드럽다는 것이다.

예시 ②의 '소매를 펼침(延袖)'과 '나는 새 날개(飛翮)'의 유사점은 장소적
위치, 날아 움직임, 그리고 형상이다.

예시 ③의 원숭이의 '뛰어오름(超騰)'과 '날리는 눈(飛雪)'의 유사점은 움직
이는 동작과 색이 하얗다는 것이다.

예시 ④에서 '귀밑머리(鬢)'와 '실(絲)'의 유사점은 형체가 가늘고 색이 희
고 양이 많다는 것이다.

예시 ⑤의 '여러 봉우리들 늘어서 있음(諸峰羅立)'과 '자손(兒孫)'의 유사점
은 외형이 크고 작고 다르며, 수량이 많고, 처해 있는 위치가 높고 낮고 다르

---

2   被(피): 걸치다.

다는 것이다.

예시 ⑥의 '붉은 연꽃 서로 의지함(紅蓮相倚)'과 '술 취함(醉)'의 유사점은 외형이 기울어져서 곧지 않으며 색깔이 빨갛다는 것이다.

셋째, 유체와 본체 간의 여러 가지 속성 관계의 규율성을 알아야 한다. 위에서 이야기한 두 가지는 근본적으로 모두 이 조항과 관련이 있다. 유체와 본체 간의 속성 관계는 주로 아래 몇 가지 방면이 있다.

ㄱ. 형상

① 馬毛縮如蝟, 말의 털은 오그라들어 고슴도치 같고,
角弓不可張. 각궁(角弓)은 벌릴 수 없네.

(포조鮑照 <'계薊의 북문에서 나가는 노래'를 본떠서 지은 시(代出自薊北門行)>)

② 裁爲合歡扇, 마름질하여 합환선(合歡扇)을 만드니,
團團似明月. 둥근 모습이 밝은 달 같네.

(무명씨無名氏 <연燕 땅의 노래(燕歌行)>)

③ 下如蛇屈盤, 아래는 뱀이 휘감은 것 같고,
上若繩縈紆. 위는 새끼줄이 얽혀 있는 것 같네.

(백거이白居易 <자줏빛 꽃 등나무(紫藤)>)

ㄴ. 색깔

① 屐上足如霜, 나막신 신은 발은 서리 같은데,

不着鴉頭襪. 갈까마귀 머리 버선은 신지 않았네.

(이백李白 <월越 땅의 여인(越女詞)> 제1수)

② 白鬚如雪五朝臣, 흰 수염이 눈과 같은 다섯 왕조의 신하,
又値新正第七旬. 또 새해 정월을 맞아 칠순이 되었네.

(백거이白居易 <새해에 들어서는 것을 기뻐하며 스스로 읊조리다(喜入新年自詠)>)

③ 鶗旦催人夜不眠, 할단새는 사람에게 재촉하며 밤에 잠들지 말라 하고,
竹雞叫雨雲如墨. 죽계(竹雞)는 비가 온다고 우는데 구름이 먹물과 같네.

(장순민張舜民 <보리타작(打麥)>)

ㄷ. 성질

① 大道如靑天, 큰 길은 푸른 하늘 같으나,
我獨不得出. 나만 홀로 나가지 못하네.

(이백李白 <가는 길 험난하네(行路難)> 제2수)

② 先帝御馬玉花驄, 선제께서 타시던 말 옥화총(玉花驄),
畫工如山貌不同. 화공들 산과 같으나 모습이 같지 않네.

(두보杜甫 <그림의 노래(丹靑引)>)

③ 妾心如鏡面, 내 마음 거울 면과 같아,
一規秋水淸.³ 둥근 가을 물처럼 맑도다.

(허비許棐 <악부(樂府)>)

---

3   規(규): 원형(圓形).

예시 ①의 '큰 길은 푸른 하늘 같으나(大道如青天)'는 큰 길이 푸른 하늘과 같이 넓다는 것이다. 예시 ②의 '화공들 산과 같으나(畵工如山)'는 화공이 산처럼 많다는 것이다. 예시 ③의 '내 마음 거울 면과 같아(妾心如鏡面)'는 자신의 마음이 거울 표면 같이 맑고 깨끗하다는 것이다.

넓음, 많음, 맑고 깨끗함, 이러한 것들은 모두 사물의 성질을 말해주는 것이다.

ㄹ. 동작, 행위

① 垂淚適他鄉, 눈물 흘리며 타향으로 가니,
忽如雨絶雲. 문득 빗방울이 구름에서 떨어져나가는 것 같네.

(부현傅玄 <예장豫章의 노래(豫章行)·기구한 운명(苦相篇)>)

② 知章騎馬似乘船, 하지장(賀知章)은 말을 타면 배를 탄 것 같은데,
眼花落井水底眠. 눈이 아물아물하여 우물에 떨어져도 물밑에서 잠자네.

(두보杜甫 <술 마시는 여덟 명 신선의 노래(飮中八仙歌)>)

③ 人生到處知何似? 사람이 살면서 여기 저기 다니는 것이 무엇과 같은지
아는가?
應似飛鴻踏雪泥. 아마도 날아가던 기러기가 눈 내린 진흙 위 밟는
것과 같으리.

(소식蘇軾 <자유子由의 '면지澠池에서의 옛날을 회상하며' 시에 화답하며(和子由
澠池懷舊)>)

예시 ①의 '우절운(雨絶雲)'은 '우절어운(雨絶於雲. 빗방울이 구름에서 떨어져나

가네)'의 뜻으로, 빗물이 구름층에서 분리되어 아래로 떨어지는 것이다. 예시 ③의 '아마도 날아가던 기러기가 눈 내린 진흙 위 밟는 것과 같으리(應似飛鴻踏雪泥)'는 그 주어가 '인생도처(人生到處)'이다.

ㅁ. 상태

① 白浪如山那可渡, 흰 파도 산과 같은데 어찌 건널 수 있으리오,
　 狂風愁殺峭帆人. 미친 바람은 뱃사공을 몹시도 시름겹게 만드네.

　 (이백李白 <횡강橫江의 노래(橫江詞)> 제3수)

② 綠遍山原白滿川, 초록이 산과 들에 퍼져있고 흰 빛은 하천에 가득한데,
　 子規聲裏雨如煙. 두견새 울음 속에 비는 안개와 같네.

　 (옹권翁卷 <시골 마을의 4월(鄕村四月)>)

③ 落月如老婦, 떨어지는 달은 늙은 부인과 같아,
　 蒼蒼無顏色. 회백색에 얼굴빛이 없네.

　 (조훈曹勳 <태행산太行山을 바라보며(望太行)>)

ㅂ. 시간, 속도

① 浩浩陰陽移, 흐르고 흘러 세월은 옮겨가니,
　 年命如朝露. 사람 목숨은 아침이슬과 같네.

　 (고시古詩 <수레를 몰고 상동문上東門을 나가(驅車上東門)>)

② 學劍越處子, 월(越) 땅의 여인에게 검술을 배웠는데,

超騰若流星. 뛰어오르면 유성(流星)과 같았네.

(이백李白 <동해東海에 용감한 부인이 있어(東海有勇婦)>)

③ 願春暫留, 봄이 잠시 머물기를 원했지만,

春歸如過翼, 봄은 지나가는 새처럼 돌아가 버리고,

一去無跡. 한 번 가더니 흔적조차 없구나.

(주방언周邦彦 <육추(六醜)·장미薔薇가 시든 뒤에 짓다(薔薇謝後作)>)

ㅅ. 소리

① 大弦嘈嘈如急雨, 굵은 줄은 소란스러워 소나기 같고,

小弦切切如私語. 가는 현은 소곤소곤 속삭임 같네.

(백거이白居易 <비파琵琶의 노래(琵琶行)>)

② 大臣鼻息如雷吼, 대신의 코 고는 소리가 우레 치는 것 같고,

玉帳無憂方熟眠. 장막에서 걱정 없어 비로소 깊이 잠드네.

(왕정규王庭珪 <주기周莒(자字가 수실秀實)의 '농가의 노래'에 화답하여(和秀實和周秀實田家行)>)

③ 朝雲橫度, 아침 구름은 옆으로 건너가고,

轆轆車聲如水去. 덜커덕 수레 소리는 물처럼 가버리네.

(장흥조蔣興祖의 딸 <감자목란화(減字木蘭花)·웅주역雄州驛에 적다(題雄州驛)>)

ㅇ. 관계

① 宴爾新婚,[4] 그대는 신혼을 즐기면서,

　　如兄如弟. 오빠 같고 동생 같이 하는군요.

　　(≪시경詩經·패풍邶風·골짜기 바람(谷風)≫)

② 送行勿泣血, 떠나보내며 피눈물 흘리지 마시라,

　　僕射如父兄. 장군께선 아버지와 형 같으시리라.

　　(두보杜甫 <신안新安의 관리(新安史)>)

③ 觀身理國國可濟, 몸을 보고 나라를 다스리면 나라를 구제할 수 있으니,

　　君如心兮民如體. 임금은 마음과 같고 백성은 몸과 같네.

　　(백거이白居易 <표국驃國 음악(驃國樂)>)

　예시 ①은 본체가 생략되었다. 본체는 부인을 버린 남편과 새로 결혼한 부인이다.

　이상은 유체와 본체의 속성과 연관된 몇 개의 주요 방면이다. 우리는 작품을 읽을 때, 한 걸음 더 나아가 더욱 많은 것을 귀납할 수 있지만, 그러나 주요하고 상용되는 것은 이 몇 가지 경우이다.

4　宴(연): 즐기다.

<2> 비유의 기본 유형

(1) 명유(明喩)

'명유'는 갑(甲)을 이용해 을(乙)을 비유한다는 것을 매우 명확하게 나타내는 것이다. 명유 구성의 기본적인 격식은 본체(本體) + 비유사(比喩詞) + 유체(喩體)이다. 비유사는 동사로 충당되며, 상용되는 비유사의 전형적인 동사로 '여(如)', '사(似)', '약(若)' 등이 있다.

① 鬒(zhěn)髮如雲, 검은 머리 구름 같으니,
不屑髢(dí)也.[5] 가발이 필요 없네.

(≪시경詩經·용풍鄘風·남편과 평생을 함께 살며 늙어야 하리라(君子偕老)≫)

② 宮女如花滿春殿, 궁녀들 꽃과 같고 봄날 궁전에 가득했건만,
只今惟有鷓鴣飛. 지금은 다만 자고새만 날아다니네.

(이백李白 <월중越中에서 옛 자취를 둘러보며(越中覽古)>)

③ 湖上春來似畫圖, 호수에 봄이 오니 그림 같은데,
亂峰圍繞水平鋪. 어지러운 산봉우리 둘러쌌고 물은 평평하게 펼쳐졌네.

(백거이白居易 <봄날 호수 위에서 적다(春題湖上)>)

④ 日暮東風怨啼鳥, 해질 무렵 동풍에 우는 새는 원망스러워 하고,

---

5   髢(체): 가발(假髮).

落花猶似墜樓人. 떨어지는 꽃은 마치 누각에서 떨어지는 사람 같네.

(두목杜牧 <금곡원(金谷園)>)

⑤ 旌蔽日兮敵若雲, 깃발은 해를 가리고 적군은 구름 같으며,

矢交墜兮士爭先. 화살이 엇갈려 떨어지고 병사들은 앞 다투어 나간다.

(≪초사楚辭·구가九歌·순국열사(國殤)≫)

⑥ 皚如山上雪, 희기는 산 위의 눈과 같고,

皎若雲間月. 밝기는 구름 사이의 달과 같네.

(무명씨無名氏 <흰머리 노래(白頭吟)>)

예시 ①에서 '진발(鬒髮)'은 숱이 많고 검은 머리이다. '검은 머리 구름 같으니(鬒髮如雲)' 이 구절에서는 두 가지 유사점을 파악해야 하니, 첫 번째는 색깔이고, 두 번째는 형상이다. 구름 덩이는 검은 것도 있고 흰 것도 있지만, 여기서 취한 유사점은 검은 색이다. 구름 덩이는 떠다니며 한 곳에 머무르지 않는데, 때로는 모이면 쌓인 구름이 짙게 깔리고, 때로는 흩어지면 연기 같고 명주실 같지만, 여기서 취한 유사점은 쌓인 구름의 형상이다. 전체의 시구는 위(衛)나라 선공(宣公)의 부인 선강(宣姜)의 아름다운 모습을 형용한 것인데, 선강의 머리카락이 검고 숱이 많아, 머리 모양이 겹겹인 것이 마치 하늘의 검은 구름과 같아서, 그녀는 가발을 쓰지 않아도 충분히 아름답다는 의미이다. 이 시구에서 '진발(鬒髮)'은 본체이고, '여(如)'는 비유사이고, '운(雲)'은 유체(喩體)이다. 명유(明喩)는 비유사의 도움을 빌려 본래 서로 다른 본체와 유체를 연관시켜 매우 선명한 수사 효과를 내는 것이다.

그 밖의 예시 ②~⑥에서, 궁녀의 아름다움, 호수의 봄 경치, 떨어지는 꽃의 자태, 적군의 수많음, 마음의 깨끗함은 모두 비교적 추상적인 개념이지만,

여기서는 명유의 형식을 통해 그러한 것들을 각각 '꽃', '그림', '누각에서 떨어지는 사람', '구름', 그리고 '산 위의 눈', '구름 사이의 달' 등등으로 비유하였는데, 이렇게 하자 형상화가 되어 볼 수 있고 만질 수 있는 것으로 변하게 되니, 이것이 바로 시의 언어가 갖는 매력이며, 산문의 언어와 크게 다른 점이다.

명유의 비유사는 또 '비(譬)', '류(類)', '상(象)'과 같은 동사를 사용할 수도 있다. 예를 들면,

⑦ 人生譬朝露, 사람의 삶은 아침이슬에 비유할 수 있는데,
　居世多屯蹇.[6] 세상에 살면서 어려움이 많다네.

　(진가秦嘉 <아내에게 보내는 시(贈婦詩)> 제1수)

⑧ 嗟余聽鼓應官去, 아! 나는 북소리 들리면 관청으로 돌아가야 하는데,
　走馬蘭臺類轉蓬. 난대(蘭臺)로 말 달리는 내 신세 뒹구는 쑥 같네.

　(이상은李商隱 <무제(無題)> 제1수)

⑨ 額鼻象五嶽, 이마와 코는 오악(五嶽)과 같고,
　揚波噴雲雷. 파도를 일으키며 구름과 우레 내뿜네.

　(이백李白 <고풍古風 59수(古風五十九首)> 제3수)

만약 몇 개의 다른 유체를 연이어 사용하여 동시에 동일한 하나의 본체를 비유한다면, 이는 바로 일반적으로 말하는 '박유(博喩)'이다. 예를 들면,

---

6　屯蹇(둔건): 대단히 곤란하다. 순조롭지 않다.

⑩ 天保定爾,[7] 하늘이 그대를 보우하여 편안케 하시니,

　　以莫不興.[8] 흥성하지 않는 것 없네.

　　如山如阜, 산과 같고 언덕과 같으며,

　　如岡如陵. 산등성이 같고 큰 언덕 같네.

　　(≪시경詩經·소아小雅·하늘이 보우하여(天保)≫)

⑪ 月色滿床兼滿地, 달빛은 침상에 가득하고 땅에도 가득하며,

　　江聲如鼓復如風. 강물 소리는 북소리 같고 또 바람소리 같네.

　　(원진元稹 <강가 누각의 달(江樓月)>)

예시 ⑩의 <소아小雅·하늘이 보우하여(天保)>는 신하가 임금에게 답하는
시로, 전체 시에 축복의 말이 가득하다. '높은 산과도 같고 큰 땅덩이와도
같고, 높은 산등성이와도 같고 높은 언덕과도 같으며(如山如阜, 如岡如陵)'는
모두 임금의 업적을 비유하는 것으로, 하늘이 임금을 돕고 있으니, 그 업적이
흥성하고 번창하지 않음이 없으며, 이것은 마치 산과 언덕 같이 높고 크며,
또 산등성이와 큰 언덕 같이 영구히 존재한다는 뜻이다. 박유는 몇 개의
비유사 '여(如)'자를 연이어 사용하는데, 이렇게 하면 어세를 강화시키고 인
상을 더욱 깊게 하는 작용을 하여, 훌륭한 수사 효과를 거둘 수 있다.

　　같은 이치로, 예시 ⑪의 '강물 소리는 북소리 같고 또 바람소리 같네(江聲如
鼓復如風)' 구절은 유체(喩體) '고(鼓)'와 '풍(風)'을 연이어 사용하였기에 이렇게
함으로써 가릉(嘉陵)의 강물의 소리 변화를 모두 표현해 낼 수 있다. 북소리는
둥둥 울리고 바람소리는 성난 듯 울부짖는데, 북소리와 바람소리로 강물

7　　保(보): 보우하다. 爾(이): 그대.

8　　興(흥): 흥성하다.

소리를 비유함으로써, 강물의 험악함을 상상하게 만들 뿐만 아니라, 시인이 강 언덕의 역루(驛樓)에서 달을 바라보면서 멀리 있는 사람을 생각하는 고독한 심정을 더욱 느낄 수 있도록 할 수 있다.

(2) 암유(暗喩)

만약 비유를 한다는 것을 명확하게 표시하지 않고 본체(本體)를 직접적으로 유체(喩體)라고 말하면, 이것은 '암유'이다. 암유로 구성된 기본 격식은 '본체 + 비유사 + 유체'이다. 비유사로 충당되는 전형적인 동사는 '시(是)'자 이다. 예를 들면,

① 淼茫積水非吾土, 아득히 물 고인 곳은 내 머물 땅 아니며,
　飄泊浮萍是我身. 떠다니는 부평초가 내 신세라네.

　(백거이白居易 <구강九江에서 봄날에 바라보다(九江春望)>)

② 壯士心是劍, 장사의 마음은 칼이며,
　爲君射斗牛.⁹ 임금을 위해 두성(斗星)과 우성(牛星)을 쏜다네.

　(맹교孟郊 <갖가지 근심(百憂)>)

③ 笠是兜鍪(móu)蓑是甲,¹⁰ 삿갓은 투구요 도롱이는 갑옷인데,
　雨從頭上濕到胛. 비가 머리에서 어깨까지 젖어든다.

　(양만리楊萬里 <모심기 노래(插秧歌)>)

9　斗牛(두우): 별자리 이름. 두성(斗星)과 우성(牛星).
10　兜鍪(두무): 투구.

예시 ①~③에서, '내 신세(我身)', '장사의 마음(壯士心)', '삿갓(笠)', '도롱이(簑)'는 본체이고, '부평초(浮萍)', '칼(劍)', '투구(兜鍪)', '갑옷(甲)'은 유체이며, '…이다(是)'는 비유사이다. 여기서 주의해야 할 것은 예시 ①인데, 여기서는 압운(押韻)의 요구 때문에 본체와 유체의 위치에 변화가 생겼다.

고대시가에서는 비록 암유가 명유처럼 그렇게 매우 보편적으로 사용되지는 못하지만, 암유 사용도 암유 사용으로서의 장점이 있다. 암유의 본체와 유체가 동시에 출현하고 또 피차 '시(是)'자를 사용하여 연결되는데, 이렇게 하면 비유 관계를 일반 시구의 구조 안에 녹여 넣어, 비유가 흔적을 드러내지 않도록 한다. 암유는 표면상으로 보면 비유 관계가 아니지만, 실제로는 명유보다 유체와 본체의 유사점을 더욱 강조하니, 암유의 수사적 작용은 바로 여기에 있다. 예를 들어 예시 ①~③에서, 만약에 '떠다니는 부평초가 내 신세라네(漂泊浮萍是我身)', '장사의 마음은 칼이며(壯士心是劍)', '삿갓은 투구요 도롱이는 갑옷인데(笠是兜鍪簑是甲)'라고 하는 것을 '떠다니는 부평초가 내 신세 같네(漂泊浮萍如我身)', '장사의 마음은 칼 같으며(壯士心如劍)', '삿갓은 투구요 도롱이는 갑옷 같네(笠是兜鍪簑如甲)'라고 말한다면, 그 효과는 그다지 같지 않다. '떠다니는 부평초가 내 신세 같네(漂泊浮萍如我身)', '장사의 마음은 칼 같으며(壯士心如劍)' 등은 비유하고 있다는 것을 분명히 느끼게 하지만, 만약 비유사 '여(如)'를 '시(是)'자로 바꾼다면, 본체와 유체 사이가 바로 판단 관계로 되어버리며, 비유 관계는 도리어 더욱 은폐되어 버린다. 바로 이렇기 때문에, 어떤 책에서는 암유를 '은유(隱喩)'라고 부르기도 한다.

둘째, 암유의 비유사는 때로는 '위(爲)', '성(成)', '작(作)' 등의 동사로 바꿀 수도 있다. 예를 들면,

④ 雲爲車兮風爲馬, 구름은 수레 되고 바람은 말이 되며,

　玉在山兮蘭在野. 옥은 산에 있고 난초는 들에 있네.

　(부현傅玄 <오吳나라 땅과 초楚나라 땅의 노래(吳楚歌)>)

⑤ 勢家多所宜, 권세 있는 집안은 무슨 일 해도 마땅하다 여겨지는 경우 많고,

　咳唾自成珠. 기침과 침이 저절로 구슬이 된다네.

　(조일趙壹 <사악한 세태를 혐오하는 시(疾邪詩)> 제2수)

⑥ 春風餘幾日, 봄바람 불 날 며칠이나 남았을까,

　兩鬢各成絲. 양쪽 귀밑털 각기 하얀 실처럼 되었네.

　(이백李白 <조정의 부름에 응하지 않은 전소양錢少陽에게 보내다(贈錢徵君少陽)>)

⑦ 君當作磐石,[11] 그대는 마땅히 넓고 큰 바위 되시고,

　妾當作蒲葦.[12] 저는 마땅히 부들과 같게 되겠어요.

　(무명씨無名氏 <초중경焦仲卿의 아내(焦仲卿妻)>)

⑧ 歡作沈水香,[13] 그대는 침수향(沈水香)이 되고,

　儂作博山爐.[14] 나는 박산로(博山爐)가 되리.

　(무명씨無名氏 <곡조를 낭송하는 노래(讀曲歌)>)

11　磐石(반석): 큰 돌. 아주 튼튼하고 변함이 없음을 비유한다.

12　蒲葦(포위): 부들과 갈대. 줄기와 잎은 베를 짜는 데에 쓸 수 있으며, 굳세고 잘 끊어지지 않음을 비유한다.

13　歡(환): 사랑하는 사람에 대한 애칭. 沈水香(침수향): 향목(香木) 이름. 침향목. 불을 붙이면 연기가 아주 향기롭다.

14　儂(농): 나. 博山爐(박산로): 기물의 표면에 산이 첩첩이 새겨진 화로.

때로는 본체와 유체 사이의 비유사 '시(是)', '위(爲)'와 같은 동사는 생략하고, 부사 '즉(卽)'자를 첨가할 수 있다.

⑨ 醉來臥空山, 술에 취해 빈 산에 누우니,
 　天地卽衾枕. 하늘과 땅이 바로 이불과 베게라네.
　　•　•　•　•　•

　　(이백李白 <벗과 모여 하룻밤 묵으며(友人會宿)>)

　예시 ⑨에서 '즉(卽)'은 여기서 단지 판단을 강화하는 작용만 한다. 이러한 구절들은 비유사를 생략한 뒤에는, 명유 구절인지 암유 구절인지 어떻게 판별할 수 있나? 이것은 단지 본체와 유체 사이의 어법 관계에 근거해야만 판별할 수 있다. 이를테면 예시 ⑨에서 '천지(天地)'와 '금침(衾枕)'의 사이는 분명히 판단 관계인데, 왜냐하면 고대의 판단구 또한 계사(繫辭)를 사용하지 않을 수 있기 때문이다. 만약 암유가 부정 형식으로 나타나면 여기서 비유사 또한 생략하고 사용하지 않지만 본체와 유체 사이에 그래도 '비(非)', '비(匪)'와 같은 부정 부사는 첨가하여야 한다. 예를 들면,

⑩ 我心匪鑒,¹⁵ 내 마음 거울이 아니니,
　•　•　•　•
 　不可以茹.¹⁶ 다 받아들여 비출 수 없네.
　•　•　•　•

　　(≪시경詩經·패풍邶風·잣나무 배(柏舟)≫)

⑪ 人生非金石, 사람의 목숨이 쇠나 돌이 아닌데,
 　豈能長壽考? 어찌 오래살 수 있겠는가?

　　(<고시 19수古詩十九首·수레를 돌려 멀리 가니(回車駕言邁)>)

15　匪(비): '비(非)'자와 통한다. 아니다.
16　茹(여): 받아들이다.

⑫ 心非木石豈無感, 마음이 목석이 아닌데 어찌 느낌이 없겠는가,

呑聲躑躅不敢言. 소리를 삼키고 머뭇거리며 감히 말을 못하네.

(포조鮑照 <'가는 길 험난하네'를 본떠서 지은 시(擬行路難)> 제4수)

주의해야 할 것은 어떤 암유는 다른 비유사를 동시에 사용한다는 점이다. 예를 들면,

⑬ 君爲女蘿草, 그대는 여라초(女蘿草)이고,

妾作兎絲花. 저는 토사화(兎絲花)입니다.

(이백李白 <옛 뜻(古意)>)

또 때때로 비유사가 바뀌면 비유의 유형 역시 따라서 바뀌는데, 이것은 더욱 주의할 필요가 있다. 예를 들면,

⑭ 君不見高堂明鏡悲白髮, 그대는 보지 못했는가? 높은 집에서 밝은 거울
에 비친 백발을 슬퍼하는 것을,

朝如青絲暮成雪. 아침에는 검푸른 실 같더니 저녁엔 흰 눈이 되었네.

(이백李白 <술 한 잔 드시지요(將進酒)>)

예시 ⑭에서, '아침에는 검푸른 실 같더니(朝如青絲)'는 명유이고, '저녁엔 흰 눈이 되었네(暮成雪)'는 암유이다. 또 예를 들면,

⑮ 杜陵野客人更嗤, 두릉(杜陵)의 촌 늙은이를 사람들 더욱 비웃으니,

被褐短窄鬢如絲. 입은 베옷은 짧고 좁으며 귀밑머리는 하얀 실과 같네.

(두보杜甫 <취하여 부르는 노래(醉時歌)>)

⑯ 賦達身已老, <장양부(長楊賦)>를 바치자 몸은 이미 늙었고,

草玄鬢成絲. ≪태현경(太玄經)≫을 짓고 나니 귀밑머리는 하얀 실이
되었네.

(이백李白 <고풍古風 59수(古風五十九首)> 제8수)

예시 ⑮와 ⑯에서 '귀밑털은 하얀 실과 같네(鬢如絲)'는 명유(明喩)이고, '귀
밑머리는 하얀 실이 되었네(鬢成絲)'는 암유(暗喩)이다. 이러한 상황이 빚어지
는 원인은, 수사학적으로 말하면 수사 방식을 변화시켜 운용하였기 때문이
고, 단어의 뜻에서 말하면 글을 바꾸어 반복을 피하기 위해서이다.

(3) 차유(借喩)

'차유'는 본체가 나타나지 않고, 비유사 또한 사용하지 않으며, 유체(喩體)
로 본체를 직접적으로 대체하는 비유 방식을 가리킨다. 예를 들면,

① 久在樊籠裏,[17] 오랫동안 새장 속에 있다가,

復得返自然. 다시 자연으로 돌아올 수 있게 되었네.

(도연명陶淵明 <전원의 집으로 돌아와(歸園田居)> 제1수)

② 君爲進士不得進, 그대는 진사가 되었으나 벼슬길에 나아가지 못하고,

我被秋霜生旅鬢. 나는 가을 서리에 나그네의 귀밑털이 생겼도다.

(이백李白 <취한 뒤 종조카 고진高鎭에게 주며(醉後贈從甥高鎭)>)

---

17   樊籠(번롱): 새장.

③ 可憐孤松意, 사랑스럽도다 외로운 소나무의 생각이여,

不與槐樹同. 홰나무와는 다르도다.

(원진元稹 <소나무(松樹)>)

④ 一夕輕雷落萬絲, 온 저녁 가벼운 천둥에 만 가닥 비 내렸고,

霽光浮瓦碧參差. 비 그치고 햇살이 기와를 비추니 푸른빛 들쑥날쑥하네.

(소식蘇軾 <봄날(春日)>)

예시 ①에서 <전원의 집으로 돌아와(歸園田居)>는 모두 다섯 수로, 도연명의 주요 대표작 중 하나이다. 진(晉) 안제(安帝) 의희(義熙) 원년(405년)에, 도연명은 팽택현령(彭澤縣令)을 사직하고 전원으로 돌아와 은거했는데, <전원의 집으로 돌아와>는 은거한 뒤 그 다음해에 지어졌다. '오랫동안 새장 속에 있다가, 다시 자연으로 돌아올 수 있게 되었네(久在樊籠里, 復得返自然)'라는 두 구절은 시인 도연명이 관직생활에 대해 갖는 혐오(厭惡)와 전원 은거생활을 좋아함이 잘 나타나 있다. '새장(樊籠)'은 유체이며, 본체, 즉 비유되는 사물은 시에 나타나지 않는다. 그러면 본체를 대표하는 말은 무엇인가? 이것은 원시(原詩)에서는 찾을 수 없다. 이런 경우, 우리는 도연명의 뜻에 근거하여 관련된 시와 문장 중에서 찾아야 한다. 도연명은 <돌아가자(歸去來兮辭)>의 서문에서 일찍이 '높은 관리 되어(爲長吏)' '벼슬자리에 있을 때(在官)'라는 말을 한 적이 있는데, 그래서 우리들은 '새장(樊籠)'이 실제로는 관직생활을 비유하고 있음을 알 수 있다. 관리가 되고 나면 아주 자유스럽지 못하여, 도연명이 보기에는 마치 새장에 갇힌 새와 같다. 다른 예로 이를테면 예시 ②의 '가을 서리(秋霜)'는 백발(白髮)을 비유하고, 예시 ③의 '외로운 소나무(孤松)'는 작자 스스로를 비유하는 것이며, '홰나무(槐樹)'는 붕당(朋黨)을 비유하고, 예시 ④의 '만 가닥(萬絲)'은 비를 비유하는데, 이러한 것들은 모두 유체로 본체를 직접적으

로 대체하는 것이다. 근체시(近體詩)에서는 언어를 더욱 간결하게 다듬을 것을 요구하기 때문에, 차유 형식이 명유나 암유보다 더욱 보편적으로 사용된다. 차유는 처음부터 끝까지 단어로 나타나기 때문에, 명유나 암유처럼 구식(句式) 문제에 관련되지 않으니, 이것이 바로 차유가 명유나 암유보다 우월한 점이기도 하다.

<3> 비유의 변화

비유는 수사 방식의 하나로, 실제 응용에서는 많은 변화가 많다. 이러한 변화 형식들을 알아야 더욱 편하게 시가의 언어를 이해할 수 있다. 비유의 변화는 주로 아래의 두 가지이다.

(1) 비유사(比喩詞) 생략

비유 수사법의 구체적인 운용에 있어서, 어떤 때는 비유사를 생략할 수 있다. 이것은 명유나 암유 모두에 존재한다. 그러나 쉽게 오해를 불러일으키는 경우는 역시 명유이다. 비유사를 생략한 뒤에, 도대체 어떻게 명유와 암유를 구분할 수 있는지에 대해서는 뒤에 다시 언급하기로 한다.

명유가 비유사를 생략하는 것은 두 가지 경우가 있다.

첫째, 본체와 유체가 동일한 시구 안에 있는 경우이다. 예를 들면,

　① 纖腰減束素, 가느다란 허리는 허리띠 하얀 비단 같이 줄어들고,

別淚損橫波. 이별의 눈물은 흘러가는 파도 같은 눈을 상하게 하네.

(유신庾信 <내 마음을 읊으며(詠懷)> 제7수)

② 雨過潮平江海碧, 비 지나가자 조수 잔잔하고 강과 바다 푸르며,
　電光時掣紫金蛇. 번갯불은 이따금 자줏빛 뱀을 길게 뻗네.

(소식蘇軾 <망해루望海樓의 저녁 경치(望海樓晚景)>)

③ 嶺上晴雲披絮帽, 산봉우리 위의 맑은 구름은 솜 모자 덮어쓴 듯하고,
　樹頭初日掛銅鉦.[18] 나무 끝의 아침 해는 구리 징이 걸린 듯.

(소식蘇軾 <신성新城으로 가는 도중에(新城道中)>)

　예시 ①의 '섬요감속소(纖腰減束素)'는 바로 '섬요감여속소(纖腰減如束素. 가느다란 허리는 허리띠 하얀 비단 같이 줄어든다)'라는 뜻인데, 이것은 가느다란 허리가 말라서 마치 동여맨 비단과 같다고 말한다. 분명 '허리띠 하얀 비단(束素)'은 '가느다란 허리는 줄어들다(纖腰減)'라는 것을 비유한 것인데, 비유사 '여(如)'를 생략했다. 송옥(宋玉)의 <등도자登徒子가 여색女色을 좋아함을 읊은 부賦(登徒子好色賦)>에 '허리는 허리띠 하얀 비단 같네(腰如束素)'라는 말이 있어, '가느다란 허리는 허리띠 하얀 비단 같이 줄어들고(纖腰減束素)'는 확실히 비유사를 생략한 명유 구절임을 알 수 있다.

　예시 ②의 '전광시체자금사(電光時掣紫金蛇)'는 바로 '전광시체여자금사(電光時掣如紫金蛇. 번갯불이 이따금 길게 뻗으니 자줏빛 뱀 같네)'라는 뜻인데, '번갯불이 이따금 길게 뻗다(電光時掣)'는 본체이고, '자줏빛 뱀(紫金蛇)'은 유체이며, 비유사는 생략되었다.

18　鉦(정): 징. 고대의 군대 악기. 요령(鐃鈴)처럼 생겼는데 길며, 자루는 있고 추가 없다.

같은 이치로, 예시 ③의 '맑은 구름(晴雲)'과 '아침 해(初日)'는 모두 본체이고, '솜 모자(絮帽)'와 '구리 징(銅鉦)'은 유체이며, 비유사는 역시 모두 생략되었다. 이 두 구절은 산봉우리 위에 떠 있는 흰 구름이 마치 흰 모자를 쓰고 있는 것 같으며, 저 나무 가지 끝에서 솟아오르는 아침 해는 마치 구리 종이 걸려 있는 것과 같다는 의미이다.

둘째, 본체와 유체가 각각 다른 시구에 있는 경우이다. 예를 들면,

① 日從東方出, 해가 동쪽에서 뜨는 모습,
　　團團鷄子黃.[19] 둥근 달걀노른자네.

　　(무명씨無名氏 <서쪽의 까마귀가 밤에 날아(西烏夜飛)>)

② 遙望洞庭山水翠, 멀리 바라보니 동정호(洞庭湖)의 산수 푸른 경치,
　　白銀盤裏一靑螺. 흰 은쟁반의 푸른 소라 하나.

　　(유우석劉禹錫 <동정호洞庭湖를 바라보며(望洞庭)>)

③ 嘈嘈切切錯雜彈, 야단스럽고 애절함을 뒤섞어 타는데,
　　大珠小珠落玉盤. 큰 구슬 작은 구슬이 옥쟁반에 떨어져 구르네.

　　(백거이白居易 <비파琵琶의 노래(琵琶行)>)

예시 ①의 '해가 동쪽에서 뜨는 모습(日從東方出), 둥근 달걀노른자네(團團鷄子黃)'는 태양이 동쪽에서 떠오르는 것을 바라보면 마치 그 모습이 둥근 달걀의 노른자와 같다는 말이다. '해(日)'는 본체이고, '달걀노른자(鷄子黃)'는 유체

19　鷄子黃(계자황): 달걀노른자.

이며, 비유사 '여(如)'와 같은 동사는 생략되었으며, 본체와 유체가 각기 하나의 시구를 차지하고 있다.

예시 ②의 '동정호(洞庭湖)의 산수 푸른 경치(洞庭山水翠)'는 주로 동정호(洞庭湖)의 군산도(君山島)를 묘사한 것이다. 동정호에는 크고 작은 섬들이 많이 있으며 그 중 가장 유명한 것이 군산도이어서 아래의 시구에서 '흰 은쟁반의 푸른 소라 하나(白銀盤裏一靑螺)'라고 말한 것이다. '흰 은쟁반의 푸른 소라 하나'는 유체이고, '동정호(洞庭湖)의 산수 푸른 경치'는 본체인데, 두 가지가 각각 하나의 시구를 차지하고 있다.

예시 ③의 '야단스럽고 애절함을 뒤섞어 타는데(嘈嘈切切錯雜彈), 큰 구슬 작은 구슬이 옥쟁반에 떨어져 구르네(大珠小珠落玉盤)' 두 구절은 비파(琵琶)를 타는 여인이 번갈아가며 큰 줄과 작은 줄을 연주하면서 내는 야단스럽고 애절한 소리가 마치 큰 구슬 작은 구슬이 옥쟁반에 떨어져 구르면서 내는 소리와 같다는 것을 비유하였다. 분명히 '야단스럽고 애절함을 뒤섞어 타는데(嘈嘈切切錯雜彈)'는 본체이고, '큰 구슬 작은 구슬이 옥쟁반에 떨어져 구르네(大珠小珠落玉盤)'는 유체인데, 두 가지가 각각 하나의 시구를 차지하고 있다.

또 하나 주의해야 할 사항이 있으니 일련의 몇 구절이 유체(喩體)의 시구인 경우인데, 이것은 실제로는 비유사를 생략한 박유(博喩)의 구절이다.

① 銀瓶乍破水漿迸,[20] 은 항아리 갑자기 깨져 물이 쏟아져 나오듯,
   鐵騎突出刀槍鳴. 철갑 기병이 돌진하며 칼과 창이 소리를 울리듯.

   (백거이白居易 <비파琵琶의 노래(琵琶行)>)

② 有如兔走鷹隼落, 토끼가 달리자 송골매가 곧장 떨어지듯,

---

20 乍(사): 갑자기.

駿馬下注千丈坡. 준마가 천길 언덕을 달려 내려오듯.

斷弦離柱箭脫手, 끊어진 거문고 줄이 기러기발을 떠나듯 화살이 손을
벗어나듯 하고,

飛電過隙珠翻荷. 날아가는 번개가 문틈을 지나듯 이슬방울이 연잎에서
뒤집혀 떨어지듯 하네.

(소식蘇軾 <백보홍(百步洪)>)

예시 ①의 두 구절은 모두 비파 소리를 형용한 것이다. '은병사파(銀甁乍破)', '수장병(水漿迸)', '철기돌출(鐵騎突出)', '도창명(刀槍鳴)' 앞에 모두 '여(如)'자가 생략되었다.

예시 ②는 둘째 구부터 시작해서 '준마하주천장파(駿馬下注天丈坡)', '단현이주(斷弦離柱)', '전탈수(箭脫手)', '비전과극(飛電過隙)', '주번하(珠翻荷)' 앞에 역시 '여(如)'자를 생략하였다. <백보홍(百步洪)>의 이 몇 구절들은 모두 시인이 사수(泗水)의 백보홍에서 배를 타고서 보았던 배가 가볍게 질주하는 광경을 묘사하였다.

이제 비유사를 생략한 명유와 암유를 어떻게 분별하는가?라는 문제에 대해 살펴보도록 한다. 이 문제는 앞에서 이미 간단히 몇 마디 했는데, 여기서 다시 한 번 이야기하고자 한다.

비유사를 생략한 명유와 암유를 분별하는 데에 가장 중요한 것은 시구의 위아래 뜻과, 본체와 유체가 시구 중에 처해있는 어법상의 위치를 살펴야 하며, 그리고 본체와 유체가 어떤 종류의 말로 충당되었는지를 보아야 한다.

앞에서 인용한 예에서 알 수 있듯이, 암유의 본체와 유체는 일반적으로 모두 명사와 대명사, 혹은 명사성(名詞性)의 단어 결합으로 충당되며, 또 이러한 명사와 대명사, 혹은 명사성의 단어 결합은 구절 내에서 판단관계를 형성할 수 있다. 그래서 비록 비유사 '시(是)'와 같은 동사들을 생략하더라도 여전

히 어떤 것이 암유이고, 어떤 것은 암유가 아닌지를 분명히 분별할 수 있다. 이를테면 앞에서 들었던 '하늘과 땅은 바로 이불과 베개라네(天地即衾枕)'는 이런 문제를 설명할 수 있다.

그러나 명유의 경우는 이와 다르다. 명유의 본체와 유체는 일반적으로 동사, 혹은 동사성(動詞性)의 단어 결합으로 충당될 뿐만 아니라 본체와 유체는 구절 안에서 판단관계를 구성할 수 없다. 그래서 이러한 구절들은 설령 비유사 '여(如)' 같은 동사를 생략하더라도 여전히 그것이 명유라는 것을 알수 있다. 이를테면 앞에서 인용한 적이 있는 '소나무가 산자락에 늘어선 것은 천 겹의 비취 같고, 달이 물결 속에 점찍은 것은 한 알의 구슬 같네(松排山面千重翠, 月點波心一顆珠)'는 이 문제를 잘 설명할 수 있다. '소나무가 산자락에 늘어서다(松排山面)'와 '달이 물결 속에 점찍다(月點波心)'는 본체일 뿐만 아니라 모두 주어(主語)와 술어(述語)의 구조이다. '소나무가 산자락에 늘어서다(松排山面)'와 '천 겹의 비취(千重翠)', '달이 물결 속에 점찍다(月點波心)'와 '한 알의 구슬(一顆珠)'은 판단관계를 구성할 수 없다. 그래서 이 두 비유구(比喩句)는 단지 명유라고 할 수 있지, 암유는 아니다.

(2) 본체(本體)와 유체(喩體)의 위치 변화

'차유(借喩)'는 제쳐두고 간단하게 '명유'와 '암유'에 대해 설명하면, 일반적인 상황에서는 언제나 본체는 앞에 있고, 유체는 뒤에 온다. 그러나 특수한 상황, 예컨대 평측(平仄)의 제한과 압운(押韻)의 요구로 말미암아, 본체와 유체의 위치 또한 변화가 생길 수 있다. 예를 들면,

① 龍如駿馬, 용과 같은 준마,
　　車如流水, 수레는 흐르는 물 같고,

軟紅成霧.²¹ 가벼운 먼지는 안개를 이루네.

(상자인向子諲 <수룡음(水龍吟)·소흥紹興 14년 원소절元宵節에 경성京城을 생각하며(紹興甲子上元有懷京師)>)

② 淼茫積水非吾土, 아득히 물 고인 곳은 내 머물 곳 아니며,

飄泊浮萍是我身. 떠다니는 부평초가 내 신세라네.
  •   •   •   •   •   •   •   •

(백거이白居易 <구강九江에서 봄날에 바라보다(九江春望)>)

　예시 ①의 '용여준마(龍如駿馬. 용과 같은 준마)'는 '준마여용(駿馬如龍. 준마는 용과 같다)'의 뜻인데, 여기서는 평측의 요구 때문에 본체와 유체의 위치가 바뀌었다. 다음의 '수레는 흐르는 물 같고(車如流水)', '가벼운 먼지는 안개를 이루네(軟紅成霧)'는 모두 정상적인 명유구(明喩句)와 암유구(暗喩句)인데, 본체는 앞에 있고 유체는 뒤에 있음을 한 번 보면 분명히 알 수 있다.

　예시 ②의 '표박부평시아신(飄泊浮萍是我身. 떠다니는 부평초가 내 신세라네)'은 '아신시표박부평(我身是飄泊浮萍. 내 신세는 떠다니는 부평초라네)'이라는 뜻으로, '내 신세(我身)'는 본체이고 '떠다니는 부평초(飄泊浮萍)'는 유체인데, 여기서는 압운(押韻) 때문에 본체를 뒤에 두었다. 위에서 말한 것처럼, 읽을 때 자세히 분별을 하면 문제가 생기지 않을 것이다. 그러나 어떤 시구 안에는 똑같은 하나의 말이 본체가 될 수 있을 뿐만 아니라 또 유체가 될 수 있기도 하는데, 이러한 상황은 본체와 유체의 위치 변화로 보아서는 안 된다.

③ 昔去雪似花, 옛날에 떠날 때는 눈이 꽃 같더니,
      •   •

21　軟紅(연홍): 날아다니는 먼지를 가리킨다.

今來花如雪. 오늘 돌아오니 꽃이 눈 같구나.

(범운范雲 <이별의 시(別詩)>)

　예시 ③에서 '눈이 꽃 같더니(雪似花)'는 눈이 많이 내려 흩날리는 눈이 꽃과 같다는 것이며, '꽃이 눈 같구나(花如雪)'는 꽃이 아주 무성하게 피었는데 꽃이 떨어지는 모습이 눈과 같다는 것이다. 이 두 구절은 모두 정상적인 명유구이며, 이것은 '용과 같은 준마(龍如駿馬)' 같은 경우와는 전혀 다르다.

제2장 　기흥(起興)

<1> 기흥이란?

고대엔 '비(比)'와 '흥(興)'을 병칭했다. 진망도(陳望道) 선생의 ≪수사학발범(修辭學發凡)≫이 세상에 나온 이후부터 일반적으로 수사 관련 저서들은 모두 '흥(興)'을 수사법으로 보지 않았는데 이것은 옳지 않다. 뒤에 정원한(鄭遠漢) 선생이 ≪사격변이(辭格辨異)≫에서 이 문제를 제기했으며, 1989년 장정(張靜)과 정원한 두 선생이 주관하여 편찬한 ≪수사학교정(修辭學敎程)≫에서는 이미 정식으로 '기흥(起興)'을 수사 방식에 집어넣었다.

'흥(興)'이 무엇인지에 대해서는 예로부터 의견이 일치하지 않는다. ≪주례(周禮)·춘관(春官)·대사(大師)≫에서 가장 일찍이 '흥(興)'을 '풍(風)', '부(賦)', '비(比)', '아(雅)', '송(頌)'과 병렬하고 합쳐서 '육시(六詩)'라고 불렀다. 그러나 '흥'이 무엇인지는 풀이하지 않았다. 정현(鄭玄)은 이 부분에 대한 주(注)를 달 때 일찍이 정중(鄭衆)의 풀이를 인용했는데, 이 해석이 정현 자신의 주석보다 더 뛰어나다. 정중이 말하길, "비(比)는 사물에 비유하는 것이고, 흥(興)은 사물에 기탁하는 것이다."[22]라고 하였다. 하나는 '사물에 비유하는 것'이고, 하나는 '사물에 기탁하는 것'인데 이 양자 간의 경계는 그다지 분명하지 않은 것 같다. 유협(劉勰)에 이르러, 그는 또 한 걸음 더 나아가 풀이했다. 유협은

22　　"比者, 比方於物也; 興者, 托事於物."[≪십삼경주소(十三經注疏)≫, 상책(上冊), 796쪽].

말하길, "'비(比)'는 '붙이다'는 의미이며, '흥(興)'은 '일으키다'는 의미이다. 이치를 덧붙인다(附理)는 것은 유사한 것을 적절하게 취하여 사물을 가리키는 것이고, 감정을 불러일으킨다(起情)는 것은 은근하고 미묘한 것에 의거하여 뜻을 견준다는 것이다. 감정을 불러일으키므로 흥(興)의 체제가 성립하고, 사물의 이치를 덧붙이므로 비(比)의 사례가 생겨난다."[23](≪문심조룡(文心雕龍)·비흥(比興)≫)고 하였다. 여기서 유협은 이미 명확하게 '흥(興)'에 대해 정의를 내렸다. "'흥(興)'은 '일으키다'는 의미이다(興者, 起也)"에서 '기(起)'는 '흥(興)을 불러일으키다', '정(情)을 불러일으키다'는 것이니, 이것은 '흥(興)'의 작용에서 나온 정의이다. 송대(宋代)에 이르러 주희(朱熹)는 이 의미를 더욱 명확히 말했다. 주희가 말하길, "'흥(興)'은 먼저 다른 사물을 말하여 읊고자 하는 말을 이끌어내는 것이다."[24](≪시집전(詩集傳)≫ 권1)라고 하였다. 일반적으로 주희가 '흥(興)'에 대해 내린 정의가 비교적 합당하다고 여긴다. 그러면 도대체 무엇을 '흥(興)'이라 부르는가? 우리가 지금의 말로 말해보면, '흥(興)'은 시 한 수, 혹은 시의 한 장(章)의 첫 부분에 사용하여 시적 정취를 불러일으키고, 분위기를 부각시키는 작용을 하는 수사 방식이다. 이런 수사 방식은 일반적으로 모두 시구(詩句)로 이루어진다. '흥(興)'은 창작 면에서 말하면 예술 표현방법 문제이며, 만약 수사 각도에서 볼 것 같으면 그것은 또 수사 방식의 하나이다. 예를 들면,

① 何彼襛矣, 어쩌면 저리도 아름다울까,
　華如桃李. 복숭아꽃 오얏꽃 같이 화려하네.
　平王之孫, 평왕(平王)의 손녀,

23　"比者, 附也; 興者, 起也. 附理者切類以指事, 起情者依微以擬議. 起情故興體以立, 附理故比例以生."

24　"興者, 先言他物以引起所詠之辭也."

齊侯之子. 제(齊)나라 왕자로다.

(≪시경詩經·소남召南·어쩌면 저리도 아름다울까(何彼穠矣)≫)

② 綿綿葛藟, 길게 뻗은 칡덩굴,

在河之滸. 황하(黃河) 물가에서 자라네.

終遠兄弟, 끝내 형제들을 멀리하고,

謂他人父. 남을 아버지라 부르네.

謂他人父, 남을 아버지라 불러도,

亦莫我顧. 나를 돌보아주지 않네.

(≪시경詩經·왕풍王風·칡덩굴(葛藟)≫)

③ 園有桃, 동산에 복숭아나무 있어,

其實之殽. 그 열매 먹을 만하네.

心之憂矣, 마음에 근심 있어,

我歌且謠. 나는 노래 부르고 또 불러보네.

不知我者, 내 마음 모르는 사람은,

謂我士也驕. 당신은 교만하다 내게 말하네.

彼人是哉, 그 분은 옳은데,

子曰何其(jī)?[25] 당신은 말하네 어찌 그러한가? 라고.

心之憂矣, 마음에 근심 있으나,

其誰知之? 그 누가 알리오?

其誰知之? 그 누가 알리오?

---

25 其(기): 구말어기사(句末語氣詞). 의문을 나타낸다.

蓋亦勿思.[26] 어찌 생각하지 않는 것을 하지 아니 하는가?

(≪시경詩經·위풍魏風·동산에 복숭아나무 있어(園有桃)≫)

예시 ①의 <소남召南·어쩌면 저리도 아름다울까(何彼襛矣)>는 주(周)나라 천자의 딸이 제나라의 왕자에게 시집가는 것을 묘사한 시로, 여기서는 문왕(文王)의 손녀이자 무왕(武王)의 딸이다. 시의 처음 두 구절은 산앵두나무의 꽃이 어찌 그리도 무성하게 피었는가, 활짝 핀 모습이 복숭아꽃, 오얏꽃과 같다고 말하였다. 그러나 이어서 다음 두 구절은 모두 명사구(名詞句)로 구성되어 '평왕지손(平王之孫), 제후지자(齊侯之子)'라 하였는데, 뜻은 평왕의 손녀가 제나라 제후의 아들에게 시집간다는 것이다. 평왕의 손녀가 상대적으로 지체가 낮은 제나라 제후의 아들에게 시집가는 것은 하나의 혼사(婚事)로서 산앵두나무의 꽃이 무성하게 피었는지 여부와 이것과는 결코 필연적인 연관이 없다. <어쩌면 저리도 아름다울까>는 모두 3장이며, 제1장과 제2장은 각기 '어쩌면 저리도 아름다울까, 산앵두나무의 꽃(何彼襛矣, 唐棣之華)', '어쩌면 저리도 아름다울까, 복숭아꽃 오얏꽃 같이 화려하네(何彼襛矣, 華如桃李)'로 시작되는데, 시적인 정취를 불러일으키고, 분위기를 부각시키는 작용을 하니, 그래서 이것이 '흥(興)'의 수법이라고 말하며, 수사적 각도에서 말하면, 기흥(起興) 수사법을 사용한 것이다.

예시 ②의 <왕풍王風·칡덩굴(葛藟)>은 유랑하는 나그네를 묘사한 것이다. 그가 객지를 떠돌아다니면서 생활을 하니 의지할 곳도 기댈 곳도 없는데, 설령 그가 남을 아버지라 부르고, 어머니라 부르고, 형이라 불러도, 인정이 각박하고 여전히 도움을 받을 수 없다. 시의 처음 두 구절은 길고 긴 칡덩굴이 강가에 널리 뻗어 퍼져 있음을 말하였다. 이 두 구의 말도 아래에서 말하는

---

26   蓋(합): '합(盍)'자와 통한다. 어찌…하지 아니 하는가.

내용과 직접적인 관계가 없으니 그래서 이것 역시 '흥(興)'이라고 말하는 것이다.

예시 ③도 분석이 같다.

기흥(起興) 수사법은 고대시가에서는 주로 ≪시경(詩經)≫에서 사용되었다. 양한(兩漢) 및 그 이후에는 민가(民歌) 혹은 구어체 시가 작품 속에서 여전히 사용되었다. 예를 들면,

① 煢煢白兔,[27] 외로운 흰 토끼,
　東走西顧. 동쪽으로 달리면서 서쪽을 돌아보네.
　衣不如新, 옷은 새것만한 것이 없고,
　人不如故. 사람은 오랜 친구만한 것이 없네.

　　(무명씨無名氏 <옛날 염가(古艶歌)>)

② 高田種小麥, 높은 밭에 밀을 심었더니,
　終久不成穗. 끝내 오래도록 이삭을 패지 못하네.
　男兒在他鄉, 사나이가 타향에 있으니,
　焉得不憔悴? 어찌 초췌하지 않을 수 있겠는가?

　　(무명씨無名氏 <옛 노래(古歌)>)

③ 孔雀東南飛, 공작(孔雀)이 동남쪽으로 날아가다가,
　五里一徘徊. 5리(里)에 한 번 배회하네.
　十三能織素, 열세 살에 흰 비단을 짤 줄 알았고,
　十四學裁衣. 열네 살에 옷 재단하는 것을 배웠네.

27　煢煢(경경): 외로운 모양.

十五彈箜篌, 열다섯 살에 공후(箜篌)를 탔으며,

十六誦詩書. 열여섯 살에 ≪시경(詩經)≫과 ≪서경(書經)≫ 외웠네.

…… ……

(무명씨無名氏 <초중경焦仲卿의 아내(焦仲卿妻)>)

기흥(起興)이든 비유(比喩)이든, 이 두 가지 수사 방식은 모두 시인이 의미상 연상되는 것을 빌려 와서, 두 개 혹은 두 개 이상의 이미지를 함께 조합하여, 시가의 예술형상을 빚어내거나 주제를 표현하고 두드러지게 하는 것에 대해 모두 적극적인 작용을 한다.

<2> 기흥의 기본 유형

어떤 사람은 생각하길, '기흥'은 의미상에서 말할 때, 시가가 나타내는 내용과 그다지 연관이 없다고 하는데, 개인적으로는 이러한 인식은 너무 절대화 시키는 것이라고 본다. 연관이 없는 것이 아니라 그다지 직접적인 관계가 없다는 것인데, 그렇지 않으면 기흥이 쓸데없는 말로 변해버리니, 그것은 도저히 생각도 할 수 없는 일이다. 이 점에서 본인은 유협(劉勰)이 말을 잘했다고 생각하는데, "비(比)는 분명하고 흥(興)은 은은하다."[28](≪문심조룡(文心雕龍)·비흥(比興)≫)고 하였다. '은(隱)'은 명확하지 않은 것이니, 그렇게 직접적이지도 않고 그렇게 명료하지도 않지만, 은밀하다고 하여 없는 것은 아니다. 이 뜻에 의거하여 우리는 기흥(起興)을 두 종류로 나눌 수 있으니, 하나는 '흥(興) 중에 비유가 없는 것'이고, 두 번째는 '흥(興) 중에 비유를

---

28 "比顯而興隱."

함유한 것'이다. 아래에서 나누어서 이야기를 해 보기로 한다.

(1) 흥(興) 중에 비유가 없는 경우

흥(興) 중에 비유가 없는 기흥(起興) 수사법은 시작하는 시구가 아래의 글과 직접적인 관계가 없으며, 그 작용은 분위기를 조성시키고, 주제를 두드러지게 하는 것이다. 예를 들면,

① 桃之夭夭, 복숭아나무 무성하고,

灼灼其華. 그 꽃이 활짝 피었네.

之子于歸, 이 아가씨 시집가니,

宜其室家. 그 집안이 화목하리.

(≪시경詩經·주남周南·복숭아나무 무성하고(桃夭)≫)

② 殷其靁,²⁹ 우르릉 우레 소리,

在南山之陽. 남산의 남쪽에서 울리네.

何斯違斯, 어찌하여 님은 이곳을 떠나,

莫敢或遑. 잠시도 돌아올 틈을 내지 못 하시나?

振振君子, 믿음직한 님이시여,

歸哉歸哉! 돌아오소서 돌아오소서!

(≪시경詩經·소남召南·우르릉 우레 소리(殷其靁)≫)

③ 汎彼柏舟, 두둥실 저 잣나무 배,

---

29   靁(뢰): '뢰(雷)'와 같은 글자. 우레.

在彼中河. 저 황하 가운데에 떠 있네.

髧(dàn)彼兩髦,[30] 늘어진 두 갈래 다팔머리 총각이,

實維我儀. 실로 내 배필이네.

之死矢靡它,[31] 죽어도 맹세코 딴 마음 안 가질텐데,

母也天只,[32] 어머님은 하늘 같은 분이시면서,

不諒人只. 저를 몰라주십니까.

(≪시경詩經·용풍鄘風·잣나무 배(柏舟)≫)

　　예시 ①의 <주남周南·복숭아나무 무성하고(桃夭)>는 아가씨가 시집가는 것을 축하하는 시이다. 시를 매우 편하면서 열정적으로 썼으며, 사람들로 하여금 강렬한 생활의 정취를 느끼게 한다. 이 몇 구절 시의 의미는 복숭아나무가 얼마나 무성하게 자랐으며 산뜻하고 아름다운 꽃이 피어 있다는 것이다. 이 아가씨가 곧 시집을 가려고 하여 그녀 집안이 화평하고 아름답기를 축원하였다. <복숭아나무 무성하고>는 모두 3장이며, 매 장마다 모두 복숭아나무로 시흥(詩興)이 일어나게 하고 있다. '복숭아나무 무성하고, 그 꽃이 활짝 피었네(桃之夭夭, 灼灼其華)', '복숭아나무 무성하고, 그 열매가 주렁주렁 달렸네(桃之夭夭, 有蕡其實)', '복숭아나무 무성하고, 그 잎이 무성하네(桃之夭夭, 其葉蓁蓁)'라고 하였는데, 이러한 시구들은 여자가 시집가는 것과는 결코 필연적인 관계가 없으며, 그것은 단지 시정(詩情)을 불러일으키고 주제를 부각시키는 작용만을 한다. 바로 이와 같기 때문에, 똑같이 여자의 출가를 묘사한 시일지라도 시흥을 불러일으키는 시구는 다를 수 있다. 이를테면 다음과 같다.

30　髧(담): 머리카락을 아래로 늘어뜨린 모양.

31　矢(시): 맹세하다. 靡(미): 없다.

32　只(지): 구말어기사(句末語氣詞).

④ 維鵲有巢, 까치가 둥지 있는데,

維鳩居之. 구관조(九官鳥)가 살고 있네.

之子于歸, 이 아가씨 시집가니,

百兩御之.[33] 백 대의 수레로 맞이하네.

(≪시경詩經·소남召南·까치집(鵲巢)≫)

⑤ 燕燕于飛, 제비와 제비 날아가며,

差池其羽.[34] 앞서거니 뒤서거니 날개질 하네.

之子于歸, 이 누이 시집가니,

遠送於野. 멀리 들에서 전송하네.

瞻望弗及, 바라봐도 보이지 않아,

泣涕如雨. 눈물이 비 오듯 하네.

(≪시경詩經·패풍邶風·제비와 제비(燕燕)≫)

　　예시 ②의 <소남召南·우르릉 우레 소리(殷其雷)>는 아내가 먼 길을 가는 남편을 그리워하는 시로, 시 속에 슬퍼하고 원망하는 마음이 가득하다. <우르릉 우레 소리>는 모두 3장으로, 각 장은 각각 '우르릉 우레 소리, 남산의 남쪽에서 울리네(殷其雷, 在南山之陽)', '우르릉 우레 소리, 남산 옆에서 울리네(殷其雷, 在南山之側)', '우르릉 우레 소리, 남산 밑에서 울리네(殷其雷, 在南山之下)' 라는 말로 시흥(詩興)을 불러일으키는데, 우레 소리가 우르릉 울리는 것은 남편이 돌아오기를 바라는 부인의 마음과 역시 어떠한 필연적인 관계도 없다.

　　예시 ③의 용풍(鄘風)의 <잣나무 배(柏舟)>는 애정시이다. 시에 표현된 것은,

33　兩(량): 수레. 御(어): 맞이하다.

34　差池(치지): 가지런하지 않는 모습.

한 여자가 배필에 대한 자신의 애정이 어머니의 허락을 받지 못하여 원망이 가득한 것이다. 그녀는 죽음에 이르더라도 변심하지 않을 것을 맹세하며 하늘과 땅에 부르짖으니 가히 정이 돈독하고 뜻이 깊다고 할 수 있는데, 이는 봉건적 혼인제도에 대한 강력한 반항이다. <잣나무 배>는 모두 2장으로, 매 장마다 각각 '두둥실 저 잣나무 배, 저 황하 가운데에 떠 있네(汎彼柏舟, 在彼中河)', '두둥실 저 잣나무 배, 저 황하 옆에 떠있네(汎彼柏舟, 在彼河側)'라는 말로 시흥을 불러일으키지만, 이러한 시구는 여자가 사랑을 추구하는 것과 어떤 필연적인 관계도 없다.

이상이 기흥(起興) 수사 방식의 첫 번째 유형이다.

(2) 흥(興) 중에 비유를 함유한 경우

흥(興) 가운데에 비유를 함유하는 이 기흥(起興) 수사 방식은 위에서 말한 상황과는 조금 다른 점이 있다. 다른 점은 바로 하나의 시, 혹은 한 장(章)의 시의 시작 부분에 있는 기흥(起興) 시구가 의미상으로 시의 내용과 얼마간 관련이 좀 있다는 것을 가리킨다. 이른바 '흥' 가운데에 비유를 포함한다는 것은, 수사 방식의 각도에서 말하면 우선이 '흥'이고 그다음이 비로소 '비유'이며, 그래서 옛 사람들이 항상 비흥(比興)을 병칭하는 것 또한 이치에 맞지 않는 것은 아니다. 예를 들면,

> ① 南有喬木, 남쪽에 우뚝 솟은 나무가 있어도,
> 不可休思.[35] 쉴 수 없네.
> 漢有遊女, 한수(漢水)에 노니는 여인이 있어도,

---

35   思(사): 구말어기사(句末語氣詞).

不可求思. 가까이할 수 없네.

漢之廣矣, 한수는 넓어서,

不可泳思. 헤엄쳐 갈 수 없네.

江之永矣, 강수는 길어서,

不可方思. 뗏목 타고 갈 수 없네.

(≪시경詩經·주남周南·한수漢水는 넓어서(漢廣)≫)

② 彼黍離離, 저 기장 우거지고,

彼稷之苗. 저 피도 싹이 돋았네.

行邁靡靡,[36] 가는 걸음 느릿느릿하니,

中心搖搖. 마음속이 흔들리네.

知我者, 나를 아는 사람,

謂我心憂, 내 마음 시름겹다 하고,

不知我者, 나를 모르는 사람은,

謂我何求. 나에게 무엇을 구하느냐고 하네.

悠悠蒼天, 아득히 푸른 하늘이여,

此何人哉? 이것이 누구 때문입니까?

(≪시경詩經·왕풍王風·기장이 우거지고(黍離)≫)

예시 ①의 <주남周南·한수漢水는 넓어서(漢廣)>는 애정시로, 한 청년이 소녀에게 사랑을 구하지만 그것을 얻지 못하는 고민스러운 심정을 묘사했다. <한수는 넓어서>는 모두 3장으로, 첫 장은 우뚝 솟은 나무로 시흥을 일으켰다. '남쪽에 우뚝 솟은 나무가 있어도, 쉴 수 없네(南有喬木, 不可休思)'라고 한 것은, 남쪽에

---

36   靡靡(미미): 느릿느릿한 모양.

우뚝 솟은 큰 나무가 있지만 나무 아래에서 쉴 수 없다는 의미이다. 이 두 구절은 우선은 흥(興)이지만 흥 중에 비유가 함유되어 있다. 왜냐하면 우뚝 솟은 나무가 높고 크지만 그 아래에서 기대어 쉴 수가 없는데, 이것은 바로 한수의 물가에서 노니는 여인이 있지만 가까이할 수 없는 것과 같기 때문이다. 주희(朱熹)는 ≪시집전(詩集傳)≫에서 <한수는 넓어서> 3장의 표현 방법이 모두 "흥(興)이면서 비(比)이다(興而比也)"라고 했는데 이것은 맞는 말이다.

예시 ②의 <왕풍王風·기장이 우거지고(黍離)>는 타향을 떠도는 유랑자(流浪者)를 묘사하였는데, 그는 발을 내딛는 것조차 힘겹고 마음속엔 울분이 맺혀있는데, 하늘도 무심하고 세상인심도 냉담하여 더욱 그로 하여금 비분을 이기지 못하게 한다. 이 시는 모두 3장으로, 각 장마다 각기 '저 기장 우거지고, 저 피도 싹이 돋았네(彼黍離離, 彼稷之苗)', '저 기장 우거지고, 저 피도 이삭이 돋았네(彼黍離離, 彼稷之穗)', '저 기장 우거지고, 저 피도 이삭이 여물었네(彼黍離離, 彼稷之實)'라는 말로 감흥을 불러일으켰는데, 흥(興) 중에 비유가 함유되어 있으며, 또 각기 '싹(苗)', '이삭(穗)', '여물다(實)'라는 말로 '마음속이 흔들리고(中心搖搖)', '마음속이 술 취한 듯하고(中心如醉)', '마음속이 막힌 듯하다(中心如噎)'는 그런 심정과 상태를 비유하였는데, 어휘의 사용이 극히 생동적이고 정확하다. 주희는 ≪시집전≫에서 이 시의 세 장(章)의 표현수법이 모두 "부(賦)이면서 흥(興)이다(賦而興也)"라고 여겼는데, 본인은 옳지 않다고 생각한다.

이상이 기흥(起興) 수사 방식의 두 번째 유형이다.

<3> 기흥과 비유(比喩)

예술수법의 하나로서, 비록 옛사람들은 비흥(比興)을 함께 들었지만 수사학의 관점에서 말하자면 '기흥'과 '비유', 이 두 수사 방식은 확실히 다르다.

이 다른 점은 주로 아래의 3가지를 들 수 있다.

첫째, 구성면에서 볼 때 '비유'는 단어나 구(句) 모두가 가능하지만, '기흥'
은 일반적으로 모두 구로 구성되어 있다. 예를 들면,

① 飄飄何所似? 떠도는 이 몸 무엇과 같은가?

　天地一沙鷗. 천지간에 한 마리 모래밭의 갈매기네.

　(두보杜甫 <나그네의 회포(旅夜書懷)>)

② 天邊樹若薺, 하늘가 나무는 냉이와 같고,

　江畔舟如月. 강가의 배는 달과 같네.

　(맹호연孟浩然 <가을에 만산萬山에 올라 장씨張氏네 다섯 번째에게 보내다(秋登萬
　山寄張五)>)

③ 鳲鳩在桑, 뻐꾸기가 뽕나무에 있는데,

　其子七兮. 그 새끼가 일곱 마리.

　淑人君子, 선량한 군자,

　其儀一兮. 그 거동이 한결 같네.

　其儀一兮, 그 거동이 한결 같고,

　心如結兮. 마음도 묶은 듯 단단하네.

　(≪시경詩經·조풍曹風·뻐꾸기(鳲鳩)≫)

　예시 ①, ②에서 사용한 것은 '비유'인데, '사구(沙鷗)'는 단어로 두보(杜甫)
자신을 비유한 것이며, '수약제(樹若薺)'와 '주여월(舟如月)'은 비유구(比喩句)로
나타내었다.

예시 ③의 '시구재상(鳴鳩在桑), 기자칠혜(其子七兮)'는 '기흥(起興)'이며 구(句)로 나타내었다.

둘째, 위치상으로 볼 때, '기흥'은 구수(句首)에 쓰이나, '비유'는 이런 제한이 없다. 예를 들면,

① 彼澤之陂, 저 연못 둑에,

有蒲與蓮. 부들과 연꽃 있네.

有美一人, 아름다운 한 사람 있어,

碩大且卷.[37] 훤칠하고 강하네.

寤寐無爲, 자나 깨나 아무 일 못하고,

中心悁悁. 마음속으로 근심만 하네.

(≪시경詩經·진풍陳風·못 둑(澤陂)≫)

② 碩鼠碩鼠, 큰 쥐야 큰 쥐야,

無食我黍. 나의 기장 먹지 마라.

三歲貫女, 삼년을 너를 섬겼건만,

莫我肯顧. 나를 돌보려 않는구나.

逝將去女, 장차 너를 떠나,

適彼樂土. 저 즐거운 땅으로 가련다.

樂土樂土, 즐거운 땅 즐거운 땅에서,

爰得我所. 내 살 곳 얻으리라.

(≪시경詩經·위풍魏風·큰 쥐(碩鼠)≫)

37　卷(권): '권(拳)'자와 통한다. 힘이 세고 강한 모양.

③ 時難年荒世業空, 시절 험난하고 흉년 들어 집안 가업 사라져버리고,

　　弟兄羈旅各西東. 형제들 타향살이 제각기 동쪽 서쪽 흩어졌네.

　　田園寥落干戈後, 전원은 전쟁 뒤 썰렁하고,

　　骨肉流離道路中. 혈육들은 길에서 떠돌아다니네.

　　吊影分爲千里雁, 그림자 위로하며 떨어져 나와 천리 가는 기러기 되었고,

　　辭根散作九秋蓬. 뿌리와 이별하고 흩어져 늦가을의 쑥이 되었네.

　　共看明月應垂淚, 밝은 달 함께 보며 아마 눈물 흘리리니,

　　一夜鄕心五處同. 이 한밤 고향 그리는 마음 다섯 곳이 다 같으리.

(백거이白居易 <하남河南이 난리를 겪으면서부터 관내關內에 기근이 들자 형제들이 뿔뿔이 흩어져서 각자 다른 지역에서 살게 되었다. 달을 보다가 감회가 있어, 잠시 생각하는 바를 적어, 부량浮梁에 계신 큰 형, 어잠於潛에 계신 일곱째 형, 오강烏江에 계신 열다섯째 형에게 보내드리고, 겸하여 부리符離와 하규下邽에 있는 아우와 여동생에게 보이다(自河南經亂, 關內阻饑, 兄弟離散, 各在一處. 因望月有感, 聊書所懷, 寄上浮梁大兄, 於潛七兄, 烏江十五兄, 兼示符離及下邽弟妹)>)

④ 調角斷淸秋, 호각 소리가 맑은 가을 가르는데,

　　征人倚戍樓. 출정한 병사는 성루에 기대어 있네.

　　春風對靑塚, 봄바람은 왕소군(王昭君)의 무덤을 마주하고,

　　白日落梁州. 흰 해는 양주(梁州)에 떨어지네.

　　大漠無兵阻, 큰 사막에 저지하는 군사 없어,

　　窮邊有客遊. 변방에 유람하는 나그네들 있구나.

　　蕃情似此水, 토번 사람들 마음이 이 물처럼,

　　長願向南流. 남쪽으로 흘러가길 길이길이 바라네.

(장교張喬 <변방의 일을 적다(書邊事)>)

예시 ①의 진풍陳風의 <못 뚝(澤陂)>은 한 여인이 사랑하는 사람을 애타게

그리워하는 애정시로, 첫머리 두 구절이 기흥구(起興句)이며 제1장의 처음에 위치해 있다.

예시 ②의 위풍魏風의 <큰 쥐(碩鼠)>의 '큰 쥐야 큰 쥐야, 나의 기장 먹지 마라(碩鼠碩鼠, 無食我黍)'는 비유구(比喩句)로, 작자는 탐욕스러운 통치자를 '큰 쥐(碩鼠)'에 비유하고, 이 구를 제1장의 처음에 두었다.

예시 ③의 백거이의 <하남河南이 난리를 겪으면서부터 관내關內에 기근이 들자 형제들이 뿔뿔이 흩어져서 각자 다른 지역에서 살게 되었다. 달을 보다가 감회가 있어, 잠시 생각하는 바를 적어, 부량浮梁에 계신 큰 형, 어잠於潛에 계신 일곱째 형, 오강烏江에 계신 열다섯째 형에게 보내드리고, 겸하여 부리符離와 하규下邽에 있는 아우와 여동생에게 보이다> 시는 시인이 전란(戰亂)과 기근으로 인하여 형제들과 흩어져서 각자 다른 지역에서 지낸 뒤, 형제들을 그리워하는 정을 읊은 것이다. '그림자 위로하며 떨어져 나와 천리 가는 기러기 되었고, 뿌리와 이별하고 흩어져 늦가을의 쑥이 되었네(吊影分爲千里雁, 辭根散作九秋蓬)' 두 구절은 모두 비유구(比喩句)로, 형제들이 각자 한 곳에서 지내며, 홀로 있는 시인 자신의 그림자를 보고 감상에 젖는 것이 마치 무리를 잃고 천리 길을 가는 기러기와 같으며, 서로 떨어져 지내면서 외로움을 절실하게 느끼는데 마치 뿌리 뽑힌 늦가을의 쑥과 같다는 의미이다. 이 구절은 모두 비유구이며, 시의 중간에 놓여있다.

예시 ④에서, 장교(張喬)는 만당(晩唐) 시인이며, <변방의 일을 적다(書邊事)> 시는 시인이 변방을 유람하면서 느낀 바를 적었다. '토번 사람들 마음이 이 물처럼, 남쪽으로 흘러가길 길이길이 바라네(蕃情似此水, 長願向南流)'라고 하였는데 이것은 비유구이며 시의 끝에 위치하고 있다.

셋째, 의미상으로 볼 때, '비유'의 유체(喩體)와 본체(本體) 사이에는 의미상 연관이 있고, 서로 비슷한 점이 있지만, '기흥'은 이러하지 않다. 예를 들면,

① 人生不相見, 사람이 살면서 서로 만나지 못함은,

　動如參與商. 걸핏하면 삼성(參星)과 상성(商星) 같네.

　(두보杜甫 <위씨衛氏네 여덟 번째인 처사에게 보내며(贈衛八處士)>)

② 鴥(yù)彼晨風,[38] 재빠르게 날아가는 저 새매,

　鬱彼北林. 울창한 저 북쪽 숲으로 가네.

　未見君子, 내 님을 만나지 못해,

　憂心欽欽. 근심스러운 마음 그지없네.

　如何如何, 어찌하여 어찌하여,

　忘我實多. 나를 그렇게도 많이 잊어버리시나?

　(≪시경詩經·진풍秦風·새매(晨風)≫)

　　예시 ①의 '사람이 살면서 서로 만나지 못함(人生不相見)'과 '삼(參)', '상(商)' 두 별이 서로 만나지 못하는 것은 서로 비슷한 점이 있기 때문에, 본체와 유체 사이에 의미상 연관이 있다. 그러나 '기흥(起興)'은 그렇지 않으니, 이를 테면 예시 ②의 '재빠르게 날아가는 저 새매, 울창한 저 북쪽 숲으로 가네(鴥彼晨风, 鬱彼北林)'는 아래에서 이야기하는 내용과는 어떤 필연적인 관계가 없다. <진풍秦風·새매(晨風)>는 애정시로, 실연한 젊은 여인이 옛 연인(戀人)에 대한 그리움을 묘사하고 있다. <새매>는 모두 3장인데, 제2장, 제3장은 각기 '산에는 무성한 상수리나무 있고, 진펄에는 빽빽한 가래나무 있네(山有苞櫟, 隰有六駮)', '산에는 무성한 아가위나무 있고, 진펄에는 우뚝한 팥배나무 있네(山有苞棣, 隰有樹檖)'로 흥을 일으키는데, 뒤에서 이야기하는 내용과는 의미상 연관 관계가 더욱 멀다.

38　鴥(율): 빨리 날아가는 모양. 晨風(신풍): 새 이름. 새매.

여기까지 이야기하면 한 가지 문제를 더 조금 보충해야 하는데, 그것은 '기흥(起興)'과 아래의 글(본뜻)과의 의미 관계를 어떻게 볼 것인가 하는 점이다. 앞에서 말했듯이, 말을 너무 절대적으로 하여, '기흥'이 아래의 글(본뜻)과 의미상 조금도 관련된 것이 없다고 여기는 것은 동의할 수 없다. 앞에서 상술하여 알 수 있듯이 흥(興) 중에 비유가 함유된 '기흥'은 말할 필요도 없으며, 설사 흥(興) 중에 비유가 없는 '기흥'이라 할지라도 아래의 글(본뜻)과 절대로 관련이 없는 것이 아니다. 이를테면, <새매>를 예로 들면, 제1장은 '재빠르게 날아가는 저 새매, 울창한 저 북쪽 숲으로 가네(鴥彼晨風, 鬱彼北林)'로 흥을 일으켰다. 그 새매가 초목이 무성한 북쪽 숲으로 신속히 날아 들어가는데, 이것이 그 젊은 여인이 옛 연인을 잃은 것과 의미가 연관이 좀 있겠지요? 그러나 이런 의미상 연관 관계는 '비유'와 같이 그렇게 명료하지도 않고, 그렇게 직접적이지도 않다. 바로 이 때문에, 이 시의 제2장, 제3장은 비록 시의 주제가 변하지 않았지만, 흥을 일으키는 데에 사용된 사물은 바뀌었으니, '포력(苞櫟. 무성한 상수리나무)', '육박(六駁. 빽빽한 가래나무)', '포체(苞棣. 무성한 아가위나무)', '수수(樹檖. 우뚝한 팥배나무)'와 같은 나무들은 본문에서 이야기하는 내용과는 거의 서로 관계가 없다.

제3장 비의(比擬)

<1> 비의란?

고대시가에서 '비의' 또한 비교적 광범위하게 쓰이는 수사 방식의 하나이다. 이른바 '비의'는 갑류(甲類)의 사물을 을류(乙類)의 사물로 대응시켜서 묘사하는 일종의 수사 방법을 가리킨다. 이를테면 동물을 사람으로, 혹은 생명이 없는 것을 생명이 있는 것으로 묘사하는 것을 '의인(擬人)'이라 부른다. 이와 반대로, 사람을 동물로, 혹은 생명이 있는 것을 생명이 없는 것으로 묘사하는 것을 '의물(擬物)'이라 부른다. 이렇게 볼 때, '비의'는 '의인'과 '의물'이란 두 가지를 겸하고 있는 수사 방식임을 알 수 있다. 예를 들면,

① 吾令鴆爲媒兮, 내가 짐새에게 중매쟁이가 되도록 하였으나,

  鴆告余以不好. 짐새는 나에게 좋지 않다고 말하네.

  (≪초사楚辭·근심스러운 곳을 떠나며(離騷)≫)

② 或歌或舞或悲啼, 노래하기도 하고 춤추기도 하며 슬피 울기도 하는데,

  翠眉不擧花鈿低. 비취빛 눈썹은 들지 않고 꽃 비녀 낮게 드리었네.

  (백거이白居易 <고분의 여우(古塚狐)>)

③ 南風知我意, 남녘 바람이 내 마음 안다면,

吹夢到西洲. 나의 꿈을 불어 서주(西洲)로 보내주려무나.

(무명씨無名氏 <서주의 노래(西洲曲)>)

④ 有情芍藥含春淚, 다정한 작약은 봄 눈물을 머금고,

無力薔薇臥曉枝. 힘 없는 장미는 새벽 가지에 누워 있네.

(진관秦觀 <봄날(春日)>)

⑤ 願爲西南風, 서남풍이 되어,

長逝入君懷. 멀리 가서 님의 품에 들어가고 싶네.

(조식曹植 <일곱 가지 슬픔(七哀)>)

⑥ 虐人虐物卽豺狼, 사람을 해치고 만물을 해치면 바로 승냥이와 이리인데,

何必鉤爪鋸牙食人肉? 어찌 반드시 갈고리 같은 손톱과 톱 같은
이빨로 사람의 살을 먹어야만 하는 것이랴?

(백거이白居易 <두릉杜陵의 노인(杜陵叟)>)

예시 ①~④는 의인(擬人)의 예이다.

예시 ①의 '짐새는 나에게 좋지 않다고 말하네(鴆告余以不好)'에서 '짐새(鴆)'가 중매인으로 묘사되었는데 이것이 바로 '의인'이다. <근심스러운 곳을 떠나며(離騷)>는 중국 시가 역사상 가장 일찍 등장한 낭만주의 시가의 걸작이다. 시인 굴원은 이 명작에서 풍부한 상상력으로 광활한 예술 공간을 창조하였다. 그의 붓을 통하여 봄의 난초와 가을의 국화, 바람과 구름, 비와 천둥이 모두 생명이 있는 사물이 되었다. '내가 짐새에게 중매쟁이가 되도록 하였으나, 짐새는 나에게 좋지 않다고 말하네(吾令鴆爲媒兮, 鴆告余以不好)'는 시인 굴원

이 짐새를 중매쟁이로 삼아 유융씨(有娀氏)의 아름다운 딸 간적(簡狄)에게 구애를 하려고 하였으나 짐새는 오히려 중매쟁이로서 힘쓰지 않고 오히려 그 딸이 그다지 아름답지 않다고 말한다는 것이다. 현실 생활 속에서는 짐새는 당연히 중매쟁이가 될 수 없다. 그러나 시인 굴원의 붓 아래에서 그것은 오히려 인간의 영성(靈性)을 획득한다. 생명이 없는 정물(靜物)과 생명이 있는 동물이 갖는 이러한 사람의 신령한 품성은 완전히 사람의 상상의 결과이며, 이들로 하여금 독립성을 잃고 사람의 화신(化身)이 되게 한다. 조금도 의심할 여지없이, 수사상에서 의인법(擬人法)의 운용은 시의 언어가 더욱 형상화되고 생동감 있게 하고, 시인의 주관적인 감정이 지극히 펼쳐지게 한다.

예시 ②에서 '노래하기도 하고 춤추기도 하며 슬피 울기도 하는데, 비취빛 눈썹은 들지 않고 꽃 비녀 낮게 드리웠네(或歌或舞或悲啼, 翠眉不擧花顔低)'라고 하였는데, 시인은 여기서 '가(歌)', '무(舞)', '비(悲)', '제(啼)', '불거(不擧)'라는 몇 개의 의인화 동사어를 연달아 사용함으로써 '고분의 여우古塚狐'의 임기응변과 속임수 잘 쓰는 솜씨를 남김없이 표현해내었다. <고분의 여우> 시의 진정한 요지는 임금에게 '아리따운 여인을 경계하시라'는 충고를 하려는 것이며, '더군다나 포사(褒姒)와 달기(妲己)의 미색은 사람을 현혹시켜, 집안을 망치고 나라를 망하게 할 수 있었네(何況褒姐色蠱惑, 能喪人家覆人國)'라고 하니, 이것은 역사적 교훈이다. 다만 이러한 간언(諫言)은 천자(天子)에게 아뢰어 올리는 상주문(上奏文)도 아니고 생각을 진술한 문서도 아니며, 의인화라는 시가 형식을 빌려 표현하였는데, 이렇게 함으로써 부드럽고 완곡하면서도 힘이 있게 보이며, 이것을 빌려 옛날 시 제목에 자기 뜻을 깃들이고(寓意古題), 일을 만나 풍자를 의탁하는(遇事托諷) 목적을 이루었다.

그밖에 예시 ③과 ④의 '남녘 바람이 마음을 알고', '작약(芍藥)이 다정하고', '장미(薔薇)가 힘이 없다' 등과 같은 것은 모두 의인화의 수사 수법을 빌려 이런 것들을 모두 피와 살이 있고 마음과 생각이 있는 '인물'로 만들었는데, 정말 아주 생동감이 있다.

예시 ⑤와 ⑥은 의물(擬物)의 예로서, 위에서 서술한 것과는 다르다.

예시 ⑤의 '서남풍이 되어, 멀리 가서 님의 품에 들어가고 싶네(願爲西南風, 長逝入君懷)'라는 이 두 구절은 첫 번째 구절은 비유구(比喩句)이며, 두 번째 구가 비로소 비의구(比擬句)이다. '원위서남풍(願爲西南風)'의 주어는 '아(我. 나)'이며, '탕자처(宕子妻. 객지로 떠도는 사람의 아내)' 스스로를 가리킨다. '멀리 가서 님의 품에 들어가고 싶네(長逝入君懷)'는 의물구(擬物句)로, '객지로 떠도는 사람의 아내'가 자신을 먼저 '서남풍(西南風)'에 견주고, 그런 다음에 '멀리 가서 님의 품에 들어간다'는 것이다.

예시 ⑥ 또한 비유를 먼저 하고 사물에 비기는 것을 뒤에 하는 구절이다. '사람을 해치고 만물을 해치면 바로 승냥이와 이리인데(虐人害物則豺狼)'는 암유구(暗喩句)로, 주어는 사람을 해치고 만물을 해치는 '관리의 우두머리(長吏)'이며, '어찌 반드시 갈고리 같은 손톱과 톱 같은 이빨로 사람의 살을 먹어야만 하는 것이랴?(何必鉤爪鋸牙食人肉)'야말로 비로소 의물구(擬物句)이다. 여기서 시인은 먼저 '장리(長吏)'를 '승냥이와 이리(豺狼)'에 비유하고, 그런 다음에 다시 그에게 갈고리 같은 손톱과 톱 같은 이빨로 사람의 살을 먹는 승냥이와 이리의 특징과 야성(野性)을 부여하였다.

예시 ⑤와 ⑥으로부터 우리들은 의물(擬物)의 비의구(比擬句)는 늘 비유구(比喩句)의 도움을 받아 이루어지며, 둘의 관계가 비교적 밀접하다는 것을 어렵지 않게 알 수 있다. 어떤 수사 관련 서적에서는 이러한 점에 대해 늘 뒤섞어 놓아서 분명하게 하지 못하고 있다. 여기에 대해서는 아래에서 전문적으로 이야기해보도록 한다.

예시 ①~⑥로부터 알 수 있듯이, '비의'의 구성 또한 반드시 세 가지 조건을 갖추어야 하니, 바로 본체(本體), 의체(擬體), 그리고 비의사(比擬詞)이다. 본체는 본래의 사람, 혹은 사물이며, 의체는 비의에 사용되는 사람이나 사물이고, 비의사는 본체와 의체를 연결시키는 데에 사용되는 동사이다. 이를테면, 예시 ①의 '짐새는 나에게 좋지 않다고 말하네(鴆告余以不好)'구에서 '짐(鴆)'은 본체이며, 의체는 잠재적인 사람(즉 중매쟁이)이고, 비의사는 '고(告)'이다. 또 예시 ⑤의 '멀리 가서 님의 품에 들어가고 싶네(長逝入君懷)'구에서 본체는 생략된 '나'이고, 의체는 잠재적인 사물(즉 서남풍西南風)이며, 비의사는 '서(逝)'와 '입(入)'이다. 이로부터 알 수 있듯이, 비의구의 의체는 일반적으로 겉으로 드러나지 않는데, 이것은 비유구와는 다르다.

'비의'는 시에서 적극적인 수사 효과를 갖추고 있는데, 시의 언어가 더욱 선명하고 생동감 있으며, 서정적 의미가 풍부하도록 변화시켜, 분위기를 부각시키고 독자에게 더욱 큰 상상의 공간을 제공하는 데에 도움을 주게 한다. 그러나 옛날의 시화가(詩話家)들은 이것을 그다지 잘 알지 못하고 기계적으로 시의 언어를 이해하였다. 이를테면 원매(袁枚)가 말하길, "맹동야(孟東野. 맹교 孟郊)가 <뿔피리를 읊으면서(詠吹角)> 시에서 '외로운 달의 입을 여는 것 같고, 떨어지는 별의 마음을 잘도 말하네(似開孤月口, 能說落星心)'라고 하였다. 달에 입이 달렸다는 것은 들어보지 못했고, 별이 갑자기 마음이 있다고 하니, 이것은 천착이 지나치다. 그런데 소동파(蘇東坡. 소식蘇軾)가 '기묘하다'고 찬탄을 하였으니, 모두가 이른바 '좋아하고 싫어하는 것이 사람의 본성에 어긋난다'는 것이다."[39](《수원시화(隨園詩話)》 권5)라고 하였다. 분명한 것은 여기에서 맹교가 '천착을 한 것'이 아니고 원매 자신이 비의의 '기묘함'을 잘 알지 못했던 것이다.

---

39 "孟東野<詠吹角>云: '似開孤月口, 能說落星心.' 月不聞生口, 星忽然有心, 穿鑿極矣. 而東坡贊爲'奇妙', 皆所謂'好惡拂人之性'也." [역자주] 맹동야(맹교) 시의 원래 제목은 <새벽 닭(曉鷄)>임.

<2> 비의의 기본 유형

'비의'의 기본 유형은 일반적으로 '의인(擬人)', '의물(擬物)'의 두 종류로 나눈다. 아래에서 나누어 이야기 해보도록 한다.

(1) 의인류(擬人類)

'비의'의 의인류는 세분하면 아래의 몇 가지 작은 부류가 있다.

첫째, 초목류(草木類).

① 蘀(tuò)兮蘀兮,[40] 낙엽이여 낙엽이여,
   風其吹女.[41] 바람이 너를 불어 날리게 하네.

   (≪시경詩經·정풍鄭風·낙엽이여(蘀兮)≫)

② 年歲雖少, 나이는 비록 어리지만,
   可師長兮.[42] 스승과 어른으로 받들 만하네.

   (≪초사楚辭·구장九章·귤 칭송(橘頌)≫)

③ 荷花嬌欲語, 연꽃이 아리땁게 말 건너려 하는데,
   愁殺蕩舟人. 배 젓는 나를 시름겨워 죽게 하네.

   (이백李白 <녹수淥水의 노래(淥水曲)>)

---

40 蘀(탁): 초목의 낙엽이나 떨어진 나무껍질.
41 女(여): 너, 그대.
42 師長(사장): 스승과 어른.

④ 別來忽三載, 이별한지 홀연 삼년이 되었는데,

　離立如人長.[43] 나란히 서보니 나만큼 자랐구나.
　•　•　•　•　•

(두보杜甫 <네 그루 소나무(四松)>)

예시 ①의 <정풍(鄭風)·낙엽이여(蘀兮)>는 민간의 연가(戀歌)이다. 전체 시는 총 2장이며, 모두 바람이 불어 나뭇잎이 떨어지는 것으로 감흥을 일으키며, 여인이 급하고 간절하게 남자가 와서 함께 노래하여 마음을 같이 하는 좋은 관계를 맺기를 바라는 마음을 표현하였다.

예시 ②의 <구장(九章)·귤 칭송(橘頌)>은 중국 시가 역사상 가장 일찍 지어진 영물시(詠物詩)이다. 시인 굴원(屈原)은 귤나무의 고귀한 품격과 자질을 노래함을 통하여 시인 자신의 굳건한 의지와 숭고한 지조를 표현하였다. 굴원의 글에서, 하늘과 땅의 두터운 사랑을 받은 귤나무는 이미 보통의 귤나무가 아니다. 그 나무는 '타고난 천성이 바뀌지 않고' 줄곧 그를 낳고 기른 '남국(南國)'을 사랑하였으며, 어렸을 때부터 고상한 지조를 지녀 다른 사람들과 같지 않았고, 그의 덕을 지니고 사사로움이 없는 마음은 '천지의 조화에 참여'할 수 있었다. 그래서 그 나무는 '나이는 비록 어리지만' 뭇 사람들의 '스승과 어른'이 될 수 있었다. 시인은 여기서 '하늘과 땅에서 아름다운 나무(后皇嘉樹)'를 완전히 인물화(人物化)시켰으며, 품고 있는 마음을 펼치면서 또 '너(爾)'라고 부르니, 이것은 바로 친구와 얼굴과 얼굴을 마주대하고 말하는 것처럼 매우 친밀하게 느껴지게 한다. 본인이 생각건대, 이 모든 것에서 '비의'의 교묘한 운용을 볼 수 있다. 예시 ③과 ④는 분석하지 않아도 될 듯하다.

'비의' 수사 방식을 분석하려면 반드시 먼저 본체(本體)와 의체(擬體)를 파악해야 하는데, 왜냐하면 비의사(比擬詞)는 때때로 생략될 수 있기 때문이다.

43　離立(이립): 둘씩 서다.

이를테면 예시 ①의 '바람이 너를 불어 날리게 하네(風其吹女)' 구절은 만약 구(句) 중에 이 '여(女)'라는 글자가 없거나 혹은 '여(女)'를 '지(之)'자로 바꾼다면 이 구절은 비의구가 아니게 된다. '낙엽이여 낙엽이여(蘀兮蘀兮), 바람이 너를 불어 날리게 하네(風其吹女)' 이 시구에서 '탁(蘀)'은 본체이고 '여(女)'는 의체(擬體)이지만, 상응하는 비의사는 나타나지 않았다. 그러나 어떤 때는 구체적인 위아래의 글에 의거하여 본체와 의체도 생략할 수 있다.

예를 들어 예시 ②가 바로 이러하다. '나이는 비록 어리지만, 스승과 어른으로 받들 만하네(年歲雖少, 可師長兮)'라고 하였는데 이러한 것들은 모두 사람의 특징으로 삼아 말하는 것이며, 이 때문에 이 두 구절은 모두 비의사이고, 본체(즉 '후황가수后皇嘉樹')와 의체(즉 잠재적인 '이爾')는 모두 생략되었다.

예시 ④의 '나란히 서보니 나만큼 자랐구나(離立如人長)' 또한 이러한 상황에 속하니, 분석하지 않아도 될 듯하다.

물론, 본체와 비의사가 동시에 나타나는 것도 있으니 예시 ③과 같으며, 이런 구절은 아주 쉽게 변별할 수 있다.

둘째, 일월류(日月類).

① 牽牛織女遙相望, 견우와 직녀 멀리서 서로 바라보고만 있는데,
   爾獨何辜限河梁.[44] 그대들은 무슨 죄 지었기에 은하수 다리를 사이에
   두고 있는가?

   (조비曹丕 <연燕 땅의 노래(燕歌行)>)

② 日月擲人去, 세월은 사람을 버리고 떠나가니,

---

44   辜(고): 죄.

有志不獲騁. 뜻이 있어도 펼칠 수가 없다네.

(도연명陶淵明 <잡시(雜詩)> 제2수)

③ 月旣不解飮. 달은 원래 술 마실 줄 모르고,
影徒隨我身. 그림자는 단지 내 몸 따르네.

(이백李白 <달 아래 홀로 술을 마시며(月下獨酌)> 제1수)

④ 太白與我語,⁴⁵ 태백성(太白星)이 내게 말하네,
爲我開天關. 나를 위해 하늘의 관문 열어주겠다고.

(이백李白 <태백봉太白峰에 올라(登太白峰)>)

예시 ①은 본체(本體)가 '견우(牽牛)', '직녀(織女)' 두 별이고, 의체(擬體)는
잠재적인 고대 신화 속의 견우랑(牽牛郎)과 직녀이며, 비의사(比擬詞)는 '망(望)'
이다. 예시 ②는 본체가 '일(日)', '월(月)'이고, 의체는 잠재적 인물이며, 비의
사는 '척(擲)'이다. 예시 ③의 본체는 '월(月)', '영(影)'이고, 의체는 잠재적
인물이며, 비의사는 '음(飮)', '수(隨)'이다. 예시 ④의 본체는 '태백(太白)'이고,
의체는 잠재적 인물이며, 비의사는 '여(與)', '어(語)', '위(爲)', '개(開)'이다.

셋째, 풍우류(風雨類).

① 秋風入窗裏, 가을바람 창 안으로 들어오자,
羅帳起飄揚. 비단 휘장 일어나 흩날리네.

(무명씨無名氏 <자야子夜의 4계절 노래(子夜四時歌)>)

---

45   太白(태백): 별 이름. 금성(金星).

② 春風復多情, 봄바람은 또 다정도 하여,

吹我羅裳開. 불어서 내 비단 치마 젖히네.

(무명씨無名氏 <자야子夜의 4계절 노래(子夜四時歌)>)

③ 好雨知時節, 좋은 비는 내려야 할 때를 알아,

當春乃發生. 봄이 되자 싹이 트게 하네.

(두보杜甫 <봄밤의 기쁜 비(春夜喜雨)>)

④ 雨妒遊人故作難,[46] 비는 나그네 샘내어 고의로 괴롭히니,

禁持閑了下湖船.[47] 한가로이 호수 내려가는 배를 힘들게 하네.

(소립지蕭立之 <우연히 짓다(偶成)>)

예시 ①~④의 '추풍(秋風)', '춘풍(春風)', '호우(好雨)', '우(雨)'는 모두 본체이고, 의체는 모두 잠재적 인물이며, 비의사는 '입(入)', '다정(多情)', '지(知)', '투(妒)', '작난(作難)', '금지(禁持)'이다.

넷째, 산천류(山川類).

① 萬壑有聲含晚籟,[48] 온갖 골짜기 소리 내는데 저물녘 소리 머금고,

數峰無語立斜陽. 여러 봉우리 말없이 비스듬한 석양에 서있네.

(왕우칭王禹偁 <시골길을 가며(村行)>)

---

46 故(고): 고의로.

47 禁持(금지): 고통스럽게 하다. 괴로움을 받게 하다.

48 晚籟(만뢰): 저물녘에 자연계가 펼쳐내는 각종의 소리.

② 山銜落日靑橫野, 산이 지는 해 머금으니 푸른색이 들판을 가로지르고,

鴉起平沙黑蔽空. 까마귀 모래펄에 날아오르니 검은빛 하늘을 가리네.

(육유陸游 <시냇물에서 짓다(溪上作)>)

③ 南山逼人來, 남산(南山)이 다가서고,

漲洛靑漫漫.⁴⁹ 불어난 낙수(洛水) 푸르게 넘실넘실.

(장뢰張耒 <봄날을 느끼며(感春)>)

④ 隴頭流水, 농산(隴山)의 흐르는 물,

鳴聲幽咽. 조용히 소리 삼키며 흐르네.

(무명씨無名氏 <농산隴山의 노래 3수(隴頭歌辭三首)> 제3수)

예시 ①~④의 '만학(萬壑)', '수봉(數峰)', '산(山)', '남산(南山)', '농두유수(隴頭流水)'는 모두 본체이고, 의체는 잠재적 인물이며, 비의사는 '유(有)', '함(含)', '무(無)', '입(立)', '함(銜)', '핍(逼)', '명성유열(鳴聲幽咽)'이다.

다섯째, 동물류(動物類).

① 枯魚過河泣, 마른 물고기가 강을 건너면서 우는데,

何時悔復及. 어느 때 후회한다고 다시 이를 수 있으려나.

(무명씨無名氏 <마른 물고기가 강을 건너면서 우는데(枯魚過河泣)>)

② 但對狐與狸, 다만 여우와 이리와 마주치니,

49　洛(낙): 낙수(洛水).

竪毛怒我啼. 털을 세우고 성을 내며 나에게 울부짖네.

(두보杜甫 <작별할 가족도 없네(無家別)>)

③ 耳聰心慧舌端巧, 귀로 잘 듣고 마음은 지혜로우며 혀끝으로 하는
　　　　　　　　　　　 말 재주 있어서,

鳥語人言無不通. 새소리와 사람의 말 통하지 않은 게 없네.

(백거이白居易 <진길료(秦吉了)>)

④ 吾曹避暑自無處,[50] 우리들은 더위를 피하려고 해도 갈 곳 없는데,

飛蠅投吾求避暑. 날아다니는 파리는 나에게 달려들어 더위를 피하려
　　　　　　　　　하네.

(양만리楊萬里 <5월 2일 심한 더위(五月初二日苦熱)>)

예시 ①, ②, ④의 '고어(枯魚)', '호(狐)', '리(狸)', '비승(飛蠅)'은 모두 본체이
고, 의체는 모두 잠재적 인물이다. 비의사는 '과(過)', '읍(泣)', '회(悔)', '노
(怒)', '제(啼)', '투(投)', '구(求)'이다.

예시 ③은 상황이 조금 특수하다. 본체 '진길료(秦吉了)'새는 생략되었고,
의체는 잠재적 인물이라 자연히 나타나지 않았으며, 나머지는 모두 비의사이
다. '귀로 잘 듣고(耳聰)', '마음은 지혜로우며(心慧)', '혀끝으로 하는 말 재주
있어서(舌端巧)', '새소리와 사람의 말 통하지 않은 게 없네(鳥語人言無不通)'는
모두 사람의 특징으로 삼아서 '진길료(秦吉了)'새 몸에 사용되었기 때문에
이러한 말들은 모두 비의사이다.

50　吾曹(오조): 우리들.

여섯째, 기물류(器物類).

① 三雅何來遲,[51] 삼아(三雅) 술잔 어찌 그리도 오는 게 더딜까,

　 耳熱眼中花. 귀는 덥고 눈은 흐릿하기만.

　　 (장화張華 <경박(輕薄篇)>)

② 出入君懷袖, 그대 품 소매 속에 들락날락하며,

　 動搖微風發. 움직여 흔들면 가벼운 바람이 일었지.

　　 (무명씨無名氏 <원망의 노래(怨歌行)>)

③ 杯汝來前, 잔이여 너는 앞으로 오라!

　 老子今朝, 늙은이 오늘 아침,

　 點檢形骸. 몰골을 점검해보리.

　　 (신기질辛棄疾 <심원춘(沁園春)·술을 끊으려고 해, 술잔이 가까이 오지 못하도록
　　 훈계하다(將止酒, 戒酒杯使勿近)>)

④ 聞道烽煙動, 듣건대 봉화연기 피어오른다는데,

　 腰間寶劍匣中鳴. 허리의 보검은 갑 속에서 우는구나.

　　 (무명씨無名氏 <산뽕나무 가지 노래(柘枝引)>)

　 예시 ①, ③, ④의 '삼아(三雅)', '배여(杯汝)'('여汝'는 앞의 말을 가리키는 것으
로 쓰였다), '요간보검(腰間寶劍)'은 모두 본체이며, 의체는 잠재적 인물이고,
'래지(來遲)', '래전(來前)', '명(鳴)'은 모두 비의사이다.

51　三雅(삼아): 술잔 이름.

예시 ②는 본체가 '합환선(合歡扇)'인데 생략되었으며, 의체는 잠재적 인물인데 나타나지 않았고, '출입(出入)'이 비의사이다.

이상이 의인류의 기본적인 상황이다.

(2) 의물류(擬物類)

의인류와 비교하면, 의물류는 '비의' 수사 방식 중에서 쓰임새가 그다지 넓지 않고, 상황도 매우 간단하다. 이른바 '의물'은 사용하는 경우를 보면 실제로는 주로 사람을 동물에 견주는 것이며, 이 때문에 그것의 본체는 주로 사람이고, 비의사는 대부분 동물의 동작을 반영하는 말이 많다. 예를 들면,

① 忽馳騖以追逐兮,[52] 갑자기 달리고 뒤쫓아 가지만,

非余心之所急. 내 마음이 급하게 여기는 것이 아니라네.

(≪초사楚辭·근심스러운 곳을 떠나며(離騷)≫)

② 願爲雙黃鵠, 원컨대 한 쌍의 고니가 되어,

高飛還故鄕. 높이 날아 고향으로 돌아가고 싶네.

(고시古詩 <걸어서 성성의 동문東門을 나가(步出城東門)>)

③ 我有同心人, 나에게 마음을 같이 하는 이 있으니,

邈邈崔與錢.[53] 멀고 먼 최군(崔群)과 전휘(錢徽)이네.

我有忘形友, 나에게 형식적인 것에 구애되지 않는 친구 있으니,

---

52   馳騖(치무): 바삐 달리다.
53   崔與錢(최여전): 최군(崔群), 전휘(錢徽).

迢迢李與元.[54] 아득하고 아득한 이고언(李固言)과 원진(元稹)이네.

或飛靑雲上, 어떤 사람은 푸른 구름 위로 날아오르고,

或落江湖間. 어떤 사람은 강과 호수 사이에 떨어져 있네.

(백거이白居易 <도연명陶淵明의 시체詩體를 본받아 지은 시 16수(效陶潛體詩十六首)> 제5수)

예시 ①의 '홀치무이추축혜(忽馳騖以追逐兮)' 구절은 본체가 '여(余)'이고, 의체는 '말(馬)'이며, '치무(馳騖)', '추축(追逐)'은 비의사이다. 예시 ②의 '고비환고향(高飛還故鄕)'구에서 본체는 '아(我)'이고, 의체는 '한 쌍의 고니(雙黃鵠)'이며, 비의사는 '고비(高飛)'이다. 예시 ③은 본체가 '최여전(崔與錢)', '이여원(李與元)'이고, 의체는 '새(鳥)'이며, 비의사는 '비(飛)', '락(落)'이다.

의물류 중에 사람을 사물로 견준 것도 있지만 이러한 경우는 소수에 속한다. 예를 들면

④ 君安遊兮西入秦, 그대는 편안히 노닐다가 서쪽 진(秦) 나라로 들어가셨는데,

願爲影兮隨君身. 저도 그림자 되어 그대 몸 따라가길 원하오.

(부현傅玄 <수레는 흔들흔들(車遙遙篇)>)

예시 ④의 '원위영혜수군신(願爲影兮隨君身)'구에서 '그림자 되길 원하다(願爲影)'는 비유를 먼저 한 것이고, '그대 몸을 따라가다(隨君身)'가 비로소 비의이다. '그대 몸을 따라가다(隨君身)'는 본체가 '첩(妾)'이고, 의체는 '그림자(影)'이며, 비의사는 '수(隨)'이다.

---

54 李與元(이여원): 이고언(李固言)과 원진(元稹).

이상이 의물류의 기본적인 상황이다.

<3> 비의와 비유(比喩)

비의 수사법과 비유 수사법은 관계가 비교적 밀접하여 어떤 때는 분명하게 나누기가 쉽지 않다. 예를 들면,

① 雄兎腳撲朔, 수토끼는 발을 팔딱거리고,

雌兎眼迷離. 암토끼는 눈이 흐릿하네.

兩兎傍地走, 두 마리 토끼 나란히 땅 위를 달리는데,

安能辨我是雄雌? 내가 수놈인지 암놈인지 어찌 분별할 수 있으랴?

(무명씨無名氏 <목란木蘭을 노래한 시(木蘭詩)>)

예시 ①의 '두 마리 토끼 나란히 땅 위를 달리는데, 내가 수놈인지 암놈인지 어찌 분별할 수 있으랴?(兩兎傍地走, 安能辨我是雄雌)'에 대해 어떤 사람은 이 두 구절이 모두 비의구(比擬句)라고 생각하는데 이것은 적절치 못한 것이다. 의인(擬人)과 의물(擬物)의 두 기본 공식은 [사물(본체) + 동사(사람의 동작 행위)], [사람(본체) + 동사(동물의 동작)]이다. 이 두 개의 공식으로 검증해면, '두 마리 토끼 나란히 땅 위를 달리는데(兩兎傍地走)'는 어떠한 공식과도 맞지 않다는 것을 알 수 있다. 실제 상황은 '두 마리 토끼 나란히 땅 위를 달리는데(兩兎傍地走)'는 비유구이니, '두 마리 토끼(兩兎)'는 이것으로 목란과 그녀의 '동료'를 비유한 것이다. '내가 수놈인지 암놈인지 어찌 분별할 수 있으랴?(安能辨我是雄雌)'구가 비로소 진정한 비의구로, '나(我)'는 본체이고, 의체는 잠재적인 '수놈 토끼(雄兎)'과 '암놈 토끼(雌兎)'이며, 비의사는 '수놈인지 암놈인지

(是雄雌)'이다. 이로부터 다시 한 번 증명할 수 있으니, 고대시가의 '비의' 수사 방식은 늘 '비유'와 결합하여 사용되니, 이 점에 대해서 우리들은 특별히 주의를 해야 한다.

위의 예로부터 알 수 있듯이, '비의'와 '비유'의 경계를 명확하게 구분 지으려면 중요한 것이 바로 '비의'와 '차유(借喩)', '암유(暗喩)'의 경계를 명확하게 나누는 것이다. 도대체 어떻게 분별한 것인가에 대해, 본인 생각에 가장 중요한 것은 세 가지 점을 파악해야한다.

첫째, 뜻으로부터 볼 때, 서로 비슷한 점이 있는지 없는지 살펴야 한다. 비슷한 점이 있으면 '비유'이고, 비슷한 점이 없으면 '비의'이다. 예를 들어보면,

① 流血塗野草, 흐르는 피는 들풀을 덮었는데,
   豺狼盡冠纓. 승냥이와 이리는 모두 관리의 갓을 썼네.
   (이백李白 <고풍 19수(古風十九首)> 제19수)

② 世溷濁而莫我知兮,[55] 세상은 혼탁하고 나를 알아주는 이 없으니,
   吾方高馳而不顧. 나는 이제 높이 달리며 돌아보지 않으리라.
   (《초사楚辭·구장九章·강을 건너며(涉江)》)

예시 ①의 '승냥이와 이리는 모두 관리의 갓을 썼네(豺狼盡冠纓)'는 비유구(比喩句)이다. '승냥이와 이리(豺狼)'는 유체(喩體)인데 이것으로 안사(安史)의 난(亂) 중에 뒤따라 반란을 일으켰던 도적들을 비유하였다. '승냥이와 이리'(유체喩體)와 반역한 신하, 항복한 장수(본체) 사이의 비슷한 점은 성정(性情)이

---

55   溷濁(혼탁): 더럽고 흐리다.

잔인하여 모두 사람들에게 대단히 큰 상해(傷害)를 줄 수 있다는 것이다.

예시 ②의 '나는 이제 높이 달리며 돌아보지 않으리라(吾方馳而不顧)'는 비의 구(比擬句)이다. '나(吾)'는 본체이고, 의체(擬體)는 '말(馬)'이며, 비의사(比擬詞)는 '치(馳)'이다. 예시 ①과 비교해 보면, '나(吾)'(본체)와 '말(馬)'(의체) 사이에는 어떠한 유사점도 존재하지 않는다는 것을 알 수 있다. 구절 안에서 '나(吾)'와 '말(馬)'이 관계를 갖게 되는 것은 '의(擬)'에 있는 것이지 '비(比)'에 있지 않다. '의(擬)'는 모방이며 본뜨는 것으로, 모양에 따라 하는 것이다.

둘째, 형식상으로 볼 때, 구성 방식이 같은 지 여부를 살펴야 한다. 차유(借喩)는 표면상으로 보면 단지 말을 사용하는 문제에만 관련이 되며 구조 문제에는 관련되지 않는다. 암유(暗喩)의 구성 방식은 판단 구조 문제와 관련이 된다. 비의구(比擬句)의 두 가지 구성 방식은 위에서 이미 제기하였으므로 여기에서는 다시 중복하지 않아도 될 듯하다. 그래서 구성 방식에서 보면, 비의는 차유나 암유와도 구별하기 쉽다. 예를 들면,

① 荃不察余之中情兮, 임금께선 내 마음을 살피지 않으시고,
　 反信讒而齎(ji)怒.[56] 도리어 헐뜯는 말 믿고 매우 화를 내시는구나.

　 (≪초사楚辭·근심스러운 곳을 떠나며(離騷)≫)

② 在天願作比翼鳥, 하늘에선 비익조(比翼鳥)가 되고,
　 在地願爲連理枝. 땅에선 연리지(連理枝) 되기를 바라네.

　 (백거이白居易 <기나긴 한의 노래(長恨歌)>)

56　 齎怒(제노): 매우 화를 내다.

③ 願爲南流景, 원컨대 남쪽으로 흘러가는 달빛이 되어,

馳光見我君. 빛을 달리게 하여 내 님을 보고 싶네.
  ‥

(조식曹植 <잡시(雜詩)> 제3수)

예시 ①의 '임금께선 내 마음을 살피지 않으시고(荃不察餘之中情兮)'는 차유구(借喩句)인데, '전(荃. 향초香草)'은 유체(喩體)이며, 초회왕(楚懷王)이 본체인데 나타나지 않는다. 위아래 구절을 이어서 보면, 초회왕 당신은 내 마음의 충성을 살펴보지도 않고 도리어 헐뜯는 말을 믿고 나에게 화를 낸다고 말하고 있다. 그러면 이 구절은 왜 의인류(擬人類)의 비의(比擬) 수사 방식으로 볼 수 없을까? 그것은 바로 '전(荃)'과 초회왕은 굴원의 눈에는 비슷한 점이 있기 때문이다. 초회왕은 지극히 고귀하여 그보다 더 높은 이가 없어, 사람들이 모두 쫓아가는 사람이며, '전(荃)'은 향초로 사람들이 모두 좋아하는 것인데, 두 가지는 성질상 같은 점이 있다.

예시 ②의 위아래 두 구절은 모두 암유구(暗喩句)이다. 본체는 '한황(漢皇)'(당현종唐玄宗)과 '양가녀(楊家女)'(양귀비楊貴妃)인데, 시구 속에서는 모두 생략되어 있다. 유체(喩體)는 '비익조(比翼鳥)'와 '연리지(連理枝)'이고, 비유사(比喩詞)는 '작(作)'과 '위(爲)'이다.

예시 ③의 '원컨대 남쪽으로 흘러가는 달빛이 되어(願爲南流景)'는 암유구(暗喩句)이고, '빛을 달리게 하여 내 님을 보고 싶네(馳光見我君)'는 비의구(比擬句)이다. 본체는 '첩(妾)'이고, 의체는 '남쪽으로 흘러가는 달빛(南流景)'이며, '치(馳)'는 비의사(比擬詞)이다.

예시 ①~③의 대비에서 알 수 있듯이, 무릇 비유구는 본체의 등장 여부를 막론하고 유체는 반드시 나타나야 하며, 비의구는 본체가 나타나는지 아닌지는 상관없이 의체는 반드시 잠재적이어야 하니, 양자의 구성 방식은 다르다.

셋째, 동사의 사용면에서 볼 때, 서로 같은지 아닌지를 살펴야 한다. 대체로 비유구는 비유사로 쓰는 동사가 모두 폐쇄적인 성질을 가진 것으로, 상용되는 것은 '여(如)', '사(似)', '약(若)', '상(象)', '시(是)', '위(爲)', '성(成)', '작(作)' 등 몇 가지 제한된 동사이다. 비의구는 비의사로 쓰이는 동사가 모두 개방적인 성질을 가진 것에 속하는데, 왜냐하면 사람의 동작 행위를 표시하거나 동물의 동작을 표시하는 동사는 이루 다 밝힐 수 없을 정도로 많기 때문이다.

제4장 과장(誇張)

<1> 과장이란?

　'과장'을 중국 고대 문예평론에서는 여러 가지로 다르게 부르는데, 이를테면 '증어(增語)', '증문(增文)', '과식(誇飾)', '호구(豪句)' 등등은 실제로는 모두 '과장'의 다른 이름들이다. 수사의 각도에서 말하면, '과장'은 적극적인 수사 방식의 하나로서, 고대의 시가에서는 아주 보편적으로 사용되었다. 요컨대 작자는 예술적 효과를 돋보이기 위해서 현실 중의 사람이나 사물에 대하여 고의로 부풀리거나 혹은 축소하여 묘사하는데, 이런 수사 수법을 '과장'이라고 한다. 예를 들면,

> ① 彼采葛兮, 칡 캐러 가세,
>
> 　一日不見, 하루만 못 봐도,
>
> 　如三月兮. 석 달이나 된 듯.
>
> 　(≪시경詩經·왕풍王風·칡을 캐네(采葛)≫)

> ② 赤螘若象, 붉은 개미는 코끼리 같고,
>
> 　玄蜂若壺些.[57] 검은 벌은 표주박 같네.
>
> 　(≪초사楚辭·혼을 부르며(招魂)≫)

---

[57]　壺(호): '호(瓠)'자와 통한다. 표주박.

③ 靑雲衣兮白霓裳, 푸른 구름은 윗옷이고 흰 무지개는 아래옷,

  擧長矢兮射天狼.[58] 긴 화살 들고 천랑성(天狼星)을 쏘네.

  (≪초사楚辭·구가九歌·태양의 신(東君)≫)

④ 一鬟五百萬, 쪽진 머리 한 쪽은 오백만 냥,

  兩鬟千萬餘. 두 쪽은 천만 냥 남짓.

  (신연년辛延年 <우림랑(羽林郞)>)

⑤ 獨下千行淚, 홀로 천 갈래 눈물 흘리며,

  開君萬里書. 그대의 만리 밖 편지 열어 보네.

  (유신庾信 <왕림王琳에게 보내며(寄王琳)>)

⑥ 陽關萬里道, 양관(陽關) 만리 길에,

  不見一人歸. 한 사람도 돌아가는 것 보이지 않네.

  (유신庾信 <다시 주周 상서尙書와 헤어지며(重別周尙書)>)

  예시 ①의 <왕풍王風·칡을 캐네(采葛)>는 아주 순박한 서정시이다. 시의
내용상으로 보면, 그리움을 받는 사람이 아마 남자인 것 같다. 전체 시는
모두 3장인데, 전체의 시가 모두 과장의 수법을 채택하였으며 점점 등급이
올라가고 있으니, '하루만 못 봐도, 석 달이나 된 듯(一日不見, 如三月兮)', '하루
만 못 봐도, 세 가을이나 된 듯(一日不見, 如三秋兮)', '하루만 못 봐도, 삼년이나
된 듯(一日不見, 如三歲兮)'이라고 하였다. 시인이 바로 이런 과장 수법을 빌려서
한 여자의 연인을 그리는 마음이 하루하루 더 깊어져 가는 듯한 고통스러운

58　天狼(천랑): 별 이름. 천랑성(天狼星).

심정을 이보다 더 잘 할 수 없을 정도로 표현하였다.

예시 ②의 '붉은 개미는 코끼리 같고, 검은 벌은 표주박 같네(赤蟻若象, 玄蜂若壺些)' 또한 당연히 과장에 속한다. 왜냐하면 일상생활에서 만나는 붉은 개미가 아무리 커도 큰 코끼리만할 수가 없으며, 검은 말벌이 아무리 커도 표주박만할 수가 없기 때문이다. 그러나 시인이 만들어낸 이런 생동감 있는 예술적 형상은 독자가 황당하다고 느끼지 않을 뿐만 아니라 오히려 기꺼이 받아들이는데, 이것은 다름이 아니라, 단지 모든 예술적 과장이 모두 생활 속에서부터 나오면서 또 생활보다 빼어나기 때문이다. <초혼(招魂)>이라는 시는 굴원(屈原)이 초회왕(楚懷王)의 망령을 불러오기 위하여 지은 유명한 시이다. '혼이시여 돌아오시라, 동쪽은 몸을 맡길 수 없다오(魂兮歸來, 東方不可以托些)', '혼이시여 돌아오시라, 남쪽은 머무를 수 없다오(魂兮歸來, 南方不可以止些)', '혼이시여 돌아오시라, 서쪽은 해로운 곳, 흘러내리는 모래가 천리나 된다오(魂兮歸來, 西方之害, 流沙千里些)', '혼이시여 돌아오시라, 북쪽은 머무를 수 없다오(魂兮歸來, 北方不可以止些)'라고 하였는데, '붉은 개미는 코끼리 같고, 검은 벌은 표주박 같네(赤蟻若象, 玄蜂若壺些)'라고 한 것은 '서방의 해로움(西方之害)'을 과대하게 말한 것일 따름이다. 그러나 우리는 또 바로 이런 과장 수법을 통하여 굴원이 초회왕을 애도하는 마음과 초나라의 운명을 끝없이 걱정하는 마음을 엿볼 수 있다.

그밖에, 예시 ③의 '긴 화살 들고 천랑성(天狼星)을 쏘네(擧長矢兮射天狼)'는 '긴 화살(長矢)'이 길고 사정거리가 먼 것을 과장한 것이고, 예시 ④의 '쪽진 머리 한 쪽은 오백만 냥, 두 쪽은 천만 냥 남짓(一鬟五百萬, 兩鬟千萬餘)'은 호희(胡姬)의 머리 장식이 값비싸다는 것을 과장한 것이며, 예시 ⑤의 '천 갈래 눈물(千行淚)'과 '만리 밖 편지(萬里書)'는 유신(庾信)과 왕림(王琳)이 서로 멀리 떨어져 있음과 우정의 두터움을 과장한 것이고, 예시 ⑥의 '한 사람도 돌아가는 것 보이지 않네(不見一人歸)'는 남쪽으로 돌아가는 사람이 적다는 것을 과장한 것이다. 이러한 것들이 선명한 예술적 형상을 지니고 있는 것은 모두 과장 수사 방식의 도움을 받아서 만들어진 것이다.

유협(劉勰)이 말하기를, "천지가 생긴 이래로, 소리와 형상과 관련이 된 것을 문자로 나타낼 때는 과장의 수법이 언제나 사용되었다."[59](≪문심조룡(文心雕龍)·과식(誇飾)≫)고 하였다. 이것은 과장이 수사 방식의 하나로서 지금껏 문인들과 시인들에 의해 즐겨 사용되었음을 잘 말해준다. 예술적인 과장은 현실 중의 사람이나 사물에 대해 일정 정도 예술적으로 돋보이게 함으로써 사람들로 하여금 더욱 진실되고 더욱 구체적이며 더욱 생동감 있게 느끼도록 하는 것이며, 이것은 생활 중에 거짓말을 하는 것과는 절대로 같지 않다. 그러나 고대의 몇몇 시화가(詩話家)들은 이것에 대해 그다지 잘 알지 못했는데, 이를테면 그들이 두보(杜甫)의 두 구 시에 대해 논쟁을 벌인 것이 바로 이런 점을 잘 말해주고 있다. 이 두 구의 시는 다음과 같다.

⑦ 霜皮溜雨四十圍,[60] 서리빛 흰 껍질은 비에 젖어 둘레가 사십 아름되고,
　　黛色參天二千尺. 검푸른 줄기는 하늘에 닿을 듯 이천 자 솟았네.

　　(두보杜甫 <오래된 측백나무 노래(古柏行)>)

예시 ⑦의 '사십 아름(四十圍)'과 '이천 자(二千尺)'는 '제갈량 사당 앞(孔明廟前)'의 '늙은 측백나무(老柏)'가 얼마나 살아온 것이 오래되었고 키가 큰가 하는 것을 과장 수식하는 것이며, 이것은 사람들에게 깊은 인상을 남겨 주는데, 오래된 측백나무가 하늘에 닿을 듯 우뚝 솟아 있고 힘찬데, 마치 역사의 증인 같다는 점이다. 사람들이 이렇게 깊은 인상을 갖는 까닭은 생활 속의

59　"自天地以降, 豫入聲貌, 文辭所被, 誇飾恒存."
60　霜皮溜雨(상피류우): 나무껍질은 하얗고 매끄럽다.

'늙은 측백나무'가 이미 대시인 두보에 의해 '예술적으로 처리' 되었기 때문이다. 이러한 과장은 사람들로 하여금 황당함을 느끼지 않게 할 뿐만 아니라 오히려 사람들로 하여금 더욱 진실되고 더욱 합리적임을 느끼도록 만든다. 그러나 송대(宋代)의 심괄(沈括)은 도리어 말하길, "두보의 <무후 사당 측백나무(武侯廟柏)> 시에서 '서리빛 흰 껍질은 비에 젖어 둘레가 사십 아름되고, 검푸른 줄기는 하늘에 닿을 듯 이천 자 솟았네(霜皮溜雨四十圍, 黛色參天二千尺)'라고 말했다. '사십위(四十圍)'는 바로 지름(직경)이 일곱 자[七尺]인데 너무 가늘고 길지 않은가? ……이 또한 글의 병폐이다"[61](≪몽계필담(夢溪筆談)≫ 권 23)라고 하였다. 그 뒤, 송나라 사람 황조영(黃朝英)은 또 두보를 변호하여 다음과 같이 말했다. "내가 생각건대, 심괄은 천성이 기민하고 ≪구장산술(九章算術)≫이란 책에 대해 잘 알고 있다고 하는데, 유독 이것에 대해서는 잘못을 하니 어째서 그런 것일까? 옛 제도는 둘레가 3이면 지름을 1로 하여, 둘레가 40이면 120자[尺]이니, 둘레가 120자이면 지름은 40자인데 어찌 일곱 자라고 말할 수 있나? …… 무후 사당의 측백나무는 마땅히 옛 제도로 정해야 하니 지름이 40자이면 그 길이는 2천 자인 것이 마땅한데 어찌 너무 가늘다고 나무랄 수 있겠는가? 두보는 시사(詩史)라고 불리는데 어찌 망령되이 그렇게 말하려 들겠는가?"[62](≪정강상소잡기(靖康緗素雜記)≫) 독자들은 스스로 발견할 수 있을 텐데, 이것이 어찌 시가에 관한 문제를 토론하는 것인가? 그야말로 수학 문제를 논하고 있는 것이다. 매우 분명한데, 문학 각도에서 말하자면 이런 논쟁은 털끝만치도 의미가 없는 것이다.

---

61 "杜甫<武侯廟柏>詩云: '霜皮溜雨四十圍, 黛色參天二千尺.' 四十圍乃是徑七尺, 無乃太細長乎? ……此亦文章之病也."

62 "予謂存中性機警, 善≪九章算術≫, 獨於此爲誤, 何也? 古制以圍三徑一, 四十圍即百二十尺, 圍有百二十尺, 即徑四十尺也, 安得云七尺? ……武侯廟柏, 當以古制爲定, 則徑四十尺, 其長兩千尺宜矣, 豈得以太細譏之乎? 老杜號爲詩史, 何肯妄爲云云也."

<2> 과장의 기본 유형

과장은 그 표현 방식에 따라 '과대 과장'과 '축소 과장', 두 유형으로 나눌 수 있다. 유협(劉勰)이 말하길, "높은 것을 말하는 경우, '높아서 하늘에까지 이른다'고 말하고, 좁은 것을 말하는 경우, '황하(黃河)가 거룻배조차 용납하지 못한다'고 말하며, 숫자가 많음을 말하는 경우, '자손이 천억 명이다'라고 말하고, 숫자가 적음을 말하는 경우, '백성이 한 사람도 남아있는 자 없다'고 말한다"[63](《문심조룡(文心雕龍)·과식(誇飾)》)라고 하였다. 유협의 이 말이 실제로 이미 과장의 두 가지 유형을 개괄했다. 아래에서 나누어서 말해보도록 한다.

(1) 과대 과장

과대 과장은 현실 중의 사람이나 사물의 어떤 특징에 대해 과대하게 묘사를 하는 것이다. 이 유형은 세분하면 아래와 같은 몇 가지 작은 유형이 있다.

첫째, 길이를 과장.

① 白髮三千丈, 흰 머리카락이 삼천 장,
　　緣愁似個長.[64] 근심 때문에 이처럼 길어졌네.

　　(이백李白 <추포秋浦의 노래(秋浦歌)> 제15수)

63　"言峻則嵩高極天, 論狹則河不容舠, 說多則子孫千億, 稱少則民靡孑遺."
64　似個(사개): 이와 같이.

② 山鬼獨一脚, 산도깨비는 다리가 하나,

　　蝮蛇長如樹. 살무사는 나무같이 길다.

(두보杜甫 <태주台州 사호司戶 정건鄭虔을 그리워하며(有懷台州鄭十八司戶)>)

③ 一闋聲長聽不盡, 한 곡 노래 소리 길어 다 듣지 못했는데,

　　輕舟短楫去如飛. 가벼운 배 짧은 노는 나는 듯이 가네.

(구양수歐陽修 <저녁에 악양岳陽에 정박하다(晩泊岳陽)>)

　　예시 ①의 이백(李白)의 <추포秋浦의 노래(秋浦歌)>는 모두 열일곱 수이며, 이 시는 이백이 천보(天寶) 13년(754년)에 추포(秋浦)에 머무를 때 지은 시이다. '흰 머리카락이 삼천 장(白髮三千丈)'이라는 극도로 과장된 이 시구는 이미 고금에 전송되는 아름다운 시구이다. 생활 중에는 과도한 슬픔으로 인하여 수염과 머리카락이 일찍 하얗게 되는 현상이 존재한다. 그러나 '슬픔으로 인해' '흰 머리카락'이 '삼천 장'까지 길어지는 것은 불가능한 일이다. 그러나 '백발삼천장'이라는 낭만주의 정서가 가득 찬 이 구절을 사람들은 매우 좋아하는데, 그 원인은 이런 극도의 과장과 풍부한 상상을 통해 사람들로 하여금 이 시인이 나라를 슬퍼하고 시절을 통감하며 재능이 있으면서도 그 재능을 발휘할 기회를 만나지 못하는 고독한 심정을 충분히 느낄 수 있도록 하기 때문이다.

　　예시 ②와 ③의 경우, '나무와 같다(如樹)'는 살무사의 길이를 과장한 것이고, '끝까지 다 듣지 못한다(聽不盡)'는 것은 노랫소리가 긴 것을 과장한 것인데, 이 같은 과장들은 모두 생동적이며 경우에 맞는다. 이외에, 수명이나 시간 길이에 대한 과장도 이 유형에 속한다. 예를 들면,

④ 稱彼兕觥,[65] 저 외뿔소 뿔 술잔을 들고 비네,

萬壽無疆. 만수무강을.

(≪시경詩經·빈풍豳風·칠월(七月)≫)

⑤ 嘉會難再遇, 좋은 만남 다시 만나기 어려우리니,

三載爲千秋. 알고 지낸 삼년이 천년과도 같네.

(무명씨無名氏 <이별시 3수(別詩三首)> 제2수)

⑥ 千年長交頸, 천년 세월 길이길이 서로 목을 비비며,

歡愛不相忘. 기뻐하고 사랑하며 서로 잊지 말자구나.

(무명씨無名氏 <옛날 절구 4수(古絶句四首)> 제4수)

　　예시 ④의 '만수무강(萬壽無疆. 만년을 살며 끝이 없음)'은 수명이 긴 것을 과장한 것이고, 예시 ⑤의 '삼년이 천년과도 같네(三載爲千秋)'는 친구 간에 서로 알고 지낸 3년의 시간이 천년처럼 그렇게 길다는 것을 과장하면서 '좋은 만남(嘉會)'이 귀하다는 것을 강하게 말하였다. 예시 ⑥의 '천년 세월 길이길이 서로 목을 비비며(千年長交頸)'는 청춘 남녀가 서로 '기뻐하고 사랑하는(歡愛)' 시간이 긴 것을 과장한 것이다.

　　둘째, 넓이를 과장.

① 霰雪紛其無垠兮, 싸라기눈 어지러이 끝없이 날리며,

雲霏霏而承宇. 구름은 뭉게뭉게 처마를 받쳐 든다.

(≪초사楚辭·구장九章·강을 건너며(涉江)≫)

65　　稱(칭): 들다.

② 旌蔽日兮敵若雲, 깃발이 해를 가리고 적군은 구름같이 몰려오며,

矢交墜兮士爭先. 화살 어지러이 떨어지고 병사들은 앞 다투어 나아가네.

(≪초사楚辭·구가九歌·순국열사(國殤)≫)

③ 出門無所見, 문을 나서니 아무 것도 보이지 않고,

白骨蔽平原. 백골이 넓은 들판 덮었네.

(왕찬王粲 <일곱 가지 슬픔의 시(七哀詩)>)

④ 積屍草木腥, 쌓인 시체로 풀과 나무 비릿한 냄새나고,

流血川原丹. 흐르는 피로 내와 언덕도 빨갛다.

(두보杜甫 <늘그막의 이별(垂老別)>)

예시 ①의 '끝없이(無垠)'와 '처마를 받쳐 든다(承宇)'는 '싸라기눈(霰雪)'과 '구름(雲)'이 숫적으로 많다는 것을 과장할 뿐만 아니라 그 면적이 넓다는 것도 과장하였다.

예시 ②의 '깃발이 해를 가리고 적군은 구름같이 몰려오며(旌蔽日兮敵若雲)'에서 '해를 가리고(蔽日)'와 '구름같이(若雲)'는 깃발과 적군이 숫적으로 많다는 것을 과장할 뿐만 아니라 깃발과 적군이 넓게 퍼져있음을 과장되게 표현하였다. 수량이 많은 것과 넓이가 큰 것은 서로 일정한 연관성이 있지만, 모두가 꼭 그런 것만은 아니다.

예시 ③과 ④의 '백골이 넓은 들판 덮었네(白骨蔽平原)'와 '흐르는 피로 내와 언덕도 빨갛다(流血川原丹)' 두 구절도 위의 분석 방식과 같다.

셋째, 높이를 과장.

① 長人千仞, 그곳의 거인은 키가 칠천 자 되는데,
惟魂是索些. 오직 사람의 영혼을 찾아 먹는다.

(≪초사楚辭·혼을 부르며(招魂)≫)

② 連峰去天不盈尺, 잇닿은 봉우리는 하늘로부터 떨어진 것이 한 자도
되지 않고,
枯松倒掛倚絕壁. 마른 소나무는 거꾸로 걸려 절벽에 의지하고 있다.

(이백李白 <촉蜀으로 가는 길 험난하네(蜀道難)>)

③ 武侯祠堂不可忘, 제갈량의 사당은 잊을 수 없는데,
中有松柏參天長. 안에 있는 소나무와 측백나무가 하늘을 찌를 듯
키가 크네.

(두보杜甫 <기주夔州의 노래 10절구(夔州歌十絕句)> 제9수)

④ 驪宮高處入青雲, 여산(驪山)의 화청궁(華淸宮)은 높은 곳이 푸른 구름
안에 들어가고,
仙樂風飄處處聞. 신선의 음악이 바람 타고 곳곳에서 들리네.

(백거이白居易 <기나긴 한의 노래(長恨歌)>)

예시 ①의 '칠천 자(千仞)'는 '거인(長人)'의 키가 크다는 것을 과장하였다. 예시 ②의 '하늘로부터 떨어진 것이 한 자도 되지 않고(去天不盈尺)'는 '잇닿은 봉우리(連峰)'의 높이를 과장하였다. 예시 ③의 '하늘을 찌를 듯 키가 크네(參天長)'는 '소나무와 측백나무(松柏)'의 높이를 과장하였다. 예시 ④의 '푸른

구름 안에 들어가고(入靑雲)'는 '여산의 화청궁(驪宮)'의 높이를 과장하였다.

넷째, 강도(强度)를 과장.

① 力拔山兮氣蓋世, 힘은 산을 뽑을 만하고 기세는 세상을 덮을 만한데,
時不利兮騅不逝. 시세가 불리하니 오추마(烏騅馬)도 나아가지 아니하네.

(항적項籍 <해하垓下의 노래(垓下歌)>)

② 力能排南山, 힘은 남산(南山)을 밀어낼 수 있고,
又能絶地紀.[66] 또 지반(地盤)을 끊을 수도 있다네.

(무명씨無名氏 <양보산梁甫山 노래(梁甫吟)>)

③ 雄髮指危冠, 곤두선 머리카락 높은 관에 치솟고,
猛氣衝長纓. 용맹한 기세는 긴 갓끈을 찌른다.

(도연명陶淵明 <형가荊軻를 노래하다(詠荊軻)>)

④ 牽衣頓足攔道哭, 옷을 당기고 발을 구르며 길을 막고 우는데,
哭聲直上干雲霄. 울음소리 곧장 올라 구름 낀 하늘에 닿는다.

(두보杜甫 <병거兵車의 노래(兵車行)>)

예시 ①에서 '산을 뽑을 만하고(拔山)'와 '세상을 덮을 만한데(蓋世)'는 힘과
기세의 강도를 과장하였다.

예시 ②에서 '남산(南山)을 밀어낼 수 있고(排南山)'와 '지반(地盤)을 끊을

---

66   地紀(지기): 지반(地盤). 땅의 기반.

수도 있다네(絶地紀)’ 또한 힘의 강도를 과장하였다.

예시 ③에서 ‘높은 관에 치솟고(指危冠)’와 ‘긴 갓끈을 찌른다(衝長纓)’는 ‘곤두선 머리카락(雄髮髮)’과 ‘용맹한 기세(猛氣)’의 강도를 과장하였다.

예시 ④에서 ‘곧장 올라 구름 낀 하늘에 닿는다(直上幹雲霄)’는 ‘울음소리(哭聲)’의 강도를 과장하였다.

다섯째, 깊이를 과장.

① 華陰山頭百丈井, 화음산(華陰山) 꼭대기에 백장(百丈) 깊이 우물이 있는데,
下有流泉徹骨冷. 아래로 흐르는 샘물은 뼈에 사무치게 차갑다.

(무명씨無名氏 <붙잡는 노래(捉搦歌)>)

② 桃花潭水深千尺, 도화담(桃花潭)의 물은 깊이가 천 자나 되지만,
不及汪倫送我情. 왕륜(汪倫) 그대가 나를 보내는 정에는 미치지 못하네.

(이백李白 <왕륜汪倫에게 주다(贈汪倫)>)

③ 海漫漫, 바다는 아득히 넓은데,
直下無底旁無邊. 곧장 흘러내려 바닥이 없고 옆으로도 끝이 없네.

(백거이白居易 <바다는 아득히 넓은데(海漫漫)>)

④ 海波無底珠沉海, 바다 물결은 바닥이 없는데 진주가 바다에 가라앉아
있으며,
采珠之人判死采.[67] 진주를 채취하는 사람들 목숨을 걸고 채집하네.

(원진元稹 <진주를 채취하는 노래(采珠行)>)

---

67 判死(판사): 목숨을 걸다.

예시 ①에서 '백장(百丈)'은 우물의 깊은 정도를 과장하였다. 예시 ②에서 '깊이가 천 자(深千尺)'는 왕륜(汪倫)의 이백(李白)에 대한 우정의 심도(深度)을 과장하였다. 예시 ③과 ④의 '바닥이 없고(無底)', '바닥이 없는데(無底)'는 모두 큰 바다의 깊이를 과장하였다.

여섯째, 먼 거리(遠度)를 과장.

① 目極千里兮, 천리 먼 길 끝까지 바라보며,
　傷春心. 봄을 슬퍼하는 이 마음.

　(≪초사楚辭·혼을 부르며(招魂)≫)

② 風波一失所, 바람이 일어나서 한 번 있을 곳 잃으면,
　各在天一隅. 각기 하늘 한 모퉁이에 있게 되리.

　(무명씨無名氏 <이별시 3수(別詩三首)> 제1수)

③ 我所思兮在太山, 내가 그리워하는 님은 태산(太山. 태산泰山)에 있는데,
　欲往從之梁父艱. 찾아가 따르고 싶으나 양보산(梁父山)이 험준하네.

　(장형張衡 <네 가지 근심의 시(四愁詩)>)

④ 故如比目魚, 옛날에는 비목어(比目魚) 같았으나,
　今隔如參辰.[68] 지금은 삼성(參星)과 진성(辰星)처럼 떨어져 있네.

　(서간徐幹 <아내의 남편 생각(室思)>)

68　參辰(삼진): 삼성(參星)과 진성(辰星. 상성商星).

예시 ①에서 '천리(千里)'는 멀리 보이는 것을 과장되게 표현한 것이다.

예시 ②에서 '각기 하늘 한 모퉁이에 있게 되리(各在天一隅)'는 서로 떨어져 있는 거리가 멀다는 것을 과장하였다.

예시 ③의 '태산(太山. 태산泰山)에 있는데(在太山)'는 그리워하는 님이 사는 곳이 멀다는 것을 과장하였다. 같은 시에 나오는 '계림(桂林)에 있는데(在桂林)', '한양(漢陽)에 있는데(在漢陽)', '안문(雁門)에 있는데(在雁門)' 등은 모두 이러한 뜻으로, 모두 장소가 멀다는 것을 과장해서 말한 것이지 명확하게 가리키는 것이 아니다.

예시 ④의 '삼성(參星)과 진성(辰星)처럼(如參辰)' 또한 서로 멀리 떨어져 있다는 것을 과장하였으며, 동시에 서로 떨어져 지낸 세월이 길다는 것도 담겨져 있다.

일곱째, 수량을 과장.

① 望長楸而太息兮, 큰 가래나무 바라보며 크게 탄식하니,

  涕淫淫其若霰. 눈물이 줄줄 흐르는데 마치 싸라기눈 내리는 것 같네.

  (≪초사楚辭·구장九章·수도 영郢을 슬퍼하며(哀郢)≫)

② 惟郢路之遼遠兮, 생각건대 영도(郢都)로 가는 길 까마득히 먼데,

  魂一夕而九逝. 이 내 혼은 하루 저녁에 아홉 번 가네.

  (≪초사楚辭·구장九章·생각을 꺼내며(抽思)≫)

③ 千呼萬喚始出來, 천 번 부르고 만 번 부르자 비로소 나오는데,

  猶抱琵琶半遮面. 그래도 비파(琵琶)를 안고 얼굴을 반쯤 가렸네.

  (백거이白居易 <비파琵琶의 노래(琵琶行)>)

④ 千歌萬舞不可數, 천 곡 노래와 만 가지 춤 이루 셀 수 없는데,

就中最愛霓裳舞.[69] 그 중에서 예상우의무(霓裳羽衣舞)를 가장

좋아하였네.

(백거이白居易 <예상우의무霓裳羽衣舞의 노래(霓裳羽衣舞歌)>)

예시 ①의 '마치 싸라기눈 내리는 것 같네(若霰)'는 '체(涕)', 즉 '눈물'을 많이 흘린다는 것을 과장하였다. 예시 ②의 '하루 저녁에 아홉 번 가네(一夕而九逝)'는 꿈속의 혼령이 초나라의 도성(都城) 영도(郢都)로 되돌아간 횟수가 많다는 것을 과장하였다. 예시 ③의 '천 번 부르고 만 번 부르자(千呼萬喚)'는 부르는 횟수가 많다는 것을 과장하였다. 예시 ④의 '이루 셀 수 없는데(不可數)'는 가무(歌舞)를 한 횟수가 많다는 것을 과장하였다.

여덟째, 어려움을 과장.

① 蜀道之難難於上青天, 촉(蜀)으로 가는 길 험난함은 푸른 하늘 오르기보

다 더 어렵나니,

側身西望長咨嗟. 몸을 돌려 서쪽을 바라보며 길게 탄식하노라.

(이백李白 <촉蜀으로 가는 길 험난하네(蜀道難)>)

② 宣城之人采爲筆, 선성(宣城)의 사람은 채집하여 붓을 만드는데,

千萬毛中選一毫. 천 만 털 중에서 가는 털 하나를 가려 뽑는다.

(백거이白居易 <자호필(紫毫筆)>)

예시 ①의 '푸른 하늘 오르기보다 더 어렵나니(難於上靑天)'는 촉(蜀)으로 가는 길이 험난하다는 것을 과장하였다. 예시 ②의 '천 만 털 중에서 가는 털 하나를 가려 뽑는다(千萬毛中選一毫)'는 것은 선주(宣州)의 공물(貢物)인 자호필(紫毫筆)을 만들기 어렵다는 것을 과장하였다.

위의 여덟 가지는 과대 과장의 기본 내용이다.

(2) 축소 과장

과대 과장과 서로 대립하는 것이 축소 과장이다. 축소 과장은 현실 생활 중의 사람이나 사물의 어떤 특징에 대해 가능한 한 축소 묘사를 하는 것이다. 과대 과장과 비교해 보면, 축소 과장은 고대시가에서 그다지 보편적으로 쓰이지 않는다. 그래서 아래에서 단지 몇 가지 예만 들어 이야기하고, 더 이상 유형 분석은 하지 않기로 한다. 예를 들면,

① 誰謂河廣, 누가 황하(黃河)가 넓다고 하는가?

　一葦杭之.[70] 갈대배 하나로도 건널 수 있는 것을.

　誰謂宋遠, 누가 송(宋)나라 멀다고 하는가?

　跂予望之.[71] 발돋움만 하면 바라볼 수 있는 것을.

　(≪시경詩經·위풍衛風·황하黃河가 넓다고(河廣)≫)

② 丈夫四海志, 대장부는 천하에 뜻을 두니,

　萬里猶比鄰. 만 리 먼 곳도 가까운 이웃과 같네.

　(조식曹植 <백마왕白馬王 조표曹彪에게 드리며(贈白馬王彪)> 제6수)

70　杭(항): '항(航)'자와 통한다. 물을 건너다.

71　跂(기): 발돋움하다.

③ 西岳崢嶸何壯哉, 화산(華山)은 험준하니 얼마나 장엄한가?

黃河如絲天際來. 황하(黃河)는 실과 같이 하늘가에서 오네.

(이백李白 <서악西岳 화산華山의 운대봉雲臺峰을 노래하며 원단구元丹丘를 전송하
다(西岳雲臺歌送丹邱子)>)

④ 杳杳天低鶻沒處, 아득한 하늘 아래 송골매 숨은 곳,

靑山一髮是中原. 푸른 산이 머리카락 한 올 같은 곳이 중원 땅이라.

(소식蘇軾 <징매역澄邁驛의 통조각通潮閣에서(澄邁驛通潮閣)>)

예시 ①에서 '갈대배 하나로도 건널 수 있는 것을(一葦杭之)'이라고 한 것은
황하가 좁다는 것을 과장해서 말했으며, '발돋움만 하면 바라볼 수 있는 것을
(跂予望之)'이라고 한 것은 송나라가 가깝다는 것을 과장해서 말했다.

예시 ②에서 '만 리 먼 곳도 가까운 이웃과 같네(萬里猶比鄰)'라고 한 것은
'대장부(丈夫)'의 포부가 원대하여 온 천하를 가까운 이웃으로 본다고 과장해
서 말했다.

예시 ③에서 '황하(黃河)는 실과 같이(黃河如絲)'라고 한 것은 먼 곳에 있는
황하(黃河)의 작은 모습을 과장해서 말했다.

예시 ④에서 '푸른 산이 머리카락 한 올 같은 곳(靑山一髮)'이라고 한 것은
멀리 있는 청산(靑山)의 작은 모습을 과장해서 말했다.

때로는 과대 과장과 축소 과장을 구별하기 쉽지 않다. 그러나 세심하게
구별하면 해결하기 어렵지 않을 것이다.

<3> 과장의 수법

여기서 과장 수법의 문제에 대해서 전문적으로 이야기를 좀 해보고자 한다. 과장 수사 방식은 어떤 방법을 빌려서 표현하는가? 이것은 주의할 만한 문제이다. 임동해(林東海) 선생이 말하길, "예술적 과장의 수법은 대체로 두 유형으로 나눌 수 있는데, 하나는 서술적 과장법이고, 혹은 부법(賦法) 과장법이라고 말하며, 또 하나는 묘사적 과장법이며, 혹은 비법(比法) 과장법이라고 말한다"[72]라고 하였다. 이 말은 아주 훌륭하다. 그러나 본인의 생각에는 또 다른 각도에서 개괄할 수도 있다. 과장의 표현기법은 주로 다음과 같은 세 가지가 있다.

(1) 대비법(對比法)

대비법은 과장의 대상을 객관 사물과 대비하는 것이다. 객관 사물들은 모두 일정한 표준이 있으니 길이를 재는 자[尺]에 비유할 수 있다. 비교의 결과는 사람들로 하여금 이것이 과장이라는 것을 분명하게 느끼도록 한다.

① 西北有高樓, 서북쪽에 높다란 누각 있어,

上與浮雲齊. 위로 뜬 구름과 높이 같네.

(고시古詩 <서북쪽에 높다란 누각 있어(西北有高樓)>)

② 彎弓掛扶桑, 휘어진 활은 부상(扶桑)에 걸어 놓고,

---

72   ≪시법거우(詩法擧偶)≫(1981년, 상해문예출판사上海文藝出版社), 49쪽.

長劍倚天外. 긴 검은 하늘 밖에 기대고 있네.

(완적阮籍 <내 마음을 읊으며(詠懷)> 제38수)

③ 王事離我志, 나라일이 내 마음 갈라 놓아,

　殊隔過商參. 상당히 떨어진 것이 상성(商星)과 삼성(參星) 거리보다

　　　　　　　더 심하네.

(왕찬王贊 <잡시(雜詩)>)

④ 黃鶴之飛尚不得過, 황학이 날아도 오히려 지나갈 수 없으며,

　猿猱欲度愁攀援. 원숭이는 건너려고 하나 붙잡고 오를 것을 걱정하네.

(이백李白 <촉蜀으로 가는 길 험난하네(蜀道難)>)

　　예시 ①의 '높다란 누각(高樓)'은 과장되는 대상으로 이제 그것을 하늘의 뜬 구름과 비교하였다. '뜬 구름'이 높다는 것을 사람들이 다 알고 있는데, 이제 '높다란 누각'이 '뜬 구름과 높이가 같다(浮雲齊)'고 하니 '높다란 누각'이 얼마나 높은지 알 수 있다.

　　예시 ②는 두 구절이 모두 과장이다. '부상(扶桑)'은 높은 신목(神木)으로 해가 그 밑에 나온다고 전해지고 있는데 '휘어진 활(彎弓)'이 놀랍게도 그 위에 높이 걸릴 수 있다고 하니 '휘어진 활'이 얼마나 큰지를 알 수 있다. 하늘은 매우 높아 헤아릴 수 없는데 이제 '긴 검(長劍)'이 뜻밖에도 '하늘 밖에 기대고 있네(倚天外)'라고 하니 '긴 검'이 얼마나 긴지를 알 수 있다. '휘어진 활'과 '긴 검'은 모두 과장이 되는 대상이고 '부상(扶桑)'과 '하늘'은 모두 대비(對比)의 대상이다. 대비의 결과, 사람들로 하여금 이것이 과장이라는 것을 확실히 느끼게 한다.

　　예시 ③에서, '내(我)'가 고향을 떠나 지낸 시간은 과장이 되는 대상이고,

'상성(商)'과 '삼성(參)'이 떨어져 있는 시간은 대비의 대상이다.

예시 ④의 '촉蜀으로 가는 길의 험난함(蜀道之難)'은 과장되는 대상이고, '황학이 나는 것(黃鶴之飛)'과 '원숭이는 건너려고 하는 것(猿猱欲度)'은 대비의 대상인데, 두 예문의 분석은 위와 같다.

이런 대비법은 또 항상 숫자 대비의 도움을 받으면 그 효과가 더 강하게 된다. 예를 들면,

⑤ 一鬟五百萬, 쪽진 머리 한 쪽은 오백만 냥,
   兩鬟千萬餘. 두 쪽은 천만 냥 남짓.

   (신연년辛延年 <우림랑(羽林郎)>)

⑥ 東方千餘騎, 동쪽에 천여 명 말 탄 사람들,
   夫婿居上頭. 남편이 앞쪽에 있습니다.

   (무명씨無名氏 <길가의 뽕나무(陌上桑)>)

⑦ 驚波一起三山動, 겁나는 파도 한번 일어나면 삼산도 움직이니,
   公無渡河歸去來. 그대여 강을 건너지 말고 돌아가시라.

   (이백李白 <횡강橫江의 노래(橫江詞)> 제6수)

⑧ 烹羊宰牛且爲樂, 양 삶고 소 잡아 잠시 즐기니,
   會須一飮三百杯. 모름지기 한번 마시면 삼백 잔은 마셔야 하네.

   (이백李白 <술 한 잔 드시지요(將進酒)>)

적다는 것을 말할 때는 하나나 둘보다 더 적은 것이 없으며, 많다는 것을 말할 때는 천이나 만보다 더 많은 것이 없다. 그래서 이런 대비는 항상 '일

'(一)'을 '천(千)'이나 '만(萬)'(혹은 '천千', '만萬'의 배수)과 결합해서 말하고, '삼(三)'(혹은 '삼三'의 배수)과 이어서 말한다. '삼(三)'과 '구(九)'는 옛날에는 모두 허수(虛數)로 사용되었는데 다수(多數)를 나타낸다. 예시 ⑥의 '부서(夫婿)'는 '남편 한 사람(一夫婿)'이다.

(2) 비교법(比較法)

물론 큰 각도에서 말하면 비교법도 대비법 안에 넣을 수 있다. 그러나 자세하게 분석해 보면 양자는 그래도 다르다. 우선, 사용하는 구식(句式)이 같지 않다. 대비법에서 쓰는 구식은 일반적인 동빈구[動賓句. (동사＋목적어)구]가 많은데, 비교법에서 쓰는 구식은 비교구(比較句)이다. 그 다음은, 비교의 내용에서 보아도 그다지 일치하지 않는다. 대비법에서 대비하는 내용은 비교적 범위가 넓은 편이나, 비교법에서 비교하는 내용은 주로 사물의 성질 방면에 국한된 비교이다.

① 一風三日吹倒山, 한번 바람 불면 사흘 이어져 산을 넘어뜨리고,
　白浪高於瓦官閣. 흰 물결은 와관각(瓦官閣)보다도 높네.

(이백李白 <횡강橫江의 노래(橫江詞)> 제1수)

② 噫吁嚱, 아아,
　危乎高哉, 가파르고 높도다,
　蜀道之難難於上青天. 촉(蜀)으로 가는 길 험난함은 푸른 하늘에
　　　　　　　　　　　　 오르기보다 더 어려워라.

(이백李白 <촉蜀으로 가는 길 험난하네(蜀道難)>)

③ 桂布白似雪, 계관(桂管)의 베는 눈같이 희고,

　吳綿軟於雲. 오군(吳郡)의 솜은 구름보다 부드럽다.

　(백거이白居易 <새로 만든 털가죽 안감의 베옷(新制布裘)>)

④ 邊頭大將差健卒, 변방 대장이 건장한 군사를 보내,

　入抄擒生快於鶻. 들어가 노략질하고 산 채로 잡는 것이 송골매보다
　　　　　더 빠르네.

　(원진元稹 <밧줄에 묶인 오랑캐(縛戎人)>)

예시 ①~④에서, '와관각(瓦官閣)보다도 높네(高於瓦官閣)', '푸른 하늘에 오르기보다 더 어려워라(難於上靑天)', '구름보다 부드럽다(軟於雲)', '송골매보다 더 빠르네(快於鶻)' 등등은 모두 성질을 비교하는 서술어와 보어의 결합 구조이며, 그 중에 술어(述語) 중심사(中心詞)는 모두 형용사이다.

(3) 비유법(比喩法)

'비유법'이란 비유구(比喩句)의 형식을 사용하여 과장을 표시하는 방법이다. 이런 비유구는 주로 명유구(明喩句)이다.

① 狡捷過猿猴, 기민하고 민첩하기가 원숭이보다 뛰어나고,

　勇剽若豹螭.[73] 용맹하고 재빠르기는 마치 표범과 교룡 같네.

　(조식曹植 <백마(白馬篇)>)

---

[73]　剽(표): 빠르다.

② 額鼻象五岳, 이마와 코는 오악(五岳)과 같고,
揚波噴雲雷. 파도를 일으키며 구름과 우레 뿜어내었네.

(이백李白 <고풍古風 59수(古風五十九首)> 제3수)

③ 左相日興費萬錢,[74] 좌상(左相) 이적지(李適之)는 날마다 흥이 나 만전
(萬錢)을 쓰고,
飮如長鯨吸百川. 술 마시기를 마치 큰 고래가 수많은 하천의 물 마시듯
했네.

(두보杜甫 <술 마시는 여덟 명 신선의 노래(飮中八仙歌)>)

④ 深堂無人午睡餘, 안방에 사람 없어 낮잠을 꽤 자고,
欲動身先汗如雨. 몸을 움직이려 하니 먼저 땀이 비 오듯 하네.

(장뢰張耒 <노동자의 노래(勞歌)>)

예시 ①~④에서, '마치 표범과 교룡 같네(若豹螭)', '오악(五岳)과 같고(象五
岳)', '마치 큰 고래가 수많은 하천의 물 마시듯 했네(如長鯨吸百川)', '비 오듯
하네(如雨)' 등등은 비유 수사 방식에서 보면 모두 명유구(明喩句)이다. 그러나
나타내는 내용에서 보면 이것들은 또 모두 과장이다. 고대의 어떤 수사 방식
들은 교차하는 것이 있는데 이것 또한 그 중의 한 예이다. 비유의 형식을
빌려 과장의 내용을 표현하는 것은 아주 좋은 방법이다. 왜냐하면 이 방법은
비유와 과장의 두 가지 수사 효과를 동시에 얻어 일거양득할 수 있기 때문이
다. 이를테면 예시 ①에서 ④는 시인이 바로 이런 생동적인 비유를 통해
유협(游俠)의 용감하고 민첩함(예시 ①), 고래의 엄청나게 거대한 몸(예시 ②),

---

74 左相(좌상): 이적지(李適之).

이적지(李適之)의 호탕한 주량(酒量)(예시 ③), 그리고 극심한 무더위 속에 사람들이 비지땀을 줄줄 흘리는(예시 ④) 등등의 여러 가지 형상을 경우에 맞게끔 과장을 하여 독자들로 하여금 풍부한 상상 속에서 시어(詩語)의 큰 힘을 느끼고 깨닫게 만든다.

<1> 이취란?

사물 간의 연관성에 근거하여 한 사물에 적용되는 말을 의도적으로 다른 사물에 사용하여, 수식하거나 혹은 진술하는 수사 방식을 '이취'라고 한다. 예를 들면,

> ① 黽勉同心,[75] 힘써 마음을 같이해야 하지,
>   不宜有怒. 성을 내는 것은 옳지 않다오.
>
>   (≪시경詩經·패풍邶風·골짜기 바람(谷風)≫)

> ② 將子無怒,[76] 청컨대 그대는 성내지 말고,
>   秋以爲期. 가을로 기약하자 하였네.
>
>   (≪시경詩經·위풍衛風·외지에서 온 남자(氓)≫)

예시 ①의 <패풍邶風·골짜기 바람(谷風)>은 버림받은 여인의 애원을 적은 시이다. '힘써 마음을 같이해야 하지, 성을 내는 것은 옳지 않다오(黽勉同心,

---

75   黽勉(민면): 힘쓰다.
76   將(장): 청하다. 無(무): …하지 말라.

不宜有怒)'는 버려진 여인이 전 남편을 원망하는 말로, '내가 일편단심으로 그대와 같이 살아가고자 노력하니, 당신은 나에게 성을 내어서는 안되요'라는 뜻이다. 여기서 '노(怒)'는 분노한다는 뜻으로, 본래의 의미이며, 사람의 정서를 묘사한 것이다.

예시 ②의 <위풍衛風·외지에서 온 남자(氓)> 또한 버림받은 여인의 시이다. '청컨대 그대는 성내지 말고, 가을로 기약하자 하였네(將子無怒, 秋以爲期)'는 애초에 그 박정한 남자 '외지에서 온 남자(氓)'가 이 여자에게 구애하며 급해서 기다릴 수 없어할 때, 이 여자가 그에게 '성내지 마세요. 가을이 우리들이 결혼할 시기입니다.'라고 말한 것이다. 여기서의 '노(怒)' 역시 본래의 의미를 사용했다. 그러나 사람의 정서를 표현하는 '노(怒)'는 다른 사물에도 사용이 가능하니, 이것이 바로 이취(移就)이다. 예를 들면,

③ 怒水忽中裂, 성난 물은 갑자기 가운데가 찢어지고,
　　千尋墜幽泉. 천길 깊은 못으로 떨어지네.

　　(한유韓愈 <영靈 스님을 보내며(送靈師)>)

④ 虛舟相觸何心在, 빈 배가 서로 부딪혀도 무슨 마음이 있겠으며,
　　怒火雖炎一餉空. 성난 불이 비록 타오르나 잠깐 동안에 없어져 버리네.

　　(왕매王邁 <다시 조趙 참지정사參知政事께 드리며(再呈趙倅)>)

⑤ 怒髮衝冠, 성난 머리털은 관을 찌르고,
　　憑欄處, 난간에 기대섰노라니,
　　瀟瀟雨歇. 세차게 내리던 비 그치네.

　　(악비岳飛 <만강홍(滿江紅)>)

예시 ③~⑤에서 '물(水)', '불(火)', '머리털(髮)'은 본래 모두 성을 내지 못하지만, 여기서는 사람처럼 감정을 가지고 '노(怒)'하기 시작하니, 이것이 바로 사람에게 적용되는 말을 의식적으로 사물에 사용하는 것으로, 이취이다. 또 예를 들면,

⑥ 兒前抱我頸, 아들이 앞으로 와 나의 목을 안으면서,
　　問母欲何之? '엄마 어디로 가려고 해요?'라고 묻네.

　　(채염蔡琰 <슬프고 분한 시(悲憤詩)>)

⑦ 我醉欲眠卿且去, 나는 취해 자려고 하니 그대 잠시 갔다가,
　　明朝有意抱琴來. 내일 아침 생각이 있으면 거문고 안고 오시게나.

　　(이백李白 <산속에서 은자隱者와 마주하여 술을 마시다(山中與幽人對酌)>)

예시 ⑥과 ⑦의 '포(抱)'는 모두 본래의 의미로 쓰여 '안다'는 뜻이며, 목적어는 모두 구체적 사물이다. 그러나 '포(抱)'라는 이 동작은 다른 추상적인 사물에도 사용될 수 있는데, 이것도 이취의 한 종류이다. 예를 들면,

⑧ 方抱新離恨, 이제 새로운 이별의 한을 안고,
　　獨守故園秋. 홀로 옛날 고향의 가을을 지키네.

　　(하손何遜 <호흥안胡興安과 밤에 작별하며(與胡興安夜別)>)

⑨ 含歌攬涕恒抱愁, 노래 머금고 눈물 훔치며 언제나 시름을 안고 있으니,
　　人生幾時得爲樂? 인생살이 어느 때나 즐거울 수 있을까?

　　(포조鮑照 <'가는 길 험난하네'를 본떠서 지은 시(擬行路難)> 제3수)

유사한 예는 아주 많다. 다음을 서로 비교해보면,

⑩ 洞庭春溜滿, 동정호에 봄 물 가득하고,
   平湖錦帆張. 평평한 호수에 비단 돛 펼쳐졌네.

   (음갱陰鏗 <청초호青草湖를 건너다(渡青草湖)>)

⑪ 文籍雖滿腹, 학문이 비록 뱃속에 가득해도,
   不如一囊錢. 한 자루 돈만 못하네.

   (조일趙壹 <사악한 세태를 혐오하는 시(疾邪詩)> 제1수)

⑫ 關山三五月,[77] 관산(關山)의 보름달에,
   客子憶秦川. 나그네는 진천(秦川)을 그리네.

   (서릉徐陵 <관산關山의 달(關山月)>)

⑬ 第三第四弦泠泠, 세 번째 네 번째 현 뜯는 소리 청량하고,
   夜鶴憶子籠中鳴. 밤 두루미는 새끼 그리며 새장에서 울고 있네.

   (백거이白居易 <오현금五弦琴을 타다(五弦彈)>)

'이취'는 적극적인 수사적 작용을 한다. 이런 수사 방식은 중국어 어의(語義)의 변화를 근거로 하며, 구법(句法)의 변화와 심리적 연상의 조건을 충분히 이용하여, 독자들에게 더욱 큰 상상의 공간을 마련해 주어, 시의 주제가 더욱 원활하고 더욱 생동감 있게 표현되도록 해준다.

---

77   三五(삼오): 십오(十五).

<2> 이취의 기본 유형

구조 관계에 의하면, '이취' 수사 방식은 두 가지 유형으로 나눌 수 있는데, 하나는 '수식적 이취'이고, 두 번째는 '서술적 이취'이다. 아래에 나누어서 살펴보고자 한다.

(1) 수식적 이취

수식적 이취는 이취를 나타내는 말이 수식적인 위치에 있는 수사 방식이다. 예를 들면,

① 飛鋒無絕影, 날아가는 칼날은 끊어진 그림자 없고,
　鳴鏑自相和.[78] 소리 울리는 화살촉은 서로 응하네.

　(육기陸機 <종군의 노래(從軍行)>)

② 流芳未及歇, 흐르는 향기 아직 다하지 않고,
　遺掛猶在壁. 유품은 여전히 벽에 걸려 있네.

　(반악潘岳 <죽은 아내를 애도하는 시(悼亡詩)> 제1수)

③ 落日川渚寒, 떨어지는 해에 하천의 물가는 차갑고,
　愁雲遶天起. 시름겨운 구름은 하늘을 휘감고 일어나네.

　(포조鮑照 <도조都曹 부傅씨에게 주며 헤어지다(贈傅都曹別)>)

78　鏑(적): 화살촉.

④ 明日重尋石頭路, 내일 다시 석두성(石頭城) 가는 길을 찾을 텐데,
醉鞍誰與共聯翩. 취한 안장은 누구와 함께 나는 듯이 갈까?

(육유陸游 <채석采石을 지나가며 느낀 바 있어(過采石有感)>)

예시 ①의 육기(陸機)의 <종군의 노래(從軍行)>는 고대의 고생스러운 군대 생활을 반영한 시로, 날아가는 칼날이 끊어지지 않고 소리 울리는 화살촉이 중단되지 않는 상황에서 전사들은 언제나 '아침 식사 때도 투구를 벗지 않고, 저녁에 쉴 때도 항상 창을 등에 지고 있다(朝餐不免冑, 夕息常負戈)'. '비(飛)'와 '명(鳴)'은 본래 모두 새의 동작 행위이기 때문에 '꾀꼬리 날다가, 떨기나무에 모여, 그 울음소리 짹짹 거리네(黃鳥于飛, 集于灌木, 其鳴喈喈)'(≪시경(詩經)·주남(周南)·칡덩쿨(葛覃)≫)라고 할 수 있는데, 여기서는 '비(飛)'와 '명(鳴)'을 '칼날(鋒)'과 '화살촉(鏑)'에 사용하여, 의미에 있어 서로 어울려 빛이 나게 하는 작용을 하도록 하고, 표현에 있어 생동감을 더해준다.

예시 ②의 반악(潘岳)의 <죽은 아내를 애도하는 시(悼亡詩)>는 아주 유명하다. 죽은 아내에 대한 애도가 너무나 진지하여, 후대의 독자들이 이 시를 읽다보면 마음이 저절로 움직여지게 만든다. '흐르는 향기 아직 다하지 않고, 유품은 여전히 벽에 걸려 있네(流芳未及歇, 遺掛猶在壁)' 이 두 구절은 앞의 두 구 '휘장과 병풍에는 비슷한 모습조차 볼 수 없고, 붓과 먹으로 남겨진 자취는 아직 있네(幃屏無髣髴, 翰墨有餘跡)'를 이어서 말하는 것이다. 그 뜻은, 이제 휘장과 병풍을 둘러보니 사랑하는 아내의 그림자조차 찾을 수 없지만, 그녀 몸에서 풍기는 향기는 여전히 감돌고 있으며, 사랑하는 아내는 비록 죽었지만, 그녀가 친필로 쓴 글씨는 지금도 여전히 벽에 걸려있다는 것이다. '흐르는 향기 아직 다하지 않고(流芳未及歇)' 중 '류(流)'는 본래 물이 흐르고 있음을 가리키니, '대궐의 도랑 위를 걷노라면, 도랑의 물은 동쪽으로 흘러가리라(曖

蹀御溝上, 溝水東西流)'(무명씨無名氏 <흰머리 노래(白頭吟)>), '봉황대(鳳凰臺) 위에서 봉황이 노닐다가, 봉황이 떠나고 누대는 비고 강물만 절로 흐르네(鳳凰臺上鳳凰遊, 鳳去臺空江自流)'(이백李白 <금릉金陵의 봉황대鳳凰臺에 올라(登金陵鳳凰臺)>)라고 말할 수 있는데, 여기서는 '류(流)'를 '향기(芳)'의 앞에 쓰고 있으니, 이 또한 이취(移就)이다.

같은 이치로, 예시 ③과 ④에서 시인은 '해 저무는데 고향은 어디인가, 안개 물결의 강은 사람을 시름겹게 하네(日暮鄕關何處是, 煙波江上使人愁)'(최호崔顥 <황학루(黃鶴樓)>), '화려한 음악 진귀한 음식도 귀한 것이 아니니, 다만 오래도록 취하여 다시 깨어나지 않기를 바랄 뿐이네(鍾鼓饌玉不足貴, 但願長醉不復醒)'(이백李白 <술 한 잔 드시지요(將進酒)>)라고 말할 수 있는데, 지금은 '수(愁)'와 '취(醉)'를 '구름(雲)'과 '안장(鞍)' 앞에 쓰고 있으니, 의미 조합에 있어 독특한 모습을 새롭게 보여주면서 풍부한 정취를 더해주고 있다

(2) 서술적 이취

서술적 이취는 이취를 표현하는 말이 서술어 위치에 있는 수사 방식을 가리킨다. 예를 들면,

① 何用叙我心? 무엇으로 내 마음 말해야 하나?
   遺(wèi)思致款誠.[79] 그리워하는 마음 보내며 정성어린 선물 드리네.
   (진가秦嘉 <아내에게 보내는 시(贈婦詩)> 제3수)

② 江東風光不借人, 강동(江東)의 경치는 사람에게 빌려주지 않고,

---

[79] 遺(견): 보내다.

枉殺落花空自春. 부질없이 꽃 떨어지고 헛되이 봄은 지나가네.

(이백李白 <취한 뒤 종조카 고진高鎭에게 주며(醉後贈從姪高鎭)>)

③ 我寄愁心與明月, 나는 시름에 찬 마음을 밝은 달에 보내니,

隨風直到夜郎西. 바람 따라 곧장 야랑(夜郎) 서쪽으로 가리라.

(이백李白 <왕창령王昌齡이 용표龍標로 좌천되었다는 소식을 듣고 멀리서 이 시를
보내다(聞王昌齡左遷龍標遙有此寄)>)

④ 不管煙波與風雨, 안개 자욱한 파도와 비바람 아랑곳 않고,

載將離恨過江南. 이별의 한을 싣고 강남을 지나가네.

(정문보鄭文寶 <버들가지(柳枝詞)>)

예시 ①~④에서 '유(遺)', '차(借)', '기(寄)', '재(載)'의 이들 동사와 관련되는
대상은 본래 모두 구체적인 사물인데, 이제 여기서 '보내는(遺)' 것은 '생각
(思)'이고, '빌려주는(借)' 것은 '경치(風光)'이며, '보내는(寄)' 것은 '시름에 찬
마음(愁心)'이고, '싣는(載)' 것은 '이별의 한(離恨)'이며, 이러한 동사와 목적어
의 배합 관계는 만일 수사 각도에서 보면, 동사가 운용하고 있는 것이 모두
이취 수사 방식이다. 또 이 동사들이 구법 작용면에서 보면 모두 술어이기
때문에 이러한 이취는 바로 서술적 이취이다.

서술적 이취는 '염련(拈連)' 수사 방식과 혼돈하기 아주 쉽다. 염련은 이
책에는 넣지 않았다. 왜냐하면 시가에서는 언어 특징의 제한으로 인해 염련
수사 방식이 아주 적게 사용되기 때문이다. 염련이란, 연관성이 있는 두 가지
사물을 동시에 서술하거나 묘사할 경우, 작가가 문맥 관계를 이용하여, 의도
적으로 한 사물에 적용되는 말(다수가 동사임)을 흐름에 따라 다른 한 사물에
사용하는 수사 방식이다. 그러므로 '이취'와 '염련'을 구분하는 관건은 서로

관련되는 두 말이 동시에 나타나나 어떤가를 보는 것이다. 동시에 나타나면 염련이고, 동시에 나타날 수 없는 것은 이취이다. 예를 들면,

① 鬪鷄東郊道, 동쪽 교외 길에서 닭싸움하고,

　　走馬長楸間. 긴 개오동나무 사이로 말을 달린다.

　　馳騁未能半, 말을 달려 반도 오지 못했는데,

　　雙兎過我前. 한 쌍의 토끼가 내 앞을 지나간다.

　　……　　　　……

　　白日西南馳, 해는 서남으로 달리고,

　　光景不可攀. 햇빛은 잡아둘 수가 없네.

　　(조식曹植 <이름난 도읍(名都篇)>)

② 雞鳴洛城裏, 낙양성(洛陽城)에 닭이 우니,

　　禁門平旦開. 대궐문이 동이 틀 때 열리네,

　　……　　　　……

　　日中安能止? 정오에 어찌 바쁜 걸음 멈출 수 있으리오?

　　鍾鳴猶未歸. 종이 울린 깊은 밤에도 돌아가지 않네.

　　(포조鮑照 <'큰 소리로 부르는 노래'를 본떠서 지은 시(代放歌行)>)

③ 生亦惑, 살아서도 미혹시키고,

　　死亦惑, 죽어서도 미혹시키니,

　　尤物惑人忘不得. 얼굴 잘생긴 여자가 사람을 미혹시킴을 잊을 수 없네.

　　(백거이白居易 <이李씨 부인(李夫人)>)

예시 ①에서 두 개의 '치(馳)'자가 같은 시에 나타나고 있는데, 첫 번째

'치(馳)'자는 본래의 의미를 사용한 것으로 말을 빨리 몰아 달린다는 뜻이고, 두 번째 '치(馳)'자는 '해(白日)'가 서쪽으로 떨어진다는 것을 가리키니, 이것은 위아래 글의 연관성을 이용하여, 갑(甲)에 적용되는 단어를 흐름에 따라 을(乙)에 사용하는 것인데, 바로 염련이다.

예시 ②와 ③의 두 개의 '명(鳴)'과 세 개의 '혹(惑)' 역시 같은 분석이다. 돌이켜서 말해보면, 만약 이러한 위아래 문맥 상황이 없으면 우리는 '꽃향기 날리는 모래톱에서 두약을 캐어 시녀에게 보내려 하네(采芳洲兮杜若, 將以遺兮下女)'(≪초사(楚辭)·구가(九歌)·상수湘水의 신(湘君)≫), '어떤 이가 그대를 보러 오는데, 네모난 광주리와 둥근 광주리를 이고 있네(或來瞻女, 載筐及筥)'(≪시경(詩經)·주송(周頌)·좋은 보습(良耜)≫)라고 말할 수 있지만, '그리워하는 마음 보내며(遺思)', '이별의 한을 싣고(載將離恨)' 중의 '유(遺)', '재(載)' 등과 같은 말은 이취로 볼 수밖에 없다.

<3> 이취와 비의(比擬)

앞서 언급했다시피 '비의(比擬)' 수사 방식은 '의인(擬人)'과 '의물(擬物)'로 나누어진다. 의인과 의물을 비교해보면, 의인이 비의 중에서 가장 주요한 형식이다. 의인의 본질은 사람이나 생명이 있는 사물에 적용되는 동작 행위를 동물이나 무생명의 사물에 옮겨 사용하는 것이다. 그래서 '이취'와 '비의'의 경계 구분 문제가 생겨난다.

우리들이 보기에, 일반적인 상황에서는 이취와 비의는 경계 구분 문제가 발생하지 않는다. 왜냐하면 이취 중 수식적인 부류는 비의 중 의인류(擬人類)와 혼동이 되지 않을 것이기 때문이다. 그럼 나머지 문제는 이취 중 서술적인 부류와 비의 중의 의인류와의 경계 구분 문제이다. 앞서 언급했다시피 이취 중의 서술적인 것은 그 내용이 아주 광범위한데, 이를테면 '유(遺)', '차(借)', '기(寄)', '재(載)'와 같은 동사들은 의인(擬人)과 경계 구분 문제가 발생하지 않는다. 그런데 개인적 생각에, 이취 중 서술적인 부류는 의인류를 배척해서는 안 된다. 그 이치는 아주 간단한데, 고대의 수사 방식 중에는 확실히 겸류 (兼類) 현상이 있으며, 문제는 어떤 각도에서 보는가에 달려 있을 뿐이다. 예를 들면 '이마와 코는 오악(五岳)과 같고(額鼻象五岳)'(이백李白 <고풍古風 59수 (古風五十九首)> 제3수), '황하(黃河)는 실과 같다(黃河如絲)'(이백李白 <서악西岳 화 산華山의 운대봉雲臺峰을 노래하며 원단구元丹丘를 전송하다(西岳雲臺歌送丹邱子)>) 같은 것들은 만약 형식을 중요시하며 비유의 각도에서 보면 이것은 비유이 며, 만약 내용을 중요시하며 과장의 각도에서 보면 이것은 과장이다. 그러므 로 이취 수사 방식 중 서술적인 것이 의인류(擬人類)를 포함한다고 해서 이상 한 것이 되지 않는다. 예를 들면,

① 寒風吹我骨, 차가운 바람 내 뼛속까지 파고들고,
　嚴霜切我肌. 된서리 내 살갗 찌른다.

　(무명씨無名氏 <이별하는 시 3수(別詩三首)> 제3수)

② 羈鳥戀舊林, 새장의 새는 옛 숲을 그리워하고,
　池魚思故淵. 못의 물고기는 옛 연못을 생각하네.

　(도연명陶淵明 <전원의 집으로 돌아와(歸園田居)> 제1수)

③ 瓴甋夸璵璠, 벽돌은 옥 앞에서 자랑하고,
　魚目笑明月.[80] 물고기 눈알은 명월주(明月珠)를 비웃는다.

　(장협張協 <잡시(雜詩)> 제5수)

80　明月(명월): 구슬 이름.

④ **荷花嬌欲語,** 연꽃이 아리따운데 나에게 말을 건네려 하니,

　　愁殺蕩舟人. 배 젓는 나를 시름겨워 죽게 하네.

　　(이백李白 <맑은 물 노래(淥水曲)>)

　　예시 ①~④에서, '절(切)', '연(戀)', '사(思)', '과(夸)', '소(笑)', '교(嬌)', '어(語)'와 같은 동사들은 본래 모두 사람의 동작 행위이지만 여기서는 사물에 옮겨와 쓰이고 있는데, 이렇게 하면 시의 언어를 더욱 형상적이고 생동감 있게 해준다. 이런 이취는 실제로는 비의의 의인(擬人) 방식의 도움을 받아서 완성되는 것이므로, 이런 이취를 이취 수사 방식의 범위 밖으로 구분해서는 안 된다.

제6장 대우(對偶)

<1> 대우란?

　'대우'는 고대시가에서 매우 중요한 수사 방식의 하나이다. 원칙적으로 말하면, '대우'는 바로 구조가 같고, 글자수가 같으며, 의미가 서로 관련 있는 두 개의 사조(詞組. 단어와 단어의 결합) 또는 구절이 함께 나란히 정렬되어 있는 수사 방식이다. 왜 '원칙적으로'라고 말하는가 하면, 발전의 측면에서 보면, 초기의 대우 형식과 후기의 대우 형식은 아주 다르기 때문이다. 여기에서의 정의는 주로 후기의 대우 형식으로부터 고려한 것이다. 대우의 발전과 관련된 문제에 대해서는 뒤에서 전문적으로 담론할 것이다.

　대우는 형식미의 하나로서 자연스럽게 생활에 근원을 두고 있다. 유협(劉勰)은 "자연이 사람과 만물에 형체를 부여하는데 팔다리와 몸은 반드시 둘씩 짝을 이루니, 이런 신명(神明)스러운 자연의 이치가 작용을 하여 사물은 고립적으로 존재하지 않는다."[81](≪문심조룡(文心雕龍)·여사(麗辭)≫)라고 말한 바 있다. 중국 고대 사회에서 사람들은 일찍부터 자연계에 여러 가지 대칭(對稱) 현상들이 존재함을 발견하였다. 과학자들의 말에 의거하면, 중국은 일찍이 한대(漢代)에 사람들이 이미 눈(雪)의 결정체(雪晶體)의 기본 형상이 '육각형'이란 사실을 깨달았다고 한다. 물론 대칭이 바로 대우(對偶)와 같지는 않지만

---

[81]　"造化賦形, 支體必雙, 神理爲用, 事不孤立."

대우는 대칭의 하나의 형식이다. 대칭 성질은 처음에는 단지 사람들이 자신의 지각(知覺)에 근거하여 생겨난 하나의 개념이었으며, 뒤에 가서 비로소 점점 이러한 인식이 미술, 음악, 건축, 그리고 문학 등의 많은 영역에 응용하게 되었다. 시에서 대우 외에 다른 것, 이를테면 회문(回文) 등등도 역시 모두 대칭미의 표현 형식이다.

고대시가에서 대우는 아주 높은 수사 효과를 지니고 있다. 대우 수사 방식을 만들어내는 심리 기초는 연상이다. 대우는 균형이 잡힌 형식을 통하여 함축적인 내용을 표현하여 독자로 하여금 읽은 뒤에 쉽게 감지하고 연상하고 기억하도록 하며, 조화로운 리듬은 더더욱 사람들에게 미적(美的) 즐거움을 제공한다. 예를 들면,

① 山從人面起, 산은 사람 얼굴 앞에서 일어나고,
   雲傍馬頭生. 구름은 말 머리 옆에서 생겨난다.

   (이백李白 <촉蜀 땅으로 들어가는 벗을 전송하며(送友人入蜀)>)

② 氣蒸雲夢澤, 물 기운은 운몽택(雲夢澤)을 찌고,
   波撼岳陽樓. 파도는 악양루(岳陽樓)를 흔드네.

   (맹호연孟浩然 <동정호洞庭湖에서(臨洞庭)>)

③ 浮雲遊子意, 떠가는 구름은 나그네의 마음,
   落日故人情. 지는 해는 옛 친구의 정.

   (이백李白 <벗을 보내며(送友人)>)

④ 穿花蛺蝶深深見, 꽃 사이 뚫고 오가며 나비는 깊이깊이 보이고,

點水蜻蜓款款飛. 물을 스치며 잠자리는 천천히 난다.

(두보杜甫 <곡강(曲江)> 제2수)

⑤ 礙日暮山青簇簇, 해를 막는 저녁 산은 푸른 빛 가득하고,

漫天秋水白茫茫. 온 하늘 가득 가을 물은 흰 빛 아득하네.

(백거이白居易 <서루西樓에 올라 동생 백행간白行簡을 그리워하며(登西樓憶行簡)>)

⑥ 人似秋鴻來有信, 사람은 가을 기러기처럼 오는 것도 때에 맞춰 하지만,

事如春夢了無痕. 지난 일은 봄날의 꿈처럼 전혀 흔적 없네.

(소식蘇軾 <1월 20일에 반대림潘大臨, 곽구郭溝 두 사람과 교외로 나가 봄을 찾았
는데, 문득 지난해 이 날 이들과 함께 여왕성女王城에 가서 시를 지은 것이 생각
나, 지난번 운韻으로 화답하다(正月二十日與潘郭二生出郊尋春, 忽記去年是日同至女王城
作詩, 乃和前韻)>)

　　예시 ①에서 두 구절은 '산(山)'과 '운(雲)'이 서로 대(對)를 이루고, '종(從)'
과 '방(傍)'이 서로 대를 이루며, '인면(人面)'과 '마두(馬頭)'가 서로 대를 이루
고, '기(起)'와 '생(生)'이 서로 대를 이루는데, 전체 구식(句式)은 [주어 + 부사
어 + 술어]와 [주어 + 부사어 + 술어]가 대를 이루고 있다.

　　예시 ②에서 두 구절은 '기(氣)'와 '파(波)'가 서로 대를 이루고, '증(蒸)'과
'감(撼)'이 서로 대를 이루며, '운몽택(雲夢澤)'과 '악양성(岳陽城)'이 서로 대를
이루는데, 전체 구식은 [주어 + 술어 + 목적어]와 [주어 + 술어 + 목적어]가
대를 이루고 있다.

　　예시 ③의 두 구절에서는 '부운(浮雲)'과 '낙일(落日)'이 서로 대를 이루고,
'유자의(遊子意)'와 '고인정(故人情)'이 서로 대를 이루며, 전체 구식 또한 [주어
+ (술어) + 목적어]와 [주어 + (술어) + 목적어]가 대를 이루고 있다. '부운(浮

雲)'과 '낙일(落日)' 뒤에는 각각 '여(如)'자를 생략한 셈이며, 따라서 각 구절은 실제로는 [주어 + 술어 + 목적어] 구조이다.

예시 ④에서 ⑥까지는 분석을 같은 방식으로 유추할 수 있다.

이상의 분석에서 알 수 있듯이, 고대시가의 대우구(對偶句)는 우선 반드시 구조상의 대우를 기본적인 전제로 해야 한다. 다시 말해, 만약 구조상의 평형이 없으면 다른 것은 모두 거론할 수 없다.

대우는 적극적인 수사 방식의 하나이다. 이것은 말이 둘 씩 둘 씩 서로 대를 이루는 구조 형식을 통하여 내용이 서로 다른 이미지를 한 군데에 조합시킴으로써, 시어(詩語)가 반영하는 시간적, 혹은 공간적 거리를 증대시키면서, 서로 다른 각도에서 독자에게 다양한 장면을 제공하며, 독자로 하여금 풍부한 연상 속에서 더욱 아름답고 미묘한 경지에 빠져들도록 한다. 예를 들면,

① 明月松間照, 밝은 달은 소나무 사이로 비추고,

　　清泉石上流. 맑은 샘물은 바위 위를 흐른다.

　　竹喧歸浣女,[82] 대숲 소란하니 빨래하던 여인들 돌아가고,

　　蓮動下漁舟. 연꽃 움직이니 고깃배 내려가네.

(왕유王維 <산장의 가을 저녁(山居秋暝)>)

예시 ①의 왕유의 <산장의 가을 저녁(山居秋暝)>은 '시 속에 그림이 있다(詩中有畵)'라는 평가를 받는 그의 대표작이다. 이 시는 '밝은 달(明月)', '푸른 소나무(青松)', '맑은 샘물(清泉)', '산의 돌(山石)', '푸른 대나무(翠竹)', '빨래하는 여인들(浣女)', '연꽃(荷蓮)', '고깃배(漁舟)' 등 여덟 개의 전형적인 사물을

82　浣女(완녀): 빨래하는 여자.

선택하여 엄정한 대우(대장對仗) 형식을 빌려서 아름다운 그림을 구성하였다. 네 개의 시구가 두 개씩 대우(대장)를 이루며 네 폭의 그림을 구성하였는데, 움직임 안에 고요함이 있고, 고요함 안에 움직임이 있어, 지극히 아름다운 예술적 경계(境界)를 창조해냈다. 이러한 장면의 변환은 독자들이 읽을 때 결코 갑작스럽게 느껴지진 않는데, 이것은 그 공을 마땅히 대우(대장)라는 격식에 돌려야 한다. 왜냐하면 엄정한 대우(대장) 형식이 사람들이 감정을 옮겨가고 연상을 하는 데에 아주 편리하기 때문이다. 이 점에 관하여 원행패(袁行霈) 선생이 아주 좋은 논술을 한 적이 있다. 그가 말하기를, "대우는 이미지(意象)를 연결하는 아주 좋은 다리인데, 대우가 있으면 이미지 사이에 비록 도약이 있더라도 독자들은 심리상 결코 도약이라고 느끼지 않고 아주 자연스럽고 순조롭게 넘어간다. 중국 고대의 시인들은 늘 시간과 공간의 제한을 깨고, 드넓은 배경에서 자신의 감정을 자유롭게 표현한다. 그런데 대우가 바로 서로 다른 시간과 공간의 이미지를 연결해 주는 아주 좋은 방법이다."[83] 라고 하였다. 또 예를 들어보면,

② 映階碧草自春色, 섬돌에 비친 푸른 풀 절로 봄빛 띠고,

　　隔葉黃鸝空好音. 나뭇잎 너머 노란 꾀꼬리 공연히 고운 소리 낸다.

　　三顧頻煩天下計, 세 번이나 번거로이 찾음은 천하의 일 논하기 위해서
　　　　　　　　　　이며,

　　兩朝開濟老臣心. 두 조정에서 나라 열고 보좌함은 늙은 신하의 마음에
　　　　　　　　　　의해서라.

　　(두보杜甫 <촉蜀나라 재상(蜀相)>)

83　≪중국시가예술연구中國詩歌藝術硏究≫(1987년, 북경대학출판사北京大學出版社), 73쪽.

예시 ②의 <촉蜀나라 재상(蜀相)>은 대시인 두보(杜甫)가 760년에 성도(成都)에 잠시 머무르면서 봄에 무후사(武侯祠)에 구경을 갔을 때 지은 시다. '섬돌에 비친 푸른 풀 절로 봄빛 띠고, 나뭇잎 너머 노란 꾀꼬리 공연히 고운 소리 낸다(映階碧草自春色, 隔葉黃鸝空好音)'는 두 구절은 사당 안의 경치를 묘사한 것이다. '세 번이나 번거로이 찾음은 천하의 일 논하기 위해서이며, 두 조정에서 나라 열고 보좌함은 늙은 신하의 마음에 의해서라(三顧頻煩天下計, 兩朝開濟老臣心)'는 두 구절은 역사를 묘사한 것으로, 제갈량의 일생의 공덕을 아주 잘 개괄하였다. 이 칠언율시는 중간의 두 연(聯)이 눈앞의 경치 묘사에서 순식간에 오백 여 년 전의 촉한(蜀漢) 시대로 거슬러 올라갔는데, 언어의 운용에서는 대우(대장)란 수사 방식의 기능의 도움을 받고 있다. 이렇게 시간적으로 큰 폭의 장면 이동은 다른 어떠한 수사 방식도 제대로 효과를 거두기 어렵다.

③ 大漠孤煙直, 큰 사막에 외로운 연기 곧게 피어오르고,
   長河落日圓. 긴 강에 떨어지는 해 둥글도다.

   (왕유王維 <명을 받들어 국경 지대에 출장가다(使至塞上)>)

④ 紅顏棄軒冕, 붉은 얼굴 젊어 벼슬을 버리고,
   白首臥松雲. 흰 머리 늙어 소나무와 구름 속에 누웠네.

   (이백李白 <맹호연孟浩然에게 드리다(贈孟浩然)>)

⑤ 白雲迴望合, 흰 구름은 고개 돌려 바라보면 합쳐져 있고,
   青靄入看無. 푸른 안개는 들어가서 보면 없어지네.

   (왕유王維 <종남산(終南山)>)

⑥ 無邊落木蕭蕭下, 끝없는 나무들 낙엽은 우수수 떨어지고,

不盡長江滾滾來. 다함이 없는 긴 강은 세차게 흘러오네.

(두보杜甫 <높은 곳에 올라(登高)>)

⑦ 千尋鐵鎖沉江底,[84] 천 길 쇠사슬 강바닥에 잠기고,

一片降幡出石頭.[85] 한 조각 항복 깃발 석두성(石頭城)에 내걸렸네.

(유우석劉禹錫 <서새산西塞山에서 옛날을 생각하며(西塞山懷古)>)

예시 ③에서 ⑦까지의 이 시구들은 모두 아주 선명한 대비 효과를 갖추고 있는데, 이러한 효과를 얻게 되는 것은 대우 수사 방식이 아주 큰 역할을 했다고 말하지 않을 수 없다.

<2> 대우의 기본 유형

대우는 보는 각도에 따라 서로 다른 분류를 할 수 있다. 유협(劉勰)이 말하기를 "그러므로 대우(對偶)의 형식에는 대체로 네 가지 종류가 있는데, 언대(言對)는 쉽고, 사대(事對)는 어려우며, 반대(反對)는 뛰어나고, 정대(正對)는 그만 못하다."[86](≪문심조룡(文心雕龍)·여사(麗辭)≫)라고 하였다. 유협은 대우를 네 개의 유형, 즉, 언대(言對), 사대(事對), 반대(反對), 정대(正對)로 나누었다. 그러나 우리가 반드시 지적해야할 점은, 유협이 여기에서 사용한 기준이 통일된 것은 아니라는 점이다. 언대와 사대는 전고(典故)를 사용하는지 여부의 각도

---

84 千尋(천심): 고대에는 여덟 자(八尺)를 '1심(尋)'이라 하였다. 천심(千尋)은 쇠사슬이 길다는 것을 형용한다.

85 石頭(석두): 석두성(石頭城). 옛 터는 지금의 남경(南京) 청량산(淸涼山)에 있다.

86 "故麗辭之體, 凡有四對: 言對爲易, 事對爲難, 反對爲優, 正對爲劣."

에서 구분한 것으로, 전고를 사용하지 않은 대우는 언대라고 부르고, 전고를 사용한 대우는 사대라고 불렀다. 그런데 반대와 정대는 의미의 같음과 다름에 따라 구분한 것으로, 의미가 상반되면서 취지가 합치되는 대우는 반대라고 부르고, 사물은 비록 다르지만 의미가 서로 같은 대우는 정대라고 부른다.

우리들은 내용과 형식이라는 두 개의 서로 다른 각도에서 분류할 수 있다고 본다. 대우는 내용상으로는 '정대(正對)', '반대(反對)', '천대(串對)'로 나눌 수 있고, 형식상으로는 '본구대(本句對)', '인구대(鄰句對)', '격구대(隔句對)'로 나눌 수 있다. 필자의 생각은 이렇게 분류하는 것이 비교적 좋으며 문제를 분명히 설명하기에도 편리한 점이 있다. 아래에서 나누어서 서술하기로 한다.

(1) 정대(正對), 반대(反對), 천대(串對)

1) 정대(正對)

'정대'는 서로 다른 두 개의 각도에서 같은 이치를 설명하는 대우 형식이다.

① 迢迢牽牛星, 멀고 먼 견우성(牽牛星),

皎皎河漢女. 밝고 밝은 직녀성(織女星).

(고시古詩 <멀고 먼 견우성(迢迢牽牛星)>)

② 流星夕照鏡, 유성은 저녁에 거울을 비추고,

烽火夜燒原. 봉화는 밤에 들판을 태우네.

(유신庾信 <내 마음을 읊으며(詠懷)> 제20수)

③ 吳宮花草埋幽徑, 오(吳)나라 궁궐의 화초는 그윽한 길에 묻히고,

晉代衣冠成古丘. 동진(東晉)의 고관들은 옛 무덤이 되었네.

(이백李白 <금릉金陵의 봉황대鳳凰臺에 올라(登金陵鳳凰臺)>)

④ 靑楓江上秋帆遠, 청풍강(靑楓江) 위로 가을 돛은 멀어져 가고,

白帝城邊古木疏. 백제성(白帝城) 옆의 고목은 듬성듬성하리라.

(고적高適 <이李 소부少府가 협중峽中으로 폄적되고 왕王 소부少府가 장사長沙로
폄적되는 것을 전송하며(送李少府貶峽中王少府貶長沙)>)

심리적 각도에서 볼 때, 정대는 심리적으로 관련되거나 서로 가까운 연상
에서 나온다.

⑤ 紅顏棄軒冕, 붉은 얼굴 젊어 벼슬을 버리고,

白首臥松雲. 흰 머리 늙어 소나무와 구름 속에 누웠네.

(이백李白 <맹호연孟浩然에게 드리다(贈孟浩然)>)

⑥ 血埋諸將甲, 피는 여러 장군들의 갑옷을 채우고,

骨斷使臣鞍. 뼈는 사신의 말안장을 끊어지게 했네.

(두보杜甫 <왕의 관리 임명(王命)>)

예시 ⑤의 <맹호연孟浩然에게 드리다(贈孟浩然)>는 시인 이백이 호북(湖北)
안륙(安陸)에 거주할 때, 양양(襄陽)에 놀러가 맹호연(孟浩然)을 찾아간 뒤에
지은 유명한 시이다. 맹호연은 양주(襄州) 양양 사람으로, 40세 전에는 고향의
녹시산(鹿柴山)에 은거하여 세상 사람들은 맹양양(孟襄陽)이라 불렀다. 그는
40세 때 장안(長安)에 가서 진사(進士) 시험에 응시했으나 뜻을 못 이루고 돌아

왔다. 그의 일생은 벼슬자리를 구함과 돌아와 은거함이라는 모순 속에서 보냈으며 결국은 돌아와 끝까지 은거를 하면서 평생토록 벼슬을 하지 않았다. 이백의 이 시는 맹호연이 명리(名利)를 사모하지 않고 스스로 담박(淡泊)함을 달게 여기는 청고한 품격을 힘을 들여 묘사한 것이다. '붉은 얼굴 젊어 벼슬을 버리고, 흰 머리 늙어 소나무와 구름 속에 누웠네(紅顏棄軒冕, 白首臥松雲)' 두 구절은 시인이 정대(正對) 형식으로 서로 다른 연령 시기에서 맹호연이 명리를 추구하지 않고 풍류를 스스로 즐기는 은거생활을 노래했다. 정대(正對)는 심리적으로 관련되거나 서로 가까운 연상에서 나온다. 이백이 이 시를 쓸 때는 당연히 맹호연의 만년 시기이다. 그러므로 '흰 머리 늙어 소나무와 구름 속에 누웠네(白首臥松雲)'로부터 자연스럽게 그가 젊었을 때 벼슬자리를 혐오하고 버린 '붉은 얼굴 젊어 벼슬을 버리고(紅顏棄軒冕)'의 정신을 연상할 수 있다.

예시 ⑥의 '피는 여러 장군들의 갑옷을 채우고(血埋諸將甲)'는 전쟁터에서 치열한 전투가 벌어진 뒤의 처참한 장면을 묘사한 것이며, '뼈는 사신의 말안장을 끊어지게 했네(骨斷使臣鞍)'는 조정의 사신들이 적군과 아군의 사이를 빈번하게 왕래하는 광경을 그린 것이다. 시인은 여기에서 냉혹한 전쟁에서부터 평화 협상까지 연상하고 있는데 이 또한 아주 자연스러운 일이다.

정대(正對)는 두 시구의 말이 반드시 하나의 내용을 말해야 된다는 것은 아니다. 만약 정말 이러하다면 그 중의 한 구절은 쓸데없는 말과 같게 된다. 이런 상황 또한 시인이 최대한 피하는 것이기도 하다. 예를 들면,

① 人情懷故鄕, 사람의 감정은 고향을 그리워하고,
   客鳥思故林. 타향의 새는 옛 숲을 생각하네.

   (왕찬王贊 <잡시(雜詩)>)

② 徒結千載恨, 부질없이 천년 한 맺고,

空負百年怨. 공연히 백년 원망 품는다.

(포조鮑照 <'동무東武의 노래'를 본떠서 지은 시(代東武吟)>)

　예시 ①과 ②의 상하 두 구절은 모두 같은 의미이니, 그 중의 한 구절은 약간 군더더기인 것으로 보인다. 아마도 이러한 생각에서 나온 듯한데, 유협은 "반대(反對)는 뛰어나고, 정대(正對)는 그만 못하다."[87](≪문심조룡(文心雕龍)·여사(麗辭)≫)라고 말했다.

　2) 반대(反對)

　'반대'는 대우를 구성하는 상하 두개의 사조(詞組) 혹은 구절이 의미상 서로 반대되는 것이다. 예를 들면,

　　① 助我者少, 나를 도와주는 사람 적고,
　　　 啖瓜者多. 오이를 먹는 사람 많네.

　　　(무명씨無名氏 <고아의 노래(孤兒行)>)

　　② 野徑雲俱黑, 들길에 구름은 온통 검고,
　　　 江船火獨明. 강의 배에는 등불이 홀로 밝도다.

　　　(두보杜甫 <봄밤의 기쁜 비(春夜喜雨)>)

　　③ 戰士軍前半死生, 전사들은 군진 앞에서 태반이 죽고 살고 하는데,
　　　 美人帳下猶歌舞. 미인들은 장막 안에서 아직도 노래하고 춤추네.

　　　(고적高適 <연燕 땅의 노래(燕歌行)>)

87　"反對爲優, 正對爲劣."

④ 白髮無情侵老境, 흰 머리 무정하게 자라 노년에 들어섰지만,

　　青燈有味似兒時. 푸른 등불은 친근한 맛 있어 어릴 때와 같네.

(육유陸游 <가을밤에 글을 읽는데 언제나 이경二更의 북이 울릴 때까지 하다(秋夜讀書每以二鼓盡爲節)>)

심리적 각도에서 말하면, 반대(反對)를 이루는 심리적 바탕은 대비(對比) 연상이다. 이를테면, 예시 ①~④에서의 '소(少)'와 '다(多)'의 대비, '흑(黑)'과 '명(明)'의 대비, '사생(死生)'과 '가무(歌舞)'의 대비, '노경(老境)'과 '아시(兒時)'의 대비는 심리적으로 아주 연상하기 쉬운 것들이다. 또 예를 들면,

⑤ 日聞紅粟腐, 요즘 듣자하니 나라의 창고엔 붉게 변한 곡물들 썩어간다는데,

　　寒待翠華春. 가난한 백성들은 황제의 봄날 같은 따뜻함 고대하고 있다네.

(두보杜甫 <느낀 바가 있어서(有感)> 제3수)

⑥ 世間富貴應無分, 세상의 부귀는 아마도 인연이 없는 듯하고,

　　身後文章合有名. 죽은 뒤의 글은 마땅히 이름을 남겨야 하리.

(백거이白居易 <신통치 못한 시를 모아 15권을 편찬하고 권말에 몇 자를 적고 원진元稹과 이신李紳에게 장난삼아 주다(編集拙詩成一十五卷因題卷末戲贈元九李二十)>)

예시 ⑤의 두 구절이 묘사한 것은 당(唐)나라의 통치자와 백성들의 생활인데 서로 대비(對比)를 이루면서 선명한 대조를 형성하였다. '요즘 듣자하니 나라의 창고엔 붉게 변한 곡물들 썩어간다는데(日聞紅粟腐)'는 한 쪽에서는 통치자들이 단지 수탈과 착취만을 고려하여 창고에 식량이 오랫동안 쌓이다 보니 변질되어 먹을 수 없는 상황까지 초래되었다는 것을 말해주며, '가난한 백성들은 황제의 봄날 같은 따뜻함 고대하고 있다네(寒待翠華春)'는 그러나

다른 한 쪽에서는 백성들은 굶주림과 추위에 잇달아 시달리면서 천자(天子)가 은덕(恩德)을 베풀어주길 기다리고 있음을 말하고 있다. 배부름과 굶주림은 강력한 대비를 형성하는데 이 또한 아주 쉽게 연상을 불러일으킬 수 있다.

예시 ⑥은 백거이가 원화(元和) 10년(815년) 겨울에 강주(江州)에 있을 때 지은 시이다. 시 제목 중의 '원구(元九)'는 시인 원진(元稹)을 가리키고 '이이십(李二十)'은 시인 이신(李紳)을 가리키는데, 두 사람 모두 백거이의 좋은 친구이다. 백거이가 스스로 시집을 편집한 것은 원화 10년에 강주에 도착한 이후부터이다. '세상의 부귀는 아마도 인연이 없는 듯하고, 죽은 뒤의 글은 마땅히 이름을 남겨야 하리(世間富貴應無分, 身後文章合有名)'라고 하였는데, 시인은 여기에서 반대(反對)의 형식을 이용하여 부귀를 가볍게 여기며 글을 중히 여기는 고귀한 품격을 표현했다. '세상의 부귀(世間富貴)'와 '죽은 뒤의 글(身後文章)'도 아주 쉽게 연상을 불러일으킨다.

3) 천대(串對)

'천대'는 대우를 구성하는 상·하 두 사조(詞組) 혹은 구(句)가 의미상으로 상승(相承), 인과(因果), 가설(假設) 등의 각종 어법 관계를 가지고 있는 대우 형식이다. 이러한 대우는 모양이 흐르는 물처럼 위아래가 아주 긴밀하게 이어지기 때문에 '유수대(流水對)'라고 부르기도 한다.

① 即從巴峽穿巫峽, 즉시 파협(巴峽)에서 무협(巫峽)을 뚫고 지나,
  便下襄陽向洛陽. 곧바로 양양(襄陽)으로 내려갔다가 낙양(洛陽)으로 향하리라.

  (두보杜甫 <관군이 하남河南과 하북河北을 수복했다는 소식을 듣고(聞官軍收河南河北)>)

② 野火燒不盡, 들불도 모두 태우지 못하고,

春風吹又生. 봄바람이 불면 또다시 돋아난다.

(백거이白居易 <옛 벌판의 풀을 노래하면서 송별하다(賦得古原草送別)>)

③ 一聲來耳裏, 한 가닥 소리 귀 속에 들려오니,

萬事離心中. 만사가 마음속에서 떠나가네.

(백거이白居易 <거문고 소리 듣는 것을 좋아하며(好聽琴)>)

④ 欲窮千里目, 천리 멀리까지 다 보기 위해,

更上一層樓. 다시 누각을 한 층 더 오른다.

(왕지환王之渙 <관작루鸛鵲樓에 올라(登鸛鵲樓)>)

예시 ①과 ②에서 위아래 두 구절은 모두 서로 이어지는 관계이다.

예시 ①의 두 구절에서, '파협(巴峽)에서(從巴峽)', '무협(巫峽)을 뚫고 지나(穿巫峽)', '양양(襄陽)으로 내려갔다가(下襄陽)', '낙양(洛陽)으로 향하리라(向洛陽)'라고 한 것은 시인 두보가 관군(官軍)이 낙양(洛陽), 정주(鄭州), 변경(汴京), 유주(幽州) 등의 지역을 수복하였다는 소식을 들은 뒤에, '고향으로 돌아가는' 노선을 상상해본 것인데, 앞뒤의 장소가 한 줄로 이어져 있다.

예시 ②의 '들불도 모두 태우지 못하고(野火燒不盡)', '봄바람이 불면 또다시 돋아난다(春風吹又生)'는 두 구절은 앞의 '한 해에 한 번씩 시들었다 자랐다 한다(一歲一枯榮)'는 구절에서 전개되어 나온 것이다. 자연계의 초목은 시들었다 자라고, 자랐다가 시들며, 주기로 반복하여 순환왕복을 하니, 자연히 앞뒤가 서로 이어져 있다. '들불도 모두 태우지 못하고(野火燒不盡)'와 '봄바람이 불면 또다시 돋아난다(春風吹又生)'는 것도 앞뒤가 서로 이어지며, 의미상으로도 물 흐르는 듯하다.

예시 ③의 상하 두 구절은 인과(因果) 관계로, '한 가닥 소리 귀 속에 들려오니(一聲來耳裏)'는 원인이고, '만사가 마음속에서 떠나가네(萬事離心中)'는 결과이다. 예시 ④의 위아래 두 구절은 가설(假設)관계로, '천리 멀리까지 다 보기 위해(欲窮千里目)'는 조건이고, '다시 누각을 한 층 더 오른다(更上一層樓)'는 결과이다.

천대(串對)의 위아래 두 구절이 항상 서로 이어지는 관계이기 때문에 때로는 시구의 시작 부분도 늘 시간의 순서를 나타내는 시간명사나 사조(詞組)가 있다. 예를 들면,

⑤ 朝飮木蘭之墜露兮, 아침엔 목란의 떨어지는 이슬을 마시고,

　夕餐秋菊之落英. 저녁에는 가을 국화의 떨어지는 꽃잎을 먹는다.

　(≪초사楚辭·근심스러운 곳을 떠나며(離騷)≫)

⑥ 朝發廣莫門, 아침에 광막문(廣莫門)에서 출발하여,

　暮宿丹水山. 저녁에는 단수산(丹水山)에서 묵는다.

　(유곤劉琨 <부풍扶風의 노래(扶風歌)>)

⑦ 昔往鸧鹒鳴, 옛날에 갔을 때는 꾀꼬리가 울더니,

　今來蟋蟀吟. 지금 오니 귀뚜라미가 울고 있네.

　(왕찬王贊 <잡시(雜詩)>)

⑧ 去年登高鄄縣北, 작년엔 처현(鄄縣) 북쪽 높은 곳에 올라갔는데,

　今日重在涪江濱. 오늘은 다시 부강(涪江) 물가에 있네.

　(두보杜甫 <중양절重陽節(九日)>)

심리적 측면에서 보면, 천대를 이루는 심리 기초는 서로 가까운 연상이거나 혹은 인과 관계의 연상이다. 예를 들면 예시 ①과 ②는 앞뒤 두 개의 일이 서로 이어지며 심리적으로도 반드시 연이어 전해진다.

예시 ③과 ④는 위아래 두 구절이 진정한 인과 관계이든, 아니면 가설의 인과 관계이든 간에, 심리적으로는 모두 인과 관계의 연상에 속한다.

이상에서 이야기한 것은 대우의 첫 번째 분류의 기본적인 상황이다.

(2) 본구대(本句對), 인구대(鄰句對), 격구대(隔句對)

대우를 만약 형식상으로 나누면 본구대(本句對), 인구대(鄰句對)와 격구대(隔句對)로 나눌 수 있다. 일부 수사법 책은 위에서 말한 두 종류의 분류법을 하나로 섞어서 이야기함으로써 분류의 혼란을 초래하는데 아주 적절하지 못한 것이다.

1) 본구대(本句對)

'본구대'는 '당구대(當句對)' 혹은 '구중대(句中對)'라고도 부르는데, 대우를 구성하는 두 개의 구절이 우선 하나의 구절(시행詩行) 안의 말이 스스로 대우를 이루고, 그 다음에 다시 구절과 구절이 서로 대를 이루는 것을 가리킨다. 예를 들면,

① 風急天高猿嘯哀, 바람 급하고 하늘 높은데 원숭이 울음 슬프고,
渚清沙白鳥飛回. 물가 맑고 모래 흰데 새는 날아 돌아온다.

(두보杜甫 <높은 곳에 올라(登高)>)

② 高江急峽雷霆鬪, 높아진 강물은 가파른 협곡에 천둥 치는 듯 소리 내고,

古木蒼藤日月昏. 오래된 나무와 푸른 등나무는 햇빛을 어둡게 하네.

(두보杜甫 <백제성白帝城(白帝)>)

③ 座中醉客延醒客, 모인 자리에서 술 취한 사람들은 술 깬 나를 끌어들이고,

江上晴雲雜雨雲. 강 위에는 맑은 구름이 비구름과 섞이네.

(이상은李商隱 <두보杜甫 시를 본뜬 촉蜀에서의 이별 자리(杜工部蜀中離席)>)

④ 池光不定花光亂, 연못의 물결 빛이 가만있지 않으니 꽃의 빛도
어지럽게 흔들리며,

日氣初涵露氣乾. 해의 기운이 처음으로 적시니 이슬의 기운이 마른다.

(이상은李商隱 <시구 중의 대구(當句有對)>)

예시 ①는 위의 구절에서 '바람 급하고(風急)'와 '하늘 높은데(天高)'가 대(對)를 이루고, 아래 구절에서는 '물가 맑고(渚清)'와 '모래 흰데(沙白)'가 대를 이루며, 그런 다음에 위아래 두 구절이 서로 대를 이룬다.

예시 ②는 위의 구절에서 '높아진 강물(高江)'과 '가파른 협곡(急峽)'이 대를 이루고, 아래 구절에서는 '오래된 나무(古木)'와 '푸른 등나무(蒼藤)'가 대를 이루며, 그런 다음에 위아래 두 구절이 서로 대를 이룬다.

예시 ③은 위의 구절에서 '술 취한 사람들(醉客)'과 '술 깬 나(醒客)'가 대를 이루고, 아래 구절에서는 '맑은 구름(晴雲)'과 '비구름(雨雲)'이 대를 이루며, 그런 다음에 위아래 두 구절이 서로 대를 이룬다.

예시 ④는 위의 구절에서 '연못의 물결 빛(池光)'과 '꽃의 빛(花光)'이 대를 이루고, 아래 구절에서는 '해의 기운(日氣)'과 '이슬의 기운(露氣)'이 대를 이루며, 그런 다음에 위아래 두 구절이 서로 대를 이룬다.

가장 초기의 본구대(本句對)는 순수한 본구대이며, 위아래 두 구절은 반드시 대우 관계는 아니었다. 예를 들면,

⑤ 靑雲衣兮白霓裳, 푸른 구름 웃옷에 하얀 무지개 치마 입고,
   擧長矢兮射天狼. 긴 화살 들어 천랑성(天狼星)을 쏜다.

(≪초사楚辭·구가九歌·태양의 신(東君)≫)

⑥ 出不入兮往不反, 나가면 들어오지 않고 가면 돌아오지 않으니,
   平原忽兮路超遠. 들판은 아득하고 길은 멀고도 멀다.

(≪초사楚辭·구가九歌·순국열사(國殤)≫)

⑦ 力拔山兮氣蓋世, 힘은 산을 뽑아버릴 만하고 기개는 세상을 덮을 만하나,
   時不利兮騅不逝. 시운이 이롭지 못하니 오추마(烏騅馬)도 달리지
                   못하는구나.

(항적項籍 <해하垓下의 노래垓下歌>)

예시 ⑤에서 위의 구절의 '푸른 구름 웃옷(靑雲衣)'과 '하얀 무지개 치마(白霓裳)'는 대를 이루고, 아래 구절의 '긴 화살 들어(擧長矢)'와 '천랑성(天狼星)을 쏜다(射天郎)'가 대를 이루지만, 위아래 두 구절은 대우 관계가 아니다.
  예시 ⑥과 ⑦도 분석이 같다. 이러한 본구대의 상황은 처음에는 아마도 단지 하나의 시구(시행詩行) 안에 나타났다가 나중에 비로소 점차적으로 위아래 두 구절로 확대된 것이다. 예를 들면,

⑧ 沅有茝兮澧有蘭, 원수(沅水)에 구리때 있고 예수(澧水)에 난초 있는데,

思公子兮未敢言. 님을 그리워하나 감히 말을 못하네.

(≪초사楚辭·구가九歌·상수湘水의 여신(湘夫人)≫)

⑨ 蘭有秀兮菊有芳, 난초는 빼어나고 국화는 향기로운데,

懷佳人兮不能忘. 아름다운 님을 생각하니 잊을 수 없도다.

(유철劉徹 <가을바람(秋風辭)>)

예시 ⑧은 위의 구절의 '원수(沅水)에 구리때 있고(沅有茝)'와 '예수(澧水)에 난초 있는데(澧有蘭)'는 대를 이루지만, 아래 구절에는 본구대가 없다.

예시 ⑨도 위의 구절의 '난초는 빼어나고(蘭有秀)'와 '국화는 향기로운데(菊有芳)'는 대를 이루지만, 아래 구절에는 본구대가 없다.

2) 인구대(鄰句對)

'인구대'는 고대 대우구에서 가장 흔히 보이는 형식으로, 붙어있는 두 구절이 대우 관계를 가지고 있는 것이다.

① 良馬不回鞍, 좋은 말은 안장을 돌리려 하지 않고,

輕車不轉轂. 가벼운 수레는 바퀴를 굴리려 하지 않는다.

(진가秦嘉 <아내에게 보내는 시(贈婦詩)> 제2수)

② 白髮悲花落, 흰 머리라 꽃이 떨어지는 것을 슬퍼하고,

靑雲羨鳥飛. 푸른 구름으로 새가 날아가는 것을 부러워하네.

(잠참岑參 <문하성門下省의 좌습유左拾遺 두보杜甫에게 보내며(寄左省杜拾遺)>)

③ 五更鼓角聲悲壯, 새벽녘의 북과 뿔피리는 소리가 비장하고,

三峽星河影動搖. 삼협의 은하수는 그림자가 흔들거린다.

(두보杜甫 <서각西閣의 밤(閣夜)>)

④ 身無彩鳳雙飛翼, 몸에는 채색 봉황새처럼 두 개의 날아가는 날개가
   없으나,

   心有靈犀一點通. 마음에는 신령스러운 무소뿔처럼 한 점으로 통함이
   있었네.

(이상은李商隱 <무제(無題)>)

3) 격구대(隔句對)

   '격구대'는 '선면대(扇面對)'라고도 부르는데, 대우 관계를 가지고 있는 위
아래 네 개의 구절에서, 첫 번째 구절과 세 번째 구절이 서로 대를 이루고,
두 번째 구절과 네 번째 구절이 서로 대를 이루는데, 모양이 부채의 면과
같기 때문에 '선면대'라고 부른다.

① 昔我往矣, 옛날 내가 갈 때는,
   楊柳依依. 버드나무 가지 한들거렸네.
   今我來思,[88] 지금 내가 올 때는,
   雨雪霏霏. 눈이 흩날리네.

(≪시경詩經·소아小雅·고사리를 캐네(采薇)≫)

② 行者見羅敷, 길 가던 사람들은 나부를 보면,
   下擔捋髭鬚. 짐 내려놓고 수염을 쓰다듬는다.

---

88 思(사): 어기사(語氣詞).

少年見羅敷, 젊은이들은 나부를 보면,

脫帽著帩頭. 모자 벗고 두건을 매만진다.

(무명씨無名氏 <길가의 뽕나무(陌上桑)>)

③ 縹緲巫山女, 멀리 어렴풋한 무산(巫山)의 선녀,

歸來七八年. 돌아온 지 칠 팔 년.

殷勤湘水曲, 은근한 상수곡(湘水曲),

留在十三弦. 머물러 있네 쟁(箏)의 열 세 줄에.

(백거이白居易 <밤에 쟁箏 소리 중에 '소상瀟湘에서 신녀神女를 보내는 곡'을 듣고 옛날을 생각하며 감회에 젖다(夜聞箏中彈瀟湘送神曲感舊)>)

④ 昔年共照松溪影, 옛날 같이 송계(松溪)에서 그림자를 비추었는데,

松折碑荒僧已無. 소나무 꺾이고 비석 훼손되었으며 스님은 이미 안 계시네.

今日還思錦城事, 오늘 다시 성도(成都)의 일을 생각하노니,

雪銷花謝夢何殊. 눈 녹고 꽃이 지지만 꿈은 무엇이 다르랴.

(정곡鄭谷 <장차 노군瀘郡으로 가려 하여 여행 도중 수주遂州에 머물렀다가 우연히 이곳에서 귀양살이를 하고 있는 배오랑裴晤 원외랑員外郎을 만났는데 옛날을 이야기하다가 처량해하고 두 수를 보내다(將之瀘郡, 旅次遂州, 遇裴晤員外謫居於此, 話舊淒涼, 因寄二首)> 제2수)

예시 ①에서, '옛날 내가 갈 때는(昔我往矣)'과 '지금 내가 올 때는(今我來思)'이 서로 대를 이루고, '버드나무 가지 한들거렸네(楊柳依依)'와 '눈이 흩날리네(雨雪霏霏)'가 서로 대를 이룬다.

예시 ②에서, '길 가던 사람들은 나부를 보면(行者見羅敷)'과 '젊은이들은

나부를 보면(少年見羅敷)'이 서로 대를 이루고, '짐 내려놓고 수염을 쓰다듬는 다(下擔捋髭須)'와 '모자 벗고 두건을 매만진다(帨帽著帕頭)'가 서로 대를 이룬다.

예시 ③과 ④도 분석 방식이 같다.

초기의 격구대 중에는 왕왕 같은 글자로 대를 이루는 경우가 많은데, 예를 들면 예시 ①의 '아(我)'자, 예시 ②의 '견(見)'자 등등이 그러하다.

이상에서 이야기한 것이 대우의 두 번째 분류의 기본적인 상황이다.

<3> 대우의 발전

고대시가의 발전에 따라 전기와 후기의 대우 형식은 큰 차이가 있다. 전체적인 발전 추세는 후기의 대우 형식이 갈수록 정제되고 격식이 갈수록 엄밀해지는 것이다. 이것은 주로 근체시의 대우(대장)구 중에 나타난다. 아래에서 전기와 후기의 대우 형식을 대비해 보기로 한다.

초기의 대우 형식은 어떤 특징을 가지고 있는가? 필자는 주요한 것으로 다음 몇 가지가 있다고 생각한다.

첫째, 구조상 대를 이루지 않는다.

초기의 대우구(對偶句)의 어법 구조는 왕왕 대를 이루지 못한다. 예를 들면,

① 執轡如組, 고삐를 잡고 있는데 베를 짜는 듯하고,

   兩驂如舞. 두 곁마는 춤추는 듯하다.

   (≪시경詩經·정풍鄭風·숙叔이 사냥을 나가니(大叔于田)≫)

② 日月安屬, 해와 달은 어디에 속하는가,

列星安陳? 많은 별들은 어디에 늘어놓아져 있는가?

(≪초사楚辭·하늘에 묻다(天問)≫)

③ 簫鼓鳴兮發棹歌, 퉁소와 북 울리고 뱃노래 부르지만,

歡樂極兮哀情多. 기쁨과 즐거움 다하자 슬픈 마음 많아진다.

(유철劉徹 <가을바람(秋風辭)>)

④ 貽我青銅鏡, 나에게 청동 거울을 주며,

結我紅羅裾. 나의 붉은 비단 옷자락에 매달아주었네.

(신연년辛延年 <우림랑(羽林郎)>)

예시 ①에서, '고삐를 잡고 있는데(執轡)'와 '두 곁마(兩驂)'는 대를 이루지
못하는데, 하나는 [동사＋목적어]의 술빈(述賓)구조이고, 하나는 [정어(定語)
＋중심어(中心語)]의 편정(偏正)구조이다. 예시 ②는 '해와 달(日月)'과 '많은
별들(列星)'이 대를 이루지 못하는데, 하나는 병렬구조이고, 하나는 편정구조
이다. 예시 ③은 '뱃노래 부르지만(發棹歌)'과 '슬픈 마음 많아진다(哀情多)'는
대를 이루지 못하는데, 하나는 술빈구조이고, 하나는 주술(主述)구조이다. 예
시 ④는 '나에게 청동 거울을 주며(貽我青銅鏡)'와 '나의 붉은 비단 옷자락에
매달아주었네(結我紅羅裾)'는 대를 이루지 못하는데, '나에게 청동 거울(我青銅
鏡)'은 이중 목적어이고 '나의 붉은 비단 옷자락(我紅羅裾)'은 편정구조이다.

둘째, 글자 수가 같지 않다.

구조상으로 엄격한 대우가 이루어지지 않았기 때문에 때로는 위아래 구의
글자 수도 같지 않게 된다. 예를 들면,

① 維南有箕, 남쪽에 기성(箕星)이 있으나,

　　不可以簸揚. 곡식을 키질하여 쭉정이를 날릴 수 없네.

　　維北有斗, 북쪽에 두성(斗星)이 있으나,

　　不可以挹酒漿.[89] 술과 마실 것을 뜰 수 없네.

　　(≪시경詩經·소아小雅·동쪽의 큰 나라(大東)≫)

② 我生之初, 내가 태어난 처음에는,

　　尚無爲. 아직 아무 일 없었다.

　　我生之後, 내가 태어난 뒤에는,

　　逢此百罹.[90] 이런 많은 어려움을 만나게 되었네.

　　(≪시경詩經·왕풍王風·토끼는 느긋하게 자유로운데(兎爰)≫)

③ 白玉兮爲鎭, 백옥으로 자리를 누르고,

　　疏石蘭兮爲芳. 석란을 뿌리니 향내를 낸다.

　　(≪초사楚辭·구가九歌·상수湘水의 여신(湘夫人)≫)

④ 秋風起兮白雲飛, 가을바람 일어나자 흰 구름 날리고,

　　草木黃落兮雁南歸. 초목 누렇게 떨어지니 기러기는 남쪽으로 돌아간다.

　　(유철劉徹 <가을바람(秋風辭)>)

　　예시 ①~④에서, 이런 구절은 전체적으로 보면 대우구이기는 하나, 대우구
의 초급 형식이다. 초급 형식이기 때문에 구조도 왕왕 대를 이루지 않는다.

89　挹(읍): 뜨다.

90　罹(리): 근심. 어려움.

구조가 대를 이루지 않기 때문에 위아래 구의 글자 수가 같지 않은 경우도 아주 쉽게 발생한다. 예를 들면 예시 ①은 네 번째 구절이 한 글자 더 많고, 예시 ②도 네 번째 구절이 한 글자 더 많으며, 예시 ③은 두 번째 구절이 한 글자 더 많고, 예시 ④도 두 번째 구절이 한 글자 더 많다.

셋째, 단어의 문법적 성질이 같지 않다.

초기의 대우구는 대를 이루는 말의 문법적 성질이 같지 않다. 예를 들면,

① 高明曜雲門, 높은 권세는 구름에 닿은 문에서 빛나고,

遠景灼寒素. 멀리 뻗는 햇빛은 가난한 사람을 굽는다.

(공융孔融 <잡시(雜詩)> 제1수)

② 白馬君來哭, 백마 타고 그대 와서 울어도,

黃泉我詎知? 저승에 있는 나는 어찌 알리오.

(서릉徐陵 <모영가毛永嘉와 헤어지며(別毛永嘉)>)

③ 芙蓉露下落, 연꽃은 이슬 아래 떨어지고,

楊柳月中疏. 수양버들은 달빛 속에 드문드문하다.

(소각蕭愨 <가을 생각(秋思)>)

④ 一顧重尺璧, 한 번 돌봐줌은 한 자 옥보다 귀중하고,

千金輕一言. 천금도 한 마디 말보다 가볍다.

(유신庾信 <내 마음을 읊으며(詠懷)> 제6수)

예시 ①에서, '운(雲)'과 '한(寒)'은 대를 이루지 않으니, '운(雲)'은 명사이고

'한(寒)'은 형용사이다. 예시 ②에서, '래(來)'와 '거(詎)'는 대를 이루지 않으니, '래(來)'는 동사이고 '거(詎)'는 부사이다. 예시 ③에서, '락(落)'과 '소(疏)'는 대를 이루지 않으니, '락(落)'은 동사이고 '소(疏)'는 형용사이다. 예시 ④에서, '고(顧)'와 '금(金)'은 대를 이루지 않으니, '고(顧)'는 동사이고 '금(金)'은 명사이다.

넷째, 허사(虛詞)를 넣어 대우를 만든다.

초기의 대우구는 허사를 넣어 대를 만들 수 있었다.

① 北風其涼, 북풍은 싸늘하고,

  雨雪其雱. 눈이 펑펑 쏟아진다.

  (≪시경詩經·패풍邶風·북풍(北風)≫)

② 六月食鬱及薁,[91] 6월에 아가위와 머루 먹고,

  七月亨葵及菽.[92] 7월엔 아욱과 콩을 삶는다.

  (≪시경詩經·빈풍豳風·7월(七月)≫)

③ 夕歸次於窮石兮, 저녁에 궁석(窮石)에 돌아가 묵고,

  朝濯髮乎洧盤. 아침에 유반(洧盤)에서 머리를 감는다.

  (≪초사楚辭·근심스러운 곳을 떠나며(離騷)≫)

④ 操余弧兮反淪降, 나의 천궁성(天弓星)을 손에 잡고 몸을 돌려

       아래로 내려가며,

---

91 鬱(울): 아가위. 薁(먹): 머루.

92 亨(팽): '팽(烹)'자와 같다. 삶다.

援北斗兮酌桂漿. 북두칠성을 당겨 계화(桂花) 술을 따라 마신다.

(≪초사楚辭·구가九歌·태양의 신(東君)≫)

예시 ①~④는 '기(其)'와 '기(其)', '급(及)'과 '급(及)', '어(於)'와 '호(乎)', '혜(兮)'와 '혜(兮)'라는 허사가 들어가 대를 이루었다. 예문을 통해 알 수 있듯이, 초기에 허사를 넣어 대를 이루는 것은 주로 같은 글자를 사용하는 형식으로 나타나고 있다.

다섯째, 같은 글자로 대를 이루는 경우가 많다.
같은 글자 대우는 초기의 대우구에서는 매우 보편적이었다.

① 新人工織縑, 새 사람은 겹실 비단을 잘 짜고,
　 故人工織素. 옛 사람은 하얀 명주를 잘 짠다.

(고시古詩 <산에 올라가 궁궁이의 싹을 캐고(上山採蘼蕪)>)

② 大兄言辦飯, 형은 밥을 지으라 하고,
　 大嫂言視馬. 형수는 말을 돌보라 한다.

(무명씨無名氏 <고아의 노래(孤兒行)>)

③ 河清不可待, 황하가 맑기는 기다릴 수 없으며,
　 人命不可延. 사람의 목숨은 연장할 수 없다.

(조일趙壹 <사악한 세태를 혐오하는 시(疾邪詩)> 제1수)

④ 食梅常苦酸, 매실을 먹으면 항상 신맛에 괴롭고,

衣葛常苦寒. 갈포를 입으면 항상 추위에 괴롭다.

(포조鮑照 <'동문東門의 노래'를 본떠서 지은 시(代東門行)>)

예시 ①~④에서, '인(人)', '공직(工織)'과 '인(人)', '공직(工織)', '대(大)', '언(言)'과 '대(大)', '언(言)', '불가(不可)'와 '불가(不可)', '상고(常苦)'와 '상고(常苦)'는 모두 같은 글자 대우이다.

이상의 다섯 가지는 초기의 대우에 보이는 가장 중요한 특징이다. 근체시가 출현함에 따라 대우 양식도 갈수록 엄밀해진다. 그 중에 중요한 원인은 대우가 수사 수단의 하나일 뿐만 아니라 더욱 중요한 것은 그것을 근체시를 구성하는 하나의 조건으로 보기 때문이다. 이리하여 자연스럽게도 대우(즉 대장)에 대하여 많은 제한적 조건을 제기하게 된다.

후기의 대우(대장)는 가장 중요한 특징으로 다음과 같은 것을 들 수 있다.

첫째, 구조가 일치한다.

근체시 중의 대우(대장)구는 공대(工對)의 각도에서 말하면, 그 어법 구조가 반드시 일치해야한다. 예를 들면,

① 老除吳郡守,[93] 늙어 오군(吳郡. 소주蘇州)자사로 임명 받아,

　　春別洛陽城. 봄날 낙양성(洛陽城)과 작별하네.

(백거이白居易 <소주자사蘇州刺史로 임명받아 낙양성洛陽城 동쪽의 꽃들과 헤어지며(除蘇州刺史別洛城東花)>)

② 戶外一峰秀, 문 밖에 외봉우리 빼어나고,

93　除(제): 관직을 받아 임명되다.

階前衆壑深. 섬돌 앞에는 많은 산골짜기 깊다.

(맹호연孟浩然 <의공義公 스님의 선방에 적다(題義公禪房)>)

③ 風翻白浪花千片, 바람이 흰 물결 뒤집으니 꽃이 천 조각이고,

　　雁點青天字一行. 기러기가 푸른 하늘 지나가니 글자가 한 줄이네.

(백거이白居易 <강가 누각에서 저녁에 경치를 바라보니 곱고도 뛰어나 읊조리며
감상하다가 시를 완성하여 수부원외랑水部員外郎 장적張籍에게 보내다(江樓晚眺景
物鮮奇, 吟玩成篇寄水部張員外)>)

④ 野鳧眠岸有閑意, 들오리는 강 언덕에서 자는데 한가로운 생각 있으며,

　　老樹著花無醜枝. 늙은 나무는 꽃이 폈는데 추한 가지 없네.

(매요신梅曉臣 <동계(東溪)>)

　예시 ①에서, '늙어 … 임명받아(老除)'가 '봄날 … 작별하네(春別)'와 대를
이루는데, 모두 편정구조이며, '오군(吳郡. 소주蘇州)자사로 임명 받아(除吳郡
守)'는 '낙양성(洛陽城)과 작별하네(別洛陽城)'와 대를 이루는데, 모두 술빈(述賓)
구조이다.

　예시 ②에서, '외봉우리(一峰)'가 '많은 산골짜기(衆壑)'와 대를 이루는데, 모
두 편정구조이고, '문 밖에 외봉우리(戶外一峰)'가 '섬돌 앞에는 많은 산골짜기
(階前衆壑)'와 대를 이루는데, 역시 모두 편정구조이며, '외봉우리 빼어나고(一峰
秀)'가 '많은 산골짜기 깊다(衆壑深)'와 대를 이루는데 둘 다 주술구조이다.

　예시 ③과 ④도 분석이 같다.

　두 번째, 글자수가 같다.

　근체시의 대우구는 글자수가 반드시 같아야 한다. 이것은 설명이 불필요하다.

세 번째, 같은 글자로 대를 이루지 않는다.

근체시의 대우구는 같은 글자의 대우를 피하는데, 이것 또한 설명이 불필
요하다.

네 번째, 단어의 문법적 성질이 서로 같다.

근체시의 대우구는 서로 대를 이루는 말이 반드시 문법적 성질이 서로
같고 또 같은 부류에 속해야 비로소 공대(工對)라고 칠 수 있다. 예를 들면,

① 圓荷浮小葉, 둥근 연꽃은 작은 잎이 물에 떠있고,

　 細麥落輕花. 가느다란 보리는 가벼운 꽃이 떨어지네.

　 (두보杜甫 <농사를 지으며(爲農)>)

② 佛寺乘船入, 절은 배를 타고 들어가고,

　 人家枕水居. 인가는 물 가까이 살고 있네.

　 (백거이白居易 <백화정百花亭에서(百花亭)>)

③ 思家步月淸宵立, 집을 그리며 달빛 밟다가 맑은 밤에 멈춰서기도 하고,

　 憶弟看雲白日眠. 동생을 생각하며 구름 바라보다가 대낮에 잠들기도
　 하네.

　 (두보杜甫 <이별을 한스러워 하며(恨別)>)

④ 閉門覓句陳無己,[94] 문을 닫고 시구 찾던 진사도(陳師道),

94　陳無己(진무기): 진사도(陳師道). 자(字)가 무기(無己).

對客揮毫秦少游. 손님을 마주하고 붓 휘두르던 진관(秦觀).

(황정견黃庭堅 <병에서 일어나 형강정荊江亭에서 눈앞의 사물들 바라보며(病起荊
江亭即事)>)

예시 ①에서, '둥근(圓)'과 '가느다란(細)'이 대를 이루는데 모두 형용사이
며, '연꽃(荷)'과 '보리(麥)'가 대를 이루는데 모두 명사이고 식물류에 속한다.
'물에 떠있고(浮)'와 '떨어지네(落)'가 대를 이루는데 모두 동사이고, '작은
(小)'과 '가벼운(輕)'이 대를 이루는데 모두 형용사이며, '잎(葉)'과 '꽃(花)'이
대를 이루는데 모두 명사이고 식물류에 속한다.

예시 ②에서, '부처(佛)'와 '사람(人)'이 대를 이루고 '절(寺)'과 '집(家)'이
대를 이루는데 모두 명사이며 인사(人事) 처소(處所)류에 속한다. '타고(乘)'와
'베개 삼고(枕)'가 대를 이루는데 모두 동사이고, '배(船)'와 '물(水)'이 대를
이루는데 모두 명사이며 사물류에 속한다. '들어가고(入)'와 '살고 있네(居)'는
모두 동사이다.

예시 ③과 ④도 분석 방식이 같다.

다섯째, 평측(平仄)이 맞아야 한다.

근체시의 대우구는 이상의 네 가지 요구를 만족시켜야 하는 것 외에, 또
평측(平仄) 방면에서도 규정에 맞아야 하는데, 이것은 초기 대우구와의 가장
중요한 구별이다. 예를 들면,

① 三峽樓臺淹日月, 삼협(三峽)의 누대에서 오랜 시간 머물고,
   五溪衣服共雲山. 오계(五溪)의 의복으로 구름 산에서 함께 사네.

(두보杜甫 <옛 유적지에서 회포를 읊으며(詠懷古跡)> 제1수)

② 三顧頻煩天下計, 세 번이나 번거로이 찾음은 천하의 일 논하기 위해서며,

兩朝開濟老臣心. 두 조정에서 나라 열고 보좌함은 늙은 신하의 마음에

의해서라네.

(두보杜甫 <촉蜀나라 재상(蜀相)>)

③ 林間煖酒燒紅葉,[95] 숲 속에서 술을 데우고자 붉은 낙엽 태우고,

石上題詩掃綠苔. 돌 위에 시를 적고자 푸른 이끼 쓸어냈네.

(백거이白居易 <왕질부王質夫가 산으로 돌아가는 것을 전송하며 선유사仙遊寺 시를 지어 주다(送王十八歸山寄題仙遊寺)>)

④ 明月好同三徑夜, 밝은 달은 세 갈래 길 정원의 밤을 같이 보내기에 좋고,

綠楊宜作兩家春. 푸른 버들은 두 집의 봄을 만들기에 알맞네.

(백거이白居易 <원종간元宗簡과 이웃하고 싶어 먼저 이 시를 지어서 주다(欲與元八卜鄰先有是贈)>)

예시 ①은 이 시의 평측 격식이 평기측수식(平起仄收式)에 속한다. 예시 ①의 두 구절은 원시(原詩)의 두 번째 연(聯)으로 그 표준 평측 격식은 측측평평평측측(仄仄平平平仄仄), 평평측측측평평(平平仄仄仄平平)이다. 확인을 해보면 알 수 있는데, 두 구절은 단지 '삼(三)', '오(五)', '의(衣)' 세 글자만이 평측이 맞지 않는다. 그러나 이 세 곳은 모두 평(平)을 쓰도 되고 측(仄)을 쓰도 된다.

예시 ②는 이 시의 평측 격식이 측기평수식(仄起平收式)에 속한다. 예시 ②의 두 구절은 원시의 세 번째 연(聯)으로 그 표준 평측 격식은 측측평평평측측(仄

仄平平平仄仄), 평평측측측평평(平平仄仄仄平平)이다. 확인을 통해서 알 수 있듯이, 두 구절은 단지 '삼(三)', '량(兩)', '개(開)' 세 글자만 평측이 맞지 않는다. 그러나 이 세 곳은 모두 평(平)을 쓰도 되고 측(仄)을 쓰도 된다.

예시 ③은 이 시의 평측 격식이 평기측수식(平起仄收式)이다. 예시 ③의 두 구절은 원시의 세 번째 연(聯)으로 그 표준 평측 격식은 평평측측평평측(平平仄仄平平仄), 측측평평측측평(仄仄平平仄仄平)이다. 확인을 통해서 알 수 있듯이, 두 구절은 평측이 완전히 합치한다.

예시 ④는 이 시의 평측 격식이 평기평수식(平起平收式)이다. 예시 ④의 두 구절은 원시의 두 번째 연(聯)으로 그 표준 평측 격식은 측측평평평측측(仄仄平平平仄仄), 평평측측측평평(平平仄仄仄平平)이다. 확인을 통해서 알 수 있듯이, 두 구절은 단지 '명(明)', '호(好)', '록(綠)', '의(宜)' 네 글자만 맞지 않지만, 이 네 곳 또한 평(平)을 쓰도 되고 측(仄)을 쓰도 된다.

이상이 후기 대우의 몇 가지 특징이다. 사실 대우 격식의 이러한 변화는 일찍이 남북조시대에 이미 시작되었다. 아래에서 몇 개의 예만 들어 살펴보고 더 이상 분석은 하지 않기로 한다. 예를 들면,

① 池塘生春草, 연못에 봄풀 돋아나고,

　　園柳變鳴禽. 정원의 버들엔 지저귀는 새 소리 바뀌었네.

　　(사령운謝靈運 <연못가 누각에 올라(登池上樓)>)

② 入風先繞暈, 바람 안에 들어가면 먼저 달무리를 두르고,

　　排霧急移輪. 안개를 밀치면 급하게 바퀴를 옮긴다.

　　(주초朱超 <배에서 달을 바라보며(舟中望月)>)

③ 溜船惟識火, 미끄러져 떠가는 배는 오직 불빛만 알 수 있고,

驚鳥但聽聲. 놀라 움직이는 물오리는 소리만 들린다.

(음갱陰鏗 <오주五洲에서 밤에 출발하며(五洲夜發)>)

④ 胡笳落淚曲, 호인(胡人) 풀잎피리의 눈물 떨어지게 하는 곡조,
   羌笛斷腸歌. 강족(羌族) 피리의 애간장 끊어지게 하는 노래.

(유신庾信 <내 마음을 읊으며(詠懷)> 제7수)

   유협(劉勰)이 말하길, "위진(魏晉)시대의 많은 재사(才士)들에 이르러, 시구를
분석하는 것이 더욱 정밀해져, 글자를 짝짓고 정취를 배합하며, 극히 세밀한
부분까지 쪼개고 분석하였다."[96](≪문심조룡(文心雕龍)·여사(麗辭)≫)라고 한 것
도 바로 이러한 뜻이다.

---

96   "至魏晉群才, 析句彌密, 聯字合趣, 剖毫析厘."

제7장 배비(排比)

<1> 배비란?

구조가 서로 같거나 혹은 비슷하고, 어기(語氣)가 일치하며, 내용이 밀접하게 서로 연관된 일련의 구(句)가 위아래로 배열됨으로써 어세(語勢)를 강화하는 수사 방식을 '배비'라고 한다. 배비 수사 방식은 고체시(古體詩)에서만 운용될 수 있다. 예를 들면,

> ① 碩人其頎(qí),[97] 존귀하신 분 키가 훤칠하신데,
>
>   衣錦褧(jiǒng)衣.[98] 비단 옷에 홑옷 입으셨네.
>
>   齊侯之子, 제(齊)나라 임금님의 따님이요,
>
>   衛侯之妻. 위(衛)나라 임금님의 아내시네.
>
>   東宮之妹, 태자의 누이동생이요,
>
>   邢侯之姨.[99] 형(邢)나라 임금님의 처제시네.
>
>   (≪시경詩經·위풍衛風·존귀하신 분(碩人)≫)

---

97 頎(기): 키가 크고 풍채가 좋다.

98 褧衣(경의): 얇은 모시 천으로 만든 홑옷.

99 姨(이): 아내의 자매(姉妹).

② 手如柔荑,[100] 손은 부드러운 띠 싹 같고,

  膚如凝脂. 피부는 엉긴 기름 같네.

  領如蝤蠐(qiú qí),[101] 목은 하얀 나무굼벵이 같고,

  齒如瓠犀. 이는 가지런한 박씨 같네.

  (≪시경詩經·위풍衛風·존귀하신 분(碩人)≫)

③ 莫愁十三能織綺, 막수(莫愁)는 열세 살에 무늬 비단을 짤 줄 알았고,

  十四採桑南陌頭. 열네 살에 남쪽 길가에서 뽕을 땄네.

  十五嫁爲盧家婦, 열다섯 살에 노(盧)씨 집 며느리 되어,

  十六生兒字阿侯. 열여섯 살에 아이 낳고 아후(阿侯)라 불렀네.

  (소연蕭衍 <황하黃河의 물 노래(河中之水歌)>)

예시 ①의 위풍(衛風) <존귀하신 분(碩人)>은 위장공(衛莊公)의 부인 장강(莊姜)을 찬미하는 시이다. 전체의 시는 모두 4장(章)이며, 첫 장에서는 '존귀하신 분'의 신분이 고귀함을 묘사하고, 다음 장에서는 그녀의 용모와 자태가 아름답기 비할 데 없음을 묘사하였고, 3장과 4장의 두 장에서는 그녀가 시집간 상황을 묘사하였다. '제(齊)나라 임금님의 따님이요(齊侯之子)' 등의 4구절은 4개의 배비구식(排比句式)을 연달아 사용하여, '존귀하신 분'의 고귀한 신분을 분명하게 설명하였다. '제(齊)나라 임금님의 따님이요, 위(衛)나라 임금님 아내시네. 태자의 누이동생이요, 형(邢)나라 임금님의 처제시네(齊侯之子, 衛侯之妻. 東宮之妹, 邢侯之姨)'라고 한 이 4구절은 구조가 서로 같고 글자 수도 서로 같으며, 구의 뜻도 서로 연관되어 있으니, 이것은 비교적 전형적인 배비구(排比句)

---

100 荑(제): 부드러운 띠 싹.

101 蝤蠐(추제): 하늘소의 유충(幼蟲)으로 색깔이 희다. 나무굼벵이.

이다.

예시 ②의 '손은 부드러운 띠 싹 같고(手如柔荑)' 등의 4구절은, 원시(原詩)의 제2장의 첫 머리에 나오는 구이다. 여기에서 시인은 또 4개의 배비구를 연달아 사용하여 서로 다른 측면에서 '존귀하신 분'의 아리땁고 고운 모습을 묘사했다. 두 손은 부드럽기가 어린 싹 같고, 피부가 하얗고 매끄러움은 마치 엉긴 기름과 같으며, 목이 가늘고 길며 흰 것은 나무굼벵이 같고, 치아는 하얗고 가지런하여 박씨 같다. 여기에 사용된 시구는 구조가 서로 같고 글자 수도 같으며 시구의 뜻도 서로 연관되어 있다.

예시 ③의 <황하黃河의 물 노래(河中之水歌)>는 낙양(洛陽)의 막수(莫愁)라는 여인의 고상한 지조를 찬미한 시이다. 시에서 '막수(莫愁)는 열세 살에 무늬 비단을 짤 줄 알았고' 등의 4구 또한 4개의 배비구를 연이어 사용했는데, 이것은 막수라는 여인의 삶의 이력을 설명할 뿐만 아니라, 더욱 중요한 것은 그녀의 부지런한 미덕에 대한 칭송이기도 하다. 이 4구절은 글자 수가 서로 같고 구의 뜻도 서로 연관되어 있으나, 구조는 기본적으로 같다.

예시 ①, ②, ③에서 알 수 있듯이, 고대시가에서 배비 수사 방식은 마땅히 아래의 몇 가지 기본적인 조건을 갖춰야 한다.

첫째, 구조가 서로 같거나 비슷하다.

예를 들면 예시 ①의 '제나라 임금님의 따님이요(齊侯之子)' 등의 4구절은 실제는 모두 판단구(判斷句)이다. 주어는 '존귀하신 분(碩人)'인데 생략되었고, 술어는 모두 편정사조(偏正詞組)[102]로 구성된 명사성(名詞性) 술어이다. 이 몇 개의 시구를 번역하면 다음과 같다. 존귀하신 분은 제(齊)나라 임금님의 따님이고, 위(衛)나라 임금님의 아내이며, 제나라 태자 득신(得臣)의 누이동생이고,

---

102 [역자주] 수식어(修飾語)와 중심어(中心語)로 구성된 절(節)이나 구(句).

형(邢)나라 임금님의 처제이시다.

예시 ②에서 '손은 부드러운 띠 싹 같고(手如柔荑)' 등의 4구 역시 구조가 서로 같으며, 더 이상 분석하지 않기로 한다.

둘째, 시구의 수가 일반적으로 짝수이다.

우리들이 알고 있듯이, 고대시가의 상하 두 개의 시구는 하나의 의미 단위를 형성할 수 있다. 그래서 고대시가의 배비 수사 방식은 가장 작은 것은 4개의 시구에서부터 시작하여야 하며, 그 다음 6구, 8구, 10구 등등, 시구의 수가 같지 않을 수 있다. 예를 들면 예시 ①에서 ③까지는 모두 각각 4구로 이루어진 배비구이다.

셋째, 일반적으로 매 구의 글자 수 또한 서로 같다.

이것은 시가의 배비 수사 방식이 산문의 배비 수사 방식과 다른 점이다. 예를 들면 예시 ①과 ②에서 '제(齊)나라 임금님의 따님이요(齊侯之子)' 등의 4구와 '손은 부드러운 띠 싹 같고(手如柔荑)' 등의 4구절은 모두 각기 네 자로 구성되었으며, 예시 ③의 "막수(莫愁)는 열세 살에 무늬 비단을 짤 줄 알고(莫愁十三能織綺)' 등의 4구절은 모두 각기 일곱 자로 구성되어 있다.

넷째, 표지어(標志語)가 있어야 한다.

'표지어'는 어떤 책에서는 '제시어(提示語)'라고 하는데, 배비 관계를 구성하는 각 시구 중의 서로 같은 말을 가리킨다. 이러한 말은 형식이 서로 같기 때문에 읽으면 눈에 확 뜨이고, 그렇기 때문에 이런 말들이 배비 수사 방식의 표지(標識)가 된다. 예를 들면 예시 ①의 '지(之)'자, 예시 ②의 '여(如)'자, 예시 ③의 '막수(莫愁)'(첫째 구 이하는 '막수莫愁'가 생략되었다고 볼 수 있다) 같은 것이다.

다섯째, 내용상으로 볼 때, 배비구 사이에는 반드시 서로 연관되는 것이 있어야 한다. 예를 들면 예시 ①과 ②는 모두 각기 다른 각도에서 '존귀하신 분(碩人)'의 지위와 아름다움에 대해 설명하거나 묘사하고 있다. 예시 ③은 다른 연령대에서 본 막수(莫愁)의 부지런한 미덕과 삶의 이력을 설명하고 있다.

여섯째, 어기(語氣)가 일치한다.

예를 들면 예시 ①~③의 각 배비구가 모두 진술성 어기이다.

<2> 배비의 기본 유형

배비 수사 방식은 내용을 표현하는 순서의 유무에 따라, '순서가 있는 배비'와 '순서가 없는 배비'로 나눌 수 있다. 아래에서 나누어서 설명하고자 한다.

(1) 순서가 있는 배비

'순서가 있는 배비'는 배비가 표현하는 내용이 서술이나 묘사에 있어 순서가 있다는 것을 가리킨다. 세밀하게 나누면 아래의 몇 가지가 있다.

첫째, 시간적으로 선후(先後)가 있다.

> ① 十三能織素, 열세 살에 명주를 짤 줄 알았고,
> 十四學裁衣. 열네 살에 옷 만드는 것을 배웠네.
> 十五彈箜篌,[103] 열다섯 살에 공후(箜篌)를 탔으며,
> 十六誦詩書. 열여섯 살에 ≪시경(詩經)≫과 ≪서경(書經)≫을 읊었네.
>
> (무명씨無名氏 <초중경焦仲卿의 아내(焦仲卿妻)>)

---

103 箜篌(공후): 악기 이름.

② 十五府小吏, 열다섯 살에 태수 관저의 작은 관리 되고,

二十朝大夫. 스무 살에 조정의 대부 되었네.

三十侍中郎, 삼십 살에 시중랑(侍中郎)이 되고,

四十專城居. 마흔 살에 성을 하나 다스리게 되었네.

(무명씨無名氏 <길가의 뽕나무(陌上桑)>)

③ 開我東閣門, 내 집 동쪽 누각 문 열고,

坐我西閣床. 내 집 서쪽 누각 침상에 앉아보네.

脫我戰時袍, 내 전쟁 때 입던 웃옷 벗어놓고,

著我舊時裳. 내 옛날 치마 입어보네.

(무명씨無名氏 <목란木蘭을 노래한 시(木蘭詩)>)

예시 ①에서, '열세 살에 명주를 짤 줄 알았고(十三能織素)' 등의 4구절은 시간의 선후에 따라 배비를 하여, 초중경(焦仲卿)의 처 유씨(劉氏)가 부녀자의 일을 잘 하고 음악을 잘 알며 ≪시경(詩經)≫과 ≪서경(書經)≫에 밝은 미덕을 분명하게 설명하고 있다.

예시 ②에서, '열다섯 살에 태수 관저의 작은 관리 되고(十五府小吏)' 등의 4구절 역시 시간의 선후에 따른 배비를 빌려, '나부(羅敷)'의 남편이 재능이 뛰어나고 벼슬길이 순조로움을 잘 표현하였다. 배비 수사 방식은 이처럼 기세(氣勢)가 이어지는 '말의 흐름'을 이용하여, 한 번 하고 두 번 하며, 두 번 하고 세 번 하면서 몇 번이고 되풀이함으로 독자의 마음을 두드린다.

예시 ③에서, '내 집 동쪽 누각 문 열고(開我東閣門)' 등의 4구절 또한 시간의 선후에 따라 배비를 하였는데, '개(開)', '좌(坐)', '탈(脫)', '착(著)' 등의 4개 동사의 변화를 통하여, 목란(木蘭)이 아버지를 대신하여 군대에 갔다가, 승리하고 고향에 돌아온 후의 무한한 기쁨을 모두 표현해내었다. 배비 수사 방식

은 마치 연속해서 발생하는 '충격파(衝擊波)'와 같은데, 그 독특한 수사 효과는 다른 어떠한 수사 방식도 대신할 수 없다.

둘째, 방위에 위치 전환이 있다.

① 東市買駿馬, 동쪽 시장에서 준마를 사고,
　西市買鞍韉(jiān).[104] 서쪽 시장에서 안장과 깔개를 사네.
　南市買轡頭, 남쪽 시장에서 고삐를 사고,
　北市買長鞭. 북쪽 시장에서 긴 채찍을 사네.

（무명씨無名氏 <목란木蘭을 노래한 시(木蘭詩)>）

② 旦辭爺孃去, 아침에 아빠 엄마와 작별하고 떠나가,
　暮宿黃河邊. 저녁에 황하(黃河) 가에서 묵네.
　不聞爺孃喚女聲, 아빠 엄마가 딸 부르는 소리 들리지 않고,
　但聞黃河流水鳴濺濺. 단지 들리는 건 황하 물 콸콸 흐르는 소리뿐.
　旦辭黃河去, 아침에 황하를 작별하고 떠나가,
　暮至黑山頭. 저녁에 흑산(黑山) 기슭에 이르렀네.
　不聞爺孃喚女聲, 아빠 엄마가 딸 부르는 소리 들리지 않고,
　但聞燕山胡騎鳴啾啾. 단지 들리는 건 연산(燕山)에 오랑캐 말이 히힝
　　　　　　　　　　　우는 소리뿐.

（무명씨無名氏 <목란木蘭을 노래한 시(木蘭詩)>）

③ 與我期何所? 나와 어디서 만나기로 약속했나요?

_____

104　韉(천): 안장 밑에 까는 깔개.

乃期東山隅. 동쪽 산모퉁이서 만나기로 했지요.

日旰兮不來,[105] 해가 져도 오지 않고,

谷風吹我襦. 골짜기 바람만 내 저고리 날렸네요.

遠望無所見, 멀리 봐도 보이는 사람 없어,

涕泣起踟躕. 눈물 흘리며 일어나 머뭇거렸네요.

與我期何所? 나와 어디서 만나기로 약속했나요?

乃期山南陽. 산 남쪽 양지에서 만나기로 했지요.

日中兮不來, 해는 중천인데 오지 않고,

飄風吹我裳. 회오리바람만 내 치마 불어 날렸네요.

逍遙莫誰睹, 거닐어도 아무도 보이는 사람 없고,

望君愁我腸. 님 그리며 내 속은 시름 가득했네요.

與我期何所? 나와 어디서 만나기로 약속했나요?

乃期西山側. 서쪽 산기슭에서 만나기로 했지요.

日夕兮不來, 해가 저물어도 오지 않고,

躑躅長歎息. 서성이며 길게 탄식했지요.

遠望涼風至, 멀리 바라보니 서늘한 바람 불어와,

俯仰正衣服. 고개를 숙였다 들었다 하면서 옷매무새 바루었네요.

與我期何所? 나와 어디서 만나기로 약속했나요?

乃期山北岑.[106] 산 북쪽 봉우리에서 만나기로 했지요.

日暮兮不來, 해가 저물어도 오지 않고,

凄風吹我襟. 싸늘한 바람만 내 옷깃 날렸네요.

望君不能坐, 님 그리며 앉아 있을 수도 없어,

---

105 旰(간): 해가 지다.
106 岑(잠): 작으면서 높은 산.

悲苦愁我心. 슬픔과 괴로움에 내 마음 시름겨웠네요.

(번흠繁欽 <마음을 가라앉히는 시(定情詩)>)

예시 ①의 '동쪽 시장(東市)', '서쪽 시장(西市)', '남쪽 시장(南市)', '북쪽 시장(北市)'은 방위가 옮겨가며 바뀐 것이다. 물론 현실에서 '준마(駿馬)', '안장과 깔개(鞍韉)', '고삐(轡頭)', '긴 채찍(長鞭)'을 파는 곳이 시에서 묘사한 것처럼 '동쪽 시장', '서쪽 시장', '남쪽 시장', '북쪽 시장'에만 있을 수는 없다. 그러나 시에서는 바로 이렇게 차례대로 늘어놓는 표현을 함으로써 독자로 하여금 일의 긴박성을 느끼도록 하면서, 전쟁으로 인해 생겨나는 긴장된 분위기를 고조시키는 것이다.

예시 ②의 '아침에 아빠 엄마와 작별하고 떠나가(旦辭爺孃去)', '저녁에 황하(黃河) 가에서 묵네(暮宿黃河邊)', '아침에 황하를 작별하고 떠나가(旦辭黃河去)', '저녁에 흑산(黑山) 기슭에 이르렀네(暮至黑山頭)' 등등도 방위 전환이다. 이것 역시 차례대로 늘어놓는 표현을 빌려, 목란(木蘭)이 군대에 간 뒤의 긴장되고 고달픈 전투생활을 모두 표현하였다.

예시 ③의 '동쪽 산모퉁이서 만나기로 했지요(乃期東山隅)', '산 남쪽 양지에서 만나기로 했지요(乃期山南陽)', '서쪽 산기슭에서 만나기로 했지요(乃期西山側)', '산 북쪽 봉우리에서 만나기로 했지요(乃期山北岑)' 등등 또한 방위 전환이다. 시인은 바로 이러한 순서 배비의 구식(句式)을 통해, 한 여자가 연인이 약속한 장소에 오기를 절박하게 기다리는 초조하고 불안한 심정을 자세히 표현하였다.

셋째, 사회적 지위나 지리적 위치에 높고 낮음이 있다.

① 爺孃聞女來, 아빠와 엄마는 딸이 돌아온다는 소식 듣고,

出郭相扶將. 성 밖으로 나가 서로 부축하네.

阿姊聞妹來, 언니는 동생이 돌아온다는 소식 듣고,

當戶理紅妝. 문을 마주하며 화장을 하네.

小弟聞姊來, 어린 남동생은 누나가 돌아온다는 소식 듣고,

磨刀霍霍向猪羊. 번쩍번쩍 칼 갈아 돼지와 양 잡으러 가네.

(무명씨無名氏 <목란木蘭을 노래한 시(木蘭詩)>)

② 不動者厚地, 움직이지 않는 것은 두터운 땅이요,

不息者高天. 쉬지 않는 것은 높은 하늘이네.

無窮者日月, 다함이 없는 것은 해와 달이요,

長在者山川. 오래 존재하는 것은 산과 하천이네.

(백거이白居易 <도연명陶淵明의 시체詩體를 본받아 지은 시 16수(效陶潛體詩十六首)> 제1수)

예시 ①의 '아빠와 엄마(爺孃)', '언니(阿姊)', '어린 남동생(小弟)'는 어른과 어린 사람 사이에 사회적 지위의 구별이 있다.

예시 ②의 '두터운 땅(厚地)', '높은 하늘(高天)', '해와 달(日月)', '산과 하천(山川)'은 먼저 천지를 언급하고, 뒤에 해와 달, 산과 하천을 말하였다. 하늘과 땅, 해와 달, 산과 하천 역시 그 지리적 위치에 구별이 있으니, 하늘이 없으면 해와 달이 존재할 수 없고, 땅이 없으면 산과 하천이 존재할 수 없다. 여기서 땅을 먼저 말하고 하늘을 뒤에 말한 것은 압운의 요구를 고려해서이다.

(2) 순서가 없는 배비

‘순서가 없는 배비’란 배비가 나타내는 내용이 서술이나 묘사상 순서가 없거나 혹은 순서가 그다지 분명하지 않는 것을 가리킨다.

> ① 就我求淸酒, 나에게 가까이 와서 맑은 술 달라 하여,
>   絲繩提玉壺. 명주실 끈으로 묶은 옥 술병 들고 왔네.
>   就我求珍肴, 나에게 가까이 와서 맛난 안주 달라 하여,
>   金盤膾鯉魚. 금 쟁반에 잉어 회 만들었네.
>
> (신연년辛延年 <우림랑(羽林郞)>)

> ② 足下躡絲履, 발에는 견사(絹絲) 신발 신고,
>   頭上玳瑁光. 머리에는 대모(玳瑁) 장식 빛나네.
>   腰若流紈素, 허리에는 흐르는 물 같은 흰 비단 둘렀고,
>   耳著明月璫.[107] 귀에는 명월주로 만든 귀고리 달았네.
>
> (무명씨無名氏 <초중경焦仲卿의 아내(焦仲卿妻)>)

> ③ 何以致拳拳? 무엇으로 간절한 마음 전했나요?
>   縮臂雙金環. 내 팔에 한 쌍의 황금 고리 매어 주었네요.
>   何以道殷勤? 무엇으로 은근한 마음 말했나요?
>   約指一雙銀.[108] 내 손가락에 한 쌍의 은반지 끼워 주었네요.
>   何以致區區? 무엇으로 진정을 전했나요?

---

107 明月璫(명월당): 명월주(明月珠)로 만든 귀고리. 璫(당): 여자가 귀에 달아 드리우는 장식품. 귀고리.

108 約指(약지): 반지.

耳中雙明珠. 내 귀에 한 쌍의 명월주 달았네요.

何以致叩叩? 무엇으로 간절한 마음 전했나요?

香囊繫肘後. 내 팔꿈치 뒤에 향주머니를 매어 주었네요.

何以致契闊? 무엇으로 그리워하는 마음 전했나요?

繞腕雙跳脫.[109] 내 손목에 한 쌍의 팔찌 채워 주었네요.

何以結恩情? 무엇으로 은혜로운 정 엮었나요?

美玉綴羅纓. 아름다운 옥을 비단 갓끈에 맸네요.

何以結中心? 무엇으로 속마음 엮었나요?

素縷連雙針. 흰 실로 한 쌍의 바늘을 꿰었네요.

何以結相於?[110] 무엇으로 서로 사랑하는 마음 엮었나요?

金薄畫搔頭.[111] 금박으로 비녀를 꾸몄네요.

何以慰別離? 무엇으로 이별을 위로했나요?

耳後玳瑁釵. 귀 뒤의 대모(玳瑁) 비녀였네요.

何以答歡忻? 무엇으로 기쁨에 답을 했나요?

紈素三條裙. 흰 비단의 세 줄 띠 치마였네요.

何以結愁悲? 무엇으로 근심과 슬픔을 엮었나요?

白絹雙中衣. 흰 명주의 두 벌 속옷이었네요.

(번흠繁欽 <마음을 가라앉히는 시(定情詩)>)

④ 謂言靑雲驛, 청운역(靑雲驛)에 대해 말하면,

繡戶芙蓉闈. 수놓은 문에 연꽃 문양의 작은 문이네.

謂言靑雲騎, 청운역의 말에 대해 말하면,

---

109 跳脫(도탈): 팔찌.
110 相於(상어): 서로 사이가 좋다.
111 搔頭(소두): 비녀.

玉勒黄金蹄. 옥 재갈에 황금 말발굽이네.

謂言靑雲具, 청운역의 기물에 대해 말하면,

瑚璉併象犀. 제기가 상아와 무소뿔로 만들어졌네.

謂言靑雲吏, 청운역의 관리에 대해 말하면,

的的顏如珪.¹¹² 밝게 빛나는 얼굴은 옥으로 만든 홀(笏) 같네.

(원진元稹 <청운역(靑雲驛)>)

예시 ①은 먼저 '맑은 술 달라(求淸酒)'하고, 뒤에 '맛난 안주 달라(求珍肴)'고 했는데, 여기에는 엄격한 순서란 없다.

예시 ②는 표지어(標志語)(제시어提示語)가 바로 윗부분의 '새색시(新婦)'이다. 여기에서 시인은 '발(足)', '머리(頭)', '허리(腰)', '귀(耳)'의 네 가지 측면에서 초중경(焦仲卿) 처의 복장과 맵시를 묘사하였는데, 이 또한 엄격한 순서를 말할 수 있는 것은 아니다.

예시 ③에서 시인은 11가지 복장, 혹은 신물(信物)을 가지고, 시 속의 여주인공과 그녀의 연인이 일찍이 가졌던 아름답고 좋았던 감정을 묘사하였다. 여기서 분명한 것은, 작자가 이러한 복장, 혹은 신물들을 이야기할 때 역시 그다지 엄격한 순서라고 할 만한 것은 아무것도 없다는 것이다.

예시 ④에서 시인은 건축, 타는 말, 기물, 그리고 용모의 네 가지 측면에서 '청운역(靑雲驛)', '청운역의 말(靑雲騎)', '청운역의 기물(靑雲具)', '청운역의 관리(靑雲吏)'를 묘사하면서 이것을 빌려 사람들이 부러워하는 높은 지위를 나타내었는데, 이러한 묘사에서도 순서라고 할 만한 것이 없다.

---

112 的的(적적): 선명한 모양.

<3> 배비의 발전

고대시가의 배비 수사 방식은 주로 당(唐), 송(宋) 이전의 고체시(古體詩)에서 사용되었다. 그러나 선진(先秦) 시대의 ≪시경(詩經)≫과 ≪초사(楚辭)≫에는 배비구(排比句)가 그다지 많이 보이지 않는다.

배비구는 초기의 대우구(對偶句)에 기원을 두고 있는데, 이러한 추측은 대체로 성립 가능하다. 왜냐하면 초기의 대우구는 조건이 결코 그다지 엄격하지 않으며, 대우를 이루는 글자가 서로 같은 경우가 많은데, 이러한 상황은 ≪시경≫ 중에 이미 존재하고 있기 때문이다. 예를 들면,

① 山有榛, 산에는 개암나무 있고,
　隰有苓. 습지에는 감초 있네.

　(≪시경詩經·패풍邶風·둥둥(簡兮)≫)

② 山有扶蘇, 산에는 부소(扶蘇)가 있고,
　隰有荷華. 습지에는 연꽃이 있네.

　(≪시경詩經·정풍鄭風·산에는 부소扶蘇가 있고(山有扶蘇)≫)

③ 東門之枌, 동문(東門)의 흰 느릅나무,
　宛丘之栩. 완구(宛丘)의 상수리나무.

　(≪시경詩經·진풍陳風·동문東門의 흰 느릅나무(東門之枌)≫)

④ 深則厲, 깊으면 겉옷 벗고 건너고,
　淺則揭. 얕으면 겉옷 걷고 건너네.

　(≪시경詩經·패풍邶風·박에 마른 잎 있고(匏有苦葉)≫)

예시 ①과 ②에서 서로 대(對)가 되는 같은 글자는 '유(有)'이며 실사(實詞)이다. 예시 ③과 ④에서 서로 대가 되는 같은 글자는 '지(之)'와 '즉(則)'이며 허사(虛詞)이다.

한대(漢代)와 한대 이후의 고체시에서도 이러한 상황이 존재한다.

⑤ 去者日以疎, 떠나간 것은 날로 멀어지고,
　去者日以親. 새로 오는 것은 날로 친해지네.

(고시古詩 <떠나간 것은 날로 멀어지고(去者日以疎)>)

⑥ 新人工織縑, 새 사람은 노란 비단 잘 짜고,
　故人工織素. 옛사람은 흰 비단 잘 짰네.

(고시古詩 <산에 올라가 궁궁이의 싹을 캐고(上山採蘼蕪)>)

⑦ 大兄言辦飯, 큰 형은 밥 지으라 하고,
　大嫂言視馬. 큰 형수는 말을 돌보라 하네.

(무명씨無名氏 <고아의 노래(孤兒行)>)

⑧ 問女何所思, 너는 무슨 생각하는가 묻고,
　問女何所憶. 너는 무슨 걱정하는가 물었네.

(무명씨無名氏 <목란木蘭을 노래한 시(木蘭詩)>)

예시 ⑤~⑧에서, '자(者)', '일(日)', '이(以)', '인(人)', '공(工)', '직(織)', '대(大)', '언(言)', '문(問)', '여(女)', '하(何)', '소(所)'는 모두 서로 대(對)를 이루는 같은 글자이다. 초기의 대우구(對偶句) 중의 서로 대를 이루는 같은 글자는 아마도 뒷날 배비구(排比句) 표지어(標識語)(제시어)의 기원이 되었으리라 생각할 수 있다.

만약 동자대(同字對)를 가지고 있는 초기의 대우구가 또 격구대(隔句對)이기도 하다면, 이것은 바로 대우구에서 변하여 배비구로 바뀌는 중간 단계라고 추측할 수 있다. 앞에서도 말했듯이, 배비구가 되는 최소한의 시구 수는 4구이어야 되기 때문에 고체시 중의 많은 격구대는 모두 대우구와 배비구의 중간에 처해 있다. 이렇게 본다면, 그것들을 대우구로 간주하든 아니면 배비구로 간주하든 모두 가능하다. 예를 들면,

① 就我求淸酒, 나에게 가까이 와서 맑은 술 달라 하여,
　　絲繩提玉壺. 명주실 끈으로 묶은 옥 술병 들고 왔네.
　　就我求珍肴, 나에게 가까이 와서 맛난 안주 달라 하여,
　　金盤膾鯉魚. 금 쟁반에 잉어 회 만들었네.

　　(신연년辛延年 <우림랑(羽林朗)>)

② 前主爲將相, 이전 주인은 장수였으나,
　　得罪竄巴庸. 죄를 짓고 파용(巴庸)으로 달아났네.
　　後主爲公卿, 뒤의 주인은 공경대부였으나,
　　寢疾沒其中. 병으로 드러누웠다가 이 집에서 죽었네.

　　(백거이白居易 <흉가(凶宅)>)

③ 大兒販材木, 큰 아이는 나무를 파는데,
　　巧識梁棟形. 들보와 용마루의 형태를 영리하게 잘 아네.
　　小兒販鹽鹵, 작은 아이는 소금을 파는데,
　　不入州縣徵. 주(州)와 현(縣)에 세금을 내지 않네.

　　(원진元稹 <상인의 노래(估客樂)>)

④ 君遊襄陽日, 그대가 양양(襄陽)을 노니는 날,

　我在長安住. 나는 장안(長安)에서 살았네.

　今君在通州, 이제 그대가 통주(通州)에 있는데,

　我過襄陽去. 나는 양양(襄陽)을 지나가네.

(백거이白居易 <원진元稹에게 보내는 시 3수(寄微之三首)> 제2수)

　예시 ①~④에서, 대우구(對偶句)의 각도에서 보면 제1구와 제3구가 서로 대(對)를 이루거나 제2구와 제4구가 서로 대를 이루니 이른바 격구대(隔句對)이며, 배비구(排比句)의 각도에서 보면 각각의 예가 모두 표지어(標識語)(제시어提示語)가 있으니 '취아구(就我求)', '주위(主爲)', '아판(兒販)', '아(我)' 같은 것들이 있다.

　이러한 중간 단계적인 현상이 만약 한 걸음 더 발전하게 되어 구수(句數)가 4구를 넘거나 혹은 매 구의 글자수가 서로 같거나 기본적으로 서로 같게 되면, 이러한 시구들은 완전히 배비구로 변하게 된다. 예를 들면,

⑤ 茅焦脫衣諫, 모초(茅焦)가 옷을 벗고 직간하는데,

　先生無一言. 선생들은 한 마디 말도 없었네.

　趙高殺二世, 조고(趙高)가 이세황제 호해(胡亥)를 죽였는데,

　先生如不聞. 선생들은 듣지 않은 것처럼 행하였네.

　劉項取天下, 유방(劉邦)과 항우(項羽)가 천하를 차지하려 할 때,

　先生遊白雲. 선생들은 구름 속을 거닐었네.

　海內八年戰, 온 나라가 8년간 전쟁을 할 때,

　先生全一身. 선생들은 한 몸을 보전했네.

　漢業日已定, 한(漢)나라의 기초가 날로 안정되자,

　先生名亦振. 선생들의 이름 역시 널리 알려졌네.

(원진元稹, <사호四皓의 사당(四皓廟)>)

⑥ 或言歧徑多, 어떤 사람은 말하길 갈림길이 많아,

　御者困追蹕. 말 모는 사람 뒤쫓아 가기 곤란하다고 하네.

　或言御徒稀, 어떤 사람은 말하길 말 모는 사람 적어,

　聲勢不相接. 소리와 위세가 이어지지 않는다고 하네.

　或言器械鈍, 어떤 사람은 말하길 무기가 무디어서,

　馳逐無所挾. 말 달려 쫓아가도 위협할 수 없다고 하네.

　或言盧犬頑, 어떤 사람은 말하길 사냥개가 미련해서,

　獸走不能劫. 짐승이 달아나도 급습할 수 없다고 하네.

　(왕매王邁 <사냥하는 것을 구경하는 노래(觀獵行)>)

⑦ 何人笞中行? 누가 중항열(中行說)을 매질하겠는가?

　何人縛可汗? 누가 돌궐(突厥) 임금을 묶어 오겠는가?

　何人丸泥封函谷? 누가 한 덩어리 진흙으로 함곡관(函谷關)을
　　　　　　　　　　　　　봉쇄하겠는가?

　何人三箭定天山? 누가 세 대의 화살로 천산(天山)을 평정하겠는가?

　(악뢰발樂雷發 <오오 소리 지르는 노래(烏烏歌)>)

　예시 ⑤에서, '선생(先生)'을 연달아 5번 사용하였으며 모두 10구이다. 예시 ⑥에서, '혹언(或言)'을 연이어 4번 사용하였으며 모두 8구이다. 예시 ⑦에서, '하인(何人)'을 연달아 4번 사용하였으며 모두 4구이다.

　이상에서 각 구의 글자 수는 기본적으로 서로 같은데, 어떤 것은 위아래가 모두 5언이고 어떤 것은 위아래가 똑같이 7언이다.

　만약 배비구가 진일보 발전하게 되면, 배비 단락(段落)을 이루게 된다. 이것 또한 고대시가의 배비 수사 방식이 발전하고 변화하는 또 하나의 중요한 내용이다. 예를 들면,

① 我所思兮在太山, 내가 그리워하는 님은 태산(太山. 태산泰山)에 있는데,

　欲往從之梁父艱. 찾아가 따르고 싶어도 양보산(梁父山)이 험하네.

　側身東望涕沾翰. 몸 돌려 동쪽을 바라보니 눈물이 옷깃을 적시네.

　美人贈我金錯刀, 미인이 나에게 황금 패도를 주셨는데,

　何以報之英瓊瑤. 무엇으로 보답할까 하니 아름다운 옥이 있네.

　路遠莫致倚逍遙, 길 멀어 드리지 못하고 서성이니,

　何爲懷憂心煩勞? 어찌하여 근심 품고 마음이 괴롭고 힘든가?

　我所思兮在桂林, 내가 그리워하는 님은 계림(桂林)에 있는데,

　欲往從之湘水深. 찾아가 따르고 싶어도 상수(湘水)가 깊네.

　側身南望涕沾襟. 몸 돌려 남쪽을 바라보니 눈물이 옷섶을 적시네.

　美人贈我琴琅玕, 미인이 나에게 옥 거문고 주셨는데,

　何以報之雙玉盤. 무엇으로 보답할까 하니 한 쌍의 옥쟁반이 있네.

　路遠莫致倚惆悵, 길 멀어 드리지 못하고 슬퍼하니,

　何爲懷憂心煩怏? 어찌하여 근심 품고 마음이 괴롭고 원망하는가?

　……　　　　　……

　（장형張衡 <네 가지 근심의 시(四愁詩)>)

② 莫買寶翦刀, 값비싼 가위 사지 마시라,

　虛費千金値. 공연히 천금의 돈만 허비하리라.

　我有心中愁, 내 가슴에 근심 있지만,

　知君翦不得. 그대가 자르지 못하리라 알고 있네.

　莫磨解結錐, 맺힌 곳 뚫는 송곳 갈지 마시라,

　虛勞人氣力. 공연히 사람의 기운과 힘만 허비하리라.

　我有腸中結, 내 마음에 맺힌 것 있지만,

知君解不得. 그대가 풀지 못하리라 알고 있네.
....

(백거이白居易 <나무를 쪼는 노래(啄木曲)>)

예시 ①의 '아소사혜(我所思兮)', '재(在)', '욕왕종지(欲往從之)', '측신(側身)', '망(望)', '체첨(涕沾)', '미인증아(美人贈我)', '하이보지(何以報之)', '노원막치(路遠莫致)', '하위회우(何爲懷憂)', '심(心)', '번(煩)' 등은 모두 표지어(標識語)이다.

예시 ②의 '막(莫)', '허(虛)', '아유(我有)', '중(中)', '지군(知君)', '부득(不得)' 등 역시 표지어이다. <나무를 쪼는 노래(啄木曲)> 시는 주로 배비구와 배비 단락(排比段落)으로 구성되었다. 백거이(白居易)는 먼저 배비 단락을 사용하고, 말을 다 한 후에 다시 또 네 단락의 내용을 개괄하여 4개의 배비구를 만들었다. 예를 들면,

③ 刀不能翦心愁, 칼은 마음의 근심 자를 수 없고,
　　錐不能解腸結. 송곳은 맺힌 마음 뚫을 수 없으리라.
　　線不能穿涙珠, 실은 눈물방울 꿸 수 없고,
　　火不能銷鬢雪. 불은 흰 귀밑머리 녹일 수 없으리라.

(백거이白居易 <나무를 쪼는 노래(啄木曲)>)

예시 ②와 ③의 수사 수법의 변화는 사람들을 계발시키기에 충분하다.

<1> 차대란?

고대시가에서 '비유' 수사 방식과 마찬가지로 '차대'도 비교적 광범위하게 쓰이는 수사 방식의 하나이다. '차대'란 무엇인가? 하나의 사물을 그 본래의 명칭을 사용하지 않고 그것과 서로 관련된 또 다른 명칭을 써서 그것을 대체하는 수사 방식을 '차대'라고 부른다. '차대'는 시어(詩語)를 더욱 선명하고 생동적이게 하며, 단어 중복을 피하여 사람들에게 신선한 느낌을 주면서 연상이 쉽게 생겨나게 한다. 예를 들면,

① 三五明月滿, 십오일에는 밝은 달 가득차고,
　四五蟾兔缺. 스무날에는 달이 이지러지네.

　(고시古詩 <초겨울 찬 기운 이르러(孟冬寒氣至)>)

② 淸新庾開府, 청신함은 개부(開府) 유신(庾信)이요,
　俊逸鮑參軍. 준일함은 참군(參軍) 포조(鮑照)이네.

　(두보杜甫 <봄날에 이백을 생각하다(春日憶李白)>)

③ 想小樓, 생각건대 작은 누각의 님은
　終日望歸舟, 종일토록 돌아오는 배를 바라보며,

人如削. 사람은 삐쩍 마른 것 같으리라.

(장원간張元幹 <만강홍(滿江紅)·예장豫章서부터 오성산吳城山에서 바람에 뱃길이 막혀 짓다(自豫章阻風吳城山作)>)

예시 ①의 '스무날에는 달이 이지러지네(四五蟾兔缺)' 구절에서 '섬토(蟾兔. 두꺼비와 토끼)'는 '달(月)'의 별칭이다. '섬(蟾)'은 '섬여(蟾蜍. 두꺼비. 전설에, 달 속에 있다는 두꺼비)'이고 '토(兔)'는 '옥토(玉兔. 달 속에 산다는 전설상의 토끼)'로, 옛 사람들의 전설에 의하면 달 속에 두꺼비와 토끼가 있다고 하니, '섬토(蟾兔)'는 '달'을 대신하여 일컫는 말이 되었다. 달 속에 토끼가 있다는 전설은 일찍이 ≪초사(楚辭)·하늘에 묻다(天問)≫에 보여 "궐리유하(厥利維何), 이고토재복(而顧菟在腹)?"이라고 하였는데 '토(菟)'는 '토(兔)'와 같다. 이 두 구절은, "달이 도대체 무슨 좋은 점이 있기에 토끼를 뱃속에서 기르는가?"라고 묻고 있다. 달 속에 두꺼비가 있다는 전설은 ≪회남자(淮南子)·정신훈(精神訓)≫에 이미 기재되어 있어 "태양에는 발이 셋인 까마귀가 있고, 달에는 두꺼비가 있다."[113]라고 하였다. 예시 ①에서 우리는 알 수 있는데, 시가에서 차대 수사 방식을 사용하는 가장 좋은 점은 글자가 변화가 많아 중복을 피하면서 사람들에게 참신한 느낌을 준다는 것이다. 예를 들면 위의 구에서 이미 '십오일에는 밝은 달 가득차고(三五明月滿)'라고 말해 '밝은 달(明月)'이라는 말을 이미 사용하였는데, 만약 아래 구에서 거듭해서 '스무날에는 밝은 달 이지러지네(四五明月缺)'라고 말한다면 이것은 그다지 별다른 맛이 없게 된다. 그래서 시인은 여기서 새로운 말로 바꾸면서 '명월(明月)'이라 하지 않고 '섬토(蟾兔)'라고 하였는데, 이렇게 함으로써 어휘의 중복을 피할 수 있을 뿐만 아니라 또 사람들에게 신선함을 주면서 미묘한 연상을 불러일으키게 하니, 이렇게

---

113 "日中有踆鳥, 而月中有蟾蜍."

하여야 비로소 시적 언어이다. 시가 중의 어떤 수사 방식은 일단 형성된 뒤에는 후대의 사람들이 이어서 계속 사용해가게 된다. 예를 들어 '섬토(蟾兔)'라는 말은 '섬(蟾)'이라는 말을 홀로 사용하거나, 혹은 '토(兔)'라는 말을 홀로 사용하더라도 '달'의 대칭(代稱)이 되었다. 예를 들면,

④ 天, 하늘이시여,

　　休使圓蟾照客眠. 둥근 달이 잠든 나그네를 비추지 말게 하소서.

　　(채신蔡伸 <창오요(蒼梧謠)>)

⑤ 西瞻若木兎輪低,[114] 서쪽으로 약목(若木)을 바라보니 달이 낮게
　　　　　　　　　　　드리웠고,

　　東望蟠桃海波黑. 동쪽으로 복숭아나무 바라보니 바다의 파도가 검게
　　　　　　　　　　일렁이네.

　　(원진元稹 <꿈에 하늘에 올라(夢上天)>)

예시 ④와 ⑤에서, '원섬(圓蟾)'은 '둥근 달'이고 '토륜(兔輪)'은 '달'이다. 또 예시 ②의 '청신함은 개부(開府) 유신(庾信)이요(清新庾開府)', '준일함은 참군(參軍) 포조(鮑照)이네(俊逸鮑參軍)'의 두 구절에서 '유개부(庾開府)'는 유신(庾信)의 시를 대칭(代稱)하고, '포참군(鮑參軍)'은 포조(鮑照)의 시를 대칭하는데, 이것은 사람의 호칭을 사용하여 작품을 대신하는 차대 방법이다. 이 두 구절에서 두보는 말하기를, 이백의 시가 작품은 그 풍격이 청신하고 준일한 것이 마치 유신과 포조의 시가 작품과 같다고 하였다. <봄날에 이백을 생각하다春日憶李白>는 5언 율시(五言律詩)로 각 구절은 단지 다섯 자이고 전체시도

114　若木(약목): 신화 속 나무이름(神木). 해가 지는 곳에서 자란다고 전해진다.

40자에 불과하다. 시의 언어는 정교하게 다듬는 것을 아주 귀하게 여긴다. 만약에 여기서 '유개부(庾開府)', '포참군(鮑參軍)'이란 말을 쓰지 않는다면 다른 어떠한 말로 바꾸더라도 번거롭기만 하여 '유개부(庾開府)'나 '포참군(鮑參軍)'처럼 그렇게 직접적으로 나타내는 데에는 훨씬 미치지 못할 것이니, 이것이 차대 수사 방식의 장점이다.

같은 이치로, 예시 ③의 '생각건대 작은 누각의 님은(想小樓)' 구절에서 '소루(小樓)'는 '작은 누각의 님'을 대신하는 것인데, 이렇게 말하면 완곡하면서도 또 신선하며 시적 정취가 글속에 생생하며 조금도 정체된 느낌이 없게 된다.

차대 수사 방식은 본체(本體)와 차체(借體)로 구성된다. 본체는 본래의 사물이고 또한 대체되는 사물이며, 차체는 본체를 대신하여 쓰이는 사물이다. 예를 들면 예시 ①에서 ③까지의 경우, '섬토(蟾兔)', '유개부(庾開府)', '포참군(鮑參軍)', '소루(小樓)'는 모두 차체이고, '달(月)', '유개부(庾開府)의 시', '포참군(鮑參軍)의 시', '가인(佳人)' 등등 잠재된 어휘는 모두 본체이다. 구체적인 시구에서 일반적으로 차대의 본체는 언제나 잠재적이고 드러나지 않으며, 적어도 동일한 시구 내에서는 나타나지 않는다. 이렇게 되면 자연히 문제가 하나 발생하는데, 그것은 '차대(借代)'와 '차유(借喩)'를 도대체 어떻게 구별하는가? 하는 것이다.

차대와 차유는 같지 않으며, 구분할 수 있다. 차유는 비유의 한 종류이다. 비록 본체와 유체가 제각기 같지 않는 사물을 대표하지만 본체와 유체 사이에는 반드시 서로 비슷한 점이 있어야 하는데, 이것은 바로 두 사물 사이에 반드시 하나 혹은 몇 개의 속성이 서로 같은 점이 있어야 된다는 말이다. 그러나 차대의 본체와 차체(借體) 사이에는 이런 비슷한 점이 존재하지 않는다. 차대의 본체와 차체 사이의 관계가 강조하는 것은 서로 비슷한 것이 아니라 서로 관련된다는 점이다. 차체는 본체의 실질을 대신하니, 명사를 바꾸거나 표현을 바꿀 따름이다. 비교해보시면 어떨까요.

① 二龍爭戰決雌雄, 두 마리 용이 싸우며 자웅을 겨루니,
　　赤壁樓船掃地空. 적벽(赤壁)의 누선들이 쓸어버린 듯 없어졌네.

　　(이백李白 <적벽赤壁을 노래하며 친구를 송별하다(赤壁歌送別)>)

② 流星白羽腰間揷, 유성같이 빠른 흰 깃은 허리춤에 꽂혀 있고,
　　劍花秋蓮光出匣. 검의 빛은 가을 연꽃 같은데 광채가 칼집에서 나오네.

　　(이백李白 <오랑캐 땅에 사람 없네(胡無人)>)

　　예시 ①의 '두 마리 용(二龍)'은 차유로, 비유되는 대상은 바로 조조(曹操)와 손권(孫權)이다. '용(龍)'과 조조, 손권은 본래 서로 다른 사물이지만 둘 사이에는 서로 비슷한 점이 있으니, '용'은 고대에는 변화를 예측할 수 없고 능히 비와 바람을 부를 줄 아는 신기한 동물로 여겨졌는데, 역사적으로 서로 대립하였던 세 나라인 위(魏), 촉(蜀), 오(吳) 중에서 가장 세력이 있었던 것은 그래도 조조와 손권이었으며, 따라서 위나라와 오나라가 서로 다투는 것은 마치 '두 마리 용'이 서로 싸우는 것과 같다고 하였으니, 이것은 분명히 비유이다.

　　예시 ②의 '하얀 깃(白羽)'은 '화살(箭)'의 대칭(代稱)이다. '하얀 깃'과 '화살' 사이에는 서로 비슷한 점이 존재하지 않으며 단지 서로 관련되는 것이 있을 따름이니, '하얀 깃'은 '화살'의 한 부분이다. '하얀 깃'으로 '화살'을 대신하는 것은 사마상여(司馬相如)의 <상림원上林苑을 읊은 부賦(上林賦)> 중에도 이런 용례가 있으니, "번약(蕃弱) 활을 당겨 하얀 깃을 가득 메워, 노니는 효양(梟羊)을 쏘고 비거(蜚遽)를 공격한다."[115]라고 하였다. 이로써 알 수 있으니, 차대와

115　"彎蕃弱, 滿白羽, 射遊梟, 櫟蜚遽."

차유는 성질상 근본적으로 다른 두 종류의 수사 방식이다. 본체를 대신하여 쓰이는 사물(借體)과 본체 사이에 서로 비슷한 점이 존재하지 않기 때문에 동일한 속성을 가진 차체(借體)라야 비로소 같지 않는 본체를 대체할 수 있는데, 이 또한 차대와 차유를 구별하는 중요한 점 중의 하나이다. 예를 들면,

③ 知否, 아느냐,

　　知否, 아느냐,

　　應是綠肥紅瘦. 아마도 푸른 것은 살찌고 붉은 것은 말랐으리라.

　　(이청조李淸照 <여몽령(如夢令)>)

④ 瓢棄樽無綠, 표주박이 버려진 것은 술통에 푸른 것이 없어서이며,

　　爐存火似紅. 화로가 남아있는 것은 불이 붉게 타는 것 같아서라네.

　　(두보杜甫 <눈을 마주 대하며(對雪)>)

　　예시 ③의 '푸른 것은 살찌고 붉은 것은 말랐으리라(綠肥紅瘦)' 구절에서 '녹(綠)'은 나뭇잎을 가리키고 '홍(紅)'은 꽃을 가리킨다. '녹(綠)'과 '홍(紅)'은 본래 잎과 꽃의 하나의 속성이지만 여기서는 이것으로 잎과 꽃 그 자체를 대체하였으므로 이것은 차대(借代)이다. 하나의 색깔이기도 하고 속성이기도 한 '녹(綠)'은 비록 물체가 다르더라도 그 자체는 그래도 서로 같다. 그래서 같은 '녹(綠)'자라도 서로 다른 본체를 대체할 수 있다. 예를 들면 예시 ④에서 '술통에 푸른 것이 없어서이며(樽無綠)'의 '녹(綠)'은 녹주(綠酒)의 대칭이다. 또 예를 들면,

⑤ 子猷聞風動窗竹, 자유(子猷) 왕휘지(王徽之)는 바람이 창밖의 대나무 흔드는 소리를 들으면,

相邀共醉杯中綠. 초대하여 함께 술잔 속의 푸른 것에 취하였다네.

(이백李白 <눈을 마주보며 취한 뒤 역양현령歷陽縣令 왕王씨에게 주다(對雪醉後贈王歷陽)>)

예시 ⑤에서 '술잔 속의 푸른 것(杯中綠)'의 '녹(綠)' 또한 '술'의 대칭이다. 요컨대, 차대와 차유는 서로 다른 두 가지 수사 방식이다. 읽을 때 세심하게 구별하기만 하면 그래도 쉽게 분별할 수 있다.

<2> 차대의 기본 유형

고대시가에서 차대는 비유보다 훨씬 복잡한 수사 방식이다. 그 기본 유형은 아래의 몇 가지가 있다.

(1) 특징으로 본체를 대신하기

특징은 바로 사물의 특색이 외부에 나타난 것이다. 고대시가에서는 사물의 특징으로 사물의 본체를 대신하는 것이 매우 보편적이다.

① 努力崇明德, 힘써 아름다운 덕을 높이 닦으면서,

　皓首以爲期. 흰 머리에도 만날 것을 기약하세.

(무명씨無名氏 <이별 시 3수(別詩三首)> 제3수)

② 總髮抱孤介, 어려서부터 고고한 기개 품어왔는데,

奄出四十年. 어느덧 마흔 해가 지나갔네.

(도연명陶淵明 <무신년戊申年 6월에 화재를 당하다(戊申歲六月中遇火)>)

③ 帶甲滿天地, 갑옷 입은 병사가 천지에 가득한데,
   胡爲君遠行.[116] 어찌하여 그대는 먼 곳으로 떠나는가.

(두보杜甫 <먼 곳으로 보내며(送遠)>)

예시 ①~③에서, '흰 머리(皓首)'는 나이가 많은 것을 대신하여 일컫는 말이다. '머리를 한데 묶음(總髮)'은 나이가 어린 것을 대신하여 일컫는 말인데, '총발(總髮)'은 바로 '총각(總角. 머리털을 양쪽으로 갈라 빗어 올려 귀 뒤에서 묶은 맨 아이들의 머리 모양. 어린아이)'이다. '갑옷을 입다(帶甲)'는 사병(士兵)을 대신하여 일컫는 말이다.

(2) 속성으로 본체를 대신하기

속성은 특징과 다르다. 속성은 사물의 내재적인 성질과 특성을 가리킨다. 속성으로 본체를 대신하는 것은 차대 수사 방식 중에서도 비교적 보편적으로 사용된다.

① 馳暉不可接,[117] 달리는 햇빛도 접할 수 없는데,
   何況隔兩鄕? 하물며 동료들과 두 고을이나 떨어져 있음에랴?

(사조謝朓 <잠시 수도로 가게 되어, 밤에 신림新林에서 출발하여 건강建康에 이르러 서부西府의 동료에게 부치다(暫使下都夜發新林至京邑贈西府同僚)>)

---

116 胡(호): 어찌.
117 暉(휘): '휘(輝)'자와 같다. 햇빛.

② 靑黃先後收, 퍼렇고 누런 것을 연이어 거두어들이며,

斷折傴僂拾. 꺾인 것을 허리 구부려 줍는다.

(이구李覯 <벼를 줍다(獲稻)>)

③ 斷無蜂蝶慕幽香, 벌과 나비가 그윽한 향기 그리워하는 것도 결코 없고,

紅衣脫盡芳心苦. 붉은 꽃잎 다 벗어던지고 애틋한 마음만이 괴롭네.

(하주賀鑄 <답사행(踏莎行)>)

예시 ①~③에서, '달리는 햇빛(馳暉)'은 태양을 일컫는 말이니, 빛을 내는 것이 태양의 속성의 하나이다. '퍼렇고 누런 것(靑黃)'은 벼를 말하는 것이니, 퍼렇고 누런 색깔이 벼의 속성이다. '그윽한 향기(幽香)'는 연꽃을 일컬으니, 그윽한 향기가 연꽃의 속성이다.

(3) 본체로 속성을 대신하기

본체는 여러 속성을 가지지만 그러나 때때로 구체적 언어 환경 속에서 그것은 단지 그 중의 어떤 하나의 속성을 대칭한다.

① 自伯之東,[118] 그이가 동쪽으로 가자,

首如飛蓬. 내 머리카락 날리는 쑥대 같네.

(≪시경詩經·위풍衛風·그이(伯兮)≫)

② 落月滿屋梁, 떨어지는 달빛이 지붕 대들보에 가득한데,

---

118 之(지): 가다.

猶疑照顏色. 마치 그대 얼굴 비춰주는 것 같네.

(두보杜甫 <꿈에 이백을 보다(夢李白)> 제1수)

③ 山形如峴首,[119] 산의 모습 현수산(峴首山) 같고,
江色似桐廬.[120] 강의 빛깔 동려현(桐廬縣) 같네.

(백거이白居易 <백화정(百花亭)>)

예시 ①~③에서, '수(首)'는 '머리카락(髮)'을 대칭(代稱)한 것으로, 머리에 머리카락이 자라는 것은 '머리(首)'의 속성 중의 하나이고, '월(月)'은 '달빛(月光)'을 대칭한 것으로, 달이 '달빛을 낼 수 있는 것'은 달의 속성 중의 하나이다. '현수(峴首)'는 현수산(峴首山)의 모양을 대칭한 것이고, '동려(桐廬)'는 부춘강(富春江)의 빛깔을 대칭한 것이니, 산의 모습과 강의 빛깔 또한 단지 현수산과 동려현(桐廬縣)의 속성 중의 하나로 칠 수 있을 따름이다.

(4) 수량으로 본체를 대신하기

여기서 말하는 '수량'은 단순히 수사(數詞)를 가리킬 뿐만 아니라 수량사(數量詞)도 아울러 포함한다.

수사로 본체를 대신하는 경우는 예를 들면,

① 沿江引百丈, 강가 따라 백장의 밧줄 끌어당기는데,
一濡多一艇. 한 번 물에 적시니 배 한 척이 더 늘어난 것 같네.

(남조 악부南朝樂府 <나가탄(那阿灘)>)

---

119 峴首(현수): 산 이름. 현수산(峴首山).
120 桐廬(동려): 현(縣) 이름. 동려현(桐廬縣).

② 哀哉桃林戰, 슬프도다 도림(桃林)의 전투에서,

　百萬化爲魚. 백만 병사가 물고기 밥이 되었네.

　(두보杜甫 <동관潼關의 관리(潼關吏)>)

③ 欲知方寸, 내 마음 속에,

　共有幾許新愁, 새 근심이 모두 얼마나 있는지 알고자 하는가,

　芭蕉不展丁香結. 파초 잎 펼쳐지지 못하고 정향 꽃봉오리 맺혀 있네.

　(하주賀鑄 <석주인(石州引)>)

　　예시 ①~③에서, '백장(百丈)'은 (배를 끌어당기는) 밧줄을 대칭한 것이고, '백만(百萬)'은 황하에 떨어져 죽은 전사를 대칭한 것이며, '한 치 사방의 넓이 (方寸)'는 마음을 대칭한 것이다.

　　수량사로 본체를 대신하는 경우는 예를 들면,

④ 一鬟五百萬, 쪽진 머리 한 쪽은 오백만 냥,

　兩鬟千萬餘. 두 쪽이면 천만 여 냥.

　(신연년辛延年 <우림랑(羽林郎)>)

⑤ 驚起一雙飛去, 한 쌍의 원앙이 놀라 날아가고,

　聽波聲拍拍. 철썩철썩 파도소리 들리네.

　(요세미廖世美 <호사근(好事近)·저녁 경치(夕景)>)

⑥ 黃四娘家花滿蹊, 황(黃)씨 넷째 딸 집 꽃이 오솔길에 만발하여,

　千朵萬朵壓枝低. 천 송이 만 송이가 가지를 휘늘어지게 하네.

　(두보杜甫 <강가에서 혼자 걸으며 꽃을 찾는 절구 7수(江畔獨步尋花七絶句)> 제6수)

예시 ④~⑥에서, '일환(一鬟)', '양환(兩鬟)'은 모두 머리에 꽂는 장식품을 가리키고, '일쌍(一雙)'은 한 쌍의 원앙을 가리키며, '천타(千朶)', '만타(萬朶)'는 꽃송이를 가리킨다.

(5) 행위로 본체를 대신하기

동작이나 행위는 사람에 의해 나오는 것이므로 동작과 행위 자체 또한 사람을 대신할 수 있다.

① 留待作遺施, 남겨두었다가 선물로 삼으세요,

　　於今無會因. 이제부터는 다시 만날 기회 없을테니깐요.

　　(무명씨無名氏 <초중경焦仲卿의 아내(焦仲卿妻)>)

② 漂梗無安地, 떠다니는 인형처럼 안착할 곳 없으며,

　　銜枚有荷戈. 재갈 물고 창을 멘 병사 있네.

　　(두보杜甫 <출정하는 병졸(征夫)>)

③ 轉朱閣, 붉은 누각 돌아,

　　低綺戶, 비단 창문에 낮게 내려와,

　　照無眠. 잠 못 이루는 사람을 비추네.

　　(소식蘇軾 <수조가두(水調歌頭)>)

예시 ①~③에서, '유시(遺施)'는 원래 동사로 '증정하다'는 뜻인데 여기에서는 '증정하는 물건'을 대신하였으며, 같은 이치로 '하과(荷戈)'는 창을 멘 사람, 즉 병사를 대신하였고, '무면(無眠)'은 잠 못 드는 사람을 대신하였다.

(6) 본체로 행위를 대신하기

사람 혹은 동물은 동작이나 행위를 할 수 있으므로 사람 또는 동물 자체도 동작이나 행위를 대신할 수 있다.

① 執轡如組, 고삐 잡기를 실끈 다루듯 하고,
　　兩驂如舞. 두 마리 참마(驂馬)는 춤추는 듯하네.

　　(《시경詩經·정풍鄭風·숙叔이 사냥을 나가니(大叔于田)》)

② 感時花濺淚, 시국을 생각하며 꽃이 피어 눈물 뿌리고,
　　恨別鳥驚心. 이별을 한스러워 하며 새가 울어 마음 놀란다.

　　(두보杜甫 <봄날에 바라보다(春望)>)

③ 善鼓雲和瑟,[121] 운화산(雲和山) 나무로 만든 큰 거문고를 잘 탄다지,
　　常聞帝子靈. 항상 들었네 요(堯) 임금의 따님이신 상수(湘水)의
　　　　　　　　신령(神靈) 이야기.

　　(전기錢起 <성시(省試)·상수湘水의 신령神靈이 큰 거문고를 타다(省試湘靈鼓瑟)>)

　　예시 ①의 '양참(兩驂)'은 두 필의 참마(驂馬. 바깥 말)가 나는 듯이 달리는 동작을 가리킨다. 동작은 '양참(兩驂)'이 하는 것이므로 이것은 본체로서 행위를 대신한 것이다.
　　예시 ②의 '화(花)'는 꽃이 피는 것을 가리키고, '조(鳥)'는 새가 지저귀는 것을 가리킨다. '감시화천루(感時花濺淚), 한별조경심(恨別鳥驚心)' 두 구절은 두

121　雲和瑟(운화슬): 운화산(雲和山)의 오동나무로 만든 거문고.

보(杜甫)가 시국의 어지러움을 슬퍼하다가 꽃이 핀 것을 보고 근심의 눈물이 흘러내림을 금할 수 없으며, 가족과 멀리 떨어져 이별을 한탄하며 괴로워하다가 새가 지저귀는 소리를 듣자 더욱 마음속으로 놀란다는 내용이다. '생각하다(感)', '흩뿌리다(濺)', '놀라다(驚)'의 주어가 모두 시인 자신이라는 점을 주의해야 한다. '화(花)'와 '조(鳥)'는 어법상 모두 시구의 중간에 끼워 넣은 또 다른 두 개의 단어로서, 번역할 때 모두 단독으로 구를 이룰 수 있다. 이것은 근체시의 비교적 특수한 구식이다.

예시 ③에서, '상문제자령(常聞帝子靈)'구의 '제자령(帝子靈)'은 바로 상수(湘水)의 신령(湘靈)으로, 여기서는 '상수의 신령이 거문고를 탄다(湘靈鼓瑟)'를 대신하였으며, 이 또한 본체로 행위를 대신하였다. '제자령(帝子靈)'이 거문고 타는 것을 대신하기 때문에 이 시의 다음 두 구에서 "풍이(馮夷)는 하릴없이 혼자 춤추고, 초나라 나그네는 차마 듣지 못하네."[122]라고 말하는 것이다. '초나라 나그네(楚客)'는 굴원(屈原)을 가리킨다. 거문고 소리가 슬프고도 애달파 '초나라 나그네'는 차마 끝까지 들을 수가 없게 되는 것이다.

(7) 도구로 본체를 대신하기

도구는 사람들이 일을 하고 활동하는 수단이나 활동할 때 의존하는 것이므로, 시가의 수사에서는 도구를 이용하여 사람이나 사물, 혹은 활동을 대신할 수 있다.

① 江上幾人在, 강가에 몇 사람이나 있나?

---

122 "馮夷空自舞, 楚客不堪聽."

天涯孤棹還. 하늘 끝에 외로운 배 돌아가네.

(온정균溫庭筠 <동쪽으로 돌아가는 사람을 배웅하며(送人東歸)>)

② 龍虎相啖食, 용과 호랑이 서로 잡아먹으며,

兵戈逮狂秦. 전쟁을 하며 광포한 진(秦)나라에 이르렀네.

(이백李白 <고풍古風 59수(古風五十九首)> 제1수)

③ 謫仙何處? 귀양 온 신선은 어디에 있나?

無人伴我白螺杯. 나와 함께 흰 소라 술잔으로 술 마실 사람 없구나.

(황정견黃庭堅 <수조가두(水調歌頭)>)

예시 ①~③에서, '고도(孤棹)'는 외로운 배인데, 배는 교통수단이며, 여기서
는 돌아가는 사람을 대신하며, '병과(兵戈)'는 전쟁을 할 때의 도구인데, 여기
서는 전쟁을 대신하며, '백라배(白螺杯)'는 술 마실 때의 도구인데, 여기서는
술을 마시는 것을 대신한다.

(8) 장소로 본체를 대신하기

사람 혹은 사물은 모두 존재하는 일정한 장소가 있기 때문에 장소로 본체
를 대신할 수 있다.

① 情合同雲漢, 정이 서로 맞을 때는 은하수의 견우와 직녀 같아,

葵藿仰陽春. 해바라기와 곽향(藿香)이 봄날의 태양을 우러르듯 하였네.

(부현傅玄 <예장豫章의 노래(豫章行)·기구한 운명(苦相篇)>)

② 命室攜童弱, 아내에게 아이들 데려오게 하여,

良日登遠遊. 날씨 좋은 날 멀리 나들이나 가야겠네.

(도연명陶淵明 <시상柴桑 현령縣令을 지낸 유정지劉程之에게 답하다(酬劉柴桑)>)

③ 應共冤魂語,[123] 아마도 그대는 굴원(屈原)의 원통한 영혼과 같이 이야기 나누고자,

投詩贈汨羅. 시를 멱라강(汨羅江)에 던져 보내리라.

(두보杜甫 <하늘 끝에서 이백李白을 생각하며(天末懷李白)>)

예시 ①~③에서, '운한(雲漢)'은 신화에 나오는 견우(牽牛)와 직녀(織女)가 서로 만나는 장소인데 여기서는 견우와 직녀를 대신하고, '실(室)'은 부부가 거주하는 곳인데 여기서는 아내를 대신하며, '멱라(汨羅)'는 굴원이 강에 투신했던 곳인데 여기서는 굴원을 대신한다.

(9) 사람으로 사물을 대신하기

사람은 물건을 만들 수 있으며, 그래서 사람 또한 물건을 대신할 수 있다.

① 何以解憂? 무엇으로 근심을 풀까?

惟有杜康. 오직 술이 있을 뿐이네.

(조조曹操 <짧은 노래의 노래(短歌行)>)

② 足下金鑄履, 발에는 금박 장식의 신발을 신고,

---

123 共(공): 함께. …과(와).

手中雙莫邪(yé). 손에는 막야검(莫邪劍) 두 자루를 쥐고 있네.

(장화張華 <경박(輕薄篇)>)

③ 淸新庾開府, 청신함은 개부(開府) 유신(庾信)이요,

　　俊逸鮑參軍. 준일함은 참군(參軍) 포조(鮑照)이네.

(두보杜甫 <봄날에 이백을 생각하다(春日憶李白)>)

예시 ①~③에서, '두강(杜康)'은 본래 사람 이름으로, 전하는 바에 의하면 술을 가장 일찍 만든 사람이라고 하는데 여기서는 술의 대칭이다. '막야(莫邪)' 역시 사람 이름이다. 춘추(春秋)시대 오(吳)나라 사람 간장(干將)과 그의 처 막야(莫邪)는 검(劍)을 잘 만들었다고 하며, 그래서 '막야(莫邪)'는 검의 대칭이다. '유개부(庾開府)'는 유신(庾信)이고 "포참군(鮑參軍)"은 포조(鮑照)인데, 여기서는 유신과 포조가 지은 시를 가리킨다.

(10) 사물로 사람을 대신하기

사물과 사람은 서로 관련 있으므로 사물 또한 사람을 대신할 수 있다.

① 日聞紅粟腐, 날마다 듣건대 붉은 곡식 썩어나가는데,

　　寒待翠華春. 빈한한 백성들은 천자께서 봄을 가져다주시길 기다린다지.

(두보杜甫 <느낀 바가 있어서 5수(有感五首)> 제3수)

② 顚阬仆谷相枕藉,[124] 구덩이에 넘어지고 골짜기에 엎어져 서로 깔렸으니,

124　阬(갱): '갱(坑)'자와 같다. 구덩이. 역자주 통행본에는 '갱(坑)'으로 되어 있음.

知是荔枝龍眼來. 여지(荔枝)와 용안(龍眼)을 나르는 사람이 왔음을
알겠네.

(소식蘇軾 <여지荔枝에 대하여 탄식하다(荔枝歎)>)

③ 算翠屛應是, 생각건대 푸른 병풍이 있는 침실의 아내는,

兩眉餘恨, 두 눈썹에 한이 서린 채,

倚黃昏. 황혼녘에 몸을 기대고 있으리라.

(노일중魯逸仲 <남포(南浦)·객지에서의 감회(旅懷)>)

예시 ①~③에서, '취화(翠華)'는 본래 천자의 깃발이지만 여기선 천자를
대신하고, '여지용안(荔枝龍眼)'은 원래 과일이지만 여기서는 여지와 용안을
보내는 사람을 대신하며, '취병(翠屛)'은 본래 침실 내에 진열된 것이지만
여기서는 아내를 대신한다.

(11) 복식(服飾)으로 본체를 대신하기

의복과 장신구는 물품 종류의 하나이므로, 복식으로 본체를 대신하는 것과
사물로 사람을 대신하는 것은 완전히 동일한 것은 아니다. 복식과 사람은
서로 관계있으므로 복식은 사람, 혹은 사람과 관계있는 일을 대신할 수 있다.

① 此事眞復樂, 이런 일들 또한 참으로 즐거우니,

聊用忘華簪. 잠시 벼슬살이 잊어버렸소.

(도연명陶淵明 <곽郭 주부主簿에게 화답하다(和郭主簿)> 제1수)

② 杜陵有布衣, 두릉(杜陵)에 베옷 입은 사람 있는데,

老大意轉拙. 늙어 갈수록 생각이 졸렬해지네.

(두보杜甫 <수도 장안長安에서 봉선현奉先縣으로 가며 감회를 읊은 500자(自京赴
奉先縣詠懷五百字)>)

③ 醉袖撫危欄, 술에 취해 손으로 높은 난간을 어루만지니,

天淡雲閑. 하늘은 담담하고 구름은 한가롭다.

(장순민張舜民 <매화성(賣花聲)·악양루岳陽樓에 적다(題岳陽樓)>)

예시 ①~③에서, '화잠(華簪)'은 머리에 꽂는 장신구인데 여기서는 부귀를
대신하고, '포의(布衣)'는 평민의 복장인데 여기서는 시인 자신을 가리키며,
'취수(醉袖)'는 술 취한 남자를 대신하는데 '수(袖. 소매)'는 의복의 한 부분이다.

(12) 재료로 본체를 대신하기

물체는 재료로 구성되므로 재료는 물체를 대신할 수 있다.

① 物新人惟舊, 물건은 새것이 좋아도 사람만은 오래될수록 좋으니,

弱毫多所宣. 붓 들어 편지나 많이 쓰시게나.

(도연명陶淵明 <방참군龐參軍에게 답하다(答龐參軍)>)

② 走馬脫轡頭, 말을 달리는데 재갈은 벗겨두고,

手中挑靑絲. 손에는 고삐를 잡고 있다.

(두보杜甫 <앞에 지은 '변경을 나서며'(前出塞)> 제2수)

③ 緩歌謾舞凝絲竹, 느린 노래 느린 춤이 악기 소리와 어울리니,
　　盡日君王看不足. 하루 종일 황제가 보아도 싫증나지 않았네.

　　(백거이白居易 <기나긴 한의 노래(長恨歌)>)

예시 ①~③에서, '호(毫)'는 붓을 만드는 재료이므로 '약호(弱毫)'로 붓을
대신할 수 있으며, '청사(靑絲)'는 말고삐를 만드는 재료이므로 '청사(靑絲)'로
말고삐를 대신할 수 있고, '사죽(絲竹)'은 현악기와 관악기를 만드는 재료이므
로 '사죽(絲竹)'으로 악기를 대신할 수 있다.

(13) 원인으로 결과를 대신하기

원인과 결과는 서로 의존하기 때문에 시에서 서로 본체를 대신하여 쓰이는
사물(借體)이 될 수 있다.

① 稍待西風涼冷後, 가을바람이 서늘한 뒤를 조금 기다렸다가,
　　高尋白帝問眞源. 높이 백제(白帝)를 찾아가 참된 근원을 물으리라.

　　(두보杜甫 <화산華山을 바라보며(望嶽)>)

② 林鶯巢燕總無聲, 숲속의 꾀꼬리와 둥지의 제비 모두 아무 소리 없고,
　　但月夜常啼杜宇. 달밤이면 늘 울어대는 두견새.

　　(육유陸游 <작교선(鵲橋仙)·밤에 두견새 울음소리를 듣고(夜聞杜鵑)>)

③ 江晩正愁予, 해 저문 강가에서 나 홀로 시름에 젖어 있는데,
　　山深聞鷓鴣. 깊은 산에서 들려오는 자고새 울음소리.

　　(신기질辛棄疾 <보살만(菩薩蠻)·강서성江西省 조구진造口鎭의 어느 벽에 쓰다(書江

西造口壁)>)

예시 ①~③에서, '백제(白帝)'는 서악(西岳) 화산(華山)을 대신하는데, 전하는 말에 서방(西方)의 백제(白帝)가 일찍이 이곳에 살았기 때문이며, '두우(杜宇)'는 두견새를 대신하는데, 전하는 말에 촉(蜀)나라 왕 두우의 죽은 넋이 두견새가 되었기 때문이고, '자고(鷓鴣)'는 자고새 울음소리를 대신하는데, 새가 있어야 새 울음소리가 있게 되니, 소리는 바로 새가 우는 결과인 것이다.

(14) 결과로 원인을 대신하기

결과가 원인을 대신하는 예로는 다음과 같은 것이 있다.

① 但見三泉下, 다만 보이느니 땅 밑 깊은 곳 아래,

　金棺葬寒灰. 동(銅)으로 만든 관(棺)에 차가운 재가 묻혀 있네.

　(이백李白 <고풍古風 59수(古風五十九首)> 제3수)

② 奪我身上暖, 우리들 몸의 따뜻함을 빼앗아,

　買爾眼前恩. 당신들 눈앞의 은총을 샀네.

　(백거이白居易 <과중한 세금(重賦)>)

③ 淩波不過橫塘路, 가볍고 어여쁜 발걸음 횡당 길로 오지 않고,

　但目送、芳塵去. 다만 가는 모습을 눈으로 전송했네.

　(하주賀鑄 <청옥안(靑玉案)>)

예시 ①~③에서, '한회(寒灰)'는 시신(尸身)을 대신하는데, '차가운 재(寒灰)'는

시신이 변해서 그렇게 된 것이며, '난(暖)'은 의복을 대신하는데, 몸이 따뜻한 것은 옷을 입어서 그러한 것이고, '방진(芳塵)'은 미인을 대신하는데, 길에 향기 가득한 먼지가 나풀거리는 것은 미인이 지나가서 그러한 것이기 때문이다.

(15) 부분으로 전체를 대신하기

부분으로 전체를 대신하는 예로는 다음과 같은 것이 있다.

① 千仞寫喬樹, 천 길이라도 높은 나무를 비추고,
  百丈見遊鱗. 백 장이라도 노니는 물고기가 보이네.

  (심약沈約 <신안강新安江이 지극히 맑아, 얕은 곳과 깊은 곳의 바닥이 다 보여, 경성京城의 뜻을 같이하는 사람에게 전하다(新安江至淸淺深見底貽京邑同好)>)

② 自古妒蛾眉, 예로부터 미인을 시기하여,
  胡沙埋皓齒. 오랑캐 땅 사막에 미인이 묻혔네.

  (이백李白 <우전于闐에서 꽃을 따다(于闐採花)>)

③ 征帆去棹殘陽裏, 오고가는 돛단배는 석양 속에 있고,
  背西風, 서풍을 등지고
  酒旗斜矗. 주점의 깃발은 비스듬히 높이 걸려 있네.

  (왕안석王安石 <계지향(桂枝香)>)

예시 ①~③에서, '유린(遊鱗)'은 '헤엄치는 물고기'를 대신하는데, '린(鱗. 비늘)'은 물고기의 일부분이며, '아미(蛾眉)'와 '호치(皓齒)'는 미인을 대신하는데, '미(眉. 눈썹)'와 '치(齒. 치아)'는 모두 인체의 일부분이고, '정범(征帆)'과

'거도(去棹)'는 배를 대신하는데, '범(帆. 돛)'과 '도(棹. 노)'는 모두 배의 일부분 이다.

(16) 전체로 부분을 대신하기

① 將仲子兮,[125] 청컨대 둘째 도련님,

無逾我牆,[126] 저의 집 담을 넘어오지 마시고,

無折我樹桑. 제가 심은 뽕나무 꺾지 마세요.

(≪시경詩經·정풍鄭風·둘째 도련님(將仲子)≫)

② 無邊落木蕭蕭下, 끝없는 나무의 낙엽은 사각사각 떨어지고,

不盡長江滾滾來. 다함없는 장강은 세차게 흘러오네.

(두보杜甫 <높은 곳에 올라(登高)>)

③ 揮手從此去, 손 흔들며 이곳에서 떠나가며,

翳鳳更驂鸞.[127] 봉황(鳳凰) 깃털로 수레 덮개하고 또 난(鸞)새가 모는

수레를 타네.

(장효상張孝祥 <수조가두(水調歌頭)·금산金山에서 달을 보다(金山觀月)>)

예시 ①~③에서, '상(桑)'은 뽕나무 가지를 대신하는데, 가지는 '뽕나무(桑)' 의 일부분이며, '목(木)'은 나무이고 '낙목(落木)'은 낙엽이란 뜻인데, 나뭇잎 은 '나무(木)'의 일부분이며, '봉(鳳)'은 봉새 깃털을 대신하는데, 봉새 깃털은

---

125 將(장): 청(請)하다.
126 無(무): …하지 마라.
127 翳鳳(예봉): 봉황(鳳凰) 깃털로 만든 수레 덮개.

'봉새(鳳)'의 일부분이다.

(17) 고어(古語)로 본체를 대신하기

고대에 이미 형성된 어떤 어휘들을 사용하여 특정 의미를 표시하는 것 또한 차대(借代)의 한 가지 방식이다.

① 一欣侍溫顔,[128] 가장 기쁜 것은 어머니 모시는 것이고,

　再喜見友于. 다음으로 기쁜 것은 형제를 만나는 것이라네.

　(도연명陶淵明 <경자년庚子年 5월, 서울에서 돌아오는 도중에 규림規林에서 바람에 발이 묶이다(庚子歲五月從都還阻風於規林)> 제1수)

② 行行向不惑, 세월 흘러 마흔이 되어 가는데,

　淹留遂無成. 그대로 머무른 채 이룬 것 없네.

　(도연명陶淵明 <술을 마시다(飮酒)> 제16수)

③ 居常待其盡, 가난한 대로 살며 죽을 때를 기다리리니,

　曲肱豈傷沖.[129] 팔 괴고 누운들 어찌 담백한 마음 상하리오.

　(도연명陶淵明 <5월 초하루에 시를 지어 대戴 주부主簿에게 화답하다(五月旦作和戴主簿)>)

　예시 ①~③에서, '우우(友于)'는 형제를 대신하는데, ≪상서(尚書)·군진(君

128　侍溫顔(시온안): 아버지와 어머니를 받들어 모시다. 역자주 도연명이 여덟 살 때 아버지가 세상을 떠나, '온안(溫顔. 온화한 얼굴)'은 어머니를 가리킨다고 보는 것이 일반적임.
129　沖(충): 비다. '도(道)'(의 최고 경계)를 가리킨다.

陳)≫편의 "효도하고 형제에게 우애한다(惟孝友于兄弟)"라는 말에서 나왔으며, '불혹(不惑)'은 40세를 대신하는데, ≪논어(論語)·위정(爲政)≫편의 "마흔 살에 미혹하지 않는다(四十而不惑)"라는 말에서 나왔고, '곡굉(曲肱)'은 청빈(淸貧)함을 대신하는데, ≪논어(論語)·술이(述而)≫편의 "거친 밥을 먹고 물을 마시며 팔을 굽혀 베개로 삼아 자더라도 즐거움은 또한 그 가운데 있다(飯疏食飲水, 曲肱而枕之, 樂亦在其中矣)"라는 말에서 나왔다.

(18) 고사(古事)로 본체를 대신하기

현재의 일을 명확하게 말하기가 곤란할 때, 옛날에 일어난 일에 기탁하여 그것을 대신하는 것도 차대의 한 가지 방식이다.

① 漢皇重色思傾國, 한(漢)나라 황제가 여색을 좋아하여 절세의 미인을 찾았으나,

御宇多年求不得.[130] 천하를 다스린 지 여러 해 되어도 구하지 못했네.

(백거이白居易 <기나긴 한의 노래(長恨歌)>)

② 春雲濃淡日微光, 봄 구름은 짙었다 옅어지고 해는 약간 빛나는데,

雙闕重門聳建章. 양쪽 대궐 누각 겹겹의 문이 궁전에 솟아있네.

(매요신梅堯臣 <시험을 마시고 시험장의 누각에 올라(考試畢登銓樓)>)

③ 念武陵人遠, 생각노니 님은 먼 곳으로 가고,

---

130 御宇(어우): 천하를 통치하다.

煙鎖秦樓. 안개가 진루(秦樓)를 가두어 놓았네.

(이청조李清照 <봉황대상억취소(鳳凰臺上憶吹簫)>)

예시 ①의 '한황(漢皇)'은 당(唐)나라 현종(玄宗)을 대신한다. 예시 ②의 '건장(建章)'은 본래 한(漢) 무제(武帝) 때의 궁전의 이름이지만 여기서는 송(宋)나라 수도 변량(汴梁)의 궁전을 대신한다. 예시 ③의 '무릉인(武陵人)'은 본래 도연명(陶淵明)의 <도화원기(桃花源記)>에 나오는 허구의 인물인 무릉(武陵)에 사는 어부를 말하는데, 여기서는 시인이 남편 조명성(趙明誠)을 대신하여 가리킨다.

고대시가의 차대 수사 방식은 대체로 위에서 말한 열여덟 가지이다.

<3> 차대의 변화

차대 수사 방식은 구체적으로 운용하는데 있어서 또 복잡한 상황이 매우 많이 있으니, 이는 마땅히 주의해야 한다. 차대의 변화는 본인의 이해에 의하면 주로 두 가지 방면에서 나타나는데, 하나는 '연속차대(連續借代)'이고 또 하나는 '차대와 비유(比喩)의 결합'이다. 아래에서 나누어서 이야기하도록 한다.

(1) 연속차대(連續借代)

'연속차대'란 하나의 어휘가 연속적으로 차대를 하는 상황에 있어야 비로소 차체(借體)와 본체(本體)가 꼭 들어맞게 할 수 있음을 가리킨다.

① 躊躇足力煩,[131] 머뭇거리느라 다리 힘만 번거롭게 하니,

聊欲投吾簪. 애오라지 내 벼슬을 그만두고 싶네.

(좌사左思 <은사를 방문하다(招隱)> 제1수)

② 斯須九重眞龍出,[132] 잠깐 사이에 문이 겹겹이 달린 깊은 대궐에
　　　　　　　　　　진짜 용이 나타나,

　一洗萬古凡馬空.[133] 한 번에 오랜 세월 범상한 말들을 깨끗이
　　　　　　　　　　쓸어버렸네.

(두보杜甫 <그림의 노래(丹靑引)>)

예시 ①의 좌사(左思)의 <은사를 방문하다(招隱)> 시는 모두 2수로, 첫 번째
시는 시인이 산에 들어가 은자(隱者)를 방문하고 은자의 생활을 부러워하며,
마지막에는 그와 같은 생활을 하겠다고 결정한다는 내용이다. '머뭇거리느라
다리 힘만 번거롭게 하니, 애오라지 내 벼슬을 그만두고 싶네(躊躇足力煩, 聊欲
投吾簪)' 두 구절은 오랜 기간 벼슬살이를 하며 배회하면서, 내 다리는 몹시
지쳐서 더 이상 힘이 없게 되었으니 정말이지 차라리 잠시 관직을 버리고
이곳에 돌아와 은거하는 것만 못하다고 말하였다. '애오라지 내 벼슬을 그만
두고 싶네(聊欲投吾簪)' 구절의 '잠(簪)'은 머리의 비녀로, 이것은 고대 선비들
이 모자(冠)를 쓸 때 머리에 꽂는 도구(물건)이었다. 그래서 '내 비녀를 던진다
(投吾簪)'는 것은 '내 관을 던진다(投吾冠)'는 의미이니, 이것은 도구로 본체를
대신한 것으로 첫 번째 차대이다. 그 다음에, 고대 관리들은 모두 관을 씀으로
써 백성들과 서로 구별했음을 알아야 하는데, 그러므로 '내 비녀를 던진다(投
吾簪)'는 것은 또 '관직을 버리다(棄官)'는 의미이며, 이것은 두 번째 차대이다.

131　煩(번): 수고를 끼치다.
132　斯須(사수): 잠깐 사이.
133　一洗(일세): 한 번에 깨끗이 쓸어버리다.

우리가 이 두 가지 차대를 연결해야 비로소 '내 비녀를 던진다(投吾簪)'는 것이 '관직을 버리고 은거하다(棄官歸隱)'는 뜻임을 분명히 알 수 있으며, 이것이 바로 연속차대이다.

예시 ②의 <그림의 노래(丹靑引)>는 두보(杜甫)의 유명한 7언 고체시이다. '잠깐 사이에 문이 겹겹이 달린 깊은 대궐에 진짜 용이 나타나, 한 번에 오랜 세월 범상한 말들을 깨끗이 쓸어버렸네(斯須九重眞龍出, 一洗萬古凡馬空)' 두 구절에서 말하는 것은, 조패(曹覇)가 당(唐) 현종(玄宗)의 명을 받들어 말을 그렸는데 재주가 뛰어나 순식간에 황제의 애마 옥화총(玉花驄)을 잘 그려내었다는 것이다. 말을 아주 형상적이면서 핍진하게 그려, 마치 궁중에서 말을 부르면 곧 뛰어나올 것 같아, 옛날서부터의 모든 인간세상의 진짜 말조차도 그것과 비교하면 졸렬하게 보인다고 하였다. '구중(九重)'은 '구중문(九重門. 아홉 겹의 문)'을 가리키는데, 이것은 수량으로 본체를 대신하는 것이니 첫 번째 차대이다. '구중문(九重門)'은 황궁 건축물의 일부분으로서 황궁을 대신하니, 이것은 부분으로 전체를 대신하는 것으로 두 번째 차대이다. 그러므로 '문이 겹겹이 달린 깊은 대궐에 진짜 용이 나타나다(九重眞龍出)'는 것은 조패가 그린 말이 궁궐에서 나는 듯 달려 나올 것 같다는 뜻이며, 이 '구중(九重)'이란 말은 두 번의 차대를 거치고서야 비로소 황궁이라는 의미와 연계가 된다. 유사한 예는 그 외에도 또 많이 있다. 예를 들면,

① 魯叟談五經, 노(魯) 땅의 늙은이 오경(五經)을 이야기하며,
　白髮死章句. 흰머리에 글 구절만 죽도록 따지네.

　(이백李白 <노魯 땅의 유생을 비웃다(嘲魯儒)>)

② 對酒兩不飮, 술을 마주하고도 두 사람 마시지 못하고,

停觴淚盈巾. 잔을 멈추니 눈물이 수건에 가득하네.

(이백李白 <문밖에 말이 모는 수레를 탄 손님이 있는 노래(門有車馬客行)>)

예시 ①의 '흰머리에 글 구절만 죽도록 따지네(白髮死章句)'는 백발의 노년이 되어서도 여전히 유가의 경전을 사수한다는 것을 말했다. '장구(章句)'는 원래 한대(漢代) 유학의 훈고 방법이며, 여기서는 장구의 학문을 대신하니 첫 번째 차대이다. 한나라 유학자들이 만든 장구학(章句學, 즉 훈고학訓詁學)은 주로 오경(五經)을 해석하는 일이었으니 장구학은 오경을 대신 가리키며, 이것은 두 번째 차대이다. '노(魯) 땅의 늙은이 오경(五經)을 이야기하며(魯叟談五經), 흰머리에 글 구절만 죽도록 따지네(白髮死章句)'에서 '장구(章句)'와 '오경(五經)'은 실제로는 같은 의미인데, 앞의 구에서 '오경(五經)'이라는 말을 사용했기 때문에, 뒤의 구에는 '장구(章句)'라는 말을 사용하였는데, 이렇게 함으로써 어휘의 중복을 피하였다.

예시 ②의 '잔을 멈추니 눈물이 수건에 가득하네(停觴淚盈巾)'에서 '상(觴)'은 술잔이며, 술잔은 '술(酒)'을 대신하니, 이것은 첫 번째 차대이다. 그런데 '정주(停酒)'는 말이 안 되기 때문에, '정상(停觴)'이라고 하여 '마시는 것을 멈추다(停飲)'라는 뜻을 담고 있으니, 이것은 또 두 번째 차대이다.

위에서 말한 연속차대는 모두 2차성의 연속차대에 속한다. 물론 3차성 연속차대도 있지만 상황은 좀 더 복잡하다. 예를 들면, "한대(漢代)의 문장과 건안(建安)의 풍골(風骨) 있었고, 중간에는 사조(謝朓) 또한 청신하고 빼어났네(蓬萊文章建安骨, 中間小謝又淸發)"(이백李白 <선주宣州 사조루謝朓樓에서 숙부 이운李雲 교서校書의 송별연을 하다(宣州謝朓樓餞別校書叔雲)>)라는 시구가 있는데, 여기에서 '봉래문장(蓬萊文章)'은 '한대(漢代)의 문장'이란 의미이다. '봉래(蓬萊)'가 어떻게 '한대'라는 의미를 가지게 되었는가 하면, 이것은 세 차례의 차대를 거쳐서 비로소 완성된 것이다. 먼저, '봉래(蓬萊)'는 본래 전설에 나오는 바다 가운데의 선산(仙山)으로, 신선들이 모여 사는 곳이고, 또 신선들이 서적을 보관한 곳이기도 하여 "신선의 경서와 비록(祕錄)이 모두 이곳에 있었으며",[134] 따라서 '봉래(蓬萊)'가 신선의 거주지에서 서적을 소장하는 곳으로 전환을 하니, 이것이 첫 번째 차대이다. 그 다음에, 한대(漢代)에는 황실의 서적을 소장하던 동관(東觀)을 '도가봉래산(道家蓬萊山)'이라고 불렀는데, 이것이 두 번째 차대이다. 마지막으로, 한대의 '도가봉래산(道家蓬萊山)'이라는 말로 '한대(漢代)'를 대신하여 가리키니, 이것이 또 세 번째 차대이다. 이로써 우리는 고대시가에서 차대 수사 방식을 구체적으로 운용하는 경우의 복잡한 상황을 어렵지 않게 볼 수 있다.

(2) 차대와 비유(比喩)의 결합

'차대와 비유의 결합'이라는 것은 차대와 비유, 두 수사 방식의 기계적 결합을 가리키는 것이 아니고, 동일한 어휘 자체가 차대와 비유의 두 수사 방식을 포함하는 것이다. 차대와 비유의 결합은 자세히 나누면 두 가지 유형이 있다.

첫째, 차대를 먼저하고, 비유를 뒤에 하다.

① 山川一何曠, 산과 물 어찌 이리 광활한가,
  巽坎難與期.[135] 바람과 물의 변화 예측하기 어렵구나.

  (도연명陶淵明 <경자년庚子年 5월, 서울에서 돌아오는 도중에 규림規林에서 바람

---

134 "幽經祕錄並皆在焉."
135 期(기): 예상하다. 예측하다.

에 발이 묶이다(庚子歲五月中從都還阻風于規林)> 제2수)

② 天際兩蛾凝黛, 하늘가 두 눈썹 같은 산에 검푸른 빛 엉겨있는데,

愁與恨, 시름과 한은,

幾時極? 언제나 다하려나?

(한원길韓元吉 <상천효각(霜天曉角)·채석기采石磯의 아미정蛾眉亭에 적다(題采石蛾眉亭)>)

③ 恒斂千金笑, 언제나 천금 값어치 웃음은 거두어들이고,

長垂雙玉啼. 길게 두 줄기 옥 같은 눈물 흘리며 울고 있네.

(설도형薛道衡 <밤마다 노래(昔昔鹽)>)

④ 爲問花何在? 묻노니 꽃은 어디에 있는가?

夜來風雨, 밤사이 바람 불고 비 내려,

葬楚宮傾國. 초나라 왕궁의 미인을 장사지냈네.

(주방언周邦彦 <육추(六醜)·장미꽃이 시든 뒤에 짓다(薔薇謝後作)>)

예시 ①의 '손감(巽坎)'은 '풍수(風水)'를 대칭하는데, 이것은 고어(古語)로 본체를 대신하는 것이다. '손감(巽坎)'은 《주역(周易)·설괘(說卦)》에 나오는 데, "'손(巽)'은 바람이고, '감(坎)'은 물이다(巽爲風, 坎爲水)"라고 하였다. 그런 뒤에는 또 '풍수(風水)'로 생활 중의 풍파(風波)를 비유하니, 이것은 또 비유인 것이다.

예시 ②의 '양아(兩蛾)'는 '두 눈썹(兩眉)'을 대칭하는데, 이것은 전체로 부분을 대신하는 것이니 차대이다. 그런 다음에 '두 눈썹(兩眉)'으로 또 장강(長江) 양쪽 기슭에 동서로 대치하고 있는 양산(梁山)을 비유했으니, 이것은 또 비유이다.

예시 ③의 '쌍옥(雙玉. 한 쌍의 옥)'은 '쌍옥근(雙玉筋. 한 쌍의 옥 줄)'을 대칭하는데, 이것은 재료로 본체를 대신하니 차대이다. 그런 다음에 '쌍옥근(雙玉筋)'으로 두 줄기 눈물로 비유하니, 이것은 또 비유인 것이다.

예시 ④의 '초궁경국(楚宮傾國)'은 미인(美人)을 대칭하는데, 이것은 옛일로 본체를 대신하니 차대이다. 그런 다음에 다시 '미인'으로 꽃을 비유하니, 이것은 또 비유인 것이다.

둘째, 비유를 먼저하고 차대를 뒤에 하다.

① 纖腰減束素, 가느다란 허리는 흰 허리띠를 줄이게 하고,
　別淚損橫波. 이별의 눈물은 눈을 상하게 하네.

　(유신庾信 <내 마음을 읊으며(詠懷)> 제7수)

② 兩水夾明鏡, 두 강은 밝은 거울을 끼고 있으며,
　雙橋落彩虹. 두 다리는 오색 무지개를 드리우네.

　(이백李白 <가을에 선성宣城의 사조謝朓가 만든 북루北樓에 올라(秋登宣城謝朓北樓)>)

예시 ①은 '횡파(橫波)'로 '안파(眼波. 물기를 머금은 듯 빛나는 눈길)'를 비유하니, 이것은 비유이고, 그런 다음에 '안파(眼波)'로 눈을 대신하였으니, 이것은 또 차대인 것이다. 예시 ②는 '명경(明鏡)'으로 사조(謝朓)가 선성(宣城)에서 청렴한 관리였음을 비유하니, 이것은 비유이고, 그런 다음에 또 사조가 살았던 선성(宣城)을 '명경(明鏡)'이라 불렀으니 이것은 또 차대이다.

이상의 서술에서 알 수 있듯이, 차대의 변화는 비록 시 언어의 표현에 함축적인 아름다움을 가져다주지만, 차대를 조성하는 글자의 뜻은 기본적으

로 임시로 차용하는 것이므로 읽는 사람에게 많은 어려움을 주기도 한다.
다음을 비교해보면,

① 中有一雙白羽箭, 속에 한 쌍의 흰 깃털 화살이 있는데,

　蜘蛛結網生塵埃. 거미가 줄을 치고 먼지만 쌓였네.

　箭空在, 화살만 부질없이 있고,

　人今戰死不復回. 사람은 이제 전쟁에서 죽고 다시 돌아오지 못하네.

　(이백李白 <북풍의 노래(北風行)>)

② 林暗草驚風, 수풀 어두운데 풀이 바람에 놀라자,

　將軍夜引弓. 장군은 밤에 활을 당겼네.

　平明尋白羽,[136] 새벽에 흰 깃털 화살을 찾아보니,

　沒在石棱中. 바위 모서리 가운데에 박혀 있네.

　(노륜盧綸 <변방의 노래(塞下曲)> 제2수)

　예시 ①의 '백우(白羽)'는 본뜻으로 쓰였으므로 '전(箭)'자를 수식할 수 있으
며 '백우전(白羽箭)'이라 부른다. '백우전(白羽箭)'은 흰 깃털을 재료로 하여
만든 화살이다. '백우(白羽)'는 여기서는 흰색의 깃털이라는 뜻이며 아주 이해
하기 쉽다.

　그러나 예시 ②의 '평명심백우(平明尋白羽)' 구절은 만약 우리가 차대 수사
방식의 용법을 알지 못하고, 또 아래 위의 언어 상황 없이, '평명심백우(平明尋
白羽)' 구절만 단독으로 떨어져있다면, 이 '백우(白羽)'가 도대체 어떤 뜻인지
분명히 말하기 매우 어려울 것이다. 예시 ②의 '백우(白羽)'는 화살(箭)의 대칭

136　平明(평명): 새벽.

으로 쓰였는데 이런 뜻은 임시로 쓰인 것이지 단어의 뜻에서 파생된 것이 아니기 때문에 그것은 임의적인 성격이 비교적 크며, 옛 시를 읽는 우리에게 어려움을 어느 정도 가져다준다.

③ 吳宮花草埋幽徑, 오(吳)나라 궁궐의 화초는 한적한 길에 묻히고,
　 晉代衣冠成古丘. 진대(晉代)의 사대부들은 옛 무덤이 되어버렸네.

(이백李白 <금릉金陵의 봉황대鳳凰臺에 올라(登金陵鳳凰臺)>)

④ 寒衣處處催刀尺, 겨울옷을 짓느라 곳곳에서 칼과 자를 재촉하고,
　 白帝城高急暮砧. 백제성(白帝城) 높은데 저녁에 다듬이질 소리 급하네.

(두보杜甫 <가을날 감흥 8수(秋興八首)> 제1수)

⑤ 風波不見三年面, 험난한 세상에 삼년동안 얼굴 보지 못했으며,
　 書信難傳萬里腸. 서신은 만리 밖의 정을 전하기 어렵네.

(백거이白居易 <서루西樓에 올라 동생 백행간白行簡을 그리워하며(登西樓憶行簡)>)

예시 ③~⑤에서, '의관(衣冠)'이 어떻게 '옛 무덤(古丘)'이 되는가? '도척(刀尺)'은 사람이 아닌데 또 어떻게 '재촉하다(催)'가 가능할까? '장(腸)'은 사람의 배속에 있는데 또 어떻게 '전하다(傳)'는 것이 가능할까? 만일 우리가 차대 수사 방식의 용법을 이해하지 못하고, 이런 어휘들의 임시적인 뜻을 이해못 한다면 정확하게 시구의 뜻을 이해하는 것이 불가능할 것이다.

<1> 변환이란?

중복을 피하기 위해 동일하거나 서로 관련 있는 내용의 어휘, 혹은 글자의 순서를 바꾸는데, 이러한 수사 방식을 '변환'이라고 한다. 예를 들면,

① 有女同車, 여인이 수레를 함께 타니,
   顔如舜華.[137] 얼굴이 무궁화 꽃 같네.

   有女同行, 여인이 길을 함께 가니,
   顔如舜英. 얼굴이 무궁화 꽃 같네.

   (≪시경詩經·정풍鄭風·여인이 수레를 함께 타니(有女同車)≫)

② 靜女其姝, 단아한 아가씨 예쁜데,
   俟我於城隅. 나를 성 모퉁이에서 기다리네.

   靜女其孌, 단아한 아가씨 아름다운데,

---

137 舜(순): 무궁화.

貽我彤管. 내게 붉은 대롱을 주네.

(≪시경詩經·패풍邶風·단아한 아가씨(靜女)≫)

예시 ①의 <정풍鄭風·여인이 수레를 함께 타니(有女同車)>는 애정시로, 시
인은 용모와 행동, 노리개 등의 몇 부분에서 그 여인의 아름다움을 묘사하였
다. 이 시는 모두 2장이며, 여기서 인용한 것은 각 장 첫머리의 두 구절이다.
'유녀동거(有女同車), 안여순화(顏如舜華)'는 어떤 소녀가 나와 수레를 함께 타
고 가는데 그녀의 모습이 마치 무궁화 꽃처럼 아름답다고 말한다. '안여순화
(顏如舜華)'와 '안여순영(顏如舜英)'의 '화(華)'와 '영(英)'은 같은 뜻이며 모두
'꽃'이라는 뜻이다. 작자가 글자를 이렇게 바꾼 것은 압운(押韻) 때문만은
아니고[1장의 운자는 어부(魚部)에 속하고 2장의 운자는 양부(陽部)에 속한다] 더욱
중요한 것은 단어의 중복을 피하고 표현을 더욱 풍부하고 다채롭게 하기
위해서이다.

예시 ②의 <패풍邶風·단아한 아가씨(靜女)>는 모두 3장인데 여기서 인용한
것은 1, 2 두 장의 첫 구절들이다. '정녀기주(靜女其姝)', '정녀기연(靜女其孌)'의
'주(姝)'와 '련(孌)'은 뜻이 같으며 모두 '아름답다'는 뜻이다.

때로는 이렇게 같은 뜻의 변환이 동일한 장(章)이나 혹은 동일한 한 수의
시 안에서 진행되기도 한다.

③ 參差荇菜, 들쭉날쭉 마름 풀을,
　左右流之. 이리저리 찾아보네.
　窈窕淑女, 얌전하고 어여쁜 아가씨를,
　寤寐求之. 자나 깨나 구한다네.

(≪시경詩經·주남周南·꾸우꾸우 우는 물수리(關雎)≫)

④ 枯木期塡海, 마른 나무가 바다 메우기를 기약하고,
　青山望斷河. 청산이 강물 끊어지게 하기를 바라네.

(유신庾信 <내 마음을 읊으며(詠懷)> 제7수)

　예시 ③과 ④에서, '류(流)'와 '구(求)'는 같은 뜻으로, 모두 '구한다', '찾는다'는 뜻이고, '기(期)'와 '망(望)'은 같은 뜻으로, 모두 '희망한다'는 뜻이다.

　변환하는 글자의 뜻은 반드시 같은 뜻을 지닌 글자인 것은 아니며, 가까운 뜻을 지닌 말이라도 가능하다. 예를 들면,

⑤ 投我以木瓜, 나에게 모과(木瓜)를 보내주시니,
　報之以瓊琚. 아름다운 패옥으로 보답하네.

　投我以木桃, 나에게 목도(木桃)를 보내주시니,
　報之以瓊瑤. 아름다운 옥으로 보답하네.

　投我以木李, 나에게 목리(木李)를 보내주시니,
　報之以瓊玖. 아름다운 옥돌로 보답하네.

(≪시경詩經·위풍衛風·모과(木瓜)≫)

⑥ 旣見君子, 이미 그대를 보았으니,
　云胡不夷?[138] 어찌 마음이 편하지 않겠어요?

　既見君子, 이미 그대를 보았으니,

138　云(운): 구중어기사(句中語氣詞).

云胡不瘳?[139] 어찌 그리워하는 병이 낫지 않겠어요?

既見君子, 이미 그대를 보았으니,
云胡不喜? 어찌 기쁘지 않겠어요?

(≪시경詩經·정풍鄭風·비바람(風雨)≫)

⑦ *心之憂矣,* 마음의 근심,
  曷維其已? 언제나 그칠까?

  心之憂矣, 마음의 근심,
  曷維其亡?[140] 언제나 잊을까?

(≪시경詩經·패풍邶風·녹색 옷(綠衣)≫)

　예시 ⑤의 <위풍衛風·모과(木瓜)>는 남녀가 주고받은 시인데 언어가 소박하면서도 열렬한 정을 나타내었다. <모과(木瓜)>는 모두 3장으로 나뉘어 있으며, '나에게 모과(木瓜)를 보내주시니(投我以木瓜), 아름다운 패옥으로 보답하네(報之以瓊琚)' 등의 몇 구절은 각각 각 장의 첫머리에 있다. '경거(瓊琚)', '경요(瓊瑤)', '경구(瓊玖)'의 뜻은 모두 비슷하나, 여기서는 글자의 변환을 통하여 글자의 중복을 피하였을 뿐만 아니라 더욱 중요한 것은 이러한 글자의 변환 형식을 빌려 남녀 애정의 열렬함과 진실됨을 더욱 충분히 표현할 수 있다는 것이다. 나에게 모과(木瓜)를 보내주시니 아름다운 패옥으로 보답하고, 나에게 목도(木桃)를 보내주시니 아름다운 옥으로 보답하며, 나에게 목리(木李)를

139　瘳(추): 병이 낫다.
140　亡(망): 잊다.

보내주시니 아름다운 옥돌로 보답한다. 한 번 오고 한 번 가며, 한 번 주고 한 번 보답을 함으로써, 고대(古代) 한 쌍의 청년 남녀의 열렬한 사랑의 마음과 태도가 매우 생동감 있게 독자들의 눈앞에 드러났다.

예시 ⑥의 '이(夷)', '추(瘳)', '희(喜)' 역시 뜻이 비슷한데, '이(夷)'는 '편안하다'는 뜻이고, '추(瘳)'는 '병이 나았다'는 뜻이며, '희(喜)'는 '기쁘다'는 뜻이다. '비바람이 살쌀하고(風雨凄凄)', '비바람이 세차며(風雨瀟瀟)', '비바람이 어두컴컴한(風雨如晦)' 때에, 마음으로 사랑하는 '그대(君子)'를 보지 못하니 그 마음은 매우 침울할 것이다. 그러나 이제 '그대를 보았으니(旣見君子)' 마음도 편안해지고 '병'도 나았으며 마음속에는 무한히 기쁜 마음이 충만해진다. 시인 역시 바로 이러한 단어들의 변환을 통해 한 여자가 사랑하는 사람을 본 뒤의 복잡한 감정을 매우 진실되고 합리적으로 표현하였다.

예시 ⑦의 '이(已)'와 '망(亡)' 역시 뜻이 서로 비슷한데, '이(已)'는 '멈추다'는 뜻이고 '망(亡)'은 '잊어버리다'는 뜻이다.

어떤 단어의 변환은 비록 표면상으로는 피차의 뜻이 서로 비교적 먼 것처럼 보이지만 실제로는 여전히 서로 관련성을 갖는다. 예를 들면,

⑧ 齊子歸止,[141] 제나라 임금 딸이 돌아오니,
　　其從如雲. 따르는 자 구름처럼 많네.

齊子歸止, 제나라 임금 딸이 돌아오니,
其從如雨.[142] 따르는 자 비처럼 많네.

141　止(지): 구말어기사(句末語氣詞).
142　從(종): 수행하는 사람.

齊子歸止, 제나라 임금 딸이 돌아오니,

其從如水. 따르는 자 물처럼 많네.

(≪시경詩經·제풍齊風·해진 통발(敝笱)≫)

⑨ 彼采葛兮, 저 아가씨 칡 캐는데,

一日不見, 하루라도 못 보면,

如三月兮. 석 달이나 되는 것 같네.

彼采蕭兮, 저 아가씨 쑥 캐는데,

一日不見, 하루라도 못 보면,

如三秋兮. 세 해 가을이나 되는 것 같네.

彼采艾兮, 저 아가씨 약쑥 캐는데,

一日不見, 하루라도 못 보면,

如三歲兮. 삼 년이나 되는 것 같네.

(≪시경詩經·왕풍王風·칡을 캐네(采葛)≫)

예시 ⑧에서, '운(雲)', '우(雨)', '수(水)'는 글자의 뜻이 각자 서로 다르지만 이곳에서 사용될 적에는 모두 많다는 것을 비유한다. 왜 '구름', '비', '물'로 비유를 했을까? 왜냐하면 이 세 가지 사이에는 서로 관계가 있으니, 구름이 있으면 비가 있고, 비가 있으면 물이 있고, 물이 있으면 구름이 있기 때문이다.

예시 ⑨에서, '삼월(三月. 석 달)', '삼추(三秋. 세 해 가을)', '삼년(三年. 삼년)'은 비록 시간적인 개념은 각각 서로 다르지만 앞에 먼저 각기 '삼(三)'이라는 글자를 두어 시간이 길다는 것을 말하고 있다. 그러므로 예시 ⑧과 ⑨의 이러한 예들은 거시적으로 말하자면 역시 단어의 뜻이 서로 관련이 있고 서로 가깝다고 생각할 수 있다.

변환된 글자는 의미에 있어서도 또한 서로 교차하고 서로 보충할 수 있으니 이것이 바로 통상적으로 말하는 '호문(互文)'[143]이다. 예를 들면,

⑩ 朝搴(qiān)阰(pí)之木蘭兮,[144] 아침에 산비탈의 목란을 뽑고,
夕攬洲之宿莽.[145] 저녁에 모래톱 숙망(宿莽)을 캐네.

(≪초사楚辭·근심스러운 곳을 떠나며(離騷)≫)

⑪ 枝枝相覆蓋, 가지들은 서로 덮어주고,
葉葉相交通. 잎사귀들은 서로 붙어있네.

(무명씨無名氏 <초중경焦仲卿의 아내(焦仲卿妻)>)

⑫ 秋月照層嶺, 가을 달은 겹겹의 산봉우리 비추고,
寒風掃高木. 차가운 바람은 높은 나무 쓸어버리네.

(오균吳均 <유운柳惲에게 답을 하다(答柳惲)>)

예시 ⑩에서, '조(朝)'와 '석(夕)'은 교차하면서 서로 보충을 하니, '아침'을 말하면서 '저녁'의 뜻을 포함하고 있고, '저녁'을 말하면서 또한 '아침'의 뜻을 포함하고 있는데, '아침'과 '저녁'을 여기에서 함께 사용한 것은 '언제나'라는 뜻이다.

같은 이치로 예시 ⑪에서, '지(枝. 가지)'와 '엽(葉. 잎)'의 말뜻이 교차하고

---

143 역자주 앞뒤 두 구의 말이 서로 호응하면서 서로 뒤섞여 의미상 상호 보충하고 문장을 더욱 정제되고 정련되게 하는 수사 방법.

144 搴(건): 뽑아내다. 阰(비): 산비탈.

145 宿莽(숙망): 풀이름. 겨울을 지나고도 죽지 않는다.

서로 보충한다. '가지'는 잎이 자라는 '가지'이고, '잎'은 가지에 달린 '잎'이니, '가지'를 말하면서 '잎'의 뜻을 포함하고, '잎'을 말하면서 '가지'의 뜻을 포함하고 있다. 그래서 시에서의 '지지(枝枝)'와 '엽엽(葉葉)'은 결코 나누어서 기계적으로 이해해서는 안 된다.

예시 ⑫에서, '층령(層嶺)'과 '고목(高木)' 또한 말뜻을 교차하고 서로 보충하니, '층령(層嶺)'은 '고목(高木)'이 자라 있는 '겹겹의 산봉우리'이고, '고목(高木)'은 '층령(層嶺)'에서 자라는 '높은 나무'이다.

어떤 수사(修辭) 관련 서적에서는 변환을 언급할 때 단지 단어 뜻의 교환만을 말하는데 이것은 충분히 전면적이지 못하다고 여겨진다. 고대의 시가는 어떤 때는 압운(押韻)의 필요 때문에 단어의 순서를 좀 변동시키는데, 이러한 상황 역시 마땅히 변환 속에 포함시켜야 한다. 예를 들면,

① 夏之日, 여름 긴긴 낮,
   冬之夜, 겨울 긴긴 밤,
   百歲之後, 백년 뒤,
   歸于其居.[146] 그의 무덤으로 돌아가리라.

   冬之夜, 겨울 긴긴 밤,
   夏之日, 여름 긴긴 낮,
   百歲之後, 백년 뒤,
   歸于其室.[147] 그의 무덤으로 돌아가리라.

   (≪시경詩經·당풍唐風·칡이 자라서(葛生)≫)

---

146 居(거): 무덤을 가리킨다.
147 室(실): 무덤을 가리킨다.

② 狼跋其胡,[148] 이리는 앞으로 나아가면 턱 밑살을 밟고,

　　載疐(zhì)其尾.[149] 뒤로 물러나면 꼬리에 걸려 넘어지네.

　　公孫碩膚, 공께서는 풍채도 좋으시고,

　　赤舃(xì)几几.[150] 붉은 신이 편안하시네.

　　狼疐其尾, 이리는 뒤로 물러나면 꼬리에 걸려 넘어지고,

　　載跋其胡. 앞으로 나아가면 턱 밑살을 밟네.

　　公孫碩膚, 공께서는 풍채도 좋으시고,

　　德音不瑕. 훌륭하신 명성은 흠이 없으시네.

　　(≪시경詩經·빈풍豳風·이리는 밟고(狼跋)≫)

　　예시 ①과 ②에서, '하지일(夏之日), 동지야(冬之夜)'와 '동지야(冬之夜), 하지
일(夏之日)', '발기호(跋其胡), 치기미(疐其尾)'와 '치기미(疐其尾), 발기호(跋其胡)'
는 뜻이 모두 같은데, 여기서는 단지 말의 순서만 바꾸었을 따름이다. 시구가
이렇게 변하는 것은 우선은 압운(押韻) 때문이다. 예를 들면 예시 ①에서 '야
(夜)'와 '거(居)'로 압운을 하였는데, 두 글자 가운데 하나는 탁부(鐸部)에 속하
고 하나는 어부(魚部)에 속하나, 주요 모음(母音)이 서로 같아서 통운(通韻)을
할 수 있다. 또 '일(日)'과 '실(室)'로 압운을 하였는데 두 글자 모두 질부(質部)
에 속한다.

　　또 예를 들면 예시 ②에서 '미(尾)'와 '궤(几)'로 압운하였는데, 하나는 미부
(微部)에 속하고 하나는 지부(脂部)에 속하나 두 부(部)의 주요 모음이 서로
가깝고, 운의 끝이 서로 같아서 통운을 할 수 있다. 또 '호(胡)'와 '하(瑕)'로

148　跋(발): 밟다. 胡(호): 짐승의 턱과 목 아래 밑으로 드리워진 살.

149　載(재): 구중어기사(句中語氣詞).

150　舃(석): 신발.

압운하였는데 두 글자 모두 어부(魚部)에 속한다. 위아래 압운을 하는 글자(韻脚)가 서로 조화를 이루어, 읽을 때 낭랑하게 술술 읽기 좋아야 비로소 내용을 나타내기에도 편리하다. 그러나 우리들이 반드시 지적해야 할 것은 시구의 단어 차례를 이렇게 바꾸는 것은 결코 소극적인 대응이 아니라 일종의 수사법적 수단이기도 하다는 것이다. 예를 들면 예시 ①의 <당풍唐風·칡이 자라서(葛生)>는 아내가 죽은 남편을 애도하는 도망시(悼亡詩)이다. 시 속에서 여주인공의 남편이 오랫동안 수자리를 가서는 돌아오지 않자 그의 아내는 집에 있으면서 슬픔과 괴로움에 죽을 지경이다. <칡이 자라서(葛生)>는 모두 5장(章)인데 '하지일(夏之日), 동지야(冬之夜)'와 '동지야(冬之夜), 하지일(夏之日)'이 각 장의 첫머리에 있다. 여기서 시인은 글자 순서의 변환을 통하여 남편을 그리워하는 부인이 하루를 보내는 것이 마치 일 년 같은 고통스런 마음 상태를 모두 표현해 내었다. 요컨대, 이와 같은 글자 순서의 변환은 시 주제의 표현에 아주 좋은 점이 있다.

변환 수사 방식은 고대시가에서도 매우 좋은 수사적 작용을 하고 있다. 글자를 바꾸고 글자의 순서를 바꾸는 것은 모두 독자들에게 신선한 느낌을 주며, 언어 표현에 있어서도 더욱 풍부하고 다채로우며 변화무쌍한 표현 효과를 갖도록 만든다. 이러한 변화는 내용을 더욱 잘 표현하기 위해서이지, 변화를 위한 변화는 아니다. 예를 들면 위의 예시 ⑨에서, '삼월(三月)', '삼추(三秋)', '삼세(三歲)'는 비록 모두 시간이 오래되었음을 형용하지만, '월(月)', '추(秋)', '세(歲)'의 시간적 개념은 결국 같지 않다. '석 달'에서 '세 해 가을'이 되고 '삼년'이 되면서, 한 층 한 층 더욱더 깊어지며 한 남자에 대해 젊은 아가씨가 그리워하는 괴로움과 그리워하는 마음의 깊이를 매우 충분히 표현해내니, 설령 오늘날의 독자가 이것을 읽더라도 여전히 시 속의 깊은 감정에 감동하지 않을 수 없는 것이다. 이에 대해서는 당연히 먼저 시의 내용에 공로를 돌려야 한다. 그러나 시의 표현 형식의 작용 또한 소홀히 보아서는 안 된다.

<2> 변환의 기본 유형

단어 변환의 특징에 근거하여, 변환의 기본 유형을 '동의 변환(同義變換)', '근의 변환(近義變換)', '이의 변환(異義變換)', '교호 변환(交互變換)', 그리고 '어서 변환(語序變換)'의 다섯 종류로 나누어 본다.

(1) 동의(同義) 변환

'동의 변환'은 변환하는 글자가 뜻이 같은 경우이다.

① 左手執籥, 왼손에 피리를 잡고,
　右手秉翟.[151] 오른손에 꿩 깃을 잡았네.

　(≪시경詩經·패풍邶風·둥둥(簡兮)≫)

② 余旣滋蘭之九畹兮, 나는 이미 넓은 밭에 난초를 심고,
　又樹蕙之百畝. 또 많은 밭이랑에 혜초를 심었네.

　(≪초사楚辭·근심스러운 곳을 떠나며(離騷)≫)

③ 人情懷舊鄕, 사람의 마음은 옛 고향을 그리워하고,
　客鳥思故林. 나그네 새는 옛 숲을 생각하네.

　(왕찬王贊 <잡시(雜詩)>)

④ 淸歌且罷唱, 맑은 노래 소리 잠시 노래를 그만두고,

151　翟(적): 꿩의 깃.

紅袂亦停舞. 붉은 옷소매 또한 춤을 멈추네.

(백거이白居易 <오현금五弦琴(五弦)>)

예시 ①~④에서, '집(執)'과 '병(秉)'은 뜻이 같고, '자(滋)'와 '수(樹)'가 뜻이 같으며, '회(懷)'와 '사(思)'가 같은 의미이고, '파(罷)'와 '정(停)'이 같은 의미이다.

(2) 근의(近義) 변환

'근의 변환'은 변환하는 글자가 뜻이 가까운 경우이다.

① 亦既見止, 님을 보고,
   亦既覯止, 님을 만나면,
   我心則說.[152] 내 마음 기쁠텐데.

   亦既見止, 님을 보고,
   亦既覯止, 님을 만나면,
   我心則夷. 내 마음 편할텐데.

   (≪시경詩經·소남召南·풀벌레(草蟲)≫)

② 浴蘭湯兮沐芳, 난초 뜨거운 물에 몸 씻고 향초 물에 머리 감으며,
   華采衣兮若英. 화려한 채색 옷은 꽃과 같네.

   (≪초사楚辭·구가九歌·구름의 신(雲中君)≫)

---

152 說(열): 기쁘다.

③ 羈鳥戀舊林, 새장의 새는 옛 숲을 그리워하고,

　　池魚思故淵. 못의 물고기는 옛 연못을 생각하네.

（도연명陶淵明 <전원의 집으로 돌아와(歸園田居)> 제1수）

④ 去舊國, 옛 나라를 떠나고,

　　違舊鄕, 옛 고향과 헤어지니,

　　舊山舊海悠且長. 옛 산과 옛 바다가 아득히도 멀어지네.

（사장謝莊 <고향을 생각하는 노래(懷園引)>）

　예시 ①~④에서 '열(說)'과 '이(夷)'가 뜻이 가깝고, '욕(浴)'과 '목(沐)'이 뜻이
가까우며, '연(戀)'과 '사(思)'가 뜻이 가깝고, '국(國)'과 '향(鄕)'이 뜻이 가깝다.

(3) 이의(異義) 변환

　'이의 변환'은 변환하는 글자의 뜻이 서로 비교적 멀지만 피차 서로 관련이
있는 경우이다.

① 殷其靁, 우르릉 천둥소리,

　　在南山之陽. 남산의 남쪽에 있네.

　　殷其靁, 우르릉 천둥소리,

　　在南山之側. 남산의 곁에 있네.

　　殷其靁, 우르릉 천둥소리,

在南山之下. 남산의 아래에 있네.

(≪시경詩經·소남召南·우르릉 천둥소리(殷其靁)≫)

② 相鼠有皮, 쥐를 보아도 가죽이 있는데,
人而無儀. 사람이면서 체통이 없네.

相鼠有齒, 쥐를 보아도 이빨이 있는데,
人而無止. 사람이면서 절제가 없네.

相鼠有體, 쥐를 보아도 사지가 있는데,
人而無禮. 사람이면서 예의가 없네.

(≪시경詩經·용풍鄘風·쥐를 보아도(相鼠)≫)

③ 于以用之? 어디에 쓸까?
公侯之事. 공후의 제사에.

于以用之? 어디에 쓸까?
公侯之宮. 공후의 사당에.

(≪시경詩經·소남召南·산흰쑥을 캐다(采蘩)≫)

④ 誰謂雀無角, 누가 참새에게 부리가 없다고 하랴?
何以穿我屋? 어떻게 내 지붕을 뚫었겠는가?
誰謂鼠無牙, 누가 쥐에게 어금니가 없다고 하랴?
何以穿我墉?[153] 어떻게 내 담장을 뚫었겠는가?

(≪시경詩經·소남召南·길의 이슬(行露)≫)

⑤ 采采芣苢, 무성한 질경이,

　薄言采之. 질경이를 캐네.

　采采芣苢, 무성한 질경이,

　薄言有之. 질경이를 가지네.

　采采芣苢, 무성한 질경이,

　薄言掇之. 질경이를 줍네.

　采采芣苢, 무성한 질경이,

　薄言捋之. 질경이를 집어 따네.

　采采芣苢, 무성한 질경이,

　薄言袺之. 질경이를 옷 속에 넣고 옷섶을 잡네.

　采采芣苢, 무성한 질경이,

　薄言襭之.[154] 질경이를 옷자락 속에 넣고 둘러싸네.

　　　(≪시경詩經·주남周南·질경이(芣苢)≫)

⑥ 之子于歸, 이 아가씨 시집가니,

　百兩御之.[155] 백 대의 수레로 맞이하네.

　之子于歸, 이 아가씨 시집가니,

　百兩將之.[156] 백 대의 수레로 보내네.

　　　(≪시경詩經·소남召南·까치집(鵲巢)≫)

153　墉(용): 담.

154　襭(힐): 옷자락을 허리띠에 끼우고 물건을 둘러싸다.

155　御(어): 맞이하다.

156　將(장): 보내다.

예시 ①에서 '양(陽)', '측(側)', '하(下)'는 '남산(南山)'의 서로 다른 위치를 나타내었다. 예시 ②에서 '피(皮)', '치(齒)', '체(體)'는 '쥐(鼠)'의 서로 다른 부위를 나타내었다. 예시 ③에서 '사(事)'는 제사 일을 가리키고 '궁(宮)'은 종묘의 제사를 가리키는데, 두 가지 가운데 하나는 총괄적이고 하나는 세분화한 것이다. 예시 ④에서 '옥(屋)'과 '용(墉)'은 모두 주택의 건축과 관련이 있다. 예시 ⑤에서 '채(采)'와 '유(有)', '철(掇)', '날(捋)', '결(袺)', '힐(襭)'은 '유(有)'를 제외하고는 모두 손의 동작과 관계가 있다. 예시 ⑥에서 '어(御)'와 '장(將)'은 모두 '시집가는 것(于歸)'과 관련이 있는데, 한편으로는 맞이하고 한편으로는 전송을 하여, 말뜻이 서로 반대가 된다.

(4) 교체(交替) 변환

'교체 변환'은 변환하는 글자가 의미상 서로 뒤섞이고 보충하는 경우이다.

① 漢之廣矣, 한수(漢水)는 넓어,
   不可泳思. 헤엄쳐 갈 수 없네.
   江之永矣, 강수(江水)는 길어,
   不可方思.[157] 뗏목으로 건널 수 없네.

   (≪시경詩經·주남周南·한수漢水는 넓어(漢廣)≫)

② 東飛伯勞西飛燕, 동쪽으로 때까치 날고 서쪽으로 제비 나는데,
   黃姑織女時相見. 견우와 직녀 때때로 서로 만나네.

   (소연蕭衍 <동쪽으로 때까치 나는 노래(東飛伯勞歌)>)

---

157 思(사): 구말어기사(句末語氣詞).

③ 玉關道路遠, 옥문관(玉門關)으로 가는 길은 멀기도 하고,

   金陵信使疏. 금릉(金陵)에서 오는 사자는 드물기도 하네.

   (유신庾信 <왕림王琳에게 보내며(寄王琳)>)

④ 大城鐵不如, 큰 성은 견고하여 무쇠도 이에 미치지 못하고,

   小城萬丈餘. 작은 성은 만 여 장 높이 있네.

   (두보杜甫 <동관潼關의 관리(潼關吏)>)

⑤ 煙籠寒水月籠沙, 안개는 차가운 물을 뒤덮고 달은 모래를 뒤덮는데,

   夜泊秦淮近酒家. 밤에 진회(秦淮)에 묵으니 술집이 가깝네.

   (두목杜牧 <진회秦淮에 묵으며(泊秦淮)>)

예시 ①에서, '광(廣)'과 '영(永)'은 의미를 상호 보충하여, '넓다'를 말하면서 '길다'는 것을 포함하고, '길다'를 말하면서 '넓다'는 것을 포함한다.

예시 ②에서, '동(東)', '서(西)'와 '백로(伯勞)', '연(燕)'도 그러하여, '동쪽'을 말하면서 '서쪽'을 포함하고, 서쪽을 말하면서 동쪽을 포함하며, '때까치'를 말하면서 '제비'를 포함하고, '제비'를 말하면서 '때까치'를 포함한다.

예시 ③의 '옥관(玉關)'과 '금릉(金陵)'도 그러한데, '옥관'을 말하는 것은 옥문관에서부터 금릉까지를 가리키고, '금릉'을 말하는 것은 금릉에서부터 옥문관까지를 가리킨다.

예시 ④의 '대성(大城)'과 '소성(小城)', '철불여(鐵不如)'와 '만장여(萬丈餘)'도 그러하다. '큰 성(大城)'을 말하면서 '작은 성(小城)'을 포함하고, '작은 성'을 말하면서 '큰 성'을 포함한다. '무쇠도 이에 미치지 못한다(鐵不如)'는 것은 성이 견고하다는 것을 말하고, '만 여 장 높이 있다(萬丈餘)'는 것은 성이 높다는 것을 말한다. 견고함을 말하면서 높다는 뜻을 포함하고, 높다는 말을 하면

서 견고하다는 뜻을 포함하고 있다.

예시 ⑤의 '연(煙)'과 '월(月)', '한수(寒水)'와 '사(沙)'도 그러하다. '안개'라고 말한 것은 달빛이 비치는 아래의 안개를 가리키는 것이고, '달'이라고 말한 것은 안개가 몽롱한 속의 달빛을 가리키는 것이다. '차가운 물'은 물가 모래사장 아래에 비치는 '차가운 물'을 가리키며, '모래'라고 말한 것은 '차가운 물'이 치는 물가 '모래'를 가리킨다.

총괄적으로 말해서, 교체 변환은 고대시가 중 비교적 광범위하게 응용되는 수사 방식이다. 그 수사적인 특징이 뜻의 상호 보충에 있기 때문에 작품을 읽을 때 마땅히 세심하게 이해하여야 하며 시구를 너무 융통성이 없이 이해해서는 안 된다.

(5) 어순(語順) 변환

'어순 변환'은 원래 글자의 순서를 바꾸어 수사의 필요를 만족시키는 것이다. 이러한 변환은 주로 압운의 필요 때문이며 일반적으로 구조 문제는 관련되지 않는다.

① 日居月諸, 해와 달은,

出自東方. 동쪽에서 나오네.

......　　　　......

日居月諸, 해와 달은,

東方自出. 동쪽에서 나오네.

(≪시경詩經·패풍邶風·해와 달(日月)≫)

② 君子有酒, 주인에게 술이 있으니,

旨且多. 맛있고 또 많네.

....

君子有酒, 주인에게 술이 있으니,

多且旨. 많고 또 맛있네.

(≪시경詩經·소아小雅·물고기가 걸렸으니(魚麗)≫)

③ 東方未明, 동쪽이 아직 밝지도 않았는데,

顚倒衣裳. 옷을 거꾸로 입네.

....

東方未晞, 동쪽이 아직 환해지지도 않았는데,

顚倒裳衣. 옷을 거꾸로 입네.

(≪시경詩經·제풍齊風·동쪽이 아직 밝지도 않았는데(東方未明)≫)

④ 鶉之奔奔,[158] 메추라기 짝지어 날고,

鵲之彊彊.[159] 까치 짝지어 나네.

....

鵲之彊彊, 까치 짝지어 날고,

鶉之奔奔. 메추라기 짝지어 나네.

(≪시경詩經·용풍鄘風·메추라기 짝지어 날고(鶉之奔奔)≫)

예시 ①에서, '출자동방(出自東方)'과 '동방자출(東方自出)'은 뜻이 완전히 같다. <패풍邶風·해와 달(日月)>은 모두 4장인데, '일거월저(日居月諸), 출자동방

---

158 奔奔(분분): 새의 암컷과 수컷이 서로 따르며 나는 모습.

159 彊彊(강강): 새의 암컷과 수컷이 서로 따르며 나는 모습.

(出自東方)'은 3장의 처음 두 구절이다. 3장의 운자(韻字)로 사용한 것은 양부(陽部)의 글자이다. '일거월저, 동방자출(日居月諸, 東方自出)'은 4장의 처음 두 구절이다. 4장의 운자로 쓰인 것은 물부(物部)의 글자이다.

예시 ②의 <소아小雅·물고기가 걸렸으니(魚麗)>는 모두 6장이다. '군자유주(君子有酒), 지차다(旨且多)'는 1장의 세 번째, 네 번째 구절이다. 이 장의 운자는 가부(歌部)의 글자이다. '군자유주(君子有酒), 다차지(多且旨)'는 2장의 세 번째, 네 번째 구절이며, 이 장의 운자는 지부(脂部)의 글자이다.

같은 이치로, 예시 ③과 ④에서, '의상(衣裳)'과 '상의(裳衣)'는 뜻이 같은데, '상(裳)'은 양부(陽部)에 속하고 '의(衣)'는 미부(微部)에 속하며, '순지분분(鶉之奔奔), 작지강강(鵲之彊彊)'과 '작지강강(鵲之彊彊), 순지분분(鶉之奔奔)'은 뜻이 같은데, '강(彊)'은 양부(陽部)에 속하고, '분(奔)'은 문부(文部)에 속한다. 이러한 어순의 변화는 ≪시경(詩經)≫에만 있는 것이 아니라, 후대의 시가 작품에서도 널리 사용되며, 어떤 것은 또 구조 문제와 관련되기도 한다.

⑤ 易陽春草出,[160] 역수(易水) 북쪽엔 봄풀 돋았는데,

　踟躕日已暮. 머뭇거리는 사이 날은 이미 저물었네.

　蓮葉尚田田, 연잎은 아직 수면을 덮고 있는데,

　淇水不可渡. 기수(淇水)는 건너갈 수 없네.

　(사조謝朓 <강 위의 노래(江上曲)>)

⑥ 檢書燒燭短, 책을 살피느라 촛불 타서 짧아지고,

　看劍引杯長.[161] 칼을 보느라 술잔 드는 것이 길어지네.

160　易陽(역양): 역수(易水)의 북안(北岸).

161　引杯長(인배장): 잔에 가득찬 술을 마시다.

詩罷聞吳詠, 시 짓기 마치고 오(吳) 지방 소리로 읊조리는 것을 들으니,
扁舟意不忘. 조각배 타던 일 이 마음 잊지 못하네.
· · · ·

(두보杜甫 <좌左씨 별장에서의 밤 연회(夜宴左氏莊)>)

예시 ⑤의 '기수불가도(淇水不可渡)'는 기수(淇水)를 넘을 수 없다는 뜻으로,
'모(暮)'와 '도(渡)'가 압운자이며, 똑같이 우운(遇韻)에 속한다.

예시 ⑥의 '편주의불망(扁舟意不忘)'은 마음이 편주를 잊지 못 한다는 뜻이
며, '장(長)'과 '망(忘)'이 압운자이며, 둘 다 양운(陽韻)에 속한다.

이상은 변환 수사 방식의 기본 유형이다.

<3> 변환과 반복(反復)

고대시가에서의 변환과 반복이라는 두 종류 수사 방식은 그 작용이 상호
보완적이다. 변환의 작용은 언어를 더욱 다양화하게 표현하여, 경직되어 융
통성이 없게 하지 않도록 하는 데에 있으며, 반복의 작용은 감정의 색깔을
더욱 강하게 하고 어세를 강화하여, 시의 언어로 하여금 감동시키는 힘을
더욱 풍부히 갖도록 하는 데에 있다. 변환 중에 반복이 있고, 반복 중에 변환
이 있어서, 두 가지는 서로 보충하고 서로 더욱 드러나게 한다. 이 때문에
고대시가, 특히 ≪시경(詩經)≫ 중에는 이 두 종류의 수사 방식이 늘 함께
사용되고 있다.

① 彼狡童兮, 저 교활한 사내,
不與我言兮. 나와 말도 하지 않네.
· ·
維子之故, 그대 때문에,

使我不能餐兮. 내가 밥도 먹지 못하게 하네.

彼狡童兮, 저 교활한 사내,

不與我食兮. 나와 먹지도 않네.

維子之故, 그대 때문에,

使我不能息兮. 내가 편히 쉬지도 못하게 하네.

(≪시경詩經·정풍鄭風·교활한 사내(狡童)≫)

② 蘀(tuò)兮蘀兮, 마른 나뭇잎이여 마른 나뭇잎이여,

風其吹女. 바람이 너에게 불리라.

叔兮伯兮, 숙(叔)이여 백(伯)이여,

倡予和女. 나에게 노래 부르시면 당신에게 화답할게요.

蘀兮蘀兮,[162] 마른 나뭇잎이여 마른 나뭇잎이여,

風其漂女. 바람이 너를 날려 보내리라.

叔兮伯兮, 숙이여 백이여,

倡予要女. 나에게 노래 부르시면 당신에게 받아 부를게요.

(≪시경詩經·정풍鄭風·마른 나뭇잎이여(蘀兮)≫)

예시 ①의 <정풍鄭風·교활한 사내(狡童)>는 모두 2장이며 전부 38자인데, 그 속에는 4개의 글자만 변환을 하였다.

예시 ②의 <정풍鄭風·마른 나뭇잎이여(蘀兮)>도 2장이며 32자인데, 그 속에 4개의 글자만 변환하였다.

---

162 蘀(탁): 초목에서 떨어진 나무껍질 혹은 풀잎.

양한(兩漢) 이후, 민가(民歌) 작품 중에는 여전히 이러한 수사수법을 그대로 이어받았다.

③ 城中好高髻, 경성(京城) 성 안의 사람들이 높은 쪽머리 좋아하니,

　四方高一尺. 천하의 사람들은 한 자나 더 높이네.

　城中好廣眉, 성 안의 사람들이 넓은 눈썹 좋아하니,

　四方且半額.¹⁶³ 천하의 사람들은 장차 이마의 반이나 그리네.

　城中好大袖, 성 안의 사람들이 넓은 소매 좋아하니,

　四方全匹帛. 천하의 사람들은 한 필 비단으로 만드네.

　(무명씨無名氏 <경성京城 성 안의 민요(城中謠)>)

④ 寧飮建業水, 차라리 건업(建業)의 물을 마실지언정,

　不食武昌魚. 무창(武昌)의 물고기는 먹지 않으리.

　寧還建業死, 차라리 건업에 돌아가 죽을지언정,

　不止武昌居.¹⁶⁴ 무창에 머물러 살지 않으리.

　(≪삼국지三國志·오서吳書·육개전(陸凱傳)≫)

⑤ 巴東三峽巫峽長, 파동(巴東)의 삼협(三峽)은 무협(巫峽)이 긴데,

　猿鳴三聲淚沾裳. 원숭이 세 번 울음소리에 눈물이 치마를 적시네.

　巴東三峽猿鳴悲, 파동의 삼협은 원숭이 울음소리 슬픈데,

　猿鳴三聲淚沾衣. 원숭이 세 번 울음소리에 눈물이 옷을 적시네.

　(≪수경주水經注·장강長江의 물 주석(江水注)≫)

163　且(차): 장차.

164　止(지): 머무르다.

한 수의 시에 만약 반복하는 글자가 많고 변환하는 글자가 적으면 이것은 '반복 속에 변환이 있다'는 것이고, 그것과 반대의 경우는 '변환 속에 반복이 있다'는 것이다. 이 두 종류의 상황은 고르지 않다. ≪시경≫ 등 초기의 작품에는 주로 반복 속에 변화가 있으며, 한대(漢代) 이후의 민가에는 주로 변환 속에 반복이 있다. 반복과 변환을 결합하면 변화를 잘한다고 말할 수 있다.

제10장 연환(連環)

<1> 연환이란?

'연환'이라는 말은 '고리를 여러 개 잇대어 꿴 쇠사슬'이라는 뜻으로 하나의 비유이다. 연환 수사 방식을 일부 수사학 관련 서적에서는 '정진(頂眞)' 혹은 '정침(頂針)'이라고 부르기도 한다. 그러나 '정진' 혹은 '정침' 모두 '연환'만큼 통속적이고 쉽게 이해되지는 않는다. 연환은 윗 구의 말미의 글자, 단어, 구절이 아래 구의 시작 부분과 완전히 일치하는 수사 방식을 가리킨다. 예를 들면,

> ① 終日望夫夫不歸, 종일 남편을 바라지만 남편은 오지 않고,
> 化爲孤石苦相思. 외로운 돌이 되어 괴로이 그리워하네.
>
> (유우석劉禹錫 <망부석(望夫石)>)

> ② 我聞古之良吏有善政, 내가 듣건대 옛날의 좋은 관리들은 좋은 정책이
> 있어,
> 以政驅蝗蝗出境. 정책으로 메뚜기들을 몰아내어 메뚜기들이 그 지역을
> 떠났다네.
>
> (백거이白居易 <메뚜기를 잡다(捕蝗)>)

③ 夢裏尋秋秋不見, 꿈속에서 가을을 찾으나 가을은 보이지 않는데,
　　秋在平蕪遠渚. 가을은 잡초 무성한 벌판과 멀고먼 물가에 있네.

(유과劉過 <하신랑(賀新郎)>)

　예시 ①에서, 두 개의 '부(夫)'자 중, 첫 번째 '부(夫)'는 앞의 구의 목적어이
고, 두 번째 '부(夫)'는 아래 구의 주어인데, 사용한 글자가 완전히 같아 마치
고리와 고리가 긴밀하게 서로 연결되어 있는 듯하다. 이렇게 서로 같은 글자
(단어와 구句를 포함하여)에게 이름을 붙여 '연환절(連環節)'이라고 부른다.

　같은 이치로 예시 ②와 ③을 보면 두 개의 '황(蝗)'자에서, 첫 번째 '황(蝗)'
은 '구(驅)'의 목적어이고, 두 번째 '황(蝗)'은 '출(出)'의 주어이다. 두 개의
'추(秋)'자에서, 첫 번째 '추(秋)'는 '심(尋)'의 목적어이고 두 번째 '추(秋)'는
'견(見)'의 앞에 놓인 목적어이다.

　이런 연환절은 또 위아래 두 개의 시구에 나누어 놓을 수도 있다. 예를
들면,

④ 吹我東南行, 나에게 불어와 동남쪽으로 가니,
　　行行至吳會. 가고 가서 오회(吳會)에 이르렀네.
　　吳會非我鄉, 오회는 내 고향이 아니니,
　　安得久留滯? 어찌 오래 머물 수 있으리오?

(조비曹丕 <잡시(雜詩)> 제2수)

⑤ 歸來見天子, 돌아와 천자(天子)를 배알하니,
　　天子坐明堂. 천자는 명당(明堂)에 앉아 계시네.

(무명씨無名氏 <목란木蘭을 노래한 시(木蘭詩)>)

⑥ 青青河畔草, 푸르고 푸른 강 가의 풀,

　綿綿思遠道. 끊임 없이 끊임 없이 먼 길 가는 님을 생각하네.

　遠道不可思, 먼 길 가는 님을 생각만 할 수 없더니,

　宿昔夢見之. 어젯밤 꿈에 그 님을 보았네.

(무명씨無名氏 <만리장성萬里長城 아래 샘터 굴에서 말에게 물을 먹이는 노래(飲馬
長城窟行)>)

⑦ 我欲竟此曲, 내가 이 노래를 끝내고자 하나,

　此曲悲且長. 이 노래는 슬프고도 길도다.

　棄置勿重陳, 내버려 두고 거듭 말하지 말아야 하니,

　重陳令心傷. 거듭 말하면 마음을 상하게 하네.

(유곤劉琨 <부풍扶風의 노래(扶風歌)>)

　연환 수사 방식은 형식상에서 보면 연환절을 사용함으로 해서 위아래 시구의 처음과 끝이 연속해서 이어져, 위에서 넘겨주면 아래에서 받으면서, 무한히 순환하는 시적인 맛을 조성하여, 시인의 감정을 더욱 일관되게 잘 토로할 수 있도록 해주며, 따라서 독자의 공감 또한 더욱 잘 불러일으킬 수 있다. 예를 들면,

⑧ 獨上江樓思渺然, 홀로 강가의 누각에 오르니 생각이 아득한데,

　月光如水水如天. 달빛은 물 같고 물은 하늘 같네.

(조하趙嘏 <강가의 누각에서 옛날 생각(江樓感舊)>)

⑨ 人人呼爲天子鏡, 사람마다 천자의 거울이라고 부르는데,

我有一言聞太宗. 나는 태종에게서 한 마디 말을 들은 바 있네.

太宗常以人爲鏡, 태종은 항상 사람을 거울로 삼으면서,

鑒古鑒今不鑒容. 옛날을 살피고 지금을 살피되 얼굴은 살피지 않았네.

(백거이白居易 <백번을 다듬은 거울(百鍊鏡)>)

　　예시 ⑧의 조하(趙嘏)의 <강가의 누각에서 옛날 생각(江樓感舊)>은 좋은 시
이다. 작자는 옛 곳을 다시 노닐면서 홀로 강가의 누각에 올라 달을 감상한다
는 특정의 환경을 통하여 시인의 무한하게 고독한 감정을 토로했다. '월광여
수수여천(月光如水水如天)'에서 작자는 연환 수사 방식을 운용하여 달과 강물이
하나의 색깔이고 강과 하늘이 하나의 몸이 되는 야경을 아름답고 사람을
감동하도록 묘사하여 독자로 하여금 마음이 흠뻑 빠지게 만든다.

　　예시 ⑨에서 연환절은 '태종(太宗)'인데 서로 다른 시구 안에 나누어 배치하
였다. 시인은 연환 수사 방식의 도움을 빌려 연환절 '태종(太宗)'이 거듭 나타
남을 통하여 당태종(唐太宗)의 '사람을 거울로 삼으면, 득(得)과 실(失)을 밝힐
수 있다(以人爲鏡, 可以明得失)'는 대정치가로서의 도량과 품성을 드러냈다. 종
합하면, 이와 같은 것들은 모두 연환 수사 방식의 수사적 작용과 연환 수사
방식이 가져다주는 언어의 연속적 아름다움을 나타내었다.

<2> 연환의 기본 유형

　　시구 중에서의 연환절의 위치에 근거하여 연환 수사 방식을 두 종류로
나눌 수 있는데, 하나는 '시구 안의 연환'이고, 두 번째는 '시구 밖의 연환'이
다. 아래에서 나누어서 이야기해보기로 한다.

(1) 시구 안의 연환

'시구 안의 연환'은 연환 관계에 있는 두 개의 말이 모두 같은 시구 안에 있는 것을 가리킨다. 예를 들면,

① 憶郎郎不至, 낭군을 생각해도 낭군은 오지 않아,
仰首望飛鴻. 머리 들어 날아가는 기러기를 바라보네.

　　(무명씨無名氏 <서주西洲의 노래(西洲曲)>)

② 抽刀斷水水更流, 칼을 뽑아 물을 끊어도 물은 다시 흐르고,
擧杯消愁愁更愁. 술잔을 들고 근심을 없애려 하나 근심은 더욱 깊어지네.

　　(이백李白 <선주宣州 사조루謝朓樓에서 숙부 이운李雲 교서校書의 송별연을 하다
　　(宣州謝朓樓餞別校書叔雲)>)

③ 期君君不至, 그대를 만나기로 기대하지만 그대 오지 않으니,
人月兩悠悠. 사람과 달 둘 다 아득하기만 하네.

　　(백거이白居易 <성위에서 달을 마주하며 친구를 만나길 기대하지만 오지 않다(城
　　上對月期友人不至)>)

④ 殘妝含淚下簾坐, 지워진 화장에 눈물 머금고 발을 내리고 앉아,
盡日傷春春不知. 종일토록 봄을 슬퍼하나 봄은 알지도 못하네.

　　(백거이白居易 <봄을 슬퍼하는 노래(傷春詞)>)

⑤ 小頭鞋履窄衣裳,[165] 앞이 좁은 신발에 조이는 옷을 입고,

靑黛點眉眉細長. 푸른 눈썹먹으로 눈썹을 그리니 눈썹이 가늘고도 길다.

(백거이白居易 <상양궁의 흰머리 궁녀(上陽白髮人)>)

⑥ 淮西有賊五十載, 회서(淮西)에 도적들 있은 지 50년,

封狼生貙(chū)貙生羆.[166] 큰 이리는 삵을 낳고 삵은 큰 곰을 낳았네.

(이상은李商隱 <한유韓愈의 비문(韓碑)>)

예시 ①~⑥에서, 연환절 '랑(郞)', '수(水)', '수(愁)', '군(君)', '춘(春)', '미(眉)', '추(貙)'는 문장 성분상 모두 윗 구의 목적어이자 아래 구의 주어이다. 그러나 어떤 시구 안의 연환은 이렇지 않다. 예를 들면,

⑦ 不獨善戰善乘時, 전쟁을 잘할 뿐만 아니라 때를 잘 탔으며,

以心感人人心歸. 마음으로 사람들을 감동시키니 사람들 마음이 돌아왔네.

(백거이白居易 <당태종唐太宗 일곱 가지 덕을 기리는 춤(七德舞)>)

⑧ 弄潮兒向濤頭立, 파도 잘 타는 사람들 파도를 향해 서있는데,

手把紅旗旗不濕. 손에 붉은 깃발 들고 있으며 깃발은 젖지 않았네.

(반랑潘閬 <주천자(酒泉子)>)

예시 ⑦에서, 연환절 '인(人)'은 윗 구의 목적어이고 또 아래 구의 관형어(冠形語)이다. 예시 ⑧의 연환절 '기(旗)'는 윗 구의 목적어(수식구조의 중심어)이자 아래 구의 주어이다.

165　鞵(혜): '혜(鞋)'자와 같다. 신. 가죽신.
166　貙(추): 이리와 비슷하게 생긴 맹수. 삵.

예시 ⑦과 ⑧의 유형은 수량상으로 보면 매우 많지는 않지만 이런 것들을 연환 수사 방식 안에 넣어야 한다.

(2) 시구 밖의 연환

'시구 밖의 연환'은 연환 관계에 있는 두 개의 말이 서로 다른 시구에 있는 것을 말한다. 다시 말해, 연환절이 같은 시구 안에 있지 않다. 시구 밖의 연환은 연환절의 구조 성질에 따라 다시 3종류로 나누어진다.

첫째, 연환절이 단어인 경우. 예를 들면,

① 河中之水向東流, 황하(黃河)의 물이 동쪽으로 흐르는데,

　　洛陽女兒名莫愁. 낙양(洛陽)의 여자 아이 이름을 막수(莫愁)라고 하네.

　　莫愁十三能織綺. 막수는 열세 살에 무늬비단을 짤 줄 알았고,

　　十四采桑南陌頭. 열네 살에 남쪽 길가에서 뽕을 땄네.

　　(소연蕭衍 <황하의 물 노래(河中之水歌)>)

② 出門看火伴, 대문을 나가 전우들을 보니,

　　火伴皆驚惶. 전우들이 모두 놀라워하며 당황하였네.

　　(무명씨無名氏 <목란木蘭을 노래한 시(木蘭詩)>)

③ 低頭弄蓮子, 머리 숙여 연밥을 만지니,

　　蓮子青如水. 연밥이 물과 같이 푸르다.

　　(무명씨無名氏 <서주西洲의 노래(西洲曲)>)

④ 展轉不能寐, 몸을 뒤척여도 잠들 수 없어,

　披衣起彷徨. 옷 걸치고 일어나 왔다 갔다 하네.

　彷徨忽已久, 왔다 갔다 한지 문득 이미 오래되었고,

　白露沾我裳. 흰 이슬이 나의 옷을 적시네.

　(조비曹丕 <잡시(雜詩)> 제1수)

⑤ 長城何連連,[167] 만리장성은 어찌 이리도 끊임없이 이어지나,

　連連三千里. 끊임없이 이어져 삼천리에 이르네.

　(진림陳琳 <만리장성萬里長城 아래 샘터 굴에서 말에게 물을 먹이는 노래(飲馬長城
　窟行)>)

⑥ 五城何迢迢, 다섯 성은 어찌 이리도 아득히 먼가,

　迢迢隔河水. 아득히 멀리 황하 물과 떨어져 있네.

　(두보杜甫 <노자관蘆子關을 지켜서 막아야(塞蘆子)>)

예시 ①~⑥에서 알 수 있듯이, 연환절이 단어인 이런 부류는 연환절에
충당되는 단어가 대부분 윗 구의 목적어이고 아래 구의 주어이지만(예시 ①~
③), 동시에 위, 아래 구의 술어가 될 수도 있다.(예시 ④~⑥)

두 번째, 연환절이 단어의 조합인 경우.

① 春風動春心, 봄바람이 봄날 마음 움직여,

　流目矚山林. 눈을 돌리며 산과 숲을 바라보네.

167　連連(연련): 끊임없이 이어지는 모양.

山林多奇采, 산과 숲은 빼어난 빛깔 많고,

陽鳥吐淸音. 햇빛 아래 새들은 맑은 소리 토해내네.

(무명씨無名氏 <자야子夜의 4계절 노래(子夜四時歌)>)

② 彈冠俟知己, 갓의 먼지를 털며 나를 알아주는 이 기다리지만,

知己誰不然? 나를 알아주는 이도 누가 그렇지 않겠는가?

(조식曹植 <서간徐幹에게 드리며(贈徐幹)>)

③ 遠遊越山川, 멀리 유람하며 산과 물을 넘어가니,

山川修且廣. 산과 물은 길고도 넓네.

(육기陸機 <낙양洛陽으로 가는 길에 짓다(赴洛道中作)>)

④ 我欲渡河水, 내가 강물을 건너고자 하지만,

河水深無梁. 강물은 깊고 다리가 없네.

(고시古詩 <걸어서 성성城의 동문東門을 나가(步出城東門)>)

⑤ 憐其不得所, 제 살 곳에 있지 못하는 것을 가엾게 여기며,

移放於南湖. 남호(南湖)로 옮겨가서 놓아주네.

南湖連西江, 남호는 서강(西江)과 연결되어 있으니,

好去勿踟躕. 잘 가거라 머뭇거리지 말고.

(백거이白居易 <물고기를 방생하며(放魚)>)

⑥ 兩家求合葬, 두 집이 함께 묻기를 요구하여,

合葬華山傍. 화산(華山) 곁에 함께 묻었네.

(무명씨無名氏 <초중경焦仲卿의 아내(焦仲卿妻)>)

⑦ 拔劍捎羅網, 칼을 뽑아 그물을 끊어주니,

　黃雀得飛飛. 참새는 훨훨 날아갈 수 있네.

　飛飛摩蒼天, 훨훨 날아가 푸른 하늘에 닿았다가,

　來下謝少年. 내려와 소년에게 감사하네.

　(조식曹植 <들판의 참새 노래(野田黃雀行)>)

⑧ 憶人莫至悲, 다른 사람을 생각하더라도 지나치게 슬퍼하지는
　　　　　　　말아야 하니,

　至悲空自哀. 지나치게 슬퍼하면 공연히 스스로를 슬프게 한다네.

　(맹교孟郊 <뒤섞인 원망(雜怨)> 제1수)

예시 ①~⑧에서 알 수 있듯이, 연환절이 단어의 조합인 이런 부류는 연환절로 충당되는 단어의 조합이 시구 중에서 담당하는 성분이 비교적 복잡한 편인데, 어떤 것은 윗 구의 목적어와 아래 구의 주어이고(예시 ①~④), 어떤 것은 윗 구의 개사(介詞) 목적어와 아래 구의 주어이며(예시 ⑤), 어떤 것은 윗 구의 목적어이자 아래 구의 술어이고(예시 ⑥), 어떤 것은 동시에 위아래구의 술어이다(예시 ⑦~⑧).

세 번째, 연환절이 구절인 경우.

여기서 말하는 구절은 주어를 생략한 불완전구(不完全句)를 포함한다. 예를 들면,

① 力拔山兮氣蓋世, 힘은 산을 뽑아버릴 만하고 기개는 세상을 덮을 만하나,

　時不利兮騅不逝. 시운이 이롭지 못하니 오추마(烏騅馬)도 달리지
　　　　　　　　　못하는구나.

騅不逝兮可奈何, 오추마도 달리지 못하니 어찌 할거나,

虞兮虞兮奈若何. 우희(虞姬)여 우희여 그대를 어찌 할거나.

(항적項籍 <해하垓下의 노래(垓下歌)>)

② 聞君有他心, 그대에게 다른 마음 있다는 말 듣고,

拉雜摧燒之. 쌓아놓고 그것을 부수고 불태워버렸네.

摧燒之, 그것을 부수고 불태워버리고,

當風揚其灰. 바람에 그 재를 날려버렸네.

(무명씨無名氏 <그리운 사람(有所思)>)

③ 幽室一己閉, 무덤 구덩이 한번 닫혀 버리면,

千年不復朝. 천년 동안 다시는 아침을 보지 못하리라.

千年不復朝, 천년 동안 다시는 아침을 보지 못하는 것은,

賢達無奈何. 현명하고 뛰어난 사람도 어쩔 수 없는 것.

(도연명陶淵明 <나의 죽음을 애도하며(挽歌詩)> 제3수)

④ 少年不識愁滋味, 젊을 때는 아직 근심이 뭔지 모르면서,

愛上層樓. 높은 누각 오르기를 즐겼네.

愛上層樓, 높은 누각 오르기를 즐기며,

爲賦新詞强說愁. 새로운 사(詞) 짓기 위해 억지로 근심을 말했네.

(신기질辛棄疾 <추노아(醜奴兒)·박산博山으로 가는 길에 벽에 적다(書博山道中壁)>)

예시 ①~④에서 알 수 있듯이, 연환절이 구절인 이런 부류는 일반적으로 말해서 구절의 새로운 조합 문제와는 관련되지 않는데, 왜냐하면 연환절로 충당되는 구절을 단지 다시 한 번 중복하기만 하면 되기 때문이다. 그러나

만약 연환절로 충당되는 구절이 다른 구절을 구성하는 부분이라면 상황은
달라진다.

⑤ 離聲斷客情, 이별의 노래 소리 나그네 마음을 끊어지게 하고,

賓御皆涕零.[168] 보내는 이와 마부 모두 눈물을 흘리네.

涕零心斷絶, 눈물을 흘리며 마음은 끊어지는데,

將去復還訣. 떠나려 하며 다시 이별의 말을 하네.

(포조鮑照 <'동문東門의 노래'를 본떠서 지은 시(代東門行)>)

⑥ 秦家築城備胡處, 진나라가 성을 쌓아 오랑캐를 대비하던 곳에,

漢家還有烽火燃. 한나라 때도 여전히 봉화가 타올랐네.

烽火燃不息, 봉화가 타오르며 꺼지지 않고,

征戰無已時. 원정 전쟁은 그칠 때가 없었네.

(이백李白 <성성城 남쪽에서 싸우다(戰城南)>)

예시 ⑤의 '체령(涕零)'은 위의 구에서는 술어이며, 아래 구에서는 독립된
구절이다. 예시 ⑥의 '봉화연(烽火燃)'은 위의 구에서는 목적어이고, 아래 구에
서는 역시 독립된 구절이다.

고대시가에서의 연환 수사법의 기본 유형은 대체로 위에서 말한 바와 같
다.

---

168 賓(빈): 전송하는 사람. 御(어): 마차나 수레를 모는 사람.

<3> 연환의 변화

연환 수사 방식의 변화는 주로 연환절의 변화에서 일어난다. 이런 변화는
주로 3가지 종류인데, 첫째는 '연환절 성분의 생략', 둘째는 '연환절 성분의
순서 변화', 셋째는 '시구의 연환이 시 단락의 연환으로 확장되는 것'이다.
아래에서 나누어서 이야기해보기로 한다.

(1) 연환절 성분의 생략

연환절 성분의 생략은 주로 2가지 상황이 있다.

첫째, 연환절이 수식어를 생략하는 경우.

> ① 青袍似春草, 파란 도포는 봄풀 같은데,
>   草長條風舒.[169] 풀은 길고 동북풍에 흩어지네.
>
>   (고시古詩 <온화한 맑은 바람 불어와(穆穆清風至)>)

> ② 鴻飛滿西洲, 기러기 날아 서주(西洲)에 가득한데,
>   望郞上青樓. 낭군을 바라보려 푸른 누각에 오르네.
>   樓高望不見, 누각이 높으나 바라보아도 보이지 않아,
>   盡日欄杆頭. 하루 종일 난간머리에 있네.
>
>   (무명씨無名氏 <서주西洲의 노래(西洲曲)>)

---

169 條風(조풍): 조풍(調風). 입춘(立春) 때에 부는 동북풍(東北風).

③ 開門郎不至, 문을 열어도 낭군이 오지 않아,

　出門采紅蓮. 문을 나가 붉은 연꽃을 따네.

　采蓮南塘秋, 연꽃을 따니 남당(南塘)은 가을이 되어,

　蓮花過人頭. 연꽃이 사람 머리를 지나가네.

　(무명씨無名氏 <서주西洲의 노래(西洲曲)>)

④ 誰言老淚短, 누가 말하는가, 늙은 사람 눈물이 적다고,

　淚短沾衣巾. 눈물이 적어도 옷과 두건을 적시네.

　(맹교孟郊 <방방房 차경次卿 소부少府를 조문하며(吊房十五次卿少府)>)

⑤ 宿空房, 빈 방에서 묵으니,

　秋夜長, 가을 밤은 길고,

　夜長無寐天不明. 밤은 긴데 잠 못 이루고 하늘은 밝지 않네.

　(백거이白居易 <상양궁上陽宮의 흰머리 궁녀(上陽白髮人)>)

⑥ 忽聞海上有仙山, 문득 들으니 바다에 신선의 산이 있는데,

　山在虛無縹緲間. 산이 공허하고 아득한 사이에 있다고 하네.

　(백거이白居易 <기나긴 한의 노래(長恨歌)>)

　예시 ①의 '초장조풍서(草長條風舒)'구에서 '초장(草長)'의 '초(草)'는 앞에 '춘(春)'자를 생략하였으며, 예시 ②의 '누고망불견(樓高望不見)'구에서 '누고(樓高)'의 '누(樓)'는 앞에 '청(青)'자를 생략하였다. 예시 ③~⑥도 분석이 동일하다.

　둘째, 중심어를 생략하는 경우. 예를 들어,

① 茲晨自爲美, 이 새벽 스스로 아름다우니,

　當避豔陽天. 화창하고 따스한 봄날을 피해야 하네.

　豔陽桃李節, 화창하고 따스한 복숭아와 자두의 계절에는,

　皎潔不成妍. 희고 깨끗한 눈도 아름다움이 되지 못하네.

　(포조鮑照 <공간公幹 유정劉楨의 체를 본떠서 지은 시(學劉公幹體)> 제3수)

② 願子淹桂舟, 원컨대 그대가 계수나무 배를 멈추고,

　時同千里路. 때맞추어 천리 길을 같이 가고자 하네.

　千里既相許, 천리가 이미 허락된다면,

　桂舟復容與.¹⁷⁰ 계수나무 배가 다시 한가로이 가리라.

　(사조謝朓 <강 위의 노래(江上曲)>)

③ 後宮佳麗三千人, 후궁의 아름다운 여인 3천 명,

　三千寵愛在一身. 3천 명의 총애가 한 사람 몸에 모였네.

　(백거이白居易 <기나긴 한의 노래(長恨歌)>)

예시 ①~③에서, '염양도리절(豔陽桃李節)' 구절은 '염양(豔陽)'의 뒤에 '천(天)'자가 생략되었으며, '천리기상허(千里既相許)' 구절은 '천리(千里)' 뒤에 '로(路)'자가 생략되었고, '삼천총애재일신(三千寵愛在一身)' 구절은 '삼천(三千)' 뒤에 '인(人)'자가 생략되었다.

170　容與(용여): 파도가 높았다 낮았다함을 따르며 앞으로 나아가지 않고 흔들리는 모양. 배, 수레 따위가 한가로이 가는 모양.

(2) 연환절 성분의 어순 변화

① 今日大風寒, 오늘 세찬 바람이 차가운데,

　寒風摧樹木, 찬바람은 나무를 꺾고,

　嚴霜結庭蘭. 된서리가 정원의 난초에 맺혔네.

(무명씨無名氏 <초중경焦仲卿의 아내(焦仲卿妻)>)

② 道狹草木長, 길은 좁은데 풀과 나무 자라,

　夕露沾我衣. 저녁 이슬이 내 옷을 적시네.

　衣沾不足惜, 옷이 젖는 것이야 아깝지 않으나,

　但使願無違.[171] 다만 내 소원이나 어긋나는 일 없었으면.

(도연명陶淵明 <전원의 집으로 돌아와(歸園田居)> 제3수)

③ 羈心積秋晨, 나그네 수심이 가을 새벽에 더 쌓이는데,

　晨積展遊眺. 새벽에 쌓인 수심은 한껏 유람하고 멀리 바라보고자 하네.

(사령운謝靈運 <칠리뢰(七里瀨)>)

　예시 ①의 '한풍(寒風)'은 '대풍한(大風寒)'의 어순 변화이며, '대(大)'자가 생략되었다. 예시 ②의 '의첨(衣沾)'은 '첨아의(沾我衣)'의 어순 변화이며 '아(我)'자가 생략되었다.

　예시 ③의 '신적(晨積)'은 '적추신(積秋晨)'의 순서가 바뀐 것이며, '추(秋)'자가 생략되었다. 칠리뢰(七里瀨)는 칠리탄(七里灘)이라고도 부르는데, 절강성(浙江省) 동려현(桐廬縣) 부춘강(富春江)에 있다. <칠리뢰(七里瀨)> 이 시는 사령운

171　但(단): 다만. ……하기만 하면.

(謝靈運)이 영가(永嘉)로 가면서 칠리탄을 지날 때 지은 것이다. 시에서 여행의 어려움을 서술하였으며, 경치 묘사하는 가운데에 시인의 깊은 생각을 담고 있다. '나그네 수심이 가을 새벽에 더 쌓이는데(羈心積秋晨)' 이 구절은 깊은 가을의 어느 이른 새벽, 시인의 여행에 대한 마음이 한데 엉겨서 맺히고 무겁게 가라앉아 있음을 말하고 있다. '새벽에 쌓인 수심은 한껏 유람하고 멀리 바라보고자 하네(晨積展遊眺)' 이 구절은 시인이 눈길 닿는 대로 멀리 바라볼 때, 가을 새벽에 엉겨서 맺혔던 여행하는 마음이 펼쳐져 편안해졌음을 말하고 있다. 위아래 두 구절의 대비 가운데, 연환절 '신적(晨積)'은 바로 '적추신(積秋晨)'의 어순 변화이고 생략이 가해졌음을 알 수 있다.

(3) 구(句)의 연환에서 단락의 연환으로 확장

시 단락의 연환은 실제로는 연환구(連環句)를 기초로 하고 있다. 만약 두 개, 혹은 두 개 이상의 시 단락이 시작하고 끝나는 곳에 연환구를 이루고 있지 않다면, 시 단락의 연환은 언급할 필요가 없는 것이다. 아래에서 조식(曹植)의 <백마왕白馬王 조표曹彪에게 드리며(贈白馬王彪)> 시를 예로 들어 이 문제에 대해 이야기하기로 한다. <백마왕白馬王 조표曹彪에게 드리며> 시는 모두 7개 장(章)으로 구성되어 있으며, 첫 번째 단락과 두 번 째 단락이 연환을 이루지 않는 것을 제외하고, 나머지 6개의 단락은 모두 끝과 처음이 연환을 이루고 있다. 예를 들면,

太谷何寥廓,[172] 태곡관(太谷關)은 어찌 이리 쓸쓸한가,

山樹鬱蒼蒼. 산에 나무만 울창하게 짙푸르네.

---

172 太谷(태곡): 태곡관(太谷關).

霖雨泥我塗, 장맛비는 내 가는 길 진흙탕으로 만들고,

流潦浩縱橫. 흐르는 도랑물은 종횡으로 세차네.

中逵絕無軌, 길에는 수레바퀴 자국 하나 없으니,

改轍登高岡. 길 바꿔 높은 언덕에 오르네.

修坂造雲日, 긴 산비탈이 구름 낀 하늘까지 뻗어있고,

我馬玄以黃.[173] 내 말은 누렇게 병들었네.

玄黃猶能進, 누렇게 병들어도 나아갈 수 있지만,

我思鬱以紆. 내 마음은 울적하네.

鬱紆將何念? 울적한 것은 무엇을 생각해서인가?

親愛在離居. 친애하는 이와 떨어져 살게 되어서라네.

本圖相與偕, 본래 함께 가고자 했으나,

中更不克俱. 중간에 바뀌어 함께 갈 수 없었네.

鴟梟鳴衡軛, 올빼미는 수레 가로장과 멍에 옆에서 울어대고,

豺狼當路衢. 승냥이는 큰 길을 가로막네.

蒼蠅間白黑,[174] 파리들 흰 것과 검은 것 전도시키고,

讒巧令親疏. 참언과 교묘한 말들 골육의 정 소원케 하네.

欲還絕無蹊, 돌아가려도 길이 결코 없으니,

攬轡止踟躕. 고삐 잡고 머뭇거리네.

踟躕亦何留? 머뭇거리면서 또 어찌하여 머무르나?

相思無終極. 그리워하는 마음 끝이 없기 때문이네.

---

173 以(이): '이(而)'의 의미. …(하)고.

174 蒼蠅(창승): 간사하여 아첨을 잘하는 사람을 비유한다.

秋風發微涼, 가을바람 일어 약간 서늘하고,

寒蟬鳴我側. 쌀쌀한 날 매미는 내 곁에서 울어대네.

原野何蕭條, 들판은 어찌 이리 스산한가,

白日忽西匿. 밝은 해는 홀연 서산으로 숨어버리네.

歸鳥赴喬林, 돌아가는 새 높은 나무의 숲으로 향하며,

翩翩厲羽翼.[175] 훨훨 날개를 떨치네.

孤獸走索羣, 외로운 짐승도 무리 찾고 다니며,

銜草不遑食. 풀을 머금고도 먹을 겨를 없네.

感物傷我懷, 경물들 보고 느끼자니 내 마음 아파,

撫心長太息. 가슴을 어루만지며 길게 크게 탄식하네.

太息將何爲? 크게 탄식한들 무엇 하리오?

天命與我違. 운명이 나와 어긋난 것을.

奈何念同生, 동생을 그리워한들 무슨 소용 있겠는가,

一往形不歸. 한 번가면 몸은 다시 돌아오지 못하는데.

孤魂翔故域, 외로운 넋은 옛 땅을 날아다니는데,

靈柩寄京師. 관은 서울에 맡겨져 있네.

存者忽復過, 산 사람은 홀연히 생을 다할 것이고,

亡歿身自衰. 죽으면 저절로 썩어 없어지리라.

人生處一世, 사람이 한 세상 살다가,

去若朝露晞. 떠나갈 땐 마치 아침 이슬 마르듯 하네.

年在桑榆間,[176] 내 나이도 늘그막,

---

175 厲(려): 떨치다.

176 桑榆(상유): 사람이 장차 늙는 것을 비유한다.

影響不能追. 시간은 그림자나 소리처럼 뒤쫓을 수 없네.

自顧非金石, 스스로 이 몸 쇠나 돌 같이 오래가지 못함을 생각하니,

咄嗟令心悲. 아아 마음이 슬퍼지네.

心悲動我神, 마음이 슬퍼 내 정신을 동요시키지만,

棄置莫復陳. 내버려두고 더 이상 말하지 않으리.

丈夫志四海, 대장부는 천하에 뜻을 두니,

萬里猶比鄰. 만 리 먼 곳도 가까운 이웃 같네.

恩愛苟不虧, 은혜롭고 사랑하는 마음이 줄지 않는다면,

在遠分日親. 멀리 있어도 그 정분은 날로 깊어지리니.

何必同衾幬, 어찌 반드시 한 이불 덮고 같은 침대에서 지내야,

然後展殷勤. 은근한 정이 드러나는 것이겠는가.

憂思成疾疢(chèn),[177] 근심하여 열병을 앓는다면,

無乃兒女仁. 어찌 아녀자의 사랑이 아니겠는가.

倉卒骨肉情, 갑작스레 헤어지는 골육의 정,

能不懷苦辛? 괴로움을 느끼지 않을 수 있겠는가.

苦辛何慮思? 괴로워하며 무슨 생각을 하나?

天命信可疑. 운명은 참으로 의심스럽네.

虛無求列仙, 여러 신선을 찾아다니는 것도 허망한 일,

松子久吾欺.[178] 적송자(赤松子)는 오랫동안 나를 속였네.

變故在斯須, 변고가 눈 깜짝할 사이에 일어나니,

---

177 疢(진): 열병(熱病).

178 松子(송자): 고대 선인(仙人)의 이름. [역자주] 적송자(赤松子).

百年誰能持? 그 누가 백년을 살 수 있으리오?

離別永無會, 이제 이별하면 영원히 만날 수 없거늘,

執手將何時? 어느 때나 손을 잡아 볼 수 있을런가?

王其愛玉體, 왕께선 몸을 소중히 하여,

俱享黃髮期.[179] 함께 누런 머리 되도록 장수를 누려봅시다.

收涙卽長路, 눈물 거두고 먼 길 떠나며,

援筆從此辭. 붓 들어 시를 지으며 작별을 고하노라.

(조식曹植 <백마왕白馬王 조표曹彪에게 드리며(贈白馬王彪)>)

　　이상의 인용시에서 알 수 있듯이, 시 단락으로서의 연환절은 글자, 단어, 혹은 시구가 될 수 있다. 고대시가 수사의 연환 수사 방식은 구의 연환에서부터 단락의 연환으로 확장되는데, 이것은 중대한 발전이다. <백마왕白馬王 조표曹彪에게 드리며(贈白馬王彪)> 시는 모두 80행이고, 400자로 되어 있다. 만약 첫 단락을 계산하지 않는다면 70행에 모두 350자로 되어 있다. 이렇게 긴 시에 단락과 단락 사이에 연환 수사 방식을 사용하면, 위아래 시의 뜻이 긴밀하게 연속되도록 하여 시의 감응력을 증강시키니, 이것을 보면 연환 수사 방식의 작용이 보통과 매우 다르다는 것을 알 수 있다. 단락과 단락 사이에 연환절이 있음으로 해서 시 단락 사이의 경계도 매우 분명해지니, 이것은 시의 구조에 대해 말하자면 하나의 창조임에 틀림없다.

179　黃髮(황발): 장수(長壽)를 상징한다.

제11장 설문(設問)

<1> 설문이란?

고대시가에서 '설문'은 응용 범위가 비교적 넓은 수사 방식의 하나이다. 설문은 일반적인 의문구(疑問句)와 다른데, 자문자답하거나, 혹은 스스로 묻지만 대답은 하지 않는 형식을 통해서 독자들의 적극적인 사고를 불러일으키는 수사 방식이다. 예를 들면

① 云誰之思?[180] 누구를 생각하나?
   美孟姜矣. 아름다운 강씨(姜氏)네 큰딸이네.

   (≪시경詩經·용풍鄘風·상중(桑中)≫)

② 取妻如之何?[181] 아내를 맞으려면 어떻게 해야 하나?
   匪媒不得. 중매가 아니면 맞을 수 없네.

   (≪시경詩經·제풍齊風·남산(南山)≫)

③ 采之將何用? 그것을 캐어 어디에 쓰려고 하나?

---

180 云(운): 구중어기사(句中語氣詞).
181 取(취): 아내를 맞다.

持以易餱糧. 그것을 가져가 마른 양식과 바꾸려고 하네.

(백거이白居易 <지황地黃을 캐는 사람(采地黃者)>)

④ 人生到處知何似? 사람이 살면서 여기 저기 다니는 것이 무엇과 같은지
　　　　　　　아는가?

應似飛鴻踏雪泥. 아마도 날아가던 기러기가 눈 내린 진흙 위 밟는 것과
　　　　　　　같으리.

(소식蘇軾 <자유子由의 '면지澠池에서의 옛날을 회상하며' 시에 화답하며(和子由
澠池懷舊)>)

예시 ①~④는 모두 자문자답하는 설문구(設問句)이다. '누구를 생각하나?
(云誰之思)', '아내를 맞으려면 어떻게 해야 하나?(娶妻如之何)', '그것을 캐어
어디에 쓰려고 하나?(采之將何用)', '사람이 살면서 여기 저기 다니는 것이 무
엇과 같은지 아는가?(人生到處知何似)'는 모두 스스로 묻는 것이다. '아름다운
강씨(姜氏)네 큰딸이네(美孟姜矣)', '중매가 아니면 맞을 수 없네(匪媒不得)', '그
것을 가져가 마른 양식과 바꾸려고 하네(持以易餱糧)', '아마도 날아가던 기러
기가 눈 내린 진흙 위 밟는 것과 같으리(應似飛鴻踏雪泥)'는 모두 스스로 답하는
것이다.

설문구에는 또 스스로 묻지만 대답은 하지 않는 것도 있다. 예를 들면,

⑤ 我本泰山人, 나는 본래 태산(泰山) 사람인데,

何爲客淮東? 어찌하여 회수(淮水) 동쪽의 나그네가 되었나?

(조식曹植 <큰 바위(盤石篇)>)

⑥ 何日平胡虜? 어느 날에나 오랑캐를 평정할 수 있을까?

良人罷遠征. 남편이 먼 출정을 끝내게 되리라.

(이백李白 <자야子夜의 오吳땅 노래(子夜吳歌)>)

⑦ 宣州太守知不知? 선주(宣州) 태수는 아는가 모르는가?

一丈毯用千兩絲. 담요 한 장(丈)을 짜려면 실을 천량(千兩)이나 써야한
다는 것을.

(백거이白居易 <붉은 실 담요(紅線毯)>)

⑧ 狐假龍神食豚盡, 여우가 용의 신의 위세를 빌려 돼지를 다 잡아 먹는데,

九重泉底龍知無? 깊은 샘물 밑의 용은 알고 있는가?

(백거이白居易 <흑담黑潭의 용(黑潭龍)>)

예시 ⑤~⑧에서, '어찌하여 회수(淮水) 동쪽의 나그네가 되었나?(何爲客淮
東)', '어느 날에나 오랑캐를 평정할 수 있을까?(何日平胡虜)', '선주(宣州) 태수
는 아는가 모르는가?(宣州太守知不知)', '깊은 샘물 밑의 용은 알고 있는가?(九重
泉底龍知無)'는 모두 스스로 묻지만 대답을 하지 않은 설문구이다.

우리가 평소에 이야기를 나눌 때 항상 질문은 상대방으로부터 나온다.
그러나 수사(修辭) 중의 설문구는 이것과는 다르니, 질문은 항상 시인 스스로
가 제기한다. 그래서 수사 중의 설문구가 일반 의문구와 가장 다른 점은
바로 말의 뜻(語義)의 표현 중점이 묻는 것이지 대답이 아니라는 것이다. 묻는
것은 단지 한 가지 수사 수단인데, 목적은 독자가 적극적으로 생각할 수
있도록 이끌어내는 데 있고, 표현이 더욱 변화가 풍부하도록 하는 데에 있으
며, 대답을 하는가 하지 않는가 하는 것은 부차적인 것이다. 예를 들면 예시
①의 <용풍鄘風·상중(桑中)>은 모두 3장이고, 각 장은 7개 구절이 있고, 7개

구절 중에 4개의 구절이 문답 형식을 채택하여 표현상 변화가 풍부하도록
하여 딱딱한 느낌은 조금도 없다. 예를 들면 제1장은 시작하면서 '원매당의
(爰采唐矣)? 매지향의(沫之鄉矣)'라고 말했고, 이어서 말하길 "운수지사(云誰之
思)? 미맹강의(美孟姜矣)"라고 하였다. 이 4구절을 번역하면 다음과 같다. "어
디에서 새삼을 캐나?" "매(沫) 고을이네." "누구를 생각하나?" "아름다운 강
씨(姜氏)네 큰딸이네". <용풍鄘風·상중(桑中)>은 고대 청춘 남녀의 만남을 묘
사한 사랑의 노래인데, 시가 상당히 대담하고 발랄하게 쓰여졌다. 시 중의
주인공은 식물을 캐고 노동하는 일을 하는 몇 명의 젊은 남자들이다. 일하면
서 그들은 일문일답의 형식을 통하여 각자 애인과 만나는 상황을 그대로
드러내었는데 '나를 상중(桑中)에서 만나기로 약속하고, 나를 상궁(上宮)에서
맞이하였고, 나를 기수(淇水) 강가까지 전송했네(期我乎桑中, 要我乎上宮, 送我乎淇
之上矣)'라고 하였다. 시가에서 설문구를 사용하고 사용하지 않음에 따라 표현
효과도 달라진다. 예를 들면 장형(張衡)의 <네 가지 근심의 시(四愁詩)>는 모두
4개의 장(章)으로 이루어지며, 각 장의 시작은 각기 '내가 그리워하는 님은
태산(太山. 태산泰山)에 있는데(我所思兮在太山)', '내가 그리워하는 님은 계림(桂
林)에 있는데(我所思兮在桂林)', '내가 그리워하는 님은 한양(漢陽)에 있는데(我所
思兮在漢陽)', '내가 그리워하는 님은 안문(雁門)에 있는데(我所思兮在雁門)'를 첫
구로 삼았는데, 그리워하고 있는 사람을 단번에 말하여, 사람들에게 주는
인상은 수식을 하지 않고 직접적으로 펼쳐놓는다는 느낌이 얼마쯤 있게 된
다. 이것은 설문으로 시작하는 시구의 효과와는 분명히 다른 것이다.

설문구는 한 수의 시나 시 중의 장(章)에서의 위치가 똑같지 않으며, 따라서
이것이 발휘하는 수사적 작용도 완전히 같지는 않다. 아래에서 기본 유형을
이야기할 때 다시 설명하도록 한다.

<2> 설문의 기본 유형

설문구의 시 중에서의 위치에 따라 설문 수사 방식을 3종류의 기본 유형으로 나누고자 하니, '시 시작 부분의 설문(詩首設問)', '시 중간 부분의 설문(詩中設問)', '시 끝 부분의 설문(詩尾設問)'이다.

(1) 시 시작 부분의 설문

한 수의 시나 장(章)의 시작 부분에 나타나는 설문 수사 방식이 '시 시작 부분의 설문(詩首設問)'이다. 예를 들면,

① 所思兮何在? 그리워하는 당신은 어디에 있나?

乃在西長安. 서쪽 장안(長安)에 있네.

何用存問妾?[182] 무엇으로 나를 위로해 주었나?

香橙(dēng)雙珠環.[183] 향주머니와 한 쌍의 진주 고리 장신구이었네.

何用重存問? 무엇으로 다시 위로해 주었나?

羽爵翠琅玕. 새 깃 모양 술잔에 비취색 옥돌이었네.

今我兮問君, 이제 내가 당신에 대해 물으니,

更有兮異心. 마음이 변해 딴 마음을 가지었다네.

香亦不可燒, 향주머니도 태울 수 없고,

環亦不可沉. 장신구도 물속에 빠트릴 수 없네.

香燒日有歇, 향주머니는 태우면 사라지는 날이 있고,

---

182 存問(존문): 위로하다. 위문하다.
183 香橙(향등): 향낭(香囊). 향 넣는 주머니.

環沉日自深. 장신구는 물속에 빠트리면 날로 저절로 깊은 곳으로 떨어질테니까.

(부현傅玄 <서쪽 장안長安의 노래(西長安行)>)

예시 ①의 부현(傅玄)의 <서쪽 장안長安의 노래(西長安行)>는 변심한 남자가 한 여인에게 큰 상처를 가져다주는 것을 묘사한 애정시이다. 시는 전체적으로 두 부분으로 나누어지는데, 앞의 여섯 구절은 옛날 그 남자가 여러 차례 귀중한 선물을 준 것을 적었는데 이것은 회상이며, 뒤의 여섯 구절은 그 남자가 변심한 후에 이 여인에게 가져다준 심리적인 상처를 묘사했는데 이것은 현실이다. 시는 설문구로 시작하여 자문자답의 형식을 사용하여 옛날의 회상을 말했다. '그리워하는 당신은 어디에 있나? 서쪽의 장안(長安)에 있네(所思兮何在? 乃在西長安)'라고 하여, 시작부터 바로 독자들의 마음을 꽉 잡아 독자들로 하여금 서둘러 계속해서 읽어나가도록 하는데, 이것이 바로 시 시작 부분 설문의 작용이다. 또 예를 들면,

② 于以采蘩?[184] 산흰쑥을 어디에서 캐나?
于沼于沚. 못가에서 물가에서 하네.

(≪시경詩經·소남召南·산흰쑥을 캐다(采蘩)≫)

③ 張君何爲者? 장군(張君)은 어떤 사람인가?
業文三十春. 글짓기를 업으로 삼은 지 30년 되었네.

(백거이白居易 <장적張籍의 옛 악부樂府를 읽다(讀張籍古樂府)>)

---

184 以(이): 어디. 어느 곳.

예시 ②와 ③ 또한 모두 스스로 묻고 스스로 답을 하는 시 시작 부분의 설문구이다.

시 시작 부분의 설문은 또 단지 묻기만 하고 대답을 하지 않는 것도 있다. 예를 들면,

④ 涼風起天末, 서늘한 바람 하늘 끝에서 일어나는데,
　　君子意如何? 그대의 마음 어떠하신가?
　　鴻雁幾時到? 기러기는 어느 때에 오려나?
　　江湖秋水多. 강과 호수에는 가을 물도 많은데.
　　文章憎命達, 글재주는 운수 통달을 미워하고,
　　魑魅喜人過.185 도깨비는 사람 지나가는 것을 기뻐한다네.
　　應共冤魂語, 아마도 그대는 굴원(屈原)의 원통한 영혼과 같이 이야기
　　　　　　　　나누고자,
　　投詩贈汨羅. 시를 멱라강(汨羅江)에 던져 보내리라.

　　(두보杜甫 <하늘 끝에서 이백李白을 생각하며(天末懷李白)>)

예시 ④의 두보(杜甫)의 <하늘 끝에서 이백李白을 생각하며(天末懷李白)>는 <꿈에 이백을 보다 2수(夢李白二首)>와 시를 지은 배경이 똑같다. 당(唐) 숙종(肅宗) 지덕(至德) 2년(757년), 시인 이백(李白)은 영왕(永王) 이린(李璘)의 군사 행동에 참여함으로 인해 감옥에 잡혀 들어갔다가 숙종 건원(乾元) 원년(元年)(758년)에 다시 야랑(夜郎)으로 유배되었고, 이듬해 사면되었다. <하늘 끝에서 이백李白을 생각하며>는 759년에 지어졌는데, 시인이 이 시를 지었을 때 이백의 처지가 매우 어려웠다는 것을 알 수 있으며, 그래서 <하늘 끝에서

185　魑魅(이매): 전설(傳說)에 나오는 숲 속의 괴물(도깨비).

이백李白을 생각하며> 시가 시작하자 바로 말하길 '서늘한 바람 하늘 끝에서 일어나는데, 그대의 마음 어떠하신가?(涼風起天末, 君子意如何)'라고 하였다. 여기서 '군자(君子)'는 이백을 가리킨다. '마음 어떠하신가?(意如何)'라고 물었는데, 두보 마음속에 답은 분명히 있지만 단지 직접적으로 말을 하지 않을 따름이다. 말을 하지 않은 것이 말을 하는 것보다 더 좋은데, 이렇게 하면 독자들로 하여금 생각하도록 촉진시킬 수 있다. 돌 하나가 천 층의 파도를 불러일으키지만, 시의 내용이 펼쳐져 전개됨에 따라 그 의문의 잔잔한 물결도 점차 사라져 버리니, 이러면 더 좋지 않은가? 그 밖에도 예를 들면,

⑤ 誰家起宅第? 누구 집이 큰 저택을 지었나?
朱門大道邊. 붉은 대문이 큰 길 가에 있네.

(백거이白居易 <저택을 보고 마음 상하다(傷宅)>)

⑥ 避地東村深幾許? 세상 피해 머무는 동촌(東村) 얼마나 깊숙한가?
靑山窟裏起炊煙. 청산(靑山) 동굴에서 밥 짓는 연기 피어오르네.

(왕정규王庭珪 <동촌東村에 옮겨 살며 짓다(移居東村作)>)

예시 ⑤와 ⑥도 모두 스스로 묻고 답을 하지 않는 시 시작 부분의 설문구이다.

(2) 시 중간 부분의 설문

한 수의 시나 장(章)의 중간 부분에서 나타나는 설문 수사 방식이 바로 '시 중간 부분의 설문(詩中設問)'이다. 이렇게도 말할 수 있는데, 시 한 수나 한 장에서 무릇 시의 시작 부분이나 끝 부분에 있지 않는 설문 수사 방식은

모두 시 중간 부분의 설문으로 귀납시킬 수 있다. 예를 들면,

① 奉義至江漢, 조서 받들어 강한(江漢)에 오니,

　始知楚塞長. 비로소 알겠네 초(楚)나라 변방이 긴 것을.

　南關繞桐柏, 남쪽 관문은 동백산(桐柏山)을 둘러싸고,

　西嶽出魯陽. 서쪽 산은 노양관(魯陽關)을 내놓고 있네.

　寒郊無留影,[186] 차가운 교외에는 드리워진 그림자 하나 없고,

　秋日懸淸光. 가을 해는 맑은 빛을 매달았네.

　悲風橈重林,[187] 슬픈 바람은 우거진 숲을 흩어지게 하고,

　雲霞肅川漲.[188] 구름과 노을 아래 차가운 강물은 불어났네.

　歲晏君如何? 한 해도 저무는데 그대는 어떠신가?
　• • • • •
　零淚霑衣裳. 떨어지는 눈물이 옷을 적시네.

　玉柱空掩露, 비파 옥기둥에는 공연히 이슬만 덮이고,

　金樽坐含霜. 금술잔도 그로 인해 서리를 머금고 있네.

　一聞苦寒奏,[189] <고한행(苦寒行)> 연주를 한 번 듣고,

　再使艶歌傷.[190] 다시 <염가행(艶歌行)>을 들으니 마음이 더욱 슬퍼지네.

(강엄江淹 <형산荊山을 바라보다(望荊山)>)

예시 ①의 '한 해도 저무는데 그대는 어떠신가? 떨어지는 눈물이 옷을 적시네(歲晏君如何? 零淚霑衣裳)'는 자문자답의 설문구이다. <형산荊山을 바라보

186　無留影(무유영): 벌판을 텅 비고, 초목이 시들어 떨어진 것을 비유한다.

187　橈(요): 흩뜨리다.

188　肅(숙): 차다.

189　苦寒(고한): <고한행(苦寒行)>. 곡명(曲名).

190　艶歌(염가): <염가행(艶歌行)>. 곡명.

다(望荊山)> 시는 모두 열네 개의 구절이 있으며 '한 해도 저무는데 그대는 어떠신가?(歲晏君如何)' 등의 두 구절은 아홉 번째, 열 번째 시구이다. 전체 시를 다 읽은 뒤에 어렵지 않게 발견할 수 있는데, '세안군여하(歲晏君如何)' 두 구절은 전체 시에서 시적 의미 전개에서 이야기가 다른 것으로 바뀌는 역할을 뚜렷하게 하고 있다. <형산荊山을 바라보다(望荊山)> 시는 '조서 받들어 강한(江漢)에 오니(奉義至江漢)'부터 시작해서 '구름과 노을 아래 차가운 강물은 불어났네(雲霞肅川漲)'까지는 산천의 경치에 관한 묘사이고, '한 해도 저무는데 그대는 어떠신가?(歲宴君如何)'부터 시작하여 '다시 <염가행(豔歌行)>을 들으니 마음이 더욱 슬퍼지네(再使豔歌傷)'까지는 '한 해도 저무는(歲宴)' 것으로 인하여 일어나는 슬픈 고통을 묘사한 것이다. 이 앞과 뒤의 두 단락은 '한 해도 저무는데 그대는 어떠신가? 떨어지는 눈물이 옷을 적시네(歲宴君如何? 零淚露衣裳)'에 의해 바뀌어지고 있다. 이것을 통하여, 시 중간 부분의 설문은 시 시작 부분의 설문이나 시 끝 부분의 설문과 비교해보면 아주 뚜렷하게 다른 수사적 작용을 가지고 있음을 어렵지 알 수 있다. 또 예를 들면,

② 采之欲遺誰? 그 꽃을 따서 누구에게 주려하나?
所思在遠道. 그리운 님은 먼 길에 있네.

(고시古詩 <강을 건너 연꽃을 따다(涉江采芙蓉)>)

③ 借問歎者誰? 물어 보네 탄식하는 자 누구인가?
言是宕子妻. 말하기를 길 떠난 나그네의 아내라고 하네.

(조식曹植 <일곱 가지 슬픔(七哀)>)

예시 ②와 ③ 또한 모두 자문자답의 시 중간 부분의 설문구이다.
시 중간의 설문에도 스스로 묻고 답을 하지 않는 것이 있다. 예를 들면,

④ 坎坎伐檀兮, 쾅쾅 박달나무를 베어,

　　寘之河之干兮, 강가에 두니,

　　河水清且漣猗. 강물 맑고 물결이 일렁이네.

　　不稼不穡, 심지 않고 거두지도 않는데,

　　胡取禾三百廛兮?[191] 어찌 벼 삼 백 묶음을 취하는가?

　　不狩不獵, 사냥도 하지 않는데,

　　胡瞻爾庭有縣貆兮? 어찌 그대 뜰에 매달려 있는 담비가 보이나?

　　彼君子兮, 저 (진정한) 군자는,

　　不素餐兮. 일하지 않고 공밥을 먹지 않네.

(≪시경詩經·위풍魏風·박달나무를 베다(伐檀)≫)

　　예시 ④의 <위풍魏風·박달나무를 베다(伐檀)>는 고대 노동자들이 지배층의 '탐욕'을 꾸짖고 나무랜 것을 나타낸 시가이다. 전체의 시는 3장(章)이며, 각 장은 직서법(直敍法)으로 시작한다. '쾅쾅 박달나무를 베어, 강가에 두니, 강물 맑고 물결이 일렁이네(坎坎伐檀兮, 寘之河之干兮, 河水清且漣猗)'라고 하여, 시인은 우선 노동자들이 나무를 베는 것부터 시작하였는데, 이것은 1장의 첫 번째 단락이다. 이어서 시인이 갑자기 질문을 던져, '심지 않고 거두지도 않는데, 어찌 벼 삼 백 묶음을 취하는가? 사냥도 하지 않는데, 어찌 그대 뜰에 매달려 있는 담비가 보이나?(不稼不穡, 胡取禾三百廛兮? 不狩不獵, 胡瞻爾庭有縣貆兮)'라고 하였다. 이 두 구절의 시 중간 부분의 질문은 갑작스럽게 파도를 일으키면서 시의 의미 전개에 있어서 중요한 전환 작용을 하고 있다. 이어서 시인이 말하길, '저 (진정한) 군자는, 일하지 않고 공밥을 먹지 않네(彼君子兮, 不素餐兮)'라고 하였는데, 이것은 통렬한 비난이자 또한 결론이기도 하다. 이

191　廛(전): '전(纏)'자와 같다. 잡아매다. 묶다.

결론은 아무런 까닭 없이 생겨나는 것은 아니라 시 중간 부분의 설문에서 나온 것이다. 이것은 시 중간 부분의 설문이 위의 글을 받아서 뒤에 나오는 글을 이어주는 작용을 분명히 가지고 있다는 것을 다시 한 번 증명하였다. 그밖에도 예를 들면,

⑤ 同出而異流, 같은 데서 나와 다르게 흘러가는데,
　　君看何所似? 그대 보기에 무엇과 같은가?

　　(백거이白居易 <'분수령分水嶺' 시에 화답하다(和分水嶺)>)

⑥ 昨朝持入庫, 어제 아침에 가지고 관청 창고에 들어가니,
　　何事監官怒? 무슨 일로 감독관은 성을 내었나?

　　(문동文同 <베 짜는 여인의 원망(織婦怨)>)

예시 ⑤와 ⑥ 또한 모두 스스로 묻고 답을 하지 않는 시 중간 부분의 설문구이다.

(3) 시 끝 부분의 설문

한 수의 시나 장(章)의 결말 부분에서 나타나는 설문 수사 방식을 '시 끝 부분의 설문(詩尾設問)'이라고 부른다. 시 끝 부분의 설문도 두 가지로 나뉘는데, 하나는 스스로 묻고 스스로 답하는 자문자답(自問自答)이고, 다른 하나는 스스로 묻고 답을 하지 않는 자문부답(自問不答)이다. 자문자답의 예로는 이를테면,

① 何以贈之? 무엇을 선물할까?

路車乘黃. 제후 수레와 네 마리 누런 말이네.

(≪시경詩經·진풍秦風·위수 북쪽(渭陽)≫)

② 何用贈分手? 무엇을 이별하는 이에게 줄까?
自有北堂萱. 당연히 집 뒷마당의 망우초가 있네.

(오균吳均 <강江 주부主簿 둔기屯騎의 시에 화답하며 헤어지다(酬別江主簿屯騎)>)

③ 扁舟一棹歸何處? 작은 배 노를 저어 어디로 돌아가나?
家在江南黃葉村. 집은 강남의 황엽촌(黃葉村)에 있네.

(소식蘇軾 <이세남李世南이 그린 가을경치 그림에 적다(書李世南所畫秋景)>)

예시 ①의 <진풍秦風·위수 북쪽(渭陽)>은 송별시로, 진(秦)나라 강왕(康王)이 외삼촌 진(晉) 문공(文公)(공자公子 중이重耳)을 전송하면서 지은 것이다. 전체의 시는 모두 2장이며, 장마다 설문구로 끝부분을 마감하며, '무엇을 선물할까? 제후 수레와 네 마리 누런 말이네(何以贈之? 路車乘黃)', '무엇을 선물할까? 아름다운 옥돌과 패옥이네(何以贈之? 瓊瑰玉佩)'라고 하여, 시가 결말에 이르러 또 파도가 일어나니, 이것은 시의 주제를 심화시키고 드러내 보이는 데 아주 도움이 된다.

예시 ②와 ③도 이치가 같아 분석을 생략하도록 한다.

그러나 지적해야 할 점은, 고대시가에서 시 끝 부분의 설문구 중의 자문자답 유형을 스스로 묻지만 답을 하지 않는 자문부답(自問不答) 유형과 비교해 보면, 자문자답 유형의 출현 빈도가 자문부답 유형처럼 그렇게 높지 않다는 것이다. 이 이치는 지극히 간단하다. 자문부답이 자문자답보다 계발성(啓發性)이 더욱 풍부하기 때문이다. 이 답은 시인이 스스로 말하기보다는 독자들에게 남겨줘서 그들이 스스로 생각하고 음미하도록 하는 것이 훨씬 더 낫다.

이렇게 되면, 시의 함축성이 강해지면서 비록 말이 다 끝났지만 뒷맛이 끝없이 많게 된다. 예를 들면,

④ 八年十二月, 헌종(憲宗) 원화(元和) 8년 12월,

五日雪紛紛. 5일 동안 많은 눈이 계속 내렸네,

竹柏皆凍死, 대나무와 측백나무 모두 얼어 죽었는데,

況彼無衣民. 하물며 옷 없는 백성들이야.

回觀村閭間, 마을 안을 두루 살펴보면,

十室八九貧. 열에 여덟 아홉 집은 가난하네.

北風利如劍, 북풍은 칼처럼 날카로운데,

布絮不蔽身. 베옷과 솜옷은 몸을 가리지 못하네.

唯燒蒿棘火, 단지 쑥과 멧대추나무 불을 지피며,

愁坐夜待晨. 걱정스럽게 밤새 앉아 새벽을 기다리네.

乃知大寒歲, 이에 알겠네 대한(大寒) 절기 때는,

農者尤苦辛. 농민들이 더욱 고생스럽다는 것을.

顧我當此日, 나를 돌아보면 이 날,

草堂深掩門. 초당의 문을 단단히 닫아놓았네.

褐裘覆絁(shī)被,[192] 털옷 가죽옷에 비단 이불을 덮고,

坐臥有餘溫. 앉으나 누우나 따뜻함이 남아 있네.

幸免饑凍苦, 요행히 굶주림과 추위의 괴로움을 면하고,

又無壟畝勤. 밭이랑에서 부지런히 일하는 것도 없네.

念彼深可媿愧,[193] 저들을 생각하면 대단히 부끄러우며,

---

192 絁(시): 거칠게 짠 비단.

193 媿(괴): '괴(愧)'자와 같다. 부끄럽다.

自問是何人? 스스로 물어 보네 나는 어떤 사람인가?

(백거이白居易 <시골집의 모진 추위(村居苦寒)>)

예시 ④의 백거이(白居易)의 <시골집의 모진 추위(村居苦寒)>은 당(唐) 헌종(憲宗) 원화(元和) 8년 12월에 한차례 큰 눈이 가난한 농민들에게 재난을 가져다준 것을 묘사했다. 보기 드문 '대한(大寒) 절기'에 '대나무와 측백나무조차 모두 얼어 죽었는데', 하물며 저 '옷 없는 백성들이야' 더 말할 나위가 있겠는가? 이 때 시인은 위촌(渭村)의 사저에 물러나 있으면서 '털옷 가죽옷에 비단 이불을 덮고, 앉으나 누우나 따뜻함이 남아 있으면서' '굶주림과 추위의 괴로움'도 없고 또 '밭이랑에서 부지런히 일하는 것도 없는' 생활을 하고 있었다. 시인은 자신의 넉넉한 생활을 가난한 농민들과 대비한 뒤에 자책과 당혹감에 깊이 빠졌다. '저들을 생각하면 대단히 부끄러우며, 스스로 물어 보네 나는 어떤 사람인가?(念彼深可媿愧, 自問是何人)'라고 하는 시 끝 부분의 설문은 분명히 매우 힘이 있으며 독자들의 마음을 강하게 울린다. 이 시가 독자들에게 생각하도록 하는 것은 무궁무진이다. '마을 안을 두루 살펴보면, 열에 여덟 아홉 집은 가난하다'는데, 도대체 누가 이러한 상태를 만들었나? 시인 자신인가? 물론 그렇지 않다. 그럼 과연 누구인가? 시에서는 답이 없으며, 또한 대답할 필요도 없는데. 이것이 바로 시 끝 부분 설문의 장점이다. 또 예를 들면,

⑤ 揚之水, 느릿느릿 흐르는 물,

不流束薪. 묶어놓은 땔나무 다발도 흘려보내지 못하네.

彼其之子, 저 사람은,

不與我戍申.[194] 나와 함께 신(申)나라에서 변방을 지키지 못하네.

懷哉懷哉, 그립고 그리운데,

曷月予還歸哉? 어느 달에나 나는 돌아갈까?

(≪시경詩經·왕풍王風·느릿느릿 흐르는 물(揚之水)≫)

예시 ⑤의 <왕풍王風·느릿느릿 흐르는 물(揚之水)>은(≪시경(詩經)≫에는 이 외에도 <정풍(鄭風)·양지수(揚之水)>와 <당풍(唐風)·양지수(揚之水)>가 있으니 주의할 필요 있음) 멀리 타향에서 싸우고 있는 병사들이 전쟁을 싫어하고 고향과 가족을 그리워하는 것을 묘사한 시이다. 전체의 시는 3장이며, 각 장은 모두 설문구로 끝을 맺는데, '그립고 그리운데, 어느 달에나 나는 돌아갈까?(懷哉懷哉, 曷月予還歸哉)'를 반복하여 읊음으로써, 독자들로 하여금 병사들이 고향과 가족들을 그리워하는 두터운 감정, 절박한 마음, 깊은 원한을 충분히 느끼게 한다.

이상의 분석을 통하여, 시 끝 부분의 설문구 중의 스스로 묻고 스스로 답하는 유형과 스스로 묻고 답을 하지 않는 유형의 수사적 작용이 확실히 다르다는 것을 알 수 있다.

<3> 설문과 반문(反問)

'설문'과 '반문'은 서로 다른 두 가지 수사 방식인데 때로는 혼동하기 쉽기도 하니 분별할 필요가 있다. 예를 들면,

① 于以盛之? 어디에 담을까?
維筐及筥(jǔ).¹⁹⁵ 네모진 광주리와 둥근 광주리에.

(≪시경詩經·소남召南·개구리밥을 뜯다(采蘋)≫)

---

194 申(신): 강(姜)씨 성(姓)의 작은 나라.
195 筥(거): 둥근 모양으로 된 물건 담는 대나무 그릇. 광주리.

② 借問女安居?[196] 여인에게 묻노니 어디에서 사는가?

　乃在城南端. 바로 성 남쪽 끝에 산다네.

　(조식曹植 <미녀(美女篇)>)

③ 悠悠蒼天, 아득한 푸른 하늘이여,

　曷其有所? 언제나 편히 지낼 곳이 있을까?

　(≪시경詩經·당풍唐風·너새 깃(鴇羽)≫)

④ 不知張韋與皇甫, 모르겠네 장상시(張常侍)와 위서자(韋庶子), 그리고

　　　　　　　　황보낭중(皇甫郎中)은,

　私喚我作何如人? 몰래 나를 어떤 사람이라고 부를까?

　(백거이白居易 <눈 내리는 가운데 늦게 일어나 얼핏 떠오르는 생각을 시가로

　옮고 장張 상시常侍, 위韋 서자庶子, 황보皇甫 낭중郎中에게 드리다(雪中晏起偶詠所

　懷兼呈張常侍、韋庶子、皇甫郎中)>)

예시 ①~④는 모두 설문구이다. 또 예를 들면,

⑤ 豈曰無衣? 어찌 옷이 없으리오?

　與子同袍. 그대와 솜옷 함께 입으리다.

　(≪시경詩經·진풍秦風·옷이 없으리오(無衣)≫)

⑥ 男兒在他鄉, 사나이가 타향을 떠돌아다니니,

196　安(안): 어디.

焉得不憔悴?¹⁹⁷ 어찌 초췌하지 않을 수 있겠는가?

(무명씨無名氏 <옛 노래(古歌)>)

⑦ 汎泊徒嗷嗷, 세상을 떠다니며 시끄럽게 소리만 지르는 사람들이,

誰知壯士憂? 그 누가 장사의 근심을 알 수 있으리오?

(조식曹植 <드렁허리(鰕䱇篇)>)

⑧ 眼前一杯酒, 눈앞에 한 잔 술 있거늘,

誰論身後名? 누가 죽은 뒤의 명예를 논하겠는가?

(유신庾信 <내 마음을 읊으며(詠懷)> 제11수)

예시 ⑤~⑧은 모두 반문구이다.

두 가지를 비교해 보면 설문과 반문은 매우 다르다는 것을 어렵지 않게
발견할 수 있다. 이들의 구별은 주로 두 가지 점에 있다.

첫째, 의미상에서 볼 때, 설문 그 자체는 무엇을 긍정한다는 것을 표시하지
않고, 또 무엇을 부정한다는 것도 표시하지 않는데, 그것은 단지 문제를 제기
할 뿐이며, 목적은 독자들로 하여금 스스로 생각을 하도록 촉진시키는 데에
있다. 이를테면 예시 ①~④의 '어디에 담을까?(于以盛之)', '여인에게 묻노니
어디에서 사는가?(借問女安居)', '언제나 편히 지낼 곳이 있을까?(曷其有所)', '몰
래 나를 어떤 사람이라고 부를까?(私喚我做何如人)' 등등은 모두 문제 제기에
중점을 두며, 답이 있는지 없는지에 관해서는 부차적인 것이다.

반문에 대해서 이야기하면 상황이 달라진다. 반문이 표현하는 내용은 언제
나 확정적인데, 무엇을 긍정하거나 무엇을 부정하거나 반드시 둘 중의 하나

---

197 焉得(언득): 어찌 ……할 수 있겠는가?

이다. 이를테면 예시 ⑤~⑧의 '어찌 옷이 없으리오?(豈曰無衣)', '어찌 초췌하지 않을 수 있겠는가?(焉得不憔悴)'는 긍정적인 내용을 나타내고, '그 누가 장사의 근심을 알 수 있으리오?(誰知壯士憂)', '누가 죽은 뒤의 명예를 논하겠는가?(誰論身後名)'는 부정적인 내용을 나타낸다.

둘째, 형식상에서 볼 때, 설문은 스스로 묻고 스스로 답을 할 수도 있고, 혹은 스스로 묻고 답을 하지 않을 수도 있지만, 반문은 스스로 묻고 답을 하지 않는 것만 가능하며, 스스로 묻고 스스로 답을 하는 형식은 나올 수 없다. 우리가 생각하기에, 그 이치 또한 매우 간단한데, 왜냐하면 이 답은 이미 반문구 자신 속에 포함되어 있기 때문에 따로 답을 할 필요가 없는 것이다.

반문 수사 방식의 구체적인 내용에 관해서는 아래에서 전문적으로 이야기할 것이기에 여기서는 앞서 말하지 않기로 한다.

제12장   반문(反問)

<1> 반문이란?

'반문'은 '반힐(反詰)'이라고도 부르는데, 반문구(反問句)의 형식으로 확정적
인 내용을 표현하는 수사 방식이다. 예를 들면,

① 世並擧而好朋兮, 세상은 모두 밀어주며 무리 짓기를 좋아하는데,
   夫何煢獨而不予聽? 어찌하여 외롭게 홀로 내 말을 듣지 않는가?

   (≪초사楚辭·근심스러운 곳을 떠나며(離騷)≫)

② 晝短苦夜長, 낮은 짧고 밤은 길어 괴로우니,
   何不秉燭遊? 어찌하여 촛불 들고 놀지 않으리오?

   (고시古詩 <사람 살아 백년을 채우지 못하는데(生年不滿百)>)

③ 心非木石豈無感? 마음이 나무나 돌이 아닌데 어찌 감회가 없으리오?
   吞聲躑躅不敢言. 소리 삼키고 머뭇거리며 감히 말 못할 따름이네.

   (포조鮑照 <'가는 길 험난하네'를 본떠서 지은 시(擬行路難)> 제4수)

④ 座中何人, 좌중의 어떤 사람이,

誰不懷憂? 그 누가 근심을 품지 않으리오?

(무명씨無名氏 <옛 노래(古歌)>)

예시 ①~④에서, 이러한 반문구(反問句)들은 모두 부정의 형식을 빌려 긍정적인 내용을 표현하였다.

예시 ①의 '세상은 모두 밀어주며 무리 짓기를 좋아하는데, 어찌하여 외롭게 홀로 내 말을 듣지 않는가?(世並擧而好朋兮, 夫何煢獨而不予聽?)'는 '여수(女嬃)'가 굴원(屈原)을 책망하는 말인데, 세상 사람들은 모두 무리 짓고 패거리 만들기를 좋아하는데, 너는 왜 한결같이 고독하게 지내며 나의 권고를 듣지 않느냐고 말했다. 이 말의 뜻은, 굴원이 홀로 외로이 지내지 말고 마땅히 여수(女嬃)의 권고를 들어야 된다는 것이다.

같은 이치로, 예시 ②의 '어찌하여 촛불 들고 놀지 않으리오?(何不秉燭遊)'라는 것은 마땅히 촛불을 들고 놀아야 된다는 뜻이다.

예시 ③의 '마음이 나무나 돌이 아닌데 어찌 감회가 없으리오?(心非木石豈無感)'라는 것은 당연히 감회가 있다는 의미이다.

예시 ④의 '그 누가 근심을 품지 않으리오?(誰不懷憂?)'라는 것은 누구라도 근심을 품는다는 뜻이다. 또 예를 들면,

> ⑤ 留靈修兮憺(dàn)忘歸,[198] 신령을 기다리며 편안히 돌아갈 것을 잊으니,
>
> 歲既晏兮孰華予?[199] 세월은 이미 저무는데 누가 나를 꽃과 같이
>
> 되게 할까?
>
> (≪초사楚辭·구가九歌·산 중의 신(山鬼)≫)

---

198 靈修(영수): 여기서는 '연인(戀人)'을 가리킨다. 憺(담): 편안하다.

199 晏(안): 늦다. 시간이 늦다. 저물다. 華予(화여): 나를 다시 젊게 하다.

⑥ 時事一朝異, 세상 일 하루아침에 달라지니,

　孤績誰復論? 홀로 세운 공적 누가 다시 논하리오?

　(포조鮑照 <'동무東武의 노래'를 본떠서 지은 시(代東武吟)>)

⑦ 長夜縫羅衣, 기나긴 밤 비단옷 꿰매나니,

　思君此何極? 님 생각 이 마음 어찌 끝이 있으리오?

　(사조謝朓 <옥 섬돌의 원망(玉階怨)>)

⑧ 無情尚不離, 정이 없는 식물도 그래도 헤어지지 않거늘,

　有情安可別? 정이 있는 우리 어찌 이별을 할 수 있으리오?

　(무명씨無名氏 <옛 절구 4수(古絶句四首)> 제3수)

　예시 ⑤~⑧에서, 이러한 반문구들은 모두 긍정의 형식으로 부정의 내용을 표현하였다.

　예시 ⑤에서 '신령을 기다리며 편안히 돌아갈 것을 잊으니, 세월은 이미 저무는데 누가 나를 꽃과 같이 되게 할까?(留靈修兮憺忘歸, 歲既晏兮孰華予)'는 '산중의 신(山鬼)'이 '신령(靈修)'에게 생각을 표명한 것인데, 자기가 사모하는 사람이 머무르도록 하기 위해서 편안히 기다리며, 심지어 돌아가는 것조차 잊어버리는데, 내 나이가 많아지면 누가 나를 다시 젊게 할 수 있을까?라는 뜻을 말하고 있다. '누가 나를 꽃과 같이 되게 할까?(孰華予)'라고 하였으니, 누구도 '나를 꽃과 같이 되게 할 수' 없다는 뜻이다.

　같은 이치로, 예시 ⑥의 '홀로 세운 공적 누가 다시 논하리오?(孤績誰復論)'라는 것은 내가 홀로 세운 전공(戰功)을 누구도 다시 언급하지 않을 것이라는 의미이다.

　예시 ⑦의 '님 생각 이 마음 어찌 끝이 있으리오?(思君此何極)'는 내가 그대

를 생각하는 것은 끝이 없다는 뜻이다.

예시 ⑧의 '정이 있는 우리 어찌 이별을 할 수 있으리오?(有情安可別)'는 정이 있는 사람들은 가볍게 헤어질 수 없다는 뜻이다.

이상의 분석을 통해서 알 수 있듯이, 반문 수사 방식의 구성도 지극히 간단한데, 부정구(否定句. 술어 앞에 부정사가 있음)에 반문의 어기(語氣)를 더하면 긍정의 내용을 나타내는 것과 같게 되며, 긍정구(肯定句. 술어 앞에 부정사가 없음)에 반문의 어기를 더하면 부정의 내용을 나타내는 것과 같게 된다. 사실상 이것은 부정에 부정(반문)을 더해 긍정과 같게 되고, 긍정에 부정(반문)을 더해 부정과 같게 되는 것이기도 하다.

반문 수사 방식은 고대시가에서 광범위하게 응용되었다. 반문이 긍정 또는 부정의 내용을 완곡하게 표현하기 때문에, 반문의 주요 수사적 작용은 시의 언어 표현을 더욱 풍부하게 만들며 지나치게 직설적이지 않게 하는 데에 있다. 다음을 비교해 보시라.

① 羈旅無終極, 타향 생활 끝이 없으니,
　　憂思壯難任.[200] 근심 걱정 심하여 견디기 어렵네.

　　(왕찬王粲 <일곱 가지 슬픔의 시(七哀詩)> 제2수)

② 人生有情淚沾臆,[201] 사람의 삶은 정이 있어 눈물이 가슴 적시는데,
　　江水江花豈終極? 강물과 강가 꽃이야 어찌 끝이 있으리오?

　　(두보杜甫 <곡강曲江 강가에서 슬퍼하며(哀江頭)>)

200　壯難任(장난임): 매우 심하여 견뎌 내기 어렵다.
201　臆(억): 가슴.

예시 ①의 '타향 생활 끝이 없으니(羈旅無終極)'는 부정의 형식으로 만들어 낸 일반적인 진술구이다. 이 구절은 아래 이어지는 구절과 이어져서, 장기간 타향살이 생활이 끝이 없으니 고향을 생각하며 돌아가고자 생각하는 감정이 진실로 견디기 어렵다는 것을 말하고 있다. '끝이 없으니(無終極)'는 있으면 있다고 말하고 없으면 없다고 말하는 어투로, 독자에게 주는 인상이 명확하며 매우 직설적으로 나타내었다.

그러나 예시 ②는 다르다. '강물과 강가 꽃이야 어찌 끝이 있으리오(江水江花豈終極)'는 긍정의 형식으로 나타낸 반문구(反問句)로, 긍정에 부정을 더했는데(반문), 그 결과는 역시 부정적이니, '어찌 끝이 있으리오?(豈終極)'라고 하여 결국 끝이 없다는 것이다. 이 구절은 위의 구절과 이어져서, 사람은 언제나 감정이 있어, 옛날을 회상하면 뜨거운 눈물이 가슴을 적시지만, 저 곡강(曲江)의 강물은 여전히 내달려 흐르면서 쉬지 않고, 곡강 강가의 들꽃들은 옛날과 같이 피며 영원히 끝이 없음을 말하고 있다. '어찌 끝이 있으리오?(豈終極)'는 반문의 형식으로 표현되었는데, '끝이 없으니(無終極)'와 뜻은 같으나, 그 어기는 매우 완곡하여, 독자들로 하여금 말을 바꾸는 표현이 좋다는 것을 느낄 수 있게 하고 있다.

<2> 반문의 기본 유형

설문(設問) 수사 방식과 마찬가지로, 반문은 시에서의 위치에 따라 '시 시작 부분의 반문(詩首反問)', '시 중간 부분의 반문(詩中反問)', 그리고 '시 끝 부분의 반문(詩尾反問)'의 세 가지 유형으로 나눌 수 있는데, 아래에서 나누어서 설명하기로 한다.

(1) 시 시작 부분의 반문

'시 시작 부분의 반문'은 한 수의 시나 장(章)의 시작 부분에 등장하는 반문 수사 방식이다. 예를 들면,

① 莫讀書! 책을 읽지 말라!

莫讀書! 책을 읽지 말라!

惠施五車今何如? 혜시(惠施)의 다섯 수레의 책이 지금은 무슨 소용이
　　　　　　　　있는가?

請君爲我焚却<離騷賦>, 그대는 나를 위해 <근심스러운 곳을 떠나는
　　　　　　　　부부(離騷賦)>를 불태워주구려,

我亦爲君劈碎<太極圖>, 나 또한 그대 위해 <태극도(太極圖)>를 잘게
　　　　　　　　찢어버리겠소.

竭來相就飮斗酒, 어찌 나에게 와서 함께 말술을 마시며,

聽我仰天呼烏烏. 내가 하늘을 우러러 보며 우우 노래 부르는 것을 듣지
　　　　　　　　않으시는가?

深衣大帶講唐虞, 너른 옷 입고 긴 띠 매고 요순(堯舜) 임금을 강론하는
　　　　　　　　것은,

不如長纓繫單于. 긴 끈으로 선우(單于)를 묶는 것만 못하네.

吮毫搦(nuò)管賦<子虛>,[202] 붓털을 빨고 붓대를 잡아 <자허子虛를
　　　　　　　　읊은 부부(子虛賦)>를 짓는 것은,

不如快鞭躍的盧. 채찍 휘두르며 적로(的盧)를 뛰어 내달리게 하는 것만
　　　　　　　　못하네.

---

202 搦(익): 잡다.

君不見前年賊兵破巴渝, 그대는 보지 못했는가? 지난해에 적병이 파투
(巴渝)를 깨뜨리고,

今年賊兵屠成都. 금년엔 적병이 성도(成都)를 도륙한 것을.

風塵澒洞(hòng dòng)兮虎豹塞途, [203] 바람에 날리는 티끌 가득하고
범과 표범 같은 외적이 길을
메었으며,

殺人如麻兮流血成湖. 사람을 삼대 베듯 죽이니 피가 흘러 호수가 되었네.

眉山書院嘶哨馬, 미산서원(眉山書院)에는 초소 지키는 병사의 말이 울고,

浣花草堂巢妖狐. 완화초당(浣花草堂)은 요사한 여우의 소굴이 되었네.

……   ……

(악뢰발樂雷發 <오오 소리 지르는 노래(烏烏歌)>)

예시 ①의 악뢰발(樂雷發)은 남송(南宋) 시인이며, 그의 <오오 소리 지르는
노래(烏烏歌)>는 시 전편에 걸쳐 격분의 감정이 가득 차 있는데, 비판의 붓끝
은 주로 국가가 위태롭고 망하는 시기에도 아무 것도 하지 않는 도학가들을
겨누고 있다. '책을 읽지 말라! 책을 읽지 말라! 혜시(惠施)의 다섯 수레의
책이 지금은 무슨 소용이 있는가?(莫讀書! 莫讀書! 惠施五車今何如)'라고 하여 시
가 막 시작하면서 이렇게 갑자기 반문을 하여 단번에 사람들을 놀라게 만든
다. 이른바 배우면서 남은 힘이 있으면 벼슬을 하는(學而優則仕) 고대 사회에서
공공연히 '책을 읽지 말라'고 소리치니 이것은 '반역'이 아닌가? 그러나 사실
은 그렇지 않으니, '혜시(惠施)의 다섯 수레의 책이 지금은 무슨 소용이 있는
가?(惠施五車今何如)'라고 한 이 반문은 매우 힘이 있다. 혜시(惠施)는 전국(戰國)
시대 송(宋)나라 사람으로 명가(名家)의 대표적 인물이며, '오거(五車)'는 그가

---

203 澒洞(홍동): 끝없이 가득 차 있는 모양.

책을 읽은 것이 많고 학문이 깊음을 형용하니, 이 말은 ≪장자(莊子)·천하(天下)≫편에 나오는데, "혜시의 학문은 광박하며 그의 책은 다섯 수레에 실을 정도이다(惠施多方, 其書五車)"라고 하였다. 송대에는 도학가 선비들 역시 스스로 읽은 책이 많고 학문이 깊다고 생각했지만, 외족의 침략을 마주하고 그들은 전혀 아무 것도 하지 않았는데, 이것이 시인으로 하여금 '혜시의 다섯 수레의 책이 지금은 무슨 소용이 있는가?'라는 비판을 하지 않을 수 없게 만들었다. 이렇게 보면 시의 시작 부분에 반문을 잘 사용하면 비교적 강한 수사적 작용을 발휘할 수 있으니, 단숨에 독자들의 마음을 사로잡고 주의를 끌어 그들로 하여금 급히 읽어 내려가도록 할 수 있다. 또 예를 들면,

② 厭浥(yì)行露, 축축이 내린 길의 이슬,

　豈不夙夜? 어찌 이른 아침과 밤에 길을 가지 않는가?

　(≪시경詩經·소남召南·길의 이슬(行露)≫)

③ 式微式微, 어두워지네 어두워지네,

　胡不歸? 어찌 돌아가지 않는가?

　(≪시경詩經·패풍邶風·해가 어두워지다(式微)≫)

④ 從軍十年餘, 종군한지 10년 남짓,

　能無分寸功? 작은 공이라도 없을 수 있겠는가?

　(두보杜甫 <앞에 지은 '변경을 나서며'(前出塞)> 제9수)

　예시 ②~④는 모두 부정의 형식으로 만들어진 반문구(反問句)로, 나타내는 것은 모두 긍정적인 내용이다. '어찌 이른 아침과 밤에 길을 가지 않는가?(豈不夙夜)'는 마땅히 이른 아침과 밤에 길을 가야된다는 것이고, '어찌 돌아가지

않는가?(胡不歸)'는 마땅히 돌아가야 된다는 것이며, '작은 공이라도 없을 수

있겠는가?(能無分寸功)'는 마땅히 작은 공이라도 있어야 된다는 것이니, 나타

내는 것은 모두 긍정적인 내용이다. 또 예를 들면,

⑤ 國無人莫我知兮, 나라에 사람 없어 나를 알아주는 이 없는데,

又何懷乎故都? 또 어찌 고향을 생각하리요?

(≪초사楚辭·근심스러운 곳을 떠나며(離騷)≫)

⑥ 大雅久不作, 대아(大雅)가 오랫동안 지어지지 않으니,

吾衰竟誰陳? 내가 노쇠하면 결국 누가 떨쳐 일으킬까?

(이백李白 <고풍古風 59수(古風五十九首)> 제1수)

⑦ 荊蠻非我鄕, 형주(荊州)는 내 고향이 아닌데,

何爲久滯淫?204 어찌하여 오래 머물고 있는가?

(왕찬王粲 <일곱 가지 슬픔의 시(七哀詩)> 제2수)

⑧ 十室幾人在? 열 집에 몇 사람이나 있나?

千山空自多. 수많은 산들 공연히 많기도 하네.

(두보杜甫 <출정한 병사(征夫)>)

예시 ⑤~⑧은 모두 긍정의 형식으로 만들어진 반문구로 부정적인 내용을

표현하고 있다. '또 어찌 고향을 생각하리요?(又何懷乎故都)'는 고향을 생각할

필요가 없다는 것이고, '내가 노쇠하면 결국 누가 떨쳐 일으킬까?(吾衰竟誰陳)'

---

204 淫(음): 오래 머물다.

는 오랫동안 ≪시경(詩經)≫의 도가 쇠퇴하였는데 내가 이미 늙었으니 누가 진흥시킬 수 있을까?라고 말하는 것이다. '결국 누가 떨쳐 일으킬까?(竟誰陳)'는 진흥시킬 사람이 없다는 것을 말하고 있다. '어찌하여 오래 머물고 있는가?(何爲久滯淫)'는 오랫동안 머물지 말라는 것이며, '열 집에 몇 사람이나 있나?(十室幾人在)'는 몇 사람 살지 않는다는 것이다. 이러한 시구들이 나타내는 내용은 모두 부정적인 것들이다.

반문 수사 방식의 세 가지 기본 유형 중, 시 시작 부분의 반문이 수량이 가장 적고, 시 중간 부분의 반문은 비교적 많은 편이며, 시 끝 부분의 반문은 수량이 가장 많다. 반문의 가장 주요한 수사적 작용은 어기를 강하게 하여 표현에 변화가 풍부하도록 하는 데에 있다. 생각을 한 번 해보면, 만약 한 수의 시나 장(章)에서 시작하자마자 바로 긍정적이거나 혹은 부정적인 내용을 전부 드러내버린다면 대체로 아래의 감정 표현에 불리할 것이니, 따라서 시인들의 반문 수사 방식 사용이 시 시작 부분인 경우가 가장 적은 것도 일리가 있는 것이다. 물론 말을 절대적으로 말할 수도 없기도 하다. 사용을 잘하면 그래도 사용할 수 있으니, 이를테면 앞에서 든 <오오 소리 지르는 노래(烏烏歌)>가 바로 그러한 예이다.

(2) 시 중간 부분의 반문

'시 중간 부분의 반문'은 바로 한 수의 시나 장(章)의 중간에 나타나는 반문 수사 방식이다. 예를 들면,

　① 子惠思我, 그대가 나를 사랑하고 생각한다면,
　　　褰(qiān)裳涉溱.[205] 치마를 걷고 진수(溱水)라도 건너가리라.
　　　子不我思, 그대가 나를 생각하지 않는다면,

豈無他人? 어찌 다른 사람이 없겠는가?

狂童之狂也且(jū).²⁰⁶ 미친 사람이 미친 짓 하네.

(≪시경詩經·정풍鄭風·치마를 걷고(褰裳)≫)

예시 ①은 여자가 남자를 놀리는 애정시이다. 이 시는 내용이 이러한데, "당신이 만약 나를 사랑하고 나를 생각한다면 나는 치마를 걷어 올리고 진수(溱水)를 건너올 것이고, 당신이 만약 나를 사랑하지 않는다면 설마 내가 마음에 두고 있는 다른 사람이 없겠는가? 아! 당신 이 미친 사람아! 정말 바보스럽다"고 말하고 있다. 이 시에서는 '어찌 다른 사람이 없겠는가?(豈無他人)'라는 시구가 중간 부분에 있으면서 전체 시를 전후 두 부분으로 나누고 있으며, 이렇게 함으로 해서 이 시구는 내용의 전개가 분명하게 꺾이고 다음 부분으로 넘어가게 하는 작용을 하고 있다. 그밖에 또 예를 들면,

② 吾君在位已五載, 우리 임금님께서 황위에 오르신지 이미 5년,

何不一幸乎其中? 어찌하여 한 번도 그 곳에 행차하지 않으셨나?

(백거이白居易 <여산驪山의 궁전은 높은데(驪宮高)>)

③ 人固已懼江海竭, 사람들 본래 이미 강과 바다 마를까 두려워하는데,

天豈不惜河漢乾? 하늘이 어찌 은하수가 마르는 것 아깝게 여기지 않으랴?

(왕령王令 <여름 가뭄과 견디기 어려운 더위(暑旱苦熱)>)

④ 官倉豈無粟? 관가의 창고에 어찌 곡식이 없겠는가?

---

205 褰(건): 들어 올리다.

206 且(저): 구말어기사(句末語氣詞).

粒粒藏珠璣. 한 알 한 알을 진주처럼 저장하네.

(정해鄭獬 <올방개를 캐며(采鳧茨)>)

예시 ②~④는 모두 부정적 형식으로 만들어진 반문구로 긍정적인 내용을 표현하고 있다.

예시 ②의 '어찌하여 한 번도 그 곳에 행차하지 않으셨나?(何不一幸乎其中)'는 당(唐) 헌종(憲宗)이 재위한지 이미 5년이 되었건만 여산(驪山) 위의 궁전에는 묵은 적이 없으니, 마땅히 안에서 한 번 머물러야 된다고 말했다.

예시 ③의 '하늘이 어찌 은하수가 마르는 것 아깝게 여기지 않으랴?(天豈不惜河漢乾)'는 날씨가 가물고 매우 더운데 하늘조차 은하수가 말라버릴까 걱정하고 있다고 말했다.

예시 ④의 '관가의 창고에 어찌 곡식이 없겠는가?(官倉豈無粟)'는 관가의 창고에 양식이 있을 뿐만 아니라 '한 알 한 알을 진주처럼 저장한다(粒粒藏珠璣)'고 지적했다.

위에서 나타낸 것들은 모두 긍정적인 내용이다. 또 예를 들면,

⑤ 豈敢愛之? 어찌 감히 그것을 아까워하겠나요?

畏我父母. 저의 부모님을 두려워해서입니다.

(≪시경詩經·정풍鄭風·청컨대 중자仲子님이여(將仲子)≫)

⑥ 父母且不顧, 부모님도 돌볼 수 없거늘,

何言子與妻? 처자식이야 말해 무엇 하리?

(조식曹植 <백마(白馬篇)>)

⑦ 洪波浩蕩迷舊國, 큰 물결 끝없이 드넓고 옛 수도 흐릿한데,

路遠西歸安可得? 길이 머니 서쪽으로 어찌 돌아갈 수 있을까?

(이백李白 <양원량원(梁園吟)>)

⑧ **謇諤無一言,** 거리낌 없이 바른말을 한 마디도 못하니,

豈得爲直士? 어찌 곧은 선비가 될 수 있으리오?

(왕우칭王禹偁 <눈을 대하고(對雪)>)

예시 ⑤~⑧은 모두 긍정의 형식으로 만들어진 반문구인데 나타내는 것은 모두 부정적인 내용이다.

예시 ⑤의 '어찌 감히 그것을 아까워 하겠나요?(豈敢愛之)'는 냇버들을 아까 워하지 않는다는 말이다. 예시 ⑥의 '처자식이야 말해 무엇 하리?(何言子與妻)' 는 자식과 처는 더 말할 나위도 없다는 말이다. 예시 ⑦의 '길이 머니 서쪽으 로 어찌 돌아갈 수 있을까?(路遠西歸安可得)'는 길이 멀어 서쪽으로 장안(長安) 에 돌아가는 것은 불가하다는 말이다. 예시 ⑧의 '어찌 곧은 선비가 될 수 있으리오?(豈得爲直士)'는 위의 구절과 연결하여 만약 한 마디도 대담한 직언 조차 말하지 못하면 바르고 곧은 선비로 칠 수 없다는 말이다.

위에서 이야기하는 것들은 모두 부정적인 내용이다.

(3) 시 끝 부분의 반문

'시 끝 부분의 반문'은 한 수의 시나 장(章)의 끝 부분에 나타나는 반문 수사 방식이다. 예를 들면,

① **誰家玉笛暗飛聲?** 누구네 집 옥피리가 은근히 소리를 날리는가?

散入春風滿洛城. 봄바람에 흩어져 들어가 낙양성(洛陽城)에 가득하네.

此夜曲中聞折柳,[207] 이 밤 곡조 중에 <절양류(折楊柳)>를 들으면,

何人不起故園情? 누군들 고향 생각이 일어나지 않겠는가?

(이백李白 <봄날 밤 낙양성洛陽城에서 피리소리를 듣다(春夜洛城聞笛)>)

예시 ①의 <봄날 밤 낙양성洛陽城에서 피리소리를 듣다(春夜洛城聞笛)>는 이백(李白)이 개원(開元) 23년(735년) 낙양(洛陽)에서 머무를 때 지은 것으로, 봄날 밤에 피리소리를 듣고 일어나는 고향에 대한 그리움과 애틋한 마음을 묘사하였다. '이 밤 곡조 중에 <절양류(折楊柳)>를 들으면, 누군들 고향 생각이 일어나지 않겠는가?(此夜曲中聞折柳, 何人不起故園情)'라고 하여 이 시는 반문 구로 매듭을 지으면서 매우 함축적이면서 힘이 있음을 드러내었다. 시인은 자신의 감정이 어떠하다고 미리 말하지 않고 부정 형식의 반문구를 하나 사용하였는데, '누군들 고향 생각이 일어나지 않겠는가?'라고 하니, 다시 말해, 사람들마다 이와 같을 터이며, 물론 시인 자신도 예외는 아니다. '누군들 고향 생각이 일어나지 않겠는가?(何人不起)'라고 한 것은 나는 어떠어떠하다고 직접 말하는 것보다 훨씬 더 완곡하다. 비록 이 두 가지 말하는 방법이 뜻은 같지만, 앞의 표현이 직설적이고 노골적인 표현을 막아주고 또 맛을 더 풍부하게 해준다.

② 既見君子, 이미 그대를 뵈었으니,

云何不樂?[208] 어이 즐겁지 않으랴?

(≪시경詩經·당풍唐風·느릿느릿 흐르는 물(揚之水)≫)

---

207 折柳(절류): '절양류(折楊柳)'. 곡조 이름.
208 云(운): 구중어기사(句中語氣詞).

③ 豈不爾思? 어찌 그대를 생각하지 않으랴?

畏子不敢. 그대가 두려워 감히 가지 못 하네.

(≪시경詩經·왕풍王風·큰 수레(大車)≫)

④ 倉卒骨肉情, 갑작스레 헤어지는 골육의 정,

能不懷苦辛? 괴로움을 품지 않을 수 있겠는가?

(조식曹植 <백마왕白馬王 조표曹彪에게 드리며(贈白馬王彪)>)

예시 ②~④는 모두 부정의 형식으로 만들어진 반문구이며, 나타내는 것은 긍정적인 내용이다.

예시 ②의 '어이 즐겁지 않으랴?(云何不樂)'는 마땅히 즐거워야 됨을 말했다. 예시 ③의 '어찌 그대를 생각하지 않으랴?(豈不爾思)'는 내가 언제나 그대를 생각하고 있다는 의미이다. 예시 ④의 '괴로움을 품지 않을 수 있겠는가?(能不懷苦辛)'는 위의 구절과 이어져서 잠시 뒤에 형제가 이별을 하게 되니 이 순간 이 때의 속마음은 슬프지 않으려고 해도 그럴 수 없다는 말이다.

위에서 나타낸 것들은 모두 긍정적인 내용이다. 또 예를 들면,

⑤ 思九州之博大兮, 천하가 넓고 큼을 생각하면,

豈唯是其有女? 어찌 이곳에만 미녀가 있으랴?

(≪초사楚辭·근심스러운 곳을 떠나며(離騷)≫)

⑥ 君懷良不開, 님의 품이 정녕 열리지 않는다면,

賤妾當何依? 천한 이 몸은 무엇에 의지해야 하나요?

(조식曹植 <일곱 가지 슬픔(七哀)>)

⑦ 滔滔不可測, 도도한 물결 헤아릴 수 없는데,

　一葦詎能航? 일엽편주 작은 배로 어찌 건널 수 있으리오?

(음갱陰鏗 <청초호靑草湖를 건너며(渡靑草湖)>)

⑧ 高山安可仰? 높은 산 같은 분을 어찌 우러러 볼 수 있겠습니까?

　徒此揖淸芬. 다만 이곳에서 맑은 향기에 읍을 할 뿐입니다.

(이백李白 <맹호연孟浩然에게 드리다(贈孟浩然)>)

예시 ⑤~⑧은 모두 긍정의 형식으로 만들어진 반문구로 부정적인 내용을
표현하고 있다.

예시 ⑤의 '어찌 이곳에만 미녀가 있으랴?(豈唯是其有女)'는 위의 구절과
이어져 말하길, 구주(九州), 즉 천하는 땅이 아주 넓고 큰데, 설마 초(楚)나라에
만 미녀가 있겠는가?라고 하였다. 단지 초나라에만 미녀가 있는 것은 아니라
는 뜻이다.

예시 ⑥의 '천한 이 몸은 무엇에 의지해야 하나요?(賤妾當何依)'는 천한 이
몸은 의지할 대상이 없다는 것을 말하고 있다.

예시 ⑦의 '일엽편주 작은 배로 어찌 건널 수 있으리오?(一葦詎能航)'는 청초
호(靑草湖)에 물안개가 자욱한 수면이 광활하게 펼쳐져 있어 일엽편주(一葉片
舟) 작은 배로는 건널 수 없다고 말하였다.

예시 ⑧의 '높은 산 같은 분을 어찌 우러러 볼 수 있겠습니까?(高山安可仰)'
는 아래 구절과 이어져 말하길, 시인 맹호연(孟浩然)의 고상하고 깨끗한 인품
은 마치 높은 산과 같아서 바라볼 수는 있으나 도달하기는 어려운데, 내가
이렇게 시를 지어 그를 찬미하는 것도 공연히 헛일만 하는 것이라고 하였다.

위에서 나타낸 것은 모두 부정적인 내용이다.

<3> 반문과 반어(反語)

반어에 대해서는 뒤에서 또 전문적으로 이야기하도록 하고, 여기서는 반문 수사 방식과 대비를 하기 위하여 단지 관련 있는 내용을 미리 좀 말하도록 한다.

반문과 반어는 두 가지 서로 다른 수사 방식으로, 주요 차이점은 다음과 같다.

첫째, 의미상에서 볼 때, 반문은 어기(語氣)의 문제이고, 반어는 단어, 혹은 낱말의 의미 문제이다. 다음을 비교해 보시라.

① 豈不爾思? 어찌 그대를 생각하지 않으리오?
子不我卽. 그대는 나에게 오지 않네.

(≪시경詩經·정풍鄭風·동문 마당(東門之墠)≫)

② 六龍安可頓?[209] 여섯 마리 용이 끄는 태양의 수레를 어찌 멈출 수 있나?
運流有代謝. 때의 흐름은 계속 바뀜이 있네.

(곽박郭璞 <신선 세계를 노니는 시(遊仙詩)> 제4수)

③ 對酒當歌, 술을 마주하고 노래하니,
人生幾何? 인생은 그 얼마나 되나?

(조조曹操 <짧은 노래의 노래(短歌行)>)

시①~③은 모두 반문구로, 부정적 형식 혹은 긍정적 형식으로 이루어졌으

---

209 頓(돈): 멈추다.

며, 나타내는 내용은 어떤 것은 긍정적이고 어떤 것은 부정적이다.

반어의 경우는 구절의 어기(語氣)와는 무관하며, 단지 말의 의미 문제와 관련이 있다. 예를 들면,

④ 人事固以拙, 세상사에 본래 서투니,
　聊得長相從. 그저 길이 그를 따르고 싶네.

　(도연명陶淵明 <가난한 선비를 노래하다(詠貧士)> 제6수)

⑤ 榮華誠足貴, 살았을 때의 부귀영화 실로 귀하지만,
　亦復可憐傷. 죽고 나니 역시 가련하고 슬프네.

　(도연명陶淵明 <옛 시를 본떠서 짓다(擬古)> 제4수)

⑥ 名豈文章著, 명성이 어찌 문장으로 드러나랴?
　官應老病休. 벼슬은 늙고 병들어 쉬어야 하네.

　(두보杜甫 <여행 밤에 회포를 적으며(旅夜書懷)>)

예시 ④~⑥의 '서투니(拙)', '귀하지만(貴)', '늙고 병들어(老病)'는 모두 반어이며, 시인들이 말하는 것은 모두 고의적으로 자기 생각과 반대되게 하는 말이다.

예시 ④의 '세상사에 본래 서투니(人事固以拙)'는 표면적으로는 세상사에 서툴다고 말하고 있지만 실제로는 결코 '서툰 것'이 아니니, 도연명(陶淵明)이 말하고자 하는 것은 어떻게 지조를 굳게 지킬 것인가 하는 것일 따름이다.

예시 ⑤의 '살았을 때의 부귀영화 실로 귀하지만(榮華誠足貴)' 역시 반어를 말하고 있다. 이 말은 표면적으로는 한 사람의 부귀영화가 확실히 귀중하다고 말하지만 실제로는 자기 생각과 반대로 말하면서 풍자적인 의미를 내포하

고 있다.

예시 ⑥의 '벼슬은 늙고 병들어 쉬어야 하네(官應老病休)'는 표면적으로는 자신이 늙고 병들어 마땅히 관직을 사퇴해야 된다고 말하고 있으나, 실제로는 두보가 관직을 떠난 이유가 결코 무슨 '늙고 병들어(老病)' 때문이 아니고, 정치적으로 배척을 당한 결과이므로, 시에서 '늙고 병들어'를 운운한 것은 역시 고의적으로 자기 생각을 반대로 말하고 있는 것이다.

둘째, 시구의 유형에서 볼 때, 반문이 사용하는 것은 의문구(疑問句)이지만, 반어는 언제나 진술구(陳述句) 혹은 묘사구(描寫句) 안에서 사용되어진다.

셋째, 수사의 측면에서 볼 때, 반문의 수사적 작용은 주로 어기(語氣)를 강하게 하여 표현에 더욱 변화가 있도록 하기 위해서인데, 그것은 반문의 형식을 빌려 긍정적 혹은 부정적인 내용을 나타냄으로써 독자들로 하여금 적극적인 사고를 하도록 하고, 시의 언어가 더욱 남아도는 맛이 있도록 만들어준다. 그러나 반어의 수사적 작용은 주로 원하지 않거나 분명하게 말하기 불편한 내용을 나타내기 위해서, 자기 생각을 반대로 말하거나, 혹은 반대로 말하면서 자기 생각을 표시하는 형식을 빌려 그것을 말로 나타내는데, 이렇게 하면 시의 언어를 더욱 함축적이고 힘이 있게 변하도록 할 수 있다.

제13장 반복(反復)

<1> 반복이란?

어떤 뜻을 강조하고 감정 색채를 강화하기 위해 의도적으로 시 중의 낱말 및 구를 중복 사용하는 수사 방식을 '반복'이라고 부른다. 예를 들어,

① 揚之水, 느릿느릿 흐르는 물,

不流束薪. 묶어놓은 땔나무 다발도 흘려보내지 못하네.

彼其之子, 저 사람은,

不與我戍申. 나와 함께 신(申)나라에서 변방을 지키지 못하네.

懷哉懷哉, 그립고 그리운데,

曷月予還歸哉? 어느 달에나 나는 돌아갈까?

揚之水, 느릿느릿 흐르는 물,

不流束楚. 묶어놓은 가시나무 다발도 흘려보내지 못하네.

彼其之子, 저 사람은,

不與我戍甫. 나와 함께 보(甫)나라에서 변방을 지키지 못하네.

懷哉懷哉, 그립고 그리운데,

曷月予還歸哉? 어느 달에나 나는 돌아갈까?

揚之水, 느릿느릿 흐르는 물,

不流束蒲. 묶어놓은 갯버들 다발도 흘려보내지 못하네.

彼其之子, 저 사람은,

不與我戍許. 나와 함께 허(許)나라에서 변방을 지키지 못하네.

懷哉懷哉, 그립고 그리운데,

曷月予還歸哉? 어느 달에나 나는 돌아갈까?

(≪시경詩經·왕풍王風·느릿느릿 흐르는 물(揚之水)≫)

예시 ①에서 <왕풍王風·느릿느릿 흐르는 물(揚之水)>은 총 3장 78자로 구성되어 있는데, 이 시에는 중복 사용하지 않은 글자가 단 여섯 자 뿐이다. 이 시의 내용은 원정에 나간 병사가 전쟁을 증오하고 고향을 그리워하며 배우자를 생각하는 괴로운 감정을 그린 것이다. 각 장마다 각각 '느릿느릿 흐르는 물, 묶어놓은 땔나무 다발도 흘려보내지 못하네(揚之水, 不流束薪)', '느릿느릿 흐르는 물, 묶어놓은 가시나무 다발도 흘려보내지 못하네(揚之水, 不流束楚)', '느릿느릿 흐르는 물, 묶어놓은 갯버들 다발도 흘려보내지 못하네(揚之水, 不流束蒲)'라고 하여 감흥을 일으키며, 낱말과 구절의 반복적인 운용을 통하여 어세를 강화하고 인상을 강하게 하며, 공감을 일으키고 주제를 부각시키는 작용을 하게 한다. 또 예를 들면,

② 錢錢何難得, 돈이여 돈이여, 어찌 구하기 이토록 어려워,
　　令我獨憔悴. 나로 하여금 홀로 초췌하게 만드네.

(무명씨無名氏 <파군巴郡의 군수를 풍자하는 시(刺巴郡守詩)>)

③ 捕蝗捕蝗誰家子, 메뚜기를 잡고 메뚜기를 잡는 저 아이는 누구 집
　　　　　　　아이인가,

天熱日長饑欲死. 날은 덥고 해는 긴데 굶주려 죽으려하네.

(백거이白居易 <메뚜기를 잡다(捕蝗)>)

④ 憶遠曲, 먼 곳의 님을 그리워하는 노래라,

郎身不遠郎心遠. 남편의 몸은 멀지 않는데 남편의 마음은 멀리 있네.

沙隨郎飯俱在匙, 모래는 남편의 밥을 따라 모두 숟가락에 있는데,

郎意看沙那比飯? 남편의 생각은 모래를 보는 것이니 어찌 밥 먹는
것과 비교할 수 있으리오?

(원진元稹 <멀리 떨어진 님을 생각하는 노래(憶遠曲)>)

예시 ②의 무명씨(無名氏)가 지은 <파군의 군수를 풍자하는 시(刺巴郡守詩)>는 동한(東漢) 환제(桓帝) 시대에 가난한 백성들이 분노의 목소리로 지방 관리들이 터무니없이 무거운 세금을 거두어들이고 백성의 재물을 무리하게 빼앗는 것을 비난하는 시이다. 관리는 심야 시간을 이용해 조세를 내라고 몰아대어 주인으로 하여금 "옷을 걸치고 나가서 문을 열어주게(披衣出應門)" 시키는데 핍박하는 횟수가 많다는 것을 짐작할 수 있다. 전체 시는 '돈(錢)'이라는 한 글자에 초점이 모아져 있는데, 한 쪽에서는 돈을 요구하고 한 쪽에서는 돈이 없다. 조세 납부를 미루는 농민이 다른 날 납부하겠다고 청해보지만 "관리가 화를 내며 오히려 책망을 받는다(吏怒反見尤)". 그가 이웃에게 빌리려 하지만 "이웃 사람이 말하길 이미 다 썼다고 한다(鄰人言已匱)". 바로 이렇게 궁지에 빠진 상황에서 그는 '돈이여 돈이여, 어찌 구하기 이토록 어려워(錢錢何難得)'라는 절망에 가까운 소리를 외치게 되는 것이다. 시인은 여기에서 '돈(錢)'이라는 글자의 중복을 통하여 모순을 돌출시키고 이 농민이 막다른 골목에 빠져있는 괴로운 마음을 부각시켰다.

예시 ③의 백거이(白居易)의 <메뚜기를 잡다(捕蝗)>는 당(唐) 덕종(德宗) 시대

한 차례 메뚜기 재해가 백성들에게 안겨준 엄청난 고통을 그린 시이다. 역사서의 기재에 의거하면, 당 덕종 흥원(興元) 원년(元年)(784년) 가을에 명충나방이 들을 뒤덮어 풀과 나무가 남아나지를 않았다. 그 다음해, 즉 정원(貞元) 원년 4월에 또 관중(關中)에 큰 흉년이 들어 곡물 가격이 대폭으로 오르자 재해를 입은 백성들은 메뚜기를 잡아서 먹는 수밖에 없었다. '메뚜기를 잡고 메뚜기를 잡는 저 아이는 누구 집 아이인가, 날은 덥고 해는 긴데 굶주려 죽으려하네(捕蝗捕蝗誰家子, 天熱日長饑欲死)'라고 한 것은 바로 이러한 비참한 광경을 그린 것이다. 시인이 여기서 '메뚜기를 잡다(捕蝗)'라는 [동사＋목적어] 구조를 다시 한 번 중복한 것은 단지 칠언(七言) 형식의 수요를 만족시키기 위해서일 뿐만이 아니라 더욱 중요한 것은 이재민들이 '날은 덥고 해는 긴데 굶주려 죽으려하네(天熱日長饑欲死)'라고 하는 상황에서 굶어죽지 않기 위해서 메뚜기를 잡으러 가는, 사람이라면 차마 살아가며 할 수 없는 이런 처지를 부각시키는데 있다.

예시 ④의 원진(元稹)의 <먼 곳의 님을 그리워하는 노래(憶遠曲)>는 한 여인이 결혼한 뒤 자주 괄시를 받는 것을 묘사한 시이다. 이 여인은 결혼한 뒤 남편의 사랑을 받지 못하고 단지 남의 부림을 받는 노예일 따름이다. '먼 곳의 님을 그리워하는 노래라, 남편의 몸은 멀지 않는데 남편의 마음은 멀리 있네(憶遠曲, 郎身不遠郎心遠)' 등의 구절은 시인이 여기에서 '남편(郎)'이라는 글자를 네 개 잇달아 사용하면서, 그 "밤마다 어디에서 취하는지(夜夜醉何處)" 모르는 '남편(郎)'이 정신적으로 이 부인의 마음속에 빚어낸 큰 상처를 집중적으로 나타내 보여주었다.

요컨대 위의 분석을 통해서 알 수 있듯이, 반복은 고대시가에서도 아주 적극적인 수사 방식의 하나이다. 반복은 중복과는 같지 않다. 수사를 다루는 일부 책에서는 이 수사 방식을 '중복(重複)'이라고 부르는데 타당하지 않은 듯하다. '중복'이라는 말은 사람들로 하여금 쉽게 오해하게 만든다. 반복은 수사상의 필요이지만 중복은 말이 간결하지 않은 것이다.

　여기까지 이야기한 김에 한 가지 문제를 더 언급할까하는데, 그것은 바로 반복과 배비(排比)의 관계에 대한 문제이다.

　무엇이 '배비'인지에 대하여 앞에서 우리는 이미 언급한 적이 있다. 배비도 물론 낱말(표지어標志語)을 반복하는 도움을 받아야 하지만, 총체적으로 봤을 때 배비는 위아래 구절의 구조가 비슷하고 구절의 의미가 비슷하거나 관련되는 것에 중점을 두는 데에 비해, 반복이 강조하는 것은 말과 구절의 반복 사용이니, 양자는 서로 다르다. 다음을 비교해보시라.

① 野有蔓草, 들에 덩굴풀 있는데,

零露漙(tuán)兮.[210] 내린 이슬 많네.

有美一人, 아름다운 한 사람 있어,

清揚婉兮. 눈 맑고 이마 넓으며 아름답네.

邂逅相遇, 우연한 서로 만나니,

適我願兮. 내가 원하던 바에 딱 맞네.

野有蔓草, 들에 덩굴풀 있는데,

零露瀼瀼. 내린 이슬 많고 많네.

有美一人, 아름다운 한 사람 있어,

宛如清揚. 아름답게 눈 맑고 이마 넓네.

邂逅相遇, 우연히 서로 만나니,

與子偕臧.[211] 그대와 함께 다정하게 되었네.

(≪시경詩經·정풍鄭風·들에 덩굴풀 있는데(野有蔓草)≫)

210　漙(단): 이슬이 많다.

211　臧(장): 사이가 좋다. 다정하다.

② 城中好高髻, 성 안의 사람들이 높은 쪽머리 좋아하니,

　　四方高一尺. 천하의 사람들은 한 자나 더 높이네.

　　城中好廣眉, 성 안의 사람들이 넓은 눈썹 좋아하니,

　　四方且半額. 천하의 사람들은 이마의 반이나 그리네.

　　城中好大袖, 성 안의 사람들이 넓은 소매 좋아하니,

　　四方全匹帛. 천하의 사람들은 한 필 비단으로 만드네.

　　(무명씨無名氏 <성 안의 민요(城中謠)>)

　예시 ①은 반복 수사 방식을 사용하였고, 예시 ②는 배비 수사 방식을 사용했다.

　반복이 강조하는 것은 단지 말과 구절의 반복 출현이며 구성 방면에서는 무슨 요구가 없다. 예를 들면 예시 ①의 '야유만초(野有蔓草)', '유미일인(有美一人)', '해후상우(邂逅相遇)' 등의 어구는 첫 번째 장과 두 번째 장에 모두 나타나 있다. 어떤 말은 비록 중복하여 사용되었지만 시구 중의 구조는 이미 변화가 일어나니, 예를 들어 '청양완혜(清揚婉兮)'와 '완여청양(宛如清揚)'이 바로 이런 경우에 속한다.

　배비가 강조하는 것은 일부 표지어의 중복 사용 이외에도 또 위아래 시구의 구조가 서로 비슷하고 의미가 서로 가깝거나 혹은 서로 연관성을 가지는 것을 강조하는 것이다. 예를 들어, 예시 ②에서 '성중호(城中好)', '사방(四方)'과 같은 표지어들은 시에서 각각 세 번씩 반복되었으며, 전체 시는 '사방차반액(四方且半額)' 외에는 구조가 기본적으로 비슷하고, 뜻에 있어서도 전체 시가 여섯 시구인데 둘씩 둘씩 하나의 조(組)를 이루며 내용이 서로 비슷하다. <성 안의 민요(城中謠)>는 ≪후한서(後漢書)·마원전(馬援傳)≫에 붙어있는 <마요전(馬廖傳)>에 보인다. 이 민가는 서한(西漢) 때 지방의 도읍이 경성(京城)의 몸치장을 모방하는 불건전한 사회 풍습을 신랄하게 풍자한 민요인데, "윗사

람이 하는 일을 아랫사람이 그대로 모방한다(上行下效)"는 것이다. 물론 본론에 돌아와서 말을 또 하자면, 만약 단순히 낱말의 사용 각도에서 보면 예시 ②도 반복 수사 방식으로 볼 수 있는데, 단지 문제를 관찰하는 각도를 좀 바꾸어야할 뿐이다.

<2> 반복의 기본 유형

반복의 각기 다른 언어 단위에 따라 반복 수사 방식은 '낱말의 반복', '단어와 단어 결합의 반복', '구절의 반복'으로 나눌 수 있다. 아래에서 이에 대해 나누어서 얘기해보도록 한다.

(1) 낱말의 반복

표현의 수요 때문에 특별히 구절 중의 낱말을 중복시키는 것을 '낱말의 반복'이라고 한다. 낱말의 반복은 연속적으로 할 수 있으며, 또 간격을 두고 할 수도 있다. 낱말의 연속 반복이란 바로 동일한 시구 중에 있는 낱말을 중복시키면서 위와 아래를 서로 연결하는 것이다. 예를 들어,

① 騅不逝兮可奈何, 오추마(烏騅馬)도 달리지 못하니 어찌 할거나,
　 虞兮虞兮奈若何. 우희(虞姬)여 우희여 그대를 어찌 할거나.

　 (항적項籍 <해하垓下의 노래(垓下歌)>)

② 君兮君兮願聽此, 임금님이시여 임금님이시여 이 말을 들으시길 원하니,
　 欲開壅蔽達人情, 막히고 덮힌 것을 열고 백성들의 마음을 알고자 하시면,

先向歌詩求諷刺. 먼저 백성들의 노래와 시에서 풍자를 찾아보십시오.

(백거이白居易 <민간 가요를 모으는 관리(采詩官)>)

예시 ①과 ②에서 '우혜우혜(虞兮虞兮)'와 '군혜군혜(君兮君兮)'가 모두 연속 반복이다.

예시 ①의 <해하의 노래(垓下歌)>는 항우(項羽)가 해하(垓下. 지금의 안휘성安徽省 영벽현靈璧縣 동쪽)에서 포위되어 위기에 빠져있을 때 불렀던 노래이다. 시 전체가 매우 비장한데, 영웅이 마지막 길에서 탄식을 드러내었다. '우혜우혜내약하(虞兮虞兮奈若何)'에서 '우혜우혜(虞兮虞兮)'라는 반복 형식을 통하여 항우가 사면초가(四面楚歌)에서 한없이 슬프고 처량한 심정을 표현했는데, 그를 모시고 남쪽과 북녘의 전투를 함께 한 우희(虞姬)조차도 돌볼 수가 없으니 그 상황이 얼마나 비장한가!

예시 ②의 백거이(白居易)의 <시를 채집하는 관리(采詩官)>는 그가 쓴 신악부시(新樂府詩) 50편 중의 마지막 시이다. 전체 시의 주제는 당나라 제왕이 앞 시대의 왕들처럼 나라를 어지럽고 망하게 하지 않도록 그런 사례를 거울로 삼고, 풍간(諷諫)하고 의론하는 것을 가로막지 않아, "임금님 귀는 오직 당상관(堂上官)의 말만 듣고, 임금님 눈은 대궐 문 앞의 일을 보지 못하며, 탐관오리는 백성들을 해침에 꺼리는 바가 없고, 간사한 신하는 임금님의 눈을 가리면서 두려워함이 없는(君耳唯聞堂上言, 君眼不見門前事. 貪吏害民無所忌, 奸臣蔽君無所畏)" 폐단을 없애어, "말하는 자는 죄가 없고 듣는 자는 경계하여, 아래로 흐르고 위로 통하여 위와 아래가 태평하게 되는(言者無罪聞者誡, 下流上通上下泰)" 목적에 이르기를 희망하는 내용이다. '군혜군혜원청차(君兮君兮願聽此)'는 '임금님(君)'이란 글자를 연속 중복하여, 시인이 임금에게 '막히고 덮힌 것을 열고, 백성들의 마음을 알고자 하기를(開壅蔽, 達人情)' 요구하는 강렬한 감정을 충분히 표현했다.

낱말의 간격을 둔 반복은 동일한 시구에 있지 않는 말의 중복 사용을 가리
킨다. 예를 들어,

③ 朝發黃牛,[212] 아침에 황우탄(黃牛灘)을 떠나,

　暮宿黃牛. 저녁에 황우탄에서 묵네.

　三朝三暮, 사흘 아침 사흘 밤을 갔건만,

　黃牛如故. 황우탄은 여전히 그대로네.

　(무명씨無名氏 <삼협三峽의 노래三峽謠>)

④ 朝上東坡步, 아침에 동쪽 언덕에 올라가서 걷고,

　夕上東坡步. 저녁에 동쪽 언덕에 올라가서 걷네.

　東坡何所愛? 동쪽 언덕에서 무엇을 좋아하는가?

　愛此新成樹. 이 새로 심은 나무를 좋아하네.

　(백거이白居易 <동쪽 언덕을 걷다步東坡>)

　예시 ③과 ④에서, '황우(黃牛)'와 '동파(東坡)'라는 같은 말이 서로 다른
시구에 위치하여 반복적으로 사용되었으며 또 다른 말에 의해 떨어져 있는
데, 이것이 바로 간격을 둔 반복이다.

　낱말의 연속 반복은 대부분 명사이다. 그러나 어떤 명사들은 반복한 뒤에
새로운 어법 의미를 낳게 되는데, 이러한 현상은 수사 문제일 뿐만 아니라
어법 문제와도 관련된다. 이를테면,

⑤ 花花自相對, 꽃과 꽃이 자연스레 서로 마주하고,

212　黃牛(황우): 황우탄(黃牛灘).

葉葉自相當. 잎과 잎이 자연스레 서로 마주 보고 있네.

(송자후宋子侯 <동교요(董嬌饒)>)

⑥ 仰頭相向鳴, 머리를 들고 서로를 향하여 울어,

夜夜達五更. 밤이면 밤마다 새벽녘까지 이르렀네.

(무명씨無名氏 <초중경焦仲卿의 아내(焦仲卿妻)>)

⑦ 山山白鷺滿, 산과 산에 백로가 가득하고,

澗澗白猿吟. 골짜기와 골짜기에 흰 원숭이 울어대네.

(이백李白 <추포秋浦의 노래(秋浦歌)> 제10수)

예시 ⑤에서 ⑦까지의 '화화(花花)', '엽엽(葉葉)', '야야(夜夜)', '산산(山山)', '간간(澗澗)'은 수사 각도에서 보면 낱말의 반복에 속하는데, 반복을 통해 강조의 역할을 하고 있으며, 이 말들을 어법 각도에서 보면 또한 어법 문제가 되는데, 이들은 중첩을 통하여 해당되는 사물의 전부를 포괄함을 나타내니, 예를 들어 '화화(花花)', '엽엽(葉葉)'은 바로 '각 꽃마다', '각 잎마다'라는 뜻이며, 나머지 예도 같은 분석을 할 수 있다.

낱말의 반복은 명사 외에 또 대명사와 동사도 자주 반복 수사 방식에 사용된다. 그러나 사용되는 대명사는 간격을 둔 반복이 많고, 동사는 연속 반복과 간격을 둔 반복을 겸하고 있다. 예를 들어,

① 我徂東山, 나는 동산에 가서,

慆慆不歸.[213] 오랫동안 돌아오지 못했네.

---

213 慆慆(도도): 오랜 모양.

我來自東, 내가 동쪽에서 돌아오게 되자,

零雨其濛. 떨어지는 비가 부슬부슬 거리네.

我東曰歸, 내가 동쪽에서 돌아오게 되니,

我心西悲. 내 마음은 서쪽 보며 슬퍼했네.

(≪시경詩經·빈풍豳風·동산(東山)≫)

② 圜則九重,²¹⁴ 둥근 천체는 아홉 겹인데,

孰營度之? 누가 돌면서 그것을 측량했을까?

惟茲何功, 생각건대 이것은 얼마나 큰일이며,

孰初作之? 누가 처음 그것을 만드셨을까?

(≪초사楚辭·하늘에 묻다(天問)≫)

③ 采采卷耳, 도꼬마리를 뜯고 뜯어도,

不盈頃筐. 기울어진 광주리도 채우지 못하네.

(≪시경詩經·주남周南·도꼬마리(卷耳)≫)

④ 悠哉悠哉,²¹⁵ 그립고 그리워서,

輾轉反側. 이리 뒤척 저리 뒤척 하네.

(≪시경詩經·주남周南·꾸우꾸우 우는 물수리(關雎)≫)

⑤ 冬無複襦, 겨울엔 겹옷 없고,

夏無單衣. 여름엔 홑옷조차 없었다네.

(무명씨無名氏 <고아의 노래(孤兒行)>)

---

214 圜(원): '원(圓)'과 같다. 둥글다.
215 悠(유): 생각하다.

예시 ①과 ②에서, '아(我)'와 '숙(孰)'은 모두 대명사이며 간격을 둔 반복 형식에 속한다.

예시 ③과 ④의 '채(采)'와 '유(悠)'는 모두 동사로 연속적인 반복에 속한다.

예시 ⑤의 '무(無)는 동사로 간격을 둔 반복에 속한다.

그러나 어떤 반복 동사는 비록 똑같이 하나의 시구 안에 있지만 분명히 두 개의 구로 구성된 것이니, 이 또한 간격을 둔 반복이라고 할 수 있다. 예를 들어,

⑥ 海水夢悠悠, 바닷물은 꿈과 같이 아득하고,

　君愁我也愁. 그대가 시름에 잠기면 나도 시름에 잠기네.

　(무명씨無名氏 <서주西洲의 노래(西洲曲)>)

그 외에 같은 시구 안에 있는 연환구(連環句)는 비록 연환절(連環節)로 충당되는 말이 다른 구에 속하는 다른 성분이라 하더라도 이들이 긴밀하게 이어져 있기 때문에 여전히 연속된 반복으로 볼 수 있다. 예를 들어,

⑦ 憶郎郎不至, 낭군을 생각해도 낭군은 오지 않아,

　仰首望飛鴻. 머리 들어 날아가는 기러기를 바라보네.

　(무명씨無名氏 <서주西洲의 노래(西洲曲)>)

⑧ 我聞古之良吏有善政, 내가 듣건대 옛날의 좋은 관리들은 좋은 정책이
　　　　　　　　　　　　있어,

　以政驅蝗蝗出境. 정책으로 메뚜기들을 몰아내어 메뚜기들이 그 지역을
　　　　　　　　　　떠났다네.

　(백거이白居易 <메뚜기를 잡다(捕蝗)>)

⑨ 年年采珠珠避人, 해마다 진주를 캐면 진주가 사람을 피했는데,

今年采珠由海神. 올해는 진주를 캐는 것이 바다의 신에 의해 행해지게
되었네.

(원진元稹 <진주를 캐는 노래(采珠行)>)

예시 ⑦에서 ⑨까지의 '억랑(憶郞)'과 '랑부지(郞不至)', '이정구황(以政驅蝗)'
과 '황출경(蝗出境)', '연년채주(年年采珠)'와 '주피인(珠避人)' 등등은 실제로는
모두 두 개의 구이며, 반복되는 말인 '낭군(郞)', '메뚜기(蝗)', '진주(珠)' 또한
모두 각자 앞의 구의 목적어와 뒤의 구의 주어를 동시에 맡아, 둘이 서로
연결되기 때문에, 마땅히 낱말의 연속적인 반복으로 간주해야한다.

반복 수사 방식은 강렬한 감정을 표현하는 데에 사용되기 때문에 시에서
일부 어기사(語氣詞)도 늘 반복에 사용된다. 예를 들어,

① 俟我於著乎而,[216] 나를 문간에서 기다리시니,

充耳以素乎而, 귀막이는 흰 실로 하였고,

尚之以瓊華乎而. 거기에 아름다운 귀막이옥을 달았네.

(≪시경詩經·제풍齊風·문간(著)≫)

② 陟彼北芒兮, 저 북망산(北邙山)에 오르네,

噫! 아아!

顧瞻帝京兮, 천자의 도읍을 두루 돌아보네,

噫! 아아!

---

216 著(저): 문병(門屛: 밖에서 집안을 들여다보지 못하도록 대문이나 중문 안쪽에 가로막아
놓은 담이나 가리개)의 사이. 문간.

宮闕崔巍兮, 궁궐은 높고도 웅장하네,

噫! 아아!

民之劬(qú)勞兮,²¹⁷ 백성들의 수고로움이여,

噫! 아아!

遼遼未央兮, 아득하니 아직 끝나지 않았네,

噫! 아아!

(양홍梁鴻 <다섯 번 탄식하는 노래(五噫歌)>)

예시 ①과 ②의 '호이(乎而)', '혜(兮)', '희(噫)'는 모두 간격을 둔 반복에 사용된 어기사이다.

고대시가 중에는 부사(副詞)가 반복에 사용되는 것도 있지만 사례가 많지 않아 여기서는 생략하고 이야기하지 않기로 한다.

(2) 단어와 단어 결합의 반복

표현을 하기 위해서 특별히 시구 중의 어떤 '단어와 단어의 결합'을 중복시키기도 한다. 예를 들어,

① 兩人對酌山花開, 두 사람이 마주하여 술을 마시니 산의 꽃이 피어,

一杯一杯復一杯. 한 잔 한 잔 또 한 잔.

我醉欲眠卿且去, 나는 취해 자려고 하니 그대도 우선 갔다가,

明朝有意抱琴來. 내일 아침 생각이 있으면 금(琴)을 안고 오시게나.

(이백李白 <산속에서 은자隱者와 마주하여 술을 마시다(山中與幽人對酌)>)

---

217 劬(구): 수고롭다.

예시 ①의 <산속에서 은자와 마주하여 술을 마시다(山中與幽人對酌)>는 시인 이백(李白)이 산 속의 은사(隱士)와 술을 마시는 정경을 그린 시이다. 전체 시의 언어가 질박하고 의경(意境)이 우아하고 담담하여 시인의 사람됨이 호방하고 세속에 대해 담백한 호탕한 성격을 그려냈다. '두 사람이 마주하여 술을 마시니 산의 꽃이 피어, 한 잔 한 잔 또 한 잔(兩人對酌山花開, 一杯一杯復一杯)'은 '한 잔(一杯)'이라는 말을 반복 사용함을 통하여 이백의 매인 데 없이 자유분방한 성격을 전적으로 표현해내었다.

단어의 반복도 연속적인 반복과 간격을 둔 반복의 두 종류가 있다. 이를테면,

② 樂土樂土, 즐거운 땅 즐거운 땅에서,
　爰得我所. 내 살 곳 얻으리라.

(≪시경詩經·위풍魏風·큰 쥐(碩鼠)≫)

③ 采薇采薇, 고사리를 캐네 고사리를 캐네,
　薇亦作止.[218] 고사리가 또 돋아났네.

(≪시경詩經·소아小雅·고사리를 캐네(采薇)≫)

④ 官牛官牛駕官車, 관가의 소와 관가의 소가 관가의 수레를 끌고,
　滻水岸邊般載沙. 산수(滻水) 물가에서 모래를 옮겨 싣고 있네.

(백거이白居易 <관가의 소(官牛)>)

예시 ②~④에서, '낙토낙토(樂土樂土)', '채미채미(采薇采薇)', '관우관우(官牛

218　止(지): 구말어기사(句末語氣詞).

官牛)'는 모두 연속적 반복이다.

간격을 둔 반복은 예를 들어,

⑤ 何其處也, 어찌 그리도 편안히 있는가,

必有與也. 반드시 하사하는 것이 있으리라.

何其久也, 어찌 그리도 오래 걸리는가,

必有以也.[219] 반드시 내려 주는 것이 있으리라.

(≪시경詩經·패풍邶風·앞은 높고 뒤가 낮은 언덕(旄丘)≫)

⑥ 巴東三峽巫峽長,[220] 파동(巴東)의 삼협(三峽)은 무협(巫峽)이 긴데,

猿鳴三聲淚沾裳. 원숭이 울음 세 마디에 눈물이 옷깃을 적시네.

巴東三峽猿鳴悲, 파동의 삼협은 원숭이 울음이 슬픈데,

猿鳴三聲淚沾衣. 원숭이 울음 세 마디에 눈물이 옷깃을 적시네.

(무명씨無名氏 <파동巴東의 삼협三峽 노래(巴東三峽歌)>)

⑦ 巫山夾青天, 무산(巫山)은 푸른 하늘을 끼고 있고,

巴水流若兹. 파수(巴水)가 흐르는 것도 이와 같네.

巴水忽可盡, 파수는 문득 끝날 수 있겠으나,

青天無到時. 푸른 하늘에는 도달할 때 없으리라.

(이백李白 <삼협三峽을 거슬러 오르며(上三峽)>)

예시 ⑤~⑦에서, '하기(何其)', '필유(必有)', '파동삼협(巴東三峽)', '원명삼성

---

219 與(여), 以(이): 하사하다. 내려 주다.
220 파동(巴東): 옛날의 고을 이름.

(猿鳴三聲)', '파수(巴水)'는 모두 간격을 둔 반복이다.

만약 상하 두 구절이 연환구(連環句)이면, 연환절(連環節)로 쓰이는 두 단어와 단어의 결합은 비록 각각 서로 다른 시구에 나누어 속해있더라도 연속적인 반복으로 처리하는 것이 좋다. 예를 들어,

⑧ 健兒須快馬, 씩씩한 사나이는 빨리 달리는 말을 필요로 하고,
　 快馬須健兒. 빨리 달리는 말은 씩씩한 사나이를 필요로 하네.

(무명씨無名氏 <버들가지 꺾는 노래 가사(折揚柳歌辭)> 제2수)

⑨ 立部又退何所任, 입부기(立部伎)는 또 물러나 무엇을 담당하나,
　 始就樂懸操雅音. 처음으로 악기를 매달고 우아한 소리를 다루네.
　 雅音替壞一至此, 우아한 소리가 쇠퇴하여 한 번이라도 이 지경에
　　　　　　　　　　이르게 되면,
　 長令爾輩調宮徵. 오래도록 너희들로 하여금 궁음(宮音)과 치음(徵音)
　　　　　　　　　　을 조율하게 하네.

(백거이白居易 <입부기(立部伎)>)

⑩ 七月一日一相見, 7월 1일에 한 번 서로 만났고,
　 相見故心終不移. 서로 만났기 때문에 마음이 끝내 바뀌지 않았네.

(원진元稹 <옛날 이별의 노래(古訣絶詞)>)

예시 ⑧~⑩에서, '쾌마(快馬)', '아음(雅音)', '상견(相見)'은 비록 각기 다른 시구에 속해있지만 모두 연환절(連環節)이기에 여전히 연속적인 반복으로 간주할 수 있다.

(3) 구절의 반복

표현을 하기 위해 하나의 시구를 특별히 중복시키는 것을 '구절의 반복'이라고 한다. 구절의 반복은 대부분 간격을 둔 반복이다. 연속적인 반복도 있으나 숫자는 많지 않다. 연속적으로 반복하는 두 개의 시구는 대부분 두 개의 시행(詩行)에 나누어져 있다. 예를 들어,

① 行路難, 가는 길 험난하네,
　行路難, 가는 길 험난하네,
　多歧路, 갈림길 많은데,
　今安在? 지금 어디에 있는 것일까?

　(이백李白 <가는 길 험난하네(行路難)> 제1수)

② 牡丹芳, 모란꽃 향기롭네,
　牡丹芳, 모란꽃 향기롭네,
　黃金蕊綻紅玉房. 황금 꽃술이 붉은 옥 꽃잎에서 활짝 피어나네.

　(백거이白居易 <모란꽃 향기롭네(牡丹芳)>)

같은 시행 안에 있는 것도 있지만 숫자는 극히 적다. 예를 들면,

③ 董逃董逃董卓逃, 동(董)씨가 도망갔네 동씨가 도망갔네 동탁(董卓)이
　　도망갔네,
　揩鏗戈甲聲勞嘈. 쨍그랑 창과 갑옷 소리 시끄럽네.

　(원진元稹 <동탁董卓이 도망가는 노래(董逃行)>)

예시 ③의 '동도동도동탁도(董逃董逃董卓逃)' 구절에서 '동도(董逃)'는 '동탁도(董卓逃. 동탁이 도망가다)'의 줄임말이다.

만약 위아래 시구가 연환구(連環句)이면, 연환절(連環節)로 쓰이는 구도 시구의 연속적인 반복이라고 보아야 한다. 예를 들면,

④ 幽室一己閉, 무덤 구덩이 한번 닫혀 버리면,

千年不復朝. 천년 동안 다시는 아침을 보지 못하리라.

千年不復朝, 천년 동안 다시는 아침을 보지 못하는 것은,

賢達無奈何. 현명하고 뛰어난 사람도 어쩔 수 없는 것.

(도연명陶淵明 <나의 죽음을 애도하며(挽歌辭)>)

간격을 둔 반복에 속하는 것은 예를 들면,

① 夜如何其? 밤이 얼마나 되었는가?

夜未央. 밤이 아직 한밤중도 되지 않았네.

庭燎之光, 뜰의 횃불이 빛나는데,

君子至止, 제후들이 이르니,

鸞聲鏘鏘. 말방울소리가 쨍그랑 쨍그랑.

夜如何其? 밤이 얼마나 되었는가?

夜未艾. 밤이 아직 다가지 않았네.

庭燎晢晢(zhé zhé),[221] 뜰의 횃불이 밝은데,

君子至止, 제후들이 이르니,

---

221 晢晢(절절): 밝은 모양.

鸞聲噦噦(huì huì).²²² 말방울소리가 짤랑 짤랑.

夜如何其? 밤이 얼마나 되었는가?
夜鄕晨.²²³ 밤이 새벽을 향하고 있네.
庭燎有輝, 뜰의 횃불이 빛나는데,
君子至止, 제후들이 이르니,
言觀其旂. 그 깃발들을 보네.

(≪시경詩經·소아小雅·뜰의 횃불(庭燎)≫)

② 魂兮歸來, 혼이시여 돌아오세요,
東方不可以托些! 동쪽은 몸을 맡길 수 없습니다.
長人千仞, 그곳엔 키가 천 길인 거인이,
惟魂是索些. 오직 사람의 혼만을 찾아다닌답니다.
十日代出,²²⁴ 열개의 태양이 번갈아 나와,
流金鑠石些. 금속을 녹여 흐르게 하고 돌도 녹인답니다.
彼皆習之, 그들은 모두 습관이 되었지만,
魂往必釋些.²²⁵ 혼이 가시면 반드시 녹아서 없어져버릴 것입니다.
歸來兮, 돌아오세요,
不可以托些. 그곳은 몸을 맡길 수 없습니다.

魂兮歸來, 혼이시여 돌아오세요,

---

222 噦噦(홰홰): 수레의 말방울소리.
223 鄕(향): '향(向)'과 통한다. 향하다.
224 代(대): 교체하다. 번갈아들다.
225 釋(석): 녹아버리다. 용화(鎔化)되다.

南方不可以止些! 남쪽은 머물 수 없습니다.

雕題黑齒,[226] 그곳 사람은 이마에 꽃무늬 새기고 이빨이 검은데,

得人肉以祀, 사람 살코기로 제사 지내고,

以其骨爲醢些.[227] 사람 뼈로 육장(肉漿)을 만든답니다.

蝮蛇蓁蓁, 살무사가 득실대고,

封狐千里些.[228] 큰 여우가 천리를 돌아다닌답니다.

雄虺(huǐ)九首,[229] 큰 독사는 머리가 아홉인데,

往來倏(shū)忽,[230] 오고 가는 것이 재빠르고,

吞人以益其心些. 사람을 집어삼켜 심장을 보양한답니다.

歸來兮, 돌아오세요,

不可以久淫些 그곳은 오래 머물 수 없습니다.

……   ……

(≪초사楚辭·혼을 부르며(招魂)≫)

예시 ①과 ②에서, '야여하기(夜如何其)', '군자지지(君子至止)', '혼혜귀래(魂兮歸來)', '귀래혜(歸來兮)'는 모두 간격을 둔 반복이다. 간격을 둔 반복은 동일한 시구가 서로 다른 곳에서 나타나기 때문에 이렇게 하면 독자들에게 계속 잇달아 인상을 더욱 깊게 해줄 수 있고 독자들의 공감을 불러일으켜 끊임없이 주제를 심화시키는 역할을 한다. 예를 들어 예시 ① <소아(小雅)·뜰의 횃불(庭燎)>은 주선왕(周宣王)이 근면하게 정사(政事)에 힘을 써 일찍 조회(朝會)하는

---

226 雕題(조제): 이마에 꽃무늬를 새기다.

227 醢(해): 젓갈. 육장(肉醬).

228 封狐(봉호): 큰 여우.

229 雄虺(웅훼): 큰 독사.

230 倏忽(숙홀): 매우 빠른 모양.

것을 칭송하는 시이다. 전체 시는 모두 3장(章)이며 각 장은 각기 '밤이 얼마나 되었는가?(夜如何其)'로 시작하는데, 이렇게 하면 끊임없이 시간관념을 돌출시키며, 이를 빌려 선왕(宣王)이 정사에 힘써 일찍 조회를 하는 것을 칭송하는 목적에 도달할 수 있다.

예시 ②에서, 시인 굴원(屈原)은 '혼이시여 돌아오세요(魂兮歸來)', '돌아오세요(歸來兮)'라는 이런 시구들을 반복적으로 사용함을 통하여, 무양(巫陽)의 말투로 상하 사방의 환경이 매우 험악하여 그곳은 '몸을 맡길 수 없습니다(不可以托)', '머물 수 없습니다(不可以止)'라는 것을 말하며, 초회왕(楚懷王)의 영혼이 옛 고향으로 돌아오기를 호소하면서, 초회왕에 대한 굴원의 깊은 애도와 초나라에 대한 충심(忠心)을 표현했다.

이상의 분석을 통해 우리는 시구의 연속적인 반복과 간격을 둔 반복의 수사적 작용이 서로 다르다는 것을 발견할 수 있었다.

<3> 반복의 발전

위에서 본 바와 같이, 반복 수사 방식의 기본 유형은 낱말의 반복, 단어의 반복과 구절의 반복으로 나누어진다. 반복의 발전은 그 기본 내용이 바로 기본 유형의 변화에서 나타나고 있다.

먼저 지적해야 할 점은 시체(詩體)의 각도에서 말하면 반복 수사 방식은 단지 고체시(古體詩)에서만 사용되고 근체시(近體詩)에는 사용할 수 없다. 고체시, 특히 ≪시경(詩經)≫에서는 반복 사용이 가장 보편적이다. ≪시경≫에서는 낱말의 반복, 단어의 반복과 구절의 반복이 모두 다 사용할 수 있는데 이것은 ≪시경≫의 장체(章體) 형식과 아주 크게 관계가 있다. 예를 들어,

① 羔羊之皮, 어린 양의 가죽 옷,

　　素絲五紽(tuó). 흰 명주실 다섯 타래로 꾸몄네.

　　退食自公, 퇴근하여 밥 먹고 관청에서 나오네,

　　委蛇委蛇.[231] 느릿느릿 여유롭네.

　　羔羊之革, 어린 양의 안가죽 옷,

　　素絲五緎(yù). 흰 명주실 다섯 역(緎)으로 꿰맸네.

　　委蛇委蛇, 느릿느릿 여유롭네,

　　自公退食. 관청에서 퇴근하여 밥 먹고 나오네.

　　羔羊之縫, 어린 양의 가죽옷 솔기,

　　素絲五總.[232] 흰 명주실 다섯 총(總)으로 꿰맸네.

　　委蛇委蛇, 느릿느릿 여유롭네,

　　退食自公. 퇴근하여 밥 먹고 관청에서 나오네.

(《시경詩經·소남召南·어린 양(羔羊)》)

② 凱風自南,[233] 따뜻한 바람이 남쪽에서부터,

　　吹彼棘心. 저 대추나무 새싹에 불어오네.

　　棘心夭夭, 대추나무 새싹 어리면서 싱싱하니,

　　母氏劬勞. 어머니 수고가 많으시네.

231　委蛇(위이): 느긋하고 여유로운 모습.

232　紽(타), 緎(역), 總(총): 고대에 실을 세는 단위로서, 실 다섯 겹을 한 '타(紽)'라고 하고, 네
　　타(紽)를 한 '역(緎)'이라 하며, 네 역(緎)을 한 '총(總)'이라 한다.

233　凱風(개풍): 남풍(南風), 따뜻한 바람.

凱風自南, 따뜻한 바람이 남쪽에서부터,

吹彼棘薪. 저 대추나무 줄기에 불어오네.

母氏聖善, 어머니 지혜롭고 선량하신데,

我無令人.[234] 우리들은 좋은 자식 없네.

爰有寒泉, 차가운 샘물이 있어,

在浚之下. 준읍(浚邑) 아래로 흐르네.

有子七人, 아들 일곱 있으나,

母氏勞苦. 어머니는 고생만 하시네.

睍睆(xiàn huǎn)黃鳥,[235] 아름다운 꾀꼬리,

載好其音.[236] 그 울음소리 좋네.

有子七人, 아들 일곱 있으나,

莫慰母心. 어머니 마음 위로할 이 없네.

(≪시경詩經·패풍邶風·따뜻한 바람(凱風)≫)

예시 ①의 <소남(召南)·어린 양(羔羊)>은 고대 관리가 종일 배불리 먹고 아무 일에도 관심을 두지 않는 것을 규탄하는 풍자시이다. 시에서 '어린 양의 (羔羊之)……', '흰 명주실 다섯(素絲五)……', '느릿느릿 여유롭네(委蛇委蛇)', '퇴근하여 밥 먹고 관청에서 나오네(退食自公)' 등의 말을 반복함을 통하여, 우리들로 하여금 마치 저들 관료들이 화려한 의상을 차려입고 관청 혹은 조정에서 한 끼 밥을 배불리 먹은 뒤, 득의양양하게 귀가의 길에 나서는

---

234 令(령): 좋다. 잘 대접하다.
235 睍睆(현환): 아름다운 모양.
236 載(재): 구중어기사(句中語氣詞).

모습을 보도록 하는 것 같다.

예시 ②의 <패풍(邶風)·남풍(凱風)>은 모성애를 노래한 시로, 이러한 유형은
≪시경(詩經)≫ 중에서는 아주 드물게 보인다. 전체 시는 총 4장이며 제1,
2장은 모두 '따뜻한 바람이 남쪽에서부터(凱風自南)'로 시작하는데 '따뜻한
바람(凱風. 남풍)'으로 모성애를 비유하며, 이어서 또 '저 ……에 불어오네(吹
彼)……', '어머니(母氏)' 등의 말을 각기 한 번씩 반복하여 '어머니(母氏)'의
고생, 수고와 지혜롭고 고결함, 그리고 '일곱 아들(七子)'에 대한 깊은 사랑의
마음을 부각시켰다. 제3, 4장은 또 '아들 일곱 있으나(有子七人)'라는 구절의
반복을 통해 한 걸음을 더 나아가 사심이 없고 위대한 모성애를 표현했다.
아이에 대한 어머니의 사랑은 따뜻한 남쪽바람이 대추나무의 새싹에게 불어
와 쓰다듬어 주는 것과 같으며 아이가 튼튼하게 성장하도록 한다. 그러나
이러한 사랑은 보답을 기대하지 않는데, 비록 '일곱 아들'이 있지만 여전히
갖은 노고를 다하고, 비록 '일곱 아들'이 있지만 한 사람도 어머니의 마음을
위로해줄 수 있는 자가 없다. 이상과 같은 이러한 부분들은 모두 반복의
수사적 작용을 충분히 나타냈다.

다음으로 우리들이 또 마땅히 알아야 할 점이 ≪시경(詩經)≫의 장체(章體)
형식이 없어짐에 따라 한(漢)나라와 한나라 이후의 고체시(古體詩)에는 반복이
비교적 드물게 사용되었고, 특히 구절의 반복은 더더욱 보기 힘들어졌다는
것이다. 예를 들어,

① 枯桑知天風, 말라버린 뽕나무도 하늘에 바람 부는 것을 알고,
　 海水知天寒. 바닷물도 하늘에 날씨 차가운 것 아네.

　 (무명씨無名氏 <만리장성萬里長城 아래 샘터 굴에서 말에게 물을 먹이는 노래(飮馬
　 長城窟行)>)

② 凄凄復凄凄, 슬프고 또 슬프나,

　　嫁娶不須啼. 시집갈 때 울 필요 없네.

　　(무명씨無名氏 <흰머리 노래(白頭吟)>)

③ 秋風蕭蕭愁殺人, 가을바람 휙휙 부는데 근심스러워 사람을 죽게 만드니,

　　出亦愁, 나가도 근심스럽고,

　　入亦愁. 들어와도 근심스럽네.

　　(무명씨無名氏 <옛 노래(古歌)>)

④ 離家日趨遠, 집을 떠나 나날이 멀어지고,

　　衣帶日趨緩. 허리띠는 나날이 느슨해지네.

　　(무명씨無名氏 <옛 노래(古歌)>)

⑤ 衣不如新, 옷은 새 옷이 더 좋고,

　　人不如故. 사람은 옛 사람이 더 좋네.

　　(무명씨無名氏 <옛날의 사랑 노래(古豔歌)>)

　　예시 ①에서 ⑤까지, '지(知)', '처처(凄凄)', '수(愁)', '일추(日趨)', '불여(不如)' 등등은 모두 단어와 어구의 반복이다. 이런 상황은 백거이(白居易)의 신악부시(新樂府詩)에서도 볼 수 있다. 예를 들어,

⑥ 華原磬, 화원경(華原磬)이여,

　　華原磬, 화원경,

　　古人不聽今人聽. 옛 사람은 듣지 않았고 지금 사람은 듣네.

　　泗濱石, 사빈석(泗濱石)이여,

泗濱石, 사빈석,

今人不擊古人擊. 지금 사람은 연주하지 않고 옛 사람은 연주했네.

(백거이白居易 <화원경(華原磬)>)

⑦ 上陽人, 상양궁(上陽宮)의 사람이여,

苦最多. 고생이 가장 많네.

少亦苦, 젊어서도 고생,

老亦苦. 늙어서도 고생이네.

少苦老苦兩如何. 젊어서 고생하고 늙어서 고생하나 이 두 고생을

　　　　　　　　어떻게 할 수 있으리오.

(백거이白居易 <상양궁上陽宮의 흰머리 궁녀(上陽白髮人)>)

⑧ 昆明春, 곤명지(昆明池)의 봄,

昆明春, 곤명지의 봄,

春池岸古春流新. 봄날 연못 언덕은 옛스러우나 봄날 흐르는 물은 새롭네.

(백거이白居易 <곤명지昆明池의 봄(昆明春)>)

　　만약 구절의 반복에 대해 이야기한다면, 한대(漢代)와 한대 이후의 고체시(古體詩)에서는 이미 많이 보이지 않는다. 단 한 가지 경우는 예외인데, 그것은 이런 구절이 연환절(連環節)로 쓰일 때이니, 연환 수사 방식에서 이미 언급했던 '힘은 산을 뽑아버릴 만하고 기개는 세상을 덮을 만하나, 시운이 이롭지 못하니 오추마(烏騅馬)도 달리지 못하는구나. 오추마도 달리지 못하니 어찌 할거나, 우희(虞姬)여 우희여 그대를 어찌 할거나(力拔山兮氣蓋世, 時不利兮騅不逝. 騅不逝兮可奈何, 虞兮虞兮奈若何)'와 같은 사례들인데, 독자들이 스스로 살필 수 있기에 여기서는 더 이상 되풀이하지는 않기로 한다. 그러나 우리가 마땅히

알아야 하니, 이런 상황은 설사 연환의 경우라 할지라도 그렇게 많은 것은 아니다.

요컨대 ≪시경(詩經)≫의 장체(章體) 형식이 소실되면서 한대(漢代) 및 한대 이후의 고체시(古體詩)에는 시구의 반복이라는 이러한 수사 방식은 아주 드물게 나타나지만, 낱말의 반복과 단어와 단어의 반복은 일부 고체시에서 여전히 사용되고 있다. 이런 상황은 나중에는 또 배비(排比) 수사 방식이 생겨남에 따라 더욱 강화되었다가, 배비 수사 방식이 쇠퇴함에 따라 없어지는 쪽으로 기울어지게 되었다. 근체시(近體詩)가 생겨난 이후에는 또 반복이든 배비이든 간에 모두 사라지게 되었다.

이상의 이야기가 바로 고대시가 반복 수사 방식의 발전에 관한 대체적인 내용이다.

제14장 대비(對比)

<1> 대비란?

내용이 서로 반대되거나 서로 관계되는 두 종류의 사물을 함께 놓아 서로
비교하고, 서로 대조를 이루는 이러한 수사 방식을 '대비'라고 한다.

① 不見復關,[237] 복관(復關)의 그대를 보지 못 하자,

泣涕漣漣. 눈물을 줄줄 흘렸네.

旣見復關, 이미 복관의 그대를 보게 되자,

載笑載言. 웃으며 이야기했네.

(≪시경詩經·위풍衛風·외지에서 온 남자(氓)≫)

② 或忠信而死節兮, 어떤 사람은 충성스럽고 신의로우며 절개를 지키다

죽으며,

或訑(tuó)謾而不疑.[238] 어떤 사람은 남을 속이고도 의심을 받지 않네.

(≪초사楚辭·구장九章·지난날을 아까워하며(惜往日)≫)

---

237 復關(복관): 지명. '외지에서 온 남자(氓)'가 살던 곳.
238 訑(타): '타(詑)'와 통용된다. 속이다.

③ 親戚或餘悲, 친척들은 혹 슬픔 남아 있지만.

他人亦已歌. 다른 사람들은 벌써 노래도 부르는구나.

(도연명陶淵明 <나의 죽음을 애도하는 시(挽歌詩)>)

④ 朱門酒肉臭, 부귀한 집 문 안에는 술과 고기 냄새 나고,

路有凍死骨. 길에는 얼어 죽은 뼈가 있네.

(두보杜甫 <수도 장안長安에서 봉선현奉先縣으로 가며 감회를 읊은 500자(自京赴
奉先縣詠懷五百字)>)

예시 ①은 버림 받은 여인이 결혼 전에 '외지에서 온 남자(氓)'와 서로
사랑을 하였던 때를 회상하는 것이다. '복관(復關)의 그대를 보지 못 하자,
눈물을 줄줄 흘렸네(不見復關, 泣涕漣漣)'와 '이미 복관의 그대를 보게 되자,
웃으며 이야기했네(旣見復關, 載笑載言)'는 '외지에서 온 남자'를 보았을 때와
보지 못 했을 때의 두 심정과 표정을 대비하였다. 한 번은 기뻐하고, 한 번은
슬퍼했는데, 기쁠 때는 '웃으며 이야기하고(載笑載言)', 슬플 때는 '눈물을 줄
줄 흘려(泣涕漣漣)', 두 가지 상황이 뚜렷이 서로 반대되고, 대립된다.

예시 ②는 역사상 '절개가 굳은 신하'와 '남을 헐뜯는 사람'의 각기 다른
운명을 대비시켰는데, 한 쪽은 '절개가 굳은 신하'가 절개를 다하고 충성을
다하였으나 결과는 왕왕 액운을 당하기도 하며, 한 쪽은 '남을 헐뜯는 사람'
이 사실을 감추고 속이지만 그 결과는 때때로 신임을 얻고 의심을 받지 않으
니, 이 두 가지 상황 역시 대립적이다.

예시 ③은 죽은 자와 긴밀한 관계인 '친척(親戚)'과 일반적 관계인 '타인(他
人)'의 서로 다른 태도를 대비시켰다.

예시 ④는 두 종류의 서로 다른 생활을 대비시켰으며, 대비한 상황 또한
모두 대립적이다.

대립하는 사물은 두 종류의 서로 다른 사물일 수도 있고, 또한 동일한 사물의 두 가지 서로 다른 측면일 수도 있다. 예를 들면,

⑤ 憎慍惀之修美兮, 깊은 마음 잘 나타내지 않는 좋은 덕성 싫어하고,
   好夫人之慷慨. 저들의 비분강개한 체하는 언행을 좋아하네.

   (≪초사楚辭·구장九章·수도 영郢을 슬퍼하며(哀郢)≫)

⑥ 擧世皆濁我獨清, 온 세상이 모두 흐린데 나만 홀로 맑고,
   衆人皆醉我獨醒. 뭇 사람들 모두 취했는데 나만 홀로 깨어 있네.

   (≪초사楚辭·어부(漁父)≫)

예시 ⑤에서, 하나는 싫어하고 하나는 좋아한다고 하여, 초(楚)나라 왕이 '깊은 마음 잘 나타내지 않는(慍惀)' 좋은 덕성을 가진 사람에 대해 취하는 태도와, 겉과 속이 다르고 '비분강개한 체하며(慷慨)' 말을 늘어놓는 사람에 대해 취하는 태도가 각기 다름을 나타내었다. '싫어하고(憎)'와 '좋아하네(好)'는 모두 초나라 왕 한 사람이 표현하는 것이니, 동일한 사물의 두 가지 서로 다른 측면이다.

예시 ⑥에서, '맑고(清)'와 '흐린데(濁)', '깨어 있네(醒)'와 '취했는데(醉)'는 시인 굴원(屈原)이 식견 좁은 세상 사람들과 사상, 도덕 방면에 있어 대립되는 것을 나타내었다.

수사(修辭)에서 말하는 '대비(對比)'는 반드시 꼭 단지 두 가지 종류의 사물이나, 혹은 하나의 사물의 두 가지 측면이 성질이나 혹은 내용상 대립되어야 한다는 것에 국한될 필요는 없다. 대체로 내용이 서로 관련 있다면, 비록 대립되는 성질의 두 가지 종류의 사물이나, 혹은 한 가지 사물의 두 가지 측면을 갖추고 있지 않을지라도, 단지 작자가 대조적으로 진술하고 묘사한

것이기만 하면, 역시 '대비' 수사 방식 안에 넣어야 한다. 예를 들면,

⑦ 旦則號泣行, 아침이면 부르짖고 울며 가고,
　夜則悲吟坐. 저녁이면 슬퍼하며 끙끙 앓고 앉았네.

　(채염蔡琰 <슬프고 분한 시(悲憤詩)>)

⑧ 新人工織縑, 새 사람은 노란 비단 잘 짜고,
　故人工織素. 옛 사람은 흰 비단 잘 짰네.

　(고시古詩 <산에 올라가 궁궁이의 싹을 캐고(上山採蘼蕪)>)

예시 ⑦에서, 두 구절은 채염(蔡琰)이 사로잡혀 몸이 흉노(匈奴)에 있으면서 밤낮으로 고통스러웠던 정경(情景)을 개괄적으로 묘사하였다. '부르짖고 울며 가다(號泣行)'와 '슬퍼하며 끙끙 앓고 앉았다(悲吟坐)'는 것은 그 자체는 결코 대립되는 성질을 가지고 있지 않으며, 두 가지 일은 서로 관련은 있다. 그러나 작자는 여기서 '아침(旦)'과 '밤(夜)'이라는 두 방면에서 대조적으로 묘사했으며, 이 때문에 '부르짖고 울며 가다(號泣行)'와 '슬퍼하며 끙끙 앓고 앉았다(悲吟坐)'라는 대비의 성질을 가지게 된다.

같은 이치로, 예시 ⑧의 '노란 비단 잘 짜다(工織縑)'와 '흰 비단 잘 짜다(工織素)'라는 두 방면 또한 대립되는 성질을 갖추고 있지 않지만, 작자는 여기서 '새 사람(新人)'과 '옛 사람(故人)'이라는 두 각도에서 대조적으로 묘사하였으며, 이 때문에 역시 대비의 성질을 가지게 되었다. 현재 일부 수사(修辭) 서적에서는 '대비(對比)' 수사 방식에 대해 이야기를 하는 경우 언제나 사물의 모순과 대립에 국한시키고 있는데, 본인 생각에 이것은 전반적인 것이 아니다.

시에서 대비는 인물의 형상, 혹은 사물의 성질, 상태, 특징을 더욱 선명하게 할 수 있고, 더욱 두드러지게 할 수 있다. 이를테면 예시 ①에서 '복관(復關)'의

그대를 보지 못 하자(不見復關)'와 '이미 복관의 그대를 보게 되자(旣見復關)'라
는 두 가지 상황을 작자는 대비시켜 묘사하여, 인물의 성격이 독자의 눈앞에
매우 선명하게 나타나게 하였다. '복관의 그대를 보지 못 하자, 눈물을 줄줄
흘렸네(不見復關, 泣涕漣漣)'라는 것은 그를 생각하는 것이 간절한 것이며, '이미
복관의 그대를 보게 되자, 웃으며 이야기했네(旣見復關, 載笑載言)'라는 것은
사랑이 깊은 것이다. 바로 이러한 대비의 묘사를 통해, 우리들은 버림받은
부녀자의 내면의 세계에 대해 비로소 더욱 깊은 이해를 갖게 되고, 비로소
그녀의 불행한 처지에 대해 더욱 동정하게 되며, 비로소 '외지에서 온 남자
(氓)'의 부도덕한 행위에 대해 더욱 깊이 원망하게 된다. 총괄적으로 말해서,
고대시가에서 대비는 효과적으로 행해지는 수사 방식이고, 시가의 주제를
드러내는 중요한 방법이다.

<2> 대비의 기본 유형

임동해(林東海) 선생은 일찍이 중국 고대시가에서 사용하는 '대비 수법'에
대해 4가지로 분류했는데, 묘사 대비, 비유 대비, 방친(旁襯)[239] 대비, 그리고
추리(推理) 대비이다.[240] 예를 들면,

① 朱門酒肉臭, 부귀한 집 문 안에는 술과 고기 냄새 나고,
   路有凍死骨. 길에는 얼어 죽은 뼈가 있네.

   (두보杜甫 <수도 장안長安에서 봉선현奉先縣으로 가며 감회를 읊은 500자(自京赴

---

239 [역자주] 주요 묘사 사물이나 주제를 숨기고, 관련된 사물을 통하여 측면적인 묘사로 주체(主
   體)를 돋보이게 하는 수사 수법.
240 ≪시법거우(詩法擧偶)≫(1981년, 상해문예출판사上海文藝出版社), 68~78쪽.

奉先縣詠懷五百字)>)

② 桃花開東園, 복숭아꽃이 동쪽 정원에 피어,

　　含笑誇白日. 웃음 머금고 흰 태양 아래 뽐내네.

　　偶蒙春風榮, 우연히 봄바람 만나 피어나,

　　生此艶陽質. 이 아름다운 자태를 낳게 되었네.

　　豈無佳人色, 어찌 미인의 아름다움 없으랴마는,

　　但恐花不實. 다만 꽃만 피고 열매 맺지 못할까 두렵네.

　　宛轉龍火飛, 계절이 바뀌어 화성이 날아 내려오면,

　　零落早相失. 시들어 떨어져 일찌감치 사라져버리네.

　　詎知南山松, 어찌 알리오 남산의 소나무가,

　　獨立自蕭颼. 홀로 서서 부는 바람에 스스로 소리 내고 있는 것을.

　　(이백李白 <고풍古風 59수(古風五十九首)> 제47수)

③ 女蘿亦有托, 소나무겨우살이도 의탁할 곳 있고,

　　蔓葛亦有尋. 칡덩굴도 의지할 곳 있네.

　　傷哉客遊士, 슬프도다 나그네로 떠도는 사내,

　　憂思一何深. 근심스런 생각 어찌 그리 깊은가.

　　(육기陸機 <슬픔의 노래(悲哉行)>)

④ 壟上扶犁兒, 밭두둑에서 쟁기를 든 아이,

　　手種腹長饑. 손수 씨 뿌려도 배는 오래도록 굶주리네.

　　窓下擲梭女, 창가에서 베틀에 북 던지는 여자,

　　手織身無衣. 손수 베를 짜지만 몸에 제대로 옷 없네.

　　(우분于濆 <괴롭고 쓰라린 노래(苦辛吟)>)

예시 ①은 "완전히 상반되는 두 종류의 광경 혹은 심정을 묘사하고 진술했다. 선명한 대조를 이루었는데", 사용한 수법은 묘사 대비이다.

예시 ②는 복숭아꽃과 소나무를 대비시켜, "소인은 한 때에 뜻을 이루지만, 군자는 한 평생에 홀로 서 있는다는 것을 비유했는데", 비유 대비를 사용했다.

예시 ③은 "소나무겨우살이는 의탁할 가지가 있다는 것과 나그네는 의탁할 곳이 없다는 것을 대비시켜, 소나무겨우살이로서 나그네의 떠도는 신세를 돋보이게 했다. 또 칡덩굴은 가지런하게 할 수 있다는 것과 나그네의 시름은 가지런히 할 수 없다는 것을 대비시켜, 칡덩굴로서 나그네의 근심스러운 생각을 돋보이게 하였는데", 측면적인 묘사로 나타내고자 하는 것을 부각시키는 방친(旁襯) 대비를 사용했다.

예시 ④는 "쟁기질하며 땅에 씨 뿌리는 것은 이치로 보면 마땅히 먹을거리가 있어야 하겠지만 실제로는 도리어 굶주리고 있으며, 베 짜는 여자는 이치상 당연히 입을 옷이 있어야 하겠지만 실제로는 도리어 입을 옷이 없다"고 하였는데, 여기서는 추리(推理) 대비를 사용했다.

우리들이 생각건대, 창작 수법의 측면에서 말하자면, 이러한 분류법도 역시 가능하다. 만약 수사학의 각도에서 보면, 4종류의 표준이 그다지 일치하지 않는다. 첫 번째 분류(묘사 대비)에서 사용한 표준은 내용이고, 두 번째와 세 번째 분류(비유 대비, 방친 대비)에서 사용한 표준은 수법이고, 네 번째 분류(추리 대비)에서 사용한 표준은 추리이다. 특히 네 번째 분류는 비교되는 대상이 나타나지 않아, 수사 방식의 한 종류로 간주하기는 곤란한 점이 있다. 따라서 본인이 생각건대, 대비 수사 방식의 유형을 나눌 때, 역시 동일한 표준이 있는 것이 더 좋다고 여겨지며, 그리하여 내용상의 관점에서 대비 수사 방식을 두 종류로 나누고자 하니, 첫째는 '상반(相反) 대비'이고, 둘째는 '상관(相關) 대비'이다. 아래에서 나누어서 말해보고자 한다.

(1) 상반(相反) 대비

'상반 대비'는 대비 관계를 형성하는 시구가 내용상에서 서로 반대가 되고 대립되는 것이다. 예를 들어,

> ① 朱門酒肉臭, 부귀한 집 문 안에는 술과 고기 냄새 나고,
> 路有凍死骨. 길에는 얼어 죽은 뼈가 있네.
>
> (두보杜甫 <수도 장안長安에서 봉선현奉先縣으로 가며 감회를 읊은 500자(自京赴
> 奉先縣詠懷五百字)>)

예시 ①의 이 두 구절은 누구나 다 아는 명구(名句)이다. 대시인 두보(杜甫)는 이러한 대비 수법을 빌려 당대(唐代) 상층 통치자의 호화롭고 사치스러움과 하층 노동자의 극도로 빈곤함을 독자의 눈앞에 낱낱이 사실대로 펼쳤으며, 그럼으로써 안사(安史)의 난(亂) 직전에 이미 존재하였던 첨예한 사회적 모순을 심각하게 폭로하여, 사람들로 하여금 사회적 불공평과 잠재된 위기를 인식하게 만들었다. 이러한 대비는 강렬하고 선명하다. 따라서 사람들에게 주는 감염력 또한 지극히 크다. 또 예를 들면,

> ② 未見君子, 님을 뵙지 못해,
> 憂心忡忡. 걱정하는 마음 그지없네.
> 既見君子, 님을 뵈어야,
> 我心則降.[241] 내 마음 가라앉겠네.
>
> (≪시경詩經·소아小雅·수레를 내다(出車)≫)

---

241 降(강): 평온하다. 기쁘다.

③ 衆踥蹀(qiè dié)而日進兮,[242] 소인배 무리는 종종걸음 나날이 출세의
　　　　　　　　　　길로 나아가고,

　　美超遠而逾邁. 훌륭한 사람은 소원을 당해 갈수록 멀리 가네.

　　(≪초사楚辭·구장九章·수도 영郢을 슬퍼하며(哀郢)≫)

④ 新人從門入, 새 사람은 대문으로 들어오고,

　　故人從閤去.[243] 옛 사람은 쪽문으로 나갔네.

　　(고시古詩 <산에 올라가 궁궁이의 싹을 캐고上(山採蘼蕪)>)

⑤ 古來聖賢皆寂寞, 예로부터 성현들 모두 적막하지만,

　　唯有飲者留其名. 오직 술 잘 마시던 사람들만 그 이름 남겼다네.

　　(이백李白 <술 한 잔 드시지요(將進酒)>)

⑥ 去年米貴闕軍食, 작년에는 쌀이 귀해 군량미가 모자랐고,

　　今年米賤大傷農. 금년에는 쌀값이 싸 농민들을 크게 해치네.

　　(杜甫 <연말의 노래(歲晏行)>)

　　예시 ②에서, '님을 뵙지 못해(未見君子)'와 '님을 뵈어야(既見君子)'가 대립되
고, '걱정하는 마음 그지없네(憂心忡忡)'와 '내 마음 가라앉겠네(我心則降)' 또한
대립된다.

　　예시 ③에서, '소인배 무리(衆)(비방하는 사람)'와 '훌륭한 사람(美)(어진 사
람)'이 대립되는데, 남을 비방하는 자는 '나날이 출세의 길로 나아가고(日進)',

242　踥蹀(첩접): 바쁘게 다니면서 권세에 빌붙어 이익을 꾀하는 모양.
243　閤(합): 쪽문. 대문 곁에 달린 작은 문.

어진 사람은 '갈수록 멀리 가니(逾邁)' 이 또한 대립된다.

예시 ④에서, '새 사람(新人)'과 '옛 사람(故人)'이 대립되는데, 새 사람은 '대문으로 들어오고(從門入)', 옛 사람은 '쪽문으로 나가니(從閣去)' 이 또한 대립된다.

예시 ⑤에서, '성현(聖賢)'과 '술 잘 마시던 사람들(飮者)'이 세상을 살아가는 태도에서 대립되는데, '성현'은 도리어 세상에서 고독하게 되지만, '술 잘 마시던 사람들'은 반대로 그 명성을 남기니 이 또한 대립되는 것이다.

예시 ⑥에서, '작년(去年)'과 '금년(今年)'이 대립되는데, 작년에 '쌀이 귀해(米貴)'와 금년에 '쌀값이 싸(米賤)' 역시 대립된다. 요컨대, 상반 대비는 시구의 내용에 있어서 대립적이고 서로 배척한다.

(2) 상관(相關) 대비

'상관 대비'는 내용이 서로 관련되는 두 가지 사물을 함께 배치해 대조하여 묘사하는 것인데, 독자로 하여금 읽고 난 뒤 인상이 매우 뚜렷하고, 한 눈에 보이는 듯 분명하도록 한다. 예를 들어,

> ① 冬無複襦, 겨울엔 겹옷이 없고,
>   夏無單衣. 여름엔 홑옷조차 없었다네.
>
>   (무명씨無名氏 <고아의 노래(孤兒行)>)

예시 ①에서, '겨울(冬)'과 '여름(夏)'이 대립되고, '겹옷(複襦)'과 '홑옷(單衣)' 역시 대립되지만, 전체 시구의 내용으로 보면 대립되는 성질을 가지고 있지 않고 단지 서로 관련이 있을 뿐이니, '겨울엔 겹옷이 없고(冬無複襦)'에서 '여름엔 홑옷조차 없네(夏無單衣)'라는 것을 연상하게 된다. 상반 대비이든 상관

대비이든 간에 모두 연상의 도움을 받아야 한다. 사람이 겨울에 솜옷 입고 여름에 홑옷을 입는 것은 정상적인 생활이지만, <고아의 노래(孤兒行)> 중의 '고아(孤兒)'는 도리어 '겨울엔 겹옷이 없고, 여름엔 홑옷조차 없었다네(冬無複襦, 夏無單衣)'라고 하니, 이러한 비정상적인 생활을 시인은 서로 연관된 대비 (상관 대비) 수법의 도움을 빌려, '고아'를 학대하는 형과 형수의 추악한 행동을 완전히 드러내었다. 그밖에 이를테면,

> ② 俯視淸水波, 구부려 맑은 물결 보고,
>
> 仰看明月光. 우러러 밝은 달빛 쳐다보네.
>
> (조비曹丕 <잡시(雜詩)> 제1수)

> ③ 生時不識父, 살았을 때 아비를 알아보지 못했는데,
>
> 死後知我誰? 죽은 뒤에 내가 누군지 알겠는가?
>
> (공융孔融 <잡시(雜詩)> 제2수)

> ④ 去者余不及, 가는 것은 내가 좇아갈 수 없고,
>
> 來者吾不留. 오는 것은 내가 머무르게 할 수 없네.
>
> (완적阮籍 <내 마음을 읊으며(詠懷)> 제32수)

예시 ②에서, '구부려 보다(俯視)'와 '우러러 쳐다보다(仰看)'는 대립되지만, '구부려 맑은 물결 보고(俯視淸水波)'와 '우러러 밝은 달빛 쳐다보네(仰看明月光)'는 서로 관련된 것이지, 대립적인 성질은 가지고 있지 않다.

예시 ③에서, '살았을 때(生時)'와 '죽은 뒤(死後)'는 대립되지만, 전체 시구의 내용으로 보면 단지 서로 관련이 있으며, 대립되지는 않는다. <잡시(雜詩)>(제2수)는 아이를 애도하는 시이다. 시인은 멀리 떠났다가 한 해가 끝날

무렵에 돌아왔다. 오랫동안 이별했다가 다시 만나는 것은 본래 기쁜 일이지만 "문에 들어서 사랑하는 아들을 찾아보니, 아내와 첩은 나를 보며 슬퍼한다(入門望愛子, 妻妾向人悲)". '살았을 때 아비를 알아보지 못했는데, 죽은 뒤에 내가 누군지 알겠는가?(生時不識父, 死後知我誰)'는 시인이 사랑하는 아들의 외로운 영혼의 '심리(心理)' 변화 각도에서 한 말인데, 사랑하는 아들이 살아 있을 때에도 자신의 아버지를 알아보지 못했는데 하물며 죽은 뒤에야 더 말할 나위가 있겠는가!라고 말하고 있는 것이다. 그래서 위와 아래 시구를 연계해서 보면, 그것은 단지 상관 대비이지 상반 대비는 아니다.

마찬가지로, 예시 ④에서 '가는 것(去者)'과 '오는 것(來者)'은 모두 시간을 가리켜서 말하는 것으로 대립되지만, 전체 위아래 시구의 내용은 서로 관련이 있으니, 지나가버린 시간은 내가 좇아갈 수 없으며, 아직 오지 않은 시간 또한 내가 붙잡아 둘 수 없다고 말하였다.

이상의 분석에서 알 수 있듯이, 우리들이 상관 대비의 시구를 분석할 때는 마땅히 전체 시구의 내용의 대비를 눈 여겨 보아야 하며, 시선을 단지 한두개의 단어의 비교에 고정시켜서는 안 되는데, 이것은 상반 대비와 상관 대비를 분별할 때 특히 주의해야 하는 문제이다.

<3> 대비와 대우(對偶)

대비와 대우 두 수사 방식은 관련이 있으면서 또한 상이한 점도 있다. 연관성은 주로 내용 방면에서 나타나고, 상이한 점은 주로 형식 방면에서 나타난다. 예를 들어,

    ① 穀則異室,[244] 살아서는 딴 집에 살더라도,

死則同穴. 죽어서는 같은 구덩이에 묻히리라.

(≪시경詩經·왕풍王風·큰 수레(大車)≫)

　예시 ①에서, 이 두 시구는 대비이면서 대우이기도 하다. 이것은 단지 문제를 관찰하는 각도가 다를 뿐이다. 만약 내용에 중점을 둔다면, 이 시구들은 대비 수사 방식이다. '살다(穀)'와 '죽다(死)'는 대립되고, '집을 달리하다(異室)'와 '묘혈을 같이하다(同穴)' 역시 대립되며, '살아서는 딴 집에 살다(穀則異室)'와 "죽어서는 같은 구덩이에 묻히다(死則同穴)' 또한 당연히 대립한다. 만약 내용에 중점을 두면서 형식 또한 중점을 둔다면, 이 시구들은 대우 수사 방식이다. '살다(穀)'는 '죽다(死)'와 대를 이루고, '~할 때에는(則)'은 '~할 때에는(則)'과 대를 이루고, '집을 달리하다(異室)'는 '묘혈을 같이하다(同穴)'와 대를 이루는데, 상하 2구가 각각 4언이다.

　그러나 어떤 시구는 대우라고만 볼 수 있지, 대비라고는 볼 수는 없다. 예를 들어,

　② 靑靑河畔草, 푸르고 푸른 강가의 풀,

　　鬱鬱園中柳. 울창한 정원 중의 버들.

(고시古詩 <푸르고 푸른 강가의 풀(靑靑河畔草)>)

　예시 ②에서, 상하 두 시구는 단지 두 종류의 사물을 한 자리에 병렬시켰을 뿐이며, 결코 대비 관계를 내포하고 있지는 않다.

　그러나 어떤 시구는 대비로만 볼 수 있지, 대우로 볼 수는 없다. 예를 들어,

244　穀(곡): 살다.

③ 親戚或餘悲, 친척들은 혹 슬픔 남아 있지만.

他人亦已歌. 다른 사람들은 벌써 노래도 부르네.

(도연명陶淵明 <나의 죽음을 애도하는 시(挽歌詩)>)

예시 ③에서, 상하 두 시구는 내용상에서는 대립되지만, 구조상에서는 비교적 차이가 많이 난다.

요컨대, 대비와 대우의 두 수사 방식을 분별하자면 반드시 내용과 형식이라는 두 방면에서 동시에 착수해야 한다. 구체적으로 말해서,

첫째, 내용상에서 볼 때, 대비는 대우에 비해 범위가 매우 좁다.

예를 들어, 앞에서 대우를 분류할 때, 내용상 대우 수사 방식을 정대(正對), 반대(反對), 그리고 천대(串對)의 세 종류로 나눈 적이 있다. 이 관대라는 것이 바로 대비 수사 방식이 수용할 수 없는 것이다.

둘째, 형식상에서 볼 때, 대비와 대우의 구별은 더욱 분명해진다.

먼저, 대비는 내용의 대조와 비교를 강조하기 때문에 한 수의 시가 대비 관계를 갖는 단위는 단지 시구에만 제한하지 않고 때로는 시의 단락과 단락, 혹은 단계와 단계의 대비도 포함하지만, 대우는 단지 시구와 시구가 서로 대를 이루는 것에만 제한된다. 예를 들어,

① 池塘生春草, 연못에는 봄풀 돋아나고,

園柳變鳴禽. 정원의 버드나무에는 우는 새 바뀌었네.

(사령운謝靈運 <연못가 누각에 올라(登池上樓)>)

② 喧鳥覆春洲, 지저귀는 새들은 봄 모래섬을 덮고,

雜英滿芳甸. 온갖 꽃들은 향기로운 들판에 가득 피었네.

(사조謝朓 <저녁에 삼산三山에 올라 머리 돌려 수도를 바라보며(晩登三山還望京邑)>)

예시 ①과 ②는 모두 대우구이다. 그러나 대비 관계를 가지고 있는 단위가 반드시 모두 시구는 아니다. 예를 들어,

③ 華山高幢幢, 화산(華山)은 높이 드리워 있으며,

　　上有高高松. 위에는 높고 높은 소나무 있네.

　　株株遙各各, 그루 그루는 멀리 제각기 있고,

　　葉葉相重重. 잎사귀 잎사귀는 서로 겹겹이 있네.

　　槐樹夾道植, 홰나무는 길을 끼고 심어져 있는데,

　　枝葉俱冥蒙.[245] 가지와 잎 모두 어두침침하네.

　　既無貞直幹, 곧은 줄기 없을 뿐만 아니라,

　　復有胃(juàn)掛蟲.[246] 휘감아 매달린 벌레가 있기도 하네.

(원진元稹 <소나무(松樹)>)

예시 ③은 '화산(華山)은 높이 드리워 있으며(華山高幢幢)'에서 '잎사귀 잎사귀는 서로 겹겹이 있네(葉葉相重重)'까지가 하나의 단락이고, '홰나무는 길을 끼고 심어져 있는데(槐樹夾道植)'에서 '휘감아 매달린 벌레가 있기도 하네(復有胃掛蟲)'까지가 또 하나의 단락이다. 앞의 단락에서는 시인이 화산(華山)의 소나무로 자신을 비유하였고, 뒤의 단락에서는 홰나무로 당파 집단(朋黨)을 비유하였다. 여기서는 앞과 뒤라는 두 단락의 대비를 통하여, 시인이 자신의 인품 덕성과 조정의 정치 집단의 추악한 행위와의 대립을 나타냈다. 이상의 예에서 알 수 있듯이, 대비 수사 방식의 언어 단위는 시구를 넘어설 수 있다.

---

245 冥蒙(명몽): 어둡고 그늘져 밝지 않다.

246 胃掛蟲(견괘충): 홰나무 가지 위에서 실을 토해 아래로 매달려 있는 벌레. 胃(견): 얽다. 휘감다.

다음으로, 대비에 쓰이는 시구 혹은 단락은 글자 수나 시구 수가 서로 같기를 요구하지 않으나, 대우에 쓰이는 시구는 일반적으로 두 구이고, 게다가 글자 수 또한 반드시 서로 같아야 한다. 예를 들어,

① 父母在時, 부모님 살아계실 때는,

乘堅車, 튼튼한 수레 타고,

駕駟馬. 네 필 말을 몰았네.

父母已去, 부모님 이미 세상 떠나자,

兄嫂令我行賈. 형과 형수가 내게 행상을 시켰네.

(무명씨無名氏 <고아의 노래(孤兒行)>)

② 雁引愁心去, 기러기는 근심스러운 마음을 끌고 날아가고,

山銜好月來. 산은 좋은 달을 머금고 다가오네.

(이백李白 <하씨夏氏네 열두 번째와 악양루岳陽樓에 오르다(與夏十二登岳陽樓)>)

예시 ①은 대비 수사 방식을 사용했다. 앞의 세 구절은 부모님이 살아계실 때의 고아의 부유한 생활을 묘사했고, 뒤의 두 구절은 부모님이 돌아가신 뒤에 형과 형수가 고아를 학대하는 상황을 적었다.

예시 ②는 대우 수사 방식을 사용했는데, 위아래 두 구의 글자 수가 같다.

마지막으로, 대비 관계를 가진 시구 혹은 단락은 구조상 어떠한 제한도 없지만, 대우 수사 방식은 구조상 반드시 서로 같거나 혹은 서로 비슷하여야 한다. 예를 들어,

① 今人不見古時月, 지금 사람들은 옛날 달을 보지 못하지만,

今月曾經照古人. 지금 달은 일찍이 옛 사람들을 비추었으리라.

(이백李白 <술잔 쥐고 달에게 묻다(把酒問月)>)

② 世亂鬱鬱久爲客, 세상이 어지러운데 울적하게 오랫동안 나그네가 되고,
路難悠悠常傍人. 길은 험난한데 우울하게 언제나 다른 사람에게 의지
하네.

(두보杜甫 <중양절重陽節(九日)>)

예시 ①에서 사용한 것은 대비이다. 시인 이백(李白)은 여기서 '지금 사람들
(今人)', '옛 사람들(古人)'과 '옛날 달(古時月)', '지금 달(今月)'을 대비시켜, 사람
의 목숨은 짧고 세월은 영원하다는 이치를 설명하였다. 따라서 예시 ①에서,
상하 두 시구가 강조한 것은 단지 내용상에서의 대비이지, 구조상에서는
그다지 서로 같지 않다.

예시 ②에서 사용한 것은 대우이기 때문에, 구조상에서도 서로 대구를
이룬다. '세상이 어지러움(世亂)'과 '길이 험난함(路難)'은 [주어 + 술어] 구조
와 [주어 + 술어] 구조가 대구를 이루고 있다. '답답함(鬱鬱)'과 '아득함(悠悠)'
은 술어와 술어가 대구를 이루는데, '울울(鬱鬱)'과 '유유(悠悠)'는 뜻이 서로
같아, 모두 마음이 우울하고 근심스러운 것을 가리킨다. '오랫동안(久)'과 '언
제나(常)'는 모두 부사어와 부사어가 대구를 이룬다. '나그네가 되다(爲客)'와
'다른 사람에게 의지하다(傍人)'는 모두 [동사 + 목적어] 구조와 [동사 + 목적
어] 구조가 대구를 이루고 있다.

<1> 곡달이란?

하고자 하는 말을 직접적으로 말하지 않고 완곡한 형식을 취하여 그것을 표현해내는 수사 방식을 '곡달'이라고 한다. 예를 들어,

① 自伯之東,[247] 님이 동쪽으로 가시고부터,
　首如飛蓬. 내 머리는 바람에 날리는 쑥대 같네.

　(≪시경詩經·위풍衛風·님(伯兮)≫)

② 相去日已遠, 서로 떨어져 날이 갈수록 멀어지고,
　衣帶日已緩. 허리띠도 날이 갈수록 느슨해지네.

　(고시古詩 <가고 가고 또 가서(行行重行行)>)

③ 遙望是君家, 멀리 보이는 것이 당신네 집인데,
　松柏塚累累. 소나무 측백나무 사이로 무덤이 겹겹이요.
　兔從狗竇入,[248] 토끼는 개구멍 따라 드나들고,

247　之(지): 가다.
248　竇(두): 구멍.

雉從梁上飛. 꿩은 들보 위로 날아오르네.

中庭生旅穀,[249] 마당에는 야생 곡식 자라고,

井上生旅葵. 우물가엔 야생 아욱 자라네.

(고시古詩 <열다섯에 종군하여 떠나다(十五從軍征)>)

④ 方宅十餘畝, 네모난 대지 십여 묘에,

草屋八九間. 초가집은 여덟아홉 칸.

榆柳蔭後簷, 느릅나무 버드나무는 뒤 처마에 그늘 드리우고,

桃李羅堂前. 복숭아나무 오얏나무는 집 앞에 늘어서 있구나.

曖曖遠人村,[250] 아스라이 멀리 촌락이 보이고,

依依墟里煙.[251] 모락모락 마을에 연기 피어오른다.

狗吠深巷中, 개는 깊은 골목 안에서 짖고,

雞鳴桑樹顚. 닭은 뽕나무 꼭대기에서 운다.

(도연명陶淵明 <전원의 집으로 돌아와(歸園田居)> 제1수)

예시 ①의 <위풍衛風·님(伯兮)>은 부인이 외지에 원정 간 남편에 대한 그리움을 묘사한 것이다. '내 머리는 바람에 날리는 쑥대 같네(首如飛蓬)'라는 말은 '님이 동쪽으로 가시고부터(自伯之東)' 그 이후, 이 원정나간 사람의 부인은 단장할 마음이 없어져서 머리는 엉클어지게 되어 마치 '바람에 날리는 쑥대(飛蓬)'와 같다고 말하는 것이다. 우리는 이런 모습의 묘사를 통해 이 부인의 마음 속 깊은 곳에 있는 괴로운 심정을 발견할 수 있다. 그러나 시인은 이러한 그리움과 비통한 감정에 대해 결코 직접적으로 말하지 않고, 모습의 묘사를

---

249 旅(려): 저절로 나다. 야생하다.

250 曖曖(애애): 어슴푸레한 모양.

251 依依(의의): 가볍게 하늘거리는 모양. 墟裏(허리): 촌락.

빌려 그것을 구체적으로 드러내고 있는데, 이것이 바로 이 시의 빼어난 표현이다.

예시 ②의 '서로 떨어져 날이 갈수록 멀어지고, 허리띠도 날이 갈수록 느슨해지네(相去日已遠, 衣帶日已緩)' 또한 이러한 표현 방법을 채택하여 사용하였다. <가고 가고 또 가서(行行重行行)> 시는 아내가 멀리 외지로 간 남편에 대한 깊고 간절한 그리움을 묘사하였다. '허리띠도 날이 갈수록 느슨해지네(衣帶日已緩)'라는 것은 사람이 이미 수척해졌음을 말해준다. 사람이 왜 야위었을까? 그것은 간절하게 그리워한 결과가 아니겠는가? 그러나 이 시의 작자 또한 아내의 속마음이 어떻게 얼마나 괴로운가는 직접적으로 묘사하지 않고 사물을 빌려 뜻을 나타냈으니, 바로 옷차림새의 측면적인 묘사를 통해 한 사람의 속마음의 움직임을 드러내었다. 이것이 바로 이 시의 함축적인 표현이다.

예시 ③의 <열다섯에 종군하여 떠나다(十五從軍征)>는 서사시이다. 시에서 "열다섯 살에 군대 따라 출정했다가, 여든에 비로소 돌아오게 된(十五從軍征, 八十始得歸)" 늙은 병사의 진술을 통하여 잔혹한 전쟁이 백성들의 생활에 가져다준 거대한 재난과 불행을 폭로했다. 이 시는 모두 16구인데 작자는 여덟 구를 사용하여 이 늙은 병사가 집에 온 후에 보았던 처참한 광경을 묘사했다. 황폐한 무덤은 즐비하고, 집 울타리는 무너져 있고, 정원엔 잡초가 무성하고, 날짐승과 들짐승이 드나든다. 그러나 여기서 시인은 한 구절도 직접적으로 전쟁을 통렬하게 비난하는 말은 없다. 시는 간접적으로 드러내는 것을 중시하는데, 작자의 사랑이나 작자의 원한이 이미 이러한 경물 묘사 가운데에 완전히 융합되어 있는데 또 다른 것을 말하는 것은 군더더기인 것이다. 감정을 경물에 기탁하는 것 또한 고대시가의 함축된 표현이다.

예시 ④의 <전원의 집으로 돌아와(歸園田居)>는 연작시(連作詩)로 모두 5수인데, 시인이 팽택(彭澤)의 현령(縣令)을 사직하고 은거한 이후의 작품이다. <전원의 집으로 돌아와> 제1수는 모두 20구로 시인이 관직 생활을 작별하고,

은거 이후의 즐겁고 유쾌한 심정을 묘사하였다. 독자들은 주목할 것인데, 이 20구 가운데 여덟 구절은 시인이 거주하는 환경을 묘사한 것이다. 이것은 우연이 아니다. 시인은 바로 이러한 전원 풍경의 묘사를 통해서 그의 높은 지조와 이상, 신념을 뚜렷이 나타내 보이는 것이다.

고대시가의 곡달 수사 방식은 내용상 표현될 뿐만 아니라 언어 형식상으로도 표현된다. 예를 들어,

⑤ 正見當爐女, 마침 술을 파는 여자가 보이는데,
紅妝二八年.[252] 붉게 화장하고 열여섯 살이었네.

(이백李白 <강하江夏의 노래(江夏行)>)

⑥ 千里草, 천리의 풀,
何青青. 어찌 이리 푸르고 푸른가.
十日卜, 열흘 점을 치지만,
猶不生. 오히려 살지 못하겠네.

(≪삼국지三國志·위서魏書·동탁전(董卓傳)≫)

예시 ⑤의 '이팔년(二八年)'은 16세이다. '16'이라 직접 말하지 않고 '이팔(二八)'이라 하였는데, 이것은 수수께끼를 하면서 문제만 말하고 수수께끼 답은 독자가 풀도록 남겨놓는 것과 같다.

예시 ⑥의 '천리초(千里草)'는 바로 '동(董)'자이고, '십일복(十日卜)'은 '탁(卓)'자이다. 여기서 '동탁(董卓)'을 곧바로 말하지 않고 '동(董)'과 '탁(卓)' 두 자를 분해하여 '천리초(千里草)', '십일복(十日卜)'이라고 말했는데, 이렇게 하

---

252 二八年(이팔년): 열여섯 살.

면 마찬가지로 수수께끼의 답을 독자가 풀도록 남겨놓는 것이다.

곡달은 고대시가 중에서 매우 광범위하게 운용되는 수사 방식의 하나이다. 곡달의 가장 주요한 수사적 효과는 시의 언어를 직설적으로 말하는 것을 피하고 갖은 방법을 다하여 언어의 함축력을 증강시키는 데에 있다. 유협(劉勰)이 말하길, "'은(隱)'이라는 것은 문자 밖에 함축된 깊은 뜻이 있는 것이다. …… '은(隱)'은 또 다른 함축된 뜻이 있는 것을 교묘하다고 여긴다."[253](≪문심조룡(文心雕龍)·은수(隱秀)≫)라고 하였다. 유협이 말하는 '은(隱)'은 오늘날 우리가 흔히 말하는 '완곡'과 '함축'이다. 여기서 말하는 '중지(重旨)', '복의(複意)'도 모두 시구의 표면적인 의미 아래 감추어져 있는 말 밖의 뜻(言外之意)을 가리킨다. 심후한 글은 함축적이면서 문채가 있으며, 남아도는 맛을 곡진하게 내포하고 있는데, 시는 곡달 수사 방식이 있음으로 해서 언어로 하여금 무한한 표현력을 증강시키도록 하여, 완곡하면서도 곡진하게 나타내어, 말은 다함이 있으나 뜻은 심원하도록 만든다.

<2> 곡달의 기본 유형

내용과 형식이라는 두 가지 큰 특징에 의거하여 곡달 수사 방식은 세 개의 기본 유형, 즉 '완곡하게 말하기', '꺼려서 감추기', 그리고 '수수께끼 같이 말하기'로 나눌 수 있다.

---

253 "隱也者, 文外之重旨者也. ……隱以複意爲工."

(1) 완곡하게 말하기

말을 완곡하고 함축적으로 말하면서 표면적인 말과 시구 속에 또 다른 의미를 은밀하게 내포하는 이러한 수사 방식을 '완곡하게 말하기'라고 한다. 고대시가의 '완곡하게 말하기'는 자세히 나누면 주로 두 종류가 있는데, 하나는 사물을 빌려 뜻을 나타내는 것(借物達意)이고, 또 하나는 감정을 경물에 기탁하는 것(寓情於景)이다. 전자는 예를 들면,

① 吳中細布, 오나라 땅 중부의 가늘게 짜여진 삼베는,
　 闊幅長度. 폭이 넓고 길이가 기네.
　 我有一端,[254] 나에게 두 장(丈)이 있는데,
　 與郎作褲. 그대에게 주어 바지를 만들고자 하네.

　 (무명씨無名氏 <동평東平을 평안하게(安東平)>)

② 打殺長鳴雞, 길게 우는 닭을 때려잡고,
　 彈去烏白鳥. 탄환으로 오구조(烏白鳥)를 쫓아버리네.
　 願得連冥不復曙, 원컨대 어두운 밤 이어지고 더 이상 날이 밝지 않으며,
　 一年都一曉.[255] 일 년에 한번만 새벽이 왔으면.

　 (무명씨無名氏 <곡조를 낭송하는 노래(讀曲歌)>)

③ 明月不歸沈碧海, 밝은 달은 돌아가지 못하고 푸른 바다에 가라앉으며,
　 白雲愁色滿蒼梧. 흰 구름은 근심스러운 빛을 띄고 창오산(蒼梧山)에

254　端(단): 두 장(丈).
255　都(도): 다만.

가득하네.

(이백李白 <조형晁衡을 곡하며(哭晁卿衡)>)

④ 花間一壺酒, 꽃 사이에 술 한 병 놓고,

獨酌無相親. 친한 이 없이 홀로 마시네.

擧杯邀明月, 잔을 들어 밝은 달을 맞이하고,

對影成三人. 그림자를 마주하니 세 사람이 되었네.

(이백李白 <달 아래 혼자 술을 마시면서(月下獨酌)> 제1수)

예시 ①의 '나에게 두 장(丈)이 있는데, 그대에게 주어 바지를 만들고자
하네(我有一端, 與郞作褲)'는 무명천을 얼마나 사용하여 옷을 만들거나 혹은 바
지를 만들 수 있다는 것을 토론하고 있는 것이 아니다. 시인이 말하고자
하는 것은 '그대에게 주어 바지를 만들고자 하네(與郞作褲)'라는 사실을 통하
여, 물건을 빌려 뜻을 나타내어, 한 여인이 자기의 애인에게 품고 있는 깊은
사랑을 표시하고자 하는 것이다.

예시 ②에서, '길게 우는 닭을 때려잡고, 탄환으로 오구조(烏臼鳥)를 쫓아버
리네(打殺長鳴雞, 彈去烏臼鳥)'라고 하였는데 시 속의 주인은 왜 닭과 새에게
화풀이를 하려고 하는가? 왜냐하면 시간은 낮과 밤이 번갈아 바뀌고, 한
해는 4계절의 교체가 있는데, 금계(金鷄)[256]가 새벽을 알리고, 오구조(烏臼鳥)가
이동하는 것은 모두 시간이 변하는 상징이기 때문이다. '길게 우는 닭을 때려
잡고, 탄환으로 오구조를 쫓아버리네'라고 하여, 시 속의 주인공은 시간이
너무 빨리 가는데, 좋아하고 사랑하는 것은 만족스럽지 못한 것을 몹시 원망
하기 때문에 '어두운 밤 이어지고 더 이상 날이 밝지 않으며, 일 년에 한번만

---

256 金鷄(금계): 울어서 새벽을 알리는 수탉의 미칭(美稱).

새벽이 왔으면(連冥不復曙, 一年都一曉)'하는 것을 희망한다. 전체 시 네 구절을 총체적으로 보면, 애정을 말한 곳은 한 군데도 없지만, 또 한 곳도 애정이 없는 곳이 없다. 시의 작자는 사물을 빌려 뜻을 나타내는 이러한 방법을 통해 남녀 사이의 끊임없는 깊은 정을 매우 함축적으로 나타내었다.

예시 ③의 <조형晁衡을 곡하며(哭晁卿衡)>는 시인 이백(李白)이 일본(日本) 사람 조형(晁衡)이 조난을 당했다고 잘못 알고 그를 위해 지은 것이다. 조경형(晁卿衡)이 바로 조형(晁衡)이며, 또 '조형(朝衡)'이라고 쓰기도 하는데, 일본 이름은 아베노 나카마로(阿倍仲麻呂)이다. 당(唐) 현종(玄宗) 개원(開元) 5년(717년)에 조형은 겨우 20살의 나이로 당나라 파견 학생이 되어, 제9차 일본의 견당사(遣唐使)를 따라 중국으로 유학을 왔다. 공부를 마친 뒤 중국에 머물러, 좌습유(左拾遺), 비서감(秘書監) 겸 위위경(衛尉卿) 등의 관직을 두루 거쳤다. 천보(天寶) 12년(753년) 조형은 당나라 사신이 되어 일본의 제11차 견당사단과 귀국하다가 불행히도 도중에 큰 풍랑을 만났는데 조난을 당했다고 잘못 전해졌다. 시인 이백은 바로 이런 상황에서 사람에게 깊이 감동을 주는 이 시를 썼다. 예시 ③의 '밝은 달은 돌아가지 못하고(明月不歸)' 등의 두 구절은 시인 이백이 여기서 경치를 적은 것이 아니고 사물을 빌려 뜻을 나타낸 것이다. '밝은 달(明月)'은 조형을 비유하고, '흰 구름(白雲)'은 시인 자신을 암시한다. 두 구절에 함축된 뜻이 깊고 의경(意境)은 심원하여 시인 이백의 조형에 대한 깊고 두터운 우정을 잘 표현하였다.

예시 ④의 '잔을 들어 밝은 달을 맞이하고, 그림자를 마주하니 세 사람이 되었네(擧杯邀明月, 對影成三人)' 두 구절은 시인이 풍부한 상상력으로 시인과 밝은 달, 자신의 그림자라는 이 '세 사람'이 같이 즐기면서 통쾌하게 술을 마시는 우아하고 아름다운 경지를 만들어냈다. 이 두 구절의 시는 표면상으로 보면 매우 열렬하고 아주 흥청거리는 것처럼 보이지만, 실제로는 문자의 그 배후에는 오히려 무한한 고독과 처량함이 숨겨져 있는데, 작자가 정치적으로 뜻을 얻지 못하여 마음속에 맺힌 울분을 토로하였다.

'완곡하게 말하기'가 자주 사용하는 또 다른 표현 형식은 바로 감정을 경물에 기탁하는 것이다. 바꾸어 말하면 시인이 경물을 묘사하는 가운데 종종 자신의 진정을 깃들인다는 말이다. 그래서 이런 시구를 대하고 이해할 때는 작자의 신세나 시를 쓴 배경과 사회 환경을 잘 파악해야 한다. 예를 들면,

① 輕陰閣小雨,[257] 약간 흐린 날씨에 가랑비는 멎었고,

深院晝慵開.[258] 깊은 정원은 낮에도 문 열기에 게으름 피우네.

坐看蒼苔色, 앉아서 푸른 이끼의 빛깔 보노라니,

欲上人衣來. 사람 옷 위로 올라 오르려 하네.

(왕유王維 <눈앞에 보이는 경물을 적다(書事)>)

② 黃四娘家花滿蹊, 황씨(黃氏)네 넷째 딸 집에는 꽃이 좁은 길에 가득하여,

千朵萬朵壓枝低. 천 송이 만 송이가 가지를 낮게 누르네.

留連戲蝶時時舞, 차마 떠나지 못하며 노는 나비는 때때로 춤을 추고,

自在嬌鶯恰恰啼. 자유롭게 나는 예쁜 꾀꼬리는 꾀골꾀골 잘도 우네.

(두보杜甫 <강가에서 혼자 걸으며 꽃을 찾는 절구 7수(江畔獨步尋花七絶句)> 제6수)

③ 淡月照中庭, 어슴푸레한 달빛 뜰 안을 비추고,

海棠花自落. 해당화는 저절로 떨어지네.

獨立俯閑階, 홀로 서서 한가로운 섬돌 굽어보며,

---

257 閣(각): 멈추다. 정지하다.
258 慵(용): 게으르다. 게으름을 피우다.

風動鞦韆索. 바람은 그네 줄 움직이네.

(한악韓偓 <최국보崔國輔의 체를 본받아 지은 네 수(效崔國輔體四首)> 제1수)

④ 一道殘陽鋪水中, 한 줄기 석양빛이 물속에 펼쳐지니,

半江瑟瑟半江紅. 강의 반은 푸르고 반은 붉네.

可憐九月初三夜, 아름다운 9월 초삼일 밤,

露似眞珠月似弓. 이슬은 진주 같고 달은 활과 같네.

(백거이白居易 <해지는 강에서 읊다(暮江吟)>)

예시 ①의 <눈앞에 보이는 경물을 적다(書事)> 이 시는 짧지만 아주 생동감 있게 묘사하였다. 시작하자마자 시인 왕유(王維)는 독자들에게 매우 그윽하고 고요한 환경을 그려내어 보여주었는데, 날씨는 약간 흐리고 가랑비는 막 멎었으며 깊은 뜰은 조용하고 뜰의 문은 굳게 잠겨 있다. 그러나 고요한 가운데도 움직임이 있으니, '앉아서 푸른 이끼의 빛깔 보노라니, 사람 옷 위로 올라 오르려 하네(坐看蒼苔色, 欲上人衣來)'에서 '상(上)'자는 사물의 모습을 매우 생동감 있고 핍진하게 나타내었는데, 비 내린 뒤의 푸른 이끼에게 무한한 생명력을 부여하였다. '푸른 이끼의 빛깔(蒼苔色)'은 움직일 수 없는 것인데, 시인이 여기서 묘사한 것은 바로 맑고도 그윽하고 평안하면서도 고요한 생활에 대한 자기의 느낌이다.

예시 ②의 경우, 두보(杜甫) 시 중에는 <강가에서 혼자 걸으며 꽃을 찾는 절구 7수(江畔獨步尋花七絶句)> 같이 즐겁고 유쾌한 짧은 시는 많지 않다. 예시 ②의 짧은 시에서 시인 두보는 '황씨네 넷째 딸 집(黃四娘家)'으로 가는 길이라는 특정된 장소의 경치를 골라, 온통 생기가 충만한 멋진 봄 경치를 매우 생동적이고 핍진하게 묘사하였다. 안사(安史)의 난(亂)의 고통을 다 겪은 뒤 시인 두보는 당(唐) 숙종(肅宗) 상원(上元) 원년(元年)(760년)에 성도(成都)의 초당

(草堂)에 정착하였다. 말은 마음의 소리라고 한다. 생활에서 잠시의 안정은 시인에게 무한한 위안을 가져다주었다. 이 시는 실제로 시인의 당시의 심정을 반영하였다.

예시 ③에서 시인 한악(韓偓)은 봄날 밤 뜰의 경치 묘사를 통하여 규방 여인의 한없이 깊은 원망과 남녀의 정을 표현했다.

예시 ④에서 시인 백거이(白居易)는 저녁 해가 서쪽으로 떨어지고 초승달이 동쪽에서 올라오는 경물 묘사를 빌려, 자신이 대자연을 무한히 사랑하는 연정을 쏟아냈다.

요컨대 감정을 경물에 깃들이는 것은 모든 경물 묘사의 핵심이다. 경물이 있고 감정이 있어야 비로소 완곡하고 함축성이 있는 시의 진정한 본질을 구성할 수 있다.

(2) 꺼려서 감추기

꺼리거나 분명하게 말하기를 원치 않는 내용을 완곡한 형식을 통하여 표현해내는 이런 수사 방식을 '꺼려서 감추기'라고 부른다. 예를 들면,

① 冬之夜, 겨울의 긴 밤,
   夏之日. 여름의 긴 낮이여.
   百歲之後, 백년 뒤에나,
   歸于其室. 그 무덤에 돌아가리라.
   (≪시경詩經·당풍唐風·칡이 자라(葛生)≫)

② 臥龍躍馬終黃土, 제갈량(諸葛亮)과 공손술(公孫述)도 끝내 황토에
                  묻혔으니,

人事音書漫寂寥. 친구 교유도 소식도 적막한대로 내버려두네.

(두보杜甫 <서각西閣의 밤(閣夜)>)

③ 行行至斯里, 가고 가다 이 마을에 이르러,
叩門拙言辭. 문을 두드렸으나 말을 더듬는다.

(도연명陶淵明 <밥을 구걸하며(乞食)>)

④ 天寒身上猶衣(yì)葛,[259] 날씨가 추운데도 몸에는 여전히 갈포를 입었고,
日高甑中未拂塵. 해가 높이 떴는데도 시루 속은 아직 먼지를 털지 않네.

(백거이白居易 <술 취한 뒤 미친 소리를 하고 협률랑(協律郎) 소열(蕭悅)과 은요번
(殷堯藩) 두 분에게 술을 권해 드리면서 청하다(醉後狂言酬贈乞蕭殷二協律)>)

⑤ 楊花雪落覆白蘋, 버들개지가 눈처럼 떨어져 하얀 개구리밥을 덮고,
青鳥飛去銜紅巾. 파랑새는 날아가며 붉은 수건을 물고 있네.

(두보杜甫 <미녀의 노래(麗人行)>)

⑥ 近侍歸京邑, 가까이서 모시다가 경기지방으로 돌아가게 되었는데,
移官豈至尊? 관직을 옮김이 어찌 임금님의 뜻이겠는가?

(두보杜甫 <지덕德 2년 두보는 수도의 금광문金光門을 나와 오솔길로 봉상鳳翔에
돌아왔음. 건원乾元 초, 좌습유左拾遺로부터 화주연華州掾으로 벼슬이 옮겨져 친
구들과 이별하고 재차 이 문을 나오매 옛 일을 슬퍼하다(至德二載甫自京金光門出,
間道歸鳳翔. 乾元初, 從左拾遺移華州掾, 與親故別, 因出此門, 有悲往事)>)

예시 ①과 ②에서, '백년 뒤에나(百歲之後)', '끝내 황토에 묻히는데(終黃土)'

---

259 衣(의): 입다.

등은 모두 '죽다(死)'의 대칭(代稱)이다.

예시 ③과 ④처럼, 빈곤으로 인해 옷과 음식이 없는 것은 지식인의 입장에서 말하자면 언제나 입을 열어 말하기 어려운 것이다. 그래서 '말을 더듬는다(拙言辭)'라고 하는 것은 말하기가 어렵다는 완곡한 표현이고, '시루 속은 아직 먼지를 털지 않네(甑中未拂塵)'라고 하는 것은 바로 집에 먹고 마실 것이 없다는 완곡한 표현이다.

예시 ⑤의 '버들개지가 눈처럼 떨어져(楊花雪落)' 두 구절은 시인 두보(杜甫)가 여기서 역사 이야기와 신화 전설을 빌려 양국충(楊國忠)과 괵국부인(虢國夫人)의 정사(情事) 추행을 암시적으로 나타낸 것이다.

예시 ⑥에서 '좌천되다(貶官)'라고 말하지 않고 '벼슬을 옮기다(移官)'라고 말하는 것도 꺼려서 감추는 표현이다.

(3) 수수께끼 같이 말하기

사람들에게 단지 추측한 언어문자 조건(수수께끼)만을 제공하고, 이런 조건에 의해 유도해낸 결과(수수께끼 답)는 숨겨서, 독자로 하여금 짐작하게 하는 수사 방식을 '수수께끼 같이 말하기'라고 한다. '수수께끼 같이 말하기'는 실질적으로 '은어(隱語)'이다. 우리가 여기서 말하는 '수수께끼 같이 말하기'는 일반 수사책에서 말하는 '장사(藏詞)',[260] '석자(析字)',[261] 그리고 '해음(諧音)'[262]을 포함한다. 예를 들어,

---

260 [역자주] 성어(成語)나 속어(俗語) 중의 한 부분으로 그 나머지 부분을 대체하는 수사 방식. ≪서경(書經)·군진(君陳)≫편에 "형제에게 우애(友愛)있게 한다(友于兄弟)"는 말이 있어, '우우(友于)'라는 말로 '형제(兄弟)'를 나타내기도 한다.

261 [역자주] 글자의 형태와 소리, 뜻에 따라, 글자의 모양을 변화시키거나, 음을 맞추거나, 뜻을 넓혀 자세히 설명하는 등의 수사 방식을 말한다. 이를테면 본문 아래에 나오는 '산 위에 또 산이 있네요(山上復有山)'는 '출(出)'이라는 글자의 모양을 변화시킨 것이다.

① 三五明月滿, 보름이라 밝은 달이 차고,

四五蟾兔缺. 스무날이라 달이 기운다.

(고시古詩 <초겨울 찬 기운 이르러(孟冬寒氣至)>)

② 登店賣三葛, 점포에 가서 삼갈(三葛) 갈포를 파는데,

郎來買丈餘. 그대가 와서 한 장(丈) 남짓 사네.

合匹與郎去, 베를 전부 그대에게 주어 가지고 가도록 하니,

誰解斷粗疏? 거칠고 성긴 베를 자를 줄 누가 알까?

(무명씨無名氏 <곡조를 낭송하는 노래(讀曲歌)>)

③ 藁砧今何在? 볏짚과 모탕은 지금 어디에 있나요?

山上復有山. 산 위에 또 산이 있네요.

何當大刀頭, 어찌 큰 칼의 손잡이를 당하리오?

破鏡飛上天. 깨어진 거울이 하늘로 날아 올라가네요.

(무명씨無名氏 <옛 절구絶句 4수(古絶句四首)> 제1수)

④ 石闕生口中, 묘 앞의 돌문이 입 안에 생겨나니,

銜碑不得語. 비석을 머금어 말을 할 수 없네.

(무명씨無名氏 <곡조를 낭송하는 노래(讀曲歌)>)

예시 ①에서, '삼오(三五)'는 음력 15일을, '사오(四五)'는 음력 20일을 은근히 가리킨다.

---

262 [역자주] 한자의 음이 같거나 비슷한 글자를 사용하여 본래의 글자를 대체하는 수사 방식. 이를테면 '큰 칼의 손잡이(大刀頭)'는 고리(環) 모양이며, 그래서 '환(環)'은 또 '환(還, 돌아오다)'의 해음(諧音)이 된다.

예시 ②에서, '삼갈(三葛)'은 갈포(葛布)의 이름인데 품질이 '거칠고 성기며 (粗疏)', '한 장 남짓 사네(買丈餘)'라고 한 것은 한 필(匹) 전체가 아니고 자투리라는 의미이니 전체 베에서 끊어내야 한다. 그래서 '삼갈 갈포를 판다(賣三葛)'는 것은 '소(疏)'라는 글자를 은근히 내포하고 있는데 '소(疏)'는 바로 '소원(疏遠)하다(성기다)'는 것이다. 그리고 '한 장 남짓 산다(買丈餘)'는 것은 '단(斷)'이라는 글자를 은근히 내포하고 있는데 '단(斷)'은 바로 피차의 애정 관계를 단절한다는 것이다. '소(疏)'와 '단(斷)'은 모두 좋지 않은 것이며, 그래서 아래의 글에서 비로소 '베를 전부 그대에게 주어 가지고 가도록 하니, 누가 거칠고 성긴 것을 자를 수 있겠나요?(合匹與郎去, 誰解斷粗疏)'라고 말하였다.

예시 ③에서 '고침(藁砧)'은 바로 '고침(藁砧)'이다. '고(藁)'는 '고(稿)'와 같으니 '볏짚'이며, '침(砧)'은 '밑에 까는 판자'이다. 고대에 죄인을 사형할 때 볏짚으로 자리를 깔고 모탕(砧) 위에 엎드리게 한 다음, 형벌을 행하는 자가 '부(鈇. 큰 도끼)'로 그를 베었다. 그래서 '고(藁)'와 '침(砧)'은 실제로는 모두 형벌 도구이며 두 글자는 은연중에 '부(鈇)'라는 글자를 내포하고 있다. '부(鈇)'와 '부(夫)'는 음이 같으므로, '부(鈇)'는 또 '부(夫. 남편)'라는 글자의 동음이의(同音異義)의 해음(諧音)이 된다.

'산 위에 또 산이 있네요(山上復有山)'는 '출(出)'이라는 글자의 모양을 분석하여 쓴 것이므로[생각건대, '출(出)'자는 실제로는 '산(山)'이 두 개 중첩된 것이 아니다], 이 구절은 '출(出)'이라는 글자를 은연중에 내포하고 있다.

'어찌 큰 칼의 손잡이를 당하리오?(何當大刀頭)'에서 '큰 칼의 손잡이(大刀頭)'는 고리(環) 모양이며, 그래서 '환(環)'은 또 '환(還. 돌아오다)'의 해음(諧音)이 된다.

'깨어진 거울이 하늘로 날아 올라가네요(破鏡飛上天)'에서 '파경(破鏡)'은 바로 '반원(半圓)'이고, '반원'은 바로 '반달(半月)'이며, '반달'은 바로 한 달의 반, 곧 15일을 가리키므로, 이 구절에서는 하나의 시간 개념, 즉 보름이라는 시간을 은연중에 내포하고 있다.

위아래 네 구절을 총체적으로 보면, '지금 남편이 어디 있는가?'라고 묻자 '현재 이미 외출했다'라고 답을 하고, 또 '언제 돌아오나?'라고 묻자 '보름 때이다'라고 답하는 것이다.

예시 ④에서 '궐(闕)'은 바로 고대 궁전이나 종묘(宗廟), 묘문(墓門) 앞에 세워진 돌기둥이며, 그래서 '석궐(石闕)'은 다음 구절에서 말하는 '함비(銜碑)'의 '비(碑. 비석)'이다. '묘 앞의 돌문이 입 안에 생겨나니(石闕生口中)'는 수수께끼이고(슬픔이 입 안에 생겨나니), '비석을 머금어 말을 할 수 없네(銜碑不得語)'는 수수께끼의 답이다(슬픔을 머금어 말을 할 수 없네). '비(碑)'와 '비(悲)'는 음이 같으므로, '비(碑)'는 또 '비(悲. 슬프다)'의 해음이다.[263]

①~④의 예시에서 알 수 있듯이, '수수께끼 같이 말하기' 수사 방식을 구성하는 요소는 말의 뜻(詞義), 말의 음(語音), 글자의 모양(字形)이라는 여러 방면임을 알 수 있다. 그래서 우리가 분석할 때에는 마땅히 이러한 조건들을 각별히 주의해야 한다.

<3> 곡달의 발전

곡달은 수사 방식의 하나일 뿐만 아니라 또한 언어 풍격의 하나이기도 하다. 수사 방식의 하나로서 곡달의 발전 또한 과정이 있다. 이 문제에 관해 우리는 두 개의 각도에서 살필 수 있다.

첫째, 곡달 수사 방식과 다른 것과의 관계에서 볼 때 곡달은 실제로는 종합적 성격의 수사 방식이다. 모두가 알다시피, 곡달의 가장 중요한 수사적

---

263 [역자주] 이 두 구절의 의미는, '슬픔이 입 안에 생겨나니, 슬픔을 머금어 말을 할 수 없네.'

작용은 언어의 표현이 풍부한 함축성을 갖도록 하는 데에 있다. 그런데 언어를 완곡하고 함축적이게 하는 수단은 여러 가지인데, 예를 들어 비유(比喩), 차대(借代), 비의(比擬), 쌍관(雙關) 등의 여러 수사 방식은 모두 언어를 완곡하고 함축적이도록 구성하는 중요한 수단이다. 이것에 대한 예는 매우 많아, 여기서는 생략하고 거론하지 않기로 한다.

둘째, 곡달 수사 방식 자체의 발전에서 봤을 때 그것 또한 과정이 있다. 이제 곡달 수사 방식 중 '완곡하게 말하기' 유형을 예로 삼아 이 문제에 대해 말해보기로 한다.

앞에서 말했듯이, 완곡하게 말하기의 주요 표현형식은 두 종류가 있는데, 첫째는 사물을 빌려 뜻을 나타내는 것이고(借物達意), 둘째는 감정을 경물에 기탁하는 것이다(寓情於景). 먼저 사물을 빌려 뜻을 나타내는 것에 대해 말하기로 한다. 초기의 시가 작품에는, 예를 들어 ≪시경(詩經)≫, ≪초사(楚辭)≫의 경우, 사물을 빌려 뜻을 나타내는 것은 종종 비유 형식의 도움을 빌리고자 하였다. 예를 들어,

① 采葑采菲, 순무를 캐고 무를 캐는데,
　　無以下體. 뿌리 부분을 필요로 하지 않네요.
　　德音莫違, 언약을 어기지 않으면,
　　及爾同死. 그대와 죽음을 같이 하겠어요.

　　(≪시경詩經·패풍邶風·골짜기 바람(谷風)≫

② 荃不察余之中情兮, 임금님은 나의 속마음 살피지 않으시고,
　　反信讒而齎怒. 도리어 참소를 믿고 몹시 화를 내셨네.

　　(≪초사楚辭·근심스러운 곳을 떠나며(離騷)≫

예시 ①의 '봉(葑. 순무)'과 '비(菲. 무)'는 모두 채소 이름이며, 이런 채소는 주로 뿌리 부분을 먹는다. '무이하체(無以下體)'는 뿌리 부분을 필요로 하지 않는다는 것으로, 뿌리 부분을 먹지 않는다는 뜻이기도 하다. 이것은 버림받은 아내가 그녀의 남편이 자기에 대하여 인품과 덕성을 위주로 행동하지 않으며 자신의 주요한 본질적인 면을 거들떠보지 않는 것을 원망하는 것이다.

예시 ②의 '전(荃)'은 '창포(菖蒲)'라고도 하는데 향초의 하나이며, 여기서는 초왕(楚王)을 비유했다.

더 뒤로 가서 한대(漢代)에 이르면, 시가 중에서 사물을 빌려 뜻을 표현한 것 또한 종종 이런 방법을 채택하였다. 예를 들면,

③ 蘭有秀兮菊有芳, 난초는 꽃이 피고 국화는 향기로운데,
　　懷佳人兮不能忘. 아름다운 사람 그리워하며 잊을 수 없네.

　(유철劉徹 <가을바람 노래(秋風辭)>)

④ 橘柚垂華實, 귤과 유자가 아름다운 열매 늘어뜨린 채,
　　乃在深山側. 깊은 산 옆에 있네.
　　聞君好我甘, 그대가 나의 단 맛을 좋아한다는 말을 듣고,
　　竊獨自雕飾. 몰래 혼자서 꾸미고 단장하였다네.

　(고시古詩 <귤과 유자가 아름다운 열매 늘어뜨린 채(橘柚垂華實)>)

예시 ③의 '난초(蘭)'와 '국화(菊)'는 아름다운 사람을 비유하고, 예시 ④의 '귤과 유자가 아름다운 열매 늘어뜨린 채(橘柚垂華實)' 두 구절은 재능이 있으면서도 펼 기회를 만나지 못하는 것을 비유한다. 이런 표현방법은 그 후에 더 발전하여 점차 영물시(詠物詩)를 형성했다. 예를 들어 낙빈왕(駱賓王)의 <매미를 노래하며(詠蟬)>, 원진(元稹)의 <소나무(松樹)>, <좋은 향기가 나는 나무

(芳樹)>, <사냥꾼이 길들인 꿩(雉媒)>, <큰 부리새(大嘴鳥)>, 백거이(白居易)의
<학을 생각하며(感鶴)>, <자등(紫藤)>, <까마귀가 밤에 울다(慈烏夜啼)>, <푸른
돌(青石)> 등은 모두 유명한 영물시이다. 시가 발전의 역사에서 볼 때, 영물시
는 선진(先秦) 시대에 이미 있었는데, 이를테면 ≪초사(楚辭)·구장(九章)≫ 중의
<귤 칭송(橘頌)>은 이미 영물시의 시작을 연 것이다. 그러나 전반적으로 볼
때, 영물시는 선진 시대에는 그다지 발전하지 못했으며 단지 시작이나 근원
이라고 칠 수 있을 따름이다.

　이제 다시 감정을 경물에 기탁하는 표현법에 대해 말해 보기로 한다. ≪시
경(詩經)≫과 ≪초사(楚辭)≫ 시대에는 전문적으로 풍경을 묘사하는 시가가
없었다. 감정을 경물에 기탁하는 표현 수법은 대체로 ≪시경≫ 중 '흥(興)'의
예술 수법에서 기원한다. '흥'은 바로 사물을 보고 감흥이 일어나는 것으로,
묘사하는 경물과 시의 주제가 반드시 어떤 직접적인 관계가 있는 것은 아니
다. 예를 들면,

　　① 園有桃, 동산에 복숭아나무 있어,
　　　其實之殽. 그 열매 먹네.
　　　心之憂矣, 마음에 근심 일어,
　　　我歌且謠. 나는 노래하고 노래하네.

　　(≪시경詩經·위풍魏風·동산에 복숭아나무 있어(園有桃)≫)

　예시 ①의 '동산에 복숭아나무 있어, 그 열매 먹네(園有桃, 其實之殽)' 두 구절
이 바로 '흥'인데, 아래 구절에서 나타내고자 하는 '마음에 근심 일어, 나는
노래하고 노래하네(心之憂矣, 我歌且謠)'와는 무슨 직접적인 연관이 없다. 이런
상황은 한대(漢代) 및 한대 이후의 시가 속에도 존재한다. 예를 들면,

② 青青陵上栢, 푸르고 푸른 언덕 위의 측백나무,

　磊磊澗中石. 많고도 많은 계곡 중의 돌들.

　人生天地間, 사람이 하늘과 땅 사이에서 사는데,

　忽如遠行客. 빨리 지나가기가 마치 먼 길 가는 나그네 같네.

　(고시古詩 <푸르고 푸른 언덕 위의 측백나무(青青陵上栢)>)

③ 河中之水向東流, 황하(黃河)의 물이 동쪽으로 흐르는데,

　洛陽女兒名莫愁. 낙양의 아가씨는 이름을 막수(莫愁)라고 하네.

　(소연蕭衍 <황하黃河의 물 노래(河中之水歌)>)

예시 ②와 ③에서 '푸르고 푸른 언덕 위의 측백나무(青青陵上栢)' 두 구절과 '황하(黃河)의 물이 동쪽으로 흐르는데(河中之水向東流)' 구절은 모두 아래 시구의 내용과는 무슨 직접적인 연관이 없다.

다시 뒤로 더 발전을 하면, 시 속의 경물 묘사는 종종 유사한 다른 사물을 사용하여 중요 사물을 돋보이게 하는 작용을 하여 전체 시의 주제 표현과 하나로 융합된다. 이를테면 사령운(謝靈運)의 <못 위 누각에 올라(登池上樓)>의 처음 네 구절[264]과 강엄(江淹)의 <형산荆山을 바라보며(望荆山)>의 전반 부분은 모두 이런 경우에 속한다. 다시 그 이후 발전하면 감정과 경치가 완전히 하나로 융합하여 감정 가운데 경치가 있고(情中有景) 경치 가운데 감정이 있게 되며(景中有情), 이에 전원시(田園詩)와 산수시(山水詩)가 나타나게 된다. 이 방면에서는 도연명(陶淵明)의 <전원의 집으로 돌아와(歸園田居)> 5수, 사령운(謝靈運)의 <석벽정사石壁精舍에서 호수 가운데로 돌아와 짓다(石壁精舍還湖中作)>,

---

264　[역자주] "못에 잠긴 규룡(虯龍)은 그윽한 자태 뽐내고, 날아가는 기러기는 멀리까지 울음소리 들리네. 하늘에 가까이 가자니 떠있는 구름에 부끄럽고, 냇가에 살자니 깊은 연못에 부끄럽네(潛虯媚幽姿, 飛鴻響遠音. 薄霄愧雲浮, 棲川怍淵沈)".

사조(謝脁)의 <저녁에 삼산三山에 올라 머리 돌려 수도를 바라보며(晚登三山還
望京邑)>, 왕유(王維)의 <위수渭水 강가의 농가(渭川田家)> 등등이 모두 유명한
대표시이다.

곡달 수사 방식 중, '꺼려서 감추기'와 '수수께끼 같이 말하기', 이 두 종류
는 옛날과 지금의 변화가 많지 않고 또 그렇게 중요하지도 않기 때문에 여기
서는 생략하고 말하지 않기로 한다.

이상이 곡달 수사 방식 발전의 대체적인 상황이다.

제16장 **쌍관(雙關)**

<1> 쌍관(雙關)이란?

이른바 '쌍관(雙關)'이란 본래의 의미를 직접 말하지 않고, 음(音)이 같거나
비슷한 '해음(諧音)', 혹은 글자는 같으나 뜻이 다른 '해의(諧義)'의 방법의
도움을 빌려 원래의 뜻을 암시하는 수사 방식이다. 예를 들면,

① 置蓮懷袖中, 연꽃을 소매 속에 품으니,
　　蓮心徹底紅. 연심이 속속들이 붉구나.

　　(무명씨無名氏 <서주西洲 노래(西洲曲)>)

② 著以長相思, 길이 서로 그리워하자고 속에 솜을 채워 넣고,
　　緣以結不解. 맺음이 풀리지 말라고 가장자리를 꾸몄네.

　　(고시古詩 <손님이 먼 곳에서 와서(客從遠方來)>)

③ 合匹與郎去, 베를 전부 그대에게 주어 가지고 가도록 하니,
　　誰解斷粗疏. 누가 거칠고 성긴 것을 자를 수 있겠나요?

　　(무명씨無名氏 <곡조를 낭송하는 노래(讀曲歌)>)

④ 記得小蘋初見, 소빈(小蘋)을 처음 보았을 때 기억나니,

兩重心字羅衣. 마음 심 자 향(香)의 모양 겹쳐진 비단옷 입고 있었네.

(안기도晏幾道 <임강선(臨江仙)>)

⑤ 月沒星不亮, 달은 지고 별은 밝지 않는데,

持底明儂緒?²⁶⁵ 무엇으로 내 마음 밝힐까?

(무명씨無名氏 <곡조를 낭송하는 노래(讀曲歌)>)

⑥ 霄漢瞻佳士, 하늘에서 훌륭한 선비를 볼 수 있으면,

泥塗任此身. 진흙 길에 이 몸을 맡겨도 됩니다.

(두보杜甫 <능주자사陵州刺史 노로路 사군使君의 부임을 전송하다(送陵州路使君赴任)>)

예시 ①의 '연꽃을 소매 속에 품으니(置蓮懷袖中)'에서 '연(蓮)'은 '연(憐)'과 음이 같은 해음(諧音)이다. 같은 이치로 '연심이 속속들이 붉구나(蓮心徹底紅)'에서 '연심(蓮心)'은 '연심(憐心)'과 음이 같다. '연(憐)'은 '사랑하다'는 뜻이며, '연심(憐心)'은 사랑하는 마음이다. 그러므로 이 두 구의 시는 표면적으로는 '연(蓮)'과 '연심(蓮心)'을 말하지만, 실제로는 '사랑'과 남녀가 '서로 사랑하는 마음'을 말하고 있다.

예시 ②의 '길이 서로 그리워하자고 속에 솜을 채워 넣고(著以長相思)'에서 '사(思)'는 '사(絲)'와 음이 같다. 이 시 위의 두 구절이 "무늬는 한 쌍의 원앙새, 마름질하여 같이 기뻐하는 이불 만드네(文彩雙鴛鴦, 裁爲合歡被)"이므로 '사(思)'가 바로 '사(絲)'의 해음(諧音)임을 알 수 있다.

예시 ③의 '베를 전부 그대에게 주어 가지고 가도록 하니(合匹與郎去)'는

---

265 底(저): 무엇.

겉으로는 포목(布木)의 '필(匹)'이지만 사실은 해음(諧音)인 배필(配匹)의 '필(匹)'이다. 왜냐하면 이 시의 위의 두 구가 "점포에 가서 삼갈(三葛) 갈포(葛布)를 파는데, 그대가 와서 한 장 남짓 사네(登店賣三葛, 郎來買丈餘)"이기 때문에 '필(匹)'이 해음인 배필(配匹)의 '필(匹)'이라는 것을 알 수 있다.

예시 ④의 '마음 심 자 향(香)의 모양 겹쳐진 비단옷 입고 있었네(兩重心字羅衣)'에서 '심(心)'자는 표면적으로는 심자향(心字香. '심심'자처럼 생긴 향香)이지만, 실제로는 마음속의 정을 은근하게 가리킨다. <임강선(臨江仙)>은 작자가 가녀(歌女) '소빈(小蘋)'을 그리워하며 지은 것이며, 그래서 아래의 세 구절에서 비로소 "비파 현을 타면서 서로 그리워하는 정 말했으며, 당시 밝은 달이 있어, 일찍이 아름다운 구름 같은 그녀가 돌아가는 것을 비추었네(琵琶弦上說相思, 當時明月在, 曾照彩雲歸)"라고 말했다.

예시 ⑤의 '달은 지고 별은 밝지 않는데(月沒星不亮)'에서 '성물량(星不亮)'은 '심불량(心不諒)'의 해음(諧音)이며, '량(諒)'은 '양해(諒解)', '이해하다'는 뜻이다. '무엇으로 내 마음 밝힐까?(持底明儂緒)'의 '명(明)'은 겉으로는 '밝게 빛나다'는 '명(明)'이지만 실제로 나타내는 뜻, 즉 해의(諧義)는 '표명(表明)하다'의 '명(明)'이다.

예시 ⑥, '하늘에서 훌륭한 선비를 볼 수 있으면(霄漢瞻佳士)'에서 '소한(霄漢)'은 겉으로는 '노(路) 사군(使君)'이 자사(刺史)라는 높은 지위에 있음을 말하지만 실제로 나타내는 뜻은 인품과 덕성이 고결하다는 의미이다. <능주자사陵州刺史 노路 사군使君의 부임을 전송하다(送陵州路使君赴任)> 시는 두보(杜甫)가 부임하기 전의 '노 사군'에게 써준 증별(贈別)의 시이며, 따라서 시에는 격려하는 말이 많다. 당시에 비록 안사(安史)의 난(亂)은 이미 평정되었지만 나라 전체는 "전쟁으로 온 세상 파괴되고, 백성들은 고통스럽고 창고는 텅 빈(戰伐乾坤破, 瘡痍府庫貧)" 상태였으며, 그래서 두보는 특별히 '노 사군'에게 "뭇 관료들은 마땅히 청렴결백하고, 모든 부역은 평등하고 고르게 되어야 한다(衆寮宜潔白, 萬役但平均)"는 점을 주의하도록 부탁하였다. '하늘에서 훌륭한 선비를 볼 수 있으면(霄漢瞻佳士)' 두 구절은 바로 이 두 구절에 의해 이끌려 나온 것이며, 그 뜻은 '노 사군'이 사람들의 공경과 추앙을 받는 관리가 되고, 청렴하고 인품과 덕성이 고결한 좋은 자사가 되기를 희망하는 것이다.

고대시가에서 쌍관(雙關)은 주로 고체시 속에서 사용되었는데, 좀 더 구체적으로 말하면 주로 민가(民歌)에 가까운 작품 속에서 사용되었다. 근체시에서는 이러한 수사 방식의 사용이 매우 적으며, 설사 사용하더라도 대부분은 '해의(諧義)' 부류이며, '해음(諧音)'은 사용되지 않거나 혹은 극히 적게 쓰였다. 그래서 송대(宋代)의 홍매(洪邁)가 말하길, "제(齊)·양(梁) 이래로 시인들은 악부(樂府) <자야子夜의 4계절 노래(子夜四時歌)> 같은 것을 지으면, 늘 앞의 구절의 비유(比)나 흥(興)으로 다른 예를 끌어들여 빗대고, 뒷 구절에서 사실을 말하여 증명하였다."[266]고 하면서, 이를테면 '높은 산에 연꽃을 심고, 다시 황경나무 둑을 지나가네. 한 송이 연꽃이라도 얻지 못할 때에는, 떠나가서 고생을 안으리라(高山種芙蓉, 復經黃蘗塢, 未得一蓮時, 流離嬰辛苦)' 같은 것을 예로 들었다.[267] 여기서 말하는 '다른 예를 끌어들여 빗댄다'는 '인유(引喩)'가 가리키는 것이 바로 '쌍관(雙關)'이다. 당대(唐代) 시인 중에도 쌍관 수사 방식 사용을 좋아하는 사람이 있어, 이상은(李商隱) 등등이 있지만, 이것은 결국 개별 현상에 지나지 않는다. 쌍관 또한 고대시가에서 적극적인 수사 방식이다. 쌍관의 사용은 언어를 더욱 함축적이고 풍치(風致)가 많으며 표현력이 풍부하도록 하게 할 수 있다.

---

266 "自齊梁以來, 詩人作樂府<子夜四時歌>之類, 每以前句比興引喩, 而後句實言以證之."
267 ≪용재수필(容齋隨筆)≫ 권16.

<2> 쌍관(雙關)의 기본 유형

쌍관을 구성하는 말의 음과 뜻의 조건에 따라, 쌍관 수사 방식은 음(音)이 같거나 비슷한 점을 이용하는 '해음쌍관(諧音雙關)'과, 글자는 같으나 뜻이 여러 가지인 점을 이용하는 '해의쌍관(諧義雙關)'의 두 종류로 나눌 수 있다. 아래에서 나누어 논하기로 한다.

(1) 해음쌍관(諧音雙關)

음이 같거나 혹은 음이 가까운 조건을 이용해서 두 말이 임시적으로 뜻을 교차하게 만드는 것이 바로 '해음쌍관'이다. 해음쌍관은 다시 세분하면 두 종류로 나눌 수 있다.

첫째, 쌍관(雙關)의 말이 형태가 다르고 뜻이 다른 경우. 예를 들면,

① 無油何所苦, 기름 없다고 무엇을 괴로워하랴,
　 但使天明爾. 단지 하늘이 밝게 비추도록 할 따름이네.

　 (무명씨無名氏 <곡조를 낭송하는 노래(讀曲歌)>)

② 風吹黃檗藩, 바람이 황벽나무 울타리에 불어오니,
　 惡聞苦離聲. 듣기 싫네, 울타리에서 나는 슬픈 소리.

　 (무명씨無名氏 <석성石城의 노래(石城樂)>)

③ 霧露隱芙蓉, 안개와 이슬이 연꽃을 감추니,

見蓮不分明. 연꽃을 보아도 분명하지 않네.

(무명씨無名氏 <자야子夜의 노래(子夜歌)>)

④ 春蠶到死絲方盡, 봄누에는 죽어야 실이 바야흐로 다하고,

蠟炬成灰淚始乾. 밀랍 촛불은 재가 되어야 눈물이 비로소 마르네.

(이상은李商隱 <무제(無題)>)

예시 ①에서, '기름 없다고 무엇을 괴로워하랴(無油何所苦)'의 '유(油)'는 음이 '유(由)'와 같다. 예시 ②에서, '듣기 싫네 울타리에서 나는 슬픈 소리(惡聞苦籬聲)'의 '리(籬)'는 해음이 '리(離)'이다. 예시 ③에서, '안개와 이슬이 연꽃을 감추니(霧露隱芙蓉)'의 '부용(芙蓉)'은 해음이 '부용(夫容)'이고, '연꽃을 보아도 분명하지 않네(見蓮不分明)'의 '련(蓮)'은 해음이 '련(憐)'이다. 예시 ④에서, '봄누에는 죽어야 실이 바야흐로 다하고(春蠶到死絲方盡)'의 '사(絲)'는 해음이 '사(思)'이다.

둘째, 쌍관(雙關)의 말이 형태는 같으나 뜻이 다른 경우. 예를 들면,

① 理絲入殘機, 실을 가지런히 하여 짜다 둔 베틀에 넣지만,

何悟不成匹. 한 필도 못 짤 줄 어찌 알았으리오?

(무명씨無名氏 <자야子夜의 노래(子夜歌)>)

② 水落魚龍夜, 물이 줄어든 어룡천(魚龍川)에 밤이 들고,

山空鳥鼠秋. 산이 텅빈 조서산(鳥鼠山)에 가을이 왔네.

(두보杜甫 <진주秦州 잡시(秦州雜詩)> 제1수)

③ 合昏尙知時, 야합화(夜合花)도 오히려 꽃잎 펴고 합치는 때를 알고,
鴛鴦不獨宿. 원앙새는 홀로 잠자지 않네.

(두보杜甫 <아름다운 여인(佳人)>)

④ 夜飮東坡醒復醉, 밤에 동파(東坡)에서 술을 마시다 깨면 또 취하여,
歸來髣髴三更. 돌아오니 아마도 삼경인 듯하네.

(소식蘇軾 <임강선(臨江仙)·밤에 임고臨皐로 돌아오다(夜歸臨皐)>)

예시 ①의 '한 필도 못 짤 줄 어찌 알았으리오?(何悟不成匹)'에서 포목의 총칭인 포필(布匹)의 '필(匹)'은 해음(諧音)이 배필(配匹)의 '필(匹)'이다.

예시 ②의 두 구에 나오는 지명인 '어룡(魚龍)'과 '조서(鳥鼠)'는 해음이 동물의 어룡(魚龍. 물고기와 용)과 조서(鳥鼠. 새와 쥐)이다.

예시 ③의 '야합화(夜合花)도 오히려 꽃잎 펴고 합치는 때를 알고(合昏尙知時)'에서 꽃 이름 '합혼(合昏)'(즉 야합화夜合花)은 해음이 남녀가 결혼하여 짝을 짓는 '합혼(合昏)'['혼(昏)'은 '혼(婚)'과 같음]이다.

예시 ④의 '밤에 동파(東坡)에서 술을 마시다 깨면 또 취하여(夜飮東坡醒復醉)'에서 지명인 '동파(東坡)'는 해음이 사람인 '동파(東坡)'(즉 소식蘇軾)이다.

예시 ①~④에서, '포필(布匹)'의 '필(匹)'과 '배필(配匹)'의 '필(匹)' 등등은 실제로는 모두 형태가 같고 음이 같은 말이다. 형태는 같으나 뜻이 다른 쌍관어는 형태가 다르고 뜻이 다른 쌍관어와 마찬가지로 모두 음이 같다는 조건을 이용하여 임시로 말의 뜻을 교차하도록 만든다.

(2) 해의쌍관(諧義雙關)

'해의쌍관'은 말의 다의성(多義性)이 만들어내는 두 말의 의미 교차를 이용

하는 것이다.

① 黃檗萬里路, 황벽나무 만리 길,

　道苦眞無極. 길의 쓴 맛 정말 끝이 없네.

　(무명씨無名氏 <곡조를 낭송하는 노래(讀曲歌)>)

② 何惜微軀盡, 미미한 이 내 몸 죽은들 무엇이 아까우랴?

　纏綿自有時. 얽히고 감김이 저절로 때가 있으리라.

　(무명씨無名氏 <누에 실을 뽑다(作蠶絲)>)

③ 百鳥園林啼, 온갖 새 정원 안의 숲에서 우는데,

　道歡不離口. 기쁨을 말하며 입에서 떨어지지 않네.

　(무명씨無名氏 <곡조를 낭송하는 노래(讀曲歌)>)

④ 遙見千幅帆, 멀리 천 폭의 돛을 바라보며,

　知是逐風流. 바람 부는 대로 쫓아가는 것을 알겠네.

　(무명씨無名氏 <세 섬의 노래(三洲歌)>)

예시 ①의 '길의 쓴 맛 정말 끝이 없네(道苦眞無極)'에서 '도로(道路)'의 '도(道)'는 해의(諧義)가 '도어(道語. 말하다)'의 '도(道)'이다.

예시 ②의 '얽히고 감김이 저절로 때가 있으리라(纏綿自有時)'에서 누에 실(蠶絲)이 '얽히고 감겨(纏綿)' 끊어짐이 없다는 것은 해의가 애정이 '얽히고 감겨(纏綿)' 정이 깊고 두텁다는 것이다.

예시 ③의 '기쁨을 말하며 입에서 떨어지지 않네(道歡不離口)'에서 '기쁘고 상쾌하다(歡快)'는 '환(歡)'은 해의가 '기뻐하고 사랑한다(歡愛)'는 '환(歡)'[시구

중의 '환(歡)'은 또 원래의 뜻에서 파생된 뜻이 생겨 명사로 쓰여 여자의 애인을
가리킨다]이다.

예시 ④의 '바람 부는 대로 쫓아가는 것을 알겠네(知是逐風流)'에서 바람의
힘이 물을 흐르게 하는 '풍류(風流)'는 해의가 '남녀 연애의 감정과 즐거운
일'의 '풍류(風流)'이다.

예시 ①~④에서, '도로(道路)'의 '도(道)'와 '말하다(道語)'의 '도(道)' 등등과
같은 것들은 모두 한 개의 단어가 여러 가지 뜻을 갖는 관계이며, 이로부터
해의쌍관(諧義雙關)을 조성하는 말의 의미상의 조건은 바로 말의 다의성(多義
性)이라는 것을 알 수 있으며, 그러므로 해의쌍관을 구성하는 말은 모두 뜻이
여러 개인 말(多義詞)이다.

<3> 쌍관과 비유(比喩)

여기에서 쌍관(雙關)과 비유의 관계에 대해 한 번 말하고자 한다. 쌍관과
비유의 관계는 주로 해의쌍관(諧義雙關)과 차유(借喩)의 관계에 얽혀 있다. 해
음쌍관(諧音雙關)에 대해서는 문제가 비교적 명백하기 때문에 이러한 문제가
발생하지 않을 것이다. 앞의 비유 수사 방식에서 차유(借喩)가 무엇인지에
대해서는 이미 언급하였다. 아래에서 다시 비교적 전형적인 예를 몇 개 보기
로 한다. 예를 들면,

① 碩鼠碩鼠, 큰 쥐야 큰 쥐야,
無食我苗. 나의 곡식 싹 먹지 마라.

(≪시경詩經·위풍魏風·큰 쥐(碩鼠)≫)

② 鷙鳥之不群兮, 사나운 매는 무리를 짓지 않으니,

自前世而固然. 옛날부터 본래 그러하였다네.

(≪초사楚辭·근심스러운 곳을 떠나며(離騷)≫)

③ 北山有鴟, 북쪽 산에 올빼미가 있는데,

不潔其翼. 날개를 깨끗하게 하지 못하네.

(주목朱穆 <유백종劉伯宗과 절교하는 시(與劉伯宗絶交詩)>)

④ 清池養神蔡,²⁶⁸ 맑은 못에 신령스런 거북 기르고,

己復長蝦蟆. 이미 또 두꺼비도 자라네.

(원진元稹 <좋은 향기가 나는 나무(芳樹)>)

　　예시 ①~④에서, '큰 쥐(石鼠)', '사나운 매(鷙鳥)', '올빼미(鴟)', '신령스런 거북(神蔡)', '두꺼비(蝦蟆)'는 모두 차유(借喩)이다. 그 중 '큰 쥐(石鼠)'는 잔혹하게 백성을 착취하는 통치자를 비유하였고, '사나운 매(鷙鳥)'는 굴원(屈原) 자신을 비유하였으며, '치(鴟)'는 바로 '치효(鴟梟. 올빼미)'로 높은 지위에 있는 유백종(劉伯宗)을 비유하였고, '신령스런 거북(神蔡)'은 군자(君子)를 비유하였으며, '두꺼비(蝦蟆)'는 소인(小人)을 비유하였다.

　　예시 ①~④로부터 우리들은 어렵지 않게 알 수 있는데, 비유(차유借喩를 포함)는 유체(喩體)와 본체(本體) 사이에 뜻에 있어서 결코 고정적인 관계가 없다. 예를 들어 '큰 쥐(石鼠)'는 반드시 통치자를 비유하여야 하며, '올빼미(鴟)'는 반드시 유종백을 비유하여야 한다고는 이러한 인식을 할 수 없다. 유체와 본체 사이의 관계 발생은 이 두 사물 사이의 어떤 것, 혹은 어떤

268　神蔡(신채): 신령스런 거북.

것들의 같은 속성으로 만들어내는 것이지, 단어 뜻이 발전 변화한 결과는 아니다. 차유(借喩)와는 반대로, 해의쌍관(諧義雙關)이 구성하는 단어 뜻의 기초는 하나의 단어에 뜻이 여러 개(一詞多義)라는 것인데, 다시 말해 수사 방식 중의 해의쌍관은 단지 어휘학(語彙學)에서 여러 가지 뜻을 가진 단어를 수사학 안에서 변화를 가하여 운용하는 데에 지나지 않을 뿐이라는 것이다. 이상에서 말한 것이 해의쌍관(諧義雙關)과 차유(借喩) 구성의 다른 조건이다.

다음으로, 위아래 언어 환경 속에서 또한 해의쌍관(諧義雙關)과 차유(借喩)는 매우 구분하기 쉽다. 이렇게 말할 수 있는데, 대체로 해의쌍관은 모두 겉과 속, 두 층의 함의(含義)가 있으며, 표면적인 뜻은 그 다음으로 중요한 것이다. 작자가 정말로 말하고 싶은 것은 표면적인 뜻에 감추어진 또 다른 뜻이다. 그리고 독자들이 표면적인 뜻과 말 밖의 뜻을 구분할 수 있게 하려면 반드시 먼저 하나의 언어 조건을 만들어야 한다. 단지 독자가 세심히 깨닫기만 한다면 이 '언어 조건'으로부터 해의쌍관의 두 겹의 뜻(다중多重의 뜻)을 변별해내기는 매우 쉽다. 예를 들어 앞에서 제기한 '황벽나무 만리 길, 길의 쓴 맛 정말 끝이 없네(黃蘗萬里路, 道苦眞無極)' 같은 이런 구절에서 '황벽나무 만리 길(黃蘗萬里路)'은 바로 '도(道)'의 쌍관(雙關) 조건이며, 같은 이치로 '멀리 천 폭의 돛을 바라보며(遙見千幅帆)'는 바로 '풍류(風流)'의 쌍관 조건이다. 여기까지 말하고 앞으로 되돌아서 우리들이 다시 한 번 생각해보면, 치유(借喩)도 이러한 특수한 조건을 갖추고 있는가? 없는가? 분명히 없다. 그러므로 우리들은 해의쌍관(諧義雙關)과 차유(借喩)는 근본적으로 다른 두 종류의 수사 방식이라고 말한다.

<1> 반어란?

'반어'란 본래의 뜻과 상반되는 단어나 구절을 사용하여 본래의 뜻을 나타
내는 수사 방식을 가리킨다. 다시 말하면, '반어'는 통상적으로 말하는 '반대
로 말하다'이다. 예를 들면,

① 許身一何愚, 스스로를 자부함이 어찌 그리도 어리석었나,
　竊比稷與契.[269] 슬그머니 직(稷)과 설(契)에 견주었네.

　(두보杜甫 <수도 장안長安에서 봉선현奉先縣으로 가며 감회를 읊은 500자(自京赴
　奉先縣詠懷五百字)>)

② 取笑同學翁, 함께 공부한 노인들의 웃음거리 되지만,
　浩歌彌激烈. 큰 소리로 노래하며 더욱 격렬하네.

　(두보杜甫 <수도 장안長安에서 봉선현奉先縣으로 가며 감회를 읊은 500자(自京赴
　奉先縣詠懷五百字)>)

③ 河南長吏言憂農, 하남(河南)의 수령이 농사를 걱정한다고 말하면서,

269　稷(직): 후직(后稷). 주(周)나라의 조상. 契(설): 상(商)나라의 조상.

課人晝夜捕蝗蟲. 사람들에게 밤낮으로 메뚜기를 잡는 일을 부과했네.

(백거이白居易 <메뚜기를 잡다(捕蝗)>)

④ 莫讀書, 책을 읽지 말라!
  莫讀書, 책을 읽지 말라!
  惠施五車今何如? 혜시(惠施)의 다섯 수레의 책이 지금은 무슨 소용이
             있는가?

(악뢰발樂雷發 <오오 소리 지르는 노래烏烏歌>)

예시 ①에서, '스스로를 자부함이 어찌 그리도 어리석었나(許身一何愚)'의
'우(愚)'는 표면적인 뜻은 '어리석다', '우둔하다'이지만 실제로는 반어이다.
'스스로를 자부함이 어찌 그리도 어리석었나, 슬그머니 직(稷)과 설(契)에 견
주었네(許身一何愚, 竊比稷與契)' 이 두 구절은 두보(杜甫)가 자신의 젊었을 때의
회포를 돌아보는 것이다. 스스로 '직(稷)과 설(契)'이라 자처한 것을 표면상으
로는 두보가 '스스로를 자부함(許身)'의 '어리석음(愚)'을 자책하지만, 실제로
는 그가 나라를 걱정하고 백성을 걱정하는 원대한 포부와 강렬한 사회적
책임감을 표현하였다.
예시 ②의 '함께 공부한 노인들의 웃음거리 되지만(取笑同學翁)'에서 '함께
공부한 노인들(同學翁)' 또한 반어이다. 이 두 시구 위의 두 구절은 "한 해가
다하도록 백성들을 걱정하며, 탄식하느라 창자 안이 뜨겁네(窮年憂黎元, 歎息腸
內熱)"이다. 이것은 대시인 두보가 설사 곤경에 처해있을지라도 여전히 국가
와 백성들의 앞날을 걱정한다는 것을 말해준다. 그러나 두보의 이러한 숭고
한 사상을 '땅강아지와 개미 무리(螻蟻輩)'들이 이해하지 못할 뿐만 아니라
'함께 공부한 노인들(同學翁)' 또한 그를 비웃으려 한다. '함께 공부한 노인들'
은 두보의 동년배들을 가리킨다. '옹(翁)'은 본래 노년의 남자를 가리키는

존칭이지만, 여기에서의 사용은 분명히 풍자적 의미를 가지고 있다. 사람이 늙으면서 경험이 많으면 본래는 마땅히 사리를 통달하여야 하는데, 이 '함께 공부한 노인들'은 도리어 두보를 비웃으려 하니, 이것은 슬픈 일이 아니겠는 가?

예시 ③의 '하남(河南)의 수령이 농사를 걱정한다고 말하면서(河南長吏言憂農)'에서 이 '우(憂)'자 역시 반어이며, 강렬한 풍자의 의미를 포함하고 있다. ≪구당서(舊唐書)·덕종기(德宗紀)≫의 기록에 따르면,

> 흥원(興元) 원년, 이 해 가을에 메뚜기 떼가 들을 덮어 초목이 남아나지 못했다. 정원(貞元) 원년 4월, 관동(關東)에 큰 기근이 들어 세금이 걷히지 않아, 이에 나랏돈이 더욱 궁핍해지고, 관중(關中)의 굶주린 백성들은 메뚜기를 삶아 먹었다. 계묘(癸卯) 5월에 조정의 신하들에게 명하여 여러 신들에 기도를 올려 비를 청하도록 하였다. 메뚜기가 바다로부터 와서 날아다니며 하늘을 덮고, 매번 내려앉을 때마다 초목과 짐승의 털들이 남아나지 않았다. 곡물의 가격이 뛰어올랐다. 7월 관중에서 메뚜기가 초목을 모두 먹어 없앴다.[270]

고 하였다. 이 사료의 기록을 보면, 메뚜기 재해가 이토록 심각한데, 굶주린 백성으로 하여금 밤낮으로 메뚜기를 잡게 하니, 이것은 애초에 불가능한 일임을 어렵지 않게 알 수 있다. 바로 이것이 불가능하기 때문에 '하남(河南)의 수령이 농사를 걱정한다고 말하면서(河南長吏言憂農)'의 '걱정한다(憂)'는 것 또한 거짓이다. 옛날서부터 천재(天災)와 인재(人災)는 종종 연이어 일어난다. 시인은 재앙을 다스리는 근본으로는 '선정(善政)'이 있어야 된다고 생각하여,

---

270 "興元元年, 是秋, 蝗蝗蔽野, 草木無遺. 貞元元年四月, 關東大饑, 賦調不入, 由是國用益窘, 關中饑民蒸蝗蟲而食之. 五月癸卯, 分命朝臣禱群神以祈雨. 蝗自海而至, 飛蔽天, 每下則草木及畜毛無復子遺, 穀價騰踴. 七月, 關中蝗食草木都盡."

"내가 듣기에, 옛적의 훌륭한 관리들은 선정을 하였는데, 선정을 베풀어 메뚜기를 내쫓아 메뚜기가 그 지방의 경계 밖으로 나갔었네. 또 듣자하니, 정관(貞觀) 초에 왕도(王道)가 홍성하려 할 때에, 태종(太宗) 황제께서 하늘을 우러러 쳐다보며 메뚜기를 하나 삼켰다네. 한 사람이 기쁘고 즐거운 일이 생길 조짐이 있고 백성들이 의지하면, 이 해에는 비록 메뚜기라도 해를 끼치는 일을 하지 않네."[271]라고 말했다.

예시 ④의 이 구절은 앞에서 나온 적이 있는데, 역시 전형적인 반어의 예이다. 이른바 '책을 읽지 말라! 책을 읽지 말라!(莫讀書, 莫讀書)'라고 하는 것은 결코 정말로 독서가 쓸모없다는 것은 아니며, 시인은 단지 국가가 위태로운 결정적인 시기에 도학가(道學家)를 대표로 하는 한 무더기의 서생들이 정말로 전혀 쓸모없음을 개탄하는 것이다. 그런데 이 구절은 반어의 형식으로 나타냄으로써 더욱 힘이 있다. 왜냐하면 반어가 사람에게 주는 감각은 언제나 역반응 심리인데, 역반응 심리는 비정상적이며, 비정상적인 것은 사람들의 각별한 관심을 불러일으키게 되며, 그러므로 반어 수사 방식을 잘 사용하면, 아주 좋은 수사 효과를 거둘 수도 있다.

총체적으로 살펴보면, 반어는 고대시가에서 아주 많이 사용되는 것은 아닌데, 이것은 대체로 표현하는 내용의 제한을 받기 때문이다. 유협(劉勰)이 말하기를, "깊이 있는 글은 은근히 아름다우며, 남아도는 맛을 곡진하게 내포한다."[272](≪문심조룡(文心雕龍)·은수(隱秀)≫)라고 하였는데, 반어의 응용은 시의 언어를 더욱 함축적이면서 드러내지 않도록 하며, 여운이 넉넉하도록 만든다. 그러나 이 수사 수법은 종종 풍자(諷刺)와 함께 연계되기 때문에 시인들은 사용할 적에 각별히 신중하게 한다.

---

271 "我聞古之良吏有善政, 以政驅蝗蝗出境. 又聞貞觀之初道欲昌, 文皇仰天呑一蝗. 一人有慶兆民賴, 是歲雖蝗不爲害."
272 "深文隱蔚, 餘味曲包."

<2> 반어의 기본 유형

반어의 수사적 작용에 근거하여, 그 주요한 기본 유형은 두 종류가 있는데, 하나는 '풍자적 반어'이고, 두 번째는 '완곡한 반어'이다. 아래에서 나누어서 서술하기로 한다.

(1) 풍자적 반어

'풍자적 반어'는 바로 풍자적인 의미를 가지고 있는 반어이다. 예를 들면,

> ① 擧秀才, 수재(秀才)로 뽑았더니,
>
> 不知書. 글을 모르네.
>
> 察孝廉, 효렴(孝廉)으로 뽑았더니,
>
> 父別居. 아버지가 따로 떨어져서 사네.
>
> 寒素淸白濁如泥, 청빈하고 청렴결백하다더니 진흙 같이 흐리고,
>
> 高第良將怯如雞. 세력 집안의 훌륭한 장수라더니 닭 같이 겁 많네.
>
> (무명씨無名氏 <수재秀才로 뽑았더니(擧秀才)>)

> ② 府吏謂新婦, 여강부(廬江府)의 관리 초중경(焦仲卿)이 신부로 가는 유란
>
> 　　　　　　　지(劉蘭芝)에게 말했네,
>
> 賀卿得高遷. "그대가 높은 곳으로 시집감을 축하하오."
>
> (무명씨無名氏 <초중경焦仲卿의 아내(焦仲卿妻)>)

> ③ 太行之路能摧車, 태행산(太行山) 가는 길은 수레를 부술 수 있다지만,

若比君心是坦途. 그대 마음에 비하면 평탄한 길이네.

巫峽之水能覆舟, 무협(巫峽)의 물은 배를 뒤집을 수 있다지만,

若比君心是安流. 그대 마음에 비하면 편안한 물 흐름이네.

(백거이白居易 <태행산太行山 가는 길(太行路)>)

　　예시 ①의 이 동요는 갈홍(葛洪)의 ≪포박자(抱樸子)·심거(審擧)≫에 보이는데, 시의 제목은 본서에서 뒤에 붙인 것이다. 시의 내용은 한대(漢代)의 환제(桓帝), 영제(靈帝) 때의 관리 선발 제도를 풍자한 것이다. 소위 '수재(秀才)', '효렴(孝廉)' 등등은 모두 당시의 과거 채용의 과목이다. '수재'는 글재주가 뛰어난 사람을 가리키며, '효렴'은 인품과 품성이 출중한 사람을 가리킨다. 그러나 이 시가 나타내는 내용은 강렬한 풍자적 의미를 분명히 가지고 있다. '수재로 뽑았더니, 글을 모르네(擧秀才, 不知書)'는 '수재'로 추천 받아 뽑힌 사람이 오히려 글을 모른다고 말하였고, '효렴으로 뽑았더니, 아버지가 따로 떨어져서 사네(察孝廉, 父別居)'는 '효렴(孝廉. 효성스럽고 청렴함)'으로 뽑힌 사람이 오히려 부모를 내버려 두고 돌보지 않는다고 말하였으며, '청빈하고 청렴 결백하다더니 진흙 같이 흐리고, 세력 집안의 훌륭한 장수라더니 닭 같이 겁이 많네(寒素淸白濁如泥, 高第良將怯如雞)'는 가난한 집안에서 추천받은 '청백(淸白. 청렴결백)'한 사람이 오히려 진흙처럼 혼탁하고, 높은 가문 명문대가에서 추천받은 '양장(良將. 훌륭한 장수)'은 오히려 닭처럼 겁쟁이라고 말하였다. 시인은 바로 이러한 풍자적 반어들을 통하여, 동한(東漢) 시대에 세력 있는 집안과 귀족들이 좌지우지하였던 관리 선발 제도의 허위성과 부패성을 비교적 철저하게 폭로하였으며, 이로부터 우리들은 반어 수사 방식의 훌륭한 작용 또한 어렵지 않게 이해할 수 있다.

　　예시 ②의 '여강부(廬江府)의 관리 초중경(焦仲卿)이 신부로 가는 유란지(劉蘭芝)에게 말했네, "그대가 높은 곳으로 시집감을 축하하오"(府吏謂新婦, 賀卿得高

遷)'에서 이 '고천(高遷. 높은 곳으로 옮기다)' 또한 반어이다. 초중경(焦仲卿)은
유씨(劉氏)가 그와 헤어진 뒤, 어머니와 오빠로부터 핍박을 받아 다시 태수(太
守)의 '다섯 째 아들(第五郎)'에게 시집간다는 것을 알게 되었을 때, 유씨가
약속을 어기고 마음이 변했다고 생각하고, '그대가 높은 곳으로 시집감을
축하하오(賀卿得高遷)'라는 말을 했다. 이 반어의 사용은 유씨를 풍자하기 위해
서라기보다는 오히려 초중경의 고통스러운 마음을 표현하기 위해서라고 말
하는 것이 낫겠다.

예시 ③의 '태행산(太行山) 가는 길은 수레를 부술 수 있다지만, 그대 마음에
비하면 평탄한 길이네. 무협(巫峽)의 물은 배를 뒤집을 수 있다지만, 그대
마음에 비하면 편안한 물 흐름이네(太行之路能摧車, 若比人心是坦途; 巫峽之水能覆
舟, 若比人心是安流)'에서의 '평탄한 길(坦途)'과 '편안한 물 흐름(安流)' 또한 모두
반어이다. 당(唐) 헌종(憲宗) 원화(元和) 4년(809년), 시인 백거이(白居易)가 좌습
유(左拾遺)를 맡고 있을 때 저명한 신악부(新樂府) 50수를 썼는데 통틀어 9,252
자이며, 이 <태행산太行山 가는 길(太行路)>이 바로 그 중의 하나이다. 이 50수
의 시는 각 편마다 시대적인 폐단을 정확하게 지적해냈다고 할 수 있다.
백거이는 말하기를, "그 표현은 질박하고도 곧게 하여, 그것을 보는 사람이
쉽게 깨닫게 하고자 했고, 그 시어는 솔직하고 절실하게 하여, 그것을 듣는
사람이 깊이 경계하도록 하고자 했으며, 그 사실은 실상에 근거하고 사실적
으로 하여, 그것을 채집하는 사람이 믿고 전하도록 하였고, 그 체제는 순탄하
면서 거리낌이 없게 하여, 악장과 가곡으로 전파될 수 있게 하고자 했다.
요컨대, 군주를 위하고, 신하를 위하며, 백성을 위하고, 사물을 위하며, 사실
을 위하여 지은 것이지, 글을 위해 지은 것은 아니다."²⁷³(<신악부서(新樂府序)>)

---

273 "其辭質而徑, 欲見之者易諭也; 其言直而切, 欲聞之者深誡也; 其事核而實, 使采之者傳信也; 其
體順而肆, 可以播於樂章歌曲也. 總而言之, 爲君、爲臣、爲民、爲物、爲事而作, 不爲文而作
也."

라고 했다. 이 말로부터 우리는 백거이가 신악부를 지은 목적을 충분히 알 수 있다. <태행산太行山 가는 길(太行路)> 시에서 시인은 스스로 주를 달아, "부부의 일을 빌려 임금과 신하의 관계가 좋게 끝나지 않음을 풍자한다."[274] 라고 하였는데, 이 때문에 어떤 사람은 이 시를 지은 것은 아마도 당 헌종이 백거이의 불손함에 노하여서 한림학사(翰林學士)에서 그를 내쫓으려 한 일과 관련 있다고 생각하고 있다. 부부로 군신을 비유하는 것은 굴원(屈原)의 <근심스러운 곳을 떠나며(離騷)>에서 이미 시작되었다. 태행산(太行山)의 산길은 험난하지만 '그대의 마음(君心)'과 비교하면 '평탄한 길(坦途)'로 볼 수밖에 없다. 무협(巫峽)의 물은 깊고 험하며 물살이 급하지만 '그대의 마음'과 비교하면 '편안한 물 흐름(安流)'으로 볼 수밖에 없다. 그래서 시인은 말하기를, "인생길 험난하기가 산보다 힘들고 물보다 험하네. 오직 남편과 아내 사이만 그런 것이 아니라 근래의 임금과 신하 관계도 또한 이와 같다네."[275](<태행산太行山 가는 길(太行路)>)라고 하였는데, 시인은 바로 '평탄한 길(坦途)', '편안한 물 흐름(安流)'과 같은 이런 풍자적 반어들을 빌려, 권술을 잘 부리고 속마음을 헤아리기 어려운 제왕의 내심 세계를 명명백백하게 드러내어 보였다.

이상의 분석에서 알 수 있듯이, 한 단어가 반어인지 아닌지를 판단할 적에, 마땅히 위아래 언어 환경 및 창작 배경의 분석에 주의하여야 하고, 작가가 사용한 이러한 말들에 숨겨진 뜻에 주의해야 한다.

(2) 완곡한 반어

'완곡한 반어'란 완곡한 어기(語氣)를 가진 반어이다. '완곡한 반어'는 '풍자

---

274 "借夫婦以諷君臣之不終也."

275 "行路難, 難於山, 險於水, 不獨人家夫與妻, 近代君臣亦如此."

적 반어'와 서로 다른데, 풍자력(諷刺力)과 판단력을 가지고 있지 않고, 단지 표현 방식에서 완곡한 표현을 사용하며, 본래의 뜻을 직접적으로 서술하지는 않는다. 예를 들면,

① 常善粥者心, 죽을 주는 사람의 마음 늘 좋게 여기고,
　深念蒙袂非. 소매로 얼굴 가린 행동 옳지 않음 깊이 생각했네.
　(도연명陶淵明 <느낀 바가 있어 짓다(有會而作)>)

② 開荒南野際, 남쪽 들판 가의 황무지 개간하며,
　守拙歸園田. 우둔한 천성이나 지키려고 전원으로 돌아왔네.
　(도연명陶淵明 <전원의 집으로 돌아와(歸園田居)> 제1수)

③ 曲直吾不知, 굽고 곧은 것은 나는 알지 못하며,
　負暄候樵牧. 햇볕 쬐며 나무꾼과 목동 돌아오길 기다리네.
　(두보杜甫 <감회를 적으며 2수(寫懷二首)> 제1수)

④ 杜陵有布衣, 두릉(杜陵)에 베옷 입은 사람 있는데,
　老大意轉拙. 늙어 갈수록 생각이 졸렬해지네.
　(두보杜甫 <수도 장안長安에서 봉선현奉先縣으로 가며 감회를 읊은 500자(自京赴奉先縣詠懷五百字)>)

예시 ①의 '죽을 주는 사람의 마음 늘 좋게 여기고(常善粥者心)' 두 구절 모두 반어이다. 예시 ①의 두 구절은 전고의 인용이다. ≪예기(禮記)·단궁(檀弓) 하(下)≫에서 말하기를, "제(齊)나라에 큰 흉년이 들어, 검오(黔敖)는 길에서 음식을 만들어 굶주린 사람들을 기다렸다가 그들에게 먹였다. 굶주린 사람이

있어, 소매로 얼굴을 가리고 신발을 끌면서 무턱대고 걸어왔다. 검오는 왼손에 먹을 것을 들고, 오른손에 마실 것을 들고 말했다. '어이, 와서 먹어!' 그 사람이 눈을 치켜들고 보면서 말하기를, '나는 어이, 와서 먹어! 하면서 주는 음식을 먹지 않아 이 지경에 이르렀소'라고 하였다. 검오가 따라가며 사과를 하였다. 그 사람은 끝내 먹지 않고 죽었다."[276]고 하였다. '죽을 주는 사람의 마음 늘 좋게 여기고, 소매로 얼굴 가린 행동 옳지 않음 깊이 생각했네(常善粥者心, 深念蒙袂非)' 두 구절의 표면적 의미는, 나는 항상 베푸는 사람의 마음씨가 선량하다고 느끼고, 동시에 또 '소매로 얼굴을 가리고 신발을 끌면서 걸어온(蒙袂輯屨)' 그 굶주린 자가 '어이, 와서 먹어(嗟來之食)'라고 말하는 것을 거절하는 것은 옳지 않다고 느낀다는 것이다. 도연명(陶淵明)은 중국 고대의 위대한 시인 중의 한 사람으로, 그의 시는 고상한 정서를 표현하고 있다. 도연명은 어두운 사회와 협력하려 하지 않았기 때문에 비로소 오랫동안 몸소 농사를 지으며 은거생활을 하기로 결심했다. 이를 미루어 생각해보면 알 수 있는데, 도연명의 사상에 의하면, '죽을 주는 사람(粥者)'은 선량하고, '굶주린 사람(餓者)'은 틀리다고 말하는 것은 이치에 맞지 않다는 것이다. 그러므로 '죽을 주는 사람의 마음 늘 좋게 여기고(常善粥者心)'의 두 구절은 실제로는 모두 반어이다.

예시 ②의 '우둔한 천성이나 지키려고 전원으로 돌아왔네(守拙歸園田)' 구절의 '우둔한 천성이나 지키려고(守拙)' 또한 반어이다. '우둔한 천성이나 지키려고'는 표면적으로는 어리석은 성격을 지킨다는 것을 말하고 있으나 실제로는 자신의 아름다운 정조를 고수하며 혼탁한 관료사회의 삶에 발을 들여놓고 싶지 않다는 것을 말하고 있다.

---

276 "齊大饑, 黔敖爲食於路, 以待餓者而食之. 有餓者蒙袂輯屨, 貿貿然來. 黔敖左奉食, 右執飲, 曰: '嗟, 來食!' 揚其目而視之, 曰: '予唯不食嗟來之食, 以至於斯也.' 從而謝焉. 終不食而死."

예시 ③의 '굽고 곧은 것은 나는 알지 못하며(曲直吾不知)' 구절도 분명히 반어이다. 만약 우리가 두보(杜甫)는 굽고 곧은 것을 모른다고 여긴다면, 그것은 분명히 이치에 맞지 않는 것이다.

예시 ④의 '늙어 갈수록 생각이 졸렬해지네(老大意轉拙)' 구절의 '졸렬해지네(轉拙)'도 반어이다. '졸렬해지네'는 표면적으로는 두보가 자신은 나이가 많아지면서 오히려 사리를 제대로 잘 이해하지 못한다고 말하고 있으나, 놀랍게도 "슬그머니 직(稷)과 설(契)에 견주었네(竊比稷與契)"라고 말하고 있으니, 이것은 매우 '어리석고 졸렬(愚拙)'한 것이 아니겠는가? 실제로는 두보가 말하는 것은, 자신은 살면 살수록 더욱 완강해지고, 갈수록 더욱 국가의 운명에 관심을 갖고 있다는 것이다.

<3> 반어와 은어(隱語)

반어와 은어는 두 가지 서로 다른 수사 방식이다. 반어와 은어는 비록 모두 본뜻을 직접적으로 서술하지는 않지만 양자 모두 명확한 구별이 있는데, 반어는 역설적으로 말하거나 혹은 고의적으로 자기 생각과 반대되게 하는 말을 하며, 은어는 이러한 표현 특징이 없다. 은어에는 많은 종류가 있는데 그 중의 꺼려서 감추는 종류는 반어와 서로 혼돈되기가 쉬우니, 특별히 제시하면서 한 번 변별해 보기로 한다. 예를 들면,

① 歡作沉水香, 당신은 침수향(沈水香)이고,
   儂作博山爐. 나는 박산로(博山爐)입니다.

   (무명씨無名氏 <곡조를 낭송하는 노래(讀曲歌)>)

② 楊花雪落覆白蘋, 버들개지가 눈처럼 떨어져 하얀 개구리밥을 덮고,

青鳥飛去銜紅巾. 파랑새는 날아가며 붉은 수건을 물고 있네.

(두보杜甫 <미인의 노래(麗人行)>)

③ 漢皇重色思傾國, 한(漢)나라 황제가 여색을 좋아하여 절세의 미인을

찾았으나,

御宇多年求不得. 천하를 다스린 지 여러 해 되어도 구하지 못했네.

(백거이白居易 <기나긴 한의 노래(長恨歌)>)

④ 欲塡溝壑惟疏放,[277] 죽어 도랑에 묻히려 하는데도 오로지 제멋대로

행동하니,

自笑狂夫老更狂. 혼자서 웃노라 미친 사내는 늙을수록 더욱 미친 짓

하네.

(두보杜甫 <미친 사내(狂夫)>)

예시 ①~④는 모두 은어이다.

예시 ①의 두 구절은 비유의 형식을 통하여 청춘 남녀의 밀회와 환합(歡合)의
정황을 아주 은밀히 말하고 있다. '침수향(沉水香)'은 '침향(沉香)'이라고도 하는
데 향나무의 한 종류이며, 향로 안에 넣어 태우면 그 연기가 아주 향기롭다.

예시 ②의 두 구 역시 모두 은어이다. '버들개지가 눈처럼 떨어져 하얀
개구리밥을 덮고(楊花雪落覆白蘋)' 구절은 표면상으로는 경물을 묘사하지만,
실제로는 양국충(楊國忠)이 그의 사촌 누이동생 괵국부인(虢國夫人)과 간통한
추행(醜行)을 폭로하였는데, '버들개지(楊花)'로 해음쌍관(諧音雙關)을 통하여

---

277 疏放(소방): 구애받지 않고 자유롭다.

양씨(楊氏) 남매를 나타내었으며, '하얀 개구리밥을 덮고(覆白蘋)'라는 말로 남매의 추악한 결합을 비유하였다. 옛말에 의하면, 버들개지가 물에 들어가면 부평초(浮萍草)가 된다고 하는데, 그러므로 '버들개지(楊花)'와 '개구리밥(蘋)'은 비록 두 가지 사물이지만 실제로는 하나이기에, 시인은 버들개지(楊花)와 개구리밥(蘋)으로 비유하였다.

'파랑새는 날아가며 붉은 수건을 물고 있네(靑鳥飛去銜紅巾)' 구절 역시 양국충과 괵국부인의 오고가는 관계를 은근히 비유한 것이다. '파랑새(靑鳥)'는 신화전설에서 서왕모(西王母)의 사자(使者)이며, 그래서 시 속의 '파랑새(靑鳥)'는 실제로 '홍랑(紅娘)'[278]의 역할을 한다.

이 외에도 수법이 아주 뛰어난 것은 이 두 구절의 시가 역사에 나오는 북위(北魏)의 호태후(胡太后)가 양백화(楊白花)를 핍박하여 간통한 이야기를 또한 암암리에 인용하고 있다는 점이다. 양씨는 화를 입을까 무서워 도망가서 양화(楊華)로 개명하였다. 호태후는 그를 대단히 간절하게 그리워하며 <양백화 노래(楊白花歌)>를 지었는데, "가을에 가고 봄에 오는 한 쌍의 제비야, 원컨대 버들개지(楊花)를 물고 보금자리 안으로 들어와 주려무나(秋去春來雙燕子, 願銜楊花入窠裏)"라고 하였다.

예시 ③의 '한(漢)나라 황제가 여색을 좋아하여 절세의 미인을 찾았으나(漢皇重色思傾國)'의 '한(漢)나라 황제(漢皇)'는 당(唐) 현종(玄宗)을 은근히 가리키는 데 드러내 놓고 말하기 어려운 점이 있다.

예시 ④의 '죽어 도랑에 묻히려 하는데도 오로지 제멋대로 행동하니(欲塡溝壑惟疏放)'의 '도랑을 메우다(塡溝壑)' 역시 은어이다. 여기서는 드러내놓고 '사(死, 죽다)'자를 말하기 원치 않기 때문에 '도랑을 메우다(塡溝壑)'로 대신하였다.

---

278 [역자주] 남녀 간의 사랑을 맺어주는 여자, 중매쟁이.

이상의 분석에서 알 수 있듯이, 이른바 '은어(隱語)'라는 것 또한 표현상 완곡하고 은근하게 말하는 법으로 바꾸는 것인데, 이것은 역설적으로 말하거나 혹은 고의적으로 자기 생각과 반대되게 하는 말을 하는 문제와는 관련되지 않는다. '은어'의 실질은 꺼려서 감추는 이야기에 대해 말하는 법을 바꾸는 것이니, 이것은 '반어'와는 다른 것이다.

<1> 영친이란?

주체적인 인물이나 사물을 돋보이게 하기 위해 객체적 인물이나 혹은 사물로 돋보이게 하는 수사 방식을 '영친'이라고 부른다. 예를 들어,

① 日出東南隅, 해가 동남쪽에서 떠서,
　照我秦氏樓. 우리 진씨(秦氏)네 누각을 비추네.
　秦氏有好女, 진씨 집에 어여쁜 딸이 있는데,
　自名爲羅敷. 이름을 나부(羅敷)라 하네.
　羅敷喜蠶桑, 나부는 누에 치고 뽕잎 따기 좋아하는데,
　采桑城南隅. 뽕잎 따러 성 남쪽에 갔네.
　青絲爲籠系, 푸른 실로 바구니 끈 만들고,
　桂枝爲籠鉤. 계수나무 가지로 바구니 만들었네.
　頭上倭墮髻, 머리에는 기울어져 떨어질 듯 묶은 머리 하고,
　耳中明月珠. 귀에는 명월주 달려 있네.
　緗綺爲下裙, 담황색 비단으로 아래치마 만들고,
　紫綺爲上襦. 자줏빛 비단 윗저고리 만들었네.
　行者見羅敷 길 가던 사람들은 나부를 보고는,
　下擔捋髭須. 짐 내려놓고 수염 쓰다듬네.

少年見羅敷, 젊은이들은 나부를 보고는,

脫帽著帩(qiào)頭.[279] 모자를 벗고 두건을 다시 쓰네.

耕者忘其犂, 밭 갈던 사람은 쟁기질을 잊고,

鋤者忘其鋤. 김 매던 사람은 호미질을 잊네.

來歸相怒怨, 집에 돌아와서는 화내고 원망하는데,

但坐觀羅敷.[280] 단지 나부를 보았기 때문이라네.

(무명씨無名氏 <길가의 뽕나무(陌上桑)>)

예시 ①의 <길가의 뽕나무(陌上桑)>는 고대의 매우 유명한 서사시이다. 시의 주제는 한 아름다운 여자가 '태수(使君)'의 희롱을 거절하고 애정에 충실하며, 권세 있고 지위 높은 사람을 가벼이 보는 반항 정신을 칭송하는 것이다. <길가의 뽕나무>는 모두 세 단락(章)이고, 여기서는 그중의 한 단락만 발췌하여 인용하였다. 이 단락의 중점은 나부(羅敷)라는 여인이 얼마나 아름다운지를 묘사하는 것이지만, 시에서 사용하는 수법이 같지 않다. '머리에는 기울어져 떨어질 듯 묶은 머리 하고, 귀에는 명월주 달려 있네. 담황색 비단으로 아래치마 만들고, 자줏빛 비단 윗저고리 만들었네(頭上倭墮髻, 耳中明月珠. 緗綺爲下裙, 紫綺爲上襦)'라고 하였는데, 이것은 의복과 장신구의 각도에서 나부의 아름다움을 묘사한 것이다. '길 가던 사람들은 나부를 보고는(行者見羅敷)' 이하는 '길 가는 사람(行者)', '젊은이(少年)', '밭가는 사람(耕者)', '김매는 사람(鋤者)' 등의 인물들의 각도에서 나부의 아름다움을 묘사한 것이다. 사람의 아름다움은 용모와 몸매, 이 두 부분을 떠나서 말할 수 없지만, 작자는 이쪽에서부터 붓을 대지 않고, 의복과 장신구 및 제삼자의 각도에서 묘사했는데, 이것이

---

279 帩頭(초두): 남자의 머리카락을 묶는 두건(頭巾).

280 但坐(단좌): 단지 …… 때문이다.

바로 객체를 이용하여 주체를 돋보이게 보이게 하는 작법이다. 이러한 작법은 아주 훌륭하며, 판에 박힌 느낌이 하나도 없다. 만약 시 전체의 각도에서 보면 첫 번째 단락은 또 둘째, 셋째 단락을 위해 역할을 하나 하는 것이기도 하므로, 이 또한 돋보이게 하는 것이다. 또 예를 들면,

② 黃雲城邊烏欲棲, 누른 구름 낀 성 가의 까마귀 깃들려 하여,
　 歸飛啞啞枝上啼. 돌아와 날며 까악까악 나뭇가지 위에서 우네.
　 機中織錦秦川女, 베틀에서 비단 짜는 진천(秦川)의 여인,
　 碧紗如烟隔窗語. 안개 낀 것 같은 푸른 비단 창 너머로 말을 하네.
　 停梭悵然憶遠人, 북을 멈추고 슬퍼하며 멀리 떠난 사람 그리워하니,
　 獨宿孤房淚如雨. 홀로 자는 외로운 방에 눈물만 비 오듯 흐르네.

　 (이백李白 <까마귀 밤에 울다(烏夜啼)>)

③ 回樂峰前沙似雪, 회락봉(回樂峰) 앞의 모래는 눈과 같고,
　 受降城外月如霜. 수항성(受降城) 밖의 달빛은 서리 같네.
　 不知何處吹蘆管, 모르겠네, 어디서 부는 갈대피리인가,
　 一夜征人盡望鄕. 온밤 내내 병사들 모두 고향을 바라보네.

　 (이익李益 <밤에 수항성受降城에서 피리 소리를 듣다(夜上受降城聞笛)>)

예시 ②의 '누른 구름 낀 성 가의 까마귀 깃들려 하여, 돌아와 날며 까악까악 나뭇가지 위에서 우네(黃雲城邊烏欲棲, 歸飛啞啞枝上啼)'는 돌아온 까마귀가 까악까악 우는 것으로 '베틀에서 비단 짜는 진천(秦川)의 여인(機中織錦秦川女)'의 '홀로 자는 외로운 방에 눈물만 비 오듯 흐르네(獨宿空房淚如雨)'라고 하는 쓸쓸하고 애달픈 심정과 남편에 대한 끝없는 그리움을 두드러지게 돋보이게 드러내었다.

예시 ③의 <밤에 수항성受降城에서 피리 소리를 듣다(夜上受降城聞笛)>는 변경을 지키고 있는 병사들이 전쟁을 싫어하고 고향을 그리워하는 것을 묘사하는 시이다. 이 시의 맨 처음 두 구절은 풍경을 묘사하였는데, 처량한 달빛을 묘사하고 달빛 아래의 모래땅을 묘사하여 사람들에게 주는 감각은 냉혹한 것이며 조금의 따뜻함도 느껴지지 않는다. 그러나 만약 우리가 시 전체를 연결해서 보면 우리들은 알 수 있는데, 이런 분위기를 만들고 환경을 묘사하는 것은 모두 '모르겠네, 어디서 부는 갈대피리인가, 온밤 내내 병사들 모두 고향을 바라보네(不知何處吹蘆管, 一夜征人盡望鄉)'를 나타내기 위해서이다. '모르겠네, 어디서 부는 갈대피리인가(知何處吹蘆管)'라는 구절은 고요한 가운데 움직임이 있는데, 처량하고 적막한 밤에 갈대피리 부는 소리가 들려와서 쓸쓸하고 괴롭고 슬프고 처량함이 더욱 두드러지게 느껴진다. 이어서 '온밤 내내 병사들 모두 고향을 바라보네(一夜征人盡望鄉)'라는 구절은 시의 주체를 나타낸 구이다. 이 구절이 묘사한 것은 감정이다. 달빛은 처량하고 악기 소리는 마음을 자극하니 고향에서 멀리 떨어져 있는 황량한 사막에서 병사들이 어찌 고향을 그리워하는 마음이 생겨나지 않을 수 있겠는가? 이 시의 앞의 세 구절은 모두 마지막 한 구절을 위해 지어진 것이다.

'영친(映襯)'은 고대시가에서 매우 보편적으로 사용되는 수사 방식 중의 하나이다. 영친의 주요 수사적 작용은 객체적 인물이나 사물을 돋보이게 함을 통해 주체적 성격의 인물이나 사물을 더욱 돋보이게 하는 데에 있다. 이것은 시가 주제의 표현을 강화시키는 데에 아주 유용하다. 옛말에 이르길, '좋은 꽃도 푸른 잎이 받쳐줘야 한다'고 하였다. 푸른 잎의 받쳐주기가 없으면 꽃이 예쁘더라도 외롭게 보인다. 시를 쓰는 것도 마찬가지인데, 모든 시구들이 다 똑같이 힘을 써야 하는 것은 아니고, 그 중에도 주된 것과 부차적인 것이 있는 법이다. 청(淸)나라 사람 왕부지(王夫之)는 다음과 같이 말했다. "당(唐)나라 사람의 <젊은이의 노래(少年行)>에서 '황금 장식 안장의 백마를 타고 무황제(武皇帝)를 따라, 십만 깃발의 군사가 장양궁(長陽宮)에서 사냥을 하네. 누각 위에서 젊은 부인이 쟁(箏)을 연주하며 앉아서, 날리는 먼지가 건장궁(建章宮)으로 들어감을 멀리서 보네'라고 하였다. 젊은 부인이 멀리서 바라보는 감정을 생각하면서, 바라던 바를 이룬 것을 자랑스러워하는데, 이것은 그림자를 골라 표현하기를 잘한 경우이다."281(≪강재시화(薑齋詩話)≫ 권1). 여기서 말하는 '당(唐)나라 사람'은 왕창령(王昌齡)을 가리킨다. 이 시는 '젊은 부인(少婦)'의 시각에서 그녀의 남편이 얼마나 지위가 높고 귀하며 용맹스러운가 하는 것을 묘사했는데, 이것이 바로 왕부지가 말한 '그림자를 골라 표현하는 (取影)' 수법이다. 주체 그 자체를 묘사하지 않고, 주체의 '그림자(影子)'를 골라 묘사하여, '그림자'로 주체를 드러내 보이니, 이것은 실제로는 '친탁(襯托)', 즉 다른 사물에 의하여 돋보이게 하는 것이다. 우리가 들었던 예시 ①은 실제로는 바로 '취영(取影)' 수법이다. 만약에 한 수의 시에 경치도 있고 감정도 있으면, 경치 묘사는 언제나 감정 묘사를 위해 역할을 한다. 그래서 왕부지가 또 말하길, "시가와 긴 문장을 막론하고 모두 '뜻(意)'을 위주로 하는데 '뜻(意)'은 마치 장군과 같다. 장군이 없는 병사는 오합지졸(烏合之卒), 즉 까마귀가 모인 것 같은 무리라고 부른다. …… 연기와 운무(雲霧), 샘물과 돌, 꽃과 새, 이끼와 숲, 황금 문고리와 비단 휘장 등등은 함축된 뜻을 덧붙이면 영묘(靈妙)해진다."282(≪강재시화≫ 권2)라고 하였다. 위에서 든 예시 ②와 ③은 이 문제를 충분히 설명할 수 있어, 여기서는 더 이상 분석하지 않기로 한다.

---

281 "唐人<少年行>云: '白馬金鞍從武皇, 旌旗十萬獵長陽. 樓頭少婦鳴箏坐, 遙見飛塵入建章.' 想知少婦遙望之情, 以自矜得意, 此善於取影者也."

282 "無論詩歌與長行文字, 俱以意爲主. 意猶帥也. 無帥之兵, 謂之烏合. …… 煙雲泉石, 花鳥苔林, 金鋪錦帳, 寓意則靈."

\<2\> 영친의 기본 유형

주체와 객체의 내용이 서로 비슷한지, 아니면 서로 반대되는가의 원칙에 근거하여 영친 수사법은 두 가지 유형으로 나눌 수 있는데, 하나는 '정친(正襯)'이고, 또 하나는 '반친(反襯)'이다. 아래에서 나누어서 서술하기로 한다.

(1) 정친(正襯)

'정친'은 바로 객체적 인물이나 사물이 정면에서 주체적 인물이나 사물을 돋보이게 하는 것이다. '정친'은 어떤 수사 서적에서는 '홍탁(烘托)', '방친(旁襯)' 등등으로 부른다. 시가 중의 '정친'은 세분하면 주로 두 가지 유형이 있는데, 하나는 인간사(人間事)로 돋보이게 하는 '인사친탁(人事襯托)'이고, 또 하나는 경물(景物)로 돋보이게 하는 '경물친탁(景物襯托)'이다.

인간사(人間事)로 돋보이게 하는 경우의 예로는 이를테면,

> ① 驅車上東門, 수레를 몰아 상동문(上東門)으로 가서,
> 遙望郭北墓. 멀리 성곽 북쪽의 묘지를 바라보네.
> 白楊何蕭蕭, 백양나무는 바람 불어 어쩌면 그리도 휙휙 소리를 내고,
> 松柏夾廣路. 소나무와 측백나무는 넓은 길을 끼고 있네.
> 下有陳死人, 그 아래에 오래 전에 죽은 사람들 있는데,
> 杳杳即長暮.[283] 캄캄하니 긴긴 밤 같으리라.
> 潛寐黃泉下, 황천 아래에서 깊이 잠들어,
> 千載永不寤. 천년이 가도 오래도록 깨어나지 않는다네.

---

283 杳杳(묘묘): 어두컴컴하다.

浩浩陰陽移, 흐르고 흘러 시간은 옮겨가니,

年命如朝露. 사람 목숨 아침 이슬과 같네.

人生忽如寄, 인생이란 바삐 지나가며 잠시 머무는 것과 같고,

壽無金石固. 수명은 무쇠나 돌 같이 오래 단단하지 못하다네.

(고시古詩 <수레를 몰아 상동문上東門으로 가서(驅車上東門)>)

② 古塚狐, 고분(古墳)의 여우는,

妖且老, 요염하고 늙었는데,

化爲婦人顏色好. 여인으로 변신하여 얼굴도 예쁘네.

頭變雲鬟面變妝, 머리는 구름 같은 쪽진 머리로 바뀌고 얼굴도
　　　　　　　　화장하여 바뀌었으며,

大尾曳作長紅裳. 큰 꼬리는 긴 붉은 치마가 되어 끌고 다니네.

徐徐行傍荒村路, 느릿느릿 황량한 마을 길 옆을 걷는데,

日欲暮時人靜處. 해는 지려하고 사람들은 조용한 곳이네.

或歌或舞或悲啼, 때론 노래하고 때론 춤을 추고 때론 슬피 우는데,

翠眉不擧花顏低. 화장한 눈썹 들지 않고 꽃 같은 얼굴을 숙였네.

忽然一笑千萬態, 갑자기 한 번 웃으니 천 가지 만 가지 자태가
　　　　　　　　나오는데,

見者十人八九迷. 이것을 보는 사람들은 열 명 중 여덟, 아홉은 미혹되네.

假色迷人猶若是, 가짜 용모가 사람을 미혹하는 것이 오히려 이와 같은데,

眞色迷人應過此. 진짜 용모가 사람을 미혹하는 것은 아마도 이보다
　　　　　　　　더 지나치리라.

　……　　　　　……

(백거이白居易 <고분古墳의 여우(古塚狐)>)

예시 ①에서, '수레를 몰아 상동문(上東門)으로 가서(驅車上東門)'부터 '천년이 가도 오래도록 깨어나지 않는다네(千載永不寤)'까지는 모두 '인사친탁(人事襯托)'인데, 작자는 '성곽 북쪽의 묘지(郭北墓)' 중의 '오래 전에 죽은 사람들(陳死人)'을 통하여 생명의 짧음과 인생은 나그네 길과 같다는 염세 철학을 설명했다. 그래서 이 시는 '흐르고 흘러 시간은 옮겨가니(浩浩陰陽移)'부터 이하의 구절이 비로소 작자가 나타내고자 하는 진정한 뜻이다.

예시 ②에서, '고분의 여우(古塚狐)'부터 '이것을 보는 사람들은 열 명 중 여덟, 아홉은 미혹되네(見者十人八九迷)'까지는 모두 '인사친탁'이고, 그 목적은 '진짜 용모가 사람을 미혹하는(眞色迷人)' 재난이 얼마나 큰지를 폭로하려는 것이다.

경물(景物)로 돋보이게 하는 경우의 예를 들면 다음과 같다.

① 彼黍離離, 저 기장이 늘어져 있고,
　 彼稷之苗. 저 피는 싹이 났네.
　 行邁靡靡, 가는 걸음 느릿느릿하니,
　 中心搖搖. 마음 속 흔들흔들거리네.

　 (≪시경詩經·왕풍王風·기장은 늘어져 있고(黍離)≫)

② 伐柯如何? 나무 베어 도끼 자루를 만들려면 어떻게 해야 하나?
　 匪斧不克. 도끼가 아니면 할 수 없네.
　 取妻如何? 아내를 얻으려면 어떻게 해야 하나?
　 匪媒不得. 중매인이 아니면 할 수 없네.

　 (≪시경詩經·빈풍豳風·나무를 베어 도끼 자루 만들려면(伐柯)≫)

③ 蒹葭蒼蒼, 갈대는 푸르고 푸른데,

白露爲霜. 흰 이슬은 서리가 되었네.

所謂伊人, 내가 말하는 그 사람,

在水一方. 강 한 쪽에 있네.

溯洄從之, 물길 거슬러 올라가 따르려니,

道阻且長. 길은 험하고 또 멀기만 하네.

溯遊從之, 물길 따라 내려와 따르려니,

宛在水中央. 완연히 물 가운데 있는 듯하네.

(≪시경詩經·진풍秦風·갈대(蒹葭)≫)

④ 前有毒蛇後猛虎, 앞에는 독사 있고 뒤에는 사나운 호랑이 있는데,

溪行盡日無村塢. 시내를 종일 가도 마을은 없네.

江風蕭蕭雲拂地, 강 위로 바람 휙휙 불고 구름은 땅을 치켜 올리며,

山木慘慘天欲雨. 산의 나무들 초췌하고 하늘에는 비가 내리려 하네.

女病妻憂歸意速, 딸이 병들어 아내는 걱정하며 빨리 돌아가고자
　　　　　　　　　하는데,

秋花錦石誰復數? 가을 꽃 아름다운 돌을 누가 다시 숫자 셀까?

別家三月一得書, 집 떠난 지 석 달 만에 편지 한 통 받으니,

避地何時免愁苦? 재난 피해 타지에서 어느 때나 근심과 괴로움 면할
　　　　　　　　　수 있을까?

(두보杜甫 <낭중閬中을 떠나며(發閬中)>)

⑤ 犬吠水聲中, 물소리 속에 개는 짖고,

桃花帶露濃. 복숭아 꽃은 이슬을 가득 머금고 있네.

樹深時見鹿, 숲은 깊고 때로 사슴이 보이며,

溪午不聞鍾. 계곡은 정오인데 종소리 들리지 않네.

野竹分靑靄, 들판의 대나무는 푸른 아지랑이를 가르고,

飛泉掛碧峰. 나는 듯한 샘물은 푸른 봉우리에 걸려있네.

無人知所去, 도사가 간 곳을 아는 사람 없어,

愁倚兩三松. 시름에 잠겨 두세 그루 소나무에 기대네.

(이백李白 <대천산戴天山의 도사를 찾아갔으나 만나지 못하다(訪戴天山道士不遇)>)

⑥ 適與野情愜, 마침 자연을 좋아하는 내 마음과 맞는데,

千山高復低. 수많은 산들 높았다 또 낮아진다.

好峰隨處改, 멋진 산봉우리 곳에 따라 바뀌고,

幽徑獨行迷. 그윽한 오솔길 혼자 가다가 길 잃기도 하네.

霜落熊升樹, 서리 내리자 곰이 나무 위로 올라가고,

林空鹿飮溪. 숲은 텅 비었는데 사슴이 개울물 마신다.

人家在何許? 인가는 어디쯤 있는 것일까?

雲外一聲雞. 구름 저편에서 한 가닥 닭 울음소리 들려온다.

(매요신梅堯臣 <노산魯山의 산길을 가며(魯山山行)>)

예시 ①과 ②는 처음의 두 구절이 모두 흥(興) 중에 비유(比喩)를 가지고 있는 것인데, 이러한 경치 묘사는 모두 뒤의 두 구절을 위해 역할을 한다.

예시 ③과 ④에서, '갈대는 푸르고 푸른데(蒹葭蒼蒼)' 등의 두 구절과 '앞에는 독사 있고 뒤에는 사나운 호랑이 있는데(前有毒蛇後猛虎)' 등의 네 구절은 경물 묘사가 모두 분위기를 부각시키고 있다.

예시 ⑤과 ⑥에서, '물소리 속에 개는 짖고(犬吠水聲中)' 등의 여섯 구절과 '마침 자연을 좋아하는 내 마음과 맞는데(適與野情愜)' 등의 여섯 구절은 경물

묘사가 암시적인 작용을 하고 있다.

(2) 반친(反襯)

'반친'은 객체적 인물이나 사물로 반면에서 주체적 인물이나 사물을 돋보이게 하는 것이다. '반친'을 만약 세분하면 또 두 유형으로 나눌 수 있는데, 하나는 인간사(人間事)로 돋보이게 하는 '인사친탁(人事襯托)'이고, 또 하나는 경물(景物)로 돋보이게 하는 '경물친탁(景物襯托)'이다.

인간사로 돋보이게 하는 예로는,

① 天可度, 하늘은 헤아릴 수 있고,
　　地可量, 땅도 잴 수 있지만,
　　唯有人心不可防. 오직 사람의 마음만은 방비할 수 없네.
　　……　　　　……
　　海底魚兮天上鳥, 바다 밑의 물고기와 하늘 위의 새는,
　　高可射兮深可釣. 높이 날면 활로 쏠 수 있고 깊이 있으면 낚시로
　　　　　　　　　잡을 수 있네.
　　唯有人心相對時, 오직 사람의 마음만은 서로 마주할 때는,
　　咫尺之間不可料. 매우 가까운 거리라도 헤아릴 수 없다네.

　　(백거이白居易 <하늘은 헤아릴 수 있고(天可度)>)

② 窮陰蒼蒼雪雰雰, 어둠침침한 날씨 희끗희끗하고 눈이 펑펑 내리는데,
　　雪深沒脛泥埋輪. 눈이 많이 와 정강이 빠지고 진흙에 수레바퀴 묻히네.
　　東家典錢歸礙夜, 동쪽 집은 물건을 저당 잡히고 돈 받아 밤늦게
　　　　　　　　　돌아오고,

南家貰(shì)米出凌晨.[284] 남쪽 집은 쌀을 외상으로 사기 위해 새벽녘에
　　　　　　　　　　나가네.

我獨何者無此弊, 나만 홀로 누구인지 이런 나쁜 일 없이,

復帳重衾暖若春. 겹 장막 치고 두 겹 이불 덮으니 따뜻하기가 봄날
　　　　　　　　같네.

怕寒放懶不肯動, 추위를 타고 게을러 움직이려 하지 않고,

日高眠足方頻伸. 해가 높이 뜨고 잠을 충분히 자고서야 기지개 켜며
　　　　　　　　하품하네.

(백거이白居易 <눈 내리는 가운데 늦게 일어나 얼핏 떠오르는 생각을 시가로
읊고 장張 상시常侍, 위韋 서자庶子, 황보皇甫 낭중郎中에게 드리다(雪中晏起偶詠所
懷兼呈張常侍、韋庶子、皇甫郎中)>)

　예시 ①에서, '하늘은 헤아릴 수 있고(天可度)', '바다 밑의 물고기(海底魚)'
등의 네 구절은 뒤의 글을 돋보이게 하는 것이지만 뜻은 서로 반대되는 것이다.
　예시 ②에서, '어둠침침한 날씨 희끗희끗하고 눈이 펑펑 내리는데(窮陰蒼蒼
雪霏霏)' 등의 네 구절 또한 아래 문장을 돋보이게 하는 것인데 뜻도 서로
반대되는 것이다. 이것으로부터 반친(反襯) 수사법의 주체와 객체는 의미에
있어서 서로 반대된다는 것을 알 수 있다.

　반친(反襯) 수사법 중 경물(景物)로 돋보이게 하는 경우에 속하는 예는 그다
지 많지 않지만 그래도 있다. 예를 들면,

　① 煙開蘭葉香風暖, 안개 걷힌 난초잎에 향기로운 바람은 따뜻하고,

---

284 貰(세): 외상 매매하다.

岸夾桃花錦浪生. 강 언덕을 낀 복숭아꽃에 비단 물결이 일어난다.

遷客此時徒極目,²⁸⁵ 좌천된 나그네는 이 때 부질없이 멀리 바라보나니,

長洲孤月向誰明? 긴 모래섬에 외로운 달은 누구를 향해 밝게 빛나는가?

(이백李白 <앵무주(鸚鵡洲)>)

② 江碧鳥逾白, 강이 푸르니 새가 더욱 희고,

山青花欲然.²⁸⁶ 산이 푸르니 꽃은 불타려 하네.

今春看又過, 금년 봄도 보노라니 또 지나가고 있는데,

何日是歸年? 어느 날이 돌아가는 해일까?

(두보杜甫 <절구 2수(絶句二首)> 제2수)

예시 ①에서, '안개 걷힌 난초잎에 향기로운 바람은 따뜻하고(煙開蘭葉香風暖)' 등의 두 구절은 작자가 앵무주(鸚鵡洲)의 아름다운 봄 경치로 시인 자신이 나라를 위해 보답하려고 해도 길이 없는 괴로운 심정을 반면적(反面的)으로 묘사하였다.

예시 ②의 '강이 푸르니 새가 더욱 희고(江碧鳥逾白)' 등의 두 구절 또한 작자가 푸른 산과 붉은 꽃, 푸른 강물과 하얀 새 등의 봄 경치로 자신이 타향을 떠돌아다니는 고독한 마음을 반면적으로 묘사하였다.

예시 ①과 ②에서 알 수 있듯이, 객체(客體)로 쓰이는 인물이나 사물과, 주체(主體)로 쓰이는 인물이나 사물은 의미적으로 서로 상반된다. 바로 이 때문에 반친(反襯)은 주체를 부각시키는 데에 있어서 흔히 정친(正襯)에 비해 더욱 선명하고 더욱 강렬하게 할 수 있으며, 더 좋은 예술적 효과를 얻을 수 있다.

---

285 遷客(천객): 좌천이 되어 다른 지방을 떠도는 사람. 여기서는 시인 자신을 일컫는다.
286 然(연): 불타다.

<3> 영친과 대비(對比)

'영친'과 '대비'는 서로 다른 두 종류의 수사 방식인데. 어떤 때는 이 두 가지를 쉽게 혼동할 수도 있으며, 이것은 주로 영친 중의 '반친(反襯)'과 '대비'의 관계에서 나타난다.

'반친'과 '대비'가 가장 크게 다른 점은 '반친'은 주요한 것과 부차적인 것의 구분이 있지만, '대비'는 두 개의 서로 다른 사람이나 사물을 비교하는 데 관계가 병렬적이며, 주요한 것과 부차적인 것의 구분은 없다는 것이다. 다음을 비교해 보시기 바란다.

① 淚濕羅巾夢不成, 눈물이 비단 수건 적셔 꿈 못 이루고,
　夜深前殿按歌聲. 밤 깊은데 앞 궁전에서 박자 맞춰 노랫소리
　　　　　　　　들려오네.
　紅顏未老恩先斷, 붉은 얼굴 아직 늙지 않았는데 은총이 먼저 끊어져,
　斜倚薰籠坐到明. 향로의 바구니 덮개에 비스듬히 기대어 날 밝도록
　　　　　　　　앉아 있네.

(백거이白居易 <후궁의 노래(後宮詞)>)

② 桂布白似雪, 계림(桂林)의 베는 눈처럼 하얗고,
　吳綿軟於雲. 오(吳) 지방의 솜은 구름보다 부드럽네.
　布重綿且厚, 베는 겹으로 하고 솜은 또 두텁게 하여,
　爲裘有餘溫. 짐승의 털가죽으로 안을 댄 옷을 만드니 따뜻함이
　　　　　　　넉넉하네.
　朝擁坐至暮, 아침에 입으면 저녁까지 앉아 있고,

夜覆眠達晨. 밤에 덮으면 새벽까지 잠이 든다네.

誰知嚴冬月, 누가 알리오 매섭게 추운 겨울날에도,

支體暖如春. 온몸이 봄날처럼 따뜻함을.

中夕忽有念, 한 밤에 문득 떠오르는 생각 있어,

撫裘起逡巡. 옷 어루만지고 일어나 왔다 갔다 하네.

丈夫貴兼濟, 대장부는 천하 사람들을 두루 돕는 것을 귀하게 여기는데,

豈獨善一身. 어찌 홀로 내 한 몸만을 선하게 할 것인가.

安得萬里裘, 어떻게 하면 만리 덮을 수 있는 솜옷 구하여,

蓋裹周四垠. 천지 사방을 두루 덮고 감쌀 수 있을까.

穩暖皆如我, 모두 나처럼 평온하고 따뜻하여,

天下無寒人. 이 세상에 추위에 떠는 사람 없을 텐데.

(백거이白居易 <새로 만든 털가죽 안감의 베옷(新制布裘)>)

③ 北山有鴟, 북쪽 산에 솔개가 있는데,

不潔其羽. 그 깃털을 깨끗하게 하지 않네.

飛不正向, 날아도 바른 방향으로 가지 않고,

寢不定息. 잠을 자도 편안히 쉬지 않네.

飢則木覽, 배고프면 나무에 올라가 새를 잡고,

飽則泥伏. 배부르면 진흙에 엎드려 있네.

饕餮貪汚, 전설상의 괴물 도철처럼 욕심 많고 하는 짓 더러우며,

臭腐是食. 썩고 냄새나는 것을 먹네.

塡腸滿嗉, 창자를 채우고 모이주머니를 가득 채워도,

嗜欲無極. 욕망은 끝이 없네.

長鳴呼鳳, 길게 울며 봉황을 부르면서,

謂鳳無德. 봉황은 덕이 없다고 말하네.

鳳之所趨, 봉황이 가는 곳은,

與子異域. 그대와 다른 곳이네.

永從此訣, 이제부터 영원히 결별하여,

各自努力. 각자 힘쓰자구나.

(주목朱穆 <유백종劉伯宗과 절교하는 시(與劉伯宗絶交詩)>)

④ 燕昭延郭隗, 연(燕)나라 소왕(昭王)은 곽외(郭隗)를 초빙하여,

遂築黃金臺. 마침내 황금대를 지었네.

劇辛方趙至, 극신(劇辛)은 바야흐로 조(趙)나라로부터 이르고,

鄒衍復齊來. 추연(鄒衍)은 또 제(齊)나라에서 왔네.

奈何靑雲士, 어찌하여 푸른 구름 위의 높으신 분들은,

棄我如塵埃. 나를 먼지처럼 버리나.

珠玉買歌笑, 구슬과 옥으로 노래와 웃음을 사면서,

糟糠養賢才. 지게미와 쌀겨로 어질고 재주 있는 사람을 기르네.

方知黃鵠擧, 비로소 알겠네 황학(黃鶴)이 날아올라,

千里獨徘徊. 천리를 홀로 배회하는 이유를.

(이백李白 <고풍 50수(古風五十首)> 제15수)

예시 ①과 ②는 '반친(反襯)'의 예이고, ③과 ④는 '대비(對比)'의 예이다.

예시 ①에서, '눈물이 비단 수건 적셔 꿈 못 이루고(淚濕羅巾夢不成)' 등의 두 구절은 주로 '앞의 궁전(前殿)'에 계신 임금이 깊은 밤에도 향락만을 추구하는 것을 묘사하면서 이것을 통하여 후궁(後宮)의 총애(寵愛)를 잃은 궁녀들의 슬픔과 고통스러움을 반면적으로 부각시켰다. 전체 시에서 나타내고자하는 중점은 마지막 두 구절이며, 앞의 두 구절은 뒤의 두 구절을 돋보이게해주는 것이다.

예시 ②에서, '계림(桂林)의 베는 눈처럼 하얗고(桂布白似雪)' 등의 여덟 개 구절은 작자 자신이 추워서 견디기 어려운 '매섭게 추운 겨울날(嚴冬月)'에도 여전히 솜이불 덮고 솜옷을 입고 넉넉한 생활을 지내고 있다는 것을 묘사하면서, 이것을 통하여 천하의 '추위에 떠는 사람들(寒人)'의 고생스러운 세월을 반면적으로 부각시켰다. 그런데 한 마디 보충 설명을 해야 하는데, 작자가 여기서 추위에 떠는 사람들의 생활을 직접적으로 묘사하지 않고, 자신의 '겸제(兼濟)' 사상을 토로하면서 은연중에 나타내었는데, 그래서 위아래의 시구를 연결해서 보면, 예시 ②는 여전히 '반친'의 예에 속한다.

　예시 ③에서, '북쪽 산에 솔개가 있는데(北山有鴟)' 등의 열두 개 구절은 유백종(劉伯宗)을 비유하는 것이고, '봉황이 가는 곳은(鳳之所趣)' 등의 네 구절은 작자 자신을 비유하는 것이다. <유백종과 절교하는 시(與劉伯宗絕交詩)>는 '솔개(鴟)'와 '봉황(鳳)'의 대비를 통하여 유백종과 작자 자신이 처세 철학에 있어서 심각하게 대립하고 있음을 암시하였다. 이 시의 앞과 뒤의 두 개의 이미지는 병렬적이기 때문에 예시 ③에서 사용한 것은 '대비'이며 '반친'은 아니다.

　예시 ④에서, '연(燕)나라 소왕(昭王)은 곽외(郭隗)를 초빙하여(燕昭延郭隗)' 등의 네 구절은 전국(戰國)시대의 연나라 소왕이 현인(賢人)을 초빙하고 널리 인재를 모은 미덕을 묘사하면서 이것으로 그 당시의 '푸른 구름 위의 높으신 분들(靑雲土. 고관대작으로 입신출세한 사람들)'이 국정을 독점하고 인재를 짓밟은 행동과 대비하였다. 이 시의 앞과 뒤에서 표현하는 두 가지 행동은 서로 대립하는 것인데 관계는 또 병렬적이기 때문에 여기에서 사용한 것은 '대비'이며 '반친'은 아니다.

　위에서 말한 분석 방법을 파악하게 되면, '반친'과 '대비'라는 두 종류의 수사 방식을 어렵지 않게 구분할 수 있을 것으로 생각된다.

제19장 인용(引用)

<1> 인용이란?

시에서 역사에 보이는 전고(典故), 혹은 다른 시나 산문 작품 중의 말, 단어와 단어 결합, 구절을 인용하는 것을 '인용' 수사 방식이라 부른다. 예를 들면,

> ① 吾慕魯仲連, 나는 노중련(魯仲連)을 사모하노니,
>   談笑卻秦軍. 이야기하고 웃는 사이에 진(秦)나라 군대를 물리쳤네.
>
>   (좌사左思 <역사를 읊다(詠史)> 제3수)

> ② 獻歲發, 새해가 되니,
>   吾將行. 나는 막 나들이 가려하네.
>
>   (포조鮑照 <'봄날의 노래'를 본떠서 지은 시(代春日行)>)

> ③ 丹靑不知老將至, 그림을 그리며 늙음이 장차 이를 것도 모르니,
>   富貴於我如浮雲 부귀는 나에게 있어 뜬 구름과 같다고 하네.
>
>   (두보杜甫 <그림의 노래(丹靑引)>)

예시 ①은 전고의 인용이다. 제(齊)나라 사람 노중련(魯仲連)이 위(魏)나라에

서 온 장군(將軍) 신원연(新垣衍)과 설전(舌戰)을 벌여 조(趙)나라로 하여금 진(秦)나라를 황제로 모시지 않는 정책을 취하게 하고 끝내 한단(邯鄲)의 포위를 풀게 하였는데, ≪전국책(戰國策)·조책(趙策) 3≫에 보인다.

예시 ②와 ③은 말과 구절을 인용하였다.

예시 ②의 '새해가 되니(獻歲發)'는 ≪초사(楚辭)·혼을 부르며(招魂)≫에서 인용하였다. 원문은 "새해가 되어 봄이 되니, 나는 급히 남쪽으로 가네(獻歲發春兮, 汨吾南征)"이며, 인용문에서는 '춘(春)'자 한 글자를 생략했다.

예시 ③의 '늙음이 장차 이를 것도 모르니(不知老將至)'와 '부귀는 나에게 있어 뜬 구름과 같다고 하네(富貴於我如浮雲)' 두 구절은 모두 ≪논어(論語)·술이(述而)≫에서 인용하였다. 원문은 "그 사람됨이 분발하여 먹는 것도 잊고, 도를 즐기며 근심을 잊어, 늙음이 장차 이를 것도 모른다(其爲人也, 發憤忘食, 樂以忘憂, 不知老之將至云爾)"와 "의롭지 않은데 부유하고 귀하게 되는 것은 나에게 있어서는 뜬구름과 같다(不義而富且貴, 於我如浮雲)"이다. 인용문 '늙음이 장차 이를 것도 모르니(不知老將至)'는 ≪논어≫에서 인용하면서 '지(之)'자를 생략했다. 인용문 '부귀는 나에게 있어 뜬 구름과 같다고 하네(富貴於我如浮雲)'는 '불의(不義)', '이(而)', '차(且)'라는 말들을 생략하였다.

'인용'은 수사 방식의 하나로서, 고대시가 작품과 산문 작품에서 당연히 모두 쓸 수 있는 것이다. 그러나 두 문체에 있어서 인용의 작용은 결코 똑같지는 않다. 산문 작품에서 인용은 작자의 논점을 위해서 쓰이는데, 경전을 인용하고 근거로 하는 것은 모두 작자의 관점을 더욱 잘 상세하게 설명하여 사람들로 하여금 기꺼이 받아들이도록 하는 목적에 도달하기 위해서이다. 시가 작품에서는 상황이 그다지 똑같지는 않다. 시가 작품 속의 인용은 결코 작자의 논점을 더욱 강력하게 설명하기 위해서가 아니라, 한 수 시의 전체 이미지를 잘 빚어내기 위한 역할을 행하는 것이다. 한 수의 시에 인용이 있으면 전체 시의 뜻의 함량을 더욱 크게 하여, 독자들로 하여금 시를 읽은 뒤에 여러 가지 연상이 일어나게 할 것이다. 그러므로 수사 방식으로서의 인용은 시에 있어서 결코 부정적인 것이 아니다. 옛 사람들은 인용(주로 다른 시의 말이나 단어와 단어 결합, 구절을 인용하는 것을 가리킴)을 '답습(踏襲)한다', '훔친다(偸)'라고 보는데, 이러한 견해는 정확한 것이 아니다.

<2> 인용의 기본 유형

고대시가에서의 '인용'은 주요 유형이 두 가지 있는데, 하나는 '전고(典故) 인용'이고, 다른 하나는 '어구(語句) 인용'이다. 아래에서 나누어서 서술하기로 한다.

(1) 전고(典故) 인용

'전고'는 흔히 역사상 있었던 이야기이며, 원문이 비교적 길다. 시에서 전고를 인용할 때는 원문을 모두 인용할 수 없고, 다만 원래의 뜻을 새로운 시구로 표현할 수는 있다.

① 感子漂母意, 그대의 빨래하는 아낙네와 같은 은혜에 감사하지만,
　愧我非韓才. 난 한신(韓信) 같은 인재가 아니라 부끄러울 뿐이네.

　(도연명陶淵明 <밥을 구걸하며(乞食)>)

② 郢人逝矣, 영(郢) 땅의 사람이 죽어버렸으니,
　誰與盡言. 누구와 더불어 말을 다 나눌 수 있을까.

　(혜강嵇康 <군대에 들어가는 수재秀才로 천거된 형에게 드리다(贈秀才入軍)> 제14수)

③ 馬上少年今健否? 말 위의 젊은이는 지금도 건강한가 어떠신가,

　　過瓜時見雁南歸. 그대의 병역 복무 기한이 다 지나간 때에 기러기만

　　　　　　　　　　　남쪽으로 돌아오는 것이 보이네.

(하주賀鑄 <도련자(搗練子)>)

　　예시 ①은 '빨래하는 아낙네가 한신에게 밥을 주다(漂母飯信)'라는 전고를
사용하였는데 ≪사기(史記)·회음후열전(淮陰侯列傳)≫에 보인다. 원래 이야기
는 대체로 다음과 같다. 회음후(淮陰侯) 한신(韓信)이 처음에 평민으로 있을
때에는 "가난하고 무슨 선행이 없기" 때문에 "추천을 받아 관리가 될 수 없었
으며", 본인은 또 장사도 할 줄 몰라서 항상 다른 사람들에게 구걸할 수밖에
없었는데, 시간이 오래되자 많은 사람들이 모두 그를 싫어하였다. 한신이 마침
굶주림의 위협을 받고 있을 때, 강가에서 빨래를 하던 한 노부인이 그를 구해
주어 수십 일을 잇달아 그에게 먹을 것을 주었다. 뒤에 한신이 '빨래하던
아낙네(漂母)'에게 자신이 장래 틀림없이 단단히 보답하겠다고 말했다. 도연명
(陶淵明)은 이 전고를 인용하여, 주인이 음식을 준 것에 대해 감사하게 여기면
서, 다만 자신의 재능은 한신과 비교될 수 없다는 것을 나타내었다.

　　예시 ②는 '석(石) 장인이 백토를 깎는다(匠石斲堊)'라는 전고를 사용하였는
데 ≪장자(莊子)·서무귀(徐無鬼)≫에 보인다. 원래 이야기의 대략적인 내용은
다음과 같다. 한번은 장자(莊子)가 혜자(惠子)의 무덤 옆을 지나가다가 따르는
제자에게 우언(寓言) 고사를 하나 이야기하였다. 어떤 초(楚)나라 사람이 코끝
에 백토를 파리날개 만큼 바르고는 석(石) 장인으로 하여금 그것을 깎아내게
하였다. 석 장인은 기술이 뛰어나서 도끼를 휘둘러 바람을 날리면서 단숨에
그 아주 작은 백토를 깨끗하게 깎았는데 '영 땅의 사람(郢人)'은 얼굴빛 하나
변하지 않았고 코도 조금의 상처도 입지 않았다. 뒤에 어떤 사람이 석 장인으
로 하여금 다시 한 번 보여 달라고 하자 석 장인이 말하길, 그와 함께 일처리

를 하였던 '영 땅의 사람'이 이미 죽어버려 더 이상은 같이 일할 짝을 찾을 수 없게 되었다고 하였다. 장자가 혜자의 무덤에서 이 이야기를 한 뜻은, 혜자가 죽은 뒤에는 그가 더 이상 변론을 할 상대를 찾을 수 없게 되었다는 것을 말하려는 것이다. 혜강(嵆康)이 이 시에서 이 전고를 인용하면서 뜻에 조금 변화를 보였는데, 그의 형 혜희(嵆喜)가 '군대에 들어간(入軍)' 뒤에는 또 누가 형과 '말을 다 나누면서(盡言)' '태현(太玄)²⁸⁷의 경지에서 마음을 노니는(游心太玄)' 즐거움을 누릴 수 있을까?라는 것을 말하였다.

예시 ③은 '오이가 익으면 교대한다(及瓜而代)'라는 전고를 사용하였는데 ≪좌전(左傳)·장공(莊公) 8년≫에 보인다. 원래 이야기의 대략적인 내용은 다음과 같다. 제(齊)나라 양공(襄公)이 연칭(連稱)과 관지보(管至父) 두 사람을 규구(葵丘)에 보내어 지키게 하였다. 두 사람이 떠날 때는 마침 오이가 익는 때였다. 제 양공이 말하길, 내년에 오이가 익을 때가 되면 다시 사람을 보내어 그들을 교대시켜 주겠다고 하였다. 그래서 그 이후에는 직책의 임기가 차서 사람을 교대하는 것을 '오이가 익으면 교대한다(瓜代)'라고 불렀다. 하주(賀鑄)가 이 사(詞)에서 이 전고를 사용하였는데, 그 뜻은 '말 위의 젊은이(馬上少年)'의 병역 복무 기한이 이미 다 되었으나 교대할 사람이 없어 여전히 집에 돌아가 가족과 화목하게 모일 수 없다는 것을 말하고자 하는 것이다.

이상의 3가지 예에서 '인용'이 수사 방식의 하나로서 시에서는 결코 부정적인 것이 아니라는 것을 알 수 있다. 인용을 잘 사용하면 시구로 하여금 적지 않은 생동감을 증가시키도록 할 수 있다. 전고를 사용하는 근본 목적은 표현력을 증가시키기 위해서이지, 말을 난삽하게 만들어 이해하기 어렵도록 하는 것은 아니다. 이 때문에 전고는 마땅히 일반 사람들이 모두 비교적 익숙하게 아는 것이어야 한다. 시는 생소하고 편벽된 전고의 사용을 매우

---

287 [역자주] 깊고 오묘한 도리(道理). 대도(大道).

꺼린다. 이 문제에 대해서 원매(袁枚)가 매우 생동감 있게 논술한 바 있다. 그가 말하길, "전고를 사용하는 것은 물속에 소금을 놓는 것과 같아야 하는데, 다만 소금 맛은 알지만 소금 모양은 보이지 않아야 한다. 편벽된 전고를 사용하는 것은 낯선 손님을 초청하여 자리에 앉게 하는 것과 같은데, 반드시 이름을 물어보고 성을 알아보아야 하니, 사람들로 하여금 싫증이 나게 만든다."[288]라고 하였다. 그러므로 뛰어난 전고 인용은 마땅히 단지 '소금 맛'만 알 뿐, '소금 모양'은 보이지 않아야 한다.

(2) 어구(語句) 인용

고대시가에서는 전고(典故) 인용 외에도 또 다른 인용 형식을 볼 수 있으니, 한 수의 시에서 다른 사람 작품의 말이나 구절을 인용할 수 있다는 것이다. 여기에는 또 몇 가지 경우가 있는데, 이제 나누어서 아래에서 서술하기로 한다.

1) 원래 작품의 이미 지어진 구절을 그대로 인용하기

원래 작품의 이미 지어진 구절을 그대로 인용하여 바꾸지 않으면서 새로운 시구 혹은 시구의 일부분으로 만들기도 하는데, 이러한 경우는 그렇게 많지는 않다.

> ① 青青子衿, 푸르고 푸른 그대의 옷깃,
> 悠悠我心. 아득하고 아득한 나의 마음.
> 但爲君故, 단지 그대 때문에,

---

288 "用典如水中著鹽, 但知鹽味, 不見鹽質. 用僻典如請生客入座, 必須問名探姓, 令人生厭."(≪수원시화(隨園詩話)≫ 권7). 곽소우(郭紹虞) 집주(輯注)의 ≪속시품주(續詩品注)≫(1981년, 인민문학출판사人民文學出版社), 151쪽에서 인용.

沈吟至今. 지금까지 낮은 소리로 읊조리네.

呦呦鹿鳴, 유우유우 사슴이 울며,

食野之苹. 들의 대쑥을 뜯고 있네.

我有嘉賓, 나에게 좋은 손님 있으면,

鼓瑟吹笙. 비파를 타고 생황을 불리라.

(조조曹操 <짧은 노래의 노래(短歌行)>)

② 燕人美兮趙女佳, 연(燕)나라 아가씨 아름답고 조(趙)나라 여인 예쁜데,

其室則邇兮限層崖. 그 집은 가까우나 층층의 벼랑이 가로막고 있네.

(부현傅玄 <오吳땅과 초楚땅의 노래(吳楚歌)>)

예시 ①의 '푸르고 푸른 그대의 옷깃, 아득하고 아득한 나의 마음(靑靑子衿, 悠悠我心)'은 ≪시경(詩經)·정풍(鄭風)·그대의 옷깃(子衿)≫의 구절을 그대로 인용하였으며, '유우유우 사슴이 울며(呦呦鹿鳴)' 이하 4구절은 ≪시경(詩經)·소아(小雅)·사슴이 울며(鹿鳴)≫의 구절을 그대로 인용한 것이다.

예시 ②의 '그 집은 가까우나(其室則邇)'는 ≪시경(詩經)·정풍(鄭風)·동문 밖의 평지(東門之墠)≫의 이미 지어진 구절을 그대로 인용한 것이다.

이미 지어진 구절을 그대로 인용하는 것은 송사(宋詞)에서도 늘 있는 일이다. 사(詞)의 구절은 길이가 길고 짧은 것이 가지런하지 않기 때문에 변화가 풍부하여 이미 지어진 구절을 그대로 인용하는데 지극히 적합하다. 예를 들면,

① 欲知方寸, 내 마음에,

共有幾許新愁, 새로운 시름이 모두 얼마나 있는지 알려고 하시나,

芭蕉不展丁香結. 파초 잎은 펼쳐지지 않고 정향 꽃봉오리가 맺혀 있다오

(하주賀鑄 <석주인(石州引)>)

② 鴛鴦相對浴紅衣, 원앙새는 서로 마주 보며 붉은 깃옷을 물로 씻으며,
短棹弄長笛. 작은 배에서는 긴 피리를 부네.

(요세미廖世美 <호사근(好事近)>)

③ 淸露晨流, 맑은 이슬 새벽에 흐르고,
新桐初引, 새 오동나무가 처음으로 새싹을 드러내 보이니,
多少遊春意. 봄나들이 하고픈 마음 많기도 하네.

(이청조李淸照 <염노교(念奴嬌)>)

예시 ①의 '파초 잎은 펼쳐지지 않고 정향 꽃봉오리가 맺혀 있다오(芭蕉不展丁香結)' 구절은 이상은(李商隱)의 <대신 보내며(代贈)> 시에서 인용하였는데, 원시는 "파초 잎은 펼쳐지지 않고 정향 꽃봉오리가 맺혀 있으며, 똑같이 봄바람을 향하지만 각자 시름에 잠겨 있네(芭蕉不展丁香結, 同向春風各自愁)"라고 하였다.

예시 ②의 '원앙새는 서로 마주 보며 붉은 깃옷을 물로 씻으며(鴛鴦相對浴紅衣)' 구절은 두목(杜牧)의 <제안군齊安郡의 뒷 못에서 지은 절구(齊安郡後池絶句)> 시에서 인용하였는데, 원시는 "온 종일 이슬비를 보는 사람 없고, 원앙새는 서로 마주 보며 붉은 깃옷을 물로 씻고 있네(盡日無人看微雨, 鴛鴦相對浴紅衣)"라고 하였다.

예시 ③의 '맑은 이슬 새벽에 흐르고, 새 오동나무가 처음으로 새싹을 드러내 보이니(淸露晨流, 新桐初引)' 구절은 ≪세설신어(世說新語)·상예(賞譽)≫에서 인용하였는데, 원문은 '이때, 맑은 이슬 새벽에 흐르고, 새 오동나무가 처음으로 새싹을 드러내 보였다(於時淸露晨流, 新桐初引)'라고 하였다.

이렇게 이미 지어진 구절은 또 새로운 시구의 일부분으로 될 수도 있다. 이를테면,

④ 天寒山色有無中, 날은 차고 산 빛은 있는 듯 없는 듯,

　野外一聲鐘起送孤篷. 들밖엔 종소리 한 번 울리며 외로운 배 보내네.

(주방언周邦彦 <우미인(虞美人)>)

⑤ 爲報布帆無恙, 베로 만든 돛의 배가 아무 탈이 없음을 알리기 위해,

　著兩行親札. 두 줄 편지를 쓰네.

(여위로呂渭老 <호사근(好事近)>)

　예시 ④의 '날은 차고 산 빛은 있는 듯 없는 듯(天寒山色有無中)' 구절에서
'산 빛은 있는 듯 없는 듯(山色有無中)'이라고 한 것이 새로운 구절 중의 이미
지어진 표현 부분인데, 이것은 왕유(王維)의 <한강에 배 띄우고(漢江臨泛)> 시
에서 인용하였으며, 원문은 "강물은 하늘과 땅 밖으로 흐르고, 산 빛은 있는
듯 없는 듯(江流天地外, 山色有無中)"이다.
　예시 ⑤의 '베로 만든 돛의 배가 아무 탈이 없음을 알리기 위해(爲報布帆無
恙)' 구절에서 '베로 만든 돛의 배가 아무 탈이 없음(布帆無恙)'이라고 한 것이
새로운 구절 중의 이미 지어진 표현 부분인데, 이것은 ≪세설신어(世說新語)·
배조(排調)≫에서 인용하였으며, 원문은 "행인은 편안하고 베로 만든 돛의
배는 아무 탈이 없다(行人安穩, 布帆無恙)"이다.

2) 기본적으로 원래 작품의 이미 지어진 구절을 인용하기

　기본적으로 원래 작품의 이미 지어진 구절을 인용한다는 것은 인용하는
원래 작품의 구절을 적당하게 좀 변환시킨다는 것으로, 원문에 글자를 추가
하거나 혹은 빼고, 혹은 글자를 바꾸고, 혹은 적당하게 구식(句式)을 변환시킨
다.

첫째, 글자를 추가한 경우. 이를테면,

① 天意從來高難問, 하늘의 뜻은 지금껏 높아서 묻기 어려웠으며,

況人情老易悲難訴. 게다가 사람의 감정은 늙으면 슬퍼하기 쉬운데도

하소연하기 어렵다네.

(장원간張元幹 <하신랑(賀新郎)·호방형胡邦衡 대제待制가 신주新州로 부임 가는 것

을 전송하다(送胡邦衡待制赴新州)>)

② 回首夕陽紅盡處, 머리 돌려보니 석양이 온통 붉게 비치는 곳이,

應是長安. 아마도 장안(長安)이리라.

(장순민張舜民 <매화성(賣花聲)·악양루岳陽樓에 쓰다(題岳陽樓)>)

예시 ①의 두 구절은 두보(杜甫)의 <늦은 봄 강릉江陵에서 마馬 대경공大
卿公이 황제의 명을 받아 대궐로 가는 것을 전송하다(暮春江陵送馬大卿公恩命追
赴闕下)> 시에서 인용하였다. 원시에서는 "하늘의 뜻은 높아서 묻기 어렵고,
사람의 감정은 늙을수록 슬퍼하기 쉽네(天意高難問, 人情老易悲)"라고 하였다.
장원간(張元幹)의 사(詞)와 두보의 시를 비교해보면, 예시 ①에서는 '종래(從
來)', '황(況)', '난소(難訴)' 등의 글자가 더 추가되었다.

예시 ②의 두 구절은 백거이(白居易)의 <악양루에 쓰다(題岳陽樓)>에서 인용
하였다. 원시에서는 "봄 언덕이 초록빛일 때 운몽택(雲夢澤)과 이어지고,
석양이 붉은 곳은 장안(長安)에 가깝네(春岸綠時連夢澤, 夕陽紅處近長安)"라고
하였다.('양(陽)'은 '파(波)'라고 쓰기도 한다.) 두 시를 비교해보면, 예시 ②에서
는 '회수(回首)', '진(盡)', '응(應)' 등의 글자가 더 추가되었다.('근(近)'을 '시(是)'
로 바꾸었는데 이것은 글자를 고친 것이다.)

둘째, 글자를 줄인 경우. 이를테면,

① 四十無聞, 나이 사십에 들리는 명성이 없으면,
斯不足畏. 이런 사람은 두려울 것이 못 된다 하셨네.

(도연명陶淵明 <꽃이 핀 무궁화나무(榮木)>)

② 憂來如尋環, 근심이 오는 것은 빙빙 도는 고리 같은데,
匪席不可卷. 돗자리가 아니니 말아둘 수도 없네.

(진가秦嘉 <아내에게 보내는 시(贈婦詩)> 제1수)

예시 ①의 두 구절은 ≪논어(論語)·자한(子罕)≫에서 인용하였다. 원문에서는 "나이 사십 오십이 되어도 들리는 명성이 없으면, 이런 사람은 두려울 것이 못 된다(四十五十而無聞焉, 斯亦不足畏也已)"라고 하였다. 두 가지를 비교해보면, 예시 ①에는 '오십(五十)', '이(而)', '언(焉)', '역(亦)', '야(也)', '이(已)' 등의 글자가 없다.

예시 ②의 '돗자리가 아니니 말아둘 수도 없네(匪席不可卷)' 구절은 ≪시경 (詩經)·패풍(邶風)·잣나무 배(柏舟)≫에서 인용하였다. 원시에서는 "내 마음 돗자리가 아니니, 말아둘 수도 없네(我心匪席, 不可卷也)"라고 하였다. 본문의 시와 ≪시경≫ 시를 비교해보면, 예시 ②에는 '아심(我心)'과 '야(也)'라는 글자가 없음을 알 수 있다.

셋째, 글자를 바꾼 경우. 이를테면,

① 我醉拍手狂歡, 나는 취해 박수치며 미친 듯 즐거워하며,
擧杯邀月, 술잔 들어 달을 맞이하고,

對影成三客. 그림자를 마주하니 세 나그네 되었네.

(소식蘇軾 <염노교(念奴嬌)·추석(中秋)>)

② 恨登山臨水, 한스러워 산에 오르고 물가에 서서,

手寄七弦桐, 손으로 일곱 줄 오동나무 금(琴)을 타며 감정을 기탁하고,

目送歸鴻. 눈으로 돌아가는 기러기를 전송하네.

(하주賀鑄 <육주가두(六州歌頭)>)

예시 ①의 '그림자를 마주하니 세 나그네 되었네(對影成三客)'는 이백(李白)의 <달 아래서 혼자 술을 마시며(月下獨酌)>에서 인용하였다. 원시에서는 "술잔 들어 밝은 달을 맞이하고, 그림자를 마주하니 세 사람이 되었네(擧杯邀明月, 對影成三人)"라고 하였다. 예시 ①의 시와 이백의 시를 비교해보면, 예시 ①은 '인(人)'자를 '객(客)'자로 바꾸었다.

예시 ②에서 '손으로 일곱 줄 오동나무 금(琴)을 타며 감정을 기탁하고, 눈으로 돌아가는 기러기를 전송하네(手寄七弦桐, 目送歸鴻)' 구절은 혜강(嵇康)의 <군대에 들어가는 수재秀才로 천거된 형에게 드리다(贈秀才入軍)> 시에서 인용하였다. 원시는 "눈은 돌아가는 기러기를 전송하고, 손은 다섯 줄 금(琴)을 타네(目送歸鴻, 手揮五弦)"라고 하였다. 예시 ②의 시와 혜강의 시를 비교해보면, 인용 시구의 순서가 바뀌었으며, 또 '휘(揮)'자를 '기(寄)'자로 바꾸고 '오(五)'자를 '칠(七)'자로 바꾸었으며, 또 '동(桐)'이라는 글자를 하나 추가하였다.

넷째, 구식(句式)을 바꾼 경우. 이를테면,

① 一詠一觴誰共? 시 한 수 읊고 술 한 잔 마시기를 누구와 함께 한들,

負平生書冊. 평소의 서책은 잊지 않으리.

(여위로呂渭老 <호사근(好事近)>)

② 謾嬴得青樓, 공연히 기루에서
薄倖名存. 박정한 사람이란 이름만 얻었네.

(진관秦觀 <만정방(滿庭芳)>)

예시 ①의 '시 한 수 읊고 술 한 잔 마시기를(一詠一觴)' 구절은 왕희지(王羲之)의 <난정기(蘭亭記)>에서 인용하였다. 원문에서는 "술 한 잔에 시 한 수 읊으니, 이 또한 그윽한 정을 마음껏 펴기에 충분하도다(一觴一詠, 亦足以暢敍幽情)"라고 하였다. 예시 ①의 시와 <난정기>를 비교해보면, 인용 작품은 원문의 말 순서를 뒤바꾸었다.

예시 ②는 두 구절을 두목(杜牧)의 <감회를 풀며(遣懷)> 시에서 인용하였다. 원시에서는 "십년 만에 양주(揚州)의 꿈같은 생활에서 한 번 깨어나 보니, 기루에서 박정한 사람이란 이름만 얻었네(十年一覺揚州夢, 嬴得青樓薄倖名)"라고 하였다. 두 작품을 비교해보면, 인용 작품은 '만(謾)'과 '존(存)'이라는 두 자를 추가하고, 원문을 두 개의 구로 나누었다.

3) 원문의 말을 발췌 인용하기

원문의 말을 발췌 인용한다는 것은 고대시가의 일부 작품이 다른 시가나 혹은 산문 중의 말을 발췌 인용하여 짓고 있는 시의 한 부분으로 삼는다는 것을 가리킨다. 인용하는 원문의 말은 의미에 있어서 대다수가 약간의 변화를 보이기도 한다. 예를 들면,

① 代耕非本望, 관리가 되는 것은 본래 바라는 바 아니니,

所業在田桑. 나의 본업은 밭 갈고 누에 치는 것이네.

(도연명陶淵明 <잡시(雜詩)> 제8수)

② 與子結終始, 그대와 처음부터 끝까지 변치 말자는 정을 맺고,

折約在金蘭. 쇠처럼 단단하고 난초처럼 향기로운 사귐을 약속했네.

(무명씨無名氏 <나가탄(那呵灘)>)

③ 寡妻群盜非今日, 과부가 도적들 때문에 생기는 것은 더 이상 오늘의
일이 아니라 지나갔으며,

天下車書正一家. 천하의 수레와 글이 바야흐로 한 집안처럼 같게
되었네.

(두보杜甫 <복숭아나무를 읊으며(題桃樹)>)

④ 錦瑟華年誰與度?[289] 꽃다운 시절을 누구와 함께 보낼까?

月臺花榭, 달빛 비치는 누대일까 꽃 핀 정자일까?

瑣窗朱戶, 붉은 대문 안 꽃무늬 창문 안일까?

只有春知處. 봄만이 그녀 있는 곳을 알리라.

(하주賀鑄 <청옥안(青玉案)>)

예시 ①의 '관리가 되는 것은 본래 바라는 바 아니니(代耕非本望)' 구절에서
'대경(代耕)'이란 말은 ≪맹자(孟子)·만장(萬章) 하(下)≫에서 인용하였다. 원문
에서는 "하사(下士)와 서인(庶人)으로서 관직에 있는 자는 녹(祿)이 같으니, 녹
이 충분히 그 경작하는 수입을 대신할 만하였다(下士與庶人在官者同祿, 祿足以代

---

289 誰與(수여): 누구와.

其耕也)”라고 하였다. ‘대경(代耕)’은 곧 ‘대기경(代其耕)’의 줄임말이다. ‘대경 (代耕)’의 원 뜻은 ‘스스로 밭을 갈아 농사짓는 것을 대신하다’는 뜻이며, 예시 ①의 시에서는 관리가 되는 것을 가리킨다.

예시 ②의 ‘쇠처럼 단단하고 난초처럼 향기로운 사귐을 약속했네(折約在金 蘭)’ 구절에서 ‘금란(金蘭)’이란 말은 ≪주역(周易)·계사(繫辭) 하(下)≫에서 인 용하였다. 원문에서는 “두 사람이 마음을 같이 하면 그 날카로움은 쇠를 자르고, 마음을 같이하는 말은 그 향기가 난초와 같다(二人同心, 其利斷金, 同心之 言, 其臭如蘭)”라고 하였다. ‘금란(金蘭)’의 원래 의미는 금속 물질과 난초를 가리킨다. 예시 ②의 시에서는 서로 사귀어 사이가 아주 좋으니, 그 우정이 쇠처럼 단단하고 난초처럼 향기롭다는 것을 가리킨다.

예시 ③의 ‘천하의 수레와 글이 바야흐로 한 집안처럼 같게 되었네(天下車書 正一家)’ 구절에서 ‘거서(車書)’라는 말은 ≪예기(禮記)·중용(中庸)≫에서 인용하 였다. 원문에서는 “이제 천하는 수레는 바퀴 폭이 같고, 글은 문자가 같다(今 天下車同軌, 書同文)”라고 하였다. 여기서의 ‘거(車. 수레)’와 ‘서(書. 글)’는 모두 본래의 뜻을 사용하였다. 예시 ③에서는 ‘수레와 글(車書)’이 나뉘어 있다가 하나로 합쳐진다는 의미를 나타내고 있다. 당(唐)나라가 안사(安史)의 난(亂)을 평정한 뒤, 국가가 또다시 통일로 나아갔기 때문에 두보(杜甫)가 ‘천하의 수레 와 글이 바야흐로 한 집안처럼 같게 되었네(天下車書正一家)’라고 말했다.

예시 ④의 ‘꽃다운 시절을 누구와 함께 보낼까?(錦瑟華年誰與度)’ 구절에서 ‘금슬화년(錦瑟華年)’이란 말은 이상은(李商隱)의 <아름다운 슬(瑟)(錦瑟)> 시에 서 인용하였다. 원문에서는 “아름다운 슬(瑟)이 까닭 없이 오십 줄인데, 줄 하나 기둥 하나에 꽃다운 시절 생각나게 하네(錦瑟無端五十弦, 一弦一柱思華年)” 라고 하였다. 여기서의 ‘금슬(錦瑟)’과 ‘화년(華年)’ 역시 본래의 뜻을 사용하였 으며, 예시 ④의 ‘금슬화년(錦瑟華年)’은 아름다운 청춘이란 뜻이다.

원문의 말을 발췌 인용하는 예는 대다수가 단지 원문의 개별적인 말만 발췌하며, 전고(典故)를 인용한다는 뜻은 포함하지 않는다. 그러나 개별 시가 인용하는 원문의 말이 전고의 인용을 포함하는 경우도 있다. 이러한 인용은 만일 역사 이야기를 알지 못하면 작자의 원래 뜻을 분명히 파악하기 쉽지 않다. 예를 들면,

⑤ 黃犬空歎息, 누런 개를 헛되이 탄식했고,
  綠珠成釁讎. 녹주(綠珠)로 인해 원수가 되었네.

(이백李白 <고풍古風 59수(古風五十九首)> 제18수)

예시 ⑤의 '누런 개를 헛되이 탄식했고(黃犬空歎息)' 구절의 '황견(黃犬)'이라는 말은 ≪사기(史記)·이사열전(李斯列傳)≫에서 인용하였다. 원문에는 다음과 같이 되어 있다. "이세(二世)황제 2년 7월에, 이사(李斯)를 오형(五刑)에 처하고 함양(咸陽)의 시장 바닥에서 허리를 자르도록 판정했다. 이사가 감옥에서 나와 가운데 아들과 함께 호송되어 가면서 가운데 아들을 돌아보며 말하기를, '내가 너와 함께 다시 누런 개를 끌고 다같이 상채(上蔡)의 동문을 나가 토끼 사냥을 하고 싶지만 어찌 그렇게 할 수 있겠느냐?(吾欲與若復牽黃犬俱出上蔡東門逐狡兔)'라고 하였다."[290] 그래서 후대에는 '황견(黃犬)'이라는 말은 사람이 죄를 짓고 죽임을 당할 때, 죽기 전에 후회하고 한스러워하는 감정이 있음을 지칭하는 대명사로 쓰인다.

'녹주(綠珠)로 인해 원수가 되었네(綠珠成釁讎)' 구절의 '녹주(綠珠)' 또한 전고(典故)를 사용하였다. '녹주'는 본래 진(晉)나라의 부호(富豪) 석숭(石崇)의 가기(歌妓)였다. 그 때, 사마륜(司馬倫)이 총애하는 신하인 석수(孫秀)가 녹주를

---

290 "二世二年七月, 具斯五刑, 論腰斬咸陽市. 斯出獄, 與其中子俱執, 顧謂其中子曰: 吾欲與若復牽黃犬俱出上蔡東門逐狡兔, 豈可得乎?"

달라고 요구하였으나 허락하지 않았다. 게다가 손수와 석숭은 일찍부터 사적 원한이 있었기 때문에 뒤에 손수는 사마륜의 손을 빌려 석숭을 죽였으며 녹주도 누각에서 뛰어내려 죽었다. 이 일은 ≪진서(晉書)·석숭전(石崇傳)≫에 보이며, 원문은 인용하지 않기로 한다.

4) 원문의 뜻만 인용하고, 원문은 새로이 작성하기

고대시가에서 적지 않은 인용은 단지 원래 말의 의미만 인용할 뿐이고 구체적인 말은 작자가 새롭게 고쳐 적기도 한다. 이러한 인용은 인용의 고급 형식에 속한다. 예를 들면,

① 詩人感木瓜, ≪시경(詩經)≫의 시인은 모과 선물에 감사하며,

乃欲答瑤瓊. 아름다운 옥으로 보답하려 했네.

(진가秦嘉 <아내에게 보내는 시(贈婦詩)> 제3수)

② 淮海變微禽 회해(淮海)는 조그마한 새들도 변화시키건만,

吾生獨不化. 나의 삶은 홀로 변하지 못하는구나.

(곽박郭璞 <신선 세계를 노니는 시(遊仙詩)> 제4수)

③ 滔滔不可測, 큰물은 넘실넘실 헤아릴 수 없는데,

一葦詎能航? 한 개의 갈대 작은 배로 어찌 건널 수 있으리오?

(음갱陰鏗 <청초호靑草湖를 건너며(渡靑草湖)>)

④ 長恨此身非吾有, 이 몸이 내 소유 아님을 오래도록 한탄하는데,

何時忘卻營營! 어느 때나 부귀공명 추구에 바쁜 삶 잊게 될까.

(소식蘇軾 <임강선(臨江仙)·밤에 임고臨皐로 돌아와서(夜歸臨皐)>)

예시 ①의 두 구절은 ≪시경(詩經)·위풍(衛風)·모과(木瓜)≫에서 은연중에 인용하였다. 원시에서는 "나에게 모과를 던져주어 아름다운 옥으로 보답했네(投我以木瓜, 報之以瓊瑤)"라고 하였다.

예시 ②의 두 구절은 ≪국어(國語)·진어(晉語) 9≫에서 은연중에 인용하였다. 원문에서는 "참새는 바다에 들어가면 대합조개가 되고, 꿩은 회수(淮水)에 들어가면 무명조개가 된다. 큰 자라와 악어, 물고기, 작은 자라들 또한 변할 수 없는 것이 없는데 오직 사람만은 변할 수 없네(雀入於海爲蛤, 雉入於淮爲蜃. 黿鼉魚鱉莫不能化, 唯人不能)"라고 하였다.

예시 ③의 두 구절은 ≪시경(詩經)·위풍(衛風)·하광(河廣)≫에서 은연중에 인용하였다. 원시에서는 "누가 황하(黃河)가 넓다고 하는가, 한 개의 갈대로도 건널 수 있네(誰謂河廣, 一葦杭之)"라고 하였다.

예시 ④의 두 구절은 ≪장자(莊子)·지북유(知北遊)≫에서 인용하였다. 원문에서는 "당신의 몸뚱이는 당신 소유가 아닌데, 어떻게 그 도를 얻어 가질 수 있겠습니까?(汝身非汝有也, 汝何得有夫道?)"라고 하였다.

이상에서 고대시가 인용 수사 방식의 기본 유형의 주요 경우를 살펴보았다.

<3> 인용과 답습(踏襲)

여기서 말하는 '인용'은 개괄하면 아래와 같은 4종류가 있다. '이미 지어진 기존의 구절을 인용하는 경우', '이미 지어진 구절을 반쯤 인용하는 경우', '말을 인용하는 경우', 그리고 '대체적인 뜻을 인용하는 경우'이다. 이전 사람들의 시화(詩話)에서는 대부분 앞의 두 가지를 '답습(踏襲)'이라고 보았다. '답습'이라는 이 말은 물론 좋은 의미의 말이 아니다. 우리는 이런 견해가 객관적이지 않다고 본다.

인용은 수사 방식의 하나로서, 고대 산문 작품은 물론이고, 고대시가 작품에도 존재하는 것이다. 유협(劉勰)은 ≪문심조룡(文心雕龍)≫ 중의 <사류(事類)>와 <통변(通變)>에서 모두 인용 문제에 대해 거론하였는데 견해가 비교적 객관적이다. 시가 작품 중의 인용이 오해를 쉽게 불러일으키는 것은, 어떤 사람들은 시가 작품의 인용과 산문 작품의 인용을 분명하게 구별하지 않기 때문이다. 산문 작품의 인용은 작자의 논점을 표현하는 데에 초점이 맞춰져 있으며, 따라서 인용은 대부분 원문의 원래 뜻을 충실하게 따른다. 그러나 시가 작품의 인용은 그렇지 않다. 시가 작품의 인용은 전체시의 이미지를 만드는 데에 중점이 놓여져 있기 때문에 이미 지어진 기존의 구절을 전부, 혹은 반쯤 인용하거나, 말이나 대체적인 뜻을 인용하는데, 모두가 한 수의 시를 유기적으로 구성하는 부분이며, 또한 의미상에 있어서도 많은 변화가 있게 된다. 조익(趙翼)은 ≪해여총고(陔餘總考)≫ 권24에서 다음과 같이 말했다.

옛날이나 지금 사람들 중에는 왕왕 시구가 서로 같은 경우가 있다. ≪경계시화(庚溪詩話)≫에 다음과 같은 이야기가 있다. "당(唐)나라 승려의 시에 '강은 산세에 나뉘어 끊어지고, 봄은 불탄 자리에 들어와 푸르네(河分岡勢斷, 春入燒痕靑)'라고 하였다. 한 승려가 그가 옛 시를 그대로 본받아 따른 것을 비웃으면서 말하길, '강이 산세에 나뉜다는 것은 사공서(司空曙)의 시구이고, 봄이 불탄 자리에 들어온다는 것은 유장경(劉長卿)의 시구이네. 사형이 옛 시구를 훔친 것이 아니라 옛 사람의 시구가 사형에게 실례를 범한 것이네(河分岡勢司空曙, 春入燒痕劉長卿. 不是師兄偸古句, 古人詩句犯師兄)'라고 하였다." 모두들 표절을 조심하고 주의해야 한다.[291]

사실 이 '당나라 승려'의 시구는 그래도 매우 생동적이니 이것은 '표절'이라고 칠 수 없다. 당나라 때의 유명한 시인일지라도 그들이 쓴 시 중에서 옛 사람들의 시구를 인용하거나 또는 새롭게 고쳐 만든 예를 어렵지 않게 찾을 수 있다. 예를 들면,

① 借問大將誰, 묻노니 대장은 누구신가,

　　恐是霍嫖姚. 아마도 표요교위(嫖姚校尉) 곽거병(霍去病) 같은 분이리라.

　　(두보杜甫 <뒤에 지은 '변경을 나서며'(後出塞)> 제2수)

② 忽見陌頭楊柳色, 문득 길가의 버들잎 빛을 보고,

　　悔敎夫婿覓封侯. 남편더러 벼슬길 찾으라 한 것 후회하네.

　　(왕창령王昌齡 <규방의 원망(閨怨)>)

　　예시 ①의 두 구절은 곽박(郭璞)의 <신선 세계를 노니는 시(遊仙詩)>(제2수)의 두 구를 응용하였다. 원시에서는 "여쭙습니다, 이 분은 누구신지요? 말하기를 귀곡자(鬼谷子)라고 하네(借問此爲誰? 云是鬼谷子)"라고 하였다. 두보도 이 시에서 단지 그 구조 형식을 차용했을 뿐이고 시구의 내용은 완전히 새로우며, 두 시의 주제 또한 각각 아무런 상관이 없다.

　　예시 ②의 두 구절은 이기(李頎)의 <봄날 규방의 원망(春閨怨)>의 두 구를 응용하였다. 원시에서는 "스스로 시름에 찬 얼굴을 원망하며 오래 거울을 비추어 보며, 멀리 변경을 지키러 간 그이더러 벼슬길 찾으라 한 것 후회하네

291　"古今人往往有詩句相同者. ≪庚溪詩話≫云: '唐僧詩「河分岡勢斷, 春入燒痕靑.」一僧嘲其蹈襲云:「河分風勢司空曙, 春入燒痕劉長卿. 不是師兄偸古句, 古人詩句犯師兄.」' 蓋皆以剽竊爲戒." [정자유(鄭子瑜) ≪중국수사학사고(中國修辭學史稿)≫(1984년, 상해교육출판사上海敎育出版社), 441쪽].

(自怨愁容長照鏡, 悔教征戍覓封侯)"라고 하였다. 여기서 끝의 시구 '멀리 변경을
지키러 간 그이더러 벼슬길 찾으라 한 것 후회하네(悔教征戍覓封侯)'는 의미에
있어서는 '남편더러 벼슬길 찾으라 한 것 후회하네(悔教夫婿覓封侯)'만 훨씬
못하다. '정수(征戍)'는 물론 '정수(征戍)하는 사람(멀리 변경을 지키러 가는 사
람)'을 가리킨다. 멀리 변경을 지키러 가는 사람은 보통 병사(兵士)인 경우가
많다. 그런데 보통 병사가 멀리 변경을 지키러 가는 일의 도움을 받아 '벼슬길
을 찾으려 한다'는 것은 실제와 동떨어지는 공허한 말이다. 두 시구를 비교해
보면 왕창령(王昌齡)의 시구가 더 합리적이며, 따라서 새롭게 고쳐서 새로운
뜻이 있게 되었다고 말하니, 이는 그대로 본받아 답습하였다고 여길 수는
없는 것이다. 단지 그 뜻만 인용하고 옛 시구를 취하지 않는 인용은 더욱더
답습하였다고 여길 수 없다. 예를 들면,

③ 結綬生纏牽, 관리 되어 관인(官印)을 묶으면 얽히고 이끌림이 생기니,
   彈冠去埃塵. 관을 털고 티끌세상을 떠나려네.

   (좌사左思 <은사를 찾아(招隱)> 제2수)

④ 可笑靈均楚澤畔, 초(楚)나라 못가의 굴원(屈原)이 우스우니,
   離騷憔悴愁獨醒. 근심스러운 곳을 떠나며 초췌하고 홀로 깨어 있음을
   시름하였네.

   (구양수歐陽修 <지저귀는 새(啼鳥)>)

⑤ 歸來三徑重掃, 돌아와서 뜰 안의 세 갈래 좁은 길을 다시 빗자루질을
   하니,
   松竹本吾家. 소나무와 대나무가 본래 나의 집이었네.

   (섭몽득葉夢得 <수조가두(水調歌頭)>)

⑥ 明月幾時有? 밝은 달은 언제부터 있었는가?

把酒問靑天. 술잔을 들어 푸른 하늘에 묻노라.

(소식蘇軾 <수조가두(水調歌頭)>·병진丙辰년 추석에 즐겁게 술을 마시다가 아침에 이르러 크게 취하여 이 사詞를 짓고, 겸하여 아우 자유子由 소철蘇轍을 그리워하다(丙辰中秋, 歡飮達旦, 大醉, 作此篇, 兼懷子由)>)

예시 ③과 ④는 모두 굴원(屈原)의 <어부(漁父)>의 구절을 은연중에 인용하였다. 원문에서는 "새로 머리를 감은 사람은 반드시 관의 먼지를 털어서 쓰고, 새로 목욕을 한 사람은 반드시 옷의 먼지를 털어서 입습니다. 어찌 깨끗한 몸으로 더러운 것을 받을 수 있겠습니까?(新沐者必彈冠, 新浴者必振衣. 安能以身之察察, 受物之汶汶者乎?)"라고 하였으며, 또 "온 세상이 모두 흐린데 나만 홀로 맑고, 뭇 사람들이 모두 취했는데 나만 홀로 깨어있네(擧世皆濁我獨淸, 衆人皆醉我獨醒)"라고 하였다.

예시 ⑤의 두 구절은 도연명(陶淵明)의 <돌아가자(歸去來辭)>에서 은연중에 인용하였다. 원문에서는 "뜰 안의 세 갈래 좁은 길은 황폐해졌으나, 소나무와 국화는 아직껏 남아 있네(三徑就荒, 松菊猶存)"라고 하였다. 섭몽득(葉夢得)의 사(詞)와 도연명의 글을 비교해보면, '돌아와서 뜰 안의 세 갈래 좁은 길을 다시 빗자루질을 하니(歸來三徑重掃)'는 바로 '뜰 안의 세 갈래 좁은 길은 황폐해지다(三徑就荒)'의 의미이고, '소나무와 대나무가 본래 나의 집이었네(松竹本吾家)'는 바로 '소나무와 국화는 아직껏 남아 있네(松菊猶存)'의 의미라는 것을 알 수 있다.

예시 ⑥의 두 구절은 출처를 밝힘 없이 이백(李白)의 <술잔 들고 달에게 물어보다(把酒問月)>에서 은연중에 인용하였다. 원시에서는 "푸른 하늘에 달이 있은 지 얼마나 되었나? 내 이제 술잔을 멈추고 한번 물어보네(靑天有月來幾時? 我今停杯一問之)"라고 하였다. 두 시를 비교해보면, '밝은 달은 언제부터 있었는가?(明月幾時有)'는 바로 '푸른 하늘에 달이 있은 지 얼마나 되었나?(靑天有月來幾時)'라는 의미이고, '술잔을 들어 푸른 하늘에 묻노라(把酒問靑天)'는 '내 이제 술잔을 멈추고 한번 물어보네(我今停杯一問之)'라는 의미이다. 이러한 시구 같은 것들은 유협(劉勰)도 "비록 옛날 일을 인용하였지만, 옛 말을 그대로 취하지는 않았다."[292](≪문심조룡(文心雕龍)·사류(事類)≫)라고 말한 것처럼, '답습(踏襲)하였다'고 볼 수는 없다.

　요컨대, 순수한 의미의 표절 행위는 우리는 물론 반대한다. 그러나 수사 중의 인용은 결코 이런 상황에 속하지 않는다. 유협(劉勰)이 말하기를, "사류(事類)는 대개 문장이 작자의 감정과 뜻을 나타내는 외에, 지난 일로 그 뜻을 유추하고, 옛날의 일을 인용하여 지금의 것을 증명하는 것이다."[293]라고 하였다. '글의 뜻을 유추하다(類義)'와 '지금의 것을 증명하다(證今)'는 바로 인용의 작용에 대해 설명한 것이며, 이것은 마땅히 긍정적으로 보아야 한다.

292　"雖引古事, 而莫取舊辭."
293　"事類者, 蓋文章之外, 據事以類義, 援古以證今者也."

제20장 모의(摹擬)

<1> 모의란?

  '모의'는 바로 모방, 즉 다른 것을 그대로 본떠서 만들거나 옮겨 놓는 것이며, 시에서는 의성어(擬聲語)를 사용하여 사람이나 동물, 혹은 기타 물체에서 나오는 각종 소리를 본떠서 나타내는 수사 방식을 '모의'라고 부른다. 예를 들면,

  ① 伐木丁丁, 나무를 베니 쩡쩡 울리고,
     鳥鳴嚶嚶. 새들이 우니 앵앵 소리 내네.

     (≪시경詩經·소아小雅·나무를 베다(伐木)≫)

  ② 坎坎伐檀兮, 쾅쾅 박달나무를 베어,
     寘之河之干兮. 황하 물가에 두네.

     (≪시경詩經·위풍魏風·박달나무를 베다(伐檀)≫)

  ③ 河梁幸未坼, 강의 다리는 다행히 아직 갈라지지 않았지만,
     枝撑聲窸窣(xī sū). 지탱하는 교각이 삐거덕 소리를 내네.

     (두보杜甫 <수도 장안長安에서 봉선현奉先縣으로 가며 감회를 읊은 500자(自京赴奉先縣詠懷五百字)>)

④ 夜聽簌簌(sù sù)窗紙鳴, 밤에 바스락거리는 창호지 소리를 들으니,

恰似鐵馬相磨聲. 마치 철갑으로 무장한 말이 서로 닿으면서 내는 소리

같네.

(육유陸游 <익양弋陽으로 가는 길에 큰 눈을 만나다(弋陽道中遇大雪)>)

예시 ①에서 '정정(丁丁)'은 나무를 베는 소리를 형용한 것이며, '앵앵(嚶嚶)'은 새의 울음소리를 형용하였다. 예시 ②의 '감감(坎坎)'은 박달나무를 베는 소리를 형용하였다. 예시 ③의 '실솔(窸窣)'은 다리가 움직이면서 내는 소리를 형용하였다. 예시 ④의 '속속(簌簌)'은 바람에 창문지가 날리면서 내는 소리를 형용하였다.

예시 ①에서 ④를 통해 알 수 있듯이, 여기서 말하는 '모의'는 바로 의성어를 이용하여 사람 혹은 사물이 내는 소리를 직접적으로 모방하는 것을 가리킨다.

고대시가에서 소리의 형상을 나타내는 것은 반드시 모두 의성어로 묘사하는 방법을 사용하는 것은 아니며, 비유의 형식을 빌려서 묘사할 수도 있다. 예를 들면,

① 爲君發淸韻, 그대를 위해 청아한 소리를 내는데,

風來如叩瓊. 바람이 불어오자 마치 옥구슬을 두드리는 듯하네.

(백거이白居易 <오동나무 꽃에 답을 하다(答桐花)>)

② 月色滿床兼滿地, 달빛은 우물 난간에 가득하고 땅에 가득하며,

江聲如鼓復如風. 강물 소리는 북 소리 같고 또 바람 소리 같기도 하네.

(원진元稹 <강가 누각의 달(江樓月)>)

예시 ①과 ②에서, '옥구슬을 두드리는 듯하네(如叩瓊)', '북 소리 같고(如鼓)', '바람 소리 같기도 하네(如風)'는 모두 비유구의 형식을 사용하여 바람 소리나 강물 소리를 묘사하였는데, 수사의 측면에서 말하면 비유 수사 방식을 사용한 것이지 모의 수사 방식을 사용한 것은 아니다.

때로는 이런 비유 형식이 사용하는 것이 완전히 하나의 구절이며, 비유사 '여(如)'자는 사용하지 않는다. 예를 들면,

③ **銀瓶乍破水漿迸**, 은병이 갑자기 깨어져 담겼던 물이 쏟아져
　　　　　　　　　　나오는 듯하고,
鐵騎突出刀槍鳴. 철갑 두른 기병이 돌연 나타나 칼과 창이 우는
　　　　　　　　　　소리를 내는 듯하네.

(백거이白居易 <비파琵琶의 노래(琵琶行)>)

예시 ③에서, 위아래 두 시구는 실제로는 네 개의 단구(單句)로 구성되어 있으며, 모두 비파를 타는 여인이 비파를 연주할 때 내는 소리를 형용하였다. 분명한 것은 여기에서 사용한 것 또한 비유이며 모의는 아니다.

시에서 모의 수사 방식을 사용하게 되면, 독자에게 뚜렷한 음향 효과를 조성해주어, 독자로 하여금 소리를 듣고 형상을 보고 있는 듯 같게 하여, 정말로 자신의 몸이 실제 상황에 처해있는 것 같게 한다. 이러한 시각적 및 청각적 효과는 적극적인 심리 반응을 일으킬 수 있으며, 그래서 유협(劉勰)이 말하길 "≪시경(詩經)≫의 작자들은 외부 사물을 느끼며, 유사한 사물에 연상을 하는 것이 무궁무진하였다."[294](≪문심조룡(文心雕龍)·물색(物色)≫)라고 하였다. 사람들의 청각과 시각은 모두 서로 통한다. 시가 작품들은 각종 소리

---

294 "詩人感物, 聯類不窮."

의 묘사를 통하여 아주 쉽게 독자들로 하여금 머릿속에서 각종 형상이 생겨
나게 할 수 있다. 모의는 수사 방식의 하나로서 고체시와 근체시에서 항상
사용되는데 그 원인은 바로 여기에 있을 것이다.

<2> 모의의 기본 유형

모의 수사 방식은 본떠서 나타내는 대상에 따라 아래의 몇 가지 유형으로
나눌 수 있다.

(1) 인물류

'인물류'는 사람의 동작에 의해서 생겨나는 소리를 본떠서 나타내는 것이
다. 예를 들면,

① 伐木許許(hǔ hǔ), 나무를 베며 영차 힘쓰는 소리 내고,
    釃(shī)酒有藇(xù).[295] 술을 거르니 맛이 있도다.

   (≪시경詩經·소아小雅·나무를 베다(伐木)≫)

② 豈知貧家兒, 어찌 알겠는가 가난한 집의 아이가,
    呱呱瘦於鬼. 앙앙 우는데 귀신보다 더 말랐네.

   (허비許棐 <흙 인형(泥孩兒)>)

---

295 釃(시): 술을 그르다. 藇(서): '서(醑)'라고도 쓴다. 맛있다. 술맛이 향기롭고 감미롭다.

예시 ①의 '호호(許許)'는 사람들이 노동을 할 때 함께 지르는 소리를 형용하였다. 예시 ②의 '고고(呱呱)'는 어린아이가 배고파서 터뜨린 울음소리를 형용한 것이다.

사람이 탄식하거나 놀라면서 내는 소리도 이런 유형에 포함되어야 한다. 예를 들면,

③ 唧唧復唧唧, 에휴 또 에휴,
木蘭當戶織. 목란(木蘭)이 방문을 마주하며 베를 짜고 있네.

(무명씨無名氏 <목란木蘭을 노래한 시(木蘭詩)>)

④ 自顧非金石, 스스로 돌아봐도 이 몸이 쇠나 바위가 아니니,
咄嗟(duō jiè)令心悲. 아아 내 마음을 슬프게 만드네.

(조식曹植 <백마왕白馬王 조표曹彪에게 드리며(贈白馬王彪)>)

⑤ 俯仰生榮華, 아래를 굽어보고 위를 쳐다보는 짧은 사이에 부귀영화를
얻었으나,
咄嗟復雕枯. 눈 깜짝할 사이에 다시 시들고 말라버렸네.

(좌사左思 <역사를 읊으며(詠史)> 제8수)

⑥ 噫吁嚱, 아아,
危乎高哉, 가파르고 높도다.
蜀道之難難於上青天. 촉(蜀)으로 가는 길 험난함은 푸른 하늘에 오르
기보다 더 어려워라.

(이백李白 <촉蜀으로 가는 길 험난하네(蜀道難)>)

예시 ③에서 ⑥까지의 경우, '즉즉(唧唧)', '돌차(咄嗟)', '돌차(咄嗟)'는 모두 탄식의 소리이고, "희우희(噫吁嚱)"는 깜짝 놀라는 소리이다. 이러한 부류는 사람의 동작에 의해서 생겨나는 소리를 본떠서 나타내는 것도 포함할 수 있다. 또 예를 들면,

⑦ 肅肅免罝(jū),[296] 가지런한 토끼그물,

　椓之丁丁. 말뚝을 박으니 쩡쩡 소리 나네.

　(≪시경詩經·주남周南·토끼그물(免罝)≫)

⑧ 施罛(gū)濊濊(huò huò),[297] 큰 물고기 그물을 치니 철석 철석거리고,

　鱣鮪發發. 잉어와 붕어 파닥 파닥 소리 내네.

　(≪시경詩經·위풍衛風·높으신 분(碩人)≫)

⑨ 二之日鑿冰沖沖, 섣달에 얼음을 탕탕 깨어서,

　三之日納于凌陰.[298] 정월에 얼음 창고에 넣어두네.

　(≪시경詩經·빈풍豳風·칠월(七月)≫)

⑩ 小弟聞姊來, 어린 남동생은 누나가 온다는 말을 듣고,

　磨刀霍霍向豬羊. 칼을 석석 갈아 돼지와 양을 잡네.

　(무명씨無名氏 <목란木蘭을 노래한 시(木蘭詩)>)

---

296 罝(저): 토끼를 잡는 그물.

297 罛(고): 큰 어망(漁網).

298 凌陰(능음): 얼음 창고.

⑩ 打麥打麥, 보리를 타작하고 보리를 타작하니,

　彭彭魄魄. 쿵쿵거리고 탁탁거리네.

(장순민張舜民 <보리타작(打麥)>)

예시 ⑦의 '정정(丁丁)'은 나무말뚝(木橛子)을 박는 소리이다. 예시 ⑧의 '활활(濊濊)'은 그물을 던져 물에 들어가는 소리이다. 예시 ⑨의 '충충(沖沖)'은 얼음을 깨는 소리이다. 예시 ⑩의 '곽곽(霍霍)'은 칼을 가는 소리이다. 예시 ⑪의 '팽팽백백(彭彭魄魄)'은 보리를 타작하는 소리이다.

(2) 동물류

'동물류'는 동물의 소리를 본떠서 묘사하는 것이다. 예를 들면,

① 關關雎鳩, 꾸우꾸우 우는 물수리,

　在河之洲. 황하의 섬에 있네.

(≪시경詩經·주남周南·꾸우꾸우 우는 물수리(關雎)≫)

② 呦呦鹿鳴, 유우유우 사슴이 울며,

　食野之苹. 들의 맑은대쑥을 먹는다.

(≪시경詩經·소아小雅·사슴이 울며(鹿鳴)≫)

③ 喃喃敎言語, 지지배배 소리 내며 말을 가르쳐주고,

　一一刷毛衣. 하나하나 깃털을 털어주네.

(백거이白居易 <'제비' 시를 유劉씨 노인에게 보여주다(燕詩示劉叟)>)

④ 蕭蕭窗竹影, 우수수 흔들리는 창밖의 대나무 그림자,

碟碟水禽聲. 짹짹 우는 물새들 소리.

(육유陸游 <3월 25일 밤, 새벽이 되도록 잠들지 못하다(三月二十五夜達旦不能寐)>)

예시 ①의 '관관(關關)'은 물수리가 우는 소리이다. 예시 ②의 '유유(呦呦)'는 사슴이 우는 소리이다. 예시 ③의 '남남(喃喃)'은 제비가 우는 소리이다. 예시 ④의 '책책(碟碟)'은 물새가 우는 소리이다.

동물의 동작에 의해서 생겨나는 소리를 본떠서 묘사하는 것도 이런 종류에 속해야 한다. 예를 들면,

⑤ 施罛濊濊, 큰 물고기 그물을 치니 철석 철석거리고,

鱣鮪發發. 잉어와 붕어 파닥 파닥 소리 내네.

(≪시경詩經·위풍衛風·존귀하신 분(碩人)≫)

⑥ 蟲飛薨薨, 벌레들 윙윙 나는데,

甘與子同夢. 그대와 함께 단꿈 꾸고 싶지만.

(≪시경詩經·제풍齊風·닭이 우네(雞鳴)≫)

⑦ 跋跋(bì bá)黃塵下, 딸그락딸그락 누른 흙먼지 밟고 달리니,

然後別雌雄. 그런 뒤에야 승패를 가릴 수 있네.

(무명씨無名氏 <버들가지 꺾는 노래(折揚柳歌辭)>)

⑧ 傾籃寫地上,[299] 바구니를 기울여 땅 위에 쏟으니,

---

299 寫(사): 쏟다.

撥刺長尺餘. 푸드득 푸드득 한 자 남짓한 물고기가 뛰네.

(백거이白居易 <물고기를 놓아주다(放魚)>)

예시 ⑤의 '발발(發發)'은 물고기가 그물에 걸리어 파닥 파닥 꼬리를 치는
소리이다. 예시 ⑥의 '훙훙(薨薨)'은 벌레가 날아다니는 소리이다. 예시 ⑦의
'별발(蹩跋)'은 말굽이 땅을 밟는 소리이다. 예시 ⑧의 '발자(撥刺)'는 물고기가
뛰어오르는 소리이다.

(3) 기물류

'기물류'는 기물의 소리를 본떠서 묘사하는 것이다. 예를 들면,

① 將翱將翔, 사뿐히 날아갈 듯한 모습,

佩玉將將. 패옥 소리는 달랑달랑.

(≪시경詩經·정풍鄭風·수레를 같이 탄 여인(有女同車)≫)

② 君子至止, 제후들 도착하니,

鸞聲噦噦.³⁰⁰ 말방울 소리 달그랑달그랑.

(≪시경詩經·소아小雅·뜰의 횃불(庭燎)≫)

③ 擊鼓其鏜, 북을 둥둥 치니,

踴躍用兵. 무기 들고 펄쩍 뛰어오르네.

(≪시경詩經·패풍邶風·북을 치다(擊鼓)≫)

---

300 鸞(란): '란(鑾)'과 통한다. 천자가 타는 수레의 말고삐에 다는 방울. 수레의 방울.

④ 車班班, 수레는 덜커덩덜커덩,

入河間. 하간(河間)으로 들어가네.

(무명씨無名氏 <한漢나라 환제桓帝 때의 동요童謠 노래(漢桓帝時童謠歌)>)

⑤ 纖纖擢素手, 가늘고 가는 흰 손을 뻗어,

札札弄機杼. 찰칵찰칵 베틀 북을 다루네.

(고시古詩 <아득히 먼 견우성(迢迢牽牛星)>)

⑥ 大弦嘈嘈如急雨, 굵은 줄은 낮고 힘 있는 소리 마치 소나기

내리는 것 같고,

小弦切切如私語. 가는 줄은 가볍고 가느다란 소리 마치 속삭이는 것

같네.

嘈嘈切切錯雜彈, 힘 있는 소리 가느다란 소리 뒤섞어 연주하니,

大珠小珠落玉盤. 큰 구슬 작은 구슬이 옥쟁반에 떨어지는 듯.

(백거이白居易 <비파琵琶의 노래(琵琶行)>)

예시 ①의 '장장(將將)'은 패옥이 서로 부딪치면서 나는 소리이다. 예시
②의 '화화(噦噦)'는 마차의 방울소리이다. 예시 ③의 '당(鐺)'은 북을 치는
소리이다. 예시 ④의 '반반(班班)'은 수레가 굴러가는 소리이다. 예시 ⑤의
'찰찰(札札)'은 베를 짜는 소리이다. 예시 ⑥의 '조조(嘈嘈)', '절절(切切)'은 비
파를 연주하는 소리이다.

(4) 자연류

'자연류'는 자연계의 소리를 본떠서 묘사하는 것이다. 예를 들면,

① 河水洋洋, 황하 물은 넘실넘실,

　　北流活活. 북쪽으로 콸콸 흘러가네.

　　(≪시경詩經·위풍衛風·존귀하신 분(碩人)≫)

② 一之日觱發(bì fā), 동짓달에는 쌀쌀한 바람 획획 불고

　　二之日栗烈. 섣달에는 추위가 매섭네.

　　(≪시경詩經·빈풍豳風·칠월(七月)≫)

③ 亭亭山上松, 우뚝 솟은 산 위의 소나무,

　　瑟瑟谷中風. 우수수 부는 골짜기의 바람.

　　(유정劉楨 <사촌 동생에게 보내며(贈從弟)>)

④ 烈烈悲風起, 거센 슬픈 바람 일어나고,

　　泠泠(líng líng)澗水流. 졸졸 산골 물 흘러가네.

　　(유곤劉琨 <부풍扶風의 노래(扶風歌)>)

⑤ 不聞爺娘喚女聲, 부모님이 딸 부르는 소리 들리지 않고,

　　但聞黃河流水鳴濺濺. 단지 들리는 건 황하의 물 콸콸 흘러가는 소리.

　　(무명씨無名氏 <목란木蘭을 노래한 시(木蘭詩)>)

⑥ 皇穹竊恐不照余之忠誠, 하늘도 아마 나의 충심을 살피지 못하고,

　　雷憑憑兮欲吼怒. 천둥이 우르릉대며 성내어 소리치려 하네.

　　(이백李白 <먼 이별(遠別離)>)

⑦ 雨聲颼颼催早寒, 빗소리 쏴쏴 이른 추위 재촉하고,

胡雁翅濕高飛難. 북쪽의 기러기 날개 젖어 높이 날기 어렵네.

(두보杜甫 <가을비에 탄식하며(秋雨歎)> 제3수)

예시 ①의 '괄괄(活活)"은 물이 흐르는 소리이다. 예시 ②의 '필발(觱發)'은 큰 바람이 사물에 불면서 나는 소리이다. 예시 ③의 '슬슬(瑟瑟)'은 바람소리이다. 예시 ④의 '영령(泠泠)'은 물이 흐르는 소리이다. 예시 ⑤의 '천천(濺濺)'도 물 흐르는 소리이다. 예시 ⑥의 '빙빙(憑憑)'은 천둥소리이다. 예시 ⑦의 '수수(颼颼)'는 빗소리이다.

<3> 모의의 변화

고대시가의 모의 수사 방식의 변화는 주로 세 가지로 나타난다. 첫 번째는 의성어(擬聲語)의 음절 구성 문제이고, 두 번째는 의성어의 어형(語形) 변화 문제이며, 세 번째는 모의와 그것이 묘사하는 대상의 관계 문제이다. 아래에서 나누어서 알아보기로 한다.

(1) 의성어(擬聲語)의 음절 구성의 변화

의성어는 모의 수사 방식을 구성하는 가장 중요한 품사이다. 고대의 의성어는 대부분이 쌍음절이며 또 동일한 음절을 중첩하고 있다. 그러나 어떤 의성어는 단음절 형태로 나타날 수도 있다. 다음을 비교해 보시라.

① 伐木丁丁, 나무를 베니 쟁쟁 울리고,

鳥鳴嚶嚶. 새가 우니 짹짹 거리네.

(≪시경詩經·소아小雅·나무를 베다(伐木)≫)

② 嚶其鳴矣, 짹짹 우는 것은,
　求其友聲. 그 친구를 찾는 소리네.

(≪시경詩經·소아小雅·나무를 베다(伐木)≫)

　예시 ①과 ②는 똑같이 새의 울음소리를 형용하는데, 하나는 '앵앵(嚶嚶)'자를 사용하고 하나는 '앵(嚶)'자를 사용했다. 모두들 알고 있듯이 의성어는 형용사 성격을 지니고 있으며, 따라서 '앵앵(嚶嚶)'과 '앵(嚶)'이 구절 안에서 맡는 성분이 서로 다른데, 하나는 술어로 쓰였고, 하나는 부사어로 쓰였다. '앵기명의(嚶其鳴矣)'는 짹짹 운다는 뜻이며, '기(其)'는 조사(助詞)로 앞의 성분이 뒤의 동사를 수식하거나 혹은 제한을 한다는 것을 표시한다. ≪시경(詩經)≫이 주로 4언(言)이기 때문에, '앵(嚶)'자에 '기(其)'자를 더하면 똑같이 쌍음절 말의 작용을 한다. 이러한 용법은 후대의 시가에도 보인다. 예를 들면,

③ 花深葉暗耀朝日, 꽃 질고 나뭇잎 어두운데 아침 햇살 빛나고,
　日暖眾鳥皆嚶鳴. 날이 따뜻해지니 뭇 새들 모두 짹짹 우네.

(구양수歐陽修 <지저귀는 새(啼鳥)>)

　예시 ③을 통해 알 수 있는 것은, 여기서는 '앵(嚶)'자를 사용하고 '앵앵(嚶嚶)'자는 사용하지 않았는데, 주요 원인은 7언의 제한을 받기 때문이다.
　또 똑같이 북을 치는 소리를 형용하더라도, 어떤 것은 '감감(坎坎)'자를 사용하고 어떤 것은 '감(坎)'자를 사용하며, 똑같이 천둥소리를 형용하더라도, 어떤 것은 '은은(殷殷)'자를 사용하고 어떤 것은 '은(殷)'자를 사용한다. 다음

을 비교해 보시라.

④ 坎坎鼓我, 둥둥 북 치는 나,
   蹲蹲舞我.[301] 덩실덩실 춤추는 나.

   (≪시경詩經·소아小雅·나무를 베다(伐木)≫)

⑤ 坎其擊鼓, 둥둥 북을 치네,
   宛丘之下. 완구의 아래에서.

   (≪시경詩經·진풍陳風·완구(宛丘)≫)

⑥ 雷殷殷而響起兮, 천둥이 우르릉 울리며 소리가 일어나니,
   聲象君之車音. 그 소리 마치 임금님의 수레 소리 같네.

   (사마상여司馬相如 <장문궁長門宮을 읊은 부賦(長門賦)>)

⑦ 殷其靁,[302] 우르릉 울리는 천둥,
   在南山之陽. 남산의 남쪽에서 있네.

   (≪시경詩經·소남召南·우르릉 울리는 천둥(殷其靁)≫)

예시 ④와 ⑤에서, 하나는 '감감(坎坎)'자를 사용하고 하나는 '감(坎)'자를
사용하였는데, 이 또한 이들이 구절에서 맡는 성분이 서로 다름에 따라 결정
되는 것이다. '둥둥 북 치는 나, 덩실덩실 춤추는 나(坎坎鼓我, 蹲蹲舞我)' 두
구절은 모두 순서가 바뀐 것으로, 실제로는 '나는 둥둥 북을 치고, 나는 덩실

---

301 蹲蹲(준준): 춤추는 모습.
302 靁(뢰): 천둥.

덩실 춤을 추네(我鼓坎坎, 我舞蹲蹲)'라는 말이지만, 상하구의 압운을 고려하여 도치한 것이다. 따라서 '감감(坎坎)'은 구절에서 여전히 술어이나, '감(坎)'에 '기(其)'를 더하면 구절에서 부사어이다.

예시 ⑥과 ⑦은 똑같이 천둥 소리를 형용하면서, 하나는 '은은(殷殷)'자를 사용하고 하나는 '은(殷)'자를 사용하였는데, 이 또한 시구에서 각기 다른 성분을 맡음에 따라 결정된다. '은은(殷殷)'은 문장에서 술어이지만, '은(殷)'자에 '기(其)'자를 더하면 구절에서 부사어가 된다. 이상의 논술에서 알 수 있듯이, 의성어의 음절구조는 이들이 시구에서 어떤 성분을 맡느냐 하는 것과 아주 밀접한 관계가 있다.

(2) 의성어의 어형(語形) 변화

한자 자체가 직접 음을 표기할 수 없기 때문에, 모의 수사 방식에 쓰이는 의성어의 말 형태 또한 변화가 매우 많도록 만든다. 어떤 의성어는 본래 하나의 단어인데, 역사적 상황 또는 방언(方言)의 원인으로 글자 형태가 나뉘어져 갈라지게 됨으로써 우리들이 문제를 살피는 데에 불편을 준다. 예를 들면,

① 君子至止, 제후들이 도착하니,

鸞聲將將. 방울소리가 짤랑짤랑 울리네.

(≪시경詩經·소아小雅·뜰의 햇불(庭燎)≫)

② 蕭蕭僕夫征, 빨리빨리 마부가 길을 가니,

鏘鏘揚和鈴. 짤랑짤랑 수레의 방울소리 높이 날리네.

(진가秦嘉 <아내에게 보내는 시(贈婦詩)> 제3수)

예시 ①과 ②의 '장장(將將)'과 '장장(鏘鏘)'은 뜻이 같은데, 모두 방울소리를 형용한다. '장장(將將)'을 '장장(鏘鏘)'이라 쓰는 것은 ≪시경(詩經)≫에 이미 나타난다. 예를 들면,

③ 四牡彭彭,[303] 네 필 수말은 터벅터벅 발굽 소리 소란하고,
　八鸞鏘鏘. 여덟 개의 말방울은 짤랑짤랑 울리네.

　　(≪시경詩經·대아大雅·백성들(烝民)≫)

≪시경(詩經)≫에서는 '장장(將將)'을 '창창(瑲瑲)', '창창(鶬鶬)'으로 쓰기도 한다. 예를 들면,

④ 約軝(qí)錯衡,[304] 수레 바퀴통을 묶고 멍에에 무늬를 새겼으며,
　八鸞瑲瑲. 여덟 개의 말방울은 짤랑짤랑 울리네.

　　(≪시경詩經·소아小雅·씀바귀를 캐다(采芑)≫)

⑤ 約軝錯衡, 수레 바퀴통을 묶고 멍에에 무늬를 새겼으며,
　八鸞鶬鶬. 여덟 개의 말방울은 짤랑짤랑 울리네.

　　(≪시경詩經·상송商頌·공덕 많으신 조상님(烈祖)≫)

예시 ③부터 ⑤까지의 '장장(鏘鏘)', '창창(瑲瑲)', '창창(鶬鶬)'은 모두 방울소리를 형용한 것인데 글자 형태는 다르다. 또 예를 들면,

---

303　牡(모): 수말.
304　軝(기): 수레 바퀴통.

① 鱣鮪發發, 잉어와 붕어는 파딱파딱 소리 내고,

葭菼揭揭. 갈대와 물억새는 길게 자랐네.

(≪시경詩經·위풍衛風·존귀하신 분(碩人)≫)

② 今來淨淥水照天, 이제 맑아져서 못물이 하늘을 비추며,

游魚鲅鲅蓮田田. 노니는 물고기 팔딱거리는데 연잎이 무성하네.

(백거이白居易 <곤명지昆明池의 봄(昆明春)>)

예시 ①과 ②에서 '발발(發發)'은 바로 '발발(鲅鲅)'이며, 모두 물고기가 뛰어 오르는 소리를 형용한다. 또 예를 들면,

③ 南山烈烈, 남산은 높고 크고,

飄風發發. 회오리바람 휙휙 부네.

(≪시경詩經·소아小雅·길고 큰 쑥(蓼莪)≫)

④ 南山律律, 남산은 높고 크고,

飄風弗弗. 회오리바람 휙휙 부네.

(≪시경詩經·소아小雅·길고 큰 쑥(蓼莪)≫)

예시 ③과 ④의 '발발(發發)'과 '불불(弗弗)'은 뜻이 같은데, 모두 바람이 부는 소리를 형용한다. 상고시대에 '발(發)'과 '불(弗)'은 성모(聲母)가 서로 같았으니, 둘 다 성모(聲母) 방모(幫母)에 속하는 글자이며,[305] 운부(韻府)도 매

---

305 [역자주] 상고(上古)시기 중국어는 성모(聲母)가 모두 33개이고, 후음(喉音), 아음(牙音), 설음(舌音), 치음(齒音), 순음(脣音)의 다섯 부류로 나누어진다. '방모(幫母)〔p〕'는 순음(脣音)에 속한다.

우 가까운데, 하나는 월부(月部)에 속하는 글자이고, 하나는 물부(物部)에 속하는 글자이며,[306] 모두 입성자(入聲字)이다.

때로는 의성어의 이러한 변화는, 그 글자 형태는 비교적 차이가 있지만 글자의 음과 뜻이 그래도 연관성이 있으면 우리는 이것을 동일한 말의 변화로 볼 수 있다. 예를 들면,

① 交交黃鳥, 꾀꼴꾀꼴 꾀꼬리,
　止于棘. 대추나무에 앉았네.

　(≪시경詩經·진풍秦風·꾀꼬리(黃鳥)≫)

② 集于灌木, 떨기나무에 모여,
　其鳴喈喈. 그 울음 꾀꼴꾀꼴.

　(≪시경詩經·주남周南·칡덩쿨(葛覃)≫)

예시 ①과 ②에서, '교교(交交)'와 '개개(喈喈)'는 모두 꾀꼬리의 울음소리를 형용하지만 글자 형태가 상당히 다르다. 비록 이러하지만 음과 의미의 연관성은 아주 분명하다. '교(交)'와 '개(喈)'는 고대의 음이 똑같이 성모(聲母) 아음(牙音) 견모(見母)에 속하며,[307] 단지 운부(韻府)가 다른데, 하나는 소부(宵部)에 속하는 글자이고 하나는 지부(脂部)에 속하는 글자이다. '개개(喈喈)'는 닭 우는 소리를 형용할 수도 있다. 예를 들면,

---

306 [역자주] 상고시기 중국어는 운부(韻部)가 모두 29개이고, 크게 세 개의 부류로 나누어진다. (1) 운미(韻尾)가 없는 경우와 -k, -ng인 부류, (2) 운미가 -i, -t, -n인 부류, (3) 운미가 -p, -m인 부류이다. 두 번째 부류에서 운미가 -t인 경우는 다시 물부(物部), 질부(質部), 월부(月部)의 세 개의 운부로 이루어져 있다.
307 [역자주] '견모(見母)[k]'는 중고(中古)시기 중국어의 성모(聲母)로서 아음(牙音)에 속한다.

③ 風雨淒淒, 비바람 쌀쌀하고,

　雞鳴喈喈. 닭 울음 꼬끼오.

　　(≪시경詩經·정풍鄭風·비바람(風雨)≫)

닭 우는 소리는 또 '교교(膠膠)'로 형용할 수도 있다.

④ 風雨瀟瀟, 비바람 횡횡,

　雞鳴膠膠. 닭 울음 꼬끼오.

　　(≪시경詩經·정풍鄭風·비바람(風雨)≫)

　예시 ③과 ④에서, '개(喈)'는 성모(聲母) 견모(見母)의 지부(脂部) 글자이고, '교(膠)'는 성모 견모(見母)의 유부(幽部) 글자로서, 두 글자는 성모가 같다. 이외에, 올빼미(鴟鴞)의 울음소리는 '효효(曉曉)'라고 하고, 봉황새(鳳凰)의 울음소리는 '추추(啾啾)'라고 부르는데, 소리와 뜻에 있어서 '교교(交交)', '개개(喈喈)', '교교(膠膠)'와도 관련이 있다. 예를 들면,

⑤ 風雨所漂搖, 비바람에 흔들려서,

　予維音曉曉. 나는 두려움에 떨며 짹짹 우네.

　　(≪시경詩經·빈풍豳風·올빼미(鴟鴞)≫)

⑥ 鳳凰鳴啾啾, 봉황새 꾸욱꾸욱 울며,

　一母將九雛.[308] 한 어미가 아홉 마리 새끼를 데리고 가네.

　　(무명씨無名氏 <농서隴西의 노래(隴西行)>)

---

308 將(장): 데리다. 인솔하다.

예시 ⑤와 ⑥에서, '효(曉)'의 고음(古音)은 성모(聲母) 효모(曉母)의 소부(宵部) 글자이고, '추(啾)'는 성모 정모(精母)의 유부(幽部) 글자이다. 나중에는 이러한 말들이 묘사하는 대상에 큰 변화가 일어나게 되는데, 날짐승류에서 들짐승류와 가축류로 전환이 있게 되니, 예를 들면, 말 우는소리를 '추추(啾啾)'라고 하고 원숭이 우는 소리를 '오오(嗷嗷)'라고 하는 것 등등이다. 그러나 이들의 소리와 뜻은 여전히 앞에서 언급했던 말들과 관련이 있다. 예를 들면,

⑦ 嗷嗷夜猿鳴, 끽끽 거리며 밤 원숭이 울고,
溶溶晨霧合. 넓게 아침 안개 모여드네.

(심약沈約 <석당뢰石塘瀨에서 원숭이 우는 소리를 듣다(石塘瀨聽猿)>)

⑧ 不聞爺娘喚女聲, 부모님이 딸 부르는 소리 들리지 않고,
但聞燕山胡騎啾啾. 다만 연산(燕山)의 오랑캐 말 히잉히잉 우는
소리만 들릴 뿐이네.

(무명씨無名氏 <목란木蘭을 노래한 시(木蘭詩)>)

예시 ⑦과 ⑧에서, '교(嗷)'의 고음(古音)은 성모 견모(見母)의 소부(宵部)이고 '추(啾)'는 성모 정모(精母)의 유부(幽部)이다.

요컨대, 고대의 일부 의성어는 그 음과 뜻은 비록 관계가 있지만 글자 형태는 변화가 비교적 큰 편이니, 우리는 마땅히 글자 형태의 제한을 돌파하여 음과 뜻의 각도에서 문제를 고려해야 하는데, 이렇게 하여야 비로소 모의 수사 방식을 더욱 잘 파악하고 이용할 수 있다.

(3) 모의 수사 방식과 묘사 대상과의 관계

모의는 어떤 소리를 사용하여 어떤 대상을 묘사하는데, 그 관계는 결코 절대적이지 않다. 구체적으로 말해, 우리는 아래의 세 가지 문제를 주의해야 한다.

첫째, 동일한 대상은 동일한 의성어로 묘사할 수 있다.
어떤 의성어를 사용하여 어떤 대상을 묘사하는데, 어떤 의성어들의 경우, 사용 대상이 어느 정도 정해진 경향이 있다. 예를 들면,

> ① 呦呦鹿鳴, 우우하고 사슴이 울며,
> 食野之苹. 들판의 맑은대쑥을 뜯고 있네.
>
> (≪시경詩經·소아小雅·사슴이 울며(鹿鳴)≫)

> ② 呦呦山頭鹿, 우우하고 우는 산꼭대기의 사슴,
> 毛角自媚好. 털과 뿔이 천생적으로 아름답네.
>
> (육유陸游 <산꼭대기의 사슴(山頭鹿)>)

예시 ①과 ②의 '유유(呦呦)'는 모두 사슴의 울음소리를 형용하였다.
'오오(嗸嗸)' 같은 것은 처음에는 기러기가 슬피 우는 소리를 형용하였다. 예를 들면,

> ③ 鴻鴈于飛, 기러기 날아가며,
> 哀鳴嗸嗸. 기럭기럭 슬피 우네.
>
> (≪시경詩經·소아小雅·기러기(鴻鴈)≫)

④ 披軒臨前庭, 창문을 열고 앞뜰을 바라보니,

嗷嗷晨雁翔. 새벽 기러기 기럭기럭 울며 날아가네.

(좌사左思 <잡시(雜詩)>)

나중에는 '오오(嗷嗷)'라는 이 말은 또 사람이 슬피 우는 것을 묘사하는 데에도 쓰일 수 있게 되었다. 예를 들면,

⑤ 萬方哀嗷嗷, 전국 각지에서 슬퍼하며 엉엉 우니,

十載供軍食. 십년 동안 군대 식량을 바쳤네.

(두보杜甫 <낭주閬州 녹사참군錄事參軍으로 가는 위풍韋諷을 전송하며(送韋諷上閬州錄事參軍)>)

⑥ 索錢多門戶, 돈 착취에 방법도 많아,

喪亂紛嗷嗷. 난리에 많은 사람 엉엉 우네.

(두보杜甫 <험한 일을 만나 마음을 달래다(遭遇)>)

또 '아아(啞啞)' 같은 말도 까마귀의 울음소리를 형용하는 데에 상용된다. 예를 들면,

⑦ 黃雲城邊烏欲棲, 누른 구름 낀 성 가의 까마귀 깃들려 하여,

歸飛啞啞枝上啼. 돌아와 날며 까악까악 나뭇가지 위에서 우네.

(이백李白 <까마귀 밤에 울다(烏夜啼)>)

⑧ 慈烏失其母, 효성스러운 까마귀가 그 어미를 잃고,

啞啞吐哀音. 까악까악 슬픈 소리를 토해내네.

(백거이白居易 <효성스러운 까마귀가 밤에 우네(慈烏夜啼)>)

이러한 것들은 모두 의성어 또한 사용 대상이 어느 정도 정해져 있음을 말해준다.

둘째, 동일한 의성어도 서로 다른 대상을 묘사할 수 있다. 예를 들면,

① 北流活活. 북쪽으로 콸콸 흘러가네.
施罛濊濊. 그물을 치니 철썩철썩 소리 나네.

(≪시경詩經·위풍衛風·훌륭하신 분(碩人)≫)

② 所向泥活活, 가려는 길에 진흙 소리 질퍽질퍽 나니,
思君令人瘦. 그대 생각에 사람을 마르게 만드네.

(두보杜甫 <중양절重陽節에 잠참岑參에게 부치다(九日寄岑參)>)

예시 ①과 ②는 똑같은 '콸콸(活活)'이라는 말인데, 하나는 물 흐르는 소리를 형용하였고, 하나는 진흙길을 걸을 때 나는 소리를 형용하였다. 또 예를 들면,

③ 鴻鴈于飛, 기러기 날아가며,
肅肅其羽. 푸드득 푸드득 날개 치네.

(≪시경詩經·소아小雅·기러기(鴻鴈)≫)

④ 秋風蕭蕭晨風颸,[309] 가을바람 쏴쏴 불고 신풍 새는 급히 날아가는데,

　　東方須臾高知之. 동쪽에 얼마 안 있어 날이 밝으면 어떻게 해야 할
지 알리라.

(무명씨無名氏 <그리운 사람(有所思)>)

　　예시 ③과 ④는 똑같은 '숙숙(蕭蕭)'이라는 말인데, 하나는 새가 날개 치는
소리를 형용하였고, 하나는 가을바람 소리를 형용하였다. 또 예를 들면,

⑤ 飛鳥繞樹翔, 나는 새도 빙빙 나무 돌아 날며,

　　嗷嗷鳴索軍. 하악하악 슬피 울며 무리를 찾네.

(조식曹植 <잡시(雜詩)> 제3수)

⑥ 乃悟羨門子, 이에 선문자(羨門子)의 신선 추구 이유를 깨달으며,

　　嗷嗷今自嗤. 끄윽끄윽 울었던 일 이제 스스로 웃어버리네.

(완적阮籍 <내 마음을 읊으며(詠懷)> 제15수)

　　예시 ⑤와 ⑥은 똑같은 '교교(嗷嗷)'라는 말인데, 하나는 새가 슬프게 우는
소리를 형용하였고, 하나는 사람이 우는 소리를 형용하였다.

⑦ 座中有一遠方士, 자리에 멀리서 온 선비가 있는데,

　　唧唧咨咨聲不已. 탄식하고 탄식하면서 소리가 그치지 않네.

(백거이白居易 <오현금五弦琴을 타다(五弦彈)>)

309　晨風(신풍): 새 이름. 颸(시): 빠르다.

⑧ 暗蟲唧唧夜綿綿, 어디선가 벌레가 울어대며 밤새 계속되는데,

況是秋陰欲雨天. 게다가 가을 흐린 날씨에 비 내리려 하는 날이네.

(백거이白居易 <벌레 소리를 들으며(聞蟲)>)

⑨ 蟲鳴催歲寒, 벌레는 울며 겨울을 재촉하는데,

唧唧機杼聲. 덜그럭 덜그럭 베틀 소리 같네.

(구양수歐陽修 <벌레 울음소리(蟲鳴)>)

예시 ⑦에서 ⑨까지는 똑같은 '경경(唧唧)'이라는 말인데, 하나는 탄식의 소리를 형용하였고, 하나는 벌레의 울음소리를 형용하였으며, 하나는 베틀에서 나오는 소리를 형용하였다.

⑩ 江草日日喚愁生, 강가의 풀은 날마다 내 시름을 불러 생겨나게 하고,

巫峽泠泠非世情. 무협(巫峽)의 흐르는 물소리는 세상 사람의 정을 알지 못하네.

(두보杜甫 <시름(愁)>)

⑪ 泠泠聲滿耳, 청아한 악기 소리 귀에 가득하니,

鄭衛不足聽. 정(鄭)나라와 위(衛)나라 음악은 들을만한 것이 되지 못하네.

(백거이白居易 <오동나무 꽃에 답을 하다(答桐花)>)

예시 ⑩과 ⑪은 똑같은 '영령(泠泠)'인데, 하나는 강물이 흐르는 소리를 형용하였고, 하나는 악기소리를 형용하였다. 유사한 예는 그밖에도 많이 있지만 하나하나 모두 들지는 않기로 한다.

셋째, 동일한 대상도 서로 다른 의성어로 묘사할 수 있다. 예를 들어,

① 喓喓草蟲, 찌르찌르 우는 풀벌레,
　趯趯阜螽. 폴짝폴짝 뛰는 메뚜기.

　(≪시경詩經·소남召南·풀벌레(草蟲)≫)

② 草蟲咿咿鳴復咽, 풀벌레 찌르찌르 울다가 다시 흐느끼고,
　一秋雨多水滿轍. 가을 내내 비가 많이 내려 물이 수레바퀴 자국에 가득
　　　　　　　하네.

　(장뢰張耒 <해주海州로 가는 도중(海州道中)> 제2수)

예시 ①과 ②는 똑같은 풀벌레의 울음소리인데, 하나는 '요요(喓喓)'로 묘사
하였고, 하나는 '의의(咿咿)'로 묘사하였다. 또 이를테면,

③ 風雨凄凄, 비바람은 쌀쌀하고,
　鷄鳴喈喈. 닭 울음소리 꼭꼬닥 들려오네.

　(≪시경詩經·정풍鄭風·비바람(風雨)≫)

④ 喔喔十四雛, 꼭꼬닥 거리는 열네 마리의 닭들이,
　罩縛同一樊. 덮어씌워지고 묶여서 같은 하나의 울타리 안에 있네.

　(백거이白居易 <닭을 되사서 풀어주며(贖鷄)>)

예시 ③과 ④는 똑같은 닭 우는 소리인데, 하나는 '개개(喈喈)'로 묘사하였
고, 하나는 '악악(喔喔)'으로 묘사했다.

⑤ 大車檻檻, 큰 수레 덜커덩 덜커덩 지나가는데,

　毳衣如菼. 털옷이 물억새처럼 푸르네.

　(≪시경詩經·왕풍王風·큰 수레(大車)≫)

⑥ 隱隱何甸甸, 덜커덩 덜커덕 소리 울리며,

　俱會大道口. 모두 큰 길 입구에서 모였네.

　(무명씨無名氏 <초중경焦仲卿의 아내(焦仲卿妻)>)

⑦ 齊紈魯縞車班班, 제(齊) 땅의 비단과 노(魯) 땅의 명주 실은 수레가
　　　　　　　　　끝없이 이어지고,

　男耕女織不相失. 남자는 밭 갈고 여자는 베를 짜며 서로 본분을 잃지
　　　　　　　　　않았네.

　(두보杜甫 <옛날을 생각하며(憶昔)> 제2수)

⑧ 牛車轔轔載寶貨, 소가 끄는 수레 덜커덩거리면서 귀중한 물건을
　　　　　　　　　싣고 가는데,

　磊落照市人爭傳. 많고 많은 물건들 빛을 내며 시장을 비추니 사람들
　　　　　　　　　다투어서 소식을 전하네.

　(육유陸游 <장사꾼의 노래(估客樂)>)

　예시 ⑤에서 예시 ⑧까지는 똑같이 수레소리를 나타내는데, '함함(檻檻)', '은은(隱隱)', '전전(甸甸)', '반반(班班)', '인린(轔轔)'과 같이 서로 다른 의성어들을 사용하여 묘사할 수도 있다.

　이상이 바로 우리들이 모의 수사 방식을 파악할 때 특별히 주의해야하는 몇 가지 문제들이다.

제21장 음률(音律)

<1> 음률이란?

수사 방식의 하나로서, 여기서 말하는 '음률'은 비교적 광범위한 개념이다. 무엇을 '음률'이라고 하는가? 이른바 '음률'이란 글자의 성모(聲母. 음절 첫머리에 나타나는 자음子音), 운모(韻母. 중국어의 음절에서 성모聲母를 제외한 나머지 부분), 성조(聲調)의 협조와 변화를 통하여 이것을 빌려 시가 언어의 음악미를 더욱 강하게 하는 수사 수단의 하나이다. 예를 들면,

① 愛而不見, 숨어서 보이지 않으니,

搔首踟躕. 머리 긁적이며 머뭇거리네.

(≪시경詩經·패풍邶風·단아한 아가씨(靜女)≫)

② 羌靈魂之欲歸兮,[310] 나의 영혼은 돌아가고자 하니,

何須臾而忘反? 어찌 잠시인들 돌아가는 것을 잊으리오?

(≪초사楚辭·구장九章·수도 영郢을 슬퍼하며(哀郢)≫)

---

310 羌(강): 구수어기사(句首語氣詞).

③ 驅馬悠悠, 멀리 말을 몰아,

言至於漕. 조읍(漕邑)에 이르려 하였네.

(≪시경詩經·용풍鄘風·말을 달려(載馳)≫)

④ 采采芣苢,³¹¹ 질경이를 캐고 캐어,

薄言采之. 그것을 캐네.

(≪시경詩經·주남周南·질경이(芣苢)≫)

⑤ 秋來相顧尚飄蓬, 가을이 와 그대 보아도 아직 떠다니는 쑥 같고,

未就丹砂愧葛洪. 아직도 단사(丹砂)를 이루지 못하여 갈홍(葛洪)에게

부끄럽겠네요.

痛飲狂歌空度日, 맘껏 술 마시고 미친 듯 노래 부르면서 헛되이 날을

보내며,

飛揚跋扈爲誰雄? 거리낌 없이 제멋대로 행동함은 누구를 위해 호기를

부리시는 건가요?

(두보杜甫 <이백李白에게 드리며(贈李白)>)

예시 ①의 '지주(踟躕)' 두 자는 고대에는 성모(聲母)가 서로 같았는데, 이러
한 것을 쌍성(雙聲)이라고 한다.

예시 ②의 '수유(須臾)' 두 자는 고대에 운부(韻部)³¹²가 서로 같았는데, 이것
을 첩운(疊韻)이라고 한다.

---

311 芣苢(부이): 질경이.

312 [역자주] 운서(韻書) 중 같은 운의 글자를 한 부(部)로 구성해 놓은 것. 예를 들어 ≪광운(廣
韻)≫은 206부로 되어 있고, ≪평수운(平水韻)≫은 108부로 되어 있으며, ≪중원음운(中原
音韻)≫은 19부로 나누어 놓았다.

예시 ③의 '유유(悠悠)'는 하나의 말인데, 동일한 음절이 중첩되어 구성되었으니, 이것은 첩음(疊音)이다.

예시 ④의 '채채(采采)'는 두 개의 말인데, 동일한 하나의 글자가 중첩되어 이루어졌으니, 이것은 첩자(疊字)이다.

예시 ⑤의 <이백李白에게 드리며(贈李白)>는 7언절구(七言絶句)로, 전체 시는 각 글자의 평측(平仄)이 모두 일정한 격식이 있다. 이 시의 표준적인 평측 격식은 첫 구에 운(韻)을 넣는 평기평수식(平起平收式)[313]에 속한다. 살펴보면 알 수 있는데, 전체 시는 모두 28자이며, 단지 '상(相)'자 한 글자만이 평측에 부합되지 않지만, 이곳은 시의 규율에 의하면 '평성(平聲)'을 쓸 수도 있고 '측성(仄聲)'을 쓸 수도 있다.

예시 ①~⑤에서 알 수 있는데, 글자의 쌍성, 첩운, 첩음과 첩자는 모두 음절의 조화와 변화를 얻기 위한 것이다. 글자의 성조(평측)를 고르게 배치시키는 것은 시가 언어가 더욱 선명한 리듬감을 가지게 하기 위한 것이다. 만약 선율과 리듬과 화성(和聲)이 음악 표현력의 3대 요소라고 말한다면, 선명한 리듬과 자음(字音)의 조화는 시가 언어에 대해서 말하자면 아마도 가장 중요한 것일 것이다. 시의 언어는 음악미가 있는데, 이것이 바로 시가 언어가 산문 언어와 구별되는 가장 중요한 관건이다. 시의 음악성은 위에서 제기한 쌍성자, 첩운자, 첩음자와 글자의 첩용(疊用) 외에도 글자의 평측에 의해 형성되는 리듬과 구(句) 끝의 압운(押韻)이 있다.

⑥ 綠蟻新醅酒, 녹색 거품의 새로 빚은 술,
   紅泥小火爐. 붉은 진흙의 조그마한 화로.

---

313 [역자주] 첫 구의 두 번째 글자로 평(平)·측(仄)의 기준을 삼는데, 평기평수식(平起平收式)은 첫 구의 두 번째 글자가 평성이고 마지막 글자도 평성인 경우를 가리킨다. 5언시의 경우 평평측측평(平平仄仄平)이고. 7언시의 경우는 평평측측측평평(平平仄仄仄平平)이다.

晩來天欲雪, 저물어 하늘에선 눈 내리려 하는데,

能飲一杯無? 술 한 잔 마실 수 있으신지?

(백거이白居易 <유씨劉氏네 열아홉 번째에게 묻노니(問劉十九)>)

예시 ⑥은 상당히 소탈하고 정감이 풍부한 좋은 시이다. 유씨(劉氏)네 열아홉 번째(劉十九)는 시인이 강주(江州)로 폄적된 뒤에 알게 된 좋은 친구인데, 구체적인 일신상의 처지와 형편은 자세하지 않다. <유씨劉氏네 열아홉 번째에게 묻노니(問劉十九)>는 5언절구(五言絶句)이며, 전체 시는 겨우 20개의 글자로 이루어져 있지만, 시 속에 함축되어 있는 순박한 정감은 오히려 독자들의 마음을 깊이 움직인다.

첫 구절은 시인이 쌀로 담근 술을 새로 빚어 준비해 놓았음을 묘사하였다. 새 술이 처음 만들어져 아직 거르지 않으면 술지게미가 위에 떠 있는 것이 마치 개미 같은데, 시인은 아무런 얽매임도 없이 이런 술로 정성스럽게 친구에게 대접하고자 하니, 그 깊은 정과 두터운 우의를 생각하기만 해도 알 수 있다.

둘째 구절은 계절을 밝혔다. 조그만 화로가 막 붉게 타고 있는데, 이것은 바로 두 친한 친구가 한바탕 실컷 마실 수 있는 절호의 기회이다.

셋째 구절은 두 구절을 이어서 쓴 것인데, 구체적인 시간을 분명히 밝히면서, 벗을 초대하여 마음을 열고 마주해서 술을 마시는 객관적인 조건을 그려 내었다. 황혼이 내리고 차가운 기운이 이따금 엄습하며 한바탕 눈보라가 곧 퍼부을 듯한 이런 상황에서 사람들은 자연스럽게 술에 대한 생각을 강하게 일으키게 된다.

넷째 구절은 시인이 벗에게 두터운 정으로 초대하는 것을 직접적으로 나타내었다. '술 한 잔 마실 수 있으신지?(能飲一杯無)'라고 하여, 전체의 시는 의문구로 끝을 맺는데, 어기(語氣)가 매우 함축적이고 완곡하며, 조금도 사람에게 하기 싫은 일을 억지로 강요하지 않지만, 시인의 마음속에 감추어져 있는 진실한 감정은 오히려 언어 밖으로 넘쳐나고 있다. 지금 우리들이 말하고자 하는 것은, 만약 이 짧은 시가 리듬과 압운이 결핍되었다면 시의 맛도 없을 것이라는 점이다.

전체 시는 평측 분류에서 보자면 첫 구에 운(韻)을 넣지 않은 측기측수식(仄起仄收式)이다. 구체적인 격식은 '측측평평측(仄仄平平仄), 평평측측평(平平仄仄平), 평평평측측(平平平仄仄), 측측측평평(仄仄仄平平)'이다. 살펴보면 알 수 있는데, 전체 시는 단지 셋째 구의 '만(晩)'자와 넷째 구의 '능(能)'자만 평측이 맞지 않지만, 근체시 격률의 요구에 의하면, 이러한 글자들은 모두 평성을 쓸 수도 있고 측성을 쓸 수도 있는 것이다. 평측의 격식으로부터 알 수 있는데, 일반적으로 말해서 근체시에서 두 개의 평성자(平聲字)와 두 개의 측성자(仄聲字)가 교체하여 나타나며, 이렇게 하여 리듬이 형성되며, 이러한 리듬은 일반적으로 말해서 뜻의 단위와도 일치하며, 그래서 읽어보면 낭랑하게 거침없이 술술 나와 매우 마음에 흡족하게 된다.

또 이 시의 운자(韻字) 사용, 즉 용운(用韻)에 대해 살펴보도록 한다. 이 시는 첫 구에는 운(韻)을 넣지 않았으며, 전체 시의 압운 글자는 단지 두 군데인데, 하나는 '로(爐)'자이고, 하나는 '무(無)'자이다. 시운(詩韻)의 측면에서 말하자면, 백거이는 이 시에서 운을 비교적 느긋하게 사용하였는데, '로(爐)'자는 여섯 번째의 '어운(魚韻)'에 속하고, '무(無)'는 일곱 번째의 '우운(虞韻)'에 속한다.[314] 그러나 시인은 여기에서 격식에 얽매이지 않았으니 이것이 바로 대문호의 솜씨를 보이는 곳이다.

이상의 분석에서 알 수 있듯이, 음률은 하나의 수사(修辭) 수단 혹은 표현

---

314 [역자주] <상평성(上平聲)> 동(東), 동(冬), 강(江), 지(支), 미(微), 어(魚), 우(虞), 제(齊), 가(佳), 회(灰), 진(眞), 문(文), 원(元), 한(寒), 산(刪). <하평성(下平聲)> 선(先), 소(蕭), 효(肴), 호(豪), 가(歌), 마(麻), 양(陽), 경(庚), 청(靑), 증(蒸), 우(尤), 침(侵), 담(覃), 염(鹽), 함(鹹).

형식으로서, 그 수사적 작용은 매우 분명하다. 유협(劉勰)은 말하길, "감정을 표현하는 것은 심원하도록 힘쓰며, 음률을 안배하는 것은 적절해야 한다.",[315] "성률은 짠맛의 소금과 신맛의 매실을 잘 사용하듯이 하고, 소리는 느릅나무와 제비꽃의 껍질에 매끄러운 즙이 있는 것 같이 매끄럽고 조화로워야 한다."[316] (≪문심조룡(文心雕龍)·성률(聲律)≫)라고 하였다. 유협의 생각은, 시와 문장에서 정서를 나타낼 때는 마땅히 힘써 심원함을 구하여야 하지만, 음률을 잘 배합하기만 하면 매우 쉽게 이러한 점을 행할 수 있다는 것이다. 시문에 성률(聲律)이 있게 되면, 마치 요리를 할 때 소금과 신 매실 등의 조미료가 있어서 그것을 넣으면 매우 맛있게 바뀌게 되는 것과 같고, 또 마치 죽을 끓일 때 느릅나무 껍질과 제비꽃 껍질 같은 것이 있어서 그것을 넣으면 더욱 부드럽고 매끄러워지는 것과 같다. 유협의 비유는 중요한 점을 충분히 잘 설명하고 있다.

<2> 음률의 기본 유형

(1) 쌍성(雙聲)

'쌍성'은 두 글자의 성모(聲母)가 서로 같은 것이다. 예를 들면,

① 一之日觱發, 동짓달에는 바람이 차고,
二之日栗烈. 섣달에는 기온이 차갑네.

(≪시경詩經·빈풍豳風·칠월(七月)≫)

---

315 "標情務遠, 比音則近."
316 "聲得鹽梅, 響滑榆槿."

② 佩繽紛其繁飾兮, 허리띠 장식품 많고 화려하게 꾸몄으며,

芳菲菲其彌章. 향기 짙고 더욱 두드러지네.

(≪초사楚辭·근심스러운 곳을 떠나며(離騷)≫)

③ 無爲守窮賤, 가난하고 비천함을 지키면서,

轗軻長苦辛. 곤궁하게 오래토록 고생하지 말지라.

(고시古詩 <오늘은 좋은 연회(今日良宴會)>)

④ 顧看空室中, 텅 빈 방 안을 뒤돌아보니,

仿佛想姿形. 마치 그대 모습 생각나는 듯하네.

(진가秦嘉 <아내에게 보내는 시(贈婦詩)> 제3수)

예시 ①의 '필발(觱發)'은 쌍성(雙聲)이니, 두 글자 모두 방모(幫母)에 속한다.[317] 예시 ②의 '율렬(栗烈)'은 쌍성으로, 두 글자 모두 래모(來母)에 속한다. 예시 ③의 '감가(轗軻)'는 쌍성인데, 두 글자 모두 계모(溪母)에 속한다. 예시 ④의 '방불(仿佛)'은 쌍성이며, 두 글자 모두 방모(滂母)에 속한다.

쌍성자(雙聲字)를 언급할 때(첩운자疊韻字 포함), 이것이 쌍성인지 아닌지 변별하는 것은 모두 고대의 음(音)을 근거로 한다. 어떤 글자들은 지금의 음으로 살펴보면 결코 쌍성이 아니지만 고대에는 그러했는데, 예시 ①의 '필발(觱發)',[318] 예시 ②의 '빈분(繽紛)'[319]이 바로 그러하다. 또 예를 들면,

---

317　[역자주] 왕력(王力)의 ≪한어어음사(漢語語音史)≫에 의하면(아래도 동일), 방모(幫母)의 추정음은 [p], 아래의 래모(來母)는 [l], 계모(溪母)는 $[k^h]$, 방모(滂母)는 $[p^h]$.

318　[역자주] '필발(觱發)'의 현대 중국어 독음은 '觱(bì) 發(fā)'.

319　[역자주] '빈분(繽紛)'의 현대 중국어 독음은 '繽(bīn) 紛(fēn)'.

⑤ 乘騏驥以馳騁兮, 천리마를 타고 달리셔서,

　　來吾道夫先路. 오십시오, 제가 앞길을 인도하리다.

　　(≪초사楚辭·근심스러운 곳을 떠나며(離騷)≫)

⑥ 時不可兮再得, 좋은 때는 다시 얻을 수 없으니,

　　聊逍遙兮容與. 잠시 자유로이 거닐면서 마음 편히 지내리다.

　　(≪초사楚辭·구가九歌·상수湘水의 신(湘君)≫)

　　예시 ⑤의 '치빙(馳騁)'은 오늘날 음으로는 쌍성이지만[320] 고대에는 그렇지 않으니, '치(馳)'는 정모(定母)에 속하는 글자이고, '빙(騁)'은 투모(透母)에 속하는 글자인데, 독음이 단지 매우 가까울 따름이다.[321]

　　예시 ⑥의 '용여(容與)'는 오늘날의 음으로는 쌍성이 아니지만[322] 고대에는 오히려 쌍성이었으니, 두 글자 모두 유모(喩母)에 속하는 글자이다.[323]

　　품사(品詞)의 각도에서 살펴보면 시가 중의 쌍성자(雙聲字)는 대다수가 상태(狀態) 형용사이고, 그 다음이 명사이며, 동사가 가장 적다.

　　예를 들어 상태 형용사에 속하는 것으로는 다음과 같은 것이 있다.

① 參差荇菜, 들쭉날쭉한 마름 풀을,

　　左右流之. 여기저기서 뜯네.

　　(≪시경詩經·주남周南·꾸우꾸우 우는 물수리(關雎)≫)

320　[역자주] '치빙(馳騁)'의 현대 중국어 독음은 '馳(chí) 騁(chěng)'.

321　[역자주] 정모(定母)의 추정음은 [d]이며, 투모(透母)는 [tʰ].

322　[역자주] '용여(容與)'의 현대 중국어 독음은 '容(róng) 與(yǔ)'.

323　[역자주] 유모(喩母)의 추정음은 [j].

② 憎慍惀(yùn lǔn)之修美兮,[324] 말 잘 못하는 훌륭한 사람은 싫어하고,
好夫人之慷慨. 그들처럼 겉으로 큰 소리 치는 것을 좋아했네.

(≪초사楚辭·구장九章·수도 영郢을 슬퍼하며(哀郢)≫)

③ 繁華有憔悴, 무성하고 고운 것도 초췌하게 시들 때가 있고,
堂上生荊杞. 대청에도 가시나무가 자라게 되리라.

(완적阮籍 <내 마음을 읊으며(詠懷)> 제1수)

④ 見說蠶叢路,[325] 듣자하니 촉(蜀) 땅으로 가는 길,
崎嶇不易行. 가파르고 험하여 가기가 쉽지 않다는데.

(이백李白 <촉蜀 땅으로 들어가는 벗을 전송하며(送友人入蜀)>)

⑤ 元氣淋漓障猶濕, 그대 그림의 원기 가득하여 병풍이 아직도 젖어 있는데,
眞宰上訴天應泣. 천신이 올라가 호소하면 하늘도 아마도 울리라.

(두보杜甫 <봉선奉先의 유劉 소부少府가 새로 그린 산수 병풍에 대한 노래(奉先劉少
府新畵山水障歌)>)

⑥ 含情凝睇謝君王, 정을 머금고 응시하며 황제께 감사드리는데,
一別音容兩渺茫. 한 번 이별한 뒤 음성과 모습 모두 아득해졌습니다.

(백거이白居易 <기나긴 한의 노래(長恨歌)>)

예시 ①의 '참치(參差)' 두 자는 모두 초모(初母)에 속하는 글자이다.[326] 예시

---

324 慍惀(온론): 가슴에 맺힌 것이 있지만 잘 드러내지 못하는 모양.
325 見說(견설): 들은 바에 의하면. 蠶叢路(잠총로): 촉(蜀)으로 들어가는 길. '蠶叢(잠총)'은 고대
촉나라 임금의 이름.

②의 '강개(慷慨)'는 두 자 모두 계모(溪母)에 속하는 글자이다. 예시 ③의 '초췌(憔悴)'는 두 자 모두 종모(從母)에 속한다. 예시 ④의 '기구(崎嶇)'는 두 자 모두 계모(溪母)에 속한다. 예시 ⑤의 '임리(淋漓)'는 두 자 모두 래모(來母)에 속하는 글자이다. 예시 ⑥의 '묘망(渺茫)'은 두 자 모두 명모(明母)에 속한다.

명사에 속하는 것으로는 다음과 같은 것이 있다.

① 蝀蝀(dì dōng)在東,³²⁷ 무지개가 동쪽에 있는데,
莫之敢指. 감히 가리키는 사람 없네.

(≪시경詩經·용풍鄘風·무지개(蝀蝀)≫)

② 撫長劍兮玉珥, 손으로 긴 칼을 어루만지니 옥으로 만든 칼자루이고,
璆鏘鳴兮琳琅.³²⁸ 패옥이 댕강 울리니 아름다운 임랑(琳琅)이네.

(≪초사楚辭·구가九歌·하늘의 신(東皇太一)≫)

③ 黃鵠遊四海. 고니는 사해에서 노니는데,
中路將安歸? 도중에 어찌 돌아갈까?

(완적阮籍 <내 마음을 읊으며(詠懷)> 제8수)

④ 洞庭張樂地, 동정호(洞庭湖)는 황제(黃帝)가 음악을 연주했던 곳이고,

---

326 [역자주] 초모(初母)는 추정음이 [ʧʰ]이고, 아래의 계모(溪母)는 [kʰ], 종모(從母)는 [dz], 래모(來母)는 [l], 명모(明母)는 [m].

327 蝀蝀(체동): 무지개.

328 琳琅(임랑): 아름다운 옥 이름.

瀟湘帝者遊. 소수(瀟水)와 상수(湘水)는 요(堯) 임금의 두 딸이 거닐었네.

(사조謝朓 <신정新亭의 물가에서 영릉零陵 내사內史 범운范雲과 헤어지며(新亭渚別 范零陵雲)>)

⑤ 蟾蜍蝕圓影, 두꺼비가 둥근 자태 먹어가니,

大明夜已殘. 크고 밝은 달은 밤에 이미 이지러졌네.

(이백李白 <옛날의 밝은 달 노래(古朗月行)>)

⑥ 尋聲暗問彈者誰, 소리를 찾아 비파 타는 사람이 누구신가 넌지시 물었
는데,

琵琶聲停欲語遲. 비파 소리 멈추고 말을 할 듯 하면서도 더디네.

(백거이白居易 <비파琵琶의 노래(琵琶行)>)

예시 ①의 '체동(蠆蝀)'은 두 자 모두 단모(端母)에 속한다.[329] 예시 ②의 '임랑(琳琅)'은 두 자 모두 래모(來母)에 속한다. 예시 ③의 '황곡(黃鵠)' 두 자는 모두 압모(匣母)에 속한다. 예시 ④의 '소상(瀟湘)' 두 자는 모두 심모(心母)에 속한다. 예시 ⑤의 '섬서(蟾蜍)' 두 자는 모두 선모(禪母)에 속한다. 예시 ⑥의 '비파(琵琶)' 두 자는 모두 병모(並母)에 속한다.

동사에 속하는 것으로는 다음과 같은 것이 있다.

---

329 역자주 단모(端母)는 추정음이 [t]이고, 아래의 래모(來母)는 [l], 압모(匣母)는 [ɣ], 심모(心母)는 [s], 선모(禪母)는 [z], 병모(並母)는 [b].

① 余雖好修姱以鞿羈兮,[330] 내 비록 좋은 품덕 닦기를 좋아하면서
　　　　　　　　　　　　　스스로를 단속하였지만,

謇朝誶(suì)而夕替.[331] 아침에 간언을 하였다가 저녁에 버려졌네.

(≪초사楚辭·근심스러운 곳을 떠나며(離騷)≫)

② 蕩滌放情志, 근심을 씻고 생각을 놓아두어야 하거늘,

何爲自結束? 어찌하여 스스로 자신을 묶어두는가?

(고시古詩 <성의 동쪽은 높고도 길어(城東高且長)>)

③ 隣人滿牆頭, 이웃 사람들 담장 머리에 가득한데,

感歎亦歔欷. 탄식하고 또 흐느껴 우네.

(두보杜甫 <강촌羌村에서 지은 시 세 수(羌村三首)> 제1수)

예시 ①의 '기기(鞿羈)'는 두 자 모두 견모(見母)에 속한다.[332] 예시 ②의 '탕척(蕩滌)' 두 자는 모두 정모(定母)에 속한다. 예시 ③의 '허희(歔欷)' 두 자는 모두 효모(曉母)에 속한다.

이상은 쌍성자의 경우이다.

---

330 鞿羈(기기): 재갈과 굴레. 명사를 동사로 써서, '단속을 받다', '스스로를 단속하다'는 것을 가리킨다.

331 誶(수): 간(諫)하다. 替(체): 버리다.

332 [역자주] 견모(見母)는 추정음이 [k]이고, 아래의 정모(定母)는 [d], 효모(曉母)는 [x].

(2) 첩운(疊韻)

'첩운'은 두 글자의 운모(韻母)가 같은 것이다. 상고(上古) 시대에는 두 글자의 운부(韻部)가 서로 같으면 '첩운'이라 하였다. 예를 들면,

① 舒窈糾兮,[333] 아름다운 그대 모습,
　　勞心悄兮. 시름겨운 마음 근심에 잠기네.

　　(≪시경詩經·진풍陳風·달이 떴네(月出)≫)

② 春日載陽, 봄날 따뜻해지니,
　　有鳴倉庚.[334] 꾀꼬리 울어대네.

　　(≪시경詩經·빈풍豳風·칠월(七月)≫)

③ 心嬋媛而傷懷兮, 마음이 이끌리어 상심하며,
　　眇不知其所蹠(zhí).[335] 앞길은 아득한데 발 디딜 곳을 모르겠네.

　　(≪초사楚辭·구장九章·수도 영뫼을 슬퍼하며(哀郢)≫)

④ 靈連蜷(lián quán)兮既留, 신령이 길게 감돌다 머무시니,
　　爛昭昭兮未央. 빛나는 빛 밝고 밝아 끝이 없네.

　　(≪초사楚辭·구가九歌·구름의 신(雲中君)≫)

예시 ①의 '요규(窈糾)'는 두 자 모두 유부(幽部)에 속하는 글자이다.[336] 예시

---

333 窈糾(요규): 자태가 나긋나긋하고 아름다운 모습.
334 倉庚(창경): 꾀꼬리.
335 蹠(척): '척(跖)'과 같다. 밟다. 디디다.

②의 '창경(倉庚)'은 두 자 모두 양부(陽部)에 속하는 글자이다. 예시 ③의 '선원(嬋媛)' 두 글자는 모두 원부(元部)에 속한다. 예시 ④의 '연권(連蜷)' 두 글자 또한 원부(元部)에 속한다.

쌍성자를 분별하는 것과 마찬가지로, 첩운자(疊韻字)를 분별하는 것 또한 고대의 음을 근거로 삼는다. 어떤 글자는 오늘날의 음은 첩운자이지만 고대에는 그렇지 않다. 예를 들면,

① 桑之未落, 뽕잎이 아직 떨어지지 않았을 때에는,

　 其葉沃若.[337] 그 잎이 무성하였네.

　 (≪시경詩經·위풍衛風·외지에서 온 남자(氓)≫)

② 采薜荔(bì lì)兮水中, 물속에서 벽려(薜荔)를 캐고,

　 搴(qiān)芙蓉兮木末.[338] 나뭇가지 끝에서 연꽃을 따네.

　 (≪초사楚辭·구가九歌·상수湘水의 신(湘君)≫)

③ 雄虺九首, 수컷 살무사는 머리가 아홉 개,

　 倏忽(shū hū)焉在? 매우 재빠르게 움직여 어디에 있나?

　 (≪초사楚辭·하늘에 묻다(天問)≫)

예시 ①의 '옥약(沃若)' 두 글자에서 하나는 옥부(沃部)의 글자이고, 하나는 탁부(鐸部)의 글자이다.[339] 예시 ②의 '벽려(薜荔)'는 하나는 석부(錫部)의 글자

---

336 [역자주] 예시 ①의 유부(幽部)는 추정음이 [u]이고, 아래의 예시 ②의 양부(陽部)는 [aŋ], 예시 ③과 ④의 원부(元部)는 [an].

337 沃若(옥약): 무성한 모양.

338 搴(건): 따다.

이고, 하나는 엽부(葉部)의 글자이다. 예시 ③의 '숙홀(倏忽)'은 하나는 각부(覺部)의 글자이고, 하나는 물부(物部)의 글자이다.

이러한 상황은 양한(兩漢) 이후의 시가(詩歌) 속에도 역시 존재한다. 예를 들면,

④ 生事本瀾漫, 살아가는 일 본래 어지럽게 흩어져 있는데,
   何用獨精堅? 어찌 한 가지에 정성을 들이며 꿋꿋이 할 필요 있을까?

   (포조鮑照 <고시를 본떠서 지은 시 8수(擬古八首)> 제4수)

⑤ 孟夏草木長, 초여름이라 풀과 나무 자라,
   遶屋樹扶疎. 집을 둘러싸고 나뭇잎 무성하네.

   (도연명陶淵明 <산해경山海經을 읽고(讀山海經)>)

⑥ 江上小堂巢翡翠, 강가 작은 집에 물총새가 둥지를 틀고,
   苑邊高塚臥麒麟. 부용원(芙蓉苑) 옆 무덤엔 기린이 누워 있네.

   (두보杜甫 <곡강曲江 2수(曲江二首)> 제1수)

⑦ 是何意態雄且傑, 이 얼마나 기색과 자태가 씩씩하고 뛰어난가?
   駿尾蕭梢朔風起.³⁴⁰ 준마의 꼬리 흔들리니 겨울바람 일어나네.

   (두보杜甫 <천자의 마구간의 날랜 말의 노래(天育驃騎圖歌)>)

---

339 역자주 예시 ①의 옥부(沃部)는 추정음이 [ok]이고, 탁부(鐸部)는 [ak]이며, 아래의 예시 ②의 석부(錫部)는 [ek], 엽부(葉部)는 [ap], 예시 ③의 각부(覺部)는 추정음이 [uk]이고, 물부(物部)는 [ət].

340 蕭梢(소초): 흔들거리는 모양.

⑧ 趙叟抱五弦, 조씨 노인이 오현금(五弦琴)을 안고 와서,

  宛轉當胸撫. 구성진 가락을 가슴 마주하며 연주하네.

(백거이白居易 <오현금(五弦)>)

예시 ④의 '난만(瀾漫)' 두 글자는 하나는 상평성(上平聲)의 열네 번째 한운(寒韻)에 속하고,[341] 하나는 거성(去聲)의 열다섯 번째 한운(翰韻)에 속한다. 예시 ⑤의 '부소(扶疏)' 두 글자는 하나는 상평성의 일곱 번째 우운(虞韻)이고, 하나는 상평성의 여섯 번째 어운(魚韻)이다. 예시 ⑥의 '비취(翡翠)'는 한 글자는 거성의 다섯 번째 미운(未韻)이며, 한 글자는 거성의 네 번째 치운(寘韻)이다. 예시 ⑦의 '소초(蕭梢)'는 하나는 하평성의 두 번째 소운(蕭韻)이고, 하나는 하평성의 세 번째 효운(肴韻)이다. 예시 ⑧의 '완전(宛轉)' 두 글자는 하나는 상성(上聲)의 열세 번째 완운(阮韻)이고, 하나는 상성의 열여섯 번째 선운(銑韻)이다.

이와 같은 상황은 엄격히 말하자면 모두 첩운자(疊韻字)라고 칠 수는 없고, 기껏해야 '준 첩운자(準疊韻字)'로 여길 수 있다.

쌍성자와 마찬가지로, 고대시가 속의 첩운자 또한 대부분이 상태(狀態) 형용사이다. 이외에 또 일부분은 명사와 동사에 속하지만 그 수는 비교적 적다.

상태 형용사에 속하는 예로는 다음과 같은 것이 있다.

① 窈窕淑女, 아름답고 정숙한 아가씨,

---

341 [역자주] 왕력(王力)의 《한어음운(漢語音韻), 음운학초보(音韻學初步)》에 의하면(아래도 동일), 평수운(平水韻)의 경우, 주요 모음과 운미(韻尾)의 추정음은 예시 ④의 한운(寒韻)은 [ɑn]이고, 한운(翰韻)은 [ɑn]이며, 예시 ⑤의 우운(虞韻)은 [u], 어운(魚韻)은 [o]이다. 예시 ⑥의 미운(未韻)은 [əi], 치운(寘韻)은 [i]이다. 예시 ⑦의 소운(蕭韻)은 [æu], 효운(肴韻)은 [au]이다. 예시 ⑧의 완운(阮韻)은 [ɐn]이고, 선운(銑韻)은 [æn]이다.

君子好逑(qiu).[342] 군자의 좋은 짝.

(≪시경詩經·주남周南·꾸우꾸우 우는 물수리(關雎)≫)

② 苟余情其信姱以練要兮, 진실로 내 마음이 아름답고 꿋꿋하게 한결같
　　　　　　　　　　　　　으면,

長頷頷(kǎn hàn)亦何傷?[343] 오래 굶주려 누렇게 뜬들 어찌 슬퍼하리오?

(≪초사楚辭·근심스러운 곳을 떠나며(離騷)≫)

③ 帶長鋏之陸離兮, 긴 칼을 차고,

冠切雲之崔嵬. 높은 관을 썼네.

(≪초사楚辭·구장九章·강을 건너며(涉江)≫)

④ 路遠莫致倚逍遙, 길이 멀어 보내지 못하고 배회하는데,

何爲懷憂心煩勞? 어찌하여 근심 품고 마음은 괴롭고 고달픈가?

(장형張衡 <네 가지 근심의 시(四愁詩)>)

⑤ 四角龍子幡, 네 모퉁이에 용을 수놓은 깃발,

婀娜隨風轉. 하늘하늘 바람 따라 나부끼네.

(무명씨無名氏 <초중경焦仲卿의 아내(焦仲卿妻)>)

⑥ 明月出天山, 밝은 달은 나오네 천산(天山)의,

342　逑(구): 짝.

343　頷頷(함함): 굶주려서 얼굴이 누렇게 뜬 모양.

蒼茫雲海間. 아득한 구름바다 사이에서.

(이백李白 <관문의 산에 뜬 달(關山月)>)

　　예시 ①의 '요조(窈窕)' 두 글자는 똑같이 소부(宵部)에 속하는 글자이다.[344]
예시 ②의 '함함(顄頷)'은 둘 다 침부(侵部)에 속하는 글자이다. 예시 ③의 '최외
(崔嵬)'는 두 글자 모두 미부(微部)에 속한다. 예시 ④의 '소요(逍遙)'는 두 글자
모두 소부(宵部)에 속한다. 예시 ⑤의 '아나(婀娜)'는 두 글자 모두 가부(歌部)에
속한다. 예시 ⑥의 '창망(蒼茫)' 두 글자는 똑같이 하평성(下平聲)의 일곱 번째
양운(陽韻)에 속한다.[345]

　　명사와 동사에 속하는 예로는 다음과 같은 것이 있다.

　　① 燕婉之求, 점잖고 온순한 사람을 구했으나,
　　　 籧篨(qú chú)不鮮.[346] 병에 걸려 몸을 구부리지 못하는 사람이 적지 않네.

　　　(≪시경詩經·패풍邶風·새 누대(新臺)≫)

　　② 萬里橋西一草堂, 만리교(萬里橋) 서쪽의 한 채 초당,
　　　 百花潭水即滄浪.[347] 백화담(百花潭)의 물은 바로 창랑(滄浪)의
　　　　　　　　　　　　　　　물이라네.

　　　(두보杜甫 <미친 사내(狂夫)>)

344 　역자주　예시 ①과 예시 ④의 소부(宵部)는 추정음이 [o]이고, 예시 ②의 침부(侵部)는 [əm],
　　예시 ③의 미부(微部)는 [əi], 예시 ⑤의 가부(歌部)는 [ai].
345 　역자주　왕력(王力)에 의하면, 평수운에서 양운(陽韻)의 주요 모음과 운미(韻尾)의 추정음은
　　[aŋ]이다.
346 　籧篨(거저): 몸에 병이나 탈이 있어 구부리지 못하는 사람을 가리킨다.
347 　滄浪(창랑): 물 이름.

484　한시 수사법

③ 梟騎戰鬪死, 용맹한 기병은 전투에서 죽고,
　　駑馬徘徊鳴. 둔한 말은 배회하며 우네.

　　(무명씨無名氏 <성의 남쪽에서 싸우다(戰城南)>)

④ 雙珠玳瑁簪, 쌍 구슬 달려 있는 바다거북 등껍질로 만든 비녀,
　　用玉紹繚之. 옥으로 둘둘 감았네.

　　(무명씨無名氏 <그리워하는 사람(有所思)>)

⑤ 彷徨忽已久, 헤맨 지 어느덧 이미 오래되었고,
　　白露沾我裳. 흰 이슬이 내 옷을 적시네.

　　(조비曹丕 <잡시(雜詩)> 제1수)

⑥ 孤魂遊窮暮, 외로운 혼은 밤이 다하도록 떠돌고,
　　飄颻安所依? 나부껴 날리는데 어디에 의지할까나?

　　(공융孔融 <잡시(雜詩)> 제2수)

예시 ①의 '거저(蘧篨)' 두 글자는 똑같이 어부(魚部)에 속하며,[348] '거저(蘧
篨)'는 명사이다. 예시 ②의 '창랑(滄浪)'은 두 글자 모두 하평성(下平聲)의 일곱
번째 양운(陽韻)에 속하며, '창랑(滄浪)'은 명사이다. 예시 ③의 '배회(徘徊)'는
두 글자 모두 미부(微部)에 속하며,[349] '배회(徘徊)'는 동사이다. 예시 ④의 '소
요(紹繚)'는 두 글자 모두 소부(宵部)에 속하며,[350] '소요(紹繚)'는 동사이다. 예
시 ⑤의 '방황(彷徨)'은 두 글자 모두 하평성의 일곱 번째 양운(陽韻)에 속하며,

---

348 [역자주] 어부(魚部)는 추정음이 [a].
349 [역자주] 미부(微部)는 추정음이 [əi].
350 [역자주] 소부(宵部)는 추정음이 [o].

'방황(彷徨)'은 동사이다. 예시 ⑥의 '표요(飄飆)' 두 자는 하평성의 두 번째 소운(蕭韻)에 속하며, '표요(飄飆)'는 동사이다.

고대시가의 첩운자 중에는 개별적인 용례가 있는데, 부사에 속하는 것이다. 예를 들면,

⑦ 羌靈魂之欲歸兮, 나의 영혼은 돌아가고 싶어 하니,
何須臾而忘反? 어찌 잠시라도 돌아가는 것을 잊으리오?

(≪초사楚辭·구장九章·수도 영郢을 슬퍼하며(哀郢)≫)

예시 ⑦의 '수유(須臾)' 두 글자는 똑같이 후부(侯部)에 속하며, '수유(須臾)'는 부사이다.

이상은 첩운자의 기본 상황이다. 고대시가 언어 중 소수의 글자는 쌍성이면서 첩운을 겸한 것이 있는데 '전전(輾轉)'과 같은 것이며, 이런 예는 그다지 많지 않기 때문에 우리들은 별도로 특별히 분류를 하여 말하지는 않기로 한다.

(3) 첩음(疊音)

'첩음'은 단순사(單純詞), 즉 하나의 어소(語素. 뜻을 갖는 최소 언어 단위)로 구성된 단어 내의 첩음사(疊音詞)를 가리킨다. 고대시가, 특히 ≪시경(詩經)≫ 중에는 첩음사를 대량으로 사용하였다. 첩음사는 실제로는 특수한 형식의 쌍성 첩운자이다. 첩음의 사용은 시가 언의의 음악미와 표현력을 증강시키는 데에 아주 좋은 작용을 한다. 예를 들면,

① 出自北門, 북문에서 나오니,

　　憂心殷殷. 근심스런 마음 많기도 많네.

　　(≪시경詩經·패풍邶風·북문(北門)≫)

② 攬茹蕙以掩涕兮,³⁵¹ 부드러운 혜초(蕙草)를 쥐고 눈물을 닦아도,

　　霑余襟之浪浪.³⁵² 내 옷깃에 계속 흘러내려 적시네.

　　(≪초사楚辭·근심스러운 곳을 떠나며(離騷)≫)

③ 天上何所有? 하늘에 무엇이 있나?

　　歷歷種白榆. 또렷하게 흰 느릅나무가 심겨져 있네.

　　(무명씨無名氏 <농서隴西의 노래(隴西行)>)

④ 北上太行山, 북으로 태행산(太行山)에 오르니,

　　艱哉何巍巍. 힘들도다 어찌 이리도 높은가.

　　(조조曹操 <혹한의 노래(苦寒行)>)

⑤ 峨峨高山首, 우뚝 솟고 험준한 높은 산꼭대기,

　　悠悠萬里道. 아득한 만 리 길.

　　(서간徐幹 <아내의 생각(室思)>)

⑥ 藹藹堂前林,³⁵³ 무성한 집 앞의 숲,

351　掩(엄): 닦다.
352　浪浪(낭랑): 눈물이 그치지 않고 흐르는 모양.
353　藹藹(애애): 무성한 모양.

中夏貯清陰. 한여름에 시원한 그늘을 드리우고 있네.

(도연명陶淵明 <곽주부郭主簿에게 화답하다(和郭主簿)>)

⑦ 亭亭鳳凰臺,[354] 우뚝 솟은 봉황대(鳳凰臺),

北對西康州. 북쪽으로 서강주(西康州)를 마주하고 있네.

(두보杜甫 <봉황대(鳳凰臺)>)

⑧ 月沒江沉沉, 달은 지고 강물은 깊은데,

西樓殊未曉. 서쪽 누각은 아직 날이 밝지 않았네.

(백거이白居易 <서쪽 누각의 밤(西樓夜)>)

　품사의 각도에서 보면, 첩음사는 대부분이 두 종류인데, 하나는 상태형용사이고, 다른 하나는 의성어(擬聲語)이다. 의성어도 실제로는 형용사의 성질을 가지고 있다.

　상태형용사에 속하는 예는 다음과 같다.

① 翹翹錯薪,[355] 무성한 잡목 속에서,

言刈(yì)其楚.[356] 가시나무를 베리라.

(≪시경詩經·주남周南·한수漢水가 넓어(漢廣)≫)

② 肅肅宵征,[357] 바삐 밤에 가서,

354　亭亭(정정): 우뚝하게 높이 솟은 모양.
355　翹翹(교교): 많은 모양.
356　刈(예): 베다.
357　肅肅(숙숙): 빠른 모양.

夙夜在公. 이른 아침부터 늦은 밤까지 관청에서 공무를 보네.

(≪시경詩經·소남召南·작은 별(小星)≫)

③ 抑志而弭節兮, 생각을 누르고 천천히 가니,
神高馳之邈邈. 정신은 아득히 먼 곳으로 높이 달려가네.

(≪초사楚辭·근심스러운 곳을 떠나며(離騷)≫)

④ 帝子降兮北渚, 요(堯) 임금의 따님께서 북쪽 물가로 내려오셨는데,
目眇眇兮愁予.[358] 바라보아도 보이지 않아 나를 근심케 하네.

(≪초사楚辭·구가九歌·상수湘水의 여신(湘夫人)≫)

⑤ 柔條紛冉冉,[359] 부드러운 가지는 부드럽게 아래로 드리우고,
落葉何翩翩. 떨어지는 잎은 어찌 이리 나부끼는가.

(조식曹植 <미녀(美女篇)>)

⑥ 峨峨高門內, 높다란 높은 대문 안에는,
藹藹皆王侯.[360] 많은 이들이 모두 왕과 제후라네.

(좌사左思 <역사를 읊으며 8수(詠史八首)> 제5수)

⑦ 俄頃風定雲墨色, 이윽고 바람은 자고 구름은 먹처럼 새카만 빛이며,

---

358 眇眇(묘묘): 눈을 가늘게 뜨고 멀리 바라보는 모양.
359 冉冉(염염): 부드럽게 아래로 드리운 모양.
360 藹藹(애애): 많은 모양.

秋天漠漠向昏黑.³⁶¹ 가을 하늘은 어둑어둑 검어지려 하네.

(두보杜甫 <초가집이 가을바람에 무너진 노래(茅屋爲秋風所破歌)>)

⑧ 柔蔓不自勝, 부드러운 덩굴은 스스로 이기지 못하고,

嫋嫋掛空虛.³⁶² 한들한들 허공에 매달려 있네.

(백거이白居易 <자줏빛 등나무(紫藤)>)

이러한 종류의 첩음사는 다른 형용사의 뒤에 덧붙어서 형용사 어미에 가까운 성분으로 변할 수도 있다. 그러나 수사의 각도에서 말하면, 시가 언어에 가져다주는 음악미는 매우 분명하다. 예를 들면,

① 佩繽紛其繁飾兮, 패물은 많고 화려하게 꾸며져 있으며,

芳菲菲其彌章. 향기는 그윽하고 더욱 뚜렷하리라.

(≪초사楚辭·근심스러운 곳을 떠나며(離騷)≫)

② 忠湛湛而願進兮,³⁶³ 충성스러운 마음 깊고도 두터워 임금님 위해
　　　　　　　　　　　　나아가고자 원하지만,

妒被離而鄣之. 질투하는 사람들이 어지럽게 가로막네.

(≪초사楚辭·구장九章·수도 영郢을 슬퍼하며(哀郢)≫)

③ 杳冥冥兮羌晝晦, 깊숙하고 어두워 낮인데도 밤 같고,

---

361 漠漠(막막): 어둠침침한 모양.
362 嫋嫋(요뇨): 가볍게 흔들흔들 움직이는 모양.
363 湛湛(침침): 충후(忠厚)한 모양.

東風飄兮神靈雨. 동풍이 불고 신령은 비를 뿌리네.

(≪초사楚辭·구가九歌·산 중의 신(山鬼)≫)

④ 紛總總兮九州, 많고도 많은 천하의 사람들,
何壽夭兮在予.[364] 어찌하여 오래 살고 일찍 죽는 것이 나에게 달려 있는가.

(≪초사楚辭·구가九歌·생명의 신(大司命)≫)

⑤ 還顧望舊鄉, 돌아보며 옛 고향 바라보니,
長路漫浩浩. 먼 길은 아득히 끝이 없네.

(고시古詩 <강을 건너 연꽃을 따고(涉江采芙蓉)>)

⑥ 遠樹曖阡阡, 멀리 있는 나무는 어슴푸레 무성하고,
生煙紛漠漠.[365] 피어나는 안개는 어지러이 짙게 끼어 있네.

(사조謝朓 <동전東田에서 노닐며(遊東田)>)

⑦ 鳥雀夜各歸, 새도 참새도 밤이면 각자 돌아가는데,
中原杳茫茫. 중원은 저 멀리 아득하기만 하네.

(두보杜甫 <성도부(成都府)>)

⑧ 秋花紫蒙蒙, 가을 꽃은 보랏빛 흐드러지고,
秋蝶黃茸茸. 가을 나비는 노랗게 떼 지어 모였네.

(백거이白居易 <가을 나비(秋蝶)>)

---

364 夭(요): 일찍 죽다.
365 漠漠(막막): 짙게 낀 모양.

첩음사의 또 다른 종류는 의성어(擬聲語)이다. 예를 들면,

① 雝雝鳴雁,[366] 기럭기럭 우는 기러기,

旭日始旦. 떠오르는 해에 시작되는 아침.

(≪시경詩經·패풍邶風·박에 마른 잎이 달려 있네(匏有苦葉)≫)

② 曀曀其陰, 음산하게 흐리고,

虺虺(huǐ huǐ)其雷.[367] 우르르 천둥 울리네.

(≪시경詩經·패풍邶風·바람 불고(終風)≫)

③ 風颯颯兮木蕭蕭, 바람은 쏴쏴 불고 나뭇가지 우수수 흔들리는데,

思公子兮徒離憂.[368] 산중의 여신 생각하며 공연히 시름을 만나네.

(≪초사楚辭·구가九歌·산중의 신(山鬼)≫)

④ 雷塡塡兮雨冥冥, 우레 쾅쾅 울리고 비는 부슬부슬 내리는데,

猨啾啾兮又夜鳴. 원숭이들은 꽥꽥 또 밤에 또 우네.

(≪초사楚辭·구가九歌·산중의 신(山鬼)≫)

⑤ 荒草何茫茫, 황량한 풀 어찌 그리 끝도 없이 무성한가,

白楊亦蕭蕭. 백양나무도 바람에 우수수 소리 내네.

(도연명陶淵明 <나의 죽음을 애도하는 시(挽歌詩)>)

---

366 雝雝(옹옹): 기러기가 화답하며 우는 소리.
367 虺虺(훼훼): 천둥이 장차 치려고 하면서 아직 진동하지 않는 소리.
368 離(이): 만나다.

⑥ 朱光藹藹雲英英. 붉은 햇빛 온화하고 구름은 모이고 흩어지며,

離禽嗜嗜又晨鳴. 떠났던 새 지지배배 또 새벽에 우네.

(사장謝莊 <동산을 그리는 노래(懷園引)>)

⑦ 新鬼煩冤舊鬼哭, 새 귀신 괴로워하고 원통해 하며 옛 귀신은 통곡하는데,

天陰雨濕聲啾啾. 하늘 흐리고 비가 축축이 내리면 우는 소리 훌쩍거리네.

(두보杜甫 <병거의 노래(兵車行)>)

⑧ 四兒日夜長, 네 마리 제비 새끼 밤낮으로 자라며,

索食聲孜孜. 먹을 것 찾아 소리 짹짹거리네.

(백거이白居易 <제비 시를 지어 유劉씨 노인에게 보이다(燕詩示劉叟)>)

이상은 첩음사의 기본적인 상황이다.

(4) 첩자(疊字)

'첩자'가 여기서 가리키는 것은 단어의 중첩이다. 예를 들면,

① 燕燕于飛, 제비와 제비 날아가는데,
差池其羽.[369] 들쑥날쑥 그 깃.

(≪시경詩經·패풍邶風·제비와 제비(燕燕)≫)

② 采采卷耳, 도꼬마리 캐고 캐어도,

---

369 差池(차지): 가지런하지 않다. 들쑥날쑥하다.

不盈頃筐. 기울어진 광주리를 채우지 못 하네.

(≪시경詩經·주남周南·도꼬마리(卷耳)≫)

③ 明明暗暗, 낮은 밝고 밤은 어두운데,

惟時何爲? 이것은 왜 그런 것인가?

(≪초사楚辭·하늘에 묻다(天問)≫)

④ 花花自相對, 꽃과 꽃이 스스로 서로 마주보고,

葉葉自相當. 잎사귀와 잎사귀가 스스로 서로 마주하네.

(송자후宋子侯 <동교요(董嬌饒)>)

⑤ 行行重行行, 가고 가고 또 가고 가서,

與君生別離. 그대와 생이별하였네.

(고시古詩 <가고 가고 또 가고 가서(行行重行行)>)

⑥ 秋天高高秋光清, 가을 하늘 높고도 높고 가을 햇살 맑으며,

秋風嫋嫋秋蟲鳴. 가을바람 산들산들 불고 가을벌레 우네.

(백거이白居易 <가을날 장張 빈객賓客, 서舒 저작著作과 같이 용문龍門을 유람하고 취중醉中에 미친 듯 소리 내어 읊조렸는데 모두 238자이다(秋日與張賓客舒著作同遊龍門醉中狂歌凡二百三十八字)>)

단어의 중첩을 분별하는 데는 두 가지 문제를 주의해야 하는데, 하나는 명사의 중첩과 첩음명사(疊音名詞)의 구분 문제이고, 두 번째는 형용사의 중첩과 첩음형용사의 구분 문제이다.

첩음명사는 하나의 단어이며, 동일한 음절의 중복이다. 예를 들면,

① 周周尚銜羽, 주주(周周) 또한 깃을 물고,

蛩蛩(gǒng gǒng)亦念饑. 공공(蛩蛩) 역시 굶주림을 염려하네.

(완적阮籍 <내 마음을 읊으며(詠懷)> 제8수)

② 向晚猩猩啼, 저물녘 성성(猩猩)이 울어,

空悲遠遊子. 멀리 유람하는 사람 공연히 슬프게 하네.

(이백李白 <청계淸溪의 노래(淸溪行)>)

예시 ①의 '주주(周周)'는 '우우(翢翢)'라고도 하는데 전설에 나오는 새의 이름이며, '공공(蛩蛩)'은 전설에 나오는 짐승의 이름이다.

예시 ②의 '성성(猩猩)'은 짐승 이름이다.

첩음형용사도 하나의 단어인데, 설령 단어 구성에 있어 뜻이 있는 가장 작은 단위(어소語素)를 단독으로 가져와도 의미는 있다. 예를 들면,

③ 靑靑河畔草, 푸르고 푸른 강가의 풀,

綿綿思遠道. 하염없는 먼 길 떠난 님 생각.

(무명씨無名氏 <만리장성의 동굴에서 말에게 물을 먹이는 노래(飮馬長城窟行)>)

④ 明月何皎皎, 밝은 달은 어찌 이리 환한가?

照我羅床幃. 나의 비단 침대 휘장을 비추네.

(고시古詩 <밝은 달은 어찌 이리 환한가(明月何皎皎)>)

예시 ③과 ④의 '면(綿)'과 '교(皎)'는 모두 하나의 단어로서 혼자 사용될 수 있다. 그러나 '면면(綿綿)'과 '교교(皎皎)'에서는 단지 하나의 형태소(단어 구성에 있어 뜻이 있는 가장 작은 어법 단위)에 지나지 않는데, '면면(綿綿)'과

'교교(皎皎)'는 하나의 단어이며, 형용사 중첩은 아니다.

품사의 각도에서 보면, 고대시가 중의 단어 중첩은 주로 명사, 동사, 형용사, 수사(數詞), 그리고 양사(量詞)의 다섯 가지가 있다.

명사가 중첩된 예는 다음과 같은 것이 있다.

① 燕燕于飛, 제비와 제비 날아가니,

下上其音. 오르락내리락 그 울음소리.

(≪시경詩經·패풍邶風·제비와 제비(燕燕)≫)

② 枝枝相覆蓋, 가지와 가지가 서로 덮어주고,

葉葉相交通. 잎과 잎이 서로 붙어 있네.

(무명씨無名氏 <초중경焦仲卿의 아내(焦仲卿妻)>)

③ 陶令日日醉, 도연명(陶淵明)은 날마다 취하여,

不知五柳春. 다섯 그루 버드나무에 봄이 온 줄 몰랐네.

(이백李白 <율양현령溧陽縣令 정안鄭晏에게 장난삼아 주며(戱贈鄭溧陽)>)

④ 山山白鷺滿, 산과 산에 백로 가득하고,

澗澗白猿吟. 골짜기와 골짜기에 흰 원숭이 울어대네.

(이백李白 <추포秋浦의 노래(秋浦歌)> 제10수)

⑤ 家家習爲俗, 집집마다 익숙해져 풍속이 되고,

人人迷不悟. 사람마다 미혹하여 깨닫지 못하네.

(백거이白居易 <꽃을 사다(買花)>)

⑥ 驪宮高處入靑雲, 화청궁(華淸宮) 높은 곳은 푸른 구름 속으로 들어가고,

　仙樂風飄處處聞. 신선의 음악 바람에 날려 곳곳에서 들리네.

(백거이白居易 <기나긴 한의 노래(長恨歌)>)

동사가 중첩된 예는 다음과 같은 것이 있다.

① 采采芣苢, 캐고 캐네 질경이,

　薄言采之. 질경이를 캐네.

(≪시경詩經·주남周南·질경이(芣苢)≫)

② 去去莫復道, 내버려두고 내버려두고 더 이상 말하지 말지니,

　沉憂令人老. 깊은 시름은 사람만 늙게 만드네.

(조식曹植 <잡시(雜詩)> 제2수)

③ 鴻飛從萬里, 큰 기러기 날아 만리 밖에서 와서,

　飛飛河岱起. 날고 날아 황하(黃河)와 태산(泰山)에서 날아오르네.

(사장謝莊 <동산을 그리는 노래(懷園引)>)

④ 無邊落木蕭蕭下, 끝없는 나무의 낙엽은 사각사각 떨어지고,

　不盡長江滾滾來. 다함없는 장강(長江)은 세차게 흘러오네.

(두보杜甫 <높은 곳에 올라(登高)>)

⑤ 田家望望惜雨乾, 농가에서는 바라보고 바라보면서 가뭄을
　　　　　　　　　　　안타까워하고,

布穀處處催春種. 뻐꾸기는 곳곳에서 봄철 씨뿌리기를 재촉하네.

(두보杜甫 <병기와 군마를 씻으며(洗兵馬)>)

⑥ 功成惠養隨所致,³⁷⁰ 공로를 세우자 은혜 받고 길러져서 주인을 따라,

飄飄遠自流沙至. 나부끼듯 나부끼듯 멀리 사막에서 왔다네.

(두보杜甫 <안서도호安西都護 고선지高仙芝의 청백색 말의 노래(高都護驄馬行)>)

형용사가 중첩된 예는 다음과 같은 것이 있다.

① 雲青青兮欲雨, 구름은 어두컴컴하여 비가 내리려 하고,

水澹澹(dàn dàn)兮生烟.³⁷¹ 물은 넘실거리며 안개 피어오르네.

(이백李白 <꿈에 천모산天姥山 노닌 것을 읊고 이별하며 남아있는 친구에게 주다
(夢遊天姥吟留別)>)

② 行衝薄薄輕輕霧, 가면서 얇고 가벼운 안개 속을 돌진하여,

看放重重疊疊山. 보면서 겹겹이 겹쳐진 산들을 내보내네.

(범성대范成大 <아침 일찍 황죽령黃竹嶺을 떠나다(早發竹下)>)

③ 黃帽傳呼睡不成,³⁷² 누런 모자 뱃사공 부르는 소리에 잠 못 이루니,

投篙細細激流冰. 상앗대를 가볍게 던져 떠다니는 얼음을 휘젓네.

(강기姜夔 <섣달 그믐날 밤에 석호石湖에서 초계苕溪로 돌아가면서(除夜自石湖歸苕
溪)>)

---

370 所致(소치): 몸을 맡긴 주인.

371 澹澹(담담): 물결이 넘실거리는 모양.

372 黃帽(황모): 뱃사공을 가리킨다.

④ 苑牆曲曲柳冥冥, 화원의 담장 구불구불 버드나무 어두컴컴하며,

人靜山空見一燈. 인적 고요하고 산은 텅 비었는데 등불 하나 보이네.

(강기姜夔 <호숫가에서 살며 읊은 시(湖上寓居雜詠)>)

수량사(數量詞)가 중첩된 예는 다음과 같은 것이 있다.

① 千千石楠樹, 수천 그루 석남(石楠)나무,

萬萬女貞林. 수만 그루 당광나무 숲.

(이백李白 <추포의 노래(秋浦歌)> 제10수)

② 漠漠塵中槐, 짙게 낀 먼지 속의 홰나무,

兩兩夾康莊. 둘 씩 둘 씩 큰 길을 끼고 있네.

(백거이白居易 <소나무를 화답하며(和松樹)>)

③ 燕山雪花大如席, 연산(燕山)에 내리는 눈송이 크기가 돗자리만 한데,

片片吹落軒轅臺. 한 조각 한 조각 바람에 불려 헌원대(軒轅臺)에
떨어지네.

(이백李白 <북풍의 노래(北風行)>)

④ 烏几重重縛, 까만 염소 가죽 덮은 안석(案席)은 몇 번이나 동여매고,

鶉衣寸寸鍼.373 해져 너덜너덜한 옷은 한 치 한 치 바느질했네.

(두보杜甫 <풍질風疾에 걸려 배 안에서 베개에 엎드려 감회를 적은 36운 시를
호남湖南의 친구에게 드리다(風疾舟中伏枕書懷三十六韻, 奉呈湖南親友)>)

---

373 鶉衣(순의): 해져 너덜너덜한 옷.

이상은 첩자(疊字)의 기본적인 상황이다.

(5) 평측(平仄)

중국어는 성조(聲調)가 있는 언어이다. 대략 상(商)나라 후기부터 서진(西晉) 시대까지(약 기원전 13세기부터 기원후 3세기)까지 사용된 상고(上古) 시기의 중국어와 대략 남북조(南北朝) 시대부터 남송(南宋) 시대까지 사용된 중고(中古) 시기의 중국어는 모두 4개의 성조가 있었으니, 바로 평성(平聲), 상성(上聲), 거성(去聲), 입성(入聲)이다. 중국어의 4성을 의식적으로 시가 창작 속에 응용한 뒤에 형성된 평측(平仄) 개념은 중국어 성조에 대한 분류이다. '평(平)'은 '평성(平聲)'이고 '측(仄)'은 '상성(上聲), 거성(去聲), 입성(入聲)'의 3성(聲)이다. 이러한 분류는 당연히 글자 성조의 높고 낮음이 서로 다른 것을 기초로 한 것이다. 수사의 각도에서 보면, 평측(平仄)은 고대시가 격률의 가장 중요한 내용의 하나이며, 시가 언어의 조화미와 리듬감을 형성하는 중요한 수단이다. 이 때문에 우리들이 고대시가 언어의 음악미를 말하면서 평측 문제를 말하지 않을 수 없는 것이다.

고대 시의 체제는 고체시(古體詩)와 근체시(近體詩)로 나누어진다. 일반적으로 말해서 고체시는 평측을 따지지 않지만 근체시는 이것을 따질 뿐만 아니라 대단히 엄격하게 논한다. 평측을 고르게 배치하는 것은 근체시에 대하여 말하자면 수사(修辭)상의 요구일 뿐 만 아니라 시가 체제 구성의 중요한 조건 중의 하나이다. 근체시의 평측 격식은 7언 율시(律詩)[七律], 5언 율시[五律], 7언 절구(絶句)[七絶], 5언 절구[五絶]에 각각 4종류가 있으며 모두 16종류이다.

1. 7언 율시의 4가지 양식
   (1) 처음 시작이 평성인 경우

① 평기평수식(平起平收式)- 평평측측측평평(平平仄仄仄平平)

② 평기측수식(平起仄收式)- 평평측측평평측(平平仄仄平平仄)

(2) 처음 시작이 측성인 경우

③ 측기평수식(仄起平收式)- 측측평평측측평(仄仄平平仄仄平)

④ 측기측수식(仄起仄收式)- 측측평평평측측(仄仄平平平仄仄)

2. 5언 율시의 4가지 양식

(1) 처음 시작이 측성인 경우

① 측기평수식(仄起平收式)- 측측측평평(仄仄仄平平)

② 측기측수식(仄起仄收式)- 측측평평측(仄仄平平仄)

(2) 처음 시작이 평성인 경우

③ 평기평수식(平起平收式)- 평평측측평(平平仄仄平)

④ 평기측수식(平起仄收式)- 평평평측측(平平平仄仄)

3. 7언 절구의 4가지 양식

(1) 처음 시작이 평성인 경우

① 평기평수식(平起平收式)- 평평측측측평평(平平仄仄仄平平)

② 평기측수식(平起仄收式)- 평평측측평평측(平平仄仄平平仄)

(2) 처음 시작이 측성인 경우

③ 측기평수식(仄起平收式)- 측측평평측측평(仄仄平平仄仄平)

④ 측기측수식(仄起仄收式)- 측측평평평측측(仄仄平平平仄仄)

4. 5언 절구의 네 가지 방식

(1) 처음 시작이 측성인 경우

① 측기평수식(仄起平收式)- 측측측평평(仄仄仄平平)

② 측기측수식(仄起仄收式)- 측측평평측(仄仄平平仄)
(2) 처음 시작이 평성인 경우
③ 평기평수식(平起平收式)- 평평측측평(平平仄仄平)
④ 평기측수식(平起仄收式)- 평평평측측(平平平仄仄)

이 16종류의 양식은 보기에는 매우 복잡하지만 실제로는 간단하며, 문제는
규율을 파악해야 하는 것이다. 여기서는 단지 7언 율시의 4종류의 평측 양식
에 대해 설명해보기로 한다. (평측 유형 중에 동그라미로 그려놓은 곳은 평성으로
할 수도 있고, 측성으로 할 수도 있다는 것을 나타낸다.) 예를 들면,

유형	예시
1. 평기평수식(平起平收式)	<강마을(江村)> 두보(杜甫)

㉠平㉤仄仄平平	清江一曲抱村流,
㉧仄平平㉤仄平	長夏江村事事幽.
㉧仄㉠平㉠仄仄	自去自來堂上燕,
㉠平㉤仄仄平平	相親相近水中鷗.
㉠平㉤仄㉠平仄	老妻畫紙爲棋局,
㉧仄平平㉤仄平	稚子敲針作釣鉤.
㉧仄㉠平㉠仄仄	但有故人供祿米,
㉠平㉤仄仄平平	微軀此外更何求.

맑은 강 한 굽이 마을 안고 흐르는데,
긴 여름 강 마을 일마다 그윽하네.
자유로이 갔다가 자유로이 돌아오는 집 위

의 제비,

서로 친하고 서로 가까이 하는 물속의 갈
매기.

늙은 아내는 종이에 그려 바둑판을 만들고,

어린 아들은 바늘을 두들겨 낚싯바늘을 만
드네.

다만 옛 친구 있어 녹봉(祿奉)으로 주는 쌀
을 보내준다면,

보잘것없는 이 몸이 이 외에 또 무엇을 바
라리오

2. 평기측수식(平起仄收式)　　　<손님이 오다(客至)> 두보

㊉平㊄仄㊉平仄	舍南舍北皆春水,
㊄仄平平㊄仄平	但見群鷗日日來.
㊄仄㊉平㊉仄仄	花徑不曾緣客掃,
㊉平㊄仄仄平平	蓬門今始爲君開.
㊉平㊄仄㊉平仄	盤殖市遠無兼味,
㊄仄平平㊄仄平	樽酒家貧只舊醅.
㊄仄㊉平㊉仄仄	肯與鄰翁相對飮,
㊉平㊄仄仄平平	隔籬呼取盡餘杯.

집의 남쪽 집의 북쪽이 온통 봄물이고,

단지 갈매기 떼가 날마다 오는 것만 보이네.

꽃길은 손님 맞으러 쓸어본 적 없고,

사립문은 오늘 처음으로 그대 위해 열었네.

쟁반의 음식은 시장이 멀어 맛있는 것들이 없고,

술 단지의 술은 집이 가난하여 묵은 탁주 뿐이네.

이웃 늙은이와 함께 마셔도 괜찮다면,

울타리 너머로 불러서 남은 술 다 비웁시다.

3. 측기평수식(仄起平收式)   <무제(無題)> 이상은(李商隱)

◯仄平平◯仄平	昨夜星辰昨夜風,
◯平◯仄仄平平	畫樓西畔桂堂東.
◯平◯仄◯平仄	身無彩鳳雙飛翼,
◯仄平平◯仄平	心有靈犀一點通.
◯仄◯平◯仄仄	隔座送鉤春酒暖,
◯平◯仄仄平平	分曹射覆蠟燈紅.
◯平◯仄◯平仄	嗟余聽鼓應官去,
◯仄平平◯仄平	走馬蘭臺類轉蓬.

어제 밤 별 뜨고 어제 밤바람 불었는데,

화려하게 꾸민 누대의 서쪽, 계수나무 집 의 동쪽에서였네.

몸에는 채색 봉황의 두 개 날아가는 날개 없지만,

마음엔 신령스런 무소뿔마냥 한 점 통함이

있다네.

자리 떨어져 앉아 고리 감추는 놀이에 봄 술은 따뜻하고,

무리 나누어 덮은 물건 맞추기 할 때 촛불 은 붉게 타올랐네.

아아, 나는 북소리 들으면 관청에 출근해 야 하는데,

말을 달려 비서성(秘書省)으로 가니 굴러가 는 쑥대 같네.

4. 측기측수식(仄起仄收式)　　　<곡강(曲江)> 이상은(李商隱)

仄仄平平仄仄　　　　望斷平時翠輦過,

平平仄仄仄平平　　　　空聞子夜鬼悲歌.

平平仄仄平平仄　　　　金輿不返傾城色,

仄仄平平仄仄平　　　　玉殿猶分下苑波.

仄仄平平平仄仄　　　　死憶華亭聞唳鶴,

平平仄仄仄平平　　　　老憂王室泣銅駝.

平平仄仄平平仄　　　　天荒地變心雖折,

仄仄平平仄仄平　　　　若比傷春意未多.

보아도 평소의 임금님 비취색 수레 지나가 는 것 보이지 않고,

부질없이 한밤중 귀신의 슬픈 노랫소리만 들려오네.

금 수레는 어여쁜 여인 돌려보내지 않고,

옥 궁전은 아직도 곡강(曲江)의 물결 가르네.

죽으면서 화정(華亭)에서 학의 울음 듣던
일 회상하고,

늙어서도 왕실을 걱정하며 낙타 동상 보고
눈물지었다지.

하늘 황폐해지고 땅 변하여 이내 마음 꺾
였지만,

봄을 슬퍼하는 것과 비교하면 비통함이 많
은 것도 아니네.

　　7언 율시의 4종류 평측 양식을 [7언 율시 A], [7언 율시 a], [7언 율시 B], [7언 율시 b]로 나타낸다면, 우리들은 7언 율시의 평측 양식을 기초로 하여 5언 율시의 경우는 [5언 율시 A], [5언 율시 a], [5언 율시 B], [5언 율시 b]로 나타내고, 7언 절구의 경우는 [7언 절구 A], [7언 절구 a], [7언 절구 B], [7언 절구 b], 그리고 5언 절구의 경우는 [5언 절구 A], [5언 절구 a], [5언 절구 B], [5언 절구 b] 등으로 양식을 이끌어 낼 수 있다. 지금은 단지 [7언 율시 A]를 예로 들어 설명하기로 한다. 7언 율시는 다음의 그림과 같이 나타낼 수 있다.

　　그림에서 가로로 배열한 숫자는 하나의 시구 중의 몇 번째 글자인가를 나타내며, 세로로 배열된 숫자는 전체 시 중의 몇 번째 시구인가를 나타낸다. 이렇게 하여 우리들은 7언 율시 A의 평측 양식은 [7언 율시 A=①②③④]라고 말할 수 있다. 이로부터 유추해낼 수 있는데, [5언 율시 A=②④], [7언 절구 A=①②], [5언 절구 A=②]이다. 그 나머지 각종 평측 유형도 모두 이에 비추어 유추해나갈 수 있으니 무턱대고 기계적으로 외울 필요가 없다.

	1	2	3	4	5	6	7
1							
2		①			②		
3							
4							
5							
6							
7		③			④		
8							

시구가 평측을 강구하면서 가져오게 되는 직접적인 수사적 효과는 시의 언어가 조화롭고 듣기 좋으며 리듬감이 명쾌하게 바뀐다는 것이다. 어떤 사람은 근체시의 시구의 평측이 규칙적으로 교체되고 반복되는 것은 시구의 리듬감을 형성하는 데에 미치는 역할이 크지 않다고 여기는데 이러한 생각은 타당성이 부족한 것이다. 우리들은 또 7언 율시를 예로 들어 설명해보기로 한다. 7언 율시는 매 시구가 7언이며, 전체 시는 여덟 개의 시구로서 모두 56자이다. 일곱 자로 된 시구에서 리듬(박자)을 나타내는 글자는 일반적으로 두 번째 글자와 네 번째 글자, 그리고 일곱 번째 글자, 혹은 네 번째 글자와 일곱 번째 글자이다. 이렇게 하여 2-2-3 혹은 4-3의 리듬(박자)이 형성된다. 그리고 이러한 리듬은 평측이 교차하여 나타나는 법칙과 일반적으로 말하자 면 또한 합치된다. 주의해야할 것은 이러한 리듬과 시구의 의미 단위 또한 왕왕 일치한다는 것이며, 이 때문에 우리들이 시구를 읽으면 음조의 높고 낮고 멈추고 바뀜과 리듬의 명쾌함을 느끼게 된다. 아래에서 <손님이 오다(客

至)>를 예로 하여 비교해 봅시다.

㉤平/仄仄/平平仄 　　　　仄仄/平平/仄仄平
舍南/舍北/皆春水, 　　　　但見/群鷗/日日來.

㉦仄/㉤平/平仄仄 　　　　平平/㉦仄/仄平平
花徑/不曾/緣客掃, 　　　　蓬門/今始/爲君開.

平平/仄仄/平平仄 　　　　㉦仄/平平/仄仄平
盤飧/市遠/無兼味, 　　　　樽酒/家貧/只舊醅.

仄仄/平平/平仄仄 　　　　㉤平/㉦仄/仄平平
昔與/鄰翁/相對飮, 　　　　隔籬/呼取/盡餘杯.

　　면밀히 살펴보면 알 수 있는데, <손님이 오다(客至)> 시 중에서 단지 '사
(舍)', '화(花)', '불(不)', '금(今)', '준(樽)', '격(隔)', '호(呼)'의 일곱 자만 평측에
맞지 않지만 이러한 부분은 평성으로 할 수도 있고 측성으로 할 수도 있다.
왕력(王力) 선생은 이렇게 말하였다. "의미 단위는 항상 성률(聲律) 단위와
아주 잘 결합한다. 이른바 의미 단위라는 것은 일반적으로 말해서 하나의
단어(다음절어多音節語도 포함), 단어와 단어가 결합된 절(節)이나 구(句), 하나의
전치사(前置詞) 구조(전치사와 그 목적어), 혹은 하나의 문장 형식이며, 이른바
성률(聲律) 단위라는 것은 바로 리듬이다. 많은 정황에서 말하면, 이 두 가지는
시구 속에서 일치한다."[374] 이 말에서 우리들은 어렵지 않게 알 수 있는데,

---

374 ≪시사격률(詩詞格律)≫(1977년, 중화서국中華書局), 118쪽.

율시 혹은 절구의 한 시구 안에서 평측이 교체하여 나타나거나 혹은 한 연(聯)에서 첫 구인 출구(出句)와 둘째 구인 대구(對句)의 평측이 상반되는 것은 모두 리듬감을 만들기 위해서이며, 대구(對句)와 출구(出句)의 평측이 서로 같은 것 또한 조화미를 이루기 위해서이다. 리듬감이건, 조화미이건, 모두 시구가 평측을 고르게 배치하는 규율의 도움을 받음으로 해서 얻게 되는 것이다. 그러므로 시구의 평측 배치 규율이 고대시가 언어의 음악미를 만들어내는 중요한 수단이라고 말할 수 있다.

(6) 압운(押韻)

시가(詩歌)는 압운을 중시한다. 압운은 시가 언어의 표현 형식이며 또한 시가 언어의 음악미를 구성하는 중요한 수단이다. 압운은 이웃하거나 혹은 간격이 있는 시구의 끝에 운모(韻母)가 같거나 비슷한 글자를 사용하는 것을 가리킨다. 이 압운하는 글자를 '운각자(韻脚字)'라고 부른다. 운각자는 실제로는 첩운자(疊韻字)의 또 다른 사용 형식이다. 그러므로 시가에 이러한 운각자가 있으면 우리들이 읽을 때 곱고 낭랑하고 조화롭게 소리가 울리고 낭랑하게 읽어지니, 이러한 음조의 조화로 인해서 생겨나는 귀를 즐겁게 하는 음악적 미감은 뭐라 말할 수 없이 묘하다. 예를 들면,

① 蒹葭凄凄, 갈대가 무성하니,
   白露未晞. 이슬은 아직 마르지 않았네.
   所謂伊人, 내가 말하는 그 사람은,
   在水之湄. 강물 가에 있네.
   溯洄從之, 물길을 거슬러 올라가 따르려 하나,

道阻且躋. 길은 험하고 또 높네.

遡遊從之, 물길 따라 내려가 따르려 하나,

宛在水中坻. 마치 강물 속의 모래섬에 있는 듯하네.

(≪시경詩經·진풍秦風·갈대(蒹葭)≫)

② 劍外忽傳收薊北, 촉(蜀)땅 밖에 계북(薊北)을 수복하였다는 소식이
　　　　　　　　　　갑자기 전해져,

初聞涕淚滿衣裳. 처음 들을 때 눈물이 흘러 온 옷을 적셨네.

卻看妻子愁何在, 부인과 아이들을 돌아보니 근심이 어디에 있는가,

漫捲詩書喜欲狂. 책을 말며 미친 듯 기뻐하였네.

白日放歌須縱酒, 해가 비치니 노래하며 마음껏 술을 마셔야하리,

靑春作伴好還鄕 푸릇한 봄과 짝을 이루어 고향으로 돌아가기
　　　　　　　　　좋으리라.

卽從巴峽穿巫峽, 즉시 파협(巴峽)에서 무협(巫峽)을 뚫고 지나가,

便下襄陽向洛陽. 양양(襄陽)으로 내려갔다가 낙양(洛陽)으로 향하리라.

(두보杜甫 <관군이 하남河南과 하북河北을 수복했다는 소식을 듣고(聞官軍收河南河北)>)

　　예시 ①의 ≪진풍(秦風)·갈대(蒹葭)≫는 사랑하는 사람을 가까이 하고 싶어
하는 상황을 묘사하였는데, 전체 시는 3장(章)이며, 모두 가을 경치로부터
흥취를 일으켰는데 분위기가 슬프고 처량하니, 이것은 시의 주인공이 사랑하
는 사람을 사모하지만 사랑을 받지 못하는 심경과 일치한다. 예시 ①에서
인용한 것은 원래 시의 제2장이며 여기서 '처(淒)', '희(晞)', '미(湄)', '제(躋)',
'지(坻)'가 운각자(韻脚字)이다. 이 다섯 개의 운각자는 '희(晞)'자가 미부(微部)
에 속하는 것을 제외하면, 그 나머지는 모두 지부(脂部)의 글자이다. 전체의

장(章)에서 보면, 여기서 사용된 것은 지(脂)와 미(微)의 협운(合韻)이다. 왕력(王
力) 선생의 발음 추정에 근거하면, '처(凄)'는 지부(脂部)의 개구(開口) 사등(四等)
글자이고, 운모(韻母)의 추정음은 [iei]이다. '희(晞)'는 미부(微部)의 개구 삼등
(三等) 글자이며, 운모의 추정음은 [iəi]이다. '미(湄)'는 지부(脂部)의 개구 삼등
글자이며, 운모의 추정음은 [iei]이다. '제(躋)'는 지부(脂部)의 개구 사등 글자
이며, 운모의 추정음은 [iei]이다. '지(坻)'는 지부(脂部)의 개구 삼등 글자이며,
운모의 추정음은 [iei]이다.[375] 왕 선생이 추정하는 음에서 알 수 있듯이,
지부(脂部) 글자의 주요 모음은 〔e〕이고, 미부(微部) 글자의 주요 모음은 〔ə〕이
며, 또 운모의 끝부분 운미(韻尾) 역시 모두 〔i〕로 끝나고 있다. 어음(語音)의
원리(音理)로부터 알 수 있는데, 이러한 독음(讀音)은 주요 모음의 입을 여는
정도가 아주 크지 않으며, 운모 끝부분 모음의 입을 여는 정도는 더욱 작기
때문에, 읽어 보면 소리가 그렇게 높고 크지 않다. 성조와 감정은 서로 통하는
바가 있다. 이러한 독음(讀音)은 처량함, 슬픔 등의 감정을 나타내기에 아주
적합하다.

이와 반대로, 예시 ②의 두보(杜甫)의 <관군이 하남河南과 하북河北을 수복
했다는 소식을 듣고(聞官軍收河南河北)>가 사용한 것은 전부 양운(陽韻)의 글자
이다. <관군이 하남河南과 하북河北을 수복했다는 소식을 듣고> 시는 당 대종
(代宗) 광덕(廣德) 원년(763년) 봄에 지어졌다. 당시 사사명(史思明)의 아들 사조
의(史朝義)가 싸움에 패하여 숲 속에서 스스로 목매어 자살을 하였고, 그의
부장(部將) 이회선(李懷仙), 전승사(田承嗣) 등은 조정에 투항하였는데, 이때에
이르러 하남(河南), 하북(河北) 지역이 잇달아 수복되었으며, 7, 8년의 시간을
보낸 안사(安史)의 난(亂)이 이제 끝나게 되었다. 당시 시인 두보의 모든 가족

---

375 《한어어음사(漢語語音史)》(1985년, 중국사회과학출판사中國社會科學出版社), 56~57쪽. 본
　　 서에서의 음 추정은 일률적으로 《한어어음사》에 의거하였음.

은 재주(梓州. 지금의 사천성四川省 삼대현三臺縣)에 있었는데, 이 소식을 들은 뒤 기분이 고조되고 너무나 기뻤다. 이러한 심정은 당연히 양운(陽韻)의 글자로 표현하는 것이 매우 적합하다. 운각자 '상(裳)', '광(狂)', '향(鄉)', '양(陽)'은 '광(狂)'이 양운(陽韻)의 합구(合口) 삼등(三等) 글자인 것을 제외하고는 그 나머지는 모두 양운의 개구(開口) 3등자인데, 이들 운모의 추정음은 순서대로 [iaŋ], [iuaŋ], [iaŋ], [iaŋ]이며, 그래서 읽으면 소리가 매우 높고 크다.

이상의 설명에서 알 수 있듯이, 고대시가에서 운을 쓰는 것은 시의 내용 표현과 일정한 관계가 있으니, 우리는 이러한 방면의 연구에 마땅히 힘을 더 써야 한다.

모두가 알다시피, 고대 어음(語音)의 운모(韻母) 계통은 당(唐), 송(宋) 이전에는 모두 3개의 큰 종류로 분류할 수 있는데, 바로 '음성운(陰聲韻)', '입성운(入聲韻)', 그리고 '양성운(陽聲韻)'이다. 음성운은 모음으로 끝나는 운모이고, 입성운은 자음 [k], [t], [p]로 끝나는 운모이며, 양성운은 자음 [ŋ], [n], [m]으로 끝나는 운모이다. 왕력(王力) 선생은 선진(先秦)의 운부(韻部)를 29부(部)로 정하였다.(전국(戰國) 시대는 30부) 양한(兩漢) 시대의 운각자를 분석하는 것은 기본적으로 선진 시대의 이러한 운부 계통을 참조할 수 있다. 만약 당, 송과 당, 송 이후의 시가 운각자를 분석하려면 전통적인 '평수운(平水韻)'을 사용하여야 한다. '평수운'은 음성운이 40개, 입성운이 17개, 양성운이 49개, 모두 106운(韻)이다. 만약 양한 이후, 수(隋), 당(唐) 이전의 시가의 용운(用韻)을 언급한다면, 우리들은 대체적으로 역시 이 106운으로 분석할 수 있다.

원행패(袁行霈) 선생이 다음과 같이 말하였다. "고전 시가의 음악미는 결코 전적으로 성음(聲音)이 조합된 효과만은 아니고, 또한 소리와 감정의 조화로움에 의해 결정된다. 마치 작곡할 때 감정 표현의 필요에 근거하여 리듬과 음계를 선택하고 바꾸는 것과 마찬가지로, 시를 쓰는 것도 감정 표현의 필요에 근거하여 글자와 단어의 소리를 배치하고 엮어야 한다. 성조와 감정이 조화롭고, 성조와 감정이 모두 풍성하고 훌륭한 경지에 이르러야 시가의 음악미가 비로소 완벽하게 훌륭해질 수 있다."376 이 말은 매우 타당하다. 앞에서 말한 적 있듯이, 당(唐), 송(宋)과 당, 송 이전의 고대 운모(韻母)는 음성 운(陰聲韻), 입성운(入聲韻), 그리고 양성운(陽聲韻)이라는 세 종류로 나눌 수 있다. 시인이 운각자를 선택할 때 도대체 어떤 운을 쓸 것인가 하는 것은 비록 시가가 표현하는 내용과 절대적인 관계는 없다고 말하지만, 우리들은 또 확실히 말할 수 있는데, 절대로 관계가 없는 것은 아니다. 모두들 알다시 피, 시가 압운의 중요한 점은 운각자의 운모(韻母)가 같거나 비슷하면 된다. 이른바 '운모가 같다'는 것은 또 개음(介音), 주요 모음, 그리고 운모의 끝부분 (韻尾)이 반드시 모두 확실하게 같아야 할 필요는 없으며, 단지 주요 모음과 운미(韻尾)가 같으면 된다. 그래서 자세히 말하자면, 시가에서 압운을 하는 '운(韻)'과 언어학에서 말하는 '운모(韻母)'는 완전히 같은 것은 아니다. 운모 의 주요 모음은 같지 않으며, 운모의 끝부분도 다르다. 이 때문에 어떤 운각자 를 선택해서 어떤 내용을 나타내는가 하는 것 또한 전혀 관계가 없는 것은 아니다. 아래에서 예를 들어 설명해 보기로 한다.

먼저 음성운(陰聲韻)에 대해 이야기하기로 한다.

예를 들어 말해보면, 상고 시기의 어부(魚部)와 수(隋), 당(唐) 시기의 마운(馬 韻)은 왕력(王力) 선생이 추정하는 음에 근거하면 아마도 혀의 위치가 가장 낮고, 입을 여는 정도가 가장 큰 설면전원음(舌面前元音. 혓바닥 앞에서 나는 모음) 〔a〕이다. 〔a〕의 독음(讀音)이 소리가 매우 높고 크기 때문에 〔a〕의 운각 자(韻脚字)를 읽으면 가볍고 유쾌한 내용을 표현하는 데에 매우 적합하다. 예를 들면,

---

376 ≪중국시가예술연구(中國詩歌藝術研究)≫, 125쪽.

① 桃之夭夭, 아리따운 복숭아,

灼灼其華. 붉은 꽃이 화사하네.

之子於歸, 이 아가씨 시집가니,

宜其室家. 그 집안 화목하리.

(≪시경詩經·주남周南·복숭아나무 무성하고(桃之夭夭)≫)

② 故人具鷄黍, 친구가 닭과 기장밥을 마련해놓고,

邀我至田家. 나를 농가에 오라고 불렀네.

綠樹村邊合, 초록빛 나무는 마을 가를 두르고 있고,

靑山郭外斜. 푸른 산은 성벽 밖에 비껴 있네.

開軒面場圃, 창문 열어 채마밭을 마주하고,

把酒話桑麻.[377] 술잔 들고 농사일 얘기하네.

待到重陽日, 중양절(重陽節)이 오기를 기다렸다가,

還來就菊花. 다시 와서 국화 꽃을 감상하리라.

(맹호연孟浩然 <친구의 농가에 들려(過故人莊)>)

③ 更深月色半人家, 깊은 밤 달빛은 인가와 짝을 하여,

北斗闌干南斗斜.[378] 북두성은 가로 비스듬하고 남두성은 기울어져 있네.

今夜偏知春氣暖, 오늘 밤 뜻밖에 봄바람이 따뜻한 줄 알았고,

蟲聲新透綠窗紗. 벌레 울음소리가 푸른 깁 창문으로 들어오누나.

(유방평劉方平 <달밤(月夜)>)

---

377 把酒(파주): 손에 술잔을 들다.
378 闌干(난간): 가로 비스듬하다.

예시 ①의 '화(華)'와 '가(家)'는 어부(魚部)의 글자이다. 예시 ②와 ③의 '가(家)', '사(斜)', '마(麻)', '화(花)', '가(家)', '사(斜)', '사(紗)'는 모두 하평성(下平聲)의 여섯 번째 마운(麻韻)의 글자이다.

예시 ①의 ≪주남(周南)·복숭아나무 무성하고(桃之夭夭)≫는 아가씨가 시집가는 것을 축하하는 시가이다. 전체 시는 모두 3장(章)인데, 모두 활짝 핀 복사꽃으로 흥(興)을 일으켜서 이 아가씨가 좋은 인연과 맺어지는 것을 기뻐하는 길하고 상서로운 분위기를 돋보이게 하였다.

예시 ②의 <친구의 농가에 들려(過故人莊)>는 매우 유명한 전원시이다. 이 시는 시인이 소박하고 화려함이 없는 언어로 손님과 주인의 깊은 우정을 노래하였을 뿐만 아니라 매우 맑고 신선하며 담담하고 고아한 분위기의 전원 풍경을 묘사해 내었다. 이 시가 만들어낸 정취는 순박하고 아름다워, 읽고 나면 사람으로 하여금 잊을 수 없게 만든다. 이처럼 좋은 시에 '가(家)', '사(斜)', '마(麻)', '화(花)'라는 운각자(韻脚字)들의 소리가 높고 큰 독음을 더 보태면 전체 시의 격조를 더욱 경쾌하게 하고 정취가 끝없이 이어지도록 만든다.

예시 ③의 <달밤(月夜)> 이 작은 시 또한 구상이 매우 참신하고 정교하다. 시의 앞 두 구절은 달밤의 경치 묘사에 중점을 두었는데 밤이 깊어 인적이 끊어지니, '고요하다'는 '정(靜)'자를 중점적으로 돋보이게 나타내었다. 뒤의 두 구절은 이 달밤 속의 벌레 소리를 묘사하는 데에 중점을 두었는데, '움직인다'는 '동(動)'자를 중점적으로 돋보이게 나타내었다. 고요함을 묘사하는 것은 움직임을 묘사하기 위해서이니, 작자는 이러한 돋보이게 하는 수법을 사용하여 밝고 아름다운 봄날이 이제 곧 오리라는 소식을 전달하였다. 특히 네 번째 구에서는 '투(透)'라는 글자에 매우 힘을 기울여, 봄날과 대자연의 모든 생명 있는 사물들의 굳세고 큰 생명력을 묘사해내었다. 이 시도 마운(麻韻)의 글자를 사용함으로써 전체 시의 운율을 더욱 경쾌하고 가볍게 하였으며, 독자들에게 주는 느낌도 가볍고 유쾌하다.

또 시운(詩韻) 중의 상평성(上平聲)의 네 번째 지운(支韻), 상평성의 다섯 번째 미운(微韻), 그리고 상평성의 8번째 제운(齊韻) 같은 것들은 이런 운의 주요 모음, 혹은 주요 모음에 운모의 끝부분(韻尾)을 더하여 읽더라도 소리가 그다지 높고 크지 못하다. 그래서 이런 운(韻)으로 압운을 하는 운각자(韻脚字)는 비애와 감상적인 내용을 표현하기에 비교적 적합하다. 왕력(王力) 선생의 ≪한어음사(漢語語音史)≫에 의하면, 지운(支韻)은 수(隋), 당(唐) 시기의 지운(脂韻)에 가까운데, 개구삼등자(開口三等字)³⁷⁹의 주요 모음(母音)은 〔i〕로 추정된다. 시운(詩韻)의 미운(微韻)은 수, 당 시기의 미운(微韻)에 가깝고 주요 모음과 운모의 끝부분은 〔əi〕로 추정된다. 시운의 제운(齊韻)은 수, 당 시기의 제운(祭韻)에 가깝고 주요 모음과 운미는 〔æi〕로 추정된다. 〔i〕는 혀의 위치가 가장 높고 발음을 할 때 입을 여는 정도가 가장 작은 설면전모음(舌面前元音)이다. 〔əi〕는 설면중앙모음(舌面央元音) 〔ə〕에 모음 〔i〕를 더하여 혼합해서 만들어졌으며, 운미인 〔i〕는 읽어도 소리가 그다지 높고 크지 않다. 〔æi〕는 설면전모음 〔æ〕와 모음 〔i〕를 혼합하여 만들어졌는데, 〔æ〕의 발음을 할 때 입을 여는 정도는 설면전모음 〔ə〕보다 조금 작고, 운미 〔i〕를 더하여 읽어도 역시 소리가 그다지 높고 크지 않다. 예를 들면,

① 海上生明月, 바다 위에 밝은 달 떠오르니,

天涯共此時. 이 순간 저 하늘 끝에서 함께하리라.

情人怨遙夜, 사랑하는 이 긴긴 밤 원망하면서,

竟夕起相思. 그대 생각에 밤이 다하노라.

滅燭憐光滿,³⁸⁰ 촛불 끄자 사랑스런 달빛이 가득하고,

---

379 [역자주] 말소리를 낼 때 입을 벌리는 정도(程度)를 '개구도(開口度)'라고 하며, 크기에 따라 일등(一等), 이등(二等), 삼등(三等), 사등(四等)으로 나눈다.
380 憐(련): 사랑하다.

披衣覺露滋. 걸친 옷 이슬에 젖네.

不堪盈手贈, 손 가득 보내줄 수 없어,

還寢夢佳期. 다시 잠들어 꿈에서나 아름다운 기약을 하리.

(장구령張九齡 <달을 보며 멀리 있는 사람을 그리워하다(望月懷遠)>)

② 山中相送罷, 산속에서 그대를 보내고 나서,

日暮掩柴扉. 날 저물어 사립문을 닫네.

春草明年綠, 봄풀은 내년에도 푸르를 텐데,

王孫歸不歸?[381] 그대는 돌아오는가 돌아오지 않는가?

(왕유王維 <떠나는 벗을 보내고(送別)>)

③ 打起黃鶯兒, 나무를 두드려 꾀꼬리 날아올라,

莫敎枝上啼. 나뭇가지 위에서 울게 하지 마라.

啼時驚妾夢,[382] 울 때에 나의 꿈 깨어 놀라 일어나면,

不得到遼西. 님 계신 요서(遼西) 땅에 갈 수 없다네.

(김창서金昌緖 <봄날의 원망(春怨)>)

예시 ①의 '시(時)', '사(思)', '자(滋)', '기(期)'는 상평성(上平聲)의 네 번째 지운(支韻)의 글자이다. 예시 ②의 '비(扉)', '귀(歸)'는 상평성의 다섯 번째 미운(微韻)의 글자이다. 예시 ③의 '제(啼)', '서(西)'는 상평성의 여덟 번째 제운(齊韻)의 글자이다.

예시 ①의 <달을 보며 멀리 있는 사람을 그리워하다(望月懷遠)>는 달밤에

---

381 王孫(왕손): 여행하는 사람을 가리킨다.
382 妾(첩): 옛날에 여자가 스스로를 일컫는 말.

친한 사람을 그리워하는 유명한 서정시이다. 전체 시는 달빛에 대한 묘사로 전편을 꿰뚫고 있으며, 또 각기 다른 장면의 전환을 통하여 시인이 친한 사람을 깊이 그리워하는 정을 표현하였다. 이 시는 전체적으로 지운(支韻)으로 압운을 하였다. 음을 읽으면 소리가 그다지 높고 크지 않는데 이것은 그리움에 사로잡혀 있는 정감과 일치한다.

예시 ②의 <떠나는 벗을 보내고(送別)>는 <산에서 떠나는 벗을 보내고(山中送別)>라고도 하는데 이것은 구상이 독특한 송별시(送別詩)이다. 송별을 묘사하면서 송별할 때의 실제 장면은 묘사하지 않고, 시인이 송별한 뒤에 문을 닫는 동작과 마음 속 걱정을 묘사하였는데, 이러한 표현 수법은 독특한 것이다. 날이 저물어 사립문을 닫는데, 친구가 떠나가 버렸으니 얼마나 고독할 것이며, 친구가 막 떠나갔는데 마음속에는 곧바로 돌아오기를 바라는 간절한 마음이 생겨나니, 이것은 또 얼마나 깊은 정인가? 이 시는 전체적으로 미운(微韻)으로 압운하였으며 성조와 감정(聲情) 또한 서로 꼭 맞고 있다.

예시 ③의 <봄날의 원망(春怨)>은 누구나 다 아는 규원시(閨怨詩)이며, 이 시는 전체적으로 제운(齊韻)의 글자로 압운하였는데, 생각이 소리를 따라 옮겨가며, 성조와 감정 또한 조화롭다.

이어서 입성운(入聲韻)에 대해 말해보기로 한다.

소리와 정감의 배합에서 입성운은 표현이 가장 충분하고 가장 전형적이라고 말할 수 있다. 모두들 알다시피 입성자(入聲字)는 운모의 끝부분이 자음(子音)인 〔k〕, 〔t〕, 〔p〕로 끝나는 글자인데, 그래서 이러한 종류의 글자들은 읽으면 매우 짧막하고 급하여, 이것을 운각자(韻脚字)로 하면, 길게 발음하며 읊조릴 수는 없다. 입성자의 독음(讀音)이 바로 이러한 특징을 갖추고 있기 때문에 시인들은 늘 이러한 운각자로 침울함, 슬픔과 원망, 고독하고 적막함, 험하고 가파름, 엄하고 사나움 등, 각종 복잡한 감정 혹은 내용을 나타내었다.

첫째, 이별에 임하여 시를 주고받는 마음을 나타내는 경우. 예를 들면,

① 淸晨發隴西, 맑은 새벽에 농서(隴西)를 떠나,

　日暮飛狐谷.[383] 날 저물어 비호곡(飛狐谷)이리라.

　秋月照層嶺, 가을 달은 겹겹의 산봉우리를 비추고,

　寒風掃高木. 차디찬 바람은 높은 나무를 쓸어내리리.

　霧露夜侵衣, 안개와 이슬이 밤에 옷 속으로 스며들고,

　關山曉催軸.[384] 관문과 산악은 새벽에 가는 길 재촉하리라.

　君去欲何之? 그대 떠나 어디로 가려하시나?

　參差間原陸. 들쑥날쑥 고원과 평지와 사이를 두고 있네.

　一見終無緣, 한 번 보고 끝내 인연이 없으리니,

　懷悲空滿目. 슬픔을 품고 눈에 보이는 것 모두 부질없네.

　(오균吳均 <유운(柳惲)에게 답을 하며(答柳惲)>)

　예시 ①의 경우, 유운(柳惲)이 <오균에게 주다(贈吳均)> 시 3수를 지었는데, 이것은 그가 맡아보던 일을 내려놓고 그 자리를 떠나 멀리 가기 전에 오균에게 써준 증별(贈別)의 작품이며, 그래서 오균이 이 시를 지어 이별에 임하여 서로 주고받음을 보여주었다. 전체 시에서 처음 두 구절 '맑은 새벽에 농서(隴西)를 떠나, 날 저물어 비호곡(飛狐谷)이리라(淸晨發隴西, 日暮飛狐谷)'는 유운의 이번 여행길이 매우 멀다는 것을 말하였다. 이어서 '가을 달은 겹겹의 산봉우리를 비추고(秋月照層嶺)' 등의 네 구절은 여행 도중 갖가지 어려움과 괴로움을 만나게 되리라는 것을 상상하였다. 다시 계속해서 '그대 떠나 어디로 가려하

383　飛狐谷(비호곡): 비호관(飛狐關). 관문의 이름.

384　催軸(최축): 가기를 재촉하다.

시나? 들쑥날쑥 고원과 평지와 사이를 두고 있네(君去欲何之, 參差間原陸)'는 여행길이 평원과 고지(高地)가 번갈아 끊임없이 계속 이어져 어느 날에야 목적지에 도착할지 모른다고 말한다. 이 시에서 제일 뒤의 두 구절인 '한 번 보고 끝내 인연이 없으리니, 슬픔을 품고 눈에 보이는 것 모두 부질없네(一見終無緣, 懷悲空滿目)'는 매우 슬픈 감정으로 전체 시를 마무리하였는데, 앞으로 서로 만나기 어려우리라는 것을 말하였다. 이 시는 모두 5개의 운각자(韻脚字)가 있는데 모두 입성자(入聲字)이다. '곡(谷)', '목(木)', '축(軸)', '륙(陸)', '목(目)'은 전부 입성의 첫 번째 옥운(屋韻)의 글자이다. 옥운(屋韻)은 남북조(南北朝) 시기의 독음(讀音)의 경우, 왕력(王力) 선생의 추정에 근거하면 그 주요 모음과 운미(韻尾. 운모의 끝부분)는 아마도 〔ok〕인 것 같다. 입성운은 운미의 제약을 받아 독음이 짧고 급한데, 이러한 독음은 쓸쓸한 정감을 표현하기에 아주 적합하다.

둘째, 남녀가 서로 그리워하는 마음을 나타내는 경우. 예를 들면,

② 孟冬寒氣至, 초겨울에 차가운 기운 몰려오니,

　　北風何慘慄. 북풍은 어찌 그리 매서운가.

　　愁多知夜長, 수심 많으니 밤이 긴 것을 알겠고,

　　仰觀衆星列. 고개 들어 바라보니 많은 별들 늘어서 있네.

　　三五明月滿, 보름이면 밝은 달 가득차지만,

　　四五蟾兔缺. 스무날이면 둥근 달 이지러지네.

　　客從遠方來, 나그네 먼 곳에서 찾아와,

　　遺我一書札. 내게 편지 한 통 주었네.

　　上言長相思, 앞에서는 늘 그리워한다 말하고,

　　下言久離別. 아래에선 헤어진 지 오래되었다고 말하였네.

置書懷袖中, 편지를 옷소매 속 깊이 간직하니,

三歲字不滅. 3년이 지나도 글자는 없어지지 않았네.

一心抱區區,[385] 한 마음에 진실된 감정 품고 있지만,

懼君不識察. 그대가 알지 못할까 두렵다오.

(고시古詩 <초겨울에 차가운 기운 몰려오다(孟冬寒氣至)>)

예시 ②의 <초겨울에 차가운 기운 몰려오다(孟冬寒氣至)> 이 시는 남편을 멀리 떠나보낸 부인이 남편을 그리워하는 규정시(閨情詩)이다. 전체 시는 기본적으로 크게 두 부분으로 나누어진다. 앞의 여섯 구절은 '초겨울(孟冬)', '북풍(北風)', '많은 별들(衆星)', '밝은 달(明月)'을 묘사하였는데, 모두 남편을 멀리 떠나보낸 부인이 외롭고 쓸쓸하며 그리워하는 괴로움을 나타내기 위해서이다. 뒤의 여덟 구절은 남편이 먼 곳에서 편지를 보내왔고, 아내는 편지를 대단히 소중히 여긴다는 것을 묘사하였으며, 이것을 빌려 피차의 애정이 깊음을 나타내었고, 이것을 통하여 집을 떠난 남편과 떨어져 지내는 아내가 서로 그리워하는 괴로움을 더욱 두드러지게 하였다. 전체 시의 운각자(韻脚字)인 '률(慄)', '렬(列)', '결(缺)', '찰(札)', '별(別)', '멸(滅)', '찰(察)'은 모두 입성자(入聲字)이다. '률(慄)'이 질부(質部)의 글자인 것 외에, 그 나머지는 전부 월부(月部)의 글자이다. 질부(質部) 글자의 주요 모음과 운미의 추정하는 음은 [et]이며, 월부(月部) 글자의 주요 모음과 운미의 추정하는 음은 [at]이다.

셋째, 궁녀가 원망하는 마음을 나타내는 경우. 예를 들면,

③ 玉階生白露, 옥 섬돌에 흰 이슬 생겨나,

---

385 區區(구구): 감정이 진지하고 진실하다.

夜久侵羅襪. 밤이 오래되자 비단 버선에 스며드네.

却下水精簾,[386] 돌아가 수정 발 내리고,

玲瓏望秋月. 영롱한 가을 달 바라보네.

(이백李白 <옥 섬돌의 원망(玉階怨)>)

예시 ③과 같이, 궁녀의 애원(哀怨)을 묘사하는 것은 당대(唐代) 시가에서 늘 보는 제재 중의 하나이다. <옥 섬돌의 원망(玉階怨)> 이 짧은 시는 전체 시에서 '원망한다'는 '원(怨)'자를 어느 한 곳에서도 공개적으로 쓰지 않았지만 '원(怨)'자를 또 어느 한 곳도 은밀히 머금고 있지 않은 곳이 없으니 이것이 바로 시 짓는 솜씨가 뛰어난 점이다. 이 시는 궁녀가 오래토록 옥섬돌에 서 있다가 뒤에 다시 방으로 돌아가, 주렴 너머로 달을 바라본다고 하는 이러한 특별한 장면과 동작의 묘사를 통하여, 궁녀의 슬프고 원망스러운 마음 상태를 매우 깊이 있게 나타내었다. 전체 시에는 단지 두 개의 운각자(韻脚字) '말(襪)'과 '월(月)'이 있으며, 입성의 여섯 번째 월운(月韻)으로 압운하였다. 시운(詩韻)의 월운(月韻)은 수(隋)나라와 당(唐)나라 시대에도 월운(月韻)에 속하였으며, 그 주요 모음과 운미의 추정하는 음은 〔ɐt〕이다.

넷째, 타향을 떠돌아다니는 마음을 나타내는 경우. 예를 들면,

③ *海客乘天風,* 바다 위 나그네가 하늘에서 부는 바람을 타고,

將船遠行役.[387] 배를 몰아 먼 길을 가네.

譬如雲中鳥, 마치 구름 속의 새처럼,

---

386 水精簾(수정렴): 수정렴(水晶簾). 수정(水晶) 구슬로 꿰어서 꾸민 발.

387 將(장): 몰다.

一去無蹤跡. 한 번 가버리면 자취가 없네.

(이백李白 <상인의 노래(估客行)>)

예시 ④의 <상인의 노래(估客行)>는 사방으로 다니며 장사를 하는 '바다 위 나그네(海客)'를 통하여, 아무런 자취도 남기지 않고 떠돌아다니기만 하는 인생을 유감스러워하는 감회시(感懷詩)이다. 전체 시에는 역시 단지 두 개의 운각자 '역(役)'과 '적(跡)'만 있으며, 입성의 열한 번째 맥운(陌韻)의 글자로 압운을 하였다. 시운(詩韻)의 맥운(陌韻)은 수, 당 시대에도 맥운(陌韻)에 속하였으며, 그 주요 모음과 운미의 추정하는 음은 〔ɐk〕이다.

다섯째, 죽음을 애도하는 마음을 나타내는 경우. 예를 들면,

⑤ 荏苒冬春謝,[388] 덧없이 세월 흘러 겨울과 봄이 지나가고,

寒暑忽流易. 추위와 더위가 어느덧 흘러가 바뀌었구려.

之子歸窮泉, 그대 땅속으로 돌아가고,

重壤永幽隔. 겹겹의 흙덩이에 덮여 영원히 멀어져 버렸네.

私懷誰克從? 이 내 마음 누구에게 말하겠으며,

淹留亦何益. 집에 오래 머문들 무슨 이로움이 있으리오?

僶俛恭朝命, 힘껏 조정의 명령을 받들어,

迴心反初役. 마음을 돌려 원래 하던 일로 돌아가려오.

望廬思其人, 집을 보면 그 사람 생각나고,

入室想所歷. 방에 들어오면 함께 지나온 생활 생각나는구려.

幃屛無髣髴, 휘장과 병풍에는 그대의 비슷한 모습조차 없고,

---

388 荏苒(임염): (세월이) 덧없이 흐르다.

翰墨有餘迹. 붓과 먹에는 남긴 자취 있구려.

流芳未及歇, 그윽한 향기 아직 다 하지 않고,

遺掛猶在壁. 유품은 아직 벽에 걸려 있구려.

悵怳如或存, 정신이 흐리멍덩하며 혹시 아직 살아있는 듯하여,

回遑忡驚惕.[389] 의심하고 근심하며 놀라고 두려워하네.

如彼翰林鳥,[390] 마치 숲을 높이 날던 저 새,

雙棲一朝隻. 한 쌍으로 살다가 하루아침에 혼자가 된 것과 같네.

如彼遊川魚, 마치 냇물을 노닐던 저 물고기,

比目中路析. 외눈박이 물고기가 도중에 갈라져 버린 것과 같다네.

春風緣隙來,[391] 봄바람은 문틈 따라 들어오고,

晨霤承簷滴. 새벽의 낙숫물은 처마를 따라 떨어지누나.

寢息何時忘, 자거나 쉬거나 어느 때인들 그대 잊으랴?

沈憂日盈積. 깊은 근심은 날마다 쌓여만 가네.

庶幾有時衰, 바라건대 이 슬픔 약해지는 때가 있어,

莊缶猶可擊. 장자(莊子)처럼 질그릇이라도 두드릴 수 있었으면.

(반악潘岳 <죽은 아내를 애도하는 시(悼亡詩)> 제1수)

   예시 ⑤는 죽음을 애도하는 시(悼亡詩)로, 반악(潘岳)이 죽은 아내 양씨(楊氏)
의 장례를 치르고 집으로 돌아온 뒤의 갖가지 느낌을 묘사하였다. 전체 시의
중간 단락인 '집을 보면 그 사람 생각나고(望廬思其人)' 등의 여덟 구절은 이
시의 핵심부분으로, 시인이 텅 빈 방을 배회하고 물건들을 보면서 죽은 사람
을 생각하는 진실한 느낌을 묘사하였다. 전체 시에 나타난 슬픔이라는 주된

---

389 忡(충): 근심하다.
390 翰(한): 높이 날다.
391 隙(극): '극(隙)'과 통용. 틈. 담이나 벽의 벌어진 틈.

감정의 흐름과 일치하는 것은 운각자(韻脚字)를 모두 입성자(入聲字)를 사용하였다는 점이다. 전체 시의 13개의 운각자에서 '력(歷)', '벽(壁)', '척(惕)', '석(析)', '적(適)', 그리고 '격(擊)'이 입성의 열두 번째 석운(錫韻)으로 압운을 한 것을 제외하고, 그 나머지는 전부 입성의 열한 번째 맥운(陌韻)으로 압운을 하였다. 시운(詩韻)의 '맥(陌)'과 '석(錫)' 두 운은 위진남북조(魏晉南北朝) 시기에는 석운(錫韻)에 속하였으며, 그 주요 모음과 운미의 추정하는 음은 〔ek〕이다.

여섯째, 인생은 짧고 세월이 빨리 지나가는 것을 느끼는 마음을 나타내는 경우. 예를 들면,

> ⑥ 東城高且長, 낙양(洛陽)의 동쪽 성은 높고도 길어,
> 逶迤自相屬.[392] 구불구불 서로 이어져 있네.
> 迴風動地起, 회오리바람이 땅을 움직이며 일어나고,
> 秋草萋已綠. 가을 풀은 무성하고 이미 푸르네.
> 四時更變化, 사계절이 다시 바뀌고,
> 歲暮一何速. 연말은 어찌 이리도 빨리 오는가.
> 晨風懷苦心, <새매> 시는 괴로운 마음 품고,
> 蟋蟀傷局促.[393] <귀뚜라미> 시는 시간이 빨리 가는 것을 슬퍼하였네.
> 蕩滌放情志, 모든 걱정 씻어버리고 생각을 펼쳐야 하니,

---

392 相屬(상촉): 변치 않고 서로 이어지다.

393 '신풍(晨風)'과 '실솔(蟋蟀)'은 모두 《시경(詩經)》의 편명으로, 앞의 것은 사람을 그리워하는 시이고, 뒤의 것은 세모(歲暮)에 느낀 바를 적은 시이다. [역자주] <새매(晨風)> 시는 《시경(詩經)·진풍(秦風)》에 실려 있고, <귀뚜라미(蟋蟀)> 시는 《시경(詩經)·당풍(唐風)》에 실려 있음.

何爲自結束. 어찌하여 스스로를 옭아 묶는가.

(고시古詩 <낙양洛陽의 동쪽 성은 높고도 길어(東城高且長)>)

예시 ⑥의 이 시는 인생은 늙기 쉽고 세월은 빨리 지나가는 것을 유감스러워하며 지었으며, 그래서 시인은 '모든 걱정 씻어버리고 생각을 펼쳐야 하니, 어찌하여 스스로를 옭아 묶는가(蕩滌放情志, 何爲自結束)'라고 주장하였다. 이것은 결코 달관하여 스스로 속박을 벗어버린 것이 아니고, 인생의 고민에 대한 또 다른 하나의 표현 방식이다. 전체 시는 5개의 운각자가 있는데 '속(屬)', '록(綠)', '속(速)', '촉(促)', '속(束)'은 모두 옥부(屋部)에 속하며, 그 주요 모음과 운미의 추정하는 음은 [ok]이다.

일곱째, 재주를 품고도 때를 만나지 못하는 마음을 나타내는 경우. 예를 들면,

⑦ 主父宦不達, 주보언(主父偃)이 벼슬에 오르지 못하자,
　骨肉還相薄. 가족들이 그를 경시하였네.
　買臣困樵采, 주매신(朱買臣)이 땔나무를 캐며 곤궁하자,
　伉儷不安宅. 아내가 집을 편안히 여기지 못하고 떠나갔네.
　陳平無産業, 진평(陳平)은 재산이 없어,
　歸來翳負郭. 돌아와 성곽을 등진 집에서 몸을 가렸네.
　長卿還成都, 사마상여(司馬相如)는 성도(成都)에 돌아오자,
　壁立何寥廓. 사방에 벽만 서있으니 어찌 그리도 텅비었던가.
　四賢豈不偉, 네 명의 어진 이들 어찌 훌륭하지 않으리오,
　遺烈光篇籍. 남긴 업적 역사책 속에서 빛나네.
　當其未遇時, 그들이 때를 만나지 못하였을 때에는,

憂在塡溝壑. 근심은 도랑과 골짜기에 묻혀버리는 데에 있었네.

英雄有迍邅,[394] 영웅도 형편이 매우 곤란할 때가 있으니,

由來自古昔. 원래 옛날부터 그러하였네.

何世無奇才, 어찌 세상에 뛰어난 재주를 가진 사람 없으랴마는,

遺之在草澤. 풀 무성한 못가에 버려져 있네.

(좌사左思 <역사적인 일을 읊다 8수(詠史八首)> 제7수)

예시 ⑦에서 이 시의 작자는 역사적 인물인 주보언(主父偃), 주매신(朱買臣), 진평(陳平)과 사마상여(司馬相如)를 예로 들면서 옛날부터 영웅이 재앙을 많이 당했던 경우를 설명하고, 동시에 시 속에서 이러한 제재를 빌려 자신이 재주를 지니고도 불운한 것에 대한 분개와 한탄을 나타내었다. 전체 시의 압운 또한 모두 입성운(入聲韻)인데, '박(薄)', '곽(郭)', '곽(廓)', '학(壑)'은 입성의 열 번째 약운(藥韻)에 속하는 글자이고, '택(宅)', '적(籍)', '석(昔)', '택(澤)'은 입성운의 열한 번째 맥운(陌韻)에 속하는 글자이다. 시운(詩韻)의 약부(藥部)는 위진남북조 시기의 탁운(鐸韻)에 속하며, 그 주요 모음과 운미의 추정하는 음은〔ɑk〕이며, 시운의 맥운(陌韻)은 위진남북조 시기의 석운(錫韻)에 속하는데, 그 주요 모음과 운미의 추정하는 음은〔ek〕이다.

여덟째, 나라를 걱정하고 백성을 걱정하는 마음을 나타내는 경우. 예를 들면,

⑧ 皇帝二載秋, 숙종(肅宗) 황제 즉위 이듬해 가을,

閏八月初吉.[395] 윤8월 초하루 날.

---

394 迍邅(둔전): 형편이 매우 곤란하다.

杜子將北征, 나는 장차 북쪽으로 가서,

蒼茫問家室 급히 서둘러 가족의 안부를 물으려 하네.

維時遭艱虞, 이 때 어려움과 우환을 만나,

朝野少暇日. 조정과 재야에 한가한 날이 적네.

顧慚恩私被, 생각하면 부끄럽게도 은혜를 입어,

詔許歸蓬蓽. 명령을 내리시어 집에 돌아가도록 허락하셨네.

拜辭詣闕下,[396] 작별 인사드리러 궁궐 아래에 이르렀으나,

怵惕久未出.[397] 두려운 마음에 오래토록 나가지 못했네.

雖乏諫諍姿, 비록 간언할 자질 부족하지만,

恐君有遺失. 임금님께서 빠트려 잃어버리시는 것이 있을까 두렵네.

君誠中興主, 임금께서는 진실로 중흥의 군주시니,

經緯固密勿. 나랏일 기획하고 다스림에 본래 매우 애를 쓰시네.

東胡反未已, 동쪽 오랑캐 안경서(安慶緒)의 반란이 아직 끝나지 않았으니,

臣甫憤所切. 신하 나의 울분이 절절하네.

揮涕戀行在, 눈물을 뿌리고 임금 계신 곳을 그리니,

道途猶恍惚. 길 가면서도 여전히 마음은 멍하네.

乾坤含瘡痍, 온 천지가 상처를 머금고 있는데,

憂虞何時畢? 이 근심 걱정은 언제나 끝이 나려나.

······   ······

(두보杜甫 <북쪽으로 가며(北征)>)

예시 ⑧의 <북쪽으로 가며(北征)>는 두보의 5언 고체시 중 가장 긴 시로

---

395 初吉(초길): 음력 초하루.
396 詣(예): 이르다. 闕(궐): 궁궐, 조정.
397 怵惕(출척): 두려워하며 편안하지 않다.

전체 시는 700자이고, 모두 입성운(入聲韻)으로 압운을 하였다. 두보는 이 긴 시 속에서 그가 나라를 걱정하고 백성을 걱정하는 사상을 충분히 드러내었는데, 전체 시의 분위기는 침울하여 독자들도 읽은 뒤에 마치 그 어려웠던 시절로 되돌아간 듯 하도록 만든다. 여기에서 인용한 부분 중 '물(勿)'이 입성의 다섯 번째 물운(物韻)에 속하는 글자이고, '홀(惚)'이 입성의 여섯 번째 월운(月韻)에 속하는 글자이며, '절(切)'이 입성의 아홉 번째 설운(屑韻)에 속하는 글자인 것을 제외하고, 그 나머지의 운각자는 모두 입성의 네 번째 질운(質韻)에 속하는 글자이다. 시운(詩韻)의 질운(質韻)은 아마도 수, 당(隋唐) 시기의 질운(質韻)에 속하고 그 주요 모음과 운미의 추정하는 음은 〔it〕이며, 시운의 물운(物韻)은 수, 당 시기의 물운(物韻)에 속하고 그 주요 모음과 운미의 추정하는 음은 〔ət〕이다. 시운의 월운(月韻)은 아마도 수, 당 시기의 월운(月韻)이고 그 주요 모음과 운미의 추정하는 음은 〔ɐt〕이며, 시운의 설운(屑韻)은 아마도 수, 당 시기의 설운(薛韻)이고 그 주요 모음과 운미의 추정하는 음은 〔æt〕이다.

아홉째, 놀랍고 위험하며 긴장된 분위기를 느끼는 마음을 나타내는 경우. 예를 들면,

⑨ 人道橫江好, 사람들은 횡강(橫江)이 좋다고 말하지만,
　　儂道橫江惡.[398] 나는 횡강이 나쁘다고 말하네.
　　一風三日吹倒山, 한 번 바람이 일면 사흘이나 불어 산을 넘어뜨리고,
　　白浪高於瓦官閣. 흰 파도는 와관각(瓦官閣)보다 높다네.

　　(이백李白 〈횡강橫江의 노래(橫江詞)〉 제1수)

398　儂(농): 나.

예시 ⑨에서 '횡강(橫江)'은 바로 '횡강 나루(橫江浦)'로 지금의 안휘성(安徽省) 화현(和縣) 동남쪽에 있는데, 장강(長江) 하류의 중요한 나루터이다. 시인 이백(李白)은 이 시에서 과장(誇張)의 수법을 사용하여 횡강 나루의 포구(浦口)의 심한 바람과 거센 파도를 묘사하였는데 사람들에게 두렵고 위험하다는 인상을 준다. 전체 시는 두 개의 운각자로 되어 있는데 '악(惡)'과 '각(閣)'은 입성의 열 번째 약운(藥韻)에 속하는 글자이다. 시운(詩韻)의 약운(藥韻)은 아마도 수, 당 시기의 탁운(鐸韻)에 속하고, 그 주요 모음과 운미의 추정하는 음은 〔ɑk〕이다.

입성운을 사용하는 경우에 관해 우리들은 위에서 아홉 가지를 제시하였다. 성격에 따라 사례를 들었으니 참고에 도움이 되길 바란다.

마지막으로 양성운(陽聲韻)에 대해 말해보기로 한다.

이른바 '양성운'이라는 것은 운미(韻尾)가 〔ŋ〕, 〔n〕, 〔m〕으로 끝나는 운모(韻母)이다. 양성운으로 압운을 하는 운각자(韻脚字)는 무슨 내용을 나타내는 것이 적당한지 일률적으로 논할 수는 없다. 구체적인 상황을 구체적으로 분석해 보아야 한다. 일반적으로 말해서 이것은 어떠한 모음인가와 어떠한 운미(韻尾)인가로 결정해야 한다. 예를 들어 말하자면, 〔ɑŋ〕이란 운은 의기양양하고 즐겁고 쾌활하며, 호기롭고 씩씩한 분위기를 나타내는 데에 비교적 적합하다. 예를 들면,

① 日從東方出, 해가 동쪽에서 나오니,

　　團團雞子黃. 둥근 것이 달걀 노른자위 같네.

　　夫歸恩情重, 그대 돌아와 은애로운 정 깊기에,

　　憐歡故在傍. 좋아하는 이 사랑하며 곁에 있네.

　　(무명씨無名氏 <서쪽의 까마귀가 밤에 날다(西烏夜飛)>)

② 三日入廚下, 시집 온지 사흘 만에 부엌에 들어가,

　　洗手作羹湯. 손을 씻고 국을 끓였어요.

　　未諳姑食性,³⁹⁹ 시어머니 식성을 아직 알지 못하여,

　　先遣小姑嘗. 시누이더러 먼저 맛보게 했지요.

　　(왕건王建 <새 색시(新嫁娘)>)

③ 空山不見人, 빈 산에 사람 보이지 않고,

　　但聞人語響.⁴⁰⁰ 다만 사람들 말소리 울림만 들리네.

　　返景入深林, 되비치는 햇빛은 깊은 숲 속으로 들어와,

　　復照靑苔上. 다시 파란 이끼 위를 비추네.

　　(왕유王維 <녹채(鹿柴)>)

④ 出身仕漢羽林郎,⁴⁰¹ 벼슬길에 나서 한(漢)나라의 우림랑(羽林郎)이 되어,

　　初隨驃騎戰漁陽. 처음엔 표기장군(驃騎將軍)을 따라 어양(漁陽)에서
　　　　　　　　　　　　싸웠네.

　　孰知不向邊庭苦, 누가 알리오, 변방에 가지 못하는 이 괴로움을,

　　縱死猶聞俠骨香. 설사 죽더라도 협사(俠士)의 유골에서 풍겨나는
　　　　　　　　　　　　향기를 맡게 할 수 있을 텐데.

　　(왕유王維 <젊은이의 노래(少年行)> 제2수)

예시 ①과 ②에서, <서쪽의 까마귀가 밤에 날다(西烏夜飛)>는 부부가 다시

399　諳(암): 잘 알다.

400　但(단): 다만.

401　羽林郎(우림랑): 한(漢)나라 때 우림군(羽林軍)을 두었으며, 우림랑은 우림군의 군관(軍官)이
　　다. 여기서는 한나라로 당(唐)나라를 비유하였다.

만나게 된 것을 묘사하였고, <새 색시(新嫁娘)> 이 시는 새 색시가 처음으로 부엌에서 일하는 모습을 묘사하였는데, 시에서 나타내는 것은 모두 즐거운 분위기이다.

예시 ③의 <녹채(鹿柴)>는 빈 산과 깊은 숲의 끝없이 그윽하고 고요함을 묘사하였는데, 독자에게 전해주는 인상 또한 매우 좋다.

예시 ④의 <젊은이의 노래(少年行)>(제2수)가 묘사한 것은 뜻을 세워 나라에 보답하며, 비록 죽더라도 살아있는 것과 같이 의의 있고 가치 있는 일로 본다는 애국정신인데, 이 시가 만들어내는 분위기는 호기롭고 씩씩하다.

예시 ①~④에서 사용한 운각자(韻脚字) '황(黃)', '방(傍)', '탕(湯)', '상(嘗)', '향(響)', '상(上)', '양(陽)', '향(香)' 중에서, '향(響)'이 상성(上聲) 스물두 번째 양운(養韻)에 속하고, '상(上)'이 거성(去聲) 스물세 번째 양운(漾韻)에 속하는 것을 제외하면, 나머지는 모두 하평성(下平聲)의 일곱 번째 양운(陽韻)에 속한다. 이러한 운각자들은 위진(魏晉) 남북조(南北朝) 시대와 수(隋), 당(唐) 시기에는 모두 양운(陽韻)에 귀속될 것이며, 이들의 주요 모음과 운미의 추정하는 음은 〔aŋ〕이다.

또 예를 들어 운미(韻尾)가 〔m〕으로 끝나는 양성운(陽聲韻)은 음절이 끝을 거두어들이는 발음을 할 때 아래위 두 입술을 꼭 닫고 숨이 콧속에서 튀어나오기 때문에 이러한 운(韻)의 운각자는 대부분 음침하고 답답한 내용을 표현하는 데에 적합하다. 예를 들면,

⑤ 夜中不能寐, 밤중이 되어도 잠들 수가 없어,
起坐彈鳴琴. 일어나 앉아서 거문고를 탄다.
薄帷鑒明月,⁴⁰² 얇은 휘장엔 밝은 달이 비치고,

---

402 鑒(감): 비치다. 비추다.

清風吹我襟. 맑은 바람이 내 옷깃에 불어온다.

孤鴻號外野, 외로운 기러기는 바깥 들에서 소리쳐 울고,

朔鳥鳴北林. 북녘 새는 북쪽 숲에서 우짖는다.

徘徊將何見, 서성거린들 무엇을 볼 수 있으랴?

憂思獨傷心. 시름겨운 생각에 홀로 마음만 상한다.

(완적阮籍 <내 마음을 읊으며(詠懷)> 제1수)

⑥ 國破山河在, 나라는 깨어져도 산천은 남아있어,

城春草木深, 장안(長安) 성에 봄이 오니 초목만 무성하네.

感時花濺淚, 시절을 생각하니 꽃에도 눈물 뿌리고,

恨別鳥驚心. 이별을 한스러워하니 새소리에도 마음 놀라네.

烽火連三月, 봉화는 석 달을 연이어 피어오르고,

家書抵萬金. 집에서 오는 편지는 만금에 맞먹네.

白頭搔更短, 희어진 머리는 긁을수록 더욱 짧아져,

渾欲不勝簪.[403] 정말이지 비녀조차 이기지 못할 듯하네.

(두보杜甫 <봄날 바라보며(春望)>)

⑦ 嶤嵬試一臨, 높은 곳을 한 번 올라보니,

虜騎附城陰.[404] 오랑캐 기병이 성 북쪽 가까이 붙어 있네.

不辨風塵色, 바람과 먼지 색깔 분별하지 못하니,

安知天地心? 천지의 마음을 어찌 알 수 있으랴?

門開邊月近, 문이 열리면 변방의 달이 가까이 비치고,

---

403 渾欲(혼욕): 정말이지…할 듯하다.

404 城陰(성음): 성 북쪽.

戰苦陣雲深. 전쟁이 괴로운데 군진(軍陣) 위의 구름 짙게 덮고 있네.

旦夕更樓上, 아침 저녁으로 북을 쳐서 시각을 알리는 망루에서,

遙聞橫笛音. 멀리서 퉁소소리 들려오네.

(장순張巡 <피리 소리를 들으며(聞笛)>)

예시 ⑤의 <내 마음을 읊으며(詠懷)>(제1수) 이 시는 시인이 깊이 가라앉은 필치로 혼란한 사회 환경에 처해 있는 자신이 국가의 장래와 본인의 운명에 대해서 갖는 끝없는 근심을 나타내었다.

예시 ⑥의 <봄날 바라보며(春望)>는 두보(杜甫)가 당(唐) 숙종(肅宗) 지덕(至德) 2년(757년) 봄에 쓴 명작이다. 이 때 장안(長安)은 이미 반란군 안록산(安祿山)의 손에 함락되어 있었으며 시인 역시 포위된 성 안에 있었다. 작자는 이 시 속에서 반란군에 점령된 장안이 파괴되고 황량해진 것을 묘사하였고, 시인이 나라와 백성을 근심하는 깊은 마음을 나타내었다.

예시 ⑦의 <피리 소리를 들으며(聞笛)>는 안록산의 난이 갑작스럽게 일어난 뒤에 시인이 수양(睢陽)을 굳게 지키는 장렬한 장면을 묘사하였다. 당시 고립된 성이 포위되어 '오랑캐 기병(虜騎)'이 겹겹이 둘러싼 속에 빠져 형세가 매우 심각하였다.

예시 ⑤~⑦에서, 이 세 시의 운각자(韻脚字) '금(琴)', '금(襟)', '림(林)', '심(心)', '심(深)', '심(心)', '금(金)', '잠(簪)', '임(臨)', '음(陰)', '심(心)', '심(深)', '음(音)'은 모두 하평성(下平聲)의 열두 번째 침운(侵韻)에 속한다. 시운(詩韻)의 침운(侵韻)은 위진(魏晉) 남북조(南北朝)와 수(隋), 당(唐) 시기에는 침운(侵韻)에 귀속되며, 이들의 주요 모음과 운미의 추정하는 음은 각기 [əm]과 [im]일 것이다.

이상으로 우리들은 고대시가에서 운(韻)을 쓰는 것과 내용 표현의 관계에 관한 문제를 초보적으로 살펴보았다. 여기서 다시 한 번 강조해야 하는 것은,

시가의 용운(用韻)과 내용, 혹은 주제의 표현은 결코 절대적 연관성이 존재하는 것은 아니라는 점이다. 그러나 우리들은 이렇다고 하여 양자 간에 조금도 관계가 없다는 결론을 낼 수는 없다. 사실은 이렇지 않으니, 위에서 논술한 것이 이러한 문제를 잘 설명할 수 있다.

<3> 음률(音律)의 발전

수사 방식의 하나로서 고대시가의 음률 내용 또한 끊임없이 발전하고 변화했다. 아래에서 평측(平仄)과 압운(押韻)의 발전과 변화 문제에 대해 중점적으로 말하고자 한다.

먼저 평측 문제를 살펴보기로 한다.

평측과 압운은 음률이 발전, 변화하는 가장 중요한 내용이다. 모두들 아는 바와 같이, 당(唐)나라와 송(宋) 나라 이전의 고체시(古體詩)에서는 글자의 평측이 기본적으로 자유로웠다. 그러나 시가가 발전하여 남조(南朝)의 제(齊)나라 영명(永明. 483년~493년) 연간에 이르자, 심약(沈約), 사조(謝朓) 등이 사성(四聲) 격률(格律)을 시가 창작에 응용하였고, 이에 새로운 시체(詩體)를 형성하였는데, 이것이 바로 이른바 영명체(永明體)이다. 중국 고대시가 역사의 각도에서 말하자면, 영명체의 탄생은 당대(唐代) 근체시(近體詩)의 형성과 발전에 매우 중요한 영향을 끼쳤다. 영명체 신체시(新體詩)는 실제로는 한(漢), 위(魏) 고체시(古體詩)가 당대의 근체시(近體詩)로 발전하는 과도기적 형식이다. 이러한 점은 유신(庾信)의 작품에서 매우 분명하게 찾아 볼 수 있다. 유신은 남북조(南北朝) 시기에 가장 나중에 등장한 영향력 있는 시인이었다. 그의 시가 작품은 당대 근체시의 형성에 직접적인 영향을 미쳤다. 아래에서 평측을 예로 들어

이러한 문제를 설명하고자 한다. 예를 들면,

① 陽關萬里道, 양관(陽關)이라 만 리 길,

　不見一人歸. 한 사람도 돌아가는 것 보이지 않네.

　唯有河邊雁, 오직 황하(黃河) 가의 기러기만이,

　秋來南向飛. 가을이 되자 남쪽으로 날아가네.

　(유신庾信 <다시 주周 상서尙書와 작별하며(重別周尙書)>)

② 秦關望楚路, 진(秦)나라 땅 관중(關中)에서 초(楚)나라 땅 가는 길
　　　　　　　바라보고,

　灞岸想江潭. 파수(灞水) 언덕에서 고향의 강가 생각하네.

　幾人應落淚, 몇 사람이나 아마도 눈물 흘리며,

　看君馬向南. 그대의 말이 남쪽으로 향하는 것을 바라보리라.

　(유신庾信 <간侃 법사의 시에 화답하며(和侃法師)>)

③ 玉關道路遠, 옥문관(玉門關)으로 가는 길 멀고,

　金陵信使疏. 금릉(金陵)에서 오는 사자 드무네.

　獨下千行淚, 홀로 천 갈래 눈물 흘리며,

　開君萬里書. 그대가 만 리 밖에서 보낸 편지 열어보네.

　(유신庾信 <왕림王琳에게 보내며(寄王琳)>)

　예시 ①~③의 이 3수의 시는 당대 5언 절구의 평측 유형에서 보면, 모두
첫째 구에 운(韻)을 넣지 않은 평기측수식(平起仄收式)이다.

　검증해보면 알 수 있는데, 예시 ①은 단지 '만(萬)', '유(唯)', '남(南)' 세
글자만 평측 격률에 맞지 않지만, '만(萬)', '유(唯)', '남(南)' 세 글자는 근체시

격률의 요구에 의거하면 모두 평성(平聲)도 가능하고 측성(仄聲)도 가능하다.

예시 ②는 단지 '망(望)', '인(人)', '락(落)', '간(看)' 네 글자만 평측이 맞지 않지만, '망(望)'은 평성도 될 수 있고 측성도 될 수 있으며, 정말로 맞지 않는 것은 단지 '인(人)', '락(落)', '간(看)' 세 글자뿐이다.

예시 ③에서는 단지 '옥(玉)', '도(道)', '금(金)', '릉(陵)', '사(使)' 다섯 글자만 평측이 맞지 않지만, '옥(玉)', '도(道)', '금(金)' 세 글자는 평성이 될 수도 있고 측성이 될 수도 있다. 정말로 맞지 않는 것은 '릉(陵)', '사(使)' 두 글자뿐이다.

이것으로 알 수 있는데, 유신의 작품은 평측의 격률을 사용함에 있어서 이미 성숙한 단계에 가까워졌음을 알 수 있다. 따라서 유신의 작품이 당대 근체시의 형성에 직접적으로 영향을 주었다고 말해도 조금도 지나치지 않다.

중국어의 사성(四聲) 격률을 시가 창작에 응용한 중요 인물은 바로 심약(沈約)이다. 심약은 사성설(四聲說)을 제기하면서, 동시에 또 팔병설(八病說)을 제기했다. 사실 '사성(四聲)'이든 '팔병(八病)'이든 간에 말하는 것은 모두 평측의 배치 문제이다. 팔병설은 소극적으로 방비(防備)한다는 각도에서 어떻게 평측을 운용할 것인가 하는 문제를 말하였다. 작시상(作詩上) 피해야 하는 이 여덟 가지 병폐(病弊)는 평두(平頭), 상미(上尾), 봉요(蜂腰), 학슬(鶴膝), 대운(大韻), 소운(小韻), 방뉴(旁紐), 그리고 정뉴(正紐)이다. 사성팔병(四聲八病)은 주로 5언시의 창작에 대해 말하는데, 왜냐하면 당송(唐宋) 이전의 고체시에서는 5언시가 주류를 이루었기 때문이다. 팔병설의 구체적인 내용은 다음과 같다.

첫째, 평두(平頭).

5언시의 첫째 구와 둘째 구의 시작하는 두 글자의 평측은 같아서는 안 된다. 서로 같으면 '평두'를 범하는 것이 된다. 예를 들면,

① 新買五尺刀, 새로 다섯 자의 칼을 사서,

　懸著中梁柱. 가운데 들보 기둥에 매달아 놓았네.

　一日三摩娑, 하루 여러 번 어루만지니,

　劇於十五女.[405] 열다섯 살 아가씨보다 더 좋아하네.

　(무명씨無名氏 <낭야왕琅邪王의 노래(琅邪王歌辭)>)

예시 ①에서, '신매(新買)'는 평성(平聲)과 측성(仄聲)이고, '현착(懸著)' 역시 평성과 측성이니, 이것은 '평두'를 범한 것이다.

둘째, 상미(上尾).

5언시의 첫째 구와 둘째 구 끝의 글자는 평측이 같아서는 안 된다. 서로 같으면, '상미'를 범하는 것이 된다.

② 朝發欣城, 아침에 흔성(欣城)을 출발하여,

　暮宿隴頭. 저녁에 농산(隴山) 꼭대기에서 묵었네.

　寒不能語, 추워서 말도 할 수 없고,

　舌卷入喉. 혀는 말려서 목구멍 안으로 들어갔네.

　(무명씨無名氏 <농산隴山의 노래(隴頭歌辭)>)

예시 ②에서, '성(城)'과 '두(頭)'는 똑같이 평성이니, 이것은 '상미'를 범한 것이다.

셋째, 봉요(蜂腰).

---

405 劇(극): 심하다. 정도가 지나치다.

5언시의 각 시구는 일반적으로 앞의 두 자, 뒤의 세 자라는 두 개의 음보(音步)로 나누어지는데, 첫째 음보의 마지막 글자와 둘째 음보의 마지막 글자(즉, 한 구절의 두 번째 글자와 다섯 번째 글자)는 평측이 같아서는 안 된다. 서로 같으면, '봉요'를 범하는 것이 된다. 예를 들면,

③ 玉柱空掩露, 비파의 옥기둥은 공연히 이슬로 덮였고,

　　金樽坐含霜. 금 술잔은 저절로 서리를 머금었네.

　　(강엄江淹 <형산荊山을 바라보며(望荊山)>)

예시 ③에서, '주(柱)'와 '로(露)'는 똑같이 측성(仄聲)이고, '준(樽)'과 '상(霜)'은 똑같이 평성(平聲)이니, 이것은 '봉요'를 범한 것이다.

넷째, 학슬(鶴膝).

5언시의 첫 번째 구와 셋째 구의 끝 글자의 평측은 서로 같아서는 안 된다. 서로 같으면 '학슬'을 범하는 것이 된다. 예를 들면,

④ 心逐南雲逝, 마음은 남쪽으로 가는 구름 쫓아가고,

　　形隨北雁來. 몸은 북쪽으로 날아가는 기러기 따라 왔네.

　　故鄕籬下菊, 고향 울타리 아래의 국화,

　　今日幾花開? 오늘은 얼마나 꽃이 피었을까?

　　(강총江總 <장안長安에서 양주揚州로 돌아가다가 9월 9일 미산薇山의 정자에 가서
　　시를 짓다(於長安歸揚州, 九月九日行薇山亭賦韻)>)

예시 ④에서, '서(逝)'와 '국(菊)'은 똑같이 측성이니, 이것은 '학슬'을 범한 것이다.

다섯째, 대운(大韻).

5언시구 중간의 글자는 구절 끝의 글자와 운(韻)이 같으면 안 된다. 운이 같으면 '대운'을 범하는 것이 된다. 예를 들면,

⑤ 直虹朝映壘, 곧은 무지개는 아침에 보루를 비추고,

長星夜落營. 긴 별은 밤에 진영에 떨어지네.

(유신庾信 <내 마음을 읊으며(詠懷)> 제11수)

예시 ⑤에서, '영(映)'은 시운(詩韻) 거성(去聲)의 스물네 번째 경운(敬韻)에 속하는 글자이고, '영(營)'은 시운 하평성(下平聲)의 여덟 번째 경운(庚韻)에 속하는 글자인데,[406] 두 글자는 위진남북조(魏晉南北朝) 시대에는 모두 경운(耕韻)에 속했다. '영(映)'과 '영(營)'이 운이 같으니, 이것은 '대운'을 범한 것이다.

여섯째, 소운(小韻).

5언시의 상하 두 구절은 운각(韻脚)의 글자 외에는 구절 가운데의 글자가 운(韻)이 같으면 안 된다. 운(韻)이 같으면 이것은 '소운'을 범하는 것이 된다. 예를 들면,

⑥ 奉義至江漢, 조정의 명을 받들어 양자강과 한수(漢水) 만나는 지역에 이르니,

始知楚塞長. 비로소 초(楚)나라 변방이 길다는 것을 알겠네.

(강엄江掩 <형산을 바라보며(望荊山)>)

---

406 [역자주] 왕력(王力)에 의하면, 평수운의 경우, 경운(敬韻)과 경운(庚韻)의 주요 모음과 운미의 추정음은 모두 [ɐŋ]이다.

예시 ⑥에서, '지(至)'는 시운(詩韻) 거성(去聲)의 네 번째 치운(寘韻)에 속하는
글자이고, '지(知)'는 시운 상평성(上平聲)의 네 번째 지운(支韻)에 속하는 글자
인데,[407] 두 글자는 위진남북조 시대에는 모두 지운(支韻)에 속하게 된다. '지
(至)'와 '지(知)'는 운이 같으니, 이것은 '소운'을 범한 것이다.

일곱째, 방뉴(旁紐).

5언시의 한 구절 안에서 글자를 건너뛰어서 쌍성(雙聲. 2음절 혹은 그 이상의
말에서 각 글자의 첫 자음이 같은 것) 글자를 쓸 수 없다. 글자를 건너뛰어서
쌍성인 글자를 쓰면, 이것은 '방뉴'를 범하는 것이 된다. 예를 들면,

　⑦ 獨下千行淚, 홀로 천 갈래 눈물 흘리며,

　　開君萬里書. 그대가 만 리 밖에서 보낸 편지 열어보네.

　　(유신庾信 <왕림王琳에게 보내며(寄王琳)>)

예시 ⑦에서, '하(下)'과 '행(行)'은 모두 갑모(匣母)[408]에 속하며, 이 두 글자
중간은 또 다른 글자에 의해 떨어져 있으니, '방뉴'를 범한 것이다.

여덟째, 정뉴(正紐).

5언시의 한 구절 안에서 글자를 건너뛰어 같은 음의 글자를 쓸 수 없다.
그렇게 하면 '정뉴'를 범하는 것이 된다. 예를 들면,

---

407 [역자주] 왕력에 의하면, 평수운의 경우, 치운(寘韻)과 지운(支韻) 모두 주요 모음과 운미의
　　추정음이 [i]이다.

408 [역자주] '갑모[匣母(ɦ)]'는 중고(中古)시기 중국어(中國語)의 성모(聲母) 중의 하나. 이때는 36
　　자모가 전청(全淸), 차청(次淸), 전탁(全濁), 차탁(次濁)의 네 종류로 나누어지며, '갑모'는
　　전탁성모에 속함.

⑧ 海水夢悠悠, 바닷물같이 꿈은 유유한데,

　君愁我亦愁. 님이 근심하면 나 또한 근심하네.
　•　　　•

(무명씨無名氏 <서주西洲의 노래(西洲曲)>)

예시 ⑧에서, 두 개의 '수(愁)'자는 음이 같을 뿐만 아니라 형태 또한 같으니, 이것은 '정뉴'를 범한 것이다.

실천하는 측면에서 볼 때, 팔병설(八病說)은 부정적인 작용이 긍정적인 작용보다 더 큰데, 왜냐하면 이러한 가혹한 요구들은 시인들의 손발을 크게 묶어 놓을 뿐만 아니라, 또 형식주의 문풍을 부채질하고 조장하는 작용을 하기 때문이다. 초당(初唐)에 이르러, 심전기(沈佺期), 송지문(宋之問) 등의 시인들이 창작을 통하여 실제로 행함에 의해, 중국의 고대 근체시는 최종적으로 형성되게 된다. 심약(沈約)의 팔병설은 소극적으로 회피하고 조심하는 것이고, 초당 근체시의 평측 격식의 형성은 긍정적인 면의 수립인데, 회피로부터 긍정적인 면의 수립에 이르기까지, 이러한 과정은 대략 200여 년의 시간이 걸렸으며, 중대한 발전이다. 그것을 발전이라고 말하는 것은 바로 근체시 평측 격식의 형성이 중국 고대시가가 음악적 아름다움의 표현 형식을 추구함에 있어서 가장 훌륭한 방안을 찾았다는 것을 분명히 나타낸다는 점에 있다. 그것을 가장 훌륭하다고 말한 것은 이러한 음악적 아름다움의 표현 형식이 중국어의 특색을 충분히 활용했으며, 따라서 그것이 민족적이고, 또한 가장 아름다운 것이기 때문이다.

마지막으로 압운(押韻) 문제에 대해 말하고자 한다.

고체시의 압운과 근체시의 압운은 서로 같지 않은데, 이것 역시 발전하고 변화되었다. 총체적으로 말하면, 고체시의 압운은 비교적 자유로우나, 근체시의 압운은 여러 가지의 제한과 요구가 있다. 이러한 갖가지 제한과 요구의 최종 목적은, 하나의 규율을 구축하기 위해서이다. 대체로 규율성이 있는 것은 모두 다시 나타낼 수 있으며, 다시 나타낼 수 있으면 조화의 아름다움을 가져오게 된다.

이러한 문제를 편하게 설명하기 위해, 고체시의 용운과 근체시의 용운을 아래 4가지 방면에서 대비하며 설명하기로 한다.

첫째, 운각(韻脚) 글자의 성조(聲調)에서 볼 때, 고체시는 평성(平聲), 상성(上聲), 거성(去聲), 입성(入聲)을 모두 사용할 수 있지만, 근체시는 반드시 평성운(平聲韻)으로 압운을 하여야 한다.

> ① 步出城東門, 걸어서 성(城)의 동문(東門)을 나가,
> 遙望江南路. 아득히 강남으로 가는 길 바라보네.
> 前日風雪中, 어제 눈바람 속에,
> 故人從此去. 옛 친구는 이 길로 갔네.
> 我欲渡河水, 나도 강물 건너고 싶지만,
> 河水深無梁. 강물은 깊고 다리가 없네.
> 願爲雙黃鵠, 원컨대 한 쌍의 고니 되어,
> 高飛還故鄉. 높이 날아 고향으로 돌아가고 싶네.
>
> (고시古詩 <걸어서 성城의 동문東門을 나가(步出城東門)>)

예시 ①에서, '로(路)'와 '거(去)'는 모두 거성(去聲) 글자이고, '량(梁)'과 '향(鄉)'은 모두 평성(平聲) 글자이다.

당대(唐代)에 이르러서도 고체시 운각자(韻脚字)의 성조는 어떠한 제한도 없지만, 한 수의 시는 항상 끝까지 하나의 운조(韻調)로 일관되었다. 예를 들면,

② 暮從碧山下, 저녁에 푸른 산에서 내려오니,

　山月隨人歸. 산에 뜬 달도 나를 따라 돌아오네.

　卻顧所來徑, 지나온 길 돌아보니,

　蒼蒼橫翠微. 짙은 푸른색이 산 중턱에 가로질러 있네.

　相攜及田家, 산인(山人)이 내 손 잡고 농가에 이르니,

　童稚開荊扉. 어린애가 사립문 열어주네.

　綠竹入幽徑, 푸른 대나무 그윽한 오솔길에 들어서니,

　靑蘿拂行衣. 푸른 담쟁이가 지나가는 사람 옷자락을 스치네.

　歡言得所憩, 기쁘게 말하면서 편히 쉬고,

　美酒聊共揮. 맛난 술 즐겁게 함께 술잔 드네.

　長歌吟松風, 길게 노래하며 솔바람 노래 읊조리고,

　曲盡河星稀. 노래 다하자 은하수 별빛 희미하네.

　我醉君復樂, 나는 취하고 그대 또한 즐거워하며,

　陶然共忘機. 거나하게 취해 세속 마음 함께 잊어버리네.

(이백李白 <종남산南山을 내려와 곡사斛斯 산인山人의 집에 들려 묵으면서 술자리를 벌이다(下終南山過斛斯山人宿置酒)>)

③ 高臥南齋時, 남쪽 서재에 한가로이 누워 있을 때,

　開帷月初吐. 휘장을 걷으니 달이 막 떠오르네.

　淸輝澹水木, 맑은 달빛은 물과 나무 담담히 비추고,

　演漾在窗戶. 넘실거리며 창문에 들어오네.

　荏苒幾盈虛, 흐르는 세월 속에 몇 번이나 차고 기울었으며,

　澄澄變今古, 맑은 빛 속에 지금도 옛날도 변하였네.

　美人淸江畔, 그리운 사람은 맑은 강가에서,

是夜越吟苦. 이 밤도 고향 노래하며 괴로워하리라.

千里其如何, 천리나 떨어진들 어떠리오!

微風吹蘭杜. 미풍이 난초와 두약 꽃향기 불어다 주리라.

(왕창령王昌齡 <사촌 동생과 함께 남쪽 서재에서 달을 감상하며 산음山陰의 소부
少府 최국보崔國輔를 생각하다(同從弟南齋玩月憶山陰崔少府)>)

예시 ②에서, '귀(歸)', '미(微)', '비(扉)', '의(衣)', '휘(揮)', '희(稀)', '기(機)'는
모두 평성자(平聲字)이다. 예시 ③에서, '토(吐)', '호(戶)', '고(古)', '고(苦)', '두
(杜)'는 모두 상성자(上聲字)이다.

예시 ②와 ③은 모두 5언 고체시이고, 편폭이 비교적 짧다. 그러나 만약
5언 고체시 혹은 7언 고체시가 편폭이 비교적 길면, 운각자(韻脚字)의 성조는
항상 변화가 있게 되는데, 예를 들어 두보(杜甫)의 <석호촌石壕村의 관리(石壕
吏)>와 백거이(白居易)의 <기나긴 한의 노래(長恨歌)>가 그러하며, 여기서는
생략하고 인용하지 않기로 한다. 고체시의 성조 변화와 환운(換韻)은 항상
함께 진행된다. 환운에 관련된 문제는 아래에서 다시 말하기로 한다.

그러나 근체시는 그렇지 않다. 근체시의 운각자는 반드시 평성(平聲)의 운
(韻)으로 압운을 하여야 한다. 예를 들면,

④ 向晚意不適, 저녁 무렵 마음이 편치 않아,

驅車登古原. 수레 몰아 옛 언덕에 올랐네.

夕陽無限好, 석양은 한없이 좋은데,

只是近黃昏. 다만 황혼에 가까워지고 있네.

(이상은李商隱 <낙유원(樂遊原)>)

⑤ 尋章摘句老雕蟲, 문장 찾고 구절 뽑으며 벌레나 새기듯 시를 지으며
　　　　　　 늙어 가는데,

　 曉月當簾掛玉弓. 새벽달이 주렴에 비치니 옥 활을 걸어놓은 듯.

　 不見年年遼海上, 해마다 요동(遼東) 지방의 전쟁 보지 않았는가,

　 文章何處哭秋風. 문장은 어느 곳에서 가을바람에 울까?

（이하李賀 <남쪽 정원(南園)> 제6수）

　예시 ④와 ⑤에서, '원(原)', '혼(昏)', '충(蟲)', '궁(弓)', '풍(風)'은 모두 평성
자(平聲字)이다.

　근체시도 측성(仄聲)으로 압운하는 것이 있지만, 이것은 예외이다. 예를
들면,

⑥ 千山鳥飛絕, 모든 산에 새가 나는 모습 사라지고,

　 萬徑人蹤滅. 온갖 길에 사람들 발자취 없어졌네.

　 孤舟蓑笠翁, 외로운 배에 도롱이와 삿갓을 쓴 늙은이가,

　 獨釣寒江雪. 차가운 강에 눈 내리는데 홀로 낚시하네.

（유종원柳宗元 <강의 눈(江雪)>）

　예시 ⑥에서, '절(絕)', '멸(滅)', '설(雪)'은 모두 입성(入聲)의 아홉 번째 설운
(屑韻)으로 압운을 한 것이다.

　둘째, 용운(用韻)의 변환에서 볼 때, 고체시는 하나의 운을 끝까지 사용할
수도 있고, 중간에 운을 바꿀 수도 있지만, 근체시는 단지 하나의 운을 끝까지
사용해야 하고, 중간에 운을 바꿀 수 없다. 예를 들면,

① 朝陽不再盛, 아침 해는 더 이상 찬란하지 못하고,

　　白日忽西幽. 흰 해는 홀연히 서쪽으로 숨네.

　　去此若俯仰, 이곳을 떠나가는 것이 아래를 굽어보고 위를 쳐다보는 것

　　　　　　　　처럼 빠르니,

　　如何似九秋? 어찌 가을 석 달과 같으랴?

　　人生若塵露, 인생은 티끌과 이슬 같고,

　　天道邈悠悠. 하늘의 도는 아득히 멀기만 하네.

　　齊景升牛山, 제(齊)나라 경공(景公)은 우산(牛山)에 올라,

　　涕泗紛交流. 눈물과 콧물 서로 섞여 흘러내렸다네.

　　孔聖臨長川, 공자(孔子)도 긴 강에 이르러,

　　惜逝忽若浮. 가는 세월 문득 물에 떠가는 듯하다고 애석해했네.

　　去者余不及, 가는 세월은 내 따라 갈 수 없고,

　　來者吾不留. 오는 세월도 나는 머무르게 할 수 없네.

　　願登太華山, 원컨대 태화산(太華山)에 올라,

　　上與松子遊. 적송자(赤松子)와 하늘에서 노닐고 싶네.

　　漁父知世患, 어부는 세상의 근심을 알고,

　　乘流泛輕舟. 물결 따라 가벼운 배를 띄우네.

　　(완적阮籍 <내 마음을 읊으며(詠懷)> 제32수)

② 生年不滿百, 살아있는 해가 백년도 채우지 못하는데,

　　常懷千歲憂. 늘 천년의 근심 품고 있네.

　　晝短苦夜長, 낮 짧고 밤 길어 괴로우니,

　　何不秉燭遊? 어찌 촛불 잡고 놀지 않으리오?

　　爲樂當及時, 즐거움 누림은 마땅히 제때에 해야 하니,

何能待來玆? 어찌 내년을 기다릴 수 있으리오?

愚者愛惜費, 어리석은 자들 재물을 아끼지만,

但爲後世嗤. 단지 후세 사람들의 웃음거리 될 뿐이네.

仙人王子喬, 신선 왕자교(王子喬)는,

難可與等期. 그와 똑같이 되길 기대하기 어렵다네.

(고시古詩 <살아있는 해가 백년을 채우지 못하는데(生年不滿百)>)

예시 ①과 ②는 모두 고체시이다.

예시 ①의 '유(幽)', '추(秋)', '유(悠)', '류(流)', '부(浮)', '류(留)', '유(遊)', '주(舟)'는 모두 하평성(下平聲)의 열한 번째 우운(尤韻)에 속하는 글자이고, 이 하나의 운이 끝까지 사용되었다.

예시 ②의 '우(憂)', '유(遊)'는 하평성 열한 번째 우운(尤韻)의 글자이고, '시(時)', '자(玆)', '치(嗤)', '기(期)'는 상평성(上平聲)의 네 번째 지운(支韻)에 속하는 글자로서, 한 수의 시에서 두 가지 운이 사용되었는데, 이것이 바로 중간에 운을 바꾼 것이다.

근체시에서는 이렇게 할 수 없고, 반드시 하나의 운을 끝까지 사용해야 한다. 예를 들면,

③ 晚年惟好靜, 늙어가며 그저 조용한 것만 좋아하고,

萬事不關心. 세상만사엔 관심이 없다네.

自顧無長策, 스스로 좋은 대책 없다고 생각하여,

空知返舊林. 그저 옛 숲으로 돌아오는 것만 알게 되었네.

松風吹解帶, 소나무의 바람은 허리띠 풀게 나에게 불어오고,

山月照彈琴. 산의 달은 거문고 타는 나를 비추네.

君問窮通理, 그대가 곤궁과 형통의 이치를 묻는데,

漁歌入浦深. 어부의 노래 소리 포구 깊은 곳까지 들려온다네.

(왕유王維 <장張 소부少府에게 대답을 하며(酬張少府)>)

예시 ③에서, '심(心)', '림(林)', '금(琴)', '심(深)'은 모두 하평성(下平聲) 열두 번째 침운(侵韻)의 글자이다.

셋째, 운각자(韻脚字)의 선택에서 볼 때, 고체시는 글자를 중복하는 것을 피할 수도 있고, 글자의 중복을 피하지 않을 수도 있지만, 근체시는 반드시 글자를 중복하는 것을 반드시 피해야 하니, 한 수의 시에서 같은 운각(韻脚)의 글자를 중복해서 사용할 수 없다. 예를 들면,

① 上山采蘼蕪, 산에 올라가 궁궁이의 싹을 캐고,

　　下山逢故夫. 산을 내려오다 옛 남편을 만났네.

　　長跪問故夫, 공손히 꿇어앉아 옛 남편에게 물었네,

　　新人復何如? "새 사람은 또 어떻습니까?"

　　新人雖言好, "새 사람은 비록 좋다 하지만,

　　未若故人姝. 옛 사람만큼 좋지는 않다오.

　　顔色類相似, 용모는 서로 비슷하나,

　　手爪不相如. 손재주는 옛 사람만 못하다오."

　　新人從門入, "새 사람 대문으로 들어올 때,

　　故人從閣去. 옛 사람 저는 쪽문으로 나갔답니다."

　　新人工織縑, "새 사람은 노란 비단 잘 짜나,

　　故人工織素. 옛 사람은 흰 비단 잘 짰다오.

　　織縑日一匹, 노란 비단은 하루 한 필 짜지만,

　　織素五丈餘. 흰 비단은 다섯 길 넘게 짠다오.

將縑來比素, 노란 비단을 흰 비단에 비교해보니,

新人不如故. 새 사람이 옛 사람 그대만 못하다오."

(고시古詩 <산에 올라가 궁궁이의 싹을 캐고(上山採蘼蕪)>)

예시 ①에서, '부(夫)', '여(如)', '소(素)'는 모두 운각자(韻脚字)인데, 각각

한 차례 중복하였다. 이러한 상황은 근체시에서는 절대로 불가능한 것이다.

예를 들면,

② 中歲頗好道, 중년에 들어 자못 불도(佛道)를 좋아했고,

晚家南山陲. 늘어 종남산(終南山) 기슭에 집을 마련했네.

興來每獨往, 흥이 나면 매번 홀로 나서고,

勝事空自知. 이런 즐거움 그저 나만 아네.

行到水窮處, 걷다가 물길 다하는 곳에 이르고,

坐看雲起時. 앉아서 구름 피어오르는 때 모습을 바라보네.

偶然值林叟, 우연히 숲 속 노인 만나면,

談笑無還期. 이야기하고 웃느라 돌아갈 줄 모르네.

(왕유王維 <종남산終南山 별장(終南別業)>)

예시 ②에서, '수(陲)', '지(知)', '시(時)', '기(期)'는 상평성(上平聲) 네 번째

지운(支韻)의 글자를 사용하였으며, 한 글자도 중복되지 않았다.

넷째, 압운의 방식에서 볼 때, 고체시는 비교적 자유로워서, 구절마다 압운

할 수도 있고 구절을 건너뛰어 압운할 수도 있지만, 근체시는 일반적으로

단지 구절을 건너뛰어 압운할 수 있다. 예를 들면,

① 秋風蕭瑟天氣涼, 가을바람 쏴쏴 불고 날씨 서늘해지니,

　草木搖落露爲霜. 초목은 시들어 떨어지고 이슬은 서리가 되네.

　羣燕辭歸鵠南翔, 제비 떼는 작별 고하고 돌아가며 고니는 남쪽으로
　　　　　　　　　　날아가는데,

　念君客遊多思腸. 그대 나그네 생활 생각하니 가슴속 그리움 많네.

　慊慊思歸戀故鄉, 그대도 만족 못해 돌아갈 것 생각하며 고향 그리워
　　　　　　　　　　할 텐데,

　君何淹留寄他方. 그대는 어찌하여 오래 머물며 타향에 계시는가요.

　賤妾煢煢守空房, 저는 외로이 빈 방을 지키며,

　憂來思君不敢忘, 근심 속에 그대 생각하며 감히 잊지 못하기에,

　不覺淚下霑衣裳. 저도 모르게 눈물 떨어져 옷깃 적시네요.

　援琴鳴絃發淸商, 거문고 끌어다가 줄을 울리며 청상곡(淸商曲)을
　　　　　　　　　　타지만,

　短歌微吟不能長. 짧은 노래 나직이 읊을 뿐 길게 할 수 없네.

　明月皎皎照我牀, 밝은 달은 휘영청 밝게 내 침상 비추는데,

　星漢西流夜未央. 은하수는 서쪽으로 흐르고 밤은 아직 다하지 않았네.

　牽牛織女遙相望, 견우성과 직녀성은 멀리서 서로 바라만 보니,

　爾獨何辜限河梁. 그대들만 유독 무슨 죄로 은하수 다리에 막혀 있는가.

(조비曹丕 <연燕 땅의 노래(燕歌行)>)

예시 ①에서, '량(涼)', '상(霜)', '상(翔)', '장(腸)', '향(鄕)', '방(方)', '방(房)', '망(忘)', '상(裳)', '상(商)', '장(長)', '상(牀)', '앙(央)', '망(望)', '량(梁)'은 상평성 (上平聲) 일곱 번째 양운(陽韻)의 글자로 압운을 하였으며, 구절마다 압운을 하였다. 이처럼 구절마다 압운을 하는 7언 고체시를 세상에서는 '백량체(柏梁體)'라고 부른다.

남북조(南北朝) 시대에 이르러, 포조(鮑照)는 또 이처럼 매 구절마다 압운하는 격식을 구절을 건너뛰어 압운하는 격식으로 바꾸었다. 예를 들면,

② 胡風吹朔雪, 오랑캐 땅의 찬바람이 북쪽 땅의 눈을 불어 날려,

千里度龍山. 천리 길 지나 용산(龍山)을 넘어 왔네.

集君瑤臺上, 임금님의 아름다운 누대 위로 모여,

飛舞兩楹前. 두 기둥 앞에서 날고 춤추네.

茲晨自爲美, 이 새벽 절로 아름다우니,

當避艶陽天. 마땅히 햇빛 밝고 아름다운 봄날은 피해야 하네.

艶陽桃李節, 화창한 봄날 복사꽃과 오얏꽃 피는 계절엔,

皎潔不成妍. 희고 깨끗함도 예쁜 것이 되지는 못한다네.

(포조鮑照 <공간公幹 유정劉楨의 체를 본떠서 지은 시(學劉公幹體)>)

예시 ②에서, '산(山)', '전(前)', '천(天)', '연(妍)'은 하평성(下平聲) 첫 번째 선운(先韻)에 속하는 글자로 압운을 하였는데, 구절을 건너뛰어 압운을 했다. 근체시에서는 구절을 건너뛰어 압운을 하는 것이 일반적인 규정이다. 예를 들면,

③ 强欲登高去, 굳이 높은 산에 올라보려 하지만,

無人送酒來. 술 보내올 사람 없네.

遙憐故園菊, 멀리서 옛날 살던 곳의 국화 가엽게 여기는데,

應傍戰場開. 아마도 전쟁터 옆에 피었으리라.

(잠참岑參 <군영軍營에서 중양절重陽節에 장안長安의 이전에 살던 곳을 생각하며 (行軍九日思長安故園)>)

예시 ③에서, '래(來)'와 '개(開)'는 상평성(上平聲) 열 번째의 회운(灰韻)에 속하는 글자로 압운을 하였는데, 구절을 건너뛰어 압운을 하였다.

근체시에서는 첫 째 구에도 압운할 수 있는데, 이렇게 되면 운각자(韻脚字)는 첫 번째, 두 번째, 네 번째 구절, 혹은 첫 번째, 두 번째, 네 번째, 여섯 번째, 여덟 번째 구절의 마지막 글자 자리에 둘 수 있다. 예를 들면,

④ 千里黃雲白日曛, 천리에 누런 구름 뻗고 흰 해도 어둑어둑해지며,

   北風吹雁雪紛紛. 북풍은 기러기 불어 날리고 눈이 펄펄 날리네.

   莫愁前路無知己, 앞으로 가는 길에 친한 친구 없다 근심하지 말게나,

   天下誰人不識君? 천하에 그 누가 그대를 모르랴?

   (고적高適 <동대董大와 헤어지며(別董大)>)

⑤ 城闕輔三秦, 삼진(三秦)의 땅이 둘러싸고 있는 장안(長安) 성궐에서,

   風煙望五津, 바람과 안개 너머 아득한 오진(五津)을 바라보네.

   與君離別意, 그대와 이별하는 이 마음,

   同是宦遊人. 다 같이 벼슬살이로 떠도는 사람일세.

   海內存知己, 이 세상에 나를 알아주는 이 있으면,

   天涯若比鄰. 하늘 끝에서도 이웃에 있는 것 같으리라.

   無爲在岐路, 헤어지는 갈림길에서,

   兒女共霑巾. 아녀자처럼 함께 손수건에 눈물 적시지 마세.

   (왕발王勃 <두杜 소부少府가 촉주蜀州로 부임하는 것을 전송하며(送杜少府之任蜀州)>)

예시 ④에서, '훈(曛)', '분(紛)', '군(君)'은 상평성(上平聲) 열한 번째 문운(文韻)에 속하는 글자로 압운을 하였으며, 예시 ⑤에서, '진(秦)', '진(津)', '인(人)',

'린(鄰)', '건(巾)'은 상평성 열한 번째 진운(眞韻)에 속하는 글자로 압운을 하였다. 두 시는 모두 첫 째 구에 압운을 하였다. 사실 일찍이 ≪시경(詩經)≫ 시대에, 가장 기본적인 압운 격식은 이미 갖추어졌다. ≪시경≫에서 가장 주된 압운 격식은 여섯 종류가 있으니, [AAOA식], [OAOA식], [AABB식], [ABAB식], [OAAA식], 그리고 [AAAA식]이다.(A는 같은 운의 글자, B는 운을 바꾼 글자, O는 운이 없는 글자를 나타낸다.) 예를 들면,

① 關關雎鳩, 꾸우꾸우 우는 물수리,

　　在河之洲. 황하의 섬에 있네.

　　窈窕淑女, 아름답고 정숙한 아가씨,

　　君子好逑. 군자의 좋은 짝.

　　(≪시경詩經·주남周南·꾸우꾸우 우는 물수리(關雎)≫)

② 習習谷風, 계속 불어오는 골짜기 바람,

　　以陰以雨. 날씨 흐리더니 비가 내리네요.

　　黽勉同心, 힘써 마음을 같이해야 하지,

　　不宜有怒. 성을 내는 것은 옳지 않다오.

　　(≪시경詩經·패풍邶風·골짜기 바람(谷風)≫)

③ 式微式微, 날이 어두워지고 어두워지는데,

　　胡不歸? 어찌 돌아가지 않는가?

　　微君之故, 임금님 일 때문이 아니라면,

　　胡爲乎中露. 어찌 이슬 맞으며 있겠는가!

　　(≪시경詩經·패풍邶風·날이 어두워지고(式微)≫)

④ 自牧歸荑, 들판에서 띠 싹을 선물하니,

　洵美且異. 정말 곱고 특이하네.

　匪女之爲美, 띠 싹 네가 고와서가 아니라,

　美人之貽. 아름다운 님이 준 것이라서 라네.

　(≪시경詩經·패풍邶風·단아한 아가씨(靜女)≫)

⑤ 叔於田, 숙(叔)이 사냥을 나가니,

　秉秉馬. 네 필 말이 끄는 수레를 탔네.

　執轡如組, 고삐 잡기를 실끈 다루듯 하고,

　兩驂如舞. 두 마리 참마(驂馬)는 춤추듯 하네.

　(≪시경詩經·정풍鄭風·숙叔이 사냥을 나가니(大叔于田)≫)

⑥ 碩鼠碩鼠, 큰 쥐야 큰 쥐야,

　無食我黍. 나의 기장 먹지 마라.

　三歲貫女, 삼년을 너를 섬겼건만,

　莫我肯顧. 나를 돌보려 않는구나.

　(≪시경詩經·위풍魏風·큰 쥐(碩鼠)≫)

　예시 ①에서, '구(鳩)', '주(洲)', '구(逑)'는 모두 유부(幽部)에 속하는 글자이다. 예시 ②에서, '우(雨)', '노(怒)'는 모두 어부(魚部)에 속하는 글자이다. 예시 ③에서, '미(微)', '귀(歸)'는 모두 미부(微部)에 속하는 글자이다. '고(故)'는 어부(魚部)의 글자이고, '로(露)'는 탁부(鐸部)의 글자인데, 어(魚)와 탁(鐸) 두 부류의 주요 모음이 서로 같아서, 압운을 하는 데에 같이 쓸 수 있다.

　예시 ④에서, '이(荑)', '미(美)'는 모두 지부(脂部)의 글자이고, '이(異)'는 직부(職部)의 글자이며, '이(貽)'는 지부(之部)의 글자인데, 지(之)와 직(職) 두 부류의 주요 모음은 서로 같아서, 압운을 하는 데에 같이 쓸 수 있다.

예시 ⑤에서, '마(馬)', '조(組)', '무(舞)'는 모두 어부(魚部)에 속하는 글자이다. 예시 ⑥에서, '서(鼠)', '서(黍)', '여(女)', '고(顧)' 또한 모두 어부(魚部)의 글자이다.

이후의 사실에서 증명되고 있는 바, [AABB식]과 [ABAB식]은 모두 크게 발전하지 못했다. 그 나머지 네 종류의 격식은, 한대(漢代)와 한대 이후의 시가에서는 모두 상당히 계승되고 있다. 그런데 이 네 종류의 격식 중, 가장 보편적으로 사용되는 것은 단지 두 종류 격식이니, 이것은 바로 [AAOA식]과 [OAOA식]이다. 구절을 건너뛰어 압운을 하는 격식은 운각자(韻脚字)가 언제나 짝수 구에 있기 때문에(첫째 구에 압운하는 것은 제외) 사람들에게 안정된 규율감을 준다. 이러한 규율감이 있게 되면 심리적으로도 평형감을 얻게 되며, 따라서 시가의 운율이 자아내는 조화로운 아름다움과 음악적 아름다움을 더욱 잘 감상하고 이해할 수도 있게 된다.

이상이 우리들이 말하고자 하는 고대시가 음률 발전의 주요 내용이다.

Ⅱ. 장법 章法

수사법은 종합적 성격의 학문으로, 그 연구 대상은 글자, 단어, 구(句) 뿐만 아니라, 문장 구상의 기교와 작품의 구조에 대해서도 관련되기 때문에, 우리는 고대시가의 수사법에 대해 말하면서 장법(章法)을 이야기하지 않을 수 없다. 우리가 장법을 설명하려는 목적은 시를 짓기 위함이 아니라, 고대시가의 작품 구상과 구조의 일반적인 규칙을 독자들에게 소개함으로써 작품을 보다 잘 이해하도록 하며, 이것을 빌려 고대시가를 잘 이해하고 감상하는 목적을 달성할 수 있도록 하기 위한 것이다.

　　여기서 우리는 세 가지 문제, 즉 '시구의 시작과 끝맺음(詩句起結)', '시 맥락(脈絡)의 계승과 전환(詩脈承轉)', 그리고 '시 작품의 구성(詩章布局)'에 대해 중점적으로 다루려고 한다. '시구의 시작과 끝맺음'과 '시 맥락의 계승과 전환'은 주로 근체시를 가지고 논할 것이고, '시 작품의 구성'은 고체시를 가지고 논의하려고 한다. 아래에 나누어서 하나씩 설명하기로 한다.

1. 시구의 시작과 끝맺음

　　근체시의 장법에 대해서 말하면, 기(起), 승(承), 전(轉), 합(合)을 아주 중시한다. 이 문제와 관해서는 고대의 시화가(詩話家)들이 일찍이 제기하였다. 원대

(元代) 부약금(傅若金)은 ≪시법정론(詩法正論)≫에서 다음과 같이 말하였다. "어떤 사람이 또 시를 지을 때 손을 대야하는 부분에 대해 묻자 선생이 말하기를, '시를 짓는 방법에는 기승전합(起承轉合)이라는 네 글자가 있다. 절구로 말하면 제1구(句)가 기(起), 제2구가 승(承), 제3구가 전(轉), 제4구가 합(合)이다. 율시로 말하면 제1연(聯)이 기, 제2연이 승, 제3연이 전, 제4연이 합이다'라고 하였다."[1] 시에 있어 기, 승, 전, 합은 실제로는 시를 구성하는 규칙이다. 중국 시화 역사상 시의 기승전합의 규칙에 대해 명확하게 제시하는 것은 원대(元代)에 처음으로 보인다. 시화(詩話) 평론은 시가창작에 대한 이론적인 총결이며, 이론은 언제나 실천에 근원을 두고 있다. 이 때문에 일찍이 당송(唐宋)시대, 특히 당대에는 시인들이 근체시를 지을 때에 거의 조금의 예외도 없이 기승전합의 구성 규율을 따랐다. 아래에서 구체적인 사례를 들며 이 문제에 대해 논의하도록 한다.

<1> 기구(起句)

'기구'(시작하는 시구)는 '발구(發句)'라고도 하는데, 절구(絶句)의 경우는 제1구이고, 율시(律詩)의 경우는 제1구과 제2구, 즉 제1련이다. 근체시의 기구와 결구(結句)는 모두 비교적 짓기 어렵다. 시인들의 주의력이 왕왕 결구에 있기 때문에 기구는 잘 지으려고 해도 쉽지 않으며, 잘하지 못하면 매우 덤덤하게 보인다. 일반적으로 기구는 갑작스러우면서 힘이 있어 시작하자마자 독자들에게 깊은 인상을 남기도록 짓는 것이 요구된다. 그래서 명대(明代)의 사진(謝榛)은 말하길, "무릇 기구는 마땅히 폭죽을 터트리는 것 같아야 하니 갑작스러

---

1   "或又問作詩下手處, 先生曰: 作詩成法有起承轉合四字. 以絶句言之, 第一句是起, 第二句是承, 第三句是轉, 第四句是合. 律詩第一聯是起, 第二聯是承, 第三聯是轉, 第四聯是合."[왕대붕(王大鵬) 등이 지은 ≪중국역대시화선(中國歷代詩話選)≫(1985년, 악록서사岳麓書社) 2, 1087쪽].

운 소리가 쉽사리 관통해야 하며, 결구는 종(鐘)을 두드리는 것과 같아야
하니 맑은 소리가 여운이 있어야 한다."²(≪사명시화(四溟詩話)≫, 권1)라고 하
였다.

시화가들이 총괄한 것에 의하면 근체시의 기구는 여러 가지 요구가 있으
며, 이런 여러 가지 요구들은 또 표준을 나누는 것이 통일되지 않아, 사람들에
게 주는 인상이 매우 혼란스럽다. 근체시의 기구(결구를 포함하여)는 세 가지
방면에서 그 작품 구성에서의 기교를 살필 수 있으니, 기구의 수법, 기구의
작용, 그리고 기구의 어기(語氣)이다. 아래에서 나누어서 말해보도록 한다.

1. 기구(起句)의 창작 수법에서 보면 주요한 것으로 다음과 같은 것이 있다.

첫째, 포진기구(鋪陳起句)

'포진기구'(진술하는 첫 구절, 또는 제1련)는 기구(起句)가 바로 진술구(陳述句)
이다. 기구의 이러한 기법은 가장 일반적으로 보이는 것이다. 포진기구의
주요한 수사적 작용은 시의 제목과 관련 있는 시간, 장소, 인물, 사건, 원인과
결과를 선명하게 드러내어, 독자에게 시의 내용을 이해하는 데에 관련 단서
를 얼마간 제공하는 데에 있다. 이를테면,

> ① 空山新雨後, 빈 산에 새로 비 내린 뒤,
>
> 天氣晩來秋. 날씨는 저녁 되자 가을 기운 완연하네.
>
> 明月松間照, 밝은 달은 소나무 사이를 비추고,
>
> 清泉石上流. 맑은 샘물은 바위 위를 흐르네.
>
> 竹喧歸浣女, 대 숲 와자하니 빨래하던 여인들 돌아가고,

---

2   "凡起句當如爆竹, 驟響易徹; 結句當如撞鍾, 清音有餘."

蓮動下漁舟. 연 잎 흔들리니 고깃배 내려가네.

隨意春芳歇, 자기 마음대로 봄풀 시들었지만,

王孫自可留. 왕손은 당연히 머물러도 된다네.

(왕유王維 <산장의 가을 저녁(山居秋暝)>)

② 此地別燕丹, 이곳에서 연(燕)나라 태자 단(丹)과 작별하며,

壯士髮衝冠. 장사 형가(荊軻)의 머리카락이 관을 뚫었네.

昔時人已沒, 옛날 사람들 이미 죽고 없는데,

今日水猶寒. 오늘도 역수(易水)의 강물은 여전히 차갑구나.

(낙빈왕駱賓王 <역수易水에서 사람을 전송하며(於易水送人)>)

③ 老人七十仍沽酒, 노인이 칠십 나이에 여전히 술을 팔며,

千壺百瓮花門口. 수많은 술병과 항아리를 화문루(花門樓) 입구에 늘어
　　　　　　　　놓았네.

道旁楡莢巧似錢, 길가의 느릅나무 열매가 동전 같이 생겼는데,

摘來沽酒君肯否? 따와서 술을 산다고 하면 노인장께서 팔려고
　　　　　　　　하실까요?

(잠참岑參 <화문루花門樓의 술집 노인에게 장난삼아 묻다(戲問花門酒家翁)>)

④ 誓掃匈奴不顧身, 흉노를 소탕하겠다 맹세하고 자신을 돌보지 않다가,

五千貂錦喪胡塵. 오천 명 정예병이 오랑캐 땅 먼지 속에 죽었네.

可憐無定河邊骨, 가련하도다, 무정하(無定河) 강가에 쌓인 백골들,

猶是深閨夢裏人. 그래도 깊은 규방 부인들이 꿈에서 그리는
　　　　　　　　사람들인데.

(진도陳陶 <농서隴西의 노래(隴西行)>)

⑤ 兵火有餘爐, 전쟁의 타다 남은 불기운 아직도 있고,

　　貧村纔數家. 가난한 마을에는 겨우 몇 집 뿐.

　　無人爭曉渡, 새벽에 건너려고 다투는 사람 없고,

　　殘月下寒沙. 새벽의 지는 달은 차가운 모래를 내려와 비추네.

（전후錢珝 <강을 가면서 지은 제목이 없는 시 100수(江行無題一百首)> 제43수）

⑥ 嶺外音書斷, 오령(五嶺) 밖이라 소식 끊어진 채,

　　經冬復歷春. 겨울을 지내고 또 봄을 보내네.

　　近鄉情更怯, 고향이 가까워지니 마음이 더욱 겁이 나서,

　　不敢問來人. 고향에서 오는 사람에게 감히 묻지도 못하겠네.

（송지문宋之問 <한강漢江을 건너며(渡漢江)>）

　　예시 ①의 <산장의 가을 저녁(山居秋暝)>은 저명한 산수시로, 시인은 우선
'빈 산에 새로 비 내린 뒤, 날씨는 저녁 되자 가을 기운 완연하네(空山新雨後
天氣晚來秋)'를 기구(起句)에 두었는데, 확실히 글 솜씨가 뛰어나 일반적인 것과
다르다. 두 구절은 겨우 열 글자에 불과하지만 이 시의 시간, 장소를 분명하게
진술하였다. 장소는 빈 산이고, 시간은 저물녘이며, 계절은 가을이고, 날씨는
막 비가 내리고 지나간 뒤이다.

　　예시 ②의 '이곳에서 연(燕)나라 태자 단(丹)과 작별하며(此地別燕丹)' 구절은
시인이 역수에서 사람을 전송하는 장소를 분명히 밝혔다.

　　예시 ③의 '노인이 칠십 나이에 여전히 술을 팔며(老人七十仍沽酒)'라는 구절
은 우선 제목의 요점을 요약하였는데, 술을 파는 칠십 살 노인을 이야기함으
로써 대상을 분명하게 진술하였으니 그런 뒤에야 비로소 '장난삼아 묻다(戲
問)'를 할 수 있다.

　　예시 ④의 진도(陳陶)는 지은 시가 많지 않지만 이 시는 아주 좋다. 이 시는

전쟁이 사람들에게 가져다주는 고통을 아주 심각하게 드러내었다. '흉노를 소탕하겠다 맹세하고 자신을 돌보지 않다가(誓掃匈奴不顧身)' 구절은 우선 사건 그 자체를 분명하게 진술하였는데 물론 '흉노를 소탕하겠다(誓掃匈奴)'는 정신에 대한 칭송도 포함하고 있다.

예시 ⑤의 이 시 또한 전쟁을 반대한다는 내용이다. 열 집에 아홉 집이 비어 있고, 들판의 나루터에는 인적이 끊어졌으며, 새벽달이 비추는 차가운 모래와 황폐한 마을은 모두 '전쟁(兵火)'이 만들어낸 것이다. 그래서 이 시에서 '전쟁의 타다 남은 불기운 아직도 있고(兵火有餘燼)'라고 말하는 이 구절은 가장 먼저 사건의 원인을 설명하고 있다.

예시 ⑥의 <한강漢江을 건너며(渡漢江)> 시는 시인이 좌천됐던 용주(瀧州)에서 도망쳐 고향으로 돌아가는 도중에 지은 서정시이다. '오령(五嶺) 밖이라 소식 끊어진 채(嶺外音書斷)'라고 말하는 이 구절은 우선 자기 자신이 '오령(五嶺) 밖'에 있어서 오랜 시간 가족들과 소식이 끊어졌다는 사실을 이야기하였는데 이것은 먼저 결과부터 서술한 것이다.

둘째, 비유기구(比喩起句)

'비유기구'는 기구가 바로 비유구(比喩句)이다. 이 기법의 장점은 독자들에게 우선 구체적인 장면을 제시하여 의경(意境)과 이미지를 창조하는 데에 도움을 준다는 점이다. 이를테면,

① 回樂峰前沙似雪, 회락봉(回樂峰) 앞의 모래는 눈 같고,

　　受降城外月如霜. 수항성(受降城) 밖의 달빛은 서리 같네.

　　不知何處吹蘆管, 어디서 갈대 피리를 부는지 모르겠는데,

　　一夜征人盡望鄉. 온 밤을 출정한 병사들 모두 고향을 바라보네.

　　(이익李益 <밤에 수항성受降城에 올라가 피리소리를 듣다(夜上受降城聞笛)>)

② 官倉老鼠大如斗, 관청 창고의 늙은 쥐 크기가 말(斗) 만한데,

　見人開倉亦不走. 사람이 창고 문을 여는 것을 보고도 달아나질 않네.

　健兒無糧百姓饑, 변방 지키는 병사들은 군량미 없고 백성들은 굶주리

　　는데,

　誰遣朝朝入君口? 누가 아침마다 네 놈 입에 먹을 것을 넣어주게 하는가?

　(조업曹鄴 <관청 창고의 쥐(官倉鼠)>)

셋째, 경물기구(景物起句)

　고체시 중에서, 특히 ≪시경(詩經)≫ 중에는 흥(興)을 불러일으키는 기구(起句)가 지극히 일반적이지만 근체시에서는 이미 그다지 상용되지 않는다. 고체시에서 흥을 불러일으키는 기구의 수사적 작용은 분위기를 부각시키는 데에 있으며, 근체시에서 경물을 묘사하는 기구는 그 수사적 작용이 분위기를 조성할 뿐만 아니라 더욱 중요한 점은 직접적으로 주제를 나타내는 데에 중요한 역할을 한다는 것이다. 예를 들면,

① 千里黃雲白日曛,[3] 천리에 누런 구름 뻗고 흰 해도 어둑어둑해지며,

　北風吹雁雪紛紛. 북풍은 기러기 불어 날리고 눈이 펄펄 날리네.

　莫愁前路無知己, 앞으로 가는 길에 친한 친구 없다 근심하지 말게나,

　天下誰人不識君? 천하에 그 누가 그대를 모르랴?

　(고적高適 <동대董大와 헤어지며(別董大)>)

② 落日荒郊外, 황량한 교외 너머로 해는 떨어지고,

　風景正凄凄. 풍경은 바야흐로 썰렁하기만 하네.

3　曛(훈): 날이 어둡다. 어둑어둑하다.

離人席上起, 떠나는 이는 자리에서 일어서고,

征馬路傍嘶. 먼 길 가는 말은 길옆에서 우네.

別酒傾壺贈, 이별의 술을 술병 기울여 따라 드리고,

行書掩淚題. 전송의 글을 눈물 훔치며 적네.

殷勤御溝水,[4] 대궐 안에서 흘러나오는 개천 물은 은근하게 흐르는데,

從此各東西. 여기서부터 우리는 각자 동쪽으로 서쪽으로 가게 되네.

(이교李嶠 <이옹李邕을 보내며(送李邕)>)

예시 ①과 ②는 모두 송별시이다. 두 시의 경물기구는 모두 슬프고 처량한 분위기를 조성하기 위해서이며, 이러한 분위기는 송별이라는 주제와 직접적으로 관련이 있다.

2. 기구(起句)의 표현 작용에서 보면 주요한 것으로 다음과 같은 것이 있다.

첫째, 점제기구(點題起句)

'점제기구'는 기구(起句)가 제목과 부합하는 것이다. 이런 기법은 주제를 돌출시키는 데에 아주 도움이 된다. 예를 들면,

① 春雪滿空來, 봄눈이 하늘 가득 날아오니,

觸處似花開. 닿는 곳마다 꽃이 핀 것 같네.

不知園裏樹, 모르겠네, 정원 속의 나무는,

---

4   御溝(어구): 대궐(大闕)로부터 흘러나오는 개천.

若箇是眞梅?[5] 어느 것이 진짜 매화일까?

(동방규東方虯 <봄눈(春雪)>)

② 丹陽郭裏送行舟, 단양(丹陽) 성곽에서 가는 배 떠나보내니,
　一別心知兩地秋. 한 번 이별하면 서로 다른 두 곳에서 가을을 맞으리라
　　　　마음으로 알겠네.
　日晚江南望江北, 해 저무는 강남에서 강북을 바라보니,
　寒鴉飛盡水悠悠. 추위에 떨던 까마귀들 모두 날아가고 강물만 유유히
　　　　흐르네.

(엄유嚴維 <단양丹陽에서 위위 참군參軍을 떠나보내며(丹陽送韋參軍)>)

　예시 ①의 제목은 '봄눈(春雪)'인데, 시작하는 구절인 '봄눈이 하늘 가득 날아오니(春雪滿空來)'는 우선 제목과 부합하면서 어지럽게 날리는 봄눈이 하늘에 가득하여 내리는 모습을 두드러지게 나타내었다.
　예시 ②의 제목은 '단양丹陽에서 위위 참군參軍을 떠나보내며(丹陽送韋參軍)'인데, 기구 '단양 성곽에서 가는 배 떠나보내니(丹陽郭裏送行舟)'는 우선 제목에 부합하면서 송별하는 주제를 두드러지게 나타내었다.

　둘째, 현념기구(懸念起句)
　'제목과 부합하는 첫 구절(點題起句)'과는 딱 상반되게, 기구가 우선 궁금함을 만들어내어 독자로 하여금 급히 읽어내려 가도록 하는 기법이 바로 '현념기구'이다. '현념기구'의 가장 일반적인 표현방식은 바로 처음 시작하는 구가 의문구인 것이다. 예를 들면,

---

5　若箇(약개): 어느 것.

① 君家何處住? 그대는 어디서 사시나요?

　妾住在橫塘. 저는 횡당(橫塘)에 산답니다.

　停船暫借問, 배를 멈추고 잠깐 물어보는 건,

　或恐是同鄕. 혹시 고향이 같은가 해서지요.

(최호崔顥 <장간長干의 노래(長干曲)>)

② 何處吹笳薄暮天?[6] 어디에서 황혼녘에 갈대피리를 부는가?

　塞垣高鳥沒狼煙. 변방 요새의 담장 위 높이 나는 새는 봉화 속에
　　　　　　사라져 버리네.

　遊人一聽頭堪白, 나그네는 한 번만 들어도 머리가 하얗게 세려하는데,

　蘇武爭禁十九年?[7] 소무(蘇武)는 어떻게 19년을 견뎠을까?

(두목杜牧 <변방에서 갈대피리 소리를 듣다(邊上聞笳)>)

　예시 ①의 '그대는 어디서 사시나요?(君家何處住)'는 첫 구절이 질문을 함으로써 궁금함을 불러일으키는데 이렇게 말하면 다음 시구에서 앞의 말을 이어서 말하지 않을 수 없다.

　예시 ②의 '어디에서 황혼녘에 갈대피리를 부는가?(何處吹笳薄暮天)' 또한 첫 구절이 질문을 하였다. 이 구절은 귀로 들은 것을 표현한 것이다. 그러면 갈대피리 소리는 도대체 '어디(何處)'에서 부는 것일까? '변방 요새의 담장 위에 봉화가 사방에서 피어오르면서 높이 나는 작은 새를 가려버리네(塞垣高鳥沒狼煙)'라고 하였는데, 이것은 눈으로 본 것을 표현한 것이다. 눈에 보이는 곳이 바로 갈대피리를 부는 곳이기도 하니, 이것은 첫 구절에 대한 대답이다.

6　薄暮(박모): 해질 녘.

7　爭禁(쟁금): 어찌 견뎌낼 수 있으리오.

3. 기구(起句)의 어기(語氣)에서 보면 주요한 것으로 다음과 같은 것이 있다.

첫째, 진술기구(陳述起句)

'진술기구'는 바로 기구가 진술구(陳述句)이다. 이것은 위에서 말한 '포진기구(鋪陳起句)'(진술하는 기구)와 실제로는 같은 것이므로, 여기서는 더 이상 상세하게 이야기하지 않기로 한다.

둘째, 의문기구(疑問起句)

'의문기구' 또한 위에서 말한 '현념기구(懸念起句)'(궁금하게 만드는 기구)와 기본적으로 같은 것이다. 예를 들면,

① 江畔誰人唱<竹枝>? 강가에서 누가 죽지사(竹枝詞)를 부르는가?
   前聲斷咽後聲遲. 앞의 소리가 끊어질 듯 목이 메고 뒤의 소리 더디네.
   怪來調苦緣詞苦, 이상하게도 곡조가 괴로운 것은 가사가 괴로워서인데,
   多是通州司馬詩. 대다수가 통주사마(通州司馬) 원진(元稹)의 시라네.

   (백거이白居易 <죽지사(竹枝詞)> 제4수)

② 天意誠難測, 하늘의 뜻 진실로 헤아리기 어려운데,
   人言果有不? 사람들이 하는 말 정말로 있는 것인가 아닌가?
   便令江海竭, 강과 바다가 마르도록 하여도,
   未厭虎狼求. 범과 이리처럼 추구하는 것을 싫어하지 않으리라.
   獨下傷時淚, 홀로 시국을 슬퍼하며 눈물 흘리는데,
   誰陳活國謀? 누가 나라를 살릴 술책을 늘어놓을까?
   君王自神武, 임금께선 스스로 영명하고 위풍당당하시며,

況乃富貔貅.[8] 하물며 용맹스런 군대도 많긴 하네.

(장보章甫 <즉흥적으로 읊다(卽事)>)

셋째, 반문기구(反問起句)

'반문기구'는 기구가 바로 반문구(反問句)이다. 반문구는 의문구(疑問句)와는 다른데, 그 답이 사실상 명확하다. 반문구의 수사적 작용의 주요한 점은 표현을 풍부하게 하며, 평탄하고 직접적인 서술을 피하도록 하는 데에 있다. 예를 들면,

① 少時猶不憂生計, 젊었을 때도 생계 따위 걱정하지 않았는데,
老後誰能惜酒錢? 늙어서 누가 술값을 아끼랴?
共把十千酤一斗,[9] 같이 일만 전으로 술 한 말 사고,
相看七十欠三年. 서로 바라보니 일흔에 세살 모자라는 나이이네.
閑征雅令窮經史,[10] 한가로이 벌주놀이를 하면서 경전과 역사서 뒤적이고,
醉聽淸音勝管絃. 취하여 맑은 소리 들으니 관현악보다 낫다네.
更待菊黃家醞熟, 다시 국화꽃 노랗고 집에서 담근 술 익기를 기다렸다가,
共君一醉一陶然. 그대와 같이 한 번 취하고 한 번 느긋하게 즐기세.

(백거이白居易 <몽득夢得 유우석劉禹錫과 술을 사서 한가로이 마시며 다음에 만날 것을 기약하다(與夢得沽酒閑飮且約後期)>)

② 詩人安得有靑衫? 시인이 어찌 푸른 적삼이 있을 수 있으랴?
今歲和戎百萬縑,[11] 금년에 비단 백만 필로 오랑캐와 화친을 맺었다하네.

---

8 貔貅(비휴): 맹수의 일종이나, 여기서는 용맹한 군대를 비유한다.
9 酤(고): 술을 사다.
10 雅令(아령): 주령(酒令). 벌주놀이.

從此西湖休插柳, 이제부터는 서호(西湖)에 버들을 심지 말고,

剩栽桑樹養吳蠶. 몽땅 뽕나무를 심어 오(吳)지방의 누에나 쳐야겠네.

(유극장劉克莊 <무진년戊辰年에 즉흥으로 지으며(戊辰卽事)>)

<2> 결구(結句)

'결구'(매듭을 짓는 시구)는 '낙구(落句)'라고도 부른다. 고대시가에서 결구에 대한 주요 요구는 말이 다하더라도 그 뜻은 원대하고, 함축적이면서 힘이 있어야 하는 것이다. 원(元)나라 사람 양재(楊載)는 ≪시법가수(詩法家數)≫에서 말하길, "시에서는 결구가 특히 어려운데, 좋은 결구가 없으면, 그 사람이 끝내 제대로 이루어낸 것이 없음을 알 수 있다."[12]라고 하였다. 또 말하길, "혹은 제목에 나아가 매듭을 짓기도 하고, 혹은 한 단계를 더 열기도 하고, 혹은 앞 연(聯)의 뜻을 내놓기도 하고, 혹은 용사(用事)를 하기도 한다. 반드시 한 구절을 두어 매듭을 지어야 한다. 마치 진(晉)나라의 왕휘지(王徽之)가 섬계(剡溪)에 사는 대규(戴逵)가 생각나서 배를 타고 갔다가 흥이 다하자 그냥 돌아오는 것처럼, 말은 다함이 있으나 뜻은 무궁해야 한다."[13]라고 하였다.[14] 양재의 이 말은 결구의 중요한 작용을 설명했을 뿐만 아니라 결구의 유형에 대해서도 총괄하였다. 우리들의 이해에 근거하면, 근체시의 결구는 기구와 마찬가지로 표현 수법, 작용, 그리고 어기(語氣)라는 세 방면에서 귀납하고 총결할 수 있다.

---

11 和戎(화융): 금(金)나라 군대와 화친을 맺다.

12 "詩結尤難, 無好結句, 可見其人終無成也."

13 "或就題結, 或開一步, 或繳前聯之意, 或用事. 必放一句作散場. 如剡溪之棹, 自去自回, 言有盡而意無窮."

14 왕대붕(王大鵬) 등의 ≪중국역대시화선(中國歷代詩話選)≫ 2, 1045쪽, 1047쪽에 보임.

1. 결구(結句)의 표현 수법에서 보면 주요한 것으로 다음과 같은 것이 있다.

첫째, 포진결구(鋪陳結句)

'포진결구'는 끝 구절이 바로 진술구(陳述句)이다. 이러한 끝 구절의 표현 방법은 가장 보편적이다. 예를 들면,

① 何處秋風至? 어느 곳에서 가을바람 불어오는가?
　　蕭蕭送雁群. 쏴쏴 불며 기러기 떼 보내오네.
　　朝來入庭樹, 아침에 정원의 나무 사이로 불어오니,
　　孤客最先聞. 외로운 나그네 가장 먼저 듣네.

　　(유우석劉禹錫 <가을바람 노래(秋風引)>)

② 小園寒盡雪成泥, 작은 정원의 추위가 다하자 눈 녹아 진흙이 되고,
　　堂角方池水接溪. 집 모서리의 네모난 연못은 물이 시내와 이어지네.
　　夢覺隔窗殘月盡, 꿈에서 깨어나니 창문 너머로 새벽달도 사라져가고,
　　五更春鳥滿山啼. 새벽녘 봄새는 온 산 가득 우네.

　　(장뢰張耒 <복창福昌의 관사(福昌官舍)>)

둘째, 비유결구(比喩結句)

'비유결구'는 끝 구절이 바로 비유구(比喩句)이다. 끝 구절에 비유구를 쓰면 선명하고 생동적인 장면을 조성하여 독자에게 하나의 형상을 남길 수 있다. 무릇 형상화된 사물은 기억하기가 쉽고 또 연상하기도 쉽다. 예를 들면,

① 碧玉妝成一樹高, 푸른 옥으로 꾸민 한 그루 나무 높기도 한데,
　　萬條垂下綠絲條. 수없이 늘어뜨린 푸른 실끈.

不知細葉誰裁出, 모르겠네, 가느다란 잎들 누가 잘랐을까,

二月春風似剪刀. 2월의 봄바람은 가위 같네.

(하지장賀知章 <버드나무를 읊다(詠柳)>)

② 繁華事散逐香塵, 번화했던 지난 일들 향기로운 먼지 따라 흩어져 가버리고,

流水無情草自春. 흐르는 물은 무정한데 풀은 절로 봄이네.

日暮東風怨啼鳥, 저물녘 동풍에 원망하듯 우는 새들,

落花猶似墜樓人. 떨어지는 꽃은 마치 누대에서 떨어지는 사람[15] 같네.

(두목杜牧 <금곡원(金谷園)>)

예시 ①의 결구 '2월의 봄바람은 가위 같네(二月春風似剪刀)'는 기발하고 참신한 상상력을 통해 아무런 형체가 없는 봄바람을 형체가 있는 가위로 비유하여 세상에 오래도록 전해지는 아름다운 구절이 되었다.

예시 ②의 결구 '떨어지는 꽃은 마치 누대에서 떨어지는 사람 같네(落花猶似墜樓人)' 또한 비유가 교묘하다. 이 구절의 비유가 뛰어난 것은 꽃으로 사람을 비유하여 표면적으로는 꽃을 이야기하였지만, 실제로는 사람을 드러냈다는 점이다. 아름다운 꽃이 땅에 떨어지는 것과 미인이 누각에서 떨어지는 이 두 가지 상황은 자못 서로 유사한 부분이 있으며, 그래서 '떨어지는 꽃은 마치 누대에서 떨어지는 사람 같네'라고 하는 이 비유가 아주 교묘한 것이다.

---

15 역자주 누대에서 떨어져 주인에 대한 절개를 지킨 진(晉) 나라 석숭(石崇)의 애첩(愛妾) 녹주(綠珠)를 말함.

셋째, 음상결구(音像結句)

때로는 끝 구절이 반드시 비유구인 것은 아니며 소리나 형상의 효과를 가진 진술구이기도 한다. 이러한 끝 구절은 소리 혹은 화면의 형상을 가지고 있기 때문에 독자들로 하여금 마음에 감동을 받도록 하여 오래도록 잊혀지지 않게 할 수 있다. 예를 들면,

① 月落烏啼霜滿天, 달 지자 까마귀 울고 서리가 하늘에 가득하며,
　　江楓漁火對愁眠. 강가의 단풍 나무, 어선의 등불은 시름 속에 잠드는 이 마주하네.
　　姑蘇城外寒山寺, 고소성(姑蘇城) 밖 한산사(寒山寺),
　　夜半鐘聲到客船. 한밤중에 종소리가 나그네 탄 배까지 들려오네.

　　(장계張繼 <풍교楓橋에서 밤을 지새며(楓橋夜泊)>)

② 靑山橫北郭, 푸른 산은 북쪽 성곽을 가로지르고,
　　白水繞東城. 맑은 물은 동쪽 성을 둘러싸네.
　　此地一爲別, 이곳에서 한 번 헤어지게 되면,
　　孤蓬萬里征. 외로운 쑥처럼 만 리길을 가겠지.
　　浮雲游子意, 뜬 구름 같은 나그네 그대의 마음,
　　落日故人情. 지는 해 같은 오랜 친구 나의 정.
　　揮手自玆去, 손 흔들며 이제 떠나가려 하니,
　　蕭蕭班馬鳴.[16] 히힝 무리 떠나는 말이 울어대네.

　　(이백李白 <벗을 보내며(送友人)>)

16 　蕭蕭(소소): 말이 우는 소리. 班馬(반마): 무리를 떠난 말.

③ 牛渚西江夜,　우저(牛渚) 아래 서강(西江)은 밤이 되고,

　　青天無片雲.　푸른 하늘에는 구름 한 조각 없네.

　　登舟望秋月,　배에 올라 가을 달을 바라보다가,

　　空憶謝將軍.　공연히 사상(謝尙) 장군을 생각하네.

　　余亦能高詠,　나 또한 시 지어 높이 읊조릴 수 있는데,

　　斯人不可聞.　이 사람은 들을 수가 없네.

　　明朝挂帆席,　내일 아침 돛을 달고 떠날 때,

　　楓葉落紛紛.　단풍잎만 어지러이 떨어지겠지.

　　(이백李白 <밤에 우저牛渚에서 정박하며 옛 일을 회상하다(夜泊牛渚懷古)>)

④ 琵琶起舞換新聲,　비파는 일어나 춤을 추니 새 곡조로 바뀌는데,

　　總是關山舊別情.　모두가 관산(關山)에서 옛날 이별하던 정을

　　　　　　　　　　　불러일으키네.

　　繚亂邊愁聽不盡,[17]　변방의 시름에 얽혀 어지럽게 하여 다 들을 수가

　　　　　　　　　　　없는데,

　　高高秋月照長城.　높고 높은 가을 달은 장성을 비추네.

　　(왕창령王昌齡 <종군의 노래(從軍行)> 제2수)

　　예시 ①과 ②는 모두 음향으로 끝 구절을 매듭지었다. 소리 자체도 일종의 형상으로, 볼 수는 없어도 들을 수는 있다. 소리가 들리면 사람들은 갖가지 연상을 하게 된다.

　　예시 ①에서 '한밤중에 종소리가 나그네 탄 배까지 들려오네(夜半鐘聲到客船)'라고 하여 이런 음향 효과가 있게 되고, 그러면 강가 밤의 적막함과 시인

17　繚亂(요란): 마음이 뒤섞이어 어지러움을 형용하다.

이 여행 도중 느끼는 애수를 더욱 잘 나타낼 수 있다.

예시 ②에서 '히힝 무리 떠나는 말이 울어대네(蕭蕭班馬鳴)'라고 하여, 시인은 무리를 떠나는 말이 히힝 우는 것으로 끝 구절을 매듭지었는데, 이렇게 하면 떠나보내는 슬픈 장면을 매우 힘 있게 부각시킬 수 있는데, 독자로 하여금 읽은 뒤에 마치 그 모습을 보는 것 같고, 마치 그 소리를 듣는 것 같게 하여, 인상이 매우 깊게 한다.

예시 ③과 ④는 모두 화면 형상으로 끝 구절을 매듭지었다.

예시 ③에서 밤에 우저(牛渚)에 정박하여 배에 올라 달을 바라보면서 그 옛날에 원굉(袁宏)이 사상(謝尙)의 인정을 받아 발탁된 것을 생각하면서 자기는 알아주는 사람을 만나지 못한 것을 탄식하였는데, 이 '단풍잎만 어지러이 떨어지겠지(楓葉落紛紛)'라는 끝 구절은 시인 이백이 재주를 품고 있고 재능이 있으면서도 자기를 알아주는 사람을 만나지 못해 펼 기회를 갖지 못하는 것을 슬퍼하는 심정을 더욱 매우 강하게 돋보이게 하였다.

예시 ④의 왕창령(王昌齡)의 <종군의 노래(從軍行)>(제2수) 또한 유명한 시이다. 시인은 악부의 옛 제목을 사용하여 변방에 수자리를 사는 전사(戰士)가 고향을 그리워하는 정을 묘사하였다. 비파소리는 부서질 듯 구슬프고, 변방살이의 시름은 내보내기 어려운데, 그들과 함께 하는 것은 다만 높이 걸려있는 달만 있을 따름이다. 끝 구절인 '높고 높은 가을 달은 장성을 비추네(高高秋月照長城)'는 경물을 사용하여 감정을 결집하였는데 매우 생동적이고 형상적이어서, 독자로 하여금 길게 이어진 장성과 높이 떠있는 가을달이 마치 눈앞에 있는 듯한 기분을 느끼게 한다.

2. 결구(結句)의 표현 작용에서 보면 주요한 것으로 다음과 같은 것이 있다.

첫째, 점제결구(點題結句)

끝 구절이 시의 제목과 부합함으로써 시의 뜻이 귀결됨이 있도록 하는 것을 '점제결구'라고 부른다. 예를 들면,

① 衆鳥高飛盡,　뭇 새들 높이 날아 사라지고,

　　孤雲獨去閑.　외로운 구름은 홀로 가면서 한가롭네.

　　相看兩不厭,　서로 바라보아도 둘 다 싫증나지 않는 것은,

　　只有敬亭山.　다만 경정산(敬亭山)이 있을 뿐이네.

　　(이백李白 <홀로 경정산敬亭山에 앉아(獨坐敬亭山)>)

② 山暝聽猿愁,　산은 어두운데 원숭이 울음 들으니 슬프고,

　　滄江急夜流.　푸른 강물은 급하게 밤에도 흘러가네.

　　風鳴兩岸葉,　바람은 양쪽 언덕의 나뭇잎들 울리고,

　　月照一孤舟.　달은 한 척의 외로운 배를 비추네.

　　建德非吾土,　건덕(建德)은 내 살던 땅 아니니,

　　維揚憶舊遊.　유양(維揚)의 옛 친구 그리워하네.

　　還將兩行淚,　또 두 줄기 눈물을,

　　遙寄海西頭.[18]　멀리 바다 서쪽으로 보내네.

　　(맹호연孟浩然 <동려강桐廬江에서 묵으면서 광릉廣陵의 옛 친구에게 보내다(宿桐廬江寄廣陵舊遊)>)

예시 ①의 <홀로 경정산에 앉아(獨坐敬亭山)> 시는 단지 20자 밖에 되지 않는 짧은 시이지만 시인의 무한한 개탄과 진정을 드러냈다. 뭇 새들 높이

18　海西頭(해서두): 양주(揚州)를 가리킨다.

날아 사라지고, 외로운 구름은 홀로 가는데, 마치 이러한 것들은 모두 의식적으로 시인을 피하려고 하는 듯하다. 이러한 상황에서, 오직 깊은 정을 품은 경정산과 시인만이 서로 바라보아도 싫증이 나지 않는 것 같은데, 이것을 빌려 그가 느끼는 고독한 마음을 위로하고자 한다. 끝 구절 '다만 경정산(敬亭山)이 있을 뿐이네(只有敬亭山)'는 한정부사(限定副詞)인 '지(只)'자를 아주 표현력이 강하게 사용하였는데, 한 글자가 마치 3만 근의 무게를 갖고 있는 것 같다고 말할 수 있다.

예시 ②의 끝 구절 '또 두 줄기 눈물을, 멀리 바다 서쪽으로 보내네(還將兩行淚, 遙寄海西頭)' 또한 상상력이 매우 특출하다. '바다 서쪽(海西頭)'은 바로 시 제목에서 언급한 '광릉(廣陵)'이며, 바로 '양주(揚州)'이기도 하다. 그래서 끝 구절이 제목과 긴밀하게 연결이 되어 시인의 감정과 뜻이 매듭지어지면서 독자들로 하여금 읽은 뒤 꼭 들어맞는다는 생각이 들도록 한다.

둘째, 현념기구(懸念結句)

제목과 부합하는 끝 구절인 '점제결구(點題結句)'와 상반되는 것이 바로 궁금하게 만드는 끝 구절인 '현념결구'이다. '점제결구'가 그 중점이 거두어들이는 데에 있으며, 거두어들이는 가운데 내걸어 게시하는 것이 있는 것과 달리, '현념결구'는 그 중점이 내걸어 게시하는 데에 있으며, 내걸어 게시하는 가운데에 거두어들이는 것이 있다. '현념기구(懸念起句)'와 마찬가지로, '현념결구'의 가장 통상적인 표현 형식은 바로 의문구(疑問句) 혹은 반문구(反問句)를 사용하는 것이다. 예를 들면,

① 少小離家老大回, 젊어서 집을 떠나 늙어서 돌아오니,

鄕音不改鬢毛衰.[19] 사투리 변함 없는데 귀밑머리 빠졌네.

兒童相見不相識, 아이들은 나를 보고도 알아보지 못하고는,

笑問客從何處來? 웃으며 묻네, "손님은 어디서 오셨나요?"

(하지장賀知章 <고향에 돌아와(回鄕偶書)>)

② 中庭地白樹棲鴉,[20] 안마당의 땅 희고 나무에 까마귀 깃들어 있으며,

冷露無聲濕桂花. 찬 이슬 소리 없이 계수나무 꽃을 적시네.

今夜月明人盡望, 오늘 밤 달이 밝아 사람들 모두 바라볼텐데,

不知秋思落誰家? 모르겠네, 가을날의 생각 누구의 집에 갈까.

(왕건王建 <보름날 밤에 달을 바라보며 두杜 낭중郎中에게 보내다(十五夜望月寄杜郎中)>)

③ 挽弓當挽強, 활을 당기려면 마땅히 강한 것을 당겨야 하고,

用箭當用長. 화살을 쓰려면 마땅히 긴 것을 써야 한다네.

射人先射馬, 사람을 쏘아 맞히려면 먼저 말을 맞혀야 하고,

擒敵先擒王. 적을 사로잡으려면 먼저 왕을 사로잡아야 한다네.

殺人亦有限, 사람을 죽이는 데에도 한도가 있고,

立國自有疆. 나라를 세우는 데에는 자연 경계가 있다네.

苟能制侵陵, 만약 침범하고 능멸함을 제어할 수 있다면 됐지,

豈在多殺傷? 어찌 많이 죽이고 상처를 입히는 데에 있겠는가?

(두보杜甫 <먼저 지은 '국경의 요새로 나가는 시'(前出塞)> 제6수)

④ 男兒何不帶吳鉤, 남자가 어찌 오나라 칼을 차고,

收取關山五十州. 관산(關山) 50주를 수복하지 않으리오?

---

19   襄(최): 줄다. 드물다.
20   地白(지백): 달빛이 땅에 가득하다.

請君暫上凌烟閣, 그대는 잠시 능연각(凌烟閣)에 올라가 보시라,

若個書生萬戶侯?[21] 어떤 서생이 만호(萬戶)의 제후에 봉해졌는가?

(이하李賀 <남쪽 정원(南園)> 제5수)

예시 ①과 ②는 의문구로 끝을 맺었다. 예시 ③과 ④는 반문구로 끝을 맺었다. 의문구로 끝맺던, 아니면 반문구로 끝맺던, 모두 사람들에게 궁금함을 불러일으키는데, 답안은 독자들이 스스로 찾도록 한다. 이러한 표현 방식은 시의 뜻을 나타내는 데에 기복이 있고 변화가 풍부하도록 만든다. 어떤 끝 구절은 반드시 꼭 의문구나 혹은 반문구는 아니고, 보통의 진술구인데, 이러한 구절은 단지 하나의 희망, 요구, 혹은 목표를 제시하면서 독자들로 하여금 분명히 말은 다했지만 뜻은 원대함을 느끼게 하는데, 이러한 표현 방식 또한 현념결구 안에 귀속시켜야 할 것이다. 예를 들면,

⑤ 故人具雞黍, 친구가 닭과 기장밥을 마련해놓고

邀我至田家. 나를 농가에 오라고 불렀네.

綠樹村邊合, 초록빛 나무는 마을 가를 두르고 있고

青山郭外斜. 푸른 산은 성벽 밖에 비껴 있네.

開筵面場圃, 창문 열어 채마밭을 마주하고

把酒話桑麻. 술잔 들고 농사일 얘기하네.

待到重陽日, 중양절(重陽節)이 오기를 기다렸다가

還來就菊花. 다시 와서 국화꽃을 감상하리라.

(맹호연孟浩然 <친구의 농가에 들려(過故人莊)>)

---

21   若個(약개): 어떤.

⑥ 白日依山盡, 하얀 해는 산에 기대어 지고

黃河入海流. 누런 강물은 바다로 들어가 흐르네.

欲窮千里目, 천리 저 너머까지 다 보고자

更上一層樓. 다시 한 층 누각을 더 올라 가네.

(왕지환王之渙 <관작루鸛雀樓에 올라(登鸛雀樓)>)

3. 결구(結句)의 어기(語氣)에서 보면 주요한 것으로 다음과 같은 것이 있다.

첫째, 진술결구(陳述結句)

'진술결구'는 끝 구절이 바로 진술구(陳述句)이다. 진술결구는 가장 보편적으로 사용되는 결구 방법이다. 예를 들면,

① 天門中斷楚江開, 천문산(天門山)이 중간에 끊기니 초강(楚江)이 열어서이며,

碧水東流至此廻. 푸른 물이 동쪽으로 흐르다가 여기에 이르러 돌아가네.

兩岸青山相對出, 양 언덕의 푸른 산이 서로 마주보고 솟았는데,

孤帆一片日邊來. 외로운 돛배 하나가 태양 가에서 오네.

(이백李白 <천문산天門山을 바라보며(望天門山)>)

② 岐王宅裏尋常見, 기왕(岐王)의 저택 안에서 늘 보았고,

崔九堂前幾度聞. 최구(崔九)의 집 앞에서 그대 노래 몇 번 들었습니다.

正是江南好風景, 바야흐로 강남은 경치가 좋은데,

落花時節又逢君. 꽃 떨어지는 때에 또 그대를 만났군요.

(두보杜甫 <강남에서 이귀년李龜年을 만나다(江南逢李龜年)>)

진술결구 또한 항상 대비구(對比句)의 형식으로 나타난다. 예를 들면,

③ 去郭軒楹敞, 성곽에서 떨어져 사랑채는 널찍하고,
  無村眺望賒.[22] 마을이 없어 멀리까지 바라보이네.
  澄江平少岸, 맑은 강은 평평하여 언덕이 적고,
  幽樹晩多花. 깊은 숲은 저녁에 꽃이 만발했네.
  細雨魚兒出, 가랑비에 물고기 뛰어 나오고,
  微風燕子斜. 산들 바람에 제비 비껴 나네.
  城中十萬戶, 성 안은 십만 호인데,
  此地兩三家. 이곳은 두 세 집뿐이네.

  (두보杜甫 <물가 정자의 난간에서 마음을 풀며(水檻遣心)> 제1수)

④ 麻衣如雪一枝梅, 베옷은 눈처럼 희어 하나의 매화 꽃가지 같은데,
  笑掩微妝入夢來. 웃으며 옅은 화장 가리고 꿈속에 찾아오네.
  若到越溪逢越女,[23] 만약 월계(越溪)에 가서 월(越)나라 미녀 만나면,
  紅蓮池裏白蓮開. 붉은 연꽃 연못 속에 흰 연꽃 핀 것 같으리라.

  (무원형武元衡 <보내 드리다(贈送)>)

둘째, 의문결구(疑問結句)

'의문결구는 끝 구절이 바로 의문구(疑問句)이다. 예를 들면,

① 鄕心新歲切,[24] 고향을 생각하는 마음 새해 되니 더욱 간절해져,

---

22 賒(사): 멀다.
23 越溪(월계): 옛날 월(越)나라의 미녀 서시(西施)가 옷을 빨던 곳.
24 切(절): 고향을 그리는 마음이 간절하다는 것을 가리킨다.

天畔獨潸然.²⁵ 하늘가에서 홀로 눈물을 흘리네.

老至居人下, 늙도록 다른 사람 아래에 있어 왔는데

春歸在客先. 봄은 나그네 나보다 먼저 돌아가네.

嶺猿同旦暮, 고개의 원숭이는 나와 아침저녁을 함께 보내고

江柳共風煙. 강가의 버들은 나와 풍경을 함께 바라보네.

已似長沙傳, 이미 장사부(長沙傳) 가의(賈誼)와 같아졌는데

從今又幾年? 지금부터 또 몇 해나 보내야할까.
. . . . . .

(유장경劉長卿 <새해에 짓다(新年作)>)

② 聞道黃龍戍, 듣자하니 황룡(黃龍) 땅에 수자리,

頻年不解兵. 몇 해 동안 병사들 철수하지 못했다 하네.

可憐閨裏月, 가련하다, 규방 속 저 달,

長在漢家營. 오랫동안 한(漢)나라 군영을 비추고 있었으니.

少婦今春意, 어린 아내는 올 봄에 그리움에 젖고,

良人昨夜情. 낭군은 지난 밤 정을 그리네.

誰能將旗鼓,²⁶ 누가 능히 군대를 거느리고,

一爲取龍城?²⁷ 단번에 용성(龍城)을 빼앗을 수 있을까?
. . . . . .

(심전기沈佺期 <잡시(雜詩)>)

셋째, 반문결구(反問結句)

'반문결구'는 끝 구절이 바로 반문구(反問句)이다. 예를 들면,

---

25 潸然(산연): 눈물을 그치지 않고 흘리는 모양.
26 將(장): 거느리다. 旗鼓(기고): 싸움터에서 쓰는 기(旗)와 북. 군대를 대신 가리키기도 한다.
27 一爲(일위): 단번에.

① 水淺魚稀白鷺饑, 물은 얕고 고기는 드물어 백로는 굶주려,

　　勞心瞪目待魚時. 마음으로 애를 쓰고 눈으로 주시하며 물고기 나타날

　　　　　　때를 기다리네.

　　外容閑暇中心苦, 바깥 모습은 한가롭지만 가슴속은 괴로운데,

　　似是而非誰得知? 겉은 옳은 것 같으나 속은 그렇지 않은 것은 누가

　　　　　　알 수 있으리오?

　　(백거이白居易 <못가에서 감흥이 일어(池上寓興)> 제2수)

② 凉風吹夜雨, 서늘한 바람은 밤비를 불어 날리고,

　　蕭瑟動寒林.²⁸ 쏴쏴 차가운 숲을 움직이네.

　　正有高堂宴, 마침 높다랗게 지은 집에 연회가 있어,

　　能忘遲暮心. 점점 나이가 많아지는 마음을 잊을 수 있네.

　　軍中宜劍舞, 군중엔 마땅히 검무가 있어야 되고,

　　塞上重笳音. 변방에선 갈잎피리 소리 거듭 들리네.

　　不作邊城將, 변방의 장수가 되지 않았더라면,

　　誰知恩遇深? 누가 황제의 은혜 깊음을 알 수 있으리오?

　　(장열張說 <유주幽州에서 밤에 술을 마시며(幽州夜飮)>)

넷째, 감탄결구(感歎結句)

'감탄결구'는 끝 구절이 바로 감탄구(感歎句)이다. 예를 들면,

① 禍福茫茫不可期, 화(禍)와 복(福)은 아득하여 미리 예측할 수 없지만,

　　大都早退似先知. 수도 장안(長安)을 앞당겨 물러난 것은 선견지명이

28　　蕭瑟(소슬): 바람이 스산하게 부는 소리.

있었는 것 같네.

當君白首同歸日, 그대들이 흰머리로 함께 죽는 날,

是我靑山獨往時. 나는 청산으로 홀로 가는 때였네.

顧索素琴應不暇, 소박한 거문고 찾고자 생각해도 아마도 한가롭지 않

았을 것이며,

憶牽黃犬定難追. 누런 개를 끌고 갈 생각을 하여도 틀림없이 쫓아가기

어려웠을 것이네.

麒麟作脯龍爲醢, 기린이 포(脯)가 되고 용이 젓갈이 되니,

何似泥中曳尾龜! 어찌 진흙 속에서 꼬리를 끌고 가는 거북이만
· · · · · · · ·
하겠는가!

(백거이白居易 <대화大和 9년 11월 21일, 시사時事에 느끼는 바가 있어 짓다(九年
十一月二十一日感事而作)>)

② 千里鶯啼綠映紅, 천리에 꾀꼬리 울고 푸른 풀이 붉은 꽃 비추는데,

水村山郭酒旗風.[29] 강마을 산간 마을에 술집 깃발 바람에 펄럭이네.

南朝四百八十寺, 남조(南朝) 때 지은 사백 팔십 개 사찰들,

多少樓臺烟雨中! 많은 누대들이 안개와 빗속에 있네!
· · · ·

(두목杜牧 <강남의 봄 절구(江南春絶句)>)

예시 ①의 <대화大和 9년 11월 21일, 시사時事에 느끼는 바가 있어 짓다(九
年十一月二十一日感事而作)>라는 제목 중의 '9년(九年)'은 당(唐) 문종(文宗) 대화
(大和) 9년(835년)을 가리키며, '시사時事에 느끼는 바가 있어 짓다(感事而作)'는
것은 이 해 11월 21일의 '감로지변(甘露之變)－목적한 바를 이루지 못한 궁정

---

29 酒旗(주기): 술집 문 앞에 세우는 기(旗).

의 정변(政變)'에 느낀 바가 있어 지었다는 것을 가리킨다. 이른바 '감로지변'
은 당 문종 대화 9년 11월 21일 재상 이훈(李訓)과 한약(韓約) 등의 사람이
미리 모략(謀略)을 꾸미어 환관(宦官)을 죽이기 위해 좌금오청사(左金吾廳事) 뒤
의 석류(石榴)나무에 밤에 '감로(甘露)'가 내렸다고 거짓말을 하고, 당 문종에
게 청하여 가서 구경하도록 하면서, 기회를 노려 수행하는 환관을 죽여 버리
려고 하였다. 그러나 뒤에 일이 발각되어 이훈 등이 죽임을 당하고 큰 재화(災
禍)를 빚어내었다. 시인 백거이는 이 일에 느낀 바가 있기 때문에 '기린이
포(脯)가 되고 용이 젓갈이 되니, 어찌 진흙 속에서 꼬리를 끌고 가는 거북이
만 하겠는가!(麒麟作脯龍爲醢, 何似泥中曳尾龜)'라는 개탄을 하였다.

예시 ②의 <강남의 봄 절구(江南春絶句)> 이 짧은 시는 한 편으로는 강남의
아름다운 봄 경치를 찬미하였고, 다른 한 편으로는 역사의 흥망성쇠에 대한
감회와 탄식 또한 드러냈다. '남조(南朝) 때 지은 사백 팔십 개 사찰들, 많은
누대들이 안개와 빗속에 있네(南朝四百八十寺, 多少樓臺煙雨中)'라고 하였는데, 옛
날을 회고하고 지금을 슬퍼하는 말이 만당(晩唐)의 두목(杜牧)의 입에서 나오
는 것은 결코 우연한 일이 아니다.

이상이 끝 구절(結句)과 관련된 기본적인 상황이다.

2. 시 맥락의 계승과 전환

시에는 시맥(詩脈)이 있다. '맥(脈)'은 바로 맥락(脈絡)이며, 시의 맥락이란
바로 한 편의 시를 지을 때의 생각의 갈피, 혹은 맥락이다. 근체시는 기(起),
승(承), 전(轉), 합(合)을 강구하는데, 한 편의 시가 도대체 어떻게 '시작하고',
어떻게 '이어받고', 어떻게 '전환하고', 어떻게 '결말을 짓는가' 하는 것은
바로 구성의 문제이며, 또한 시 맥락의 문제이기도 하다. 위에서 우리는 시구

의 처음과 결말에 대해 이야기하였으며, 아래에서는 시 맥락의 계승과 전환 문제에 대해 이야기 해보기로 한다.

<1> 승구(承句)

근체시의 기(起), 승(承), 전(轉), 합(合) 네 부분 중에서 아마도 '승(承)'의 부분이 특별한 점 없이 가장 평담할 것인데, 그래서 양재(楊載)는 ≪시법가수(詩法家數)≫에서 말하길 "승구(承句)는 온건(穩健)해야 된다."[30]고 하였으며, 율시에 대해 말하길, 함련(頷聯)은 "제목의 뜻을 밝힌 것을 이어받되, 검은 용(龍)의 턱 밑에 있는 귀중한 구슬을 안아서 빠뜨리지 않도록 하듯이 해야 한다."[31]고 하였다.[32] 승구(잇는 구절)는 주로 기구(起句)와 관계를 가진다. 매우 중요한 점은 어떻게 이어받느냐? 하는 점이다. 기구와 승구의 관계에 대해 말하자면, 승구가 어떻게 기구를 이어받는가? 하는 점에 대해서 아래와 같은 몇 가지 주요 유형이 있다.

첫째, 사경승구(寫景承句)
근체시의 잇는 구절(承句)은 경물을 묘사할 수도 있다. 첫 구절(起句)에서 경물을 묘사하는 것과 잇는 구절에서 경물을 묘사하는 것은 작용이 그다지 같지 않다. 기구의 경물묘사의 주요 작용은 분위기를 부각시키고 주제를 두드러지도록 하는 것이고, 승구의 경물묘사의 주요작용은 기구를 이어받는 데에 있으니 기구의 자연스러운 확대이다. 예를 들면,

---

30 "承句要穩健."

31 "要接破題, 要如驪龍之珠, 抱而不脫."

32 왕대붕(王大鵬) 등, ≪중국역대시화선(中國歷代詩話選)≫ 2, 1044~1045쪽.

① 昨夜秋風入漢關, 어젯밤 가을바람이 한(漢)나라 변경 요새 안으로 불어
　　　　　　　　오고,

　朔雲邊雪滿西山. 변방의 구름과 눈이 서쪽 산에 가득하네.

　更催飛將追驕虜, 재차 용맹한 장수 재촉하여 교만한 오랑캐 추격해서,

　莫遣沙場匹馬還. 전쟁터에서 말 한 마리도 돌아가지 않도록 하리라.

　(엄무嚴武 <군 주둔지의 이른 가을(軍城早秋)>)

② 丁丁漏水夜何長,[33] 똑똑 물시계 소리에 밤은 어찌 이리 긴가,

　漫漫輕雲露月光. 끝없는 가벼운 구름은 달빛을 드러내네.

　秋壁暗蟲通夕響, 가을 벽 어두운 곳의 벌레들 밤새도록 우는데,

　征衣未寄莫飛霜. 군복을 아직 부치지 못했으니 서리 내리지 말게 하소서.

　(장중소張仲素 <가을밤 노래(秋夜曲)>)

　　예시 ①의 <군 주둔지의 이른 가을(軍城早秋)>은 사실을 기록한 작품으로,
변방의 가을 경물을 묘사하면서, 장수와 병졸들이 침입해온 토번(吐蕃)의 군
대를 섬멸하려는 굳은 마음을 보여주었다. 첫 구절 '어젯밤 가을바람이 한(漢)
나라 변경 요새 안으로 불어오고(昨夜秋風入漢關)'는 제목의 중심되는 뜻을 언
급하면서, 한나라 변경 요새에 가을이 일찍 찾아온 사실을 밝혔다. 그런데
'가을바람이 한(漢)나라 변경 요새 안으로 불어오면' 또 어떻게 될까? 잇는
구절에서는 '변방의 구름과 눈이 서쪽 산에 가득하네(朔雲邊雪滿西山)'라고 하
여 첫 구절에 대해 보충을 함으로써 기구의 결과를 보여주었다. 그래서 승구
의 경물묘사는 기구의 경물묘사와 같지 않다.
　　예시 ② 역시 같은 이치인데, 첫 구절 '똑똑 물시계 소리에 밤은 어찌

33　丁丁(정정): 물시계에서 물방울이 떨어지는 소리.

이리 긴가(丁丁漏水夜何長)'는 깊은 한밤중이란 점을 분명하게 밝혔고, 잇는 구절 '끝없는 가벼운 구름은 달빛을 드러내네(漫漫輕雲露月光)'는 기구에서 한 층 더 나아가 깊은 밤의 경물을 묘사하였는데, 이 또한 조리가 정연하고 분명하다.

둘째, 사의승구(寫意承句)

'사의승구'는 잇는 구절에서 생각이나 의중을 나타내는 것이다. 예를 들면,

① 西宮夜靜百花香, 서궁(西宮)의 밤은 고요한데 온갖 꽃 향기롭고,

　欲捲珠簾春恨長. 주렴을 걷으려하니 봄날의 한(恨) 길기도 기네.

　斜抱雲和深見月,[34] 거문고와 비파 비스듬히 안고 달을 오래 바라보니,

　朦朧樹色隱昭陽.[35] 흐릿한 나무 빛이 소양궁(昭陽宮)을 가리우네.

　(왕창령王昌齡 <서궁西宮의 봄날 원망(西宮春怨)>)

② 淸明時節雨紛紛, 청명절(淸明節)에 비가 어지러이 내리니,

　路上行人欲斷魂. 길 가는 행인은 혼이 끊어지려 하네.

　借問酒家何處有, 술집이 어디에 있는가 물으니,

　牧童搖指杏花村. 목동이 멀리 살구꽃 핀 마을을 가리키네.

　(두목杜牧 <청명절(淸明)>)

예시 ①은 궁원시(宮怨詩)이다. 첫 구절 '서궁(西宮)의 밤은 고요한데 온갖 꽃 향기롭고(西宮夜靜百花香)'는 우선 서궁의 아름다운 밤 경치를 묘사하였다.

34　雲和(운화): 거문고와 비파(琴瑟) 등의 악기.

35　昭陽(소양): 궁전 이름.

이 같은 봄날 밤은 사람으로 하여금 감상을 하도록 하며, 심정 또한 유쾌할 것이다. 그러나 실제 사실은 이와 상반되니, '주렴을 걷으려하니 봄날의 한(恨) 길기도 기네(欲捲珠簾春恨長)'라고 하여, 승구는 생각을 묘사하여 제목과 부합하면서, 임금의 총애를 잃은 후궁의 적막한 생활과 슬프고 처량한 심정을 깊이 있게 나타내었다. 그래서 이 시의 승구는 마음을 나타내어 시의 맥락(詩脈)을 이어 받고 전개함에 있어서 중요한 작용을 한다.

예시 ②의 기구 '청명절에 비가 어지러이 내리니(淸明時節雨紛紛)'는 경치를 묘사한 것이고, 승구 '길 가는 행인은 혼이 끊어지려 하네(路上行人欲斷魂)'는 생각을 묘사한 것이다. 감정과 경치는 서로 감응하는 것인데, 몹시 흐린 가운데 비가 계속 내리는 날씨가 사람에게 주는 영향 또한 음침하다. 그래서 이 시의 승구의 생각 표현 또한 기구의 경치 묘사를 자연스럽게 계승하고 발전시키고 있다.

셋째, 점제승구(點題承句)

'점제승구'는 시 맥락의 전개라는 측면에서 말하면, 승구가 제목의 중심되는 뜻을 나타내는 작용을 하는 것이다. 사실상 제목의 중심되는 뜻을 요약하는 것과 생각을 묘사하는 것은 떼어 놓을 수 없이 밀접하게 연결되어 있다. 이것은 위의 예시 ①에서 잘 나타나 있다. 아래에서 다시 예를 들며 이야기하도록 한다. 이를테면,

> ① 獨在異鄕爲異客, 홀로 타향에서 나그네 되니,
>
> 　每逢佳節倍思親. 매번 명절만 되면 부모 형제들 생각 배가 되네.
>
> 　遙知兄弟登高處, 멀리서도 알 수 있으니, 형제들 높은 산에 올라,
>
> 　遍揷茱萸少一人.[36] 모두들 수유 열매를 꼽았으나 한 사람이 빠졌네.
>
> (왕유王維 <9월 9일 중양절重陽節에 산동山東의 형제들을 그리며(九月九日憶山東兄弟)>)

② 洛陽城裏見秋風, 낙양성(洛陽城) 안에서 가을바람을 보고,

　欲作家書意萬重. 집에 보낼 편지 쓰려하니 생각이 만 가지이네.

　復恐匆匆說不盡, 급히 하느라 말을 다하지 못했을까 다시 두려워,

　行人臨發又開封. 편지 보내는 사람이 가기 전에 또 편지 열어보네.

(장적張籍 <가을 생각(秋思)>)

예시 ①은 널리 전해지는 유명한 작품이다. 첫 구절 '홀로 타향에서 나그네
되니(獨在異鄕爲異客)'는 매우 고독한 환경을 제시하였으며, 잇는 구절에서 '매
번 명절만 되면 어버이 생각 배가 되네(每逢佳節倍思親)'라고 하니 이것은 제목
과 부합하는 뜻을 제시한 것이다. '배(倍)'자 사용은 매우 표현력이 강한데,
시인이 매번 명절을 만날 때마다 각별히 가족들을 그리워하는 진실되고 도타
운 감정을 충분히 표현하였다.

예시 ②의 첫 구절 '낙양성 안에서 가을바람을 보고(洛陽城裏見秋風)'는 우선
계절을 분명히 밝혔다. 여자는 봄에 님 그리움에 빠지고, 남자는 가을을 슬퍼
하는데, 이것은 고대의 시인들이 통상적으로 취하는 제재이다. 이 시의 승구
에서 '집에 보낼 편지 쓰려하니 생각이 만 가지이네(欲作家書意萬重)'라고 한
것은 제목과 부합되는 뜻을 언급한 것이다. '생각이 만 가지이네(意萬重)'라고
한 것은 바로 제목 <가을 생각(秋思)>의 '생각(思)'이라는 글자를 이야기하는
것이다.

<2> 전구(轉句)

'전환하는 구절(轉句)'은 근체시의 기(起), 승(承), 전(轉), 합(合)의 네 부분

36　茱萸(수유): 식물 이름. 짙은 향기가 있다.

중에서 가장 중요한 부분이다. 여기서의 '전(轉)'은 새로운 뜻을 전환해 내는 것을 요구하는데, 그렇지 않으면 평담한 데로 흘러가 격이 낮은 시가 된다. 바로 이렇기 때문에 양재(楊載)는 ≪시법가수(詩法家數)≫에서 또 말하길, "(경련頸聯은) 앞 연(聯)의 뜻과 서로 호응하거나 피하여 변화를 하여야 하는데, 마치 빠른 우레가 산을 무너뜨리듯이 하여, 이것을 보는 사람들이 깜짝 놀라는 것과 같아야 한다."[37]라고 하였다.[38] 경련(頸聯), 즉 세 번째 연(聯)이 율시에서는 바로 '전구'이다. '전구'는 '승구(承句)'에 대해 말할 것 같으면, 이어받음이 있어야 하니, 이것이 바로 '서로 호응하는 것(相應)'이고, '전구'는 또 승구에 대해 말할 것 같으면 변화가 있어야 하니, 이것이 바로 '서로 피하는 것(相避)'이다. '전구'의 주요 유형으로는 아래와 같은 몇 가지가 있는 것으로 보인다. 예를 들면,

첫째, 시간전구(時間轉句)
'시간전구'(시간 전환 구절)란 전구(轉句)에서 기술하는 시간이 기구(起句)나 승구(承句)에서 기술한 시간과는 같지 않다는 것이다. 시간전구의 통상적인 표현 형식은 과거의 역사에서 현실로 전환되거나, 혹은 현실에서 과거의 역사로 거슬러 올라가는 것이다. 예를 들면,

① 秦時明月漢時關, 여전히 진(秦)나라 때의 밝은 달, 한(漢)나라 때의 관문인데,
　　萬里長征人未還. 만리 길 먼 정벌 떠난 사람 아직 돌아오지 못하네.
　　但使龍城飛將在, 만약 용성(龍城)의 비장군(飛將軍) 이광(李廣)이

37　"(頸聯)與前聯之意相應相避, 要變化, 如疾雷破山, 觀者驚愕."
38　왕대붕(王大鵬) 등, ≪중국역대시화선(中國歷代詩話選)≫ 2, 1045쪽.

지금도 있다면,

不教胡馬度陰山. 오랑캐 말이 음산(陰山)을 넘어오도록 하지 않을 텐데.

(왕창령王昌齡 <변방의 요새로 나가며(出塞)> 제1수)

② **朱雀橋邊野草花,** 주작교(朱雀橋) 주변에 들꽃 피어 있고,

烏衣巷口夕陽斜. 오의항(烏衣巷) 입구에는 석양이 기우네.

舊時王謝堂前燕, 그 옛날 왕도(王導)와 사안(謝安)의 집 앞 날던 제비,

飛入尋常百姓家. 이제 평범한 백성들의 집으로 날아드네.

(유우석劉禹錫 <오의항(烏衣巷)>)

    예시 ①의 왕창령의 <변방의 요새로 나가며(出塞)>(제1수)는 일찍이 사람들로부터 당시(唐詩) 7언절구 가운데 압권의 작품으로 칭송 받았다. '여전히 진(秦)나라 때의 밝은 달, 한(漢)나라 때의 관문인데, 만리 길 먼 정벌 떠난 사람 아직 돌아오지 못하네(秦時明月漢時關, 萬里長征人未還)'에서 시인은 '진(秦)', '한(漢)', '월(月)', '관(關)'이라는 글자들을 빌려 위아래 구절의 함의가 서로 호응하고 서로 보충하는 표현 방법을 사용하여, 독자들로 하여금 마치 진한(秦漢)시대의 옛날 전쟁터 및 오랜 세월동안 변방 요새의 전쟁이 사람들에게 많은 고통을 가져다주었던 시대로 돌아간 것 같게 만든다. 그래서 이 시의 기구와 승구는 모두 지난 일을 추억하고 있다. 그런데 이 시는 제3구에 이르면 시간이 한 번 회전하여 다시 당대(唐代)로 돌아오게 되는데, '만약 용성(龍城)의 비장군(飛將軍) 이광(李廣)이 지금도 있다면, 오랑캐 말이 음산(陰山)을 넘어오도록 하지 않을 텐데(但使龍城飛將在, 不教胡馬度陰山)'라고 하여, 역사상의 변방 요새 전쟁이 여전히 계속되고 있음을 표명하면서, 동시에 또 오랑캐의 침입에 저항하겠다는 굳은 마음을 나타내었다.

    예시 ②는 <변방의 요새로 나가며(出塞)>(제1수) 시와 상반되는데, <오의항

(烏衣巷)>의 기구와 승구는 모두 눈앞의 광경을 묘사하였으며, 전구에 이르러서 다시 역사의 순간으로 돌아가서, 동진(東晉) 시대의 왕도(王導)와 사안(謝安) 두 대부호(大富豪) 귀족의 쇠퇴와 몰락을 빌려 인간세상의 상전벽해(桑田碧海)에 대한 무한한 감개를 나타내었다.

둘째, 지점전구(地點轉句)

'지점전구'(위치 전환 구절)란, 전구에서 기술하는 위치나 장면이, 기구와 승구에서 기술한 위치, 장면과는 같지 않은 것을 말한다. 예를 들면,

① 烽火照西京, 봉홧불이 장안(長安)에 비치니,
　心中自不平. 마음속 절로 평안치 않네.
　牙璋辭鳳關, 출정하는 장수 궁궐을 떠나,
　鐵騎繞龍城. 철갑 기병들 용성(龍城)을 에워싸네.
　雪暗凋旗畫, 눈 내려 어둑해져 깃발 빛바래게 하고,
　風多雜鼓聲. 바람 대단한데 북소리 섞이네.
　寧爲百夫長, 차라리 100명 병사 지휘관 되는 것이,
　勝作一書生. 일개 서생 되는 것보다 나으리라.

　(양형楊炯 <종군의 노래(從軍行)>)

② 風勁角弓鳴, 바람은 거세게 불고 각궁은 우는데,
　將軍獵渭城. 장군은 위성(渭城)에서 사냥을 하네.
　草枯鷹眼疾, 풀이 말라 매의 눈초리 재빠르고,
　雪盡馬蹄輕. 눈이 녹아 말발굽은 가볍네.
　忽過新豐市, 문득 신풍시(新豐市)를 지나갔다가,

還歸細柳營. 다시 세류(細柳) 군영으로 돌아오네.

回看射鵰處, 독수리 쏘던 곳 돌아보니,

千里暮雲平. 천리에 저녁 구름 평평하네.

(왕유王維 <사냥하는 것을 구경하며(觀獵)>)

예시 ①의 <종군의 노래(從軍行)>는 양형의 유명한 시이다. 기구는 당시의 군사 형세와 시인의 마음 속 반응을 기술하였고, 승구는 군대가 명을 받들어 정벌을 나가는 것을 적었으며, 전구에서는 전쟁터의 장면을 묘사하였고, 결구에서는 시인이 국가에 충성을 다하려는 뜻과 서생(書生)이 종군하는 것에 대해 칭송함을 나타내었는데, 내용 기술의 순서가 매우 조리 있다. 시에서 알 수 있듯이, 전구는 승구에서 장면이 이미 바뀌었다고 말할 수 있다.

예시 ②의 왕유의 <사냥하는 것을 구경하며(觀獵)>는 비록 시인의 초기 작품이지만, 시는 전체적으로 상당히 소탈하고 호방하게 지어졌다. 이 시의 기구는 제목과 부합하고, 승구는 장군이 화살로 사냥하는 장면을 구체적으로 적었으며, 전구는 사냥을 마치고 돌아오는 장면을 기술하였는데, '문득 신풍시를 지나갔다가, 다시 세류 군영으로 돌아오네(忽過新豊市, 還歸細柳營)'라고 하여, 모든 것이 가볍고 쾌적하여 사냥할 때의 긴장된 분위기와는 선명하게 대조를 이룬다.

셋째, 사의전구(寫意轉句)

'사의전구'(뜻 표현 전환 구절)는 전구가 의미에 있어서 승구와 상대되거나 혹은 상반되어, 표현상 전환되는 바가 있다는 것을 가리킨다. 예를 들면,

① 閨中少婦不知愁, 안방의 젊은 부인 근심이 뭔지 모르고,

春日凝妝上翠樓. 봄날 화장하고 푸른 누각에 올랐네.

忽見陌頭楊柳色, 문득 길가의 버들잎 빛을 보고,

悔敎夫婿覓封侯. 남편더러 벼슬길 찾으라 한 것 후회하네.

(왕창령王昌齡 <안방 부인의 원망(閨怨)>)

② 牡丹一朶值千金, 모란 한 송이 값이 천금이니,

將謂從來色最深. 지금까지의 빛깔 중에서 가장 짙다 하네.

今日滿欄開似雪, 오늘은 난간 가득 눈 내린 듯 피었으니,

一生辜負看花心. 평생토록 꽃 바라보는 마음을 저버리네.

(장우신張又新 <모란(牡丹)>)

　　예시 ①의 왕창령의 <안방 부인의 원망(閨怨)>은 그의 유명한 작품 중의 하나이다. 이 명시는 안방의 젊은 부인의 내면세계를 충분하게 잘 보여주고 있다. 시의 제목은 본래 <안방 부인의 원망(閨怨)>이지만, 시인은 오히려 젊은 부인이 '근심이 뭔지 모른다(不知愁)'는 점에서부터 쓰기 시작을 하니, 구상이 확실히 일반적이지 않다. 여인이 한껏 꾸미고 누각에 올라 봄을 감상할 때에 문득 버드나무가 또 푸른빛을 뿜어내는 것을 발견하고는 그제서야 자기의 남편이 군대를 따라 떠난 지 이미 오래되었음을 상기하게 된다. 이에, 적막한 마음이 한 번 진동을 하자 정서가 갑자기 바뀌면서, 세상의 모든 부귀 공명이 모두 애정의 귀함에는 미치지 못한다는 것을 깊이 느끼게 된다. 이 시는 시의 흐름의 각도에서 보면 이러한 변화가 전구(轉句)에서부터 시작된다.

　　예시 ②의 <모란(牡丹)> 시는 제목을 <결혼(成婚)>이라고도 하는데, 이는 은근히 비유하는 것이 있는 것이다. 장씨는 본래 아리따운 한 여인을 아내로 삼으려고 하였으나 결과적으로는 일이 원하는 대로 되지 않았다. 이것은 마치 모란과 같은 것이다. 모란은 짙은 빛깔을 귀하게 여기는데, 붉은 색이든 자주 색이든 모두가 '한 송이 값이 천금(一朶值千金)'인 가치를 갖는다. 그러나

정원에 피어난 모란은 크게 실망을 시키니, '오늘은 난간 가득 눈 내린 듯 피었으니, 평생토록 꽃 바라보는 마음을 저버린다(今日滿欄開似雪, 一生辜負看花心)'. 이 시의 의미가 역전되는 것 또한 이 전구에서 시작되고 있다.

넷째, 대상전구(對象轉句)

'대상전구'(대상이 바뀌는 전환 구절)란 전구(轉句)가 묘사하는 대상이 승구와 같지 않은 것이다. 예를 들면,

① 九月天山風似刀, 9월의 천산(天山)에 바람은 칼 같아,

城南獵馬縮寒毛. 성 남쪽의 사냥하는 말은 차가운 털을 움츠리네.

將軍縱博場場勝, 장군은 마음껏 내기를 하여 판판이 승리하여,

賭得單于貂鼠袍. 선우(單于)의 담비 도포를 얻었네.

(잠참岑參 <조趙 장군의 노래(趙將軍歌)>)

② 白帝城中雲出門, 백제성(白帝城) 안에는 구름이 성문 밖으로 나가고,

白帝城下雨翻盆. 백제성 아래에는 비가 물동이를 뒤집을 듯 쏟아지네.

高江急峽雷霆鬪, 높아진 강물과 가파른 협곡은 천둥과 벼락이 싸우는
　　　　　　　　　　듯 하고,

古木蒼藤日月昏. 오래된 나무와 푸른 덩굴은 해와 달도 어둡게 하네.

戎馬不如歸馬逸, 전쟁터의 말은 돌아온 말처럼 편안하지 못하고,

千家今有百家存. 이전의 천 가구 지금은 백 가구만 남아있네.

哀哀寡婦誅求盡, 슬퍼하는 과부들은 강제로 모두 빼앗기고,

慟哭秋原何處村? 가을 언덕 어느 마을에서 통곡하는 것일까?

(두보杜甫 <백제성白帝城(白帝)>)

③ 獨遊千里外, 홀로 천 리 밖을 노닐다가,

　　高臥七盤西. 칠반령(七盤嶺) 서쪽에 높이 누웠네.

　　曉月臨床近, 새벽달은 침상 가까이 다가오고,

　　天河入戶低. 은하수는 문 밑으로 들어오네.

　　芳春平仲綠,³⁹ 꽃이 한창 핀 봄에 은행나무 푸르고,

　　淸夜子規啼.⁴⁰ 맑은 밤에 두견새 우네.

　　浮客空留聽, 떠도는 나그네 부질없이 머물며 듣노라니,

　　襄城聞曙鷄. 포성(襄城)의 새벽 닭 우는 소리 들려오네.

(심전기沈佺期 <밤에 칠반령七盤嶺에서 묵다(夜宿七盤嶺)>)

　　예시 ①의 승구는 조 장군의 '사냥하는 말(獵馬)'을 묘사하였고, 전구는 조 장군이 '마음껏 내기를 함(縱博)'을 이야기하였다.

　　예시 ②에서 승구에서는 '높아진 강물과 가파른 협곡(高江急峽)'과 '오래된 나무와 푸른 덩굴(古木蒼藤)'을 이야기하였고, 전구에서는 '전쟁터의 말(戎馬)', '돌아온 말(歸馬)', '천 가구(千家)', '백 가구(百家)'에 대해 적었다.

　　예시 ③에서 승구에서는 '꽃이 한창 핀 봄에 은행나무(芳春平仲綠)'라 하였고, 전구에서는 '맑은 밤에 두견새(淸夜子規)'에 대해 적었다.

　　대상전구의 내용은 아주 많은데, 여기서는 단지 승구와 전구가 그 서술하는 대상이 다른 예를 몇 가지 들어 보았다.

　　다섯째, 허실전구(虛實轉句)

　　'허실전구'(허실이 다른 전환 구절)는 승구와 전구에서 이야기하는 내용의

39　　平仲(평중): 은행(銀杏)나무.

40　　子規(자규): 두견(杜鵑)새.

허실(虛實)이 일치하지 않는 것을 가리키는데, 어떤 것은 먼저 허(虛)를 말하고 뒤에 실(實)을 말하며, 어떤 것은 먼저 실(實)을 말하고 뒤에 허(虛)를 말한다. 예를 들면,

① 金陵津渡小山樓, 금릉(金陵) 나루터의 작은 산 누각,

　一宿行人自可愁. 하룻밤 묵는 나그네는 절로 시름겹네.

　潮落夜江斜月裏, 조수 빠지는 밤의 강은 기우는 달빛 속에 있고,

　兩三星火是瓜州. 두 셋 반짝이는 불빛 저곳이 과주(瓜州)라네.

　(장호張祜 <금릉金陵 나루터에 적다(題金陵渡)>)

② 三日入廚下, 사흘 만에 부엌으로 들어가,

　洗手作羹湯. 손 씻고 국을 끓이네.

　未諳姑食性,[41] 시어머니의 입맛 아직 알지 못해,

　先遣小姑嘗. 먼저 시누이더러 맛보게 하네.

　(왕건王建 <시집 온 새색시(新嫁娘)>)

　예시 ①의 승구 '하룻밤 묵는 나그네는 절로 시름겹네(一宿行人自可愁)'는 심리상태를 묘사한 것으로 추상적인 사물(虛)을 묘사하였으며, 전구 '조수 빠지는 밤의 강은 기우는 달빛 속에 있고(潮落夜江斜月裏)'는 강의 밤 경치를 묘사한 것으로 구체적인 사물(實)을 묘사하였다.

　예시 ②의 승구 '손 씻고 국을 끓이네(洗手作羹湯)'는 시집 온 새색시가 처음 주방에 들어가 직접 음식을 만들려는 모습을 묘사하였으니 이것은 실질적 사물의 묘사인 실사(實寫)이며, 전구의 '시어머니의 입맛 아직 알지 못해(未諳

41　諳(암): 알다.

姑食性)'는 시집 온 새색시의 심리상태를 묘사하였으니 이것은 추상적 사물의 묘사인 허사(虛寫)이다.

이상은 전구의 기본적인 정황이다.

전구를 논할 때에 또 하나 우리가 주의할 점이 있는데 바로 전구와 결구의 관계 문제이다. 근체시의 절구(絶句)에서, 전구와 결구는 항상 여러 가지 복구(複句)의 관계를 형성하는데, 이러한 표현 방법 또한 주의해서 보아야 한다. 예를 들면,

① 歲歲金河復玉關, 해마다 금하(金河)에서 다시 옥문관(玉門關)으로,

　　朝朝馬策與刀環. 아침마다 말채찍과 칼자루를 잡네.

　　三春白雪歸靑塚,[42] 늦은 봄에 흰 눈은 청총(靑塚)에 돌아오고,

　　萬里黃河繞黑山. 만리 뻗은 황하(黃河)는 흑산(黑山)을 돌아 흘러가네.

　　(유중용柳中庸 <변방을 지키는 병사의 원망(征人怨)>)

② 雲想衣裳花想容, 구름을 연상시키는 옷, 꽃을 연상시키는 얼굴,

　　春風拂檻露華濃. 봄바람은 난간을 스치고 이슬 맺힌 꽃빛깔 짙네.

　　若非群玉山頭見,[43] 만약 군옥산(群玉山) 위에서 보지 못한다면,

　　會向瑤臺月下逢. 반드시 요대(瑤臺)의 달 아래에서 만나리라.

　　(이백李白 <청평조사淸平調詞 3수(淸平調詞三首)> 제1수>)

③ 奉帚平明金殿開, 새벽에 빗자루 드니 궁궐 문 열리고,

---

42 靑塚(청총): 왕소군(王昭君)의 무덤을 가리킨다.

43 群玉(군옥): 산 이름. 신화(神話)에서 서왕모(西王母)가 산다는 곳.

且將團扇共徘徊. 잠시 둥근 부채 들고 함께 서성이네.

玉顔不及寒鴉色, 옥 같은 내 얼굴이 갈까마귀의 빛깔에도 미치지
      못하니,

猶帶昭陽日影來.[44] 까마귀는 그래도 소양전(昭陽殿)의 햇빛이라도
      지니고 오네.

(왕창령王昌齡 <장신궁長信宮의 원망(長信怨)>)

④ 泠泠七絃上, 맑고 은은한 가락의 일곱 줄 위로,

靜聽松風寒. 차가운 솔바람 소리를 조용히 듣네.

古調雖自愛, 옛 곡조는 비록 그 자체가 사랑스럽지만,

今人多不彈. 지금 사람들은 많은 이가 연주하지 않네.

(유장경劉長卿 <거문고를 타다(彈琴)>)

⑤ 楊王盧駱當時體, 양형(楊炯), 왕발(王勃), 노조린(盧照隣), 낙빈왕(駱賓
      王)의 당시의 시체를,

輕薄爲文哂未休.[45] 경박한 사람들은 글을 지어 비웃어 마지않네.

爾曹身與名俱滅,[46] 너희들은 몸과 이름 다 없어지겠지만,

不廢江河萬古流. 장강(長江)과 황하(黃河)가 만고에 흐르는 것은
      그만두게 하지 못하리라.

(두보杜甫 <장난삼아 여섯 절구를 짓다(戲爲六絶句)> 제2수>)

⑥ 天下傷心處, 천하에서 마음을 가장 상하게 하는 곳,

---

44 昭陽(소양): 소양전(昭陽殿).

45 哂(신): 비웃다.

46 爾曹(이조): 너희들.

勞勞送客亭. 우울하며 나그네를 보내는 정자.

春風知別苦, 봄바람도 이별의 괴로움을 알기에,

不遣柳條靑. 버들가지를 푸르게 하지 않는 것이리라.

(이백李白 <노로정(勞勞亭)>)

예시 ①의 전구(轉句)와 결구(結句)는 병렬 관계이다. 예시 ②의 전구와 결구는 선택 관계이다. 예시 ③의 전구와 결구는 인과(因果) 관계이다. 예시 ④의 전구와 결구는 전환 관계이다. 예시 ⑤의 전구와 결구는 양보(讓步) 관계이다. 예시 ⑥의 전구와 결구는 가설(假設) 관계이다.

3. 시의 구성

앞에서 말했듯이 근체시는 기(起), 승(承), 전(轉), 합(合)을 강구하는데, 이것은 시의 맥락(詩脈)의 문제이자 또한 시의 구조 문제이기도 하다. 그러면 고체시도 기, 승, 전, 합을 강구하는가? 여기에 대해서는 이전 사람들의 견해가 완전히 일치하지는 않는다. 부약금(傅若金)은 ≪시법정론(詩法正論)≫에서 다음과 같이 말하였다.

고시(古詩)와 장율(長律)을 짓는 경우에도 역시 이 (기, 승, 전, 합의) 법으로 살핀다. ≪시경(詩經)≫의 <주남(周南)·꾸우꾸우 우는 물수리(關雎)>의 경우, 제1장은 기(起), 승(承)이고, 제2장은 전(轉), 제3장은 합(合)이다. <칡덩쿨(葛覃)>은 제1장이 기, 제2장이 승, 제3장이 전과 합이다. <도꼬마리(卷耳)>는 제1장이 기, 제2장과 제3장이 승, 제4장이 전과 합이다. <가지 늘어진 나무(樛木)>, <여치(螽斯)>, <복숭아나무 무성하고(桃夭)>, <토끼 그물(兔罝)>, <질경이(芣

苢)>, <한수(漢水)가 넓어(漢廣)>는 매 장마다 4구 또는 8구인데, 저마다 기승전합의 구조를 가지고 있다. <여수(汝水)의 제방(汝墳)>은 제1장이 기, 제2장이 승, 제3장이 전과 합이다. <기린의 발(麟之趾)>은 매 장마다 제1구가 기, 제2구가 승, 제3구가 전, 합의 구조이다. 다른 시들이 어떤 것은 짧고 어떤 것은 길어 가지런하지 않은 것 역시 이 기승전합의 시법으로 살필 수 있다. 옛날 시인들은 비록 의도가 반드시 다 그러하지는 않지만 글이라는 것은 사리의 전개가 자연스러워야 하니 그렇지 않을 수 없는 것이다.[47]

마땅히 지적해야 하지만, 이런 분석은 매우 큰 주관성을 가지고 있기 때문에 부약금 자신조차도 '옛날 시인들은 비록 의도가 반드시 다 그러하지는 않지만 글이라는 것은 사리의 전개가 자연스러워야 하니 그렇지 않을 수 없는 것이다'라고 말한 것이다. 요컨대, 고체시의 기, 승, 전, 합은 모두 후대 사람들이 분석해 낸 것이고, 그 당시의 시인들이 시를 지을 때 반드시 이런 구조 규칙을 알았던 것은 아니다. 부약금이 언급했던 <꾸우꾸우 우는 물수리(關雎)>를 예로 들기만 해도 이 문제를 충분히 설명할 수 있다. 그는 <꾸우꾸우 우는 물수리>의 제1장이 기(起), 승(承)이고, 제2장은 전(轉), 제3장은 합(合)이라고 여겼다. 사실상은 아마도 이러하지 않을 것이다. 이를테면,

① 關關雎鳩, 꾸우꾸우 우는 물수리,

---

47 "及作古詩·長律, 亦以此法求之. 三百篇如<周南·關雎>則第一章爲起、承, 第二章爲轉, 第三章爲合. <葛覃>則第一章爲起, 第二章爲承, 第三章爲轉、合. <卷耳>則第一章爲起, 第二章、第三章爲承, 第四章爲轉、合. <樛木>、<螽斯>、<桃夭>、<兎罝>、<芣苢>、<漢廣>則每章四句、八句, 自以爲起承轉、合. <汝墳>則第一章爲起, 第二章爲承, 第三章爲轉、合. <麟之趾>則每章一句爲起, 二句爲承, 三句爲轉、合. 其他詩或短或長不齊者, 亦以此法求之. 古之作者, 其用意雖未必盡爾, 然文者理勢之自然, 正不能不爾也."[왕대붕(王大鵬) 등, ≪중국역대시화선(中國歷代詩話選)≫ 2, 1087쪽].

在河之洲, 황하의 섬에 있네.

窈窕淑女, 아름답고 정숙한 아가씨는,

君子好逑. 군자의 좋은 짝.

參差荇菜, 올망졸망 노랑어리연꽃을,

左右流之. 여기저기서 물길 따라 뜯네.

窈窕淑女, 아름답고 정숙한 아가씨를,

寤寐求之. 자나 깨나 구하네.

求之不得, 구하여도 못 만나,

寤寐思服. 자나 깨나 생각하네.

悠哉悠哉, 오래 오래 그리며,

輾轉反側. 밤새 이리 뒤척 저리 뒤척이네.

參差荇菜, 올망졸망 노랑어리연꽃을,

左右采之. 여기저기서 가려 뜯네.

窈窕淑女, 아름답고 정숙한 아가씨를,

琴瑟友之. 금슬 타며 친애하고 싶네.

參差荇菜, 올망졸망 노랑어리연꽃을,

左右芼之. 여기저기서 뜯네.

窈窕淑女, 아름답고 정숙한 아가씨를,

鍾鼓樂之. 풍악 울리며 즐겁게 하고 싶네.

(≪시경詩經·주남周南·꾸우꾸우 우는 물수리(關雎)≫)

예시 ①을 보면 매우 분명한데, <꾸우꾸우 우는 물수리(關雎)>의 제1장은 물수리가 우는 것으로 시흥(詩興)을 불러일으켜, 군자(君子)가 짝을 구하는 대상, 즉 '아름답고 정숙한 아가씨(窈窕淑女)'를 제시하는 데에 목적이 있는 것이지, 무슨 '승(承)'의 문제 같은 것은 전혀 존재하지 않는다.

또 이를테면 ≪시경≫의 어떤 단락 또한 단지 같은 뜻을 반복하면서 깊은 감정을 나타내는 것이지, 여기에 무슨 기, 승, 전, 합의 문제가 존재하지는 않는다. 예를 들면,

② 十畝之間兮, 10무(畝)의 땅 안에서,

　　桑者閑閑兮, 뽕 따는 사람들 한가롭고 한가로우니,

　　行與子還兮.[48] 장차 그대와 더불어 돌아가리라.

　　十畝之外兮, 10무(畝)의 땅 밖에서,

　　桑者泄泄(yì yì)兮,[49] 뽕 따는 사람들 홀가분하고 홀가분하니,

　　行與子逝兮. 장차 그대와 더불어 가리라.

　　(≪시경詩經·위풍魏風·10무畝의 땅 안에서(十畝之間)≫)

예시 ②는 뽕을 따는 부녀자가 친구를 불러서 같이 돌아가고자 하는 내용의 시인데, 전체 시는 단지 두 장(章)이 있으며, 같은 뜻을 반복하면서 감정을 나타내었다. 그래서 우리들이 생각하기에 고체시, 특히 장편 고체시의 구조 문제는 역시 단락과 층차(層次) 같은 이런 개념을 가지고 분석하는 것이 좋을 것이다. 아래에서는 고체시의 단락(詩段)과 층차 문제에 대해 이야기해 보도

48　行(행): 장차.

49　泄泄(예예): 홀가분한 모양.

록 한다.

<1> 시의 단락(詩段)

고체시, 특히 장편 고체시는 단락을 나누지 않는 것이 없다. 고체시의 단락
은 일반적으로 '수(首)', '복(腹)', '미(尾)'의 세 단락으로 나눌 수 있으며, 반드
시 '기(起)', '승(承)', '전(轉)', '합(合)'이라는 고정된 틀을 사용할 필요는 없다.
'수(首)'는 한 수의 시가 시작하는 단락이고, '복(腹)'은 그 시의 주요 단락이고,
'미(尾)'는 그 시의 끝부분 단락이다. 아래에서 4언시(四言詩), 5언시(五言詩),
그리고 7언시(七言詩)를 예로 들며 이 문제를 설명하기로 한다.

첫째, 4언시(四言詩)

고대의 4언시는 ≪시경(詩經)≫을 대표로 삼을 수 있다. ≪시경≫은 장(章)
이 나누어지는데, 장이 바로 단락이다. ≪시경≫에서 나누어지는 장은 적으
면 한 장(주로 송시頌詩에 보인다), 두 장이며, 많으면 13장까지 길게 이어지는
것도 있다.(이를테면 소아小雅의 <정월正月>) 5장 이상의 시는 주로 '아(雅)'에
보이며, 3장과 4장은 주로 '풍(風)'에 보인다. ≪시경≫에서 3장으로 나누어지
는 것은 대체로 모두 수(首), 복(腹), 미(尾)의 세 단락으로 되어 있다. 예를
들면,

① 野有死麕,[50] 들에 죽은 노루 있어,
　　白茅包之. 흰 띠풀로 싸네,
　　有女懷春, 아가씨가 봄을 그리워하여,

50　麕(균): 노루.

吉士誘之. 미남이 유혹하네.

林有樸樕(sù),⁵¹ 숲에 작은 나무가 있고,
野有死鹿. 들에 죽은 사슴이 있네.
白茅純束, 흰 띠풀로 묶으니,
有女如玉. 아가씨가 옥처럼 아름답네.

舒而脫脫兮, 가만가만 천천히 와서,
無感我帨(shuì)兮,⁵² 내 허리에 찬 수건을 움직이게 하지 마시고,
無使尨(máng)也吠.⁵³ 삽살개가 짖게 하지 마세요.

(≪시경詩經·소남召南·들에 죽은 노루 있어(野有死麕)≫)

예시 ①은 열정적이고 자유분방한 애정시로, 한 젊은 사냥꾼이 한 여인에
게 계속 구애하는 상황을 노래했다. 전체 시는 모두 세 장으로 나누어지며,
층차(層次)가 분명하다. 첫 번째 장은 이 사냥꾼이 그 아가씨에게 구애하면서,
사냥해서 잡은 죽은 노루로 그녀를 유혹하는데, 이것이 전체 시의 시작 부분
이다. 두 번째 장은 이 사냥꾼이 옛날에 혼례로 사용하는 장작과 흰 띠풀을
모두 준비해 놓고, 일심전력으로 그 아가씨와 결혼하고자 하는데, 이 부분은
시의 주요 단락이다. 세 번째 장은 대담한 아가씨가 사적으로 사냥꾼이 집으
로 오도록 약속을 하고, 마침내 조금도 미루어 둠이 없이 사냥꾼의 애정을
받아들이는데, 이 부분은 전체 시의 종결이다. 또 예를 들면,

---

51 樸樕(박속): 작은 나무.
52 帨(세): 허리에 차는 수건.
53 尨(방): 삽살개.

② 靜女其姝,⁵⁴ 단아한 아가씨 예쁜데,

  俟我於城隅. 나를 성 모퉁이에서 기다리네.

  愛而不見, 숨어서 보이지 않으니,

  搔首踟躕. 머리 긁적이며 머뭇거리네.

  靜女其變,⁵⁵ 단아한 아가씨 아름다운데,

  貽我彤管. 내게 붉은 피리를 주네.

  彤管有煒, 붉은 피리 빛이 나니,

  說(yuè)懌女美.⁵⁶ 너의 아름다움을 좋아하네.

  自牧歸荑,⁵⁷ 들판에서 띠 싹을 선물하니,

  洵美且異.⁵⁸ 정말 곱고 특이하네.

  匪女之爲美, 띠 싹 네가 고와서가 아니라,

  美人之貽. 아름다운 님이 준 것이라서 라네.

  (≪시경詩經·패풍邶風·단아한 아가씨(靜女)≫)

  예시 ② 또한 애정시이다. 제1장은 남자가 약속 장소에 나갔는데 여자가
보이지 않자 초조하고 불안한 마음 상태를 나타내었다. 제2장은 여자가 남자
에게 증표로 '붉은 피리(彤管)'를 주었는데, 남자가 선물을 받은 뒤의 흥분되
고 기쁜 심정을 나타내었다. 제3장은 여자가 또 자신이 직접 딴 들풀 한

---

54 姝(주): 예쁘다.

55 孌(련): 아름답다.

56 說(열): '열(悅)'과 같다. 기쁘다. 좋아하다.

57 歸(귀): '궤(饋)'와 통한다. 드리다.

58 洵(순): 정말. 진실로.

묶음을 선물로 준다는 내용인데, 애정이 날로 돈독해지고 있으며, 아마도 은연중에 이미 평생을 같이 하기로 결정하였는지 모른다. <단아한 아가씨(靜女)>는 모두 3장이며, 층차 또한 매우 분명하다.

둘째, 5언시(五言詩)

5언시에 대해 말하면, 상황이 역시 이러하다. 한말(漢末)의 고시십구수(古詩十九首)는 제외하고 말하지 않기로 하며, 그 나머지 당(唐), 송(宋) 이전의 5언 고체시는 일반적으로 모두 비교적 길이가 긴데, 편폭의 제한을 받아, 여기서는 전부 인용하기에 불편한 점이 있다. 아래에서는 단지 편폭이 비교적 짧은 <우림랑(羽林郎)>을 예로 들어 설명을 해보면 될 것 같다.

③

<1>

昔有霍家奴, 옛날에 곽씨(郭氏)네 집에 하인이 있었으니,

姓馮名子都. 성은 풍(馮)씨요 이름은 자도(子都)였네.

依倚將軍勢, 장군의 권세 믿고,

調笑酒家胡. 술집의 북방 아가씨를 희롱했네.

<2>

胡姬年十五, 북방 아가씨는 나이가 열 다섯 살,

春日獨當壚. 봄날 혼자 술청에 앉아 술을 팔았네.

長裾連理帶, 긴 옷자락에 연리지(連理枝)를 수놓은 허리띠를 매고,

廣袖合歡襦. 넓은 소매에 대칭되는 무늬를 수놓은 저고리를 입고 있네.

頭上藍田玉, 머리에는 남전(藍田)의 옥,

耳後大秦珠. 귀 뒤에는 대진(大秦)의 진주.

兩鬟何窈窕, 두 갈래 쪽진 머리는 얼마나 아름다운가,

一世良所無. 이 세상에 정말로 또 없을 것이라.

一鬟五百萬, 쪽진 머리 한 쪽은 5백만 냥,

兩鬟千萬餘. 두 쪽이면 천만 냥 남짓.

<3>

不意金吾子, "뜻밖에도 금오(金吾) 나리께서,

娉婷過我廬. 멋진 모습으로 우리 집에 들르셨네요.

銀鞍何煜爚, 은 안장은 얼마나 눈부신가,

翠蓋空踟躕. 푸른 깃털 수레는 공연히 머뭇거리네요.

就我求清酒, 나에게 다가와 맑은 술을 달라고 하여,

絲繩提玉壺. 명주실을 맨 옥 술병을 들고 따라 주었네.

就我求珍肴, 나에게 다가와 좋은 안주를 달라고 하여,

金盤繪鯉魚. 금 쟁반에 잉어회를 담아 주었네.

貽我青銅鏡, 나에게 청동거울을 주고,

結我紅羅裾. 나의 붉은 비단 옷자락에 매달려 하네.

<4>

不惜紅羅裂, 붉은 비단 찢어지는 것도 아깝게 여기지 않는데,

何論輕賤軀. 미천한 몸이야 어찌 말할 게 있으리오.

男兒愛後婦, 남자는 후처(後妻)를 사랑하지만,

女子重前夫. 여자는 전 남편을 중시한다오.

人生有新故, 사람의 삶에는 새로운 사람 만남과 옛 사람 만남이 있지만,

貴賤不相踰. 귀하고 천함은 넘을 수가 없습니다.

多謝金吾子, 금오 나리, 대단히 감사합니다만,

私愛徒區區. 짝사랑으로 헛되이 정을 주시는군요."

(신연년辛延年 <우림랑(羽林郎)>)

　예시 ③의 신연년(辛延年)의 <우림랑(羽林郎)>은 유명한 시인데, 시의 제목으로 사용한 것은 악부(樂府)의 옛 제목으로, 본시의 내용과는 무관하다. 이 시가 노래하는 것은 술집 아가씨가 사납고 포악한 사람에게 저항하며, 권세와 부귀를 경시하는 고상한 정신이다. 이 시 전체는 4단락으로 나뉜다.

　첫 번째 단락은 시인이 아주 잘 다듬어진 말로 독자들에게 풍자도(馮子都)라는 인물을 제시하였다. 첫 번째 단락은 단지 4구, 20자로, 풍자도라는 인물의 성명, 신분, 사회배경, 그리고 아주 나쁜 품성을 모두 매우 분명하게 드러냈다. 이것은 전체시의 시작 부분이다.

　두 번째 단락에서는 시인이 여자 주인공인 북방 아가씨(胡姬)의 연령과 신분에 대해서 소개를 하고, 과장 수법을 통해 북방 아가씨의 옷차림을 묘사하였으며, 의복과 장신구의 아름다움을 통해서 북방 아가씨의 용모와 정신의 아름다움을 표현하였다.

　세 번째 단락은 풍자도가 '술집의 북방 아가씨를 희롱하는(調笑酒家胡)' 구체적인 사실을 나타내었다. 풍자도라는 이 '곽씨네 집의 하인(霍家奴)'은 비록 은 안장에 푸른 깃털의 수레를 타고 '큰 인물(大人物)'인체 하지만, 보통의 술집 아가씨 앞에서는 매우 비굴한 모습을 그대로 그려낸다. 시인은 '다가오다(就)', '달라고 하다(求)', '주다(貽)', '매달다(結)'와 같은 주요 동사를 통하여 풍자도가 북방 아가씨를 희롱한 사실을 만천하에 드러내어, 독자들로 하여금 읽은 뒤에 이 인물이 추악하고 비루하며 가증스러움을 더욱 더 느끼도록 하고 있다. 두 번째 단락과 세 번째 두 단락은 이 시의 주요 단락이다.

　네 번째 단락은 북방 아가씨가 사납고 포악한 사람에게 저항하여 승리하는 모습을 나타내었는데, 이는 전체 시의 끝부분이다. '붉은 비단 찢어지는 것도 아깝게 여기지 않는데, 미천한 몸이야 어찌 말할 게 있으리오(不惜紅羅裂, 何論輕賤軀)'라고 한 이 두 구절은 매우 힘이 있다. 북방 아가씨가 권세를 두려워하지 않고 부귀를 도모하지 않으며, 또한 죽음으로써 자신의 정조와 애정을 지키겠다는 결심을 굳게 가져, 끝내는 풍자도로 하여금 움츠리고 물러나도록 함으로써 사납고 포악한 사람을 이기고 승리를 거두게 된다.

셋째, 7언시(七言詩)
7언시의 예로는, 이를테면,

④
<1>

八月秋高風怒號, 8월에 가을 하늘 높은데 바람이 성난 듯 울부짖더니,
卷我屋上三重茅. 우리 집 지붕 위의 세 겹 띠풀을 말아 올리네.
茅飛渡江灑江郊, 띠풀은 날아가 강을 건너 강가 주변에 뿌려지는데,
高者掛罥(juàn)長林梢,[59] 높이 날아간 것은 긴 숲의 나뭇가지 끝에 걸리고,
下者飄轉沈塘坳. 아래로 날아간 것은 나부껴 굴러다니다가 물웅덩이에 빠지네.

<2>

南村群童欺我老無力, 남촌의 여러 아이들은 내가 늙고 힘없음을 얕보고,
忍能對面爲盜賊. 모질게도 내 눈앞에서 도둑질을 하네.
公然抱茅入竹去, 공공연히 띠풀 안고 대숲으로 가버리는데,
脣焦口燥呼不得, 입술이 타고 입이 말라 소리도 못 지르고,

---

59   罥(견): 걸다. 걸리다.

歸來倚仗自嘆息. 돌아와 지팡이에 기대고 혼자 한숨만 짓는다네.

<3>

俄頃風定雲墨色, 조금 있다가 바람 멎고 구름은 새까만 빛 되더니,

秋天漠漠向昏黑. 가을 하늘 아득하니 어두워져 가네.

布衾多年冷似鐵, 베 이불은 여러 해 지나니 차갑기가 쇳덩이 같고,

嬌兒惡臥踏裏裂. 버릇없는 아이들은 잠버릇 나빠 이불 속을 걷어차 찢어졌네.

牀頭屋漏無乾處, 침상 머리에 지붕이 새어 마른 곳이라곤 없고,

雨脚如麻未斷絶. 빗발은 삼실 같아 아직 그치지 않네.

自經喪亂少睡眠, 난리를 겪은 뒤로 잠이 줄었는데,

長夜霑濕何由徹? 긴 밤을 젖은 채로 어떻게 지샐까나?

<4>

安得廣廈千萬間, 어떻게 넓은 집 천 채 만 채를 마련하여,

大庇天下寒士俱歡顏? 세상의 가난한 사람들을 널리 감싸주어 모두가 기
쁜 얼굴 하게 할까?

風雨不動安如山! 비바람에도 끄떡 않고 산처럼 평안하면서!

嗚呼, 아,

何時眼前突兀見此屋,[60] 어느 때나 눈앞에 우뚝한 이런 집들을 볼까나,

吾廬獨破受凍死亦足! 내 집 홀로 부서지고 얼어 죽어도 만족할 텐데!

(두보杜甫 <띠풀 지붕이 가을바람에 부서져 지은노래(茅屋爲秋風所破歌)>)

예시 ④는 네 개의 단락으로 나누어진다.

---

60   突兀(돌올): 높이 우뚝한 모양.

첫 번째 단락은 띠풀 지붕이 가을 바람에 부서진 것을 단도직입적으로 곧바로 말하여, 첫 머리에서 제목의 중심되는 뜻을 언급하였다.

두 번째 단락에서는 개구쟁이 아이들이 띠풀을 안고 가고, 시인이 이것을 보면서 생겨나는 심리상태를 묘사했다.

세 번째 단락은 두보가 가난한데, 지붕이 부서지고 침대가 젖어서 밤새도록 잠들기 어려움과 시인이 나라와 백성을 걱정하는 마음을 나타내었다. 두 번째 단락과 세 번째 단락은 실제로 이 시의 주요 단락이다.

네 번째 단락에서는 시인의 소망과 무한한 개탄을 나타내었다.

물론 고체시가 모두 반드시 세 개나 네 개의 단락으로 나눌 수 있는 것은 아니니, 어떤 것은 더 많은 단락으로도 나눌 수 있다. 그러나 얼마나 많은 단락으로 나누어지던 간에 결국은 모두 수(首), 복(腹), 미(尾)의 구조 안에 넣을 수 있으니, 이것은 조금도 문제가 없다.

<2> 층차(層次)

고체시는 장편이든 단편이든 간에, 단락의 내부는 모두 층차(層次)가 나눠진다. 단락 내부에 층차가 있어야 시의 맥락(詩脈)이 더욱 잘 넘어가고 바뀌면서 전개될 수 있다. 아래에서는 먼저 4언시(四言詩)를 가지고 실증해보도록 한다.

첫째, 4언시(四言詩)

①
<1>

1 氓之蚩蚩, 타지에서 온 남자 웃으면서,

抱布貿絲. 베를 안고 와 실을 사려 하네.

匪來貿絲, 실을 사러 온 것이 아니라,

來卽我謀. 와서는 나에게 수작을 걸었네.

送子涉淇, 그대를 전송하러 기수(淇水)를 건너,

至於頓丘 돈구(頓丘)까지 갔었네.

匪我愆期, 내가 혼기를 놓친 것이 아니라,

子無良媒. 그대에게 좋은 중매쟁이가 없어서였네.

將子無怒,[61] 청컨대 그대는 성내지 말고,

秋以爲期. 가을로 기약하자 하였네.

2 乘彼垝垣,[62] 저 허물어진 담장에 올라,

以望復關. 그대 있는 복관(復關)을 바라보았네.

不見復關, 복관의 그대 보이지 않아,

泣涕漣漣. 울며 눈물 줄줄 흘렸었네.

旣見復關, 이미 복관의 그대를 보게 되자,

載笑載言. 웃으며 이야기했네.

爾卜爾筮, 그대 거북점 치고 시초점(蓍草占) 쳤는데,

體無咎言. 점괘에 나쁜 말이 없었다고 했네.

以爾車來, 그대 수레 몰고 와서,

以我賄遷.[63] 내 혼수(婚需)를 옮겨간다고 했네.

---

61 將(장): 청하다.
62 垝(궤): 허물어지다.
63 賄(회): 재물. 예물.

<2>

3 桑之未落, 뽕잎이 아직 떨어지지 않았을 때에는,

其葉沃若.[64] 그 잎이 무성하였네.

于嗟鳩兮, 아아, 비둘기야,

無食桑葚. 오디를 따먹지 말라.

于嗟女兮, 아아, 여자들이여,

無與士耽.[65] 사내에게 좋아서 빠지지 말라.

士之耽兮, 사내들은 좋아서 빠져도,

猶可說也.[66] 그래도 벗어날 수 있다네.

女之耽兮, 여자들은 좋아서 빠지면,

不可說也. 벗어날 수 없다네.

4 桑之落矣, 뽕잎이 떨어지니,

其黃而隕. 누렇게 시들어 떨어지네.

自我徂爾,[67] 내가 그대에게 시집간 뒤,

三歲食貧. 3년 동안 가난 속에 굶주렸네.

淇水湯湯, 기수(淇水)는 넘실넘실 흘러가며,

漸車帷裳. 수레의 휘장을 적셨네.

女也不爽,[68] 여자인 나는 잘못하지 않았는데,

士貳其行. 남자인 그대는 행동이 처음과 달라졌네.

---

64 沃若(옥약): 무성한 모양.

65 耽(탐): 좋아하다. 빠지다.

66 說(탈): '탈(脫)'과 통한다. 벗어나다.

67 徂(조): 가다.

68 爽(상): 잘못되다.

士也罔極,[69] 남자에게 지극한 원칙이 없어,

二三其德. 이리 저리 마음이 변덕을 부리네.

5 三歲爲婦, 3년 동안 부인 노릇하면서,

靡室勞矣. 집안일을 수고롭게 여기지 않았네.

夙興夜寐, 새벽 일찍 일어나 밤늦게 자며,

靡有朝矣. 아침의 한가로움 없었다네.

言旣遂矣, 자기 뜻대로 이미 이루어지자,

至於暴矣. 그대는 포악해졌네.

兄弟不知, 형제들은 내 처지 알지도 못하고,

咥其笑矣.[70] 나를 보고 하하 웃네.

靜言思之, 고요히 생각하면서,

躬自悼矣. 나 홀로 슬퍼하네.

<3>

6 及爾偕老, 그대와 함께 백년해로하려 했으나,

老使我怨. 늙어지니 나를 원망만 하게 하네.

淇則有岸, 기수(淇水)에도 언덕이 있고,

隰則有泮.[71] 습지에도 물가가 있네.

總角之宴, 젊어서 즐거울 때는,

言笑晏晏. 말하고 웃으면서 편안하였네.

信誓旦旦,[72] 맹세하기를 간절히 했는데,

---

69 罔(망): 없다.

70 咥(희): 웃는 모양.

71 隰(습): 낮고 질퍽한 곳. 습지.

不思其反. 이렇게 뒤집어질 줄은 생각도 못했네.

反是不思, 뒤집어질 줄 생각도 못했으니,

亦已焉哉. 이제 끝이 났네.

(≪시경詩經·위풍衞風·외지에서 온 남자(氓)≫)

예시 ①의 <위풍衞風·외지에서 온 남자(氓)>는 모두 6장이다.

첫 번째 장과 두 번째 장에서는 '외지에서 온 남자(氓)'와 버림받은 부인이 애초에 연애하고 결혼하는 과정을 말하였는데, 이는 전체 시의 시작이다.

세 번째 장, 네 번째 장, 다섯 번째 장에서는 버림받은 부인이 이 혼인에 대한 후회를 드러내고, 자신의 미덕과 '외지에서 온 남자'의 변심에 대한 분노를 분명히 나타냈다. 이 세 단락은 이 시의 주요 단락이다.

여섯 번째 장은 버림받은 부인이 비록 지난날의 정에 대해 그리워함이 있기는 하지만 이미 결심을 내려 '외지에서 온 남자'와 확실히 헤어지고자 함을 나타내었다. 이 장은 전체 시의 끝부분이다.

<외지에서 온 남자(氓)> 이 시는 ≪시경(詩經)≫에서 그다지 길다고는 할 수 없고, 단지 여섯 장이며, 각 장의 층차 또한 그다지 복잡하지 않다. 구체적으로 분석해보면 아래와 같다.

제1단락 (1, 2장)

　　1장 층차: 1) '타지에서 온 남자 웃으면서(氓之蚩蚩) ~ 와서는 나에게 수작을 걸었네(來卽我謀)': '외지에서 온 남자(氓)'가 청혼(請婚)을 함.

　　　　　　2) '그대를 전송하러 기수(淇水)를 건너(送子涉淇) ~ 가을로 기

약하자 하였네(秋以爲期)': 혼인날을 정함.

2장 층차: 1) '저 허물어진 담장에 올라(乘彼垝垣) ~ 웃으며 이야기했네 (載笑載言)': 버림받은 부인의 혼인 전의 심정.

　　　　 2) '그대 거북점 치고 시초점(蓍草占) 쳤는데(爾卜爾筮) ~ 내 혼수(婚需)를 옮겨간다고 했네(以我賄遷)': 결혼의 과정.

제2단락 (3, 4, 5장)

3장 층차: 1) '뽕잎이 아직 떨어지지 않았을 때에는(桑之未落) ~ 사내에게 좋아서 빠지지 말라(無與士耽)': 버림받은 부인의 결혼에 대한 후회.

　　　　 2) '사내들은 좋아서 빠져도(士之耽兮) ~ 벗어날 수 없다네(不可說也)': 후회의 이유.

4장 층차: 1) '뽕잎이 떨어지니(桑之落矣) ~ 3년 동안 가난 속에 굶주렸네 (三歲食貧)': 혼인 뒤의 곤궁한 생활.

　　　　 2) '기수(淇水)는 넘실넘실 흘러가며(淇水湯湯) ~ 이리 저리 마음이 변덕을 부리네(二三其德)': 버림받은 부인이 자신의 버림받음과 '외지에서 온 남자'의 변심에 대해 갖는 분노.

5장 층차: 1) '3년 동안 부인 노릇하면서(三歲爲婦) ~ 그대는 포악해졌네 (至於暴矣)': 버림받은 부인이 3년 동안 자신이 부지런히 일을 해 온 공로와 미덕을 표명함.

　　　　 2) '형제들은 내 처지 알지도 못하고(兄弟不知) ~ 나 홀로 슬퍼하네(躬自悼矣)': 버림받은 부인의 가족이 그녀를 이해하지 못함과 자신의 내면의 고통.

제3단락 (6장)

  6장 층차: 1) '그대와 함께 백년해로하려 했으나(及爾偕老) ~ 말하고 웃으
               면서 편안하였네(言笑晏晏)': 버림받은 뒤의 내적 고통.

           2) '맹세하기를 간절히 했는데(信誓旦旦) ~ 이제 끝이 났네(亦
               已焉哉)': 버림받은 부인이 '외지에서 온 남자'와 완전히
               헤어질 것을 결심함.

이상은 4언시의 예이다.

둘째, 5언시(五言詩)

5언시의 예를 들면,

    ②

    <1>

    西京亂無象,[73] 서경(西京) 장안(長安)은 어지러워 질서가 없고,

    豺虎方遘患.[74] 승냥이와 호랑이 같은 자들이 바야흐로 병란을 일으키네.

    復棄中國去, 다시 중원 지역을 버리고 떠나,

    委身適荊蠻. 몸을 맡기러 남쪽의 형주(荊州)로 가네.

    親戚對我悲, 친척들은 나를 마주하고 슬퍼하며,

    朋友相追攀. 친구들은 따라오며 나를 붙잡네.

---

73 西京(서경): 장안(長安).

74 豺虎(시호): 승냥이와 호랑이. 이각(李傕), 곽사(郭汜) 등을 비유하여 가리킨다. 遘患(구환):
    재난을 조성하다. '구(遘)'는 '구(構)'와 통한다. 일으키다. 만들어내다.

<2>

出門無所見, 문을 나서면 보이는 것 없고,

白骨蔽平原. 백골이 넓고 평평한 들판을 덮고 있네.

路有飢婦人, 길에 굶주린 부인 있는데,

抱子棄草間. 안고 있던 자식을 풀밭에 버리네.

顧聞號泣聲, 돌아보며 우는 소리 듣지만,

揮涕獨不還. 눈물을 뿌리기만 할 뿐 돌아가지 못하네.

未知身死處, "이 내 몸 어디서 죽을 지도 모르는데,

何能兩相完? 어찌 우리 둘이 다 온전할 수 있겠어요?"

驅馬棄之去, 내 말을 몰고 이곳을 버리고 떠나니,

不忍聽此言. 차마 이 말을 더 이상 듣지 못하겠네.

<3>

南登霸陵岸,[75] 남쪽으로 가 한(漢) 문제(文帝)의 패릉(霸陵) 언덕에 올라,

回首望長安. 고개 돌려 장안(長安)을 바라보네.

悟彼下泉人,[76] <아래로 흐르는 샘물(下泉)> 시 작자의 심정을 깨닫게 되니,

喟然傷心肝. 한숨만 쉬며 가슴 아프네.

(왕찬王粲 <일곱 가지 슬픔의 시(七哀詩)>)

　　예시 ②의 왕찬(王粲)의 <일곱 가지 슬픔의 시(七哀詩)>는 모두 세 수인데, 여기서 뽑은 것은 그 중의 첫 번째 시이다. 이 시는 동한(東漢) 말년에 동탁(董卓)의 부하 장수인 이각(李傕)과 곽범(郭氾)이 병란을 일으켜서 장안(長安)을

75　霸陵(패릉): 한(漢) 문제(文帝) 유항(柳恒)의 능묘로, 장안(長安)의 동쪽에 있다.

76　下泉人(하천인): ≪시경(詩經)·조풍(曹風)·아래로 흐르는 샘물(下泉)≫의 작자.

함락시킨 후에 백성들의 생활에 거대한 재난을 가져다 준 것을 아주 잘 폭로하였다. 전체 시는 크게 세 단락으로 나눌 수 있다. 첫 번째 단락은 '서경(西京)'의 함락과 시인의 피난에 대해 말했다. 두 번째 단락은 시인이 피난길에서 보고 들은 것을 말했고, 세 번째 단락은 시인의 슬프고 우울한 감정을 드러냈다. 이 시는 비록 감정을 드러낸 구절도 일부 있지만, 전체 시의 구조에서 보면 서사적 줄거리가 그래도 비교적 분명하다. 시 단락 내부의 층차를 분석해보면 아래와 같다.

제1단락
　층차 1. '서경(西京) 장안(長安)은 어지러워 질서가 없고(西京亂無象) ~ 승냥이와 호랑이 같은 자들이 바야흐로 병란을 일으키네(豺虎方遘患)': 이각과 곽범이 병란을 일으키고 서경이 함락됨.
　　　 2. '다시 중원 지역을 버리고 떠나(復棄中國去) ~ 친구들은 따라오며 나를 붙잡네(朋友相追攀)': 시인이 서경에서 도망가 떠나고, 친척과 친구들이 전송해 줌.

제2단락
　층차 1. '문을 나서면 보이는 것 없고(出門無所見) ~ 어찌 우리 둘이 다 온전할 수 있겠어요?(何能兩相完)': 병란으로 인해 야기된 인간 세상의 참상.
　　　 2. '내 말을 몰고 이곳을 버리고 떠나니(驅馬棄之去) ~ 차마 이 말을 더 이상 듣지 못하겠네(不忍聽此言)': 시인이 참상을 목도한 뒤에 흘러나오는 슬픈 감정. 이 층차는 구조에 있어서 앞을 계승하고 뒤를 열어주는 과정으로서의 작용을 한다.

제3단락

> 층차 1. '남쪽으로 가 한(漢) 문제(文帝)의 패릉(霸陵) 언덕에 올라(南登霸陵
> 岸) ~ 고개 돌려 장안을 바라보네(回首望長安)': 시인이 서경(西京)
> 을 한없이 그리워하는 정.
>
> 　　 2. '<아래로 흐르는 샘물(下泉)> 시 작자의 심정을 깨닫게 되니(悟彼
> 下泉人) ~ 한숨만 쉬며 가슴 아프네(喟然傷心肝)': 시인이 <아래로
> 흐르는 샘물(下泉)> 시의 제목의 뜻을 빌려서 나타내는 현실
> 생활에 대한 무한한 상심.

셋째, 7언시(七言詩)

7언시의 예로는, 이를테면,

③

<1>

漢皇重色思傾國,[77] 한(漢)나라의 황제는 미색을 좋아하여 절세미인을 생각
　　　　　　　　 했으나,

御宇多年求不得. 천하를 다스린 지 여러 해 지나도록 구하지 못했네.

楊家有女初長成, 양씨 집안에 딸이 있어 이제 막 장성했는데,

養在深閨人未識. 깊숙한 안방에 자라 사람들은 알지 못했네.

天生麗質難自棄, 하늘이 내린 아름다운 자질은 저절로 버려지기 어려워,

一朝選在君王側. 하루아침에 뽑히어 임금님 곁에 있게 되었네.

回眸一笑百媚生, 눈동자 굴리며 한번 웃으면 온갖 요염함 생겨나니,

六宮粉黛無顔色. 육궁(六宮)의 화장한 미녀들 모두 예쁜 얼굴빛을 잃었다네.

77 　漢皇(한황): 여기서는 당(唐)나라 현종(玄宗)을 가리킨다.

春寒賜浴華淸池, 봄날 추우면 화청지(華淸池)에서 목욕하도록 허락이 내리니,

溫泉水滑洗凝脂. 온천물은 미끄러우며 엉긴 기름 같은 피부를 씻네.

侍兒扶起嬌無力, 시녀들이 부축하여 일어나면 아리땁고 힘이 없었는데,

始是新承恩澤時. 이때부터 새로이 임금님의 총애를 받게 되었네.

雲鬢花顔金步搖,[78] 구름 같은 머리에 꽃 같은 얼굴, 흔들리는 금장식 비녀를 꽂고,

芙蓉帳暖度春宵. 연꽃 수놓은 휘장 따뜻한 속에서 봄날 밤을 보냈다네.

春宵苦短日高起, 봄날 밤 너무 짧아 해가 높이 솟으니,

從此君王不早朝. 이때부터 임금님은 조회에 가지 않으셨네.

承歡侍宴無閑暇, 임금님 받들어 모셔 기쁘게 해 드리고 연회에 모시느라 한가할 틈이 없었으니,

春從春遊夜專夜. 봄에는 봄 놀이 따르고 밤에는 밤마다 모셨네.

後宮佳麗三千人, 후궁에 미녀가 3천 명이나 있지만,

三千寵愛在一身. 삼천 명의 총애가 한 몸에 모여 있었네.

金屋粧成嬌侍夜, 황금 궁궐에서 화장을 하고 교태롭게 밤새 모시며,

玉樓宴罷醉和春. 백옥 누각에서 연회 마치자 취하여 봄날 정취 가득했네.

姊妹弟兄皆列土,[79] 형제 자매가 모두 땅을 나누어 받으니,

可憐光彩生門戶. 부럽도다, 광채가 가문에 피어올랐네.

遂令天下父母心, 마침내 천하의 부모들 마음으로 하여금,

不重生男重生女. 아들 낳는 것을 중시하지 않고 딸 낳은 것을 중시하게 만들었네.

---

78 步搖(보요): 장신구의 하나. 위에 구슬이 늘어뜨려져 있어, 걸으면 흔들린다.

79 列土(열토): 땅을 분할하다. 본래는 황제가 땅을 나누어서 왕후(王侯)를 봉(封)하는 것을 가리키나, 여기서는 관직에 봉하고 승진하는 것을 가리킨다.

<2>

驪宮高處入青雲, 여산(驪山) 화청궁(華淸宮)의 높은 곳은 푸른 구름 속으로 들어가고,

仙樂風飄處處聞. 신선의 음악이 바람에 날려 곳곳에서 들려오네.

緩歌慢舞凝絲竹, 느린 노래, 느린 춤이 관현악 반주에 어우러지니,

盡日君王看不足. 하루 종일 임금님이 보아도 만족하지 않으셨네.

漁陽鼙鼓動地來, 어양(漁陽)의 북소리가 땅을 움직이며 몰려오니,

驚破霓裳羽衣曲. 놀라서 예상우의곡(霓裳羽衣曲) 연주를 중지시켰네.

九重城闕煙塵生, 구중궁궐에서 연기와 흙먼지 일어나고,

千乘萬騎西南行. 천 대의 수레와 만 명의 기병이 서남쪽으로 피난 갔네.

翠華搖搖行復止,[80] 임금님의 물총새의 깃 깃발 흔들거리며 가다가 다시 서며,

西出都門百餘里. 서쪽으로 장안(長安)의 성문을 나와 백여 리를 갔네.

六軍不發無奈何, 임금님의 군대가 움직이지 않으니 어찌할 수 없어,

宛轉蛾眉馬前死. 뒤척이던 아름다운 양귀비(楊貴妃)가 말 앞에서 죽었네.

花鈿委地無人收, 꽃비녀 땅에 떨어져도 줍는 사람 없고,

翠翹金雀玉搔頭.[81] 물총새 깃털 장신구와 금작 비녀와 옥비녀도.

君王掩面救不得, 임금님은 얼굴 가리고 구해주지 못했으며,

回看血淚相和流. 돌아보니 피눈물이 서로 섞여 흘러내렸네.

黃埃散漫風蕭索, 누런 흙먼지 흩날리고 바람은 스산한데,

雲棧縈紆登劍閣. 구름에 닿을 듯한 낭떠러지 사잇길 구불구불 지나 검문관(劍門關)에 올랐네.

---

80 翠華(취화): 황제 의장대의 깃발로, 위에 물총새의 깃이 장식되어 있다.

81 玉搔頭(옥소두): 옥비녀.

峨嵋山下少人行, 아미산(峨眉山) 아래에 지나가는 사람 드물고,

旌旗無光日色薄. 깃발들은 빛을 잃고 햇빛도 엷어졌네.

蜀江水碧蜀山青, 촉(蜀) 땅의 강물 푸르고 촉 땅의 산 푸른데,

聖主朝朝暮暮情. 임금님은 아침마다 저녁마다 양귀비를 그리워하는 마음
이었네.

行宮見月傷心色, 행궁(行宮)에서 보이는 달은 마음을 아프게 하는 빛깔이고,

夜雨聞鈴腸斷聲. 밤비에 들리는 방울 소리는 애간장이 끊어질 듯한 소리이네.

<3>

天旋地轉廻龍馭, 천하의 정세가 바뀌어 임금님의 수레가 돌아오게 되었는데,

到此躊躇不能去. 이곳에 이르러서는 머뭇머뭇 떠날 수 없었네.

馬嵬坡下泥土中, 마외역(馬嵬驛) 언덕 아래 진흙 속에,

不見玉顔空死處. 옥 같은 얼굴 보이지 않고 죽은 곳만 쓸쓸하네.

君臣相顧盡沾衣, 임금과 신하 서로 돌아보며 모두 눈물이 옷을 적시고,

東望都門信馬歸. 동쪽으로 도성의 문을 바라보며 말 가는 대로 돌아갔네.

歸來池苑皆依舊, 돌아오니 연못과 동산은 모두 옛날과 같으니,

太液芙蓉未央柳. 태액지(太液池)의 연꽃과 미앙궁(未央宮)의 버들도 그대
로네.

芙蓉如面柳如眉, 연꽃은 양귀비 얼굴 같고 버들은 양귀비 눈썹 같으니,

對此如何不淚垂? 이런 것을 보고 어찌 눈물을 흘리지 않으리오?

春風桃李花開日, 봄바람에 복숭아꽃 오얏꽃 피는 날이요,

秋雨梧桐葉落時. 가을비에 오동나무 잎 떨어지는 때이네.

西宮南內多秋草, 서쪽 태극궁(太極宮)과 남쪽 흥경궁(興慶宮)에 가을 풀
우거지고,

落葉滿階紅不掃. 낙엽이 섬돌에 가득해도 단풍을 쓸지 않네.

梨園子弟白髮新, 이원(梨園)의 자제들 하얀 머리 새롭고,

椒房阿監靑娥老. 초방(椒房)의 태감도 푸른 눈썹 늙어버렸네.

夕殿螢飛思悄然, 저녁 궁전에 반딧불 나니 양귀비 생각에 우울하고,

孤燈挑盡未成眠. 외로운 등불의 심지 다 돋우어도 잠 못 이루네.

遲遲鐘鼓初長夜, 느리고 느린 종소리와 북소리, 처음으로 밤이 길게 느껴
　　　　　　　지고,

耿耿星河欲曙天. 반짝이는 은하수, 하늘은 날이 밝으려 하네.

鴛鴦瓦冷霜華重, 원앙새 기와 차갑고 서리가 겹겹이 쌓이는데,

翡翠衾寒誰與共? 비취색 이불 차가운데 누구와 함께 덮을까?

悠悠生死別經年, 아득히 멀어진 삶과 죽음의 이별은 해를 넘겼는데,

魂魄不曾來入夢. 그 혼백은 일찍이 꿈속에 나타나지 않았네.

<4>

臨邛道士鴻都客, 임공(臨邛)의 도사로 장안에 머무는 나그네,

能以精誠致魂魄. 법술로 혼백을 불러올 수 있다고 하네.

爲感君王展轉思, 임금님이 양귀비 생각에 잠 못 들고 뒤척이는 것에 감동
　　　　　　　하여,

遂敎方士慇懃覓. 마침내 방사(方士)를 시켜서 은근히 찾아보게 하였네.

排空馭氣奔如電, 하늘 높이 올라 바람을 타고 가니 빠르기가 번개 같은데,

升天入地求之遍. 하늘에 오르고 땅으로 들어가 두루 찾아보았네.

上窮碧落下黃泉, 위로 하늘, 아래로 땅 밑까지 다 찾았으나,

兩處茫茫皆不見. 두 곳 모두 너무 넓어 보이지 않았네.

忽聞海上有仙山, 문득 들리는 말에, 바다 위에 신선이 사는 산이 있는데,

山在虛無縹緲間. 산은 텅 비어 있는 듯 없는 듯 어렴풋한 사이에 있다고
　　　　　　　하네.

樓閣玲瓏五雲起, 누각은 정교하고 오색 구름 일어나는데,

其中綽約多仙子.[82] 그 안에 아름다운 선녀들이 많네.

中有一人字太眞, 그 중에 한 사람 있어 이름이 태진(太眞)인데,

雪膚花貌參差是.[83] 눈 같은 피부와 꽃 같은 얼굴이 양귀비 비슷하네.

金闕西廂叩玉扃,[84] 황금 대궐 서쪽 방의 옥 문을 두드려,

轉敎小玉報雙成. 시녀 소옥(小玉)을 시켜서 쌍성(雙成)에게 알리도록 하였네.

聞道漢家天子使, 한(漢)나라 황제의 사신이 왔다는 말 전해 듣고,

九華帳裏夢魂驚. 아홉 겹 장식 무늬 휘장 속에서 잠자던 혼이 놀라 깨었네.

攬衣推枕起徘徊, 옷을 들고 베개 밀치고 일어나 서성이다가,

珠箔銀屛迤邐開. 진주 발과 은 병풍이 잇달아 열렸네.

雲鬢半偏新睡覺, 구름 같은 귀밑머리 반쯤 기울고 막 잠에서 깨어,

花冠不整下堂來. 화관(花冠)도 가지런히 하지 못한 채 대청으로 내려왔네.

風吹仙袂飄飄擧, 바람이 불어 선녀의 소맷자락이 날리니,

猶似霓裳羽衣舞. 예상우의곡에 맞추어 춤을 추는 듯 했네.

玉容寂寞淚闌干, 옥 같은 얼굴 쓸쓸하고 눈물이 줄줄 흘러내리니.

梨花一枝春帶雨. 배꽃 한 가지가 봄비에 젖은 듯했네.

含情凝睇謝君王, 정을 머금은 채 사신을 응시하며 임금님께 감사하며 말했네.

一別音容兩渺茫. "한번 이별한 뒤 임금님의 목소리와 얼굴 둘 다 아득해졌습니다.

昭陽殿裏恩愛絶, 소양전(昭陽殿)에서 받던 은총 끊어지고,

蓬萊宮中日月長. 봉래궁(蓬萊宮)에서의 세월은 길고 깁니다.

回頭下望人寰處, 고개 돌려 인간 세상을 내려다보니,

---

82 綽約(작약): 단아하고 아름다운 모양.

83 參差(참치): 비슷하다.

84 玉扃(옥경): 옥으로 만든 문. 옥 문.

不見長安見塵霧. 장안(長安)은 보이지 않고 티끌과 안개만 보입니다.

唯將舊物表深情, 오직 옛 물건으로 저의 깊은 정 나타내고자,

鈿合金釵寄將去.[85] 자개 향합과 금비녀를 부쳐 보내드립니다.

釵留一股合一扇, 비녀 한 개를 남겨놓고 향합 한 쪽을 남겨두고,

釵擘黃金合分鈿. 비녀는 황금을 둘로 가르고 향합은 자개를 둘로 나누었습니다.

但教心似金鈿堅, 단지 우리의 마음을 황금과 자개처럼 굳게 할 수 있다면,

天上人間會相見. 하늘 위에서든 인간세상에서든 서로 만나게 되겠지요."

臨別殷勤重寄詞, 헤어질 때 간곡하게 거듭 부탁의 말을 하니,

詞中有誓兩心知. 말 가운데에 맹세가 있는데 두 사람 마음만이 아는 것이었네.

七月七日長生殿, "7월 7일 장생전(長生殿)에서,

夜半無人私語時. 깊은 밤 아무도 없고 우리끼리 속삭일 때 하던 말입니다.

在天願作比翼鳥, '하늘에서는 비익조(比翼鳥)가 되기를 원하고,

在地願爲連理枝. 땅에서는 연리지(連理枝)가 되기를 원합니다.'

天長地久有時盡, 하늘은 기나길고 땅은 오래가나 다할 때가 있겠지만,

此恨綿綿無絶期! 이 한은 끊임없이 이어져 끝날 때가 없겠네요."

(백거이白居易 <기나긴 한의 노래(長恨歌)>)

예시 ③의 백거이(白居易)의 이 저명한 장편시는 모두 120구, 840자로 이루어져 있다. 이 장편시의 단락 구분에 대해서는 의견이 분분하다. 우리가 생각건대 그래도 크게 4단락으로 나누는 것이 좋을 것으로 보인다.

제1단락: '한(漢)나라의 황제는 미색을 좋아하여 절세미인을 생각했으나(漢

---

85   鈿合(전합): 전합(鈿盒). 자개함. 자개를 박은 향합(香盒).

皇重色思傾國) ~ 아들 낳는 것을 중시하지 않고 딸 낳은 것을 중시하게 만들었네(不重生男重生女)'는 양귀비가 뽑혀서 궁중에 들어온 것과 당 현종이 그녀를 총애한 내용이다.

제2단락: '여산(驪山) 화청궁(華淸宮)의 높은 곳은 푸른 구름 속으로 들어가고(驪宮高處入靑雲) ~ 밤비에 들리는 방울 소리는 애간장이 끊어질 듯한 소리이네(夜雨聞鈴腸斷聲)'는 안사(安史)의 난(亂)이 발생해서 당 현종이 사천(四川)으로 달아나고 양귀비가 죽임을 당하는 내용이다.

제3단락: '천하의 정세가 바뀌어 임금님의 수레가 돌아오게 되었는데(天旋地轉廻龍馭) ~ 그 혼백은 일찍이 꿈속에 나타나지 않았네(魂魄不曾來入夢)'는 안사의 난이 끝나고 당 현종이 장안(長安)으로 돌아왔으며 양귀비를 그리워하는 내용이다.

제4단락: '임공(臨邛)의 도사로 장안에 머무는 나그네(臨邛道士鴻都客) ~ 이 한은 끊임없이 이어져 끝날 때가 없겠네요(此恨綿綿無絶期)'는 도사가 당 현종을 도와 양귀비를 찾았고, 양귀비가 도사를 선산(仙山)에서 만났는데, 양귀비와 당 현종의 애정을 다시 한 번 더 강조하고, '이 한은 끊임없이 이어져 끝날 때가 없겠네요(此恨綿綿無絶期)'라는 구절로 제목의 뜻을 드러내면서 끝을 맺었다. 이 시의 층차는 아래와 같이 나뉜다.

제1단락

층차 1. '한(漢)나라의 황제는 미색을 좋아하여 절세미인을 생각했으나(漢皇重色思傾國) ~ 천하를 다스린 지 여러 해 지나도록 구하지 못했네(御宇多年求不得)': 당 현종이 여색을 중시하여 미인을 구함.

 2. '양씨 집안에 딸이 있어 이제 막 장성했는데(楊家有女初長成) ~ 백옥 누각에서 연회 마치자 취하여 봄날 정취 가득했네(玉樓宴罷醉和春)': 양귀비가 뽑혀서 궁중에 들어와 총애를 받음.

3. '형제 자매가 모두 땅을 나누어 받으니(姊妹弟兄皆列土) ~ 아들 낳는 것을 중시하지 않고 딸 낳은 것을 중시하게 만들었네(不重 生男重生女)': 양귀비가 총애를 받은 뒤로 양씨 가족들도 따라서 현달하고 부귀해짐.

제2단락

층차 1. '여산(驪山) 화청궁(華淸宮)의 높은 곳은 푸른 구름 속으로 들어가 고(驪宮高處入靑雲) ~ 놀라서 예상우의곡(霓裳羽衣曲) 연주를 중지 시켰네(驚破霓裳羽衣曲)': 당 현종이 날마다 주색가무에 빠져서 끝 내 안사(安史)의 난이 일어나도록 만듦.

2. '구중궁궐에서 연기와 흙먼지 일어나고(九重城闕煙塵生) ~ 돌아보 니 피눈물이 서로 섞여 흘러내렸네(回看血淚相和流)': 당 현종이 안사의 난을 피해 사천(四川)으로 달아났고, 장군과 병사들의 양귀비 사형 처벌 요구를 받아들임.

3. '누런 흙먼지 흩날리고 바람은 스산한데(黃埃散漫風蕭索) ~ 밤비 에 들리는 방울 소리는 애간장이 끊어질 듯한 소리이네(夜雨聞鈴 腸斷聲)': 당 현종이 사천을 전전하며 양귀비를 그리워함.

제3단락

층차 1. '천하의 정세가 바뀌어 임금님의 수레가 돌아오게 되었는데(天旋 地轉廻龍馭) ~ 동쪽으로 도성의 문을 바라보며 말 가는 대로 돌아 갔네(東望都門信馬歸)': 안사의 난이 평정되고 당 현종이 장안으로 돌아가는 도중에 마외역(馬嵬驛) 언덕을 지나면서 경물을 보며 슬퍼함.

2. '돌아오니 연못과 동산은 모두 옛날과 같으니(歸來池苑皆依舊) ~

그 혼백은 일찍이 꿈속에 나타나지 않았네(魂魄不曾來入夢)’: 당 현종이 장안의 궁전에 돌아온 뒤 여러 가지 감정을 가지면서 양귀비에 대해 끝없이 그리워함.

제4단락

층차 1. ‘임공(臨邛)의 도사로 장안에 머무는 나그네(臨邛道士鴻都客) ~ 두 곳 모두 너무 넓어 보이지 않았네(兩處茫茫皆不見)’: 방사(方士)가 사방팔방으로 양귀비를 찾았으나 결국 찾지 못함.

2. ‘문득 들리는 말에, 바다 위에 신선이 사는 산이 있는데(忽聞海上有仙山) ~ 하늘 위에서든 인간세상에서든 서로 만나게 되겠지요(天上人間會相見)’: 방사와 양귀비가 선산(仙山)에서 서로 만남.

3. ‘헤어질 때 간곡하게 거듭 부탁의 말을 하니(臨別殷勤重寄詞) ~ 이 한은 끊임없이 이어져 끝날 때가 없겠네요(此恨綿綿無絶期)’: 양귀비가 방사와 헤어지면서 다시 한 번 당 현종에 대한 진실되고 굳은 애정을 이야기함.

이상의 논술에서 알 수 있듯이, <기나긴 한의 노래(長恨歌)>는 오랜 세월을 통해 뛰어난 작품으로 평가받는 당시(唐詩) 명편인데, 내용상 매우 훌륭한 예술적인 성취를 갖췄을 뿐만이 아니라 형식상으로도 상당히 엄밀하다.

고대시가의 단락과 층차에 대해서 논할 때, 층차의 구분과 운자(韻字)의 바뀜과의 관련 문제에 주목을 하게 된다. 이것은 매우 재미있는 문제이다. 비교적 긴 고체시에서 무릇 운자가 바뀌는 곳은 왕왕 층차가 나뉘는 곳이기도 하다. 환운(換韻)은 하나의 운(韻)을 끝까지 쓰는 경우의 정체감을 타파시킬 뿐만 아니라, 시의 층차 또한 더욱 더 분명하게 한다. 이 방면에 있어서 두보

(杜甫)의 <그림의 노래(丹靑引)>는 가장 전형적인 작품이라고 말할 수 있다. <그림의 노래(丹靑引)>는 모두 40구이며, 8구마다 한 번 운자가 바뀌는데, 매우 규칙적이다. 이를테면,

④

<1>

將軍魏武之子孫, 장군은 위(魏)나라 무제(武帝)의 자손인데,

於今爲庶爲淸門. 지금은 서민이 되어 청빈한 집이 되었네.

英雄割據雖已矣, 영웅들이 땅을 차지하여 세력을 펴던 시대는 비록 끝났지만,

文彩風流今尙存. 조씨(曹氏) 집안의 뛰어난 재능과 소탈한 품격은 지금도
　　　　　　　아직 남아있네.

學書初學衛夫人, 글씨를 배우면서 처음에 위부인(衛夫人)에게서 배웠는데,

但恨無過王右軍. 단지 왕희지(王羲之) 우장군(右將軍)을 뛰어넘지 못하는
　　　　　　　것을 한탄하였네.

丹靑不知老將至, 그림에 전념하며 자신이 장차 늙을 것도 모르고,

富貴於我如浮雲. 부귀는 나에게 있어 뜬구름 같다고 여겼네.

<2>

開元之中常引見, 개원(開元) 연간에 항상 황제의 부름을 받아 뵙고,

承恩數上南薰殿. 은혜를 입어 여러 번 남훈전(南薰殿)에 올랐네.

凌煙功臣少顔色,[86] 능연각(凌煙閣)의 공신들의 화상(畵像)이 오래되어 얼
　　　　　　　굴빛이 퇴색하였는데,

將軍下筆開生面. 장군이 한번 붓을 대니 생기 넘치는 얼굴을 만들었네.

86　凌煙(능연): 능연각(凌煙閣).

良相頭上進賢冠, 훌륭한 재상의 머리에는 진현관(進賢冠)을 썼으며,

猛將腰間大羽箭. 용맹한 장군들의 허리에는 대우전(大羽箭)을 차고 있었네.

褒公鄂公毛髮動, 포공(褒公) 단지현(段志玄)과 악공(鄂公) 울지공(尉遲恭)
은 머리털이 움직이니,

英姿颯爽猶酣戰. 뛰어난 자태 늠름하며 한창 격렬하게 싸우다 돌아온 듯하네.

<3>

先帝天馬玉花驄, 선대의 황제 현종(玄宗)이 타시던 천마 옥화총(玉花驄)은,

畫工如山貌不同. 화공들이 산 같이 많아도 그린 모습이 같지 않았네.

是日牽來赤墀下,[87] 이 날 궁전의 붉은 섬돌 아래에 끌고 오니,

迥立閶闔生長風.[88] 궁실의 문 앞에 우뚝 서서 강한 바람 일어나네.

詔謂將軍拂絹素, 황제께서 장군에게 명령을 내려 흰 비단을 펼쳐 그려보라
고 하니,

意匠慘淡經營中. 마음속으로 고심하며 구상하였네.

斯須九重眞龍出, 잠깐 사이에 문이 겹겹이 달린 깊은 대궐에 진짜 용이
나타나,

一洗萬古凡馬空. 한 번에 오랜 세월 범상한 말들을 깨끗이 쓸어버렸네.

<4>

玉花卻在御榻上, 옥화총 그림이 황제의 평상 위에 있게 되니,

榻上庭前屹相向. 평상 위의 말과 뜰 앞의 진짜 말이 우뚝하니 서로 마주하
였네.

---

87 赤墀(적지): 붉은 섬돌. 궁전의 섬돌.
88 閶闔(창합): 황제의 궁실의 문.

至尊含笑催賜金, 황제께서 웃음 머금고 금을 하사하라 재촉하니,

圉人太僕皆惆悵.[89] 말을 기르던 마부와 관리들은 모두 슬퍼하였네.

弟子韓幹早入室, 제자 한간(韓幹)도 일찍이 높은 경지에 들어,

亦能畫馬窮殊相. 역시 말을 그림에 갖가지 다른 모습들을 다 그려낼 수 있었네.

幹惟畫肉不畫骨, 한간은 단지 말의 겉모습만 그릴 뿐 내부 골간은 그려내지 못하여,

忍使驊騮氣凋喪. 모질게도 화류(驊騮) 같은 준마로 하여금 기운을 잃어버리게 하였네.

<5>

將軍畫善蓋有神, 장군은 그림이 훌륭하니 아마도 신의 도움이 있는 듯하며,

偶逢佳士亦寫眞. 우연히 훌륭한 선비 만나면 역시 참모습 그렸네.

卽今漂泊干戈際, 지금은 전쟁 중에 떠돌면서,

屢貌尋常行路人. 평범한 길가는 사람들이나 자주 그린다네.

塗窮反遭俗眼白, 어려운 곤경에 처하자 도리어 속인들에게 멸시를 당하니,

世上未有如公貧. 세상엔 그대처럼 가난한 사람 아직 없다네.

但看古來盛名下, 다만 보건대 옛날부터 훌륭한 명성 이룬 사람은,

終日坎壈纏其身.[90] 오랫동안 불우함이 그 몸을 휘감는다네.

(두보杜甫 <그림의 노래(丹靑引)>)

예시 ④의 <그림의 노래(丹靑引)>는 모두 5단락인데, 매 단락마다 8구에

---

89   圉人(어인): 말을 기르는 마부. 太僕(태복): 말을 관장하는 관리.
90   坎壈(감람): 불우하다. 몹시 고달프다.

한 번 운(韻)을 바꾸는데, 구체적으로 분석하면 아래와 같다.

제1단락: 조패(曹覇)의 집안 내력과 그가 서화(書畫) 예술을 매우 좋아한다
　　　　는 것을 말함.
　　층차 1. '장군은 위(魏)나라 무제(武帝)의 자손인데(將軍魏武之子孫) ~ 조씨
　　　　　(曹氏) 집안의 뛰어난 재능과 소탈한 품격은 지금도 아직 남아있
　　　　　네(文采風流今尚存)': 조패 가문의 내력.
　　　　　'손(孫)', '문(文)', '존(存)'이 운자(韻字)이며, 상평성(上平聲) 13번
　　　　　째 원운(元韻)으로 압운하다.
　　　　2. '글씨를 배우면서 처음에 위부인(衛夫人)에게서 배웠는데(學書初
　　　　　學衛夫人) ~ 부귀는 나에게 있어 뜬구름 같다고 여겼네(富貴於我如
　　　　　浮雲)': 조패가 서화 예술을 매우 좋아하여 모든 것을 잊어버림.
　　　　　'인(人)', '군(軍)', '운(雲)'이 운자이며, '인(人)'은 상평성 11번째
　　　　　진운(眞韻)에 속하고, '군(軍)'과 '운(雲)'은 상평성 12번째 문운
　　　　　(文韻)에 속하는데, 진운(眞韻)과 문운(文韻)은 압운이 통용된다.

제2단락: 조패가 조서를 받들어 공신들을 그림.
　　　　'견(見)', '전(殿)', '면(面)', '관(冠)', '전(箭)', '전(戰)'이 운자이며,
　　　　그 중의 '관(冠)'자가 상평성 14번째 한운(寒韻)인 것을 제외하고,
　　　　나머지는 모두 거성(去聲) 17번째 산운(霰韻)으로 압운했는데, 한
　　　　운(寒韻)과 산운(霰韻)은 압운이 통용된다.

제3단락: 조패가 조서를 받들어 말을 그림.
　　　　'총(驄)', '동(同)', '풍(風)', '중(中)', '공(空)'이 운자이며, 모두 상
　　　　평성 첫 번째 동운(東韻)으로 압운하였다.

제4단락: 많은 사람들이 조패가 그린 말 그림을 찬미한다는 점을 밝히면서, 아울러 한간(韓幹)의 말 그림을 거론하며 대비함으로써 조패의 뛰어난 그림실력을 한 층 더 돋보이게 부각시킴.

'상(上)', '향(向)', '창(悵)', '상(相)', '상(喪)'이 운자이며, 모두 거성 23번째 양운(漾韻)으로 압운하였다.

제5단락: 조패의 현실 처지를 말하면서 그것에 대해 편치 않은 마음을 드러냄.

'신(神)', '진(眞)', '인(人)', '빈(貧)', '신(身)'이 운자이며, 모두 상평성 11번째 진운(眞韻)으로 압운하였다.

총괄적으로 말해서, 고대시가의 장법(章法) 문제는 고대시가의 예술형식을 분석하고 감상할 때의 중요한 내용 중의 하나이므로, 소홀히 할 수 없는 것이다.

Ⅲ.
중국 고대시가 수사법의 발전

고대시가 수사법의 내용은 부단히 발전하고 변화해 왔다. 우리들은 여기서 단지 두 가지 문제에 대해 의견을 이야기하면서 전체 책의 매듭을 짓고자 한다. 이 두 가지 문제는, 하나는 시체(詩體)의 변화와 수사법의 관계 문제이고, 두 번째는 수사 방식의 발전과 변화의 문제이다. 아래에서 나누어서 이야기를 좀 하고자 한다.

1. 시체(詩體)의 변화와 수사법의 관계

모두들 알다시피, 언어는 언제나 일정한 범위 안에서, 그리고 일정한 조건 아래에서 사용되는데, 고대시가 언어 또한 당연히 예외는 아니다. 특정한 언어 환경 속에서 나타나는 언어재료 사용의 특징적 체계인 어체(語體)에 대해 말하면, 그것은 실제로는 일상생활 언어가 특정의 사용 환경 중에서 생겨나는 갖가지 변체(變體)이며, 각종 서로 다른 수사 수단에 의한 언어 변체의 유형을 모은 것이다. 그래서 우리들은 수사법 연구는 반드시 어체 연구와 충분히 결합이 되어야 한다고 생각한다. 바로 이러한 인식에 기초하여, 우리들은 고대시가 수사법의 발전을 언급할 때, 고대 시체(詩體)의 변화에 대해 이야기하지 않을 수 없다.

각기 다른 표준을 운용하는 경우, 고대 시체는 서로 다른 분류가 가능하다.

매 시행(詩行)의 글자수에 의거해 말하면, 4언시(四言詩), 5언시(五言詩), 6언시(六言詩), 그리고 7언시(七言詩) 등등으로 나눌 수 있다. 그리고 격률이 있는가, 없는가라는 각도에서 말하면, 고체시(古體詩)와 근체시(近體詩)로 나눌 수 있다. 만약 내용상에서 본다면 고대시가는 또 여러 가지 분류가 있는데, 여기서는 이야기하지 않기로 한다.

4언시는 ≪시경(詩經)≫을 대표로 삼을 수 있다. 4언시는 반드시 고체시이어야 하는데, 왜냐하면 근체시에는 4언시가 없기 때문이다. ≪시경≫은 4언체(四言體)를 위주로 한다. 향희(向熹) 선생이 일찍이 통계를 낸 적이 있는데, ≪시경≫의 시는 전부 305편이며 총 7,284구인데, 그 중에 4언구(四言句)에 속하는 것이 6,667구로서 전체의 92%를 차지하며, 4언구가 아닌 것은 모두 619구로 단지 총수의 8%를 자지할 따름이다.[1] 그러면 ≪시경≫ 이전에 또 1언시(一言詩), 2언시(二言詩), 3언시(三言詩)가 있는가, 없는가? 시체(詩體)의 하나로서는 본인 생각에 존재하지 않는다고 본다. 우리들은 한 수의 시구 중에서, 1자구(一字句), 2자구(二字句), 그리고 3자구(三字句)를 시체(詩體)로 간주할 수 없다. 예를 들면,

① 緇衣之宜兮, 검은 옷 잘 어울리네요,

敝, 해어지면,

予又改爲兮. 내 또 만들어 드리지요.

(≪시경詩經·정풍鄭風·검은 옷(緇衣)≫)

② 祈父, 사마(司馬)님이시여,

---

1 ≪시경어언연구(詩經語言研究)≫(1987년, 사천인민출판사四川人民出版社), 260쪽.

予王之爪牙. 나의 왕의 발톱과 이빨이십니다.

(≪시경詩經·소아小雅·사마司馬님(祈父)≫)

③ 有駜有駜,² 살찌고 건장하네, 살찌고 건장하네,

　駜彼乘黃.³ 살찌고 건장한 저 네 필의 누런 말.

　夙夜在公, 이른 새벽부터 밤늦게까지 관청에 있으니,

　在公明明.⁴ 관청에서 부지런히 일하네.

　振振鷺, 때를 지어 나는 백로의 깃,

　鷺于下. 백로가 내려앉네.

　鼓咽咽, 북소리 둥둥 길게 울리니,

　醉言舞. 취하여 춤을 추네.

　于胥樂兮.⁵ 모두가 즐거워하네.

(≪시경詩經·노송魯頌·살찌고 건장하네(有駜)≫)

　예시 ①의 <정풍鄭風·검은 옷(緇衣)>은 전체 시에 대해서 말하면, 만약 '혜(兮)'자를 계산하지 않으면, 주로 4, 5 잡언(雜言)이다. '폐(敝)'는 시구 중에서 한 글자를 따로 끊어서 읽는 경우이며, 뒤에 나오는 말들은 연결하여 읽으니, 시체(詩體) 문제와 관련이 없다.

　예시 ②의 ≪소아小雅·사마司馬님(祈父)≫의 전체 시 또한 4, 5 잡언이며, 간혹 3자구가 있다. '사마(司馬)님(祈父)'은 부르는 말이며, '나의 왕의 발톱과 이빨입니다(予王之爪牙)'는 실제로는 주어를 생략한 판단구인데, 산문 구절로

2　駜(필): 말이 살찌고 건장한 모양.

3　乘(승): 네 필의 말.

4　明明(명명): 부지런하다. 부지런히 힘써 일하는 모양.

5　胥(서): 모두.

바꾸면 '사마(司馬)님이시여, 그대는 나의 왕의 발톱과 이빨입니다(祈父, 爾予王之爪牙)'라고 말하는 것과 같다. 그러므로 구절 중의 '사마(司馬)님(祈父)' 또한 시체 문제와 관련이 없다.

예시 ③의 ≪노송魯頌·살찌고 건장하네(有駜)≫의 전체 시는 3, 4 잡언이다. 전체 시는 모두 3장(章)이며, 4언이 3언보다 많다. 이것은 단지 시체의 내부 변화의 하나이며, 시체 문제와는 아무런 관련이 없다. 그러나 고대의 일부 문헌에서 인용한 고대의 가요에서 보면, 확실히 2언, 혹은 2, 3 잡언, 그리고 2, 4 잡언 또한 있다. 2언의 경우는 명대(明代) 풍유눌(馮惟訥)의 ≪고시기(古詩紀)≫에 수록된 ≪오월춘추(吳越春秋)≫ 중의 <탄가(彈歌)> 같은 것이 있으니,

① 斷竹, 대나무를 자르고,

　續竹, 대나무를 이어,

　飛土, 흙 탄환을 날리면서,

　逐肉. 야수를 쫓아가네.

　　(무명씨無名氏 <탄가(彈歌)>)

예시 ①은 '죽(竹)', '죽(竹)', '육(肉)'으로 압운을 하였는데, 똑같이 각부(覺部)에 속한다. 비록 4언(四言) 시체의 각 시행(詩行)이 [2+2]식 음보(音步)로 나눌 수 있다고 말하지만, 여기서는 운각(韻脚)의 제한이 있기 때문에, 4언(四言)이라고 단정할 수 없고, 단지 2언(二言)으로만 인정할 수 있다.

또 이를테면 ≪주역(周易)≫ 중에 인용된 고대의 가요에도 역시 2, 3 잡언, 혹은 2, 4 잡언이 있다.

② 女承筐, 여자가 광주리를 받들었는데,

無實. 담긴 과실이 없고,

士刲羊, 남자가 양을 베었는데,

無血. 피가 없다.

(≪주역周易·누이를 시집보내다(歸妹)≫)

③ 屯如邅如, 어려워하고 머뭇거리며,

乘馬班如. 말을 탔다가 돌아오네.

匪寇, 약탈하는 도적이 아니라

婚媾. 혼인을 구하는 것이네.

(≪주역周易·둔괘(屯卦)≫)

예시 ②는 '광(筐)'과 '양(羊)'으로 압운을 하였는데, 똑같이 양부(陽部)에 속하며, '실(實)'과 '혈(血)'로 압운을 하였는데, 똑같이 질부(質部)에 속한다.

예시 ③에서는 '조(邅)'와 '반(班)'으로 압운을 하였는데, 모두 원부(元部)에 속하며, '구(寇)'와 '구(媾)'로 압운을 하였는데, 똑같이 후부(侯部)에 속한다.

그러나 전체적으로 보면, 예시 ①에서 ③까지의 이러한 상황은 선진(先秦) 시대에는 매우 적게 보이며, 따라서 우리들은 아직 이런 재료에 근거하여 선진 때에 2언체(二言體), 혹은 3언체(三言體) 시가 있었다고 단정할 수는 없다.

한대(漢代)에 이르러, 확실히 3언시(三言詩)가 존재하였는데, 이를테면 <교사가(郊祀歌)> 중의 <좋은 날 좋은 때를 골라(練時日)>, <천마(天馬)> 등등은 모두 명실상부한 3언시이지만, 그러나 하나의 시체(詩體)로서는 확실한 발전을 하지 못했는데, 그 원인은 아래에서 다시 이야기하도록 한다.

총괄적으로 말해서, 선진 시대에는 4언시(四言詩)가 절대적으로 우세를 차지하였으며, 설사 ≪초사(楚辭)≫ 속에서도 4언시가 있었는데, 이를테면 <천문(天問)>과 <구장(九章)> 중의 <귤 칭송(橘頌)>은 모두 기본적으로 4언(四言)

이다. 선진 이후에도 4언시를 지은 사람들이 있었으니, 이를테면 주목(朱穆)의 <유백종劉伯宗과 절교하는 시(與劉伯宗絶交詩與劉伯宗絶交詩)>, 조조(曹操)의 <짧은 노래의 노래(短歌行)>, <푸른 바다를 바라보며(觀滄海)>, <거북이가 비록 장수한다 하더라도(龜雖壽)> 등등이 있다. 그러나 이러한 것들은 이미 주류(主流)를 형성하지 못 하였는데, 단지 4언시가 쇠퇴하고 몰락한 처지를 보여줄 따름이라고만 말할 수 있다.

전국(戰國) 시대에는 초(楚) 지역 문화색채를 선명하게 가지고 있는 소체시(騷體詩)가 출현하게 되는데, 이것은 중국 고대시가 창작이 또 하나의 새로운 층계 위로 올라섰다는 것을 상징할 뿐만 아니라, 고대 시체의 발전이 또 중대한 변화가 발생하였다는 것도 분명하게 보여준다. 전체적으로 보면, 소체시는 기본적으로는 6언시(六言詩)이다. <근심스러운 곳을 떠나며(離騷)>를 예로 들면, 본인이 통계를 해본 결과, 전체 시는 모두 375구인데, 만약 구말(句末)에 있는 '혜(兮)'자와 '야(也)'자 같은 허사(虛詞)를 계산하지 않는다면, 6언구(六言句)는 모두 277구로서 총수의 73.8%를 차지한다. 그러나 선진(先秦)과 양한(兩漢) 이후에는, 6언시 또한 발전을 하지 못한다.

5언시(五言詩)를 언급하면, 가장 먼저 부딪히는 문제는 바로 5언시의 기원 문제이다. 이 문제는 제법 쟁론이 많다. ≪시경(詩經)≫ 중에는 비록 5언구(五言句)가 많이 있지만(향희向熹 선생의 통계에 의하면 모두 340구) 결코 5언시(五言詩)는 아니다. ≪한서(漢書)·오행지(五行志)≫에 실린 것에 근거하면, 한대의 민요 중에는 확실히 5언체가 있다.

① 邪徑敗良田, 비스듬한 길은 좋은 밭을 망치고,
　　讒口害善人. 남을 헐뜯는 입은 착한 사람을 해치네.

桂樹華不實, 계수나무는 꽃이 피었으나 열매를 맺지 못하고,

黃爵巢其顚.[6] 노란 참새가 그 꼭대기에 둥지를 트네.

故爲人所羨, 옛날에는 사람들의 부러워함을 받았으나,

今爲人所憐. 지금은 사람들로부터 불쌍히 여김을 받네.

(무명씨無名氏 <비스듬한 길은 좋은 밭을 망치네(邪徑敗良田)>)

그러나 문인이 지은 5언시로서는 일반적으로 반고(班固)의 <역사적인 일을 읊다(詠史)>가 가장 일찍 지어졌다고 여겨진다. 이를테면,

② 三王德彌薄, 우왕(禹王), 탕왕(湯王), 문왕(文王) 세 임금의 덕이 갈수록
  　　　　　쇠퇴하고,

惟後用肉刑. 후대에는 육형(肉刑)을 실행했네.

太蒼令有罪, 태창령(太蒼令) 순우의(淳于意)가 죄를 지어,

就遞長安城. 장안성(長安城)으로 호송되었네.

自恨身無子, 스스로 한탄하길, 자신에게 아들이 없어,

困急獨煢煢. 곤란하고 급박할 때 홀로 의지할 곳 없고 외로웠네.

小女痛父言, 어린 딸이 아버지의 이 말에 마음 아파하면서,

死者不可生. 죽은 사람은 다시 살아날 수 없다고 여겼네.

上書詣北闕, 상소문 올리러 궁궐의 북쪽 누각에 가고,

闕下歌鷄鳴. 궁궐 문 앞에서 <계명(鷄鳴)>을 노래했네.

憂心摧折裂, 슬픈 마음에 애간장이 끊어질 듯하고,

晨風揚激聲. <신풍(晨風)>은 격양된 소리를 드높였네.

聖漢孝文帝, 성스러운 한(漢)나라 효문제(孝文帝)는,

6　黃爵(황작): 참새. '황작(黃雀)'과 같다.

測然感至情. 측은히 여기며 진심에서 우러나오는 정에 감동했네.

百男何憒憒, 수많은 남자들 어찌 그리 어리석은가,

不如一緹縈. 제영(緹縈) 한 사람만도 못하네.

(반고班固 <역사적인 일을 읊다(詠史)>)

예시 ②는 서사시인데, 시적 언어에 대해 말하면 그다지 화려하고 아름답지는 않지만, 시체 형식에 대해 말하자면 5언 시체가 확실히 이미 생겨났다는 것을 분명히 나타내고 있다. 동한(東漢) 말년에 이르러 <고시십구수(古詩十九首)>가 나타나면서 5언시가 이미 성숙 단계에 들어섰다는 것을 분명하게 보여준다. 이 이후, 수(隋), 당(唐) 이전까지, 5언시는 줄곧 주도적 지위를 차지하고 있었다. 중국 고전 시체는 발전하여 남조(南朝) 제(齊)나라 무제(武帝) 영명(永明) 연간에 이르러 새로운 시체를 형성하게 되는데, 바로 영명체(永明體)이다. 영명체 신시 또한 주로 5언이다. 뒤에 근체시가 형성된 이후에는 또 5언 절구, 5언 율시가 있게 되기 때문에 우리들은 5언시가 고대 시가 역사에서 상당한 지위를 가지고 있으며 그 영향력은 과소평가해서는 안 된다고 말한다. 5언시와 상반되게, 7언시는 수, 당 이전에는 줄곧 배척을 받았으며 발전이 크지 않았다.

7언시의 기원에 대해 언급을 하면, 일반적으로 문인이 지은 7언시는 한대(漢代)의 장형(張衡)의 <네 가지 근심의 시(四愁詩)>가 가장 이르다고 생각한다. 사실은 <네 가지 근심의 시>는 결코 진정한 7언시가 아닌데, 왜냐하면 그 가운데에 어떤 시구에는 아직 '혜(兮)'자가 끼어있기 때문이다. 예를 들면,

① 我所思兮在太山, 내가 그리워하는 님은 태산(太山. 태산泰山)에 있는데,

欲往從之梁父艱. 찾아가 따르고 싶어도 양보산(梁父山)이 험하네.

側身東望涕沾翰. 몸 돌려 동쪽을 바라보니 눈물이 옷깃을 적시네.

美人贈我金錯刀, 미인이 나에게 황금 패도(佩刀)를 주셨는데,

何以報之英瓊瑤. 무엇으로 보답할까 하니 아름다운 옥이 있네.

路遠莫致倚逍遙, 길 멀어 드리지 못하고 서성이니,

何爲懷憂心煩勞? 어찌하여 근심 품고 마음이 괴롭고 힘든가?

(장형張衡 <네 가지 근심의 시(四愁詩)>)

만약 '혜(兮)'자를 계산해 넣지 않는다면, 서한(西漢)의 유세군(劉世君)의 <비수가(悲愁歌)>는 이미 7언체에 근접해 있다. 예를 들면,

② 吾家嫁我兮天一方, 우리 집에서 나를 시집보냈네 하늘 한 끝으로,

遠托異國兮烏孫王. 멀리 이국땅에 몸을 맡겼네 오손왕(烏孫王)에게.

穹廬爲室兮氈爲牆, 파오가 집이 되고 담요가 담장이 되며,

以肉爲食兮酪爲漿. 고기가 밥이 되고 양젖이 음료가 되었네.

居常土思兮心內傷, 살면서 언제나 고향 생각에 가슴이 상하니,

願爲黃鵠兮歸故鄉. 원컨대 누런 고니가 되어 고향에 돌아가고 싶네.

(유세군劉世君 <슬픈 근심의 노래(悲愁歌)>)

7언시가 정식으로 확립된 것은 조비(曹丕)의 <연燕 땅의 노래(燕歌行)>이며, 남조(南朝)의 포조(鮑照) 시대에 이르러 비로소 진정으로 성숙되었다. 7언시는 당대(唐代) 이후에 이르러 비로소 충분하게 발전할 수 있었다.

이상에서 말한 것은 고대 시체(詩體) 발전의 대체적인 맥락이다. 시체(詩體)의 변화는 필연적으로 수사법의 표현에도 영향을 미치게 된다. 시체의 변화가 수사법에 미치는 영향은 우리가 두 가지 방면에서 고찰할 수 있으니, 하나는 시행(詩行)의 글자 수의 변화와 수사법과의 관계이고, 다른 하나는

격률의 운용과 수사법과의 관계이다. 아래에서 나누어서 이야기하도록 한다.

첫째, 시행(詩行) 글자수의 변화와 수사법과의 관계

시행 글자수의 변화가 수사법에 미치는 가장 직접적인 영향은 시행의 절주(節奏)[7](음보音步)의 변화에 나타난다. 앞에서 말한 바 있는데, 선진(先秦) 때는 4언시(四言詩)를 위주로 하였으며, 한대(漢代)에 이르러 또 5언시(五言詩)가 생겨났고, 뒤에 또 7언시(七言詩)가 생겨났다. 그러면 우리들은 궁금함이 생기는데, 어째서 2언시(二言詩), 3언시(三言詩), 그리고 6언시(六言詩)는 모두 하나의 시체가 될 수 없을까? 하는 것이다. 개인적으로 생각건대 그 가운데의 가장 관건적인 문제는 바로 절주(節奏)의 문제이다.

2언시(二言詩), 3언시(三言詩)

시구가 2언(二言), 혹은 3언(三言)으로 되어 있는 것은 일반적으로 말해 모두 절주를 형성할 수 없다. 왜냐하면 시구가 너무 짧아, 시구를 구성하는 각 언어 성분 사이에 잠시 쉬는 것을 할 수 없기 때문이다. 이를테면 "대나무를 자르고, 대나무를 이어, 흙 탄환을 날리면서, 야수를 쫓아가네(斷竹, 續竹, 飛土, 逐肉)"와 같은 것은 분명히 '단(斷)－죽(竹), 속(續)－죽(竹), 비(飛)－토(土), 축(逐)－육(肉)'과 같은 절주를 형성할 수 없다. 왜 이렇게 읽을 수 없는 것인가? 그것은 바로 '단죽(斷竹)', '속죽(續竹)', '비토(飛土)', '축육(逐肉)'은 모두 각자 독립된 어법 단위이며, 두 언어 성분 사이에는 고정적인 어법 관계가 존재하기 때문이다.

7　[역자주] 음의 강약, 장단이 주기적으로 반복되는 것. 일정한 박자나 규칙에 의해서 음의 장단이나 세기 등이 반복될 때 그 규칙적인 음의 흐름.

똑같은 이치로, 3언 시구 또한 일반적으로 절주를 형성할 수 없다. 예를 들면,

① 巫山高, 무산(巫山)은 높으니,

　高以大. 높고도 크네.

　淮水深, 회수(淮水)는 깊으니,

　難以逝. 나아가기 어렵네.

(무명씨無名氏 <무산巫山은 높으니(巫山高)>)

② 草如茵, 풀은 그대의 요 같고,

　松如蓋. 소나무는 그대의 수레의 햇빛 가리개 같네.

　風爲裳, 바람 부니 그대의 치마 날리던 모습 생각나고,

　水爲珮. 물 흐르니 그대의 패옥 울리던 소리 생각나네.

　油壁車, 그대가 탔던 기름칠을 한 수레는

　夕相待. 저녁에 그대를 기다리고 있네.

　冷翠燭, 차가운 비취색 도깨비불은,

　勞光彩. 수고롭게 빛을 반짝이네.

　西陵下, 서릉(西陵) 아래로,

　風吹雨, 바람이 비만 불어 날리네.

(이하李賀 <소소소蘇小小의 무덤에서(蘇小小墓)>)

예시 ①과 ②는 모두 순수한 삼언시(三言詩)가 아니다. 이 시들은 각자 또 4언, 5언, 혹은 7언이 섞여 있기 때문이다. 그런데 단지 여기서 인용한 시구에서 보기만 해도 3언 시구 또한 절주(節奏)를 형성할 수 없다는 것을 알 수 있는데, 이치는 위와 같으므로 더 이상 분석은 하지 않기로 한다. 시가 언어는

절주를 강구하는 언어이다. 2언, 3언 시구는 절주를 형성할 수 없으며, 게다가 시구가 아주 짧아 복잡한 내용을 나타낼 수 없기 때문에 하나의 시체(詩體)를 형성할 수 없는 것은 아주 자연스러운 일이다. 그리고 또 바로 이러하기 때문에 이러한 시구들 또한 단지 다른 시구와 배합하여 사용되어 '잡언체(雜言體)'만 형성할 수 있다.

4언시(四言詩), 6언시(六言詩)

4언의 시구는 절주를 형성할 수 있는데, 그 절주의 격식은 일반적으로 [2-2]식이다. 예를 들면,

> ① 伐柯如何, 도끼자루를 베려면 어떻게 해야 하나,
>   匪斧不克. 도끼가 아니면 벨 수 없네.
>   取妻如何, 아내를 맞으려면 어떻게 해야 하나,
>   匪媒不得. 중매인이 아니면 맞을 수 없네.
>
>   (≪시경詩經·빈풍豳風·도끼자루를 베려면(伐柯)≫)

> ② 對酒當歌, 술을 마주하고 노래하니,
>   人生幾何? 인생은 그 얼마나 되나?
>   譬如朝露, 비유하면 아침이슬 같으니,
>   去日苦多. 지나간 날이 너무나도 많구나.
>
>   (조조曹操 <짧은 노래의 노래(短歌行)>)

예시 ①과 ②의 시구들은 모두 절주를 형성할 수 있다.
예시 ①의 경우, 벌가(伐柯)－여하(如何), 비부(匪斧)－불극(不克). 취처(取妻)－

여하(如何), 비모(匪媒)-부득(不得)으로 되어 있다.

예시 ②는 대주(對酒)-당가(當歌), 인생(人生)-기하(幾何). 비여(譬如)-조로(朝露), 거일(去日)-고다(苦多)로 이루어져 있다.

그런데 이러한 절주 형식은 각 절주 단위가 모두 두 개의 음절(글자)로 이루어져 있어 사람들에게 주는 감각은 비록 가지런하지만 변화가 결핍되어 있다는 점이다. 그래서 4언시는 선진(先秦) 이후에는 짓는 사람이 아주 적으며, 나중에는 활력을 잃고 5언시에게 자리를 물려주게 되었다.

6언시에 대해 말해 보면. 절주가 단조롭고 판에 박은 듯한 성질은 4언시보다 더 심하며, 이 때문에 끝내 하나의 시가 체재로 형성될 수 없었다. 예를 들면,

③ 板橋人渡泉聲, 널빤지 다리를 사람 건너니 샘물 소리 들리고,
   茅檐日午鷄鳴. 띠풀 처마에 정오 햇살 비치고 닭이 울고 있네.
   莫嗔(chēn)焙茶烟暗,[8] "차 달이는 연기 어둡다고 화내지 마시라,
   却喜曬穀天晴. 곡식 말리는데 하늘이 맑은 것을 기뻐한답니다."

   (고황顧況 <산촌의 농가에 들러(過山農)>)

예시 ③과 같은 이런 6언 시구의 절주 격식은 일반적으로 [2-2-2]식이니, 예시 ③의 경우는, 판교(板橋)-인도(人渡)-천성(泉聲), 모첨(茅檐)-일오(日午)-계명(鷄鳴). 막진(莫嗔)-배차(焙茶)-연암(烟暗), 각희(却喜)-쇄곡(曬穀)-천청(天晴)으로 이루어져 있다. 여기서 분명히 알 수 있듯이, [2-2-2]식의 절주는 각 절주 단위가 모두 두 개의 음절이어서 단조롭고 뭉쳐있는 듯한 느낌이

---

8   嗔(진): 성내다. 화를 내다.

더욱 두드러진다. 원행패(袁行霈) 선생은 다음과 같이 말했다.

음절의 조합은 '잠시 멈춤(돈頓)'을 형성할 뿐만 아니라 또 '머무름(두逗)'을 형성한다.[9] '머무름(逗)' 역시 하나의 시구 중에서 가장 두드러진 '잠시 멈춤(頓)'이기도 하다. 중국 고체시와 근체시가 시구를 만드는 기본 규칙은 하나의 시구에는 반드시 머무르는 부분(逗)이 하나 있어야 하며, 이 부분은 시구를 앞과 뒤의 두 부분으로 나누며, 그 음절 분배는 4언은 [2-2], 5언은 [2-3], 7언은 [4-3]으로 이루어진다. 임경(林庚) 선생은 이것이 중국 시가의 형식상의 하나의 규율이라는 것을 지적하면서 이것을 '반두율(半逗律)'[10]이라고 불렀다.[11]

사실, 원 선생이 여기서 말하는 '머무름(逗)'은 하나의 시행(詩行) 안에서 가장 두드러진 리듬의 중점음(重點音)을 가리킨다. 6언시의 시구는 물론 '머무름(逗)'을 형성하여 시구를 앞과 뒤 두 부분으로 나눌 수 없지만, 그러나 4언시의 시구는 가능하다. 그런데 4언시 체재는 뒤에 5언시 체재에게 자리를 양보하게 되는데, 그 근본 원인을 따져보면 역시 각 절주 단위의 글자수가 얼마인가 하는 것과 아주 큰 관계가 있으며, 이것은 '반두율(半逗律)'과는 관계가 크지 않은 것 같다.

9　[역자주] 현대 중국어 문장부호에 '돈호(頓號)'와 '두호(逗號)'가 있는데, '돈호'는 병렬하는 단어 또는 순차를 나타내는 단어의 뒤에서 멈춤을 표시하고, '두호'는 내용이 분리되어 구분할 필요가 있을 때 사용하는 부호로 문장과 문장 사이에 짧게 쉬는 부분을 표시한다.

10　[역자주] 시에서 각 시행(詩行)의 중간쯤에 리듬점(절주점節奏點)이 있어 위아래에 균형 잡힌 두 개의 단락이 이루어지는 격률 형식.

11　≪중국시가예술연구(中國詩歌藝術研究)≫, 119쪽.

5언시(五言詩), 7언시(七言詩)

5언시와 7언시가 시가 체재가 되고 오래 사용되면서 쇠퇴하지 않은 것은 이들이 절주(리듬)을 형성할 수 있고 또 각 절주 단위 내의 글자수가 가지런하지 않는 데에 있는데, 이렇게 되면 가지런한 가운데 변화가 있고, 변화 가운데에 가지런함이 있는 리듬감을 조성하게 된다. 5언시의 절주 격식은 일반적으로 [2-3]식이고, 7언시의 절주 격식은 일반적으로 [4-3]식이다. 예를 들면,

① 今日良宴會, 오늘은 좋은 연회,

歡樂難具陳.[12] 기쁘고 즐거움 이루 다 말하기 어렵네.

彈箏奮逸響, 쟁을 타니 뛰어난 소리 울리는데,

新聲妙入神. 새로운 소리 오묘하니 신의 경지에 이르렀네.

(고시古詩 <오늘은 좋은 잔치(今日良宴會)>)

② 故國三千里, 고향땅은 삼천 리 밖,

深宮二十年. 깊은 궁궐에서 이십 년.

一聲何滿子, 한 가락 하만자 노래를 하니,

雙淚落君前. 두 줄기 눈물 임금님 앞에 떨어지네.

(장호張祜 <하만자(何滿子)>)

③ 秋風蕭瑟天氣涼, 가을바람 쏴쏴 불고 날씨 서늘해지니,

草木搖落露爲霜. 초목은 시들어 떨어지고 이슬은 서리가 되네.

羣燕辭歸鵠南翔, 제비 떼는 작별 고하고 돌아가며 고니는 남쪽으로

---

12   陳(진): 말하다.

날아가는데.

念君客遊多思腸. 그대 나그네 생활 생각하니 가슴속 그리움 많네.

(조비曹丕 <연燕 땅의 노래(燕歌行)>)

④ **玉樓天半起笙歌,** 옥루는 하늘 높이 있는데 생황 소리 일어나고,

　風送宮嬪笑語和. 바람이 궁녀들 웃고 말하는 소리 보내와 서로 어우러
　　　지네.

　月殿影開聞夜漏, 달 속의 궁전 그림자 움직이고 물시계 소리 들리며,

　水晶簾捲近秋河,[13] 수정 주렴 걷으니 가을밤 은하(銀河)에 가까이 있네.

(고황顧況 <궁궐의 노래(宮詞)>)

예시 ①은 각 시구가 모두 [2-3]식의 절주로 나눌 수 있으니, 금일(今日)－양연회(良宴會), 환락(歡樂)－난구진(難具陳). 탄쟁(彈箏)－분일향(奮逸響), 신성(新聲)－묘입신(妙入神)과 같이 이루진다. 예시 ②~④도 분석이 같다.

총괄적으로 말해서. 고대시가의 글자수가 많고 적음은 시구 절주의 형성에 대해 아주 큰 관계가 있다. 그리고 시구가 절주를 형성할 수 있는가 없는가 하는 것 또한 시가 체재의 변화 발전에 직접적인 영향을 미친다. 절주감(節奏感)[리듬감]은 시가 언어 음악미의 주요 내용의 하나이며, 그러므로 우리들이 시가 체재와 수사법과의 관계를 연구하자면 시구 글자수의 변화가 가져오는 수사법 효과 문제를 언급하지 않을 수 없는 것이다.

둘째, 격률의 운용과 수사법과의 관계

근체시는 격률시이다. 격률의 운용은 수사 방식의 변화에 대하여 아주

13　河(하): 은하(銀河). 은하수.

큰 영향을 미친다. 이러한 영향은 우선 수사 방식 선택에 나타난다. 우리들이 알다시피, 근체시는 시행(詩行)의 수와 글자수에 모두 엄격한 제한이 있기 때문에 이러한 점은 언어의 운용에 있어서 더욱 간결하고 간략화 하도록 한다. 이것은 수사 방식 선택에 반영되며, 그리하여 의미 표현에 편중하는 수사 방식을 더욱 중시하고 채택하도록 요구한다. 예를 들어 말하면, 똑같은 비유 수사 방식일지라도 명유(明喩)와 암유(暗喩)는 모두 구식(句式) 문제와 관련이 있지만, 차유(借喩)는 구식 문제를 피하며, 직접 말을 시구에 사용하여도 가능하다. 똑같은 이치로, 차대(借代)와 호문(互文) 등의 수사 방식은 모두 의미 표현에 편중하는 수사 방식이며, 따라서 근체시에서도 상용된다.

그리고 평측(平仄) 격식을 운용함으로써, 시구의 각 글자들로 하여금 모두 규율이 있는 평측 교체의 변화 가운데에 놓여지게 하고, 또 시구의 리듬 단위와 의미 단위로 하여금 더욱 협조적이고 통일이 되도록 하는데, 이렇게 하면 시구의 리듬감이 더욱 선명하고 음악적 아름다움이 더욱 강렬해지도록 한다.

그리고 대장(對仗)을 운용함으로써, 대우(對偶) 수사 방식이 새로운 시가 체재 가운데서 더욱 더 성숙하고 더욱 엄밀하도록 만들 수 있다.

끝으로, 근체시 시가 체재의 특수한 요구로 말미암아, 기(起), 승(承), 전(轉), 합(合)의 장법(章法) 문제가 생겨나게 된다. 기, 승, 전, 합의 장법의 탄생과 운용은 역으로 또 시가 언어의 형식적 아름다움도 증가시켜 독자들로 하여금 더욱 쉽게 시의 내용을 느끼고 받아들이도록 한다.

2. 수사 방식의 발전과 변화

고대시가에서 사용되는 각종 수사 방식은 결코 영원히 하나의 역사 평면 위에만 처해 있는 것이 아니니 발전을 하고 변화를 한다. 언어의 발전과 시가 체재의 변화로 말미암아, 어떤 수사 방식은 생겨나지만 어떤 수사 방식은 또 없어져 버리기도 하는데, 이러한 것들은 모두 정상적인 언어 현상이다.

고대시가 수사 방식의 발전은 우선 수사 방식의 탄생에 나타난다. 언어가 발전하고 시가 체재가 변화함에 따라, 원래 없었던 수사 방식이 표현의 수요에 따라 생겨나게 된다. 이를테면 쌍관(雙關) 수사 방식은 양한(兩漢) 이후에 새로 생겨난 수사 방식이다. 쌍관 수사 방식이 양한 이후에 나타나고 시가 창작 중에 사용이 된 것은 중국 언어학자의 중국어 연구와 아주 밀접한 관련이 있는데, 한대(漢代)부터 이미 자각적으로 연구의 길을 걷기 시작했다고 말해야 할 것이다. 허신(許愼)의 ≪설문해자(說文解字)≫, 양웅(揚雄)의 ≪방언(方言)≫, 유희(劉熙)의 ≪석명(釋名)≫, 그리고 ≪이아(爾雅)≫는 모두 한대에 책이 이루어졌으며, 이것으로부터 알 수 있는데, 한대의 언어학자들은 한자(漢字), 어음(語音), 어의(語義)에 대한 연구가 상당한 수준에 이르렀다. 앞에서 말했듯이, 쌍관(雙關) 수사 방식은 주로 중국어의 다의사(多義詞)와 동음사(同音詞)의 특색을 이용하여 이루어지는 것이다. 그래서 우리들은 단정을 할 수 있는데, 쌍관 수사 방식이 생겨난 것은 사람들이 중국어의 이러한 특색에 대해 가지는 인식과 틀림없이 떼어 놓을 수 없는 것이다. 이를테면,

① 高山種芙蓉, 높은 산에 연꽃을 심고,

　復經黃蘗塢.[14] 다시 황경나무 둑을 지나가네.

　果得一蓮時,[15] 끝내 연꽃 한 송이 얻을 때,

　流離嬰辛苦. 떨어져 지내면서 고생스러움이 휘감기네.

　(무명씨無名氏 <자야子夜의 노래(子夜歌)>)

14　塢(오): 둑. 사면이 높고 가운데가 움푹 들어간 곳.

15　蓮(련): '련(憐)'과 음(音)이 같으며, '사랑', '사랑하다'는 의미도 가진다.

② 僞蠶化作繭, 가짜 누에가 고치로 바뀌는데,

  爛熳不成絲.[16] 화려하고 아름다우나 실을 만들지는 못하네.

  徒勞無所獲, 단지 수고만 할 뿐 얻는 것이 없으니,

  養蠶持底爲?[17] 누에를 기른들 무엇 하리오?

  (무명씨無名氏 <뽕잎을 따며(采桑度)>)

③ 自從別歡後, 좋아하는 님과 헤어진 뒤,

  歎音不絶響. 탄식하는 소리 끊이질 않네.

  黃檗向春生,[18] 황벽나무는 봄바람 향해 성장하는데,

  苦心隨日長.[19] 쓰라린 속마음은 나날이 커져만 가네.

  (무명씨無名氏 <자야子夜의 4계절 노래(子夜四時歌)>)

  예시 ①~③에서 '련(蓮)', '사(絲)', '고(苦)'는 중국어에서 발음이 같거나 혹은 뜻이 여러 개 있는 특색을 이용하여 이루어진 쌍관 수사 방식이다. 하나의 말로 두 가지 뜻을 나타내면 재미있으면서 또 함축적이어서 아주 좋은 수사 효과를 갖추게 된다.

  그리고 고대시가 수사 방식의 발전은 또 어떤 수사 방식의 소멸로 나타나기도 한다. 예를 들면, 근체시가 생겨나면서 고체시에 쓰였던 일부 수사 방식은 그다지 상용되지 못하고 점차 쇠퇴하여 없어지는 길을 걷게 되었다. 이를

---

16 絲(사): '思(사)'와 음이 같다.

17 底(저): 무엇.

18 黃檗(황벽): 황벽나무. 황백(黃柏). 나무의 가지와 줄기 안의 속껍질 색이 누렇고 쓴 맛이 난다.

19 苦心(고심): 낱말이 여러 뜻을 지니고 있는 것을 이용하는 쌍관(雙關), 즉 '해의쌍관(諧義雙關)'으로, 나무 껍질의 맛이 쓰다는 것을 가리키면서 사람의 마음이 쓰라리다는 것도 가리킨다.

테면 기흥(起興), 연환(連環), 배비(排比), 그리고 반복(反復) 등의 수사 방식이 바로 이러한 상황에 속한다. 사용하려고 하면, 이러한 것들은 단지 고체시 안에서만 사용이 가능하고, 근체시 안에서는 절대로 나타나지 않는다. 이를테면,

① 彎彎月出掛城頭, 굽은 달 나와서 성 위에 걸리고,
　　城頭月出照涼州. 성 위의 달은 나와서 양주(涼州)를 비추네.
　　涼州七里十萬家, 양주는 사방 7리에 10만호가 살고,
　　胡人半解彈琵琶. 이민족 사람들은 반이 비파를 탈 줄 아네.
　　琵琶一曲腸堪斷, 비파 한 곡에 애간장이 끊어질 듯하는데,
　　風蕭蕭兮夜漫漫. 바람은 쏴쏴 불고 밤은 끝없네.
　　河西幕中多故人, 하서(河西)의 막부(幕府)에는 친구들 많았는데,
　　故人別來三五春. 친구와 헤어진 지 3년인가 5년 되었네.
　　(잠참岑參 <양주涼州의 객사에 여러 판관判官과 밤에 모여(涼州館中與諸判官夜集)>)

② 妒令潛配上陽宮, 질투하여 남몰래 상양궁(上陽宮)으로 보내게 했으며,
　　一生遂向空房宿. 일생동안 마침내 빈방에서 자게 됐네.
　　宿空房, 빈방에서 자니,
　　秋夜長, 가을밤 길고,
　　夜長無寐天不明. 밤은 긴데 잠 못 이루고 하늘은 밝아오지 않았네.
　　(백거이白居易 <상양궁上陽宮의 흰머리 궁녀(上陽白髮人)>)

　일부 수사 방식, 이를테면 기흥(起興) 같은 것은 민가(民歌)에서 우연히 사용되는 것 외에는 일반적으로 문인 작품에서는 아주 적게 사용되어 이미 자취를 감추는 데에 가깝게 되었다.

그리고 고대시가 수사 방식의 발전은 또 일부 수사 방식의 내부 발전과 피차 서로 차용하는 점에서 표현되기도 한다. 전자의 경우, 대우(對偶) 같은 것은 날로 완벽한 데로 나아가며, 후자의 경우, 과장(誇張) 수사 방식이 비유(比喩) 수사 방식을 차용하고, 차대(借代) 수사 방식이 비유 수사 방식을 차용하는 등등이 있는데, 이러한 것들은 모두 비교적 전형적인 사례이다. 이 방면에 관련된 내용은 우리들이 앞에서 수사 방식을 이야기할 때에 이미 상세하게 설명을 하여서 여기서는 더 이상 예를 들지 않기로 한다.

　만약 고대시가 수사법의 발전 원인을 이야기한다면 세 가지를 벗어나지 않는다고 생각하는데, 첫 번째는 언어의 발전으로 말미암는 것이고, 두 번째는 시체(詩體)의 변화로 말미암는 것이며, 세 번째는 인식의 제고와 창작에서 실제로 시행하는 수요로 말미암는 것이다. 처음의 두 가지 원인의 경우는 이치가 아주 간단하여 지나치게 많이 해석할 필요는 없다고 생각된다. 예를 들면, 비유 수사 방식 중의 암유(暗喩)의 형성은 바로 중국어에서 '시(是)'자를 가지고 있는 판단구(判斷句)가 생겨난 것과 직접적인 관계가 있는데, 이것은 언어의 발전이 수사 방식이 생겨나는 데에 직접적인 영향을 미친 아주 전형적인 사례이다. 또 이를테면 선진(先秦) 시가에서 첩음(疊音)류를 많이 사용하는 음률 수사 방식 같은 것은 당시 언어 중 상태형용사 및 상형사(象形詞)가 아주 발달한 것과 관련이 있는데, 이 또한 언어의 발전이 수사 방식 사용에 직접적으로 영향을 미친 또 하나의 두드러진 사례이다.

　또 이를테면 근체시가 생겨난 이후, 대우(對偶) 수사 방식이 나무랄 데가 없이 발전하도록 하는 데에 상당히 촉진시키는 작용을 하였는데, 이 또한 시가 체재의 변화가 어떤 수사 방식이 발전하고 변화하는 데에 영향을 미친 매우 전형적인 사례이다.

　인식 방면의 원인에 대해서도 이야기하였는데, 이 또한 소홀히 할 수 없는 것이다. 인식은 실천에 근원을 두고 있다. 옛 사람들의 수사법에 대한 이해는 과정을 거치고 있다. 예를 들면, 한대(漢代)의 왕충(王充)은 ≪논형(論衡)·예증(藝增)≫에서 이런 말을 한 적이 있다.

> ≪시경(詩經)≫에서 말하길, '학(鶴)이 깊숙한 물가에서 우니, 소리가 하늘에 들리네(鶴鳴九皋, 聲聞于天)'라고 하였다.(<소아小雅·학명鶴鳴>) …… 하늘이 사람으로부터 몇 만 리나 멀리 떨어져 있다면, 눈으로 볼 수 없고 귀로 들을 수 없다. 이제 학이 우는데 아래에서 들리면 학이 우는 소리가 가까이 있는 것이며, 아래에서 우는 그 소리를 들으면 그것이 땅에서 우는 것이므로 마땅히 하늘에서도 들을 수 있다고 말한다면, 이것은 실제 상황에 부합하지 않는 것이다. 학이 구름 속에서 우는 것은 사람이 아래에서 들을 수 있지만, 만약에 학이 깊숙한 물가에서 우는데, 사람이 하늘 위에 있지 않으면 하늘 위에서 들을 수 있는지 어떻게 알 수 있으리오?[20]

왕충이 인용한 두 시구는 ≪시경·소아(小雅)·학이 울다(鶴鳴)≫에 보이는데 원래 시구는 "학명우구고, 성문우천(鶴鳴于九皋, 聲聞于天)"이다. 분명히 왕충의 이해는 지나치게 집착에 빠져있는데, 이것은 시가의 언어가 과장을 할 수 있다는 것을 모르기 때문이다.

이 이후, 조비(曹丕)의 ≪전론(典論)·논문(論文)≫이 세상에 나오게 되자 비로소 중국문학이론의 역사에서 첫 번째로 각 문학 장르는 마땅히 각기 서로 다른 수사법적 표준을 가져야 된다는 문제를 제기하게 되었다. 이를테면 조비가 다음과 같이 말했다.

---

20 "≪詩≫云: '鶴鳴九皋, 聲聞于天.' …… 天之去人, 以萬數遠, 則目不能見, 耳不能聞. 今鶴鳴, 從下聞之, 鶴鳴近也; 以從下聞其聲, 則謂其鳴於地, 當復聞於天, 失其實矣. 其鶴鳴於雲中, 人從下聞之, 如鳴於九皋, 人無在天上者, 何以知其聞於天上也?"

무릇 글이란 근본은 같으나 구체적인 형식 체재와 표현은 다른데, 대체로 주(奏)와 의(議)는 아정(雅正)해야 하고, 서(書)와 론(論)은 이치에 맞아야 하며, 명(銘)과 뢰(誄)는 실질을 숭상해야 하고, 시(詩)와 부(賦)는 화려하게 표현하고 자 한다.[21](≪전론·논문≫)

'시(詩)와 부(賦)는 화려하게 표현하고자 한다'는 말은 시와 부라는 장르는 언어의 사용에 있어서 마땅히 수사법에 주의하고 문채(文彩)를 강구해야 한다 는 것을 가리킨다. 중국의 고대문학 창작은 위진남북조 시대에 들어간 이후 일찍이 없었던 번영을 누리게 되는데, 많은 장르가 계속하여 나타났으며, 시가 창작 또한 다양한 모습을 보여주었다. 중국의 고대시가는 위진남북조 이후 총체적으로 보아 그 언어 형식이 선진(先秦)과 양한(兩漢) 시대에 비교적 예스럽고 질박하며 자유롭던 형식에서 사조(辭藻)가 화려하고 음운(音韻)이 조화로우며 격률은 날로 강구하는 시대로 들어가게 되었다. 바로 이러한 상황 속에서, 문학이론을 논술하고 문학 창작을 지도하며 문학 언어의 표현 형식을 탐구하는 문학이론의 거작이 세상에 나오니, 이것은 바로 유협(劉勰) 의 ≪문심조룡(文心雕龍)≫이다. ≪문심조룡≫이 등장한 이후, 사람들의 수사 활동에 대한 인식은 더 이상 몇 마디 안 되는 짧은 말이 아니며, 새롭고 이론적으로 높은 곳으로 상승하게 되었다. 이 대작에서는 수사법의 원칙에 대해 논술했을 뿐만 아니라, 또 많은 수사 수법의 문제에 대해서도 전문적으 로 토론하였다. 이론은 실천에 근원을 두며, 또한 실천하는 것을 총결한 것이 기도 하다. 이를테면 ≪문심조룡≫에서는 전문적으로 언급한 수사 방식이 6, 7종 되는데, 이를테면 <비흥(比興)>편에서 언급한 비유(比喩)와 기흥(起興), <과식(夸飾)>편의 과장(誇張), <여사(麗辭)>편의 대우(對偶), <사류(事類)>편의

---

21 "夫文本同而末異, 蓋奏議宜雅, 書論宜理, 銘誄尚實, 詩賦欲麗."

인용(引用), <은수(隱秀)>편의 완곡(婉曲), <물색(物色)>편의 모의(摹擬) 등등이 있다. 이것으로부터 알 수 있듯이, 시가 창작에서의 실제 운용에 근원을 두는 수사법 이론이 세상에 나오게 되면, 거꾸로 사람들이 창작을 통해 실제로 행하도록 더욱 힘 있게 지도함으로써, 시인들로 하여금 더욱 자각적으로 각종 수사수단을 운용하게 하여, 수사 수법이 부단히 풍부해지고 완벽해지도록 하며 창작의 수요에 적응하도록 촉진시킨다.

    중국은 시가(詩歌) 대국(大國)인데, 이 시가는 중국 고대문학의 정원에서 영원히 지지 않는 진기한 꽃으로, 눈부시게 찬란하게 빛나는 아름다운 모습은 사람들의 마음을 움직였다. 선진(先秦)의 '시삼백(詩三百)'에서 당대(唐代) 근체시(近體詩)의 형성과 발전에 이르기까지 대략 1,600~1,700년의 역사를 지나왔다. 이 기간 중에 고대시가 작품이 그 수량이 많고 제재가 광범하며 풍격이 새롭고 유파가 뛰어난 점은, 그 밖의 어떤 문학 체재도 비교가 될 수 없다고 말할 수 있다. 고대시가는 중화민족의 우수한 문학 유산으로, 우리들이 부단히 학습하고 발굴하고 계승하고 발전시켜야 한다. 문학은 언어 예술이다. 말은 문채(文彩)가 있어야 멀리 전해질 수 있으며, 따라서 우리들은 고대시가 작품의 예술적 분석과 예술적 감상을 할 적에 반드시 우선 언어 분석에서부터 착수해야 한다. 이 책은 전문적으로 고대시가 언어의 수사법을 글 쓰는 대상으로 삼았으며, 작자는 여기서 소개하는 지식이 독자들에게 도움이 될 수 있기를 바란다.

    이 책의 초고는 저명한 언어학자이신 중국인민대학(中國人民大學) 중문과의 호명양(胡明揚) 교수께서 여러 차례 읽어주시고 매우 귀한 수정 의견을 제시해 주셨다. 호 선생님의 의견에 따라, 본인은 책의 원고를 연속적으로 3번 수정 하였다. 호 선생님은 참으로 정성스럽게 도와주셨는데, 본인은 여기서 선생님께 깊이 감사의 뜻을 전해드리고 싶다.

    동시에, 교육부 어언문자응용연구소(語言文字應用研究所)의 연구원 비금창(費錦昌) 선생 또한 이 책의 출판에 대하여 많은 관심을 보여주시고 도움을 주셔서, 본인은 이 기회를 빌려 이 분에게도 가슴에서 우러나는 감사를 드리고 싶다.

끝으로, 본인은 또 어문출판사(語文出版社)에서 편집과 심사를 담당하시는 전수생(田樹生) 선생에게도 감사를 드리고 싶다. 전 선생은 이 책의 책임 편집인이신데, 대단히 바쁘신 가운데에도 매우 진지하게 원고를 검토해 주시면서, 한 글자 한 구절을 세심히 다듬으시면서 조금도 소홀히 하지 않고 원고 중의 많은 잘못을 바로잡아 주셔서 많은 도움을 받았다.

여러 해 동안, 본인의 연구 관심은 줄곧 고대 중국어 어법 방면에 있었으며, 수사학 분야에 대해서도 대충 훑어보았을 따름이다. 그래서 학술적 수준이 높지 않아, 본서의 논술 중에 타당하지 않은 곳도 없을 수 없으니, 본인은 전문가와 독자들의 비평과 질정으로 잘못을 바로잡게 되기를 기대한다.

주생아(周生亞)
1994년 9월 1일 중국인민대학 의원(宜園) 5층 묵인재(黙人齋)에서

이 책은 주생아(周生亞) 교수가 쓴 ≪고대시가수사(古代詩歌修辭)≫를 번역하였다. 중국 문학은 수천 년의 역사를 가지고 지금껏 이어져 오고 있다. 그 체재가 다양한데 그 동안 운문(韻文), 그중에서도 특히 시가(詩歌)가 주류를 이루어 왔다. 고전시만 들어도, 선진(先秦) 시대의 ≪시경(詩經)≫과 ≪초사(楚辭)≫ 이후, 한대(漢代), 위진남북조(魏晉南北朝) 시대, 당대(唐代), 송대(宋代), 원대(元代), 명대(明代), 청대(淸代)를 거치면서 많은 시인들이 활동하며 훌륭한 작품들을 남겼다. 그중에서 당대와 송대는 중국 고전시가의 성숙기라고 일컬어진다. 중국의 역대 시인들의 시를 많은 사람들이 좋아하고 읽으며, 또 연구를 해오고 있다.

중국의 고전시가를 제대로 읽고 감상하고 연구하자면 가장 기본적으로 우선 주목해야하는 것이 바로 수사법(修辭法)에 대한 이해이다. 고시(古詩)를 읽으면서 모르는 글자를 만나면 사전에서 찾아보면 되지만, 수사법을 제대로 파악하지 못하면 원시(原詩)를 제대로 해독하기 어렵고, 감상하기 어려우며, 나아가 연구하는 데에도 어려움이 있게 된다. 그러므로 시가 수사법에 대해 비교적 전면적으로 체계적이고 깊이 있게 설명한 전문 서적이 필요하다.

본서 『한시(漢詩) 수사법(修辭法)』은 바로 이러한 요구에 부합되는 책으로, 한시를 읽고 연구하는 사람들에게 상당한 도움을 제공할 수 있을 것으로 보인다. 저자는 수사방식(修辭方式), 장법(章法), 고대시가 수사법의 발전 등 세 가지 방면에 대해 중점적으로 논했다.

우선, 수사방식을 논하면서, 시어(詩語)의 형상성(形像性), 생동성(生動性), 정제성(整齊性), 변화성(變化性), 서정성(抒情性), 함축성(含蓄性), 그리고 음악성(音樂性)이라는 일곱 가지 특징에 근거하여 시가에서 주로 사용되는 수사방식

21종류를 들고, 각 수사방식의 특색과 수사적 효과, 기본 유형, 변화, 발전, 그리고 그것과 유사한 수사방식 또는 표현방법과의 비교 분석 등, 여러 방면에 걸쳐서 상세하게 설명하여 독자들의 이해에 상당한 도움을 제공한다.

이어서, 장법을 논하면서, 문장 구상의 기교와 작품의 구조 문제 또한 살펴, 시구의 시작과 끝맺음, 시 맥락의 계승과 전환, 그리고 시 작품의 구성에 대해 분석하였다.

끝으로, 중국 고대시가 수사법의 내용은 부단히 발전하고 변화해 왔는데, 저자는 두 가지 문제, 즉 시체(詩體)의 변화와 수사법의 관계 문제, 그리고 수사방식의 발전과 변화의 문제에 대해서 구체적으로 분석을 하면서 중국 고대시가 수사법의 발전에 대해 논했다.

저자는 자법(字法), 구법(句法), 장법(章法) 등 수사법과 관련된 여러 주요 문제를 두루 살폈으며, 또 수사방식을 역사 위에 올려놓고 한시 수사법의 전개 양상과 발전 원인 등을 살핌으로써 중국의 한시 수사법에 관해 전반적이고 종합적인 이해를 가질 수 있도록 하였다.

본서는 다음 몇 가지 점에서 독자들에게 도움이 되리라 생각된다.

한시 수사법을 쉽게 풀이한 서적이 출간되면 중국시나 우리나라 한시에 관심을 갖고 있는 일반 독자들이 이것을 통하여 시를 점점 더 잘 이해하게 되고 감상하면서 작품의 맛을 느끼게 되고, 한시에 대해 좀 더 흥미를 갖고 접근할 수 있으리라. 그리고 수사법에 대한 막연한 부담감에서 점차 벗어나 더욱 관심을 가지게 될 수 있다.

그리고 시가 연구자들은 이 책을 통하여 한시의 수사법에 대해 보다 전면적이고 전문적이며 체계적인 이해를 가질 수 있고, 나아가 이를 바탕으로 하여 실제 연구에 상당한 도움을 받을 수 있다. 수사법의 측면에서 개별 작품을 꼼꼼하게 분석하고, 여러 작품들을 두루 살핀 뒤, 이러한 것들을 종합하면 또 다른 각도, 새로운 각도에서 그 작가의 특색을 파악할 수 있다.

한시 수사법에 관한 서적이 출간되면 중국 고전시가 연구에 꽤 도움을 줄 뿐만 아니라 이것을 바탕으로 하여 수사법에 좀 더 관심을 가지고 깊이 있게 공부를 하고 다양한 수사법을 폭넓게 살핌으로써 다른 장르(산문, 소설, 희곡 등)나, 다른 시기의 문학 작품이나 작가 연구로 범위를 확대할 수 있다. 우리나라의 한문학도 예외는 아니다.

수사법은 특정 장르, 그리고 고대나 현대에 국한되지 않고, 또 문학 안에서만 쓰이는 것이 아니라, 인간의 언어 활동과 관련된 여러 분야에서 운용되고 있고 그것을 살필 수 있으며, 따라서 현대의 수사학(修辭學) 관련 이해와 연구는 점차 폭을 넓혀가고 있는 추세이다.

개인적으로 그간 중국문학, 특히 시(詩)와 사(詞), 문학비평, 그리고 수사법 관련 공부를 해왔으며, 오래 전부터 한시(漢詩)에 관심을 갖고 있는 독자나 연구자들에게 조금이라도 도움이 되고 앞으로 수사학 연구가 좀 더 심화되길 바라며 수사법 관련 책을 소개하고자 하는 마음을 가지고 있었는데, 마침 역락출판사의 여러 분들께서 많은 도움을 주시고 수고해주셔서 덕분에 출판을 할 수 있게 되니 참으로 감사한 마음이다.

2023년 12월
이치수

저자 **주생아**周生亞

중국 고대(古代) 한어(漢語) 어법(語法), 어법사(語法史) 및 고대시가의 수사법(修辭法)에 대해 연구하고 있다. 1979년에서 1999년까지, 중국인민대학(中國人民大學) 문학원(文學院) 중문과에서 강사, 부교수, 교수를 역임하였다.

논문으로 「論詞頭"阿"字的產生和用法的發展」, 「"微"不能用作假設連詞」, 「舊體詩詞的語言運用和語言賞析 -『求是園詩詞選集』語言簡評」, 「古注的引用和啟發式教學 -≪古代漢語≫教學經驗點滴談」, 「談談古代詩歌的語法特點」, 「談談漢語多重修飾語的詞序問題」 등이 있다.

저서에 『漢語詞類史稿』(2018), 『≪搜神記≫語言研究』(2007), 『古代詩歌語法』(2004), 『求是園詩詞選集』(2002. 공저), 『古代漢語』(1998. 공저), 『古代漢語詞典』(1998. 공저), 『古籍閱讀基礎』(1996), 『古代詩歌修辭』(1995) 등이 있다.

저자는 1990년에서 1992년 사이, 체코의 찰스대학교(Charles University)(카렐대학교)에서 강의를 하면서 『古代詩歌修辭』를 지었으며, 본서는 1996년의 2차 인쇄본을 번역하였다.

옮긴이 **이치수李致洙**

경북대학교 중어중문학과 명예교수. 고려대학교 중어중문학과를 졸업하고 대만(臺灣)의 국립대만대학(臺灣大學)에서 박사학위를 취득하였다. 영남중국어문학회 회장을 역임하고, 현재 명예회장. 대만의 대만사범대학(臺灣師範大學) 및 중국의 복단대학(復旦大學), 중국사회과학원(中國社會科學院), 상해사범대학(上海師範大學) 방문교수.

중국 고전문학과 문화, 수사학에 많은 관심을 가지고 있으며 시(詩), 사(詞), 소설, 문학비평, 수사법 등에 대하여 연구를 하고 있다.

대표 논문으로 「宋代 詩學 平淡論의 盛行 배경과 특색 연구」, 「魏晉南北朝 시기의 詩法論 연구」, 「陸游 詞의 對比 修辭法」, 「唐代 詩學의 전개에 있어서 <詩法> 문제 연구」, 「中韓 古典 詩論의 相關性 연구」, 「中國武俠小說在韓國的翻譯介紹與影響」(臺灣), 「陸游詩寫作技巧考」, 「中國古典詩體中 六言絶句의 생성·발전과 특색 연구」, 「中國古典詩歌에 나타난 俠」, 「放翁詩研究－狂意識을 중심으로」 등등이 있다.

대표 저서와 역서로 『입촉기(入蜀記)』(2022. 공역), 『송대 시학(宋代 詩學)』(2020), 『양만리 시선(楊萬里詩選)』(2017), 『신기질 사선(辛棄疾詞選)』(2014), 『진여의 시선(陳與義詩選)』(2012), 『육유 사선(陸游詞選)』(2011), 『조자건집(曹子建集)』(2010. 공역), 『도연명 전집(陶淵明全集)』(2005), 『송시사(宋詩史)』(2004. 공저), 『중국시와 시인(송대편)』(2004. 공저), 『육유 시선(陸游詩選)』(2002), 『중국 유맹사(中國流氓史)』(2001. 역서), 『육유시연구(陸游詩研究)』(1991. 臺灣) 등등이 있다.

2001년에 한국중어중문학회의 학술상을 받았으며, 2015년과 2019년에 한국중어중문학회의 우수논문상을 받았다. 2005년에 『송시사(宋詩史)』, 2020년에 『송대 시학(宋代 詩學)』이 대한민국학술원 기초학문육성 우수학술도서로 선정되었다.

한시 수사법 漢詩 修辭法

초판 1쇄 인쇄 2024년 1월 15일
초판 1쇄 발행 2024년 1월 26일

지은이 주생아周生亞

옮긴이 이치수李致洙

펴낸이 이대현

편집 이태곤 권분옥 임애정 강윤경

디자인 안혜진 최선주 이경진 | **마케팅** 박태훈

펴낸곳 도서출판 역락 | **등록** 1999년 4월 19일 제303-2002-000014호

주소 서울시 서초구 동광로46길 6-6 문창빌딩 2층(우06589)

전화 02-3409-2060(편집부), 2058(영업부) | **팩스** 02-3409-2059

전자우편 youkrack@hanmail.net | **홈페이지** www.youkrackbooks.com

ISBN 979-11-6742-670-3 93820